21
世纪
年 度
小说选

2019 中 篇 小 说

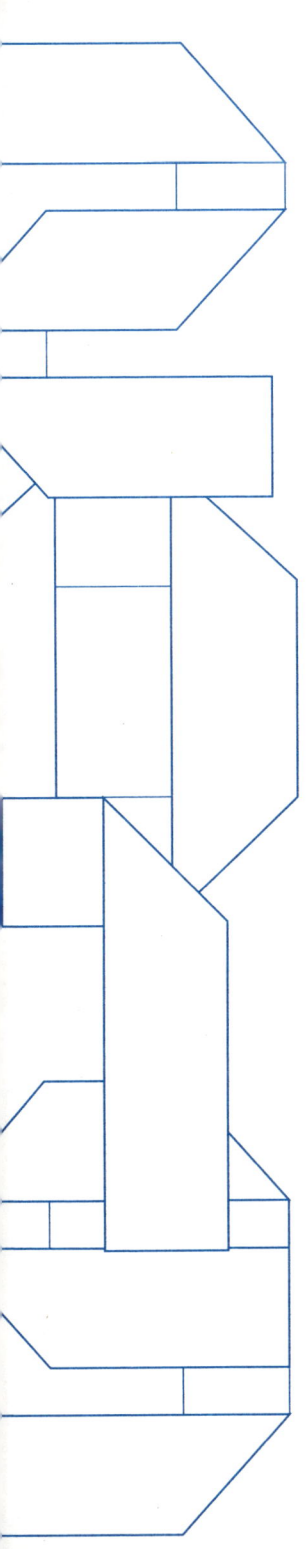

2019 中篇小说

21世纪年度小说选

人民文学出版社编辑部 编

人民文学出版社

图书在版编目(CIP)数据

2019中篇小说／人民文学出版社编辑部编.—北京：人民文学出版社，2020
（21世纪年度小说选）
ISBN 978-7-02-016216-1

Ⅰ.①2… Ⅱ.①人… Ⅲ.①中篇小说—小说集—中国—当代 Ⅳ.①I247.5

中国版本图书馆CIP数据核字(2020)第071576号

策划编辑	杨　柳
责任编辑	刘　稚
装帧设计	李思安
责任印制	徐　冉

出版发行	人民文学出版社
社　　址	北京市朝内大街166号
邮政编码	100705
网　　址	http://www.rw-cn.com
印　　刷	中煤（北京）印务有限公司
经　　销	全国新华书店等
字　　数	543千字
开　　本	880毫米×1230毫米　1/32
印　　张	16.875　插页4
印　　数	1—3000
版　　次	2020年7月北京第1版
印　　次	2020年7月第1次印刷
书　　号	978-7-02-016216-1
定　　价	65.00元

如有印装质量问题，请与本社图书销售中心调换。电话：010-65233595

出 版 说 明

我社自1977年起，即每年编选和出版年度短篇小说选和中篇小说选，两种年选曾经深得读者的喜爱，在文学界和读者中具有广泛影响。1994年后，这项工作一度中断。21世纪肇始，根据文学界人士和读者的建议，我社决定恢复中、短篇小说年选的编选和出版工作，以便及时总结年度中、短篇小说创作的成绩，向读者集中推荐优秀的中、短篇小说，也为新世纪的文学积累做出我们的贡献。

恢复出版的中、短篇小说年选总冠名为"21世纪年度小说选"，以示我们一百年不动摇，长期做下去的决心。"21世纪年度小说选"分中篇小说和短篇小说，各编一册，于次年出版；编选范围为当年全国各报刊上发表的中、短篇小说，入选篇目的排列以作品发表时间先后为序。

"21世纪年度小说选"的编选工作得到许多著名文学评论家和编辑家的支持和帮助，他们应我社之邀，对当年的中、短篇小说创作状况进行深入、广泛的研讨，提出许多极有价值的选目。我们在广泛阅读的基础上，充分参考专家们的意见，严格进行编选。在此，谨向诸位专家深表谢忱。

人民文学出版社编辑部

目录

- 001· 双　河　班　宇
- 032· 小镇球王　卫　鸦
- 067· 鲛在水中央　孙　频
- 144· 手臂上的蓝玫瑰　马晓丽
- 187· 猪嗷嗷叫　李司平
- 235· 小米兰　荆　歌
- 342· 我的汉族爷爷　次仁罗布
- 388· 从歌乐山上下来　宋　尾
- 445· 见信如晤　阿　舍
- 486· 骨　肉　马小淘

双 河

班 宇

1

半夜十一点,李闯给我打来电话,那边声音很吵,成分复杂,有说话声、碰杯的声音,还有隐约的歌声,彼此相距遥远,混成一片空荡的背景,他大概尚未意识到电话已经接通,还在与别人交谈,语气惊叹,但具体在讲什么却听不清,其间又夹着许多刻意的笑声。我接起来后,也没有说话,待到那边声音稍微降低一些,我听见李闯在喊,喂,喂,操,喂。我说,在呢。李闯说,没睡觉吧。我说,没。李闯说,我一合计你就没睡。我说,啥事儿。李闯问,你妈最近身体咋样。我说,在我妹家,其他方面还可以,就是腿脚不太方便,上下楼费劲。这时,那边的声音又小了一些,不再那么嘈杂,他好像从包间里走出来,但信号又变得很差,时断时续,我费了很大力气才听清楚,他是在问我周五有什么安排。我想了想说,继续改改小说,暂无其他事宜。李闯说,还写呢啊。我不知道该怎么回答。然后他马上又接一句,早上跟我去爬山，聚一聚，在山上住一宿。我本能地想要拒绝，说出一句不了吧，但接下来，由于还没想好借口，便卡在这里。李闯说，不啥啊不。我说，啊。李闯说，出去转一转，还有周亮，三人行。我说，周亮也去啊。李闯说，去啊，你也得去，那边我有客户安排。我说，啊。李闯说，到时我开车去接你。我说，我再想想。李闯说，不用想，定准了，我回去继续喝酒。我说，行吧，我需要带啥不。李闯说，啥也不用，你把自己带好就行。

放下电话后，我又继续写了一会儿小说。然后躺在椅子上回忆，我从北京回来之后，基本没上过班，与外界几无交集，所以这些年来，也很少有机会郊游。我之前在北京一家出版公司任职，干编辑，做过几本养生书，市场反响颇佳，但回沈阳就不太行，完全没有这个行业，也去保健品公司写过几天文案，给电台节目宣传用，属于低级行骗，夸大疗效，良心不安，另外报酬也可怜，索性就守在家里写小说，偶尔也接些媒体评论稿件，自己对付着过，好在母亲身体尚可，家里没太大负担。我能想起来的上一次郊游，还是在北京时，跟同事去的怀柔，好山好水，吊桥摇晃，虫鸣如波涛，在天地之间回荡，令人出神，夜间每家饭店都在烤鳟鱼，当地特色，将鱼剖成两半，再铺展开，吃的时候，我总能想起一部美国小说里的描述，说它们接近于一种珍贵而又聪明的金属。

想着想着，就又睡着了，睁开眼睛时，已是半夜两点，外面风声很大，我起身洗漱，准备回床上睡觉，随手翻看手机，发现十二点多的时候，赵昭给我发过信息，让我去看望女儿。我想了想，没有回，事实上，我始终不太愿意面对这个事情，负担较重，我跟女儿已经数年未见，必然有些生疏，再加上生活费最近也没有给过，赵昭虽然不提，但总归有些过意不去，多年以来，我认为自己没有尽到做父亲的责任。

我与前妻赵昭于2011年和平分手,当时女儿言言只有五岁,离婚之后,她带着女儿去上海生活,投奔其兄,寄人篱下,刚开始时,过得十分不易,艰辛尝遍,我那阵也竭力相助,内心焦急,掏出全部积蓄,甚至想过卖掉房子,但被赵昭拦住,说再忍一忍,离都离了,总这样也不合适。后来她逐渐步入正轨,工作认真、勤奋(其性格所致),不久后便可独当一面。她在一家外资公司任职,待遇尚可,几年前我去看过她们一次,当时是跟一家影视公司谈剧本改编,结果也没有成,赵昭那时十分忙碌,终日加班,跟我电话沟通,只闻其声,不见其人,但却工作生活两不耽误,开始筹划在苏州买房,以解决言言的上学问题。

如今,言言已经小学毕业,再开学就要读初中,样貌变化也很大,偶尔思索,便不得不慨叹时光流逝之迅疾。离婚后,我有段时间过得胆战心惊,三十几岁的单身生活,再加上旁人危言耸听,夜晚被孤寂重新包围之类,我的确有些恐惧,但几个月后,便放松一些,甚至十分适应,这种不以激情与责任作为导向的生活,仿佛更符合我的观念,不仅不觉时间漫长,反而相当紧促,每日行程安排得十分满(并非刻意,但确实每天都有事情要处理),写作事业谈不上突飞猛进,但也常有新作问世。这时,我逐渐确认,事实上,我是一个非常自律的人,对于许多事情都有规划,也沉得住气,能去推进,日拱一卒,不期速成。最开始发现这点时,我简直不敢相信,但许多年过去后,我真的就这样坚持下来,这让我有时不得不回忆起跟赵昭在一起生活的那段时间,到底是怎么回事呢,一切仿佛都搅在一起,生活混杂无序,几近无解,不可调和,问题出在哪里,是我的还是她的,但又都不像,因为在平日里,我们是朋友们公认的好人,遇事冷静,处理得当,谦卑而理智,所以就更令人费解。至于离婚后赵昭的个人生活,我很少询问,她也从不主动跟我讲,不过通过我们共同的朋友,也就是周亮,我得知她换过几任男友，目前这位相处稳定，是她从前公司的重要客户，上海本地人，比她大近十岁，风度翩翩，条件中上，有过婚史，子女在海外，两人相处已有一年多的时间，我衷心愿她幸福，生活美满。甚至默默许诺，在她得到幸福之前，我是不会先迈出那一步的。

2

没睡几个小时，我便醒来，随着年龄增长，睡眠越来越差，起床之后，我简单吃一口早饭，然后去楼下的市场买菜，这些年来，我逐渐养成自己做饭的习惯，今天准备多买一些，给我妹送去，我母亲退休之后，一直由她照顾，任劳任怨，我心存感激，帮不上太多忙，只能偶尔尽绵薄之力。在摊位前挑排骨的时候，有人碰我的胳膊，我转头一看，刘菲朝着我笑，我有点不好意思，说，也来买菜。刘菲说，嗯。我说，肋扇不错，颜色好，新鲜。刘菲说，现在挺会挑啊你。我说，没办法，与时俱进。刘菲说，你妈身体咋样。一时间我又有点恍惚，不知为何最近好像所有人都在关心我母亲的身体情况，只好又回答一遍，在我妹家，其他方面还可以，就是腿脚不太方便，上下楼费劲。刘菲说，那还行，把你解放出来了。我说，谈不上，一会儿准备过去看看。刘菲说，帮我向老太太问好。我说，行。买好排骨后，我跟着她一起出门，点了支烟，也给她递去一支，她问我，赵昭最近回来没有。我说，很久都没回来了，据说在上海过得不错。刘菲说，混上海滩，浪奔浪流，滔滔江水永不休，有出息。我说，比我肯定是强。刘菲说，这有啥可比的，你还没上班呢。我说，没有，十周年整，没上过班。刘菲笑着看我，说道，也是个劲儿啊。我说，实在没法出去，啥也不会。刘菲说，都说人不能待着，容易待废，但我看你还行啊。我说，是，我能待住，不然呢，没法出去又待不住，那就只有死路一条了。刘菲说，吓唬我呢。我说，没，你儿子回来了啊。刘菲说，没，还在他爸那里。我说，那你买这么多菜。刘菲说，今天请客，在商场上班的朋友都来聚会，我们轮着招待，你也过来呗。我说，不了，不了，你们好好喝。

与刘菲告别之后，我直奔我妹家。敲了几下门，我妈帮我开的，家里只有她一人在，我问妹妹去哪里了。我母亲说，也不知道，很早就出门了。我挽起袖子，将排骨剁好小块，菜也洗净分类，归放在冰箱里，眼看要到中午，我妹还没回来，我妈提议煮面条吃，我便又切菜炝锅，排油烟机不太好使，声音很大，嗡嗡直响，但又吸不走烟，屋内都是炸葱花的味道，很久不散。

吃饭时，我跟我妈说，刚才见到刘菲了，跟你问好呢。我妈说，她怎么样啊。我说，气色不错，还在商场里卖货。我妈说，见出息啊，咋没跳舞去呢。我说，妈，多大岁数了都，早就不跳了吧。我妈说，就看不上她，跟她爸一样，没正形儿。我说，他爸都没多少年了，你还老提啥。我妈说，1990年，他爸第一批，申请停薪留职，说要去开发海南岛，消失两年半，媳妇孩子扔家里，结果呢。我说，结果又咋的了。我妈说，去佳木斯跟人搞破鞋。我说，你别乱讲。我妈说，证据确凿，后来有段时间，还偷摸把刘菲带过去了，她妈急了，喊来俩哥哥，大王二王，配件六厂的，听说前因后果，提着刀连夜去佳木斯，吓得他尿一炕，扔下女儿跳窗户跑掉，听说后来追到三江口，江风浩荡，他纵身一跃，岸上的人都傻了，大王二王无可奈何，掉头返回，但不大一会儿，他又在远处冒出头来，游至对岸，老王八犊子，命还挺大，人品归人品，能力归能力，她爸水性是好，这没得说，家以前住大伙房水库附近。我说，你咋不说他是龙王三太子呢。我妈说，别他妈放屁。我说，都是传言，也没人亲见，提它有啥意思。我妈说，刘菲的命也不好，从小折腾到大，婚姻事业，都让人发愁。我说，你愁啥，跟你有啥关系。我妈说，说到点子上了，我就怕跟我有关系呢，听老院儿的邻居说,她离了之后,你俩还有过一段儿啊。我说,你可别听人胡扯,听啥就是啥,这毛病能不能改一改。我妈说,有则改之,无则加勉。我说,退休多少年了,在家别当干部,行不,再教育我,以后不过来了。我妈顿了一顿,又问,言言最近有消息吗?我低着头说,没有。我妈叹了口气。

饭后,我洗毕碗筷,我妈回屋午睡,我提着自己的菜,下楼往家里走。路上想着我妈说的话,我跟刘菲确实有过比较暧昧的时期,但也是很久之前,刚离婚不久时,有一段接触比较频繁,主要原因是住得比较近,都在变压器厂家属院里,年龄相仿,从小父母就认识,抬头不见低头见。那阵子有人要跟她合伙在学校门口开书店,向我咨询建议,我劝她说,一没经验二没渠道,很难做成,而且这行利薄,压款厉害,见不到钱。刘菲转而投资服装,从那之后,我们偶尔一起吃饭喝酒,她的酒量不错,比我要好,几次酒后我也有过一些冲动,但始终没有更进一步的接触,对于处理这种关系,我并不擅长,甚至还会觉得疲惫,无力应对那些情感纠缠。每每克制住欲望后,我都会暗自庆幸一番,好不容易维持住目前的状态,如非不得已,我是不太愿意打破的。刘菲有一阵子比较上心,还来家里给我做过饭,饭后谈心事,但看我态度冷淡,无意回应,便也作罢。

之后没过多久,我便看见刘菲跟另一位壮年男子出双入对。皮肤黑,比我高大,行动矫健,总骑着摩托车驮她,车身很旧,常年被泥水覆盖,噪声也大,突突突突,像机关枪。他们经常半夜回来,噪声响彻楼宇,邻居们有些非议。我对此倒没什么看法,刘菲有跟任何人交往的自由,我无权干涉,况且我们从未正式在一起,所以也谈不上失去。只是那辆摩托车,我在家里都能听出来,刚打着火时,排气管声音异常,随后发动机温度升高,声音也有不规律的变调,我很想提醒他们,一定要记得去检查气门间隙,这种情况一般是间隙过大,若时间一长，导致气门松动，造成缸顶变形，那就不太好处理了。我爸刚下岗那几年，在家开过摩托车维修店，这方面我还是有一些常识的。但还没来得及说，那位男子便又消失不见了，只剩刘菲独自一人，来来回回，行色匆匆。我知道她在东湖市场有个摊位，售卖童装，生意不错，有一次她还问我女儿多高，想送件衣服，我想了半天，横起手掌，在半空中切割出一个位置，对她说，也许这么高。她撇撇嘴，转身走掉，只剩我一人坐下来，目光平视，望着那个虚拟的高度，感觉过往时间忽至眼前，正在凝成一道未知的深渊。

3

回到家后，我烧水沏茶，躺在椅子上看书，没翻几页，便昏昏沉沉地睡过去。下午三点半，电话铃声将我吵醒，我闭着眼睛接起来，对面是赵昭的声音，干脆、坚定、不带任何情绪，她跟我说，给你发信息，你没回。我说，啊，没看见。赵昭说，明天十一点，去接言言。我说，啥。赵昭说，别装没听见，我要出国，我哥也没在上海，言言正好假期，回沈阳跟你待几天。我一下子精神了，翻身站到地上，说，咋不提前说呢。赵昭说，提前说了，你没回，你有事是咋的，协调一下。我想了想说，倒也没。赵昭说，那你陪好言言，一个多礼拜，到时给我送回来，原封不动。我说，好，好。挂掉电话，我愣在原地数分钟，内心紧张，想准备一下，却不知从何做起。

多年以来，我一直住在父母当年分的宿舍里，套间，五十多平方米，一大一小两间屋子，我平时住在小屋里，大屋用来当书房，比较乱，报刊书籍越堆越多，全部整理一遍，肯定是来不及的。我在心中默默规划，先将小屋的床单、被罩和窗帘等放到洗衣机里，清洗一番，从柜底找到一套全新的，还是卡通图案，拆开铺好，准备给言言住。又在大屋里辟出一块地方，摆开折叠沙发，放好台灯，从今晚起，我便睡在这里。另外，衣物碗碟等也需整理，我本以为自己过得井井有条，收拾时才发现，到处都是一层灰，死角无数，我累得满头大汗。全部做好后，已经是晚上九点多，饭还没来得及吃，我便打算下楼喝瓶啤酒，另外顺路再去买些零食和生活用品。

刚在饭店坐稳，便听见隔壁包间动静很大，相互劝酒，还有争吵声，我本无意关注，只想赶紧吃完回去休息，但啤酒刚喝一半，忽然看见刘菲从包间里跑出来，一闪而过，进入洗手间，回来时脚步放慢，眯着眼睛向我这边看。我跟她打声招呼，她发现后，一屁股坐到我对面，又起开一瓶啤酒，然后跟我说，几个菜啊，自己喝。我说，随便吃一口，懒得做饭，你们又续一顿。刘菲说，是，家里没酒了，非得出来接着喝。我说，挺大量，第几瓶了。刘菲低着头，没有说话，眼神发直。我说，别喝太多，不好，物极必反。刘菲还是没说话。我接着说，你去劝劝他们，差不多就行了，都早点回去休息。刘菲凝望着我，眼神迷离，开口说道，在家喝了二两白的、四瓶啤的，出来之后，又买一瓶红的，分了半杯，刚才是第三瓶啤酒，现在还没喝完。我说，厉害，海量。刘菲笑着摆摆手，然后忽然抬眼，对我说道，你吃完没，走，不管他们，爱喝喝去吧，你送我先回家。

我将刘菲送到楼下，一路上，她的话很多，但毫无头绪，我听不懂，提到的人也都不认识，没想到，服装市场的人际关系还挺复杂。在楼门口，我咳嗽一声，感应灯亮起来，我看她迈步不成问题，便告别说，明天女儿要回来，得去再买点东西。刘菲很惊讶，说道，白天没听你说啊。我说，我也是下午得到的消息，措手不及。刘菲推了我一把，说，高兴坏了吧。我说，那谈不上，倒是挺紧张，很多年没当过爸了，怕当不好。刘菲又拍拍我说，那有啥当不好的，你看看我儿子他爸，或者我爸，那是咋当咋有理，我看你怎么也比他们强啊。

4

我提前很长时间来到机场,出出进进,心绪不宁,在外面抽去小半盒烟,心里总在推测接下来几天可能出现的种种状况,以及应对方式。言言拖着箱子出现在面前时,我手里的烟还没掐灭,风一吹,弹出去的烟灰又落回到衣服上,有点狼狈。她比我想象之中要高一些,背双肩包,梳着短发,衣服上有浪花的图案,下身则是一条棕色背带裤,脸上挂着一点生硬的笑容,但很快便又收回去。她没说话,静静地等我掸掉灰尘,然后问我,啥时候走。我说,再等一下,于是连忙又去窗口,买回两张机场大巴的车票。车很快就要开动,我替她提着背包,又将她的拉杆箱放到底下,跟她上车并排而坐,这一路上,她一直没说话,我更紧张,手心出汗,不知说啥好。大巴车从高速下来后,我的情绪稍微缓和,问她,早上几点出发,那边天气如何,家到机场多久,乘坐何种交通工具前往,是否吃过早饭,旅程共计几个小时,午饭想吃什么。她一一作答,但绝不多说一句。到后来,我又不知该说点什么,便问她,背包是在哪里买的,很结实。她转过头来看着我,不解地问,你真的关心这个么。

按照计划,我们先回家放一下东西,晚上去我妹家吃饭。言言到家之后,皱着眉头巡视一圈,指着小屋内的床,跟我说,我是睡这里吗?我不太明白她是什么意思,但还是点了点头。言言说,我今年多大,你还记得吧。我略有迟疑地说,记得。言言说,这床单上有只熊,你知道吧。我说,知道。言言说,那没事了。我退出房间,又倚在门口,说,实在不喜欢,我再给你买一套,或者也可以陪你住宾馆。言言说,我只想确认一下,你知道这件事,仅此而已,没有进一步要求,明白了吗?

我们之间遭遇的第一个问题是称呼，这点我事先有所考虑。让言言管我叫爸，估计很难说出口，我也听不惯，但也不能老以语气词称呼，显得没有礼貌。去我妈家的路上，我们主动提出并试图化解掉这个问题，我说，想来想去，觉得你可以管我叫老班。她听我陈述半天缘由，只回应了一个字，哦。

我妈见到言言非常高兴，她一直很想念孙女，但为了照顾我的情绪，平时也很少提。言言一改冷漠态度，与奶奶十分亲近，抱着脖子说话，家长里短，聊了半天，毫无生疏之感。我妈前几年旅游，行至上海时，她们曾见过一次，双方又谈起上次见面时的情景，以及之后的各种变化。我妹在厨房里做饭，我去打下手，煎炒烹炸，忙活半天。晚餐极为丰盛，满桌硬菜，但言言并未吃几口，只是不停地喝饮料，席间，她绘声绘色讲述在学校的一些经历，逗得大家都很开心。饭后，我们聚在一起看电视吃水果，大概八点左右，我觉得时间差不多了，便带着言言离开，刚一出门，她的脸色立马沉下来，变得很快，与我无话可讲。天气不错，我提议走路回家，言言嘴上没有反驳，但却在行动上体现出来，拒过马路，自己站在路旁打车，我走到路中央，只好又退回来，站在她身边，等待出租车的到来。我们默默站在路边，向前伸出手去，等了几分钟，远远有空车灯在闪，我松了口气，想起以前读过的一首诗的名字：出租车总在绝望时开来。这一次我的体会很深刻。

到家之后，言言没有直接回卧室，而是在书房转了几圈，上下浏览，然后指着沙发问我说，你睡这里啊。我说，对。言言撇撇嘴，没说话，又从书架上抽出两本书，向我举手示意，要带回房间去看，我没看清是什么书，但仍点点头，然后问她，这几天有什么想去的地方吗？言言说，没有。我说，那有什么想吃的吗？言言说，也没有。我还想继续问，言言却说，你就当我不存在，可以吗？不用这么麻烦，我待几天就走。

5

李闯第一遍给我打电话时，我没有接到，正在厨房里忙着给裹好淀粉的茄子过油，满头冒汗，很担心失手。菜端上桌后，言言尝了两口，好像还挺满意，我也放松下来，开了一罐啤酒，边喝边看电视，午间在放一部译制片，机器人当管家，会聊天，还会做家务，长得跟垃圾桶有点像。演到一半时，言言忽然跟我说，刚才好像有个你的电话。我打开手机一看，是李闯打来的，立即给他拨回去，李闯大概在办公室里，说话声音很小，跟我说，明天礼拜五了啊。我一头雾水，回复他说，对啊，今天礼拜四，明天礼拜五。李闯说，没忘吧，早上去接你。我这才想起来他说的事情，连忙说，我不去了，言言回来了。李闯说，谁。我说，我女儿回来了。李闯说，孩子又归你了啊。我说，没有，假期来玩几天。李闯说，那行，正好，明天一起去，欣赏风景。我说，那等我问问她的想法。李闯说，定了，明天早上，七点半到你家楼下，收拾好等我。

挂掉电话后，我问言言，明天一起去爬山，有兴趣吗？言言说，什么山？我说，不知道叫什么山。言言说，不太想去。我说，去吧，好不容易回来一次，不能成天在家待着。我本来没抱很大希望，觉得很难劝动，回来的这两天里，她始终不太愿意跟我沟通，每天不是玩手机，就是躲在屋里看书，除了跟我去过一次超市外，没再出过门。出乎意料的是，她想了想后，竟然答应了，说去也行，省得她妈回去问每天都做啥时，答不上来。我听后很高兴，放下筷子，立刻规划起来，定闹表，准备出行物品，问她都需要什么，下午我好去买。言言则毫无回应，目不转睛地看电影，我一边收拾东西，一边陪她看，别的印象没有，故事情节好像挺俗，机器人渴望拥有情感，进而成为人类的一员，这点我就十分不解，它到底有什么想不开的呢。

言言起得比我还要早，行李收拾得也很快，动作麻利，我们提前下楼，等了十几分钟，李闯才驾车赶到，车里放着二十年前流行的老歌，他跟着哼唱，爱你越久我越被动，有点跑调，却很投入。周亮坐在副驾驶的位置，我和言言坐在后排，打过招呼后，周亮问我们是否吃过早饭，然后递来点心与牛奶，言言没接，我也不想吃，便放在座椅后面。伴着歌声，我们一行四人向着山峰进发。言言昨晚大概没睡好，在车上补觉，周亮则不住地回头看，边看边低声对我说，她跟赵昭还是有几分相似啊，眉眼之间。我说，跟我不像么？周亮又回头看一眼，然后摇摇头，说，不太像，比你强。

我们在服务区休整两次，到达山脚下时，已近中午，我们简单吃些快餐，便准备开始登山。虽然这里尚未开发完备，游客却也不少，李闯和周亮走在前面，背着大包，看着相当专业，精神抖擞，步伐有力，我和言言跟在后面，阳光刺眼，新铺的石阶似乎还留有粉末的印迹。在两侧的树荫之下，到处都是合影的人们，林中还有空白的石碑，倒伏在地上，像是要为此景题词。

大概一个多小时后，我们停下来歇息，李闯开始打电话联系朋友，他之前提过，有位客户在山间造了一间庭院，吃喝玩乐，一应俱全，目前是试营业阶段，今天晚上我们将会住在那里。我和言言靠在栏杆上，向山下望，葱绿之间，有一道灰白的印迹，仿佛被雷电劈开的伤痕，那是我们行过的路径，如一段阶梯，开拓盘旋，不断向上，也像一道溪流，倾泻奔腾，不断向下。言言在我身边，我却想起彼时的赵昭，那时我们刚结婚不久，有一次同去海边，风吹万物，浪花北游，其余记忆却是混沌一片，旋绕于墨色的天空，但在这里，一切却十分清晰，山势平缓，如同空白之页，云是凝聚，人像大地或者植被，随风而去，向四方笔直伸展，淹没在所有事物的起点里。

言言拿出相机拍照片，我在她的背后，看着风景一点一点缩进屏幕里，变得不再真切。周亮走过来，搂住我的肩膀，跟言言说，来，给我俩合个影。我有点不自然，想推托开，周亮却已经摆好姿势，笑容自信，言言转过身来，调整位置，按下快门，然后盯着屏幕，点了点头，像是在宣告这场游戏的终结。李闯挂掉电话，迎着山风，对我们喊，还以为还有多远呢，再往上爬，最多二十分钟，到达目的地。

李闯朋友的庭院相当别致，木质结构，仿古造型，整体格局较为接近古装影视剧里的后院，荷叶占据池塘，环境清幽，只是油漆味道有些重。我们被安排到各不相邻的三间屋内，我与言言住在南面的一间，我们进入室内，发现里面的装饰又很现代，各类电器一应俱全，十分便捷。言言忙着充电，整理照片，我放下东西后，走回院中，连抽两支烟，天空飘起小雨来，风很凉，我有点后悔没有提醒言言多带一件衣服来。

休息过后，已近黄昏，李闯朋友喊我们去吃饭，餐厅已经摆上一桌好菜，我们推门进入时，发现桌边除了李闯的朋友之外，还有三位陌生的女性，呈三角形分列，跟我们挥手打招呼，态度热情。我觉得这种场景很不合适，便拽了一下李闯的胳膊，李闯反应机敏，马上跑到朋友那边，一番耳语过后，两位女性借故离开，只剩一位。李闯的朋友介绍说，这位是苗苗，目前这边的负责人，今天来陪大家喝一杯，欢迎诸位来访，请多提宝贵意见。

李闯对周亮与我进行一番介绍，苗苗忽然对我的职业很感兴趣，我解释说自己没写过什么像样的作品，但她好像根本没听我的话，只是自顾自地说着，她自己也写过一些，诗歌和散文之类，登过校报，有一定反响。我不知道该说什么好，只好敷衍地说，不错，加油，继续努力。我能感受到言言在一边盯着我，但我不敢扭头去看她的表情。

那天的酒喝得很快，一杯又一杯，李闯朋友与苗苗都很会劝，场面话很足，我不太适应，总想借机溜走，却三番五次被拦下来，苗苗仍然就着文学话题不依不饶，不断地向我阐述她看过的某本书，以及对作者的一些主观感受。遗憾的是，她读过的那些书，我都没看过，也不了解，跟我完全不属于一个写作领域，但几杯酒下肚后，评判却是十分轻易的，我越坐越沉稳，精神亢奋，声音激动，开始逐一拆解那些改头换面的文字把戏，并无数次重申自己的文学观点，灯光半明半暗，我甚至觉得自己飞起来一点点，滞在半空，俯视着晚餐以及桌旁的人们。李闯不住地向他的朋友夸赞我，周亮也在一旁附和。苗苗的一句话，重新将我拉回地面，她说，班老师，谈了这么多，能给我们讲讲你的作品吗？

6

所有人都望向我，我定了定神，觉得诧异，不知大家从何时开始如此关注文学。我又喝下一杯酒说，那我就随便讲一讲，目前正在写的这个中篇小说，暂定名为《双河》。苗苗插嘴说，霜冷长河，是不是余秋雨的一本书，我高中时看过。我说，不是，单双的双。苗苗说，那你直接说两条河不就完了。我不知道该怎么解释。周亮皱起眉头，在一旁说，你先听他讲完。

我说，故事大概分成三个章节，各自分部叙述。第一部分，主角是我自己，姓班，但要年轻一些，故事发生在九十年代末的冬天。开篇是我去接崔大勇出拘留所，崔大勇骑摩托车肇事被拘，此人无家无业，留的是我的联系方式，崔大勇比我大十几岁，是我父亲在工厂里的徒弟，我父亲走后，多年以来，对我家一直帮助很多，其条件并不富裕，也未成家，勉强维持生活，但为人热忱，坦率，实心实意，此前他去外地打工，消失过一段时间，被释后无处可去，我便说可暂住我家里。

次日，刘菲的姑姑忽然来找我，说侄女联系不上，报案只管登记，没有下文，央求我帮着去找一找。我与刘菲是多年同学，家住前后楼，平日关系较好，她对外宣称是在家具城卖货，其实主要靠跳舞为生，在亚洲宾馆的黑灯区，十元两曲。我与崔大勇去其工作场所等地寻找，皆无所获。我忽然想起上一次见到刘菲，是在菜市场里，她买完菜后，又要去旁边的教堂，还邀我一起，我并无兴趣，将其拒绝，刘菲看起来有些失望。圣诞节这天，我与崔大勇来到教堂里，此处正在举办会演，歌曲舞蹈，纷沓而至，我坐在后排，听得极为困倦，直到深夜里的最后一曲，有人弹起风琴，悠扬而伤感，我恍惚看见刘菲戴着毛线帽子，踮着脚尖，在人群里唱歌。演出结束之后，我和崔大勇出门去追刘菲，见她与弹风琴的中年人并行，打了个出租车离去，我跟崔大勇骑着摩托跟在后面，那天的雪很大，几乎看不清前路。

大概开了半个多小时，我发现他们的终点是火车站，两人下车后迅速进入，并消失在候车室里，我们没买票，进不去站台。我跟崔大勇说，我先去买两张最近的车次，混进去看看，问问刘菲到底什么情况。崔大勇同意。我买票回来后，却没找到崔大勇。我只身进入站台，火车已经驶来，只有刘菲一人在此等候。我上前喊她，她转过头来，扫过一眼，便继续往车上走，火车开动，眼看着一节节车厢逐渐远去，消失在黑暗的前方。我有些失落，从车站走出来，发现崔大勇和摩托车都不在了，只好独自往家走。大雪掩埋掉我的足迹。

众人听得都很认真，屋内安静，我反而有些不适应。我缓了缓，继续讲道，这是第一章的大致内容，当然还会有一些细节，会交代一点背景之类，总体来说，故事线索大致就是这样。苗苗说，感觉其中有很多谜团。我说，对，往后会一点一点解开。苗苗问，刘菲去的是哪里呢？我说，佳木斯。苗苗说，佳木斯有什么故事呢。我说，那是第二章的内容。

我继续往下讲，这一部分，叙述人是刘菲，她不是沈阳人，老家是黑龙江鹤岗，读小学的时候，跟父亲搬来沈阳，投奔姑姑，她的母亲死于某次事故，刚来沈阳后的一段时间，她很不习惯，一切都不熟悉，也总被欺负，少有同学帮助，但我是其中之一，也就是第一章的主角，他们同读一所小学，初中之后，二人分道扬镳，但仍住在同一楼区，变压器厂宿舍，在刘菲姑姑的安排之下，她的父亲刘宁作为技术员，在变压器厂上班，勤劳规矩，为人热忱，口碑相当不错。小学毕业那年，出了一件事情，我的父亲在刘宁家中死去，这件事情对于我和刘菲的打击都很大，当时有一种传言，说是我的母亲与刘宁有情感纠葛，被父亲得知，上门问诊说法，结果被害，但当时警察的判定是自杀，刘宁从此消失。刘菲跟姑姑一起生活，初中毕业后，便进入社会工作，自力更生，不给姑姑增加负担，但又无其他技能，开始在家具城卖货，但性格又比较倔，不太顺利，后来去做舞女，两个月前，她在舞厅遇见消失数年的父亲刘宁，刘宁变化很大，他服刑数年，目前在教堂工作，想要弥补过失，请求刘菲随他离开此处，去往佳木斯，重新开始生活，刘菲犹豫很久，最终决意跟随父亲回归北方。圣诞会演结束后，二人来到车站，准备离开沈阳，其间刘宁说要去上厕所，但一去未归，火车驶来，刘菲独自离开，旅程空空荡荡。她在佳木斯过完整个冬天，不能说过得多好，但也不坏，唯一的遗憾是，佳木斯人不爱跳舞。

我越往后讲，越没有气力，故事往往就是这样，讲起来平淡，写出来反而会好一些，我看见李闯已经在打起哈欠，但又迅速地捂住嘴，起早开车，抵达后又爬山，疲劳程度可想而知。周亮的眉头仍未舒展，面容严峻，仿佛有所思。言言坐在我身边，无比安静，我叙述的某些时刻，甚至感觉不到她的存在。讲完这部分后，我说道，没什么意思，大概就是这么个情节,后面还没有想好。李闯说,挺好,佳木斯我去过两次,很快乐的城市。周亮提了一杯,说,我一听,感觉这故事的背后还有故事啊。我与其干杯,然后说,瞎设计的情节,还没动几笔。苗苗转向我,说道,班老师,讲了半天,你这篇小说也只有一条河啊,不够数,名字不好,前后不对应。我说,那你取个名字。她撩撩头发,然后对我说,可以叫,佳木斯,今夜请将我遗忘。

7

晚上九点,李闯洗了下脸,回来后精神重新振奋起来,话极多,我说时间不早了,先带言言回房休息,周亮也说今天比较疲惫,想早点睡。酒局行将结束,李闯朋友拉着我们去打牌,并让苗苗作陪,我与周亮先后拒绝,唯有李闯不好推托,跟着前往另一间房。我拎着两瓶水,跟言言往房间里走,从饭厅回到住处,需要经过一道长廊,下午到这里时,我并未多加留意,这里大多是人造景观,比较造作,没什么意趣,但夜间在此经过,又是另一番感受,庭院两侧立着许多水缸,仿佛用以承接雨水,青苔掩映其间,沉潜而悠远。院内潮湿,步行经过,居然有身处水畔的感觉,风将雨的气息吹到半空里,四周幽深,空旷之处有回声荡漾,言言走在前面,我侧身在后,默默观察。这几天我一直在进行回忆与对比,看言言的哪些行为习惯跟我接近,哪些又比较像赵昭,但却一无所获,我几乎不能在她身上看见我们的痕迹,然后我又想将她与同龄者做比,却发现在我的近期生活经验里,与这个年龄层并未有过接触,不知其所思所想,更是无从对比。

言言说,像。我说,什么?言言说,好像左边有一条河,右边也有一条。我说,是吧。言言说,后来呢。我说,什么。言言说,你那个小说不是有三个章节么。我说,第三部分还没想好。言言说,大概讲讲。我说，不讲了，到点儿了，回去睡觉。言言说，能睡着吗？我没有回答。言言说，你的小说都是这样么，没有结局。我有点惊讶，如同反射一般，连忙说道，第一我不想跟你谈故事情节或者结尾，我知道的已经都写出来，没写明白的地方，那就是我也不清楚，第二我也不想跟你谈文学技法，那些术语都是写完再往上套的，生拉硬拽，没什么价值。言言站住，侧着脑袋跟我说，你紧张啥。我松了口气，也觉出自己反应过度，便不再说话。言言抬手指了一下长廊的台阶，跟我说，坐一会儿，好不容易。我虽然不明白她说的不容易确切指的是什么，但仍跟在她身边坐下来，吹着晚风，抬头凝望，我看见天空在向远处展开，仿佛有无尽的寂静呼之欲出，要将我们围拢。

言言说，讲个大概，第三部分。我想了想，问她，你说主角是谁呢。言言说，想不出来，也许是第一章里主角的父母，或者刘菲他爸，叫什么来着，刘宁。我说，你这么一说，我还要再想想，本来这部分的主角是崔大勇，他十八岁入厂，成为父亲的徒弟，车工，手也挺巧，不久便出徒，一九九七年，厂内提倡减员增效，领导说，你们师徒二人，只能留一个，另外一个必须下岗，自己看着办，父亲考虑到崔大勇的家庭条件，有生病卧床的母亲，便主动提出下岗，让厂里将崔大勇留下。

父亲下岗之后，在楼下开一间摩托车修理店，维持生计，也兼配钥匙，干点零活，没有电动机器，父亲便用锉刀一点一点磨，方法原始。崔大勇仍在变压器厂上班，感念恩情，时常来看望师傅。这几年里，父亲性格有所变化，与母亲的关系变得很差，并开始嗜酒，以罐头瓶子打来散白酒，下酒菜是螺丝钉，蘸着红梅酱油，一嘬一下午，醉酒成为常态，日日狼狈昏沉，睁不开眼，像在大雨之中。有一次，崔大勇前来看望，父亲从抽屉里拿出几张图纸，让崔大勇去车几个零件，崔大勇看了半天，展开几遍又再合上，吞吞吐吐。父亲见其犹豫，便直说，要做一把钢珠枪，用途不用你管，你不用怕，牵扯不到你，我没求过你什么事情，就这一件，最近务必做好，做不出来，以后也不用来了。崔大勇回家之后，辗转反侧，不能入眠，前思后想，下定决心，利用加班时间，在后半夜里车出数个零件，他将这些零件放在铝饭盒里，驮在自行车后座上带出工厂。几日之后，却传来师傅的死讯，他前来送丧，内心大恸。

  崔大勇早先在教堂里，一眼便认出技术员刘宁，路上紧随其后，我去买票时，他缩紧身体，低头混入站台，不断向刘宁靠近。他们等待火车的到来，雪将光线遮蔽，黑夜降临，刘宁半眯着眼，觉出被东西逼住，半侧过身，扫去一眼，不见脸庞，只见一道道呼出的白气，急促而朦胧，又迅速消散。他低声说道，兄弟，不是地方。崔大勇说，跟我走，我有地方。刘宁上前几步，贴着刘菲的耳朵说，去个厕所，忽然想方便一下。刘菲转过身去，见他跟着崔大勇从站台往外走，雪花像帷幕一般，在刘菲的眼前缓缓下降。他们一直走到外面，摩托停在路边，崔大勇拉刘宁上车，在雪里行进半个小时，将他拉到浑河岸边。

  几处浮冰在河上，落雪不化，有鸟夜行，一白一黑。二人站在河边，望向对岸。崔大勇说，认识我不。刘宁摇头。崔大勇说，再想想。刘宁说，想不起来，但能猜个大概，我在沈阳，总共就那么点事儿。崔大勇说，给你提个醒，我师傅是在你家死的。刘宁说，你是他徒弟。崔大勇说，对，枪你见过吧，我帮他做的，他要去崩你，本来我要去帮他，但那天慢了一步，这些年每次想起来，都挺后悔，枪当时做了两把，我的藏在修理部仓库，前天我又找出来，今天终于跟你见面，晚了十几年，这都是命，该认就得认。

  刘宁说，照着脑袋来，要是瞄不准，我帮你指挥。崔大勇说，嘴挺硬。刘宁说，但话要说清楚，你师傅当天喝醉，过来找我，说话前言不搭后语，毫无逻辑，装的，想讹一笔钱，当时他病了，挺重，但家里谁也没讲。崔大勇说，这我知道，我跟着去医院查的。刘宁说，我反复解释，你师傅后来说，本来也没想要我命，但是我运气好，他运气不好，我说，理解，要钱没有，但酒管够，我下楼买酒，上来跟他一起喝，俩人一斤半，一滴没剩，我说，哥，今天差不多了，回家睡觉，明天早上起来，你要是想不开，我还陪你。他扑通一跪，跟我讲，不愿意醒，就想死，不给任何人增加负担。然后扔过来一串钥匙，跟我说，今天你让我死，那是功德一件，我要是死不了，刘宁，你现在去我的修理部瞅一眼，进门左边角柜，最短的那把，开第二个抽屉，里面都是钥匙，各家各户的，你数数，一共多少把，我没说话，他继续说，谁来配钥匙，其实我都锉出来两把，手心暗藏一把，自己留着，几门几户，都标得清清楚楚，另外我还有别的东西，别忘了我是干啥的，刘宁，你是外来户，这个事情你来做，合适，我的这个病长在脑子里，恶化之后，怕控制不了自己。我跟他说，这忙我帮不了，算是犯罪，你也冷静一下，我出去换两瓶啤酒，咱们漱一漱口，你在这等我，对了，哥，屋里有我自制的颈椎治疗仪，我脖子不好，以前落下的毛病，每天都得用一会儿，调节一下，但最近有时用起来不太方便，时松时紧，你手巧，帮我看看，怎么改造为好。

崔大勇说，那你去修理部没有。刘宁说，我出门时，顺手把他扔过来的钥匙揣在兜里，连跑带颠，去了趟修理部，拉开抽屉，情况属实，钥匙一排一排串起来，规整有序，像部队，柄上绑着白胶带，几楼几号，是谁家，记得一清二楚。我推上抽屉，出了门，下午喝酒是真难受，风还大，我坐在道边，有点想吐，抽了几支烟缓缓，清醒一些，又拎着啤酒回家，打开门后，发现他吊死在里屋，治疗仪帮了点忙。我心里有准备，但还是怕，坐在地上，直冒冷汗，自己喝了半瓶酒，然后我翻了翻兜，发现了你做的东西，工艺挺糙，但粗中有细，拎着有点分量，不错，让人觉得可靠。我洗了把脸，清醒清醒，将它夹在一摞衣服里，收好行李揣上钱，连夜坐车回到鹤岗，办点我自己的事情，具体是什么，你不用多问，本来之前我也要回去，但有了这东西，仿佛帮我下了个决心，虽然后来没用上，但也挺好，不然今天还出不来。崔大勇说，故事编得挺好，我差点就要信了。刘宁说，信不信在你，我不干涉，说多也没用，我就最后几句，后来我在凌源二监打的罪，刚开始受不了，处处委屈，也想过死，后来就不想了，有位同住的狱友，会背《圣经》，从早到晚，都能讲下来半本，头头是道，声若洪钟，开始我很反感，听不进去，后来有时听听，觉得也有几分道理。有一次，我问他，像我们这样的，神还能管么，他说，一管到底，神自有选择，有些事情他让鸽子去做，有时他也差遣乌鸦去做，乌鸦贪婪，叼着食物不放，神就让它去叼回饼和肉，这说明神不仅使用洁净的人，也将使用我们这些不洁净的人。这话以前不懂，但总能梦见自己在河边，飞鸟行过，河水上涨，影子下沉，刚才你骑着摩托载我至此，我下来一看，心里就亮堂了，原来今天就是神使用我的日子。

8

我从卫生间出来后，发现言言仍未入睡，捧本旧书迎着台灯看，光线昏暗，读起来想必也很吃力，我缓缓将书从她的手里抽离，示意让她睡觉，她闭上眼睛，翻了个身背对着我，我将台灯关掉，躺在床上，酒精的作用正逐步衰减，头脑愈发清醒。山间无光，黑暗极为沉重，覆盖在我们的上方。

我的心绪颇为不宁。一方面是因为刚才叙述的这篇小说，其实我已经想了很久，但依照以往经验，我心中大致有数，既然故事讲述得如此清晰，那么往往也就不必再写了，几乎是不可能写好的，我从来都不是一位缜密规划再逐步实施类型的作者，将写作这种玄妙的智力活动当作项目施工进行分解，于我而言，多少会丧失一些趣味，所以整个故事到今晚为止,言言也许是唯一的读者,这没有什么了不起,我也能接受,并不觉遗憾,所有关于它的疑问可以告一段落。我也放松一些,不必为填补其中的一个缺陷,再去完善说辞、牵引线索、编造情节,而这些混搅在一起,盘根错节,相互浸没,又会构成新的缺陷,最终落入往复的黑洞之中。今夜的讲述使我避免了这样的遭遇。

另一方面,在这样一个普通的山中夜晚,我竟然非常想念刘菲,当然,并不是小说里的虚构角色,而是我的那位朋友,不可否认的是,二者的形象在某一时刻是重合的,交错之后,又逐渐分离,互为映像,在时间里游荡,在讲述的过程中,有时我竟也十分恍惚,将对于这位虚构角色的情感转移到我的那位朋友身上,这是十分隐秘的经验,难以启齿,也没办法解释,我极力想要将二者分开,但却无济于事。我睡着之后,这种情绪在梦中仍然缠绕着我,如同刚刚洗净的果实,不小心掉落在地上,无人再去拾起,唯有声声叹息,但尘土与水,却会将其抚养,它以光的速度重新生长,并再次来到我的面前。

第二天早上,外面的流水声将我唤醒,言言比我起来得要早,并且已经漱洗完毕,说要出去透口气,在院里等我。我躺在床上,抽了支烟,又将东西收拾好,出去与她会合。周亮正跟言言聊天,我打过招呼,然后问言言,睡得如何。言言说,不怎么好,打雷下雨,早上还有鸟儿叫。我说,我怎么没听见。周亮偷笑着说,你能听见啥啊,从来睡得很死。我看看言言,言言朝着我点点头,证明情况属实,我更加困惑,不过地面上确实是湿的,缸里的水位仿佛也略有升高。

我与言言、周亮共同吃过早饭,李闯还未起床,他昨天应该睡得比较晚。我提议在山中随便走走,雨后空气清新,言言说没睡好,要继续回房休息,于是我跟周亮二人出门,从后面出去,走上一条小路,继续向上攀登。

不到半个小时,便走到尽头,虽然距山顶还有一段路程,但已无台阶，向上只有一条土路，曲折隐藏在树丛之间，愈发狭窄，一眼望不到深处，淡蓝色的雾气笼罩其间。周亮问我，还走么。我说，去看一看，时间还早。周亮点点头，我们继续向前进发，但没走几步，便又被巨石拦住，我们推测，这些巨石应是后来搬运至此，要做成某个景观。周亮坐在石头上，对我说，时间太快了，很多年就这么过去了。我说，什么意思。周亮说，还记得吗，高中毕业之后，你、我和赵昭，也爬过一次山。我想了想，说，印象不深。周亮说，北镇附近的一座山，当时也没有完全开发好，但奇峰怪石无数，景色不错，山很难爬，相当陡峭，有的地方几乎是直上直下，必须相互携扶，手脚并用。我说，二十多年前的事情，完全记不得了，我们爬上去了吗？周亮停顿了一下，然后对我说，你只爬到一半，在瀑布对面等我们，看管行李，我和赵昭轻装上阵，最终爬到山顶。

这时，我的电话响了起来，是李闯打过来的，问过我们的情况后，他告诉我，自己已经醒来，并且马上要去吃早饭，让我们回去收拾一下，准备下山回家。挂掉电话后，我对周亮说，李闯起床了，喊我们回去呢。周亮站起身来，拍拍裤子，对我说，你真的什么都不记得了吗？

9

郊游归来后，我与言言的相处向前迈进一大步，彼此逐渐熟悉，交流愈发平顺。短暂的几天时间里，我们甚至结成一个小小的同盟，她偶尔会跟我抱怨赵昭对她的管理，从学习到生活，各个层面，无微不至，表面上开明，思想前卫，态度豁达，但也令她时有窒息之感。最开始只是简短几句，听不出情绪，仿佛是在对我进行试探，得知我也持相似态度，并曾深受其苦后，她虽然没有明确表示同情，但与我之间的隔阂却一点一点消失了。

每天饭后（基本是我做饭，她虽在南方长大，但好像更习惯于北方饮食），我们一起去附近散步，从院门出发，向东步行约十五分钟，会到达工人村之腹地，此处曾是一派欣欣向荣的景象，如今略显失色，我给她指着几个昔日的雕塑，两只梅花鹿，其中一只已经非常残破，我说，在你小的时候，我们曾在这里合影，照片我还留着，其中一张是我抱着你，另一张是你骑在鹿的背上，向我招手。言言没有说话，走过去仔细端详那两只鹿，我站在她的身后，看她踏上台阶，趁她不注意，想再拍几张照片。她抚着鹿角，猛然回望，我只好收起手机，若无其事地向旁边走去，买回两根雪糕，在天黑之前，我们迅速将其吃完，手里拎着雪糕棍儿走了很远。

向西步行十五分钟，便是一道铁路，我跟言言说，从前它是作为分界线存在，每次经过火车，道口放下栏杆，两侧的车都要停下来，等待很久，有时是十几分钟，警报声一直在响，到后来却忽然停止，栏杆重新抬起，并没有火车过去，所有人便都很失望，有首歌里唱过类似情绪，长长的站台，漫长的等待，只有出发的爱，没有我归来的爱。此时，我们贴着侧面的护栏站立，等待火车的经过，已经驶过两趟，非常长，车厢难以计数，天色将晚，壮阔的深蓝光芒投向我们，不断迫近，我提议回家，言言说想要再等一趟。很快，警报声便又响起来。我贴过头去，小声问她，你有男朋友吗？她目视前方，反问我一句，你和我妈为啥离的婚呢，然后顿了一下，转过头来，又补充一句，你是不是也想说，情况很复杂，说来话长啊。我说，你妈是这么说的吧。她说，对。我说，那我不能这么说了。她说，也不是。我说，你想得到什么样的答案呢。她说，其实你也不是非得讲，这些事情我并没有那么关心，就好像刚才你问我的一样，你也没那么关心。我说，那好，就先不讲。她说，我之所以要问，就是怀疑你也根本不知道为啥离的，就像当年也不知道为啥要结婚。我一时语塞，不知如何解释。言言叹了口气，如同安慰一般，又对我说，唉，但是放心吧，我没有要怪你们的意思。

我不知道她或者同龄者，对类似问题到底有何种程度的思考（这几天的接触，将我固有概念完全打破，我发现自己远不能将她作为晚辈来相处，她对待部分事物的态度虽不能算是成熟，但却总在我的意料之外）。从我的角度来讲，我和赵昭之间，要说一点留恋都没有，厌恶透顶，那倒是真不至于，毕竟我们性格都没有那么强硬，但正是这种相互的妥协与软弱，造成这种无法挽回的局面。回想起共同生活那几年，我如身在泥河，污淖重重，四下无人，晦暗而孤独，外物不能使我有任何亲近之感，妻女也不行。赵昭想必也是如此，尤其是在女儿出生之后。我们很少发生争吵，但彼此冷漠，视若不见，这便更令人绝望，争吵意味着我们还在拼搏，奋力拯救彼此，但那时我们真是无话可说，这种分裂持续了很长时间。有段日子里，我脑子里始终盘旋着格雷厄姆·格林的那句名言，一个人出生以后唯一要考虑的问题就是如何比降临人世更干净、更利落地离开人世。我并非是要践行，而是单纯地对这句话进行推演，在不可知的内心深处沉思，循环往复。直至有天清晨，醒来之后，我们在床上又躺了很长时间，言言在一边哭得很凶，而我们谁都没有去管。我半闭着眼睛，在哭声里，却感受到窗外季节的行进，它掠过灰暗的天空侧翼，发出隆隆巨响，扑面袭来，仿佛要吞噬掉光线、房间与我；远处的河流在融化，浮冰被运至瀑布的尽头，从高处下落，激荡山谷。在噪声与回声之间，我听见赵昭说，我有点事情，想跟你商量。我说，什么都不用讲，什么都不用，不需要的，赵昭，我们不需要的。

10

有必要说一下我和刘菲的事情。我将言言送走之后，生活恢复常态。随后一段时间里，为了摆脱之前的某种想法，我开始与刘菲频繁联系，我认为她或许是突围的关键人物。我邀她共同饮酒，她起先觉得莫名其妙，后来也接纳了，其时，她也来过我家数次，我做几道不错的菜，吃得相当愉快，关系进展较为顺利。甚至在她去外地进货时，我还在商场帮她守过几天摊位，虽然并不太擅长，市场嘈杂，人流密集，令人厌烦，但我劝说自己，也要去逐渐适应，总要有所付出。

这一段的交往也使我发现，我对刘菲并不十分了解，在我从前的印象里，她颇有几分风情，来者不拒，开朗乐观，不拘小节。但实际接触时，我发现她的内在性格跟外表差别很大，经常会露出小动物一样的警惕眼神，其心思缜密，对他人情感的细枝末节也能照顾得到，反应迅速且得体，她在经营童装生意的同时，还有几项其他投资，对于未来很有规划，这些都令我感到意外，相比之下，我过得简直是浑浑噩噩，一塌糊涂。

我努力向她所期望看到的方向转变，振作精神，每日固定时间写作，颇有规律地进行阅读和锻炼身体，深秋时节，我还带着她去爬过一次山，经过我在夏天时曾住的院落，发现里面好像已经无人打理，山门紧闭，灰尘遍布，如同一座破败的寺庙，日落风起时，我们沿原路返回。

登山过后几日，我正式向刘菲提出，想要开始这段关系，她却将我拒绝，我很不解，追问原因，她也没有说清，大致意思是，要是放在几年之前，也许有机会，是可以在一起的，但现在不行了，那段时间过去了，既无法追回，也不能重现。我对此十分不解，到底是怎么过去的呢？过去的又是些什么呢？到底是什么主宰着我与刘菲之间的关系？想不明白。被拒之后，我非常失落，偶尔街上与刘菲碰见，她对我客气得不像话，像是对待那些来买衣服的顾客，仿佛在我们之间，从未有过那些亲密的时刻，无论是写作还是生活，有很长一段时间，我都处于停滞状态。

　　一次酒后，冲动之下，我给赵昭打去电话，告诉她说，我想去南方生活一段时间，准备多陪陪言言，以弥补逝去的时光。赵昭在电话那边笑了起来，说道，你是不是还想说，她走之后，你的心里仿佛像漏了一个大洞，呼呼灌着西北风啊。我没有说话。只一瞬间，赵昭便收起她的嘲讽语气，面庞严肃，语调冷淡，对我说，这些事情你没必要跟我讲，自己决定，如果当我是朋友，来咨询意见，那么我的建议是，你不要来。我还是没有说话。赵昭说，对了，言言对你的印象还不错，回来后提过你两次，如果我这么说，你能好过一些的话。

　　我仍准备动身前往南方，临走之前，约李闯和周亮来为我饯行。我们在一家烧烤店吃到很晚，每个人都喝了十几瓶啤酒（不太寻常，通常是我和李闯喝得较多，周亮对酒极为克制），酒后，李闯提议去洗浴中心，连洗带住宿，享受最后的好时光。于是我们打了一辆出租车，李闯坐在前面指路，我和周亮坐在后排，其间，周亮并没有说话，但将他那一侧的车窗完全摇了下来，风猛烈地灌入，噪声很大，我一下子精神起来，紧抱双臂，挺直身躯。周亮转头望向我，一字一句地对我说，我离婚了。

11

　　李闯与我是初中好友，他成绩一般，没读高中，毕业后去技校待了两年，然后买了个专科文凭，在社会上摸爬滚打，从事过许多行业，为人义气，能有今日小小成就，全凭昔日友人协助，此外，他也娶到一位家境不错的妻子。周亮则是我介绍给李闯认识的。我与周亮、赵昭是高中同学，他们二人同桌，我坐在后面，平日交谈较多，关系不错，时常一起出行，进而结成同盟。周亮在高中时，对赵昭颇有些好感，举止显著，心思外露。赵昭虽不接受，但也没有拒绝，态度暧昧，我当时对赵昭没有任何想法，但她却很依赖我，大概是由于我的存在是对二者关系的一种制衡。高考之后，周亮发挥失常，去南方读书，学习法律，进入另一片天地，而我和赵昭则考入北京院校，从此来往较为密切。

有一年寒假里，周亮来我爸的修理部找我，言辞激烈，如同拷问，想知道我与赵昭的关系进展到什么地步，我不是很愿意讲，因为其实还什么都没做，只是牵手吃饭而已，没有实质性接触。周亮打听出来之后，仿佛吃下一颗定心丸，大度地告诉我，不要着急，这种事情，或早或晚嘛。然后摇晃着离开，志得意满，与来时判若两人，我对这一幕印象很深。

这些年里，周亮总有机会出差去上海，并且常与赵昭见面。要是说我对他与赵昭之间的关系没产生过怀疑，对不起，那是不可能的。多年以来，周亮始终充当知心好友的角色，甚至可以说，他对我们二人的秘密了如指掌，而以我对他的了解，只要有乘虚而入的机会，他也一定是不会放过的。

每隔一段时间，周亮都会向我通报赵昭的境况，我既很想知道她的这些消息（必须说明的是，我对赵昭已经没有任何感情了，这种关切完全出自一位普通朋友的友爱之心，以及作为小说作者天然的好奇），但同时并不想从周亮的口中听到，所以内心十分矛盾。这次出行后，我得到的信息是，周亮虽然经常与赵昭见面，但言言却不知道这个事情，他与言言也没见过面，从无接触，这仿佛也在印证着另一些事情的存在。

我对周亮的态度也很复杂，一方面来说，结识几十年来，他没有做过任何伤害过我的事情（至少我没有证据去证明），反而关爱有加，嘘寒问暖，在我最需要帮助的时候，也的确伸过手来；另一方面，在这几十年里，我却被他造成的这种温暖的阴影所笼罩，无论在读书时，还是在毕业之后，结婚又离婚，失业或者写作，这种阴影始终逼迫着我，有时我甚至会想要躲起来，却又无处藏身。这点说出来的话，许多人恐怕都不太能理解，但我也没法进一步解释了。

上面提到，我与言言回家之后，相处得比较愉快，在一起也探讨许多事情，彼此竟然产生一些父女之间的亲密感，这让我很意外。她要离开时，我竟十分不舍，决定买张机票，将她护送回去，以便能跟她多待一段时间。我回顾从前，对于她在幼年时的那次离别，我已毫无印象，完全不记得是在何种场景之下将她们送走的。

出发之前，我给言言和赵昭买了一些礼物，同时也有给赵昭男友的，按照我的预想，礼物会经由赵昭之手转交，说是言言帮忙带回来的，这样也许会留下一些好印象。言言盯着行李箱里面成堆的礼物，跟我说，老班，适可而止。我说，啥意思。她说，过犹不及。我说，我发现你这毛病好几天了，四个字儿的话能不能少说一些，显得特别装，不好。言言说，但你小说里的人物都是这么说话的，我是跟你学的啊。听到这里，我忽然鼻子一酸，险些落下眼泪，不知说什么好。恰好此时，飞机开始在跑道上滑行，巨大的轰鸣声代替我进行回应。在几万米的高空里，光芒刺眼，言言坐在靠窗的位置睡着了，我看着她熟睡的脸庞，真切地感受到了这些年里失去的那些时间。

在此时，我本来应该做一个小小的决定，但那个念头只是一闪，便立即被我打消了。取而代之，反复盘旋在我脑中的，则是另一个可怕的想法，刚才也提过一点。那便是，我忽然意识到，多年以来，我所了解的关于赵昭的私人生活，可能完全是周亮编造出来的（我在与言言偶尔聊天时，发现有些事件对不上，她毫不知情，并且也从未听说过母亲结交过男友），换句话说，我怀疑周亮在我的世界里重新塑造出来一个远方的赵昭。而这个形象，与现实中的赵昭，并不完全相符。

进而，我联想到的是，这些年来，我个人史上的许多重大时刻，诸如学业、工作或者婚姻等，在关键节点上，好像周亮都有参与，他的声音尖锐、激昂并且坚定，支持也好，反对也罢，总是有办法使我屈从于他的选择。也就是说，我仿佛一直在被周亮挟持着去生活，他或许才是我人生的隐秘驱力，想到这里，我有些不寒而栗，不敢再继续往下想了。

12

当天，我和赵昭从民政局办完离婚手续出来，共进一顿午餐，啤酒冰凉，我喝得畅快，一杯又一杯，看得出来，赵昭的心情也不坏，胃口不错。这顿饭我们吃了很久，仿佛只要不结账，就还不算是彻底分别。喝到后来，我有些醉，问她，当时是哪一个瞬间，让你决定要嫁给我。赵昭反问我，你觉得呢。我说，应该是有一次醉酒，你带我回到住处，半夜口渴，醒来喝水，然后你也一直没睡着，那间屋子没拉窗帘，映着外面的星星，我们做了一次。赵昭说，你说话小声一点。我说，做完之后，我半闭着眼睛，给你背了首我写的诗。赵昭说，事情记得，但不是这个瞬间。我说，那是哪个呢？赵昭想了想，说，记不起来了。我说，也许根本没有那样的一刻。赵昭说，那首诗，怎么说的来着，我还想再听一遍。我把烟掐灭，眼睛望向窗外，午后的阳光如漫溢出来的时间，缓缓流经我们两人，我忽然觉得自由无比，像从前的无数次那样，熟练地背诵出来。

不能失去我
海里的一粒谷
十二柄鲸在餐桌上轮流看守

不能失去我

冰里的一滴火

十二轮象在词典里巡回搜索

不能失去我

比针还细的钥匙

一枚针孔就能闯入一头飓风

不能失去我

有人念起名字

像念着所有语言里唯一的诗

而我不能写诗

心里填满干粮

生活是一场蝗灾

不能失去啊,不能失去我

轻轻钩住天空的

玻璃耳朵

(原载《青年作家》第 1 期)

小镇球王

卫 鸦

一

台球来到小镇那年，我十六岁。如果我没记错，那是夏天一个和往常一样的清晨。小镇下过一场雨，泥土的湿腥气息与水汽交杂着，弥漫在小镇上空，几条杂乱的街道被雨水冲洗过后，显得更加杂乱了。马路两边的门陆续打开，在湿漉漉的清晨里，小镇人开始了一天的生活。这是小镇初醒时的模样。我坐在门口，等母亲回家。她是小镇上最好的裁缝，每隔一段时间，就会去省城里进批布料。

我心里想着，母亲也许该到了。几声嘈杂的喇叭声过后，母亲果然就到了。一辆东风汽车拐个弯，颠簸着从小镇的南边过来。不用看我也知道，那是母亲常坐的顺风车。司机把车开到我家门口，熄掉马达，让汽车安静下来。他斜着身子，两只脚架到方向盘上，脑袋伸到车窗外抽烟。

母亲挎着个包，从驾驶室里跳下来，拢拢头发，绕到车尾，扒着挡板爬上了车厢。我站起身，走过去问母亲要不要帮忙。她让我从隔壁叫了两个帮手，将两张台球桌卸了下来。接着，她跳下车厢，向司机道谢，递上车钱。司机接过去，顺手扔在挡风玻璃前，猛吸口烟，两只脚从方向盘上撤下来，脑袋缩回驾驶室里，发动车子，油门一踩，货车怕冷似的抖两下，拖着黑烟绝尘而去。

母亲松了口气，拍去手上的尘土，从门口拖过一张凳子，一屁股坐下来。她满脸是汗，胸膛起伏着。经过这一路奔波，她已经很累了，疲惫和汗水一起胡乱地挂在脸上。我心里又想，这时该起点风。风果然也来了，像块看不见的抹布，将汽车留在空气中的灰尘和尾气一点点擦掉。我们这座小镇背山临河，山风顺着山势斜转，落入河道，再随水流一起徐徐来到小镇上，十分舒适宜人。待气息喘平之后，母亲脸上的汗珠也被微风拂干了，额头和两个鬓角处，结出一层细密的白色盐晶。母亲用衣袖擦了把脸，问我：高松呢？死哪儿去了？

我知道，母亲又得忙上一会儿了。一般来说，也只有在这种情况下，她才会想到高松。我指着八万家，说：在下棋。

母亲转过脸，对着八万家大喊一声：高松。她的声音就像只手，将一条矮小的人影从八万家里拽了出来。高松一路跑着，朝我们飞奔过来，气喘吁吁地停在母亲面前，站着不动。母亲从门后拿了把铁铲，扔给他，让他把门前的地面铲平。高松接过铁铲，一声不吭就忙上了。高松年龄不大，但干起活来，已经和母亲一样利索了，两个小时不到，我家门前的那块地面就被整理出来了。紧接着，他又从家里拿了把扫帚，将这二十几平方米的地方，细细扫了好几遍。

下午的时候，做门窗生意的师傅来了，操着工具，叮叮当当敲打一阵子之后，就像变魔术一样，在这块空地上支起一张天蓝色的雨棚。母亲搬来一架梯子，架在雨棚底下，又从隔壁五金店买来两根灯管，让高松挂上去。高松拎着灯管，踩着梯子爬上顶端，两手高举着灯管往上挂,但是没能挂上,他太矮了,两只手够不着。母亲叹了口气,让高松下来,自己拎着灯管,爬上梯子,轻松地挂了上去。母亲从梯子上下来,瞟了高松一眼,说:饭没少吃,都用来长脑壳了。

高松低着头,手垂在身体两边,像个囚犯似的,以一副恭谨谦卑的态度,聆听母亲的训斥。汗水从他额头滚下来,落进眼里,也不敢伸手去擦一下,只是用力眨着眼睛,似乎想把那种刺痒的感觉挤出来。我觉得母亲对高松过于严厉了,他还只是个少年。况且,他已经忙了大半天,满身尘土,就像个刚从洞穴里爬出来的矿工。但母亲对他的工作仍不满意,说他干活马虎,就像那个短命鬼一样。

母亲这话一石二鸟,短命鬼指的是我父亲。事实上,父亲已从我们生活中消失多年,可母亲却让他无处不在,只要心情不好,就会把这个劣迹斑斑的男人搬出来,跟高松密切地联系在一起。

高松一声不吭,又扫上了。等扫帚声停下时,小镇已进入黄昏,一层淡蓝色的薄雾从大地上升起来,像层细纱,笼罩着小镇以及远处转为深黛色的山峦。

母亲把灯打开,雨棚下登时一片通明。她让我和高松协助,将两张球桌摆好。然后拿出一只方形盒子,撕开包装,哗啦一声,一盘台球散落在了深绿色的台面上。母亲将球一颗颗拢到一起,用一个三角形的框固定住,反复查看了几遍,确认没有摆错,就把框拿起来。灯光下,十五颗颜色各异的球子突显出来,呈三角形,规规矩矩地排列在台球桌上,闪着洁净而艳丽的光泽。

随后,母亲又让高松回屋,搬了几把塑料椅子出来,摆在球桌旁边。她是位强迫症患者,家里的家具,隔几天就会挪一下位置,就好像天天都在搬新家。对待这几把椅子,也是如此,她看了又看,支使着高松挪来挪去,不断调整着摆放位置,直至完全符合她的心意,高松的工作才算彻底结束。

就这样，一间简易的台球厅在小镇诞生了。母亲满足地打量着，就像看到了一条光明之路。这也确实是条路，是母亲为我铺下的。那年中考，七门课程，我没有一门及格。如此糟糕的成绩，书自然是读不下去了。留在我面前的出路，只有两条：要么出去打工，要么学门手艺，在小镇上讨口饭吃。我当然想留在小镇上，外面的世界再怎么好，那也是别人的地方，只要一想起那种遥远的距离，我就会觉得，远方跟小镇不在同一个地球上。还好，在小镇上，可学的手艺很多，理发、装修、家电修理、摩托车修理等等。学好了，哪一行都可以混口饭吃。遗憾的是这些我都不感兴趣。我感兴趣的是开车，我喜欢握住方向盘在路上飞奔的感觉。可我刚将这想法说出来，就被母亲强硬地否决了。她说我学什么都行，想开车，门儿都没有。

我当然知道，母亲担心我。司机能赚钱，但也是份高危职业。小镇上有种说法，开车的人，一脚踏油门，一脚踏牢门。这是一碗路上的饭，并不好吃，脑袋别在方向盘上过日子，方向盘要是失控，脑袋也就没有了。再加上父亲在她心里留下的阴影，母亲对司机这份职业的成见极深。可除此之外，我对其他手艺没什么兴趣。母亲也不想我出去打工，便给我找了第三条路，在小镇上做点小本生意，不指望赚多少钱，有件事情捆绑着，我就不至于跟小镇上那些无业青年一样，整天无所事事，游手好闲。所以她买了两张台球桌回来，给我铺了这条路。

这间露天的台球厅虽然简陋，但母亲信心满满。在她眼里，这两张球桌，将会像她在省城里看到的一样，成为两棵摇钱树。我看了看天，夜晚已经到来了。从天象来看，明天应该是个好日子，小镇隐入纯净的夜色中，天上布满星子，这是雨后放晴的迹象。灯光下，两张台球桌安静地摆在那里，桌面上的那层绒布绿得耀眼，衬着小镇上纯净的黑夜。高松站在球桌旁边，头仍然低着，仿佛被一股无形的力量压住了，他的人也愈发地显得瘦小，只有两只眼睛格外明亮。

二

高松是我弟弟。母亲讨厌他，这事在小镇上众所周知，母亲自己也从不否认。从他出生那天起，这种讨厌就已经存在了。怀胎十月，他吸收的营养都长在脑袋上，全身都瘦小，脑袋却格外大，分娩那天，被盆腔骨卡住，没法顺利出来，在母亲肚子里多待了十几个小时，确切一点讲，是难产。母亲躺在床上，被持续的剧痛折磨着，差点没挺过来。危急之中，我父亲表现出了难得一见的理智。他开着一辆货车，将母亲送到了县人民医院。在我们对父亲的记忆里，这大概是他干过的唯一一件值得称道的事。他的当机立断，将母亲和高松从鬼门关捞了回来。

然而，两条命是保住了，但也留下了后遗症——母亲腹部被剖了一刀，留下一条蜈蚣状的疤痕。这道疤痕，在母亲心理上永远也愈合不了。母亲总觉得，有了这条疤痕，她整个人生都失去了完整。而造成这一切的罪魁祸首，无疑就是高松。每忆及此事，母亲便难掩愤恨之情。她叫高松时，从来都是直呼其名，并且往往包含着强硬的指令：高松，快去把碗洗了；高松，把垃圾倒掉；高松……这还算是温和的，遇到母亲心情不好，恶语相向也是常有的事。

有时我想，若是父亲在家，情况也许会好点。当然，这只是假设。生活中没有假设。父亲在我们很小的时候就离家了。他曾经是名司机，这也是母亲不肯让我学开车的原因。但是，我不得不坦白地说，在我们这座小镇上，司机算是一份不错的职业。父亲年轻时，也风光过。那时小镇上让人羡慕的男人有两种，一是穿军装的，二是摸方向盘的。这两样父亲都占据了，可谓得天独厚。他进过部队，当了几年汽车兵，退伍之后，买了辆解放牌货车，成为小镇上第一名跑货运的司机，省内省外地跑，见多识广。当年相亲时，母亲一眼就看中了他。

刚结婚的那几年，父亲也确实不错，能吃苦，能赚钱，跟母亲相处也十分融洽。可是有了高松之后，他们的关系便急转直下。我不知这种转变，是否跟母亲肚子上的那一道刀疤有关。总之，对父亲来说，高松的出生是条分水岭，这条分水岭的一边，是一个忠于家庭、严于律己的男人，另一边，则是一个放浪形骸的赌棍。父亲常常夜不归宿，据说是在外面找了女人。再后来，他又慢慢喜欢上了赌博，让自己成为一个嫖赌齐全的男人。说实话，那些女人对我们并未造成什么影响，毕竟谁也没有见过，但是赌博这件事，却让我们全家深受其害。小镇上有句俗话：十赌九输。这句话简直就是为我父亲量身定做的，自从染上赌瘾之后，他开车赚到的钱，就从来没在口袋里停留过，往往是钱一到手，还没来得及焐热，就从牌桌上进了别人的口袋。

这样的男人，母亲自然是无法容忍的。从我记事开始，父母之间就很少说话了，他们唯一的沟通方式，就是吵架。如果吵架解决不了问题，就开始动手。父亲虽然五大三粗，但吵架与打架，都不是母亲的对手。每次都被母亲指着鼻子，骂得哑口无言。他涨红着脸，站在那里，半天才憋出一句话：你再骂，老子揍死你。他两手攥成拳头，一副随时要把母亲打翻在地的样子。可我却从未见他真正动过手，每次的结果是他还没来得及动手，母亲已经扑了上去，又抓又咬，跟他激烈地缠斗在一起。等两团人影分开时，母亲安然无恙，父亲脸上却伤痕累累。

在母亲面前，父亲的弱势一览无余。他的口头禅是：惹不起，我躲不起吗？因此，每次吵完架，父亲都会从家里消失几天，跑到外面去喝酒、赌钱，等身上的钱输得精光之后，再两手空空回到家里。他不回家还好，在外面的那几天，至少可以让家里保持短暂的平静，他一回来，母亲的怒火转眼间又重燃起来。于是二人又接着吵，吵着吵着再动手，如此反复，就像一个永远也没有终点的死循环。

　　有一天，父亲跟母亲大吵一架，带着一脸抓痕，开着货车就出去了。车子发动时，他望了我一眼，说：以后有谁欺负你，打得过就打，打不过就跑。那时我根本想象不到，在父亲这句类似于遗言的叮嘱后面，竟是永别。等我明白了这句话的含义，以及父亲当初看我的眼神时，我已经有八年没见过他了。父亲此后再也没有回来，就像个谜，毫无预兆地就从我们生活中消失了。

　　后来有人告诉我们，那天出去之后，父亲看到有人在开牌九，立马将车停在路边，参与进去，他输光了身上所有的钱之后，孤注一掷，输掉了车，然后跑路了。

　　母亲的愤恨可想而知。不久之后，她把父亲留在家中的衣物，以及生活用具，全部翻找出来，卷成一团，扔进一只盆里，倒上汽油。母亲一边痛骂，一边划燃一根火柴，投入盆中。转眼之间，火光升腾起来，青烟缭绕中，父亲留在家中的一切，全都化为一堆灰烬。母亲坐在火光中，脸色沉郁，就仿佛被她付之一炬的，不是衣物，而是那个活生生的男人。

　　烧完之后，母亲仍不解恨，用剪刀将那张全家福上的父亲裁掉了。此后的父亲，便成为一个空洞的轮廓，在相框里面，荒凉地注视着我们。当我们慢慢长大，父亲也跟着这张全家福一起掉色，他在我们记忆里，一点点失去印象，渐渐淡化成一个模糊的影子。

　　高松也是个影子，他是父亲的影子。父亲沉默寡言，高松也沉默寡言，父亲怕母亲，高松也怕母亲。有很多次，他受到母亲的责骂之后，我问他：为什么不顶嘴？他微微一笑说：顶什么嘴，她是我妈。我记得父亲当年被母亲打骂时，旁人也常怂恿他，说他真是白长了条××，一个娘儿们，怕她做什么，动手揍她就是了。父亲的回答和高松如出一辙：我跟一个娘儿们计较什么？

高松太像父亲了，除了身高矮一截，其他方面都很像——五官像、神态像、走路像、说话像，就连吃饭时握筷子的姿势，都是那么惊人的相似。有时我看着高松，会觉得自己看到了一个站在远处、缩小了的父亲。我想，也许这才是母亲讨厌高松的真实原因。

父亲离家之后，母亲自然难以适应。没有了那个吵架的对象，她的生活中也出现了一块空白。而高松就像个补丁，及时补了上去，成为母亲发泄的对象。只要母亲心情不顺畅，就会对他加以责骂。高松身上背着的，不仅仅是让母亲耿耿于怀的那道疤痕，还有母亲对父亲的怨恨。

似乎是顺应了母亲的厌憎，高松的发育不是很顺利，个子长到一米四左右，整个人就跟石化了似的，果断地停止了生长。母亲常说，他浪费这个姓了。在母亲眼里，姓高的人，似乎都应该长得人高马大。这话听上去毫无道理，但她完全有理由这么认为，因为我爷爷、伯伯、父亲、叔叔、堂哥、堂弟，包括我，个个身材高大，就像一棵棵树，挺拔地长在小镇上。唯有高松是个例外，从家族特性中偏离出来，长成了灌木。

高松只比我小一岁，然而我们并肩站在一起时，就像是一位父亲带着儿子。他太矮了，看上去，只比侏儒好一点点。可这么多年以来，小镇上从未有过侏儒，因此，人们看他的眼光，跟看一个侏儒实际上是没什么分别的。他也确实长得滑稽，小孩的身体上，支着一颗比成年人还要大的脑袋，显得十分怪异。那副头重脚轻的样子，让人时刻担忧他的脖子会被脑袋压断。从小到大，他走到哪里，都是众人取笑的对象。他就像个笑话一样，在小镇人的歧视里荒凉地活着。

从情理上来讲，高松需要更多的呵护。可事实上，母亲却对他保持着一贯的冷漠。母亲和这个儿子之间，似乎只是一种主从关系，看不到多少血缘。

三

对于小镇来说，台球是样新奇事物，很夺人眼球。第二天一早，小镇上的一群青少年，被吸引到了我家门前，他们聚拢在两张球桌旁边，驻足围观，七嘴八舌地议论着，就像看着一样天外来物。

如我所料，这天是个好日子。太阳升起来了，阳光毫不吝啬地洒下来，将小镇铺上一层明媚的金色。远处是连绵不绝的雪峰山脉，横跨小镇，往辽阔的天边延展，满山的绿色抖动着，向小镇上输送着舒适的凉风。

母亲的笑容也像阳光一样，灿烂明媚。为了让生意顺利开张，她以前所未有的友善，对待这群小镇上的青少年。她将球杆递过去，笑眯眯地说：来，试一试，新开张，头几天免费。

这样的邀请似乎让人很难拒绝。要知道，我母亲并不是个平易近人的人，十步之外，便能让人觉察到她身上的锐气。当这个暴躁的女人一改常态，变得和蔼可亲时，这群青少年难免有点受宠若惊。

可是，母亲盛情邀请了一圈，也没一个人敢伸手接她的球杆。小镇上的人就是这样，对陌生事物充满兴趣，但同时也保持着距离。他们只敢站在一边，保持观望。这样的结果，大概是母亲没有预料到的。她有些尴尬，沉默着站了一会儿，看了看我，把球杆按在了我手里，说：你来试试。

她希望我做个示范，以起到抛砖引玉的效果。但我让她失望了。台球这东西，我连见都没见过，又哪里会打？面对着那些五颜六色的球子，我手足无措，就跟一个白痴没什么两样。我拿起球杆，随意击了一下，十几颗球子骨碌碌地响着，在那层绿色绒布上四散开来，毫无规则地滚动。我硬着头皮打了一会儿，球杆又沉又滑，不听使唤，很难击中白球，就算是偶尔打中了，滚出去的球也是歪歪斜斜，无法按着我的意愿行进，将另外的彩球撞入洞中。我觉得索然无味，就把球杆放下了。

如此一来，围观的人也失去了兴趣，热闹的场面迅速冷了下来。这时高松不知从哪里闪了出来，就像根刺，蓦然扎进一堆目光里。他从墙边拿起一根球杆，说：这叫台球，不是这么打的，我来教你。他的话还没说完，四下已是一片哄笑。他的样子的确相当滑稽，双手拿着球杆，站在那里，一颗硕大的脑袋被纤细的脖子顶着，从球桌的边缘冒出来。他看上去比球桌高不了多少。

母亲瞪他一眼，粗暴地制止了他：你教什么教，人还没桌子高。碗洗好了吗？

高松浑身一颤，赶紧把球杆放在一边，战战兢兢地从球桌前退开了。他缩着脖子，进了屋。过了一会儿，厨房里传来哗哗的水声。我想，母亲未免也太武断了，既然高松说会打，也许他真的会打。事实上，他能把好些事情干得相当不错，比如下棋，他就比小镇上所有人都下得好，让我半边棋子，我也下不过他。可母亲从不给他展示的机会。在母亲眼里，这个形似侏儒的人，在任何方面的能力，都只能匹配他的身高。

台球厅开张不利，母亲的计划落了空。小镇人的好奇心过后，这两张球桌自然也受到了冷落。接下来的好些天，都没有人来玩，连看都没人看。我对这两张球桌的兴趣也降至了冰点。没人来玩，我索性不管不顾，就让它们空荡荡地摆在那里，台面落了灰尘，也懒得动手去擦一下。

母亲倒是不着急，她说这东西在省城里能火，在小镇上照样也能火起来，迟早的事。她让我不要气馁，万里长城也不是一天修起来的，任何事情都有个过程。

话虽这么说，可母亲从来都不是个很有耐心的人。台球桌空置了两个星期之后，她就按捺不住了，开始四处托人，联系买家，打算将两张球桌以半价转让的方式处理掉。钱花出去了，能挽回一点是一点。那个雨棚自然也得拆掉，退回给做门窗的师傅。母亲让高松去门窗店一趟，把门窗师傅找来。

高松出去了半天，门窗师傅没带回来，只带回了八万。看这名字，不用我介绍，相信你们已经猜到了。是的，他是个牌鬼，小镇上曾经的赌王，以打麻将为生，听牌时，喜欢听八万。每次他手腕一抖，从袖子里将一张八万带出来拍在桌上，牌就和了。慢慢地，小镇人都知道他出老千，没人再跟他打。他就打到邻镇，再打到县城，就像一个江湖游侠，辗转于各地的牌局之间。有次他出老千，被人发觉了，几个人把牌一扔，跃过桌子来堵他。他不慌不忙地把钱揣好，从袖里抽出一把水果刀，对着一个肚子就捅了进去。冲在最前面的那个人应声倒下，后面的人也被镇住了。八万扔下刀子，拔腿就跑。可是，天网恢恢，他又能跑到哪里去？在火车上就被扭住了，两名警察把他按在卫生间里，从他袖子里搜出十几张八万，还以为他是个魔术师。还好，那一刀没捅中要害，没出人命，判了个故意伤害罪，被送进去关了几年，也不知什么时候放出来的。出来以后，与之前的那个八万判若两人。这个原本脾气暴躁的男人，被改造得老实巴交，连跟人说句话都不敢大声。老实也没人理他，小镇上的人，可以接纳一个赌鬼、一个老千，甚至是种种品行不端的人，但是对待劳改犯，却是敬而远之。小镇有小镇的底线，小镇的底线就是你可以犯浑，但不能犯法。八万犯过法，所以他被小镇边缘化了，成为孤家寡人，就像团空气，悲凉地活在小镇上。高松也是个孤独的人。这两个孤独的人走到一起，就像一面镜子遇见了另一面镜子，从对方身上照出了彼此的不幸。他们很快就成为忘年交，有点相依为命的意思。高松经常去八万家里，聊天，下象棋。母亲对此倒也还算宽容，在她眼里，高松与八万本来就是同类，换句话说，都是小镇上的废人，无可救药。

就是这么个劣迹斑斑的人，居然会打台球。他对母亲说，这东西他打过，他以前待过的那座监狱里有。说着他开始做起了示范。他拿过一根球杆，弯下腰去，伏在球桌上，让自己变成一张弓。他左手张开，四指撑住台面，大拇指跷起来，架住球杆前端，右手握着球杆末端，瞄准眼前的白球，球杆从腰后往前一送。当的一声，白球蹿出去，将一颗彩球准确地击入了洞中。

母亲的眼睛马上亮了起来。从动作来看，八万确实会打。他出杆的力度、击球的声音，以及球在台面上行进的轨迹，都可圈可点。球杆在他手里，稳稳当当，不像个生手。他让这两张被冷落多时的球桌顿时生色，那些球子也变得生动起来。

母亲立马对他刮目相看了，热情地将他请进了家里。这个在母亲眼里臭名昭著，甚至与父亲沦为同类的男人，因为会打台球，摇身一变，成为母亲的座上贵客。那天下午，他堂而皇之地坐上了我家的饭桌。我记得那顿饭格外丰盛，母亲买了条鱼，杀了只鸡，就连为过年准备的腊肉，也摆了上桌。

这顿饭吃过之后，那个风风光光的八万，仿佛又复活了。他成为小镇上第一个会打台球的人，带着台球赋予的光环，从劳改犯的阴影中，走到了阳光下面。与此同时，他的牢狱经历也开始闪闪发光。他在里面学过的技能、做过的体操、穿过的衣服、交过的朋友，甚至连吃喝拉撒，都成为我们愿意倾听的内容，就好像我们这座小镇上的生活，远远没有那座监狱里的丰富多彩。

四

那天以后，八万天天来我家玩，教人打台球，有时还帮着高松干点活，当然，也会跟着我们吃饭。他似乎成了我们家中的一员。但是，这些都不重要。重要的是在那间简陋的台球厅里，他教会了我们打球。准确地说，是教给了我们一套打台球的规则——两人对战，从一号球开始，按着顺序，打到十五号。球的号码代表着分数，打完之后，将双方各自击入洞中的球子上的分数相加，谁的总分数高，谁就赢。

这套规则十分简单，每个人一听就明白。然而，虽然简单，对我们来说，却有着极为重要的意义，它的出现，让这项竞技运动有章可循，同时也有了区分胜负的依据。

其实，只要稍一琢磨就能发现，这套规则，存在着严重的不合理性——一十五颗球子，打进的难度是一样的，分值却不一样，如此一来，前面的小分值球，就成了鸡肋。一局球要想获胜，除技术之外，还得凭运气，因为哪怕有一方在前面打进了十颗球，也仍旧胜负未分，只要落后一方将后面的五颗大分值球打进，就可以反败为胜。很明显，这套不合理的规则，让这项竞技失去了公平性，变成了一项实力加运气的运动。奇怪的是尽管我们心里清楚，但八万所教的这套规则却保留下来，一直被沿用，无人更改。小镇就是这样，某种规则一旦形成，便焊死在我们生活里了。并不是我们缺乏推陈出新的勇气，而是小镇上的人更乐意依赖既有的经验活着，那样的话，日子会过得轻松些。这是小镇人的生活逻辑。所以，无论如何，我们都很佩服八万。

有了规则，就像一层神秘的外衣被揭掉，小镇上的人对台球不再敬畏。雨棚下的那两张台球桌，再度成为小镇人的焦点。有人开始玩球了，先是一两个人，后是三五个人，最后扩展到一群人，就像病毒传染。那一年，在小镇上，台球就这样流行开了。如母亲所愿，生意的确很好。这也证明了，在生意上，母亲有着准确的预判。那时小镇上的娱乐十分匮乏，劳作之余，小镇人的休闲无非就是喝喝酒，打打牌。每天都是如此。如果你也生活在我们那座小镇上，你一定会发现，那是一个让你觉得安稳，但同时也会让你产生绝望的地方，因为从一天的生活里，你就可以把自己在小镇上的一生都看到了。小镇生活就是如此，单调乏味，缺少变化。台球的出现，为小镇生活注入了全新的内容，想不火都不行。那群被闷得发霉的青少年，很难不爱上这项没有门槛的新鲜娱乐活动。每天从早到晚，我家门庭若市。玩台球的人、排队等候的人以及围观的人，把雨棚里里外外都挤满了。台球的影响，就像当年的麻将一样，在小镇上迅速蔓延，成为人们生活中不可缺少的一部分。

不久之后，两张球桌已满足不了小镇人的需求。母亲又去了趟省城，买了两张球桌回来。门前地方不够，她就侵占了马路的一部分，把台球厅扩大至一倍。好在小镇上车辆稀少，母亲私自占道的行为，让左邻右舍心里很不舒服，却并未影响到交通。那时小镇上没有交警，也不需要交警。小镇的交通秩序，自有一套约定俗成的规则来维持，虽然十分随意，却又恰如其分——有车过来了，玩球的人就停下来，拄着球杆闪到一边，手捂嘴巴，遮挡车轮扬起的尘土，等车子过去了，尘土还未落尽，他们又持着球杆，迫不及待地弓下腰来开始击球了。

母亲是个精明的人，不会放过任何赚钱的机会。扩大了台球厅之后，她又腾出半间堂屋，用一块布帘隔开，后面依旧摆着缝纫机，当裁缝铺，前面则摆上了冰柜和一个货架，用于出售冷饮、啤酒、香烟、方便面、零食等杂货。如此一来，我家门前就成了比小镇录像厅还要热闹的地方，台球的生意越来越火。

这间室外台球厅，让家里的经济状况得到了改观，与此同时，高松在家中的处境也得到了改观。打台球的人越来越多，我忙不过来，需要帮手，便向母亲提议，让高松帮着我看看场子。母亲答应了。也许是念在他找来八万，挽救了这桩濒临破产的生意，母亲对他的态度似乎好了许多，责骂少了，使唤他的频率也低了。这个像影子一样的人，总算从父亲留在母亲心中的那块阴影里移了出来，有了自己的一小片空间。

五

作为一门生意，台球跟所有行当一样，刮风减半，下雨全无。遇到天气不好，玩球的人会大幅减少。雨天的小镇十分安静、慵懒，就像被扔进了一段电影的慢镜头中。台球厅里没有人来，冷冷清清，只有雨点的声音清晰而凌乱地敲击在雨棚上。这时我就把球摆好，一个人随意打上一阵子，练练手，借此打发无聊的时光。我打台球的技术，就是那样零碎积累起来的。

在台球上面，我确实是有些天赋，球技进步之快超出了很多人的想象。在台球流行初期，我们视八万为老师，因为是他的那套规则，让台球留在了小镇上。客观来说，他的球也确实打得好，凭着在监狱里积累的球技，在小镇上一骑绝尘，与人对战从未输过，很长一段时间，小镇上都没有能与之匹敌的对手。他是小镇上当之无愧的第一杆。可是有一次，他出乎意料地输给了我。当时他十分震惊，我将台面上最后一颗球轻松推入中洞之后，他似乎还没反应过来。他数了数自己的球，一脸疑惑地望着我，说：碰鬼了，你运气怎么这么好？我们再来一局。

接下来，他和我又打了一局，这次更让他意外，他以大比分落败。他脸上的表情一下子凝重了，赶紧找了块布，蘸上粉，将球杆从头到尾细致地擦拭了一遍，然后像个木匠一样，将球杆平举到眼前，目测了一下球杆是否足够直。他说：再来。

他把球又摆上了。我们又接着打。这一局他打得十分专注，伏在桌上，就像个狙击手，小心翼翼地判断，瞄准，出杆，似乎全身所有的力量，都集聚到了眼睛和两只手上。可是，不管他怎样努力，在我面前，他就像撞邪了一样，怎么也发挥不出来。我越打越顺，球一颗接着一颗被打入了洞中。

这局打完，我一身轻松，八万却像刚卸下一副重担似的，满头大汗。他沮丧地站在一旁，那张脸看上去十分疲惫和虚弱。他靠在桌边，歇了一会儿，哆嗦着摸出打火机，点了支烟，深吸一口，懊恼地将球杆扔在桌上，说：丢人啊。后生可畏，我以后再也不打这玩意儿了。

说完就从球厅里离开了。此后他真的就再也没有摸过球杆。这个带着一身传奇色彩的男人，曾经得意过，也失意过，但无论处境如何，他身上的那种骄傲始终像血液一样，保留在骨子里。作为小镇上的赌王，他曾经跟我们说过，他可以输得起自己的命，但是输不起一场牌。因此，他同样也输不起一局球。

打败八万之后，我有了些名声，取八万而代之，成为小镇上的第一杆。开始有人叫我"球王"，虽然有些夸张，但还是让我感到高兴。作为在小镇上长大的人，在我们成长中，最缺乏的也许就是赞美。因此，我非常乐意接受这样的虚荣。这个称号口耳相传，逐渐扩散到了小镇之外。不久之后，就有些台球爱好者，从邻近的县里，或者更远的地方赶来，跟我切磋球技。

我十分乐意跟他们交手。通过与他们的切磋，我才知道，我们这座小镇就是口井，而我们则是井底之蛙。就拿台球来说，在小镇之外，强手如云。八万与他们相比，充其量只是初级水平。我自然也是输多赢少。但我不在乎胜败。我在意的是与他们切磋时，能否从中领悟到点什么。

通过不断的交流，我的球技突飞猛进，球越打越好。那根球杆，就像一个朋友，相处的时间越长，就越熟知它的禀性。与球技一道成长的，是我对台球的认知。接触台球的时间越长，我就越发现，这是一项具有美感的竞技运动，每打出一杆，看似稀松平常，实则包含着力度、角度、侧旋、上下旋等无穷无尽的变化。在那张绿色绒布上，击球声、撞球声、台球滚动的轨迹，都有着妙不可言的节奏和韵律。

台球的精妙之处，在于它不仅仅是一个"打"字，而是控制。当我明白了这些道理之后，与人交手，我就再也没有输过了。

六

高松也喜欢台球，可是没有打球的机会，母亲就像堵墙，将他与这项热门的娱乐活动隔离着。他每次只要拿起球杆，就会被母亲毫不客气地制止。因此，他只能站在一旁，看着别人在球桌边玩出一片欢乐声，眼里流露出痴迷之色。

虽不能打球，但高松也没有让自己闲着。碰到水平不对等的玩家对战时，比分差距拉得大了，他就站出来，指点落后的那个人两句，告诉别人怎么架杆，瞄准哪个点，该以多大的力度往前推送。他的指点有时准，但大多数时候不准。小镇上的人对他怀有歧视，很少有人会相信，一个连球杆都没摸过的人，说出来的话能有多少可信度，更何况他还是个矮子。小镇上的人都这样说他：长得还没有三泡牛屎高，你能翻天？

然而，尽管没人信他，他却依旧乐在其中，就仿佛站在一旁，凭着一张嘴巴，就已经把球打了。

有天晚上，我半夜醒来，隐隐听到门外有击球声，像把刀子，将小镇寂静的夜晚划开一线。我爬起来，从窗口往外看。月亮很大，干干净净地挂在小镇上空，将雨棚照出一层幽冷的蓝色。一条瘦小的人影扑在桌边。是高松，像做贼似的，用极轻微的动作，小心翼翼地在打球。他盯着前方的一颗球，瞄准许久，才慢慢推出一杆。每打完一杆之后，立即警觉地扭头四顾，确认无人发觉，才再次瞄准。这副藏头缩尾的样子，看得我有点心酸。台球在小镇上流行起来之后，成为小镇人共有的欢乐，只有高松，就像棋局中的一颗弃子，被隔离在这份欢乐之外。

我决定陪他打打。我穿好衣服，走到门外。夜晚十分清凉，下半夜的小镇，正起着风。他太专注了，瘦小的身体被风吹着，像张纸一样，紧贴在球桌边。我站到他身后，他浑然不觉，专注地握住球杆，瞄准前方的白球。我拍拍他的肩膀。他吓了一跳，猛地转身，仰起脸来看着我，目光里有些诧异，但更多的是不安。他从球桌旁退开了，把球杆放在一边，两只手在裤腿上擦了擦，没说话。我把灯打开，拿根球杆，把球拢过来用三角框摆上。我说：我陪你打两局。

他慌乱地抬起一只手，遮挡在眼前。他显然是在黑暗中待得太久，突然而至的强光，让眼睛感到不适。他看看我，又惶恐不安地往屋子里看了一眼，不敢接受我的邀请。我知道他在担心什么。我说：她已经睡着了。

他又往屋子里看了一眼，目光里仍满是惧意。他确实很怕母亲，并且这种畏惧无时不在，即便是母亲已经睡着了，也像个幽灵一样，片刻不离地附在他身上。但他终究没能抵挡住对台球的渴望。他犹豫了一阵子，拿起球杆，走到桌边。

我把球击散了。我们开始打。这是我第一次和高松对战。天黑着，小镇早已处于沉睡状态，唯有我家门前，醒着一块。在没有杂色的夜空下，雨棚中的灯光显得格外明亮，将他的滑稽十分清晰地放大出来。这项运动确实不适合他，他太矮了，球桌挡住了他三分之二的身体，只露出肩膀和一个头。他的姿势看上去十分怪异——击球时，不得不吃力地踮起两只脚，就像是被球杆挑起来了似的。他的手也短，拳头瘦小，那根球杆到他手中，瞬间被放大了，仿佛不是持着球杆，而是在吃力地抱着球杆。别人出杆击球，都是俯身桌上，手握球杆末端，轻松地从腰间往前推送，他则只能横抓住球杆，侧身站着，将球杆从胸口平推出去。

令我惊讶的，是他的动作虽然笨拙，可一局球打下来，比分并不落后我多少。他的球风十分怪异，虽然动作极不规范，丑态百出，却总是不可思议地将球一颗颗击入洞中，让比分紧紧咬着，就仿佛有股诡异的力量，在暗中相助于他。直至最后一两球，他才出现失误，手腕一抖，将球击偏。由于他的动作极不协调，出现的一两次失误，看起来不像是失误，反倒像是他的真实水平。

我们又打了几局，每局都是如此。我一局接一局地赢着，奇怪的是球杆在手中也一点点变得沉重起来，就仿佛无形之中，有种力量在压迫着我。我有些怀疑他掩藏了自己的真实水平，故意让着我。我让他认真点打。他微微一笑，说：这就是我的真实水平。说着他把球杆放下了。紧接着，街上响起卷闸门被拉起的声音，黎明在小镇上缓缓升起来，小镇开始苏醒。这时我才发现，我们竟打了整整一个晚上。

此后的每个夜晚，我都能听到他的打球声，动作谨小慎微，那种稀疏的击球声，就像梦呓，飘游在小镇寂静的夜里。睡不着时，我也会爬起来，陪他打几局。他始终保持着让人难以捉摸的状态，不按常规进球，紧咬住比分，却从不取胜，一次次站在胜利的边缘，看着我将最后一两颗球子击入洞中。他打球的状态，既像在球局之中，又仿佛在球局之外，看上去若即若离。

我始终摸不清他的真实水平。但我心里清楚，不动声色地输掉一局球，比赢下一局球的难度要高得多，这需要极强的控制能力，做到收放自如。当然，我不相信高松有这个能力。我像小镇上的所有人一样，难以消除对他的歧视。但无论如何，他是在我打败八万之后，小镇上唯一能让我有兴趣与之交手的对手。

高松打球的事，最终还是被母亲发现了。有天半夜，我正陪他打着，母亲不知什么时候起了床，来到门外，头发蓬着，衣服披在肩上。她揉揉眼睛，看了高松一眼，咳嗽一声。高松怕冷似的抖了一下，回过头，撞到母亲的目光，就像撞到堵墙。他拿着球杆，从球桌边慌乱地跳开，缩进了屋檐下的一团黑暗中，就仿佛黑暗是层甲壳，披上之后，可以为他增加安全感。

让我们感到诧异的，是对于此事母亲并未说什么，只是示意我们，动静小点，别吵到别人睡觉，说完便转身回了屋里，继续睡觉。对高松偷偷打球的行为，母亲竟然默许了。随着家里经济状况的好转，母亲的脾气也好了很多，这一点，从她对高松的态度上看得出来。

从那以后，高松白天帮我看球桌，晚上便一个人待在雨棚下，默默练球。他从来都只是晚上练，白天则恪守着那份来之不易的职责。他就像个荧光体，白天隐没于阳光之下，只有在孤寂的夜晚，才散发着属于自己的那点微弱的幽光。他对台球的热爱近乎成痴。与台球有关的一切，比如球桌、球杆，甚至是每一颗球子，他都呵护备至。在他的打理下，球杆总是擦得干干净净，每一颗球子的颜色都鲜艳如新，球桌上连一粒灰尘都没有，这间台球厅虽然简陋，却显得异常整洁。

我越来越觉得，母亲为我准备的这门生意，其实更适合高松。说实话，对母亲为我做的安排，我并不喜欢，作为一个立志于当司机，跑遍天下的青年，我怎么可能愿意守着几张球桌，把最好的时光消耗掉？但命运就是这样，阴差阳错，我不喜欢的事情，母亲偏要强加给我，高松倒是喜欢，却没有这个机会。母亲常说，人各有命。也许，她说的是对的，至少在我们这座小镇上如此。如果不出意外，我将守着这间台球厅——即使没有台球厅，也会是守着一门别的什么生意，娶妻生子，把一生的时光消磨过去。这就是我的命，也是所有小镇青年的命。尽管我们也想着要改变，却无力改变。

七

小镇人好赌，劳作之余，都喜欢围在牌桌边，将那些缓慢到近乎静止的时间打发掉。在小镇人看来，赌是不会输钱的。今天你输给我，明天我再输给你，只不过是一碗米饭，从锅里盛入碗里，再从碗里倒入锅里，输来输去，钱都在小镇上流动，长此以往，谁也不可能输给谁。这样的想法确实也合乎情理，小镇人活得简单，在他们眼里，所有的生活，都是一道简单的算术题。

在小镇上，赌的方式也是各式各样，就连吃个饭，也能赌上。母亲曾给我们讲过一个故事：在一场酒席上，有两个人吃着吃着，酒喝到五分，赌兴也跟着上来了。两人指着一锅肉就开始赌，谁吃得多谁赢，赌注是输了的那个人得叫赢家一声爹。为了这声爹，这两个人坐在一口锅前，拼命往嘴巴里塞肉。结果赌赢的那人吃下去半锅肉，差点活活撑死。在他的后半生里，见到肉就想吐。这赌打得很荒唐，却没人笑话他们，因为在小镇上，与之类似的荒诞赌局还有很多。

没办法，小镇人就是这样，世代相传的习性，撼动不了。任何一样东西，进入小镇之后，不带个"赌"字，是无法长久生存下去的，带了"赌"字，便能长盛不衰。比如麻将、扑克、牌九这些，进入小镇之后，便稳稳地扎下了根。

台球也是如此。进入小镇初期，只是纯粹的娱乐。两人一桌，打着玩，输的一方出五毛钱开台费，玩者之间，笑脸相迎。可是时间一长，玩球的人天赋各异，球技也就慢慢有了高下，但谁也不肯服谁，于是就有人开始挂彩，也就是加上赌注。先是一瓶水两包烟，慢慢地，就变成了钱，十块二十块，大一点的，五十一百的也有。随着赌注的加入，这项原本轻松的娱乐活动，也变得沉重起来。玩家在对战中，就像怒目相向的拳击手，为了点鸡毛蒜皮的小事，经常争得面红耳赤。赌注大时，气氛更为凝重，那一个个彩球，似乎变成了一些沉重的砝码，从那块绿色绒布上跳出来，压在对战者心上。当然，加入了赌注之后，小镇人玩球的热情也更高了，球技好的，一天能赢上几十上百块。这样的诱惑，足以让他们将台球当成生财之道。

说实话，我也有些心动。对自己的球技，我还是很自信的，小镇上没有人能打过我。但球技再好，我也只能忍住。这是母亲给我们立下的规矩，平时抽根烟打个架什么的，她可以不管，但绝不能沾赌。在这方面，父亲是最有说服力的负面参照，母亲时不时将他赌成丧家之犬的形象搬出来，镇住我们，让我们不敢跨越雷池半步。

然而，母亲虽然很恨赌，但对于台球厅里的赌，却暗自欢喜。因为与赌博挂上钩之后，台球带来的收入明显提高了，赢了的一方会抽水，一块两块，聚少成多，加起来，竟比开台费带来的收入还要多。那两年，因为这间台球厅，我家里的经济状况得到了很大改观。母亲将黑白电视机换成了彩电，此外还添置了洗衣机、冰箱，她甚至还买了辆交通工具——摩托车。尽管对于母亲来说，这些物件并无多大用处，买来之后，她依然保持着一贯的生活习性，衣服手洗，冰箱里很少存放东西，至于那辆摩托车，她更是从未骑过，但是，作为家里的摆设，在小镇上，这些东西就像面镜子，可以直观地反映出我们一家的经济状况。母亲要的，无非也就是这个。人活着就是为了张脸。

该有的都有了，我们这个简陋的家，慢慢变得殷实起来，生活展颜一笑，向我们一家人露出了温和的笑脸。我明显感觉到，小镇人看我们的目光变了，比之前和蔼了许多，也敬重了许多。就连高松，也得到了前所未有的尊重，小镇人对他不再取笑，即便是笑，也是善意的笑。那时我就明白了，钱这东西，除了解决一日三餐之外，还可以让人把腰杆挺起来。就像件华丽的外衣，穿上之后，让人变得体面的同时，也获得尊严。

可是，家境改观之后，母亲反倒比以往更加忧虑了。她时常提醒我们，人有旦夕祸福，做人要居安思危。她也确实是这么做的，在为人处世上，母亲比以往谨慎了许多，也圆润了许多，她身上的暴戾之气尽数退去，变得越来越和颜悦色，就好像是小镇给了她富足，她就必须以慈祥的面目来回馈小镇。

我们做梦也没有想到的是，尽管母亲如此谨小慎微，噩运还是找上了她。她常挂在嘴边的那句话，很不幸地在她自己身上应验了。一场突如其来的变故，就如同一块石头，猛然砸进我们的生活，让我们这个家变得万分沉重起来，以至于那段短暂的富足，在我记忆中就像是一种错觉。

那天我们一家人正吃着饭。母亲搛了块肉送到嘴边，还未入口，筷子突然僵住，就像电影中的画面定格，她的脸被冻结了，一种异常复杂的表情凝结在上面。饭桌上的气氛也随之凝固住。母亲微张着嘴巴，"啊呀"一声，筷子在半空悬停了片刻，便连同那块肉一起掉落到桌上。

我叫了声妈。母亲身子一歪，从桌边滚下去，摔在地上。我赶紧放下碗筷，跑过去将她扶起。高松也绕过饭桌跑过来，从另一侧将她托住。母亲的样子把我们吓坏了。她所有的表情都在面部肌肉里挣扎着，扭曲成一堆惊悚的问号。整个人僵硬地蜷成一团，无法展开，就好像全身的力气都被堵死在了骨头里。她身上所有的特质——坚忍、锐利，在这一刻里消失殆尽。

我赶紧叫了辆车，将母亲架上去。邻居也赶来帮忙，其中有些是母亲的好友，也有些与母亲结过怨，素无往来，可是当母亲遭遇变故时，他们瞬间就放弃了昔日的成见，化成一股让我们感到温暖的力量。这也是小镇人可爱的地方，虽然生活中斤斤计较，甚至钩心斗角，但他们会坚守着最后的善良。

邻居帮着我们，将母亲送到了县人民医院。医生根本来不及细诊，只翻开母亲的眼皮看了一下，便让人将她推进了急救室里。整整一个晚上，我和高松坐在过道里，被幽冷的灯光照着。那时虽是夏天，县城被层层热气包裹着，我却时不时打着冷战，心里异常的无助和慌乱。

高松倒是十分镇定，蜷在一条长椅上，没多久就睡着了。我盯着急救室的门，一宿未能闭眼。

第二天一早，医生从急救室里出来，走到我们跟前。他脱去手套，拿张纸巾擦干额头上的汗水，然后摘下口罩，告诉我们，母亲得的是脑梗，也就是俗话所说的中风，还算来得及时，命保住了。

我紧绷着的心稍稍松弛了些。可是他看了看我，紧接着又补充了一句：不过也跟死了差不多，如果不动手术，也就是个活死人。他整了整身上的白大褂，将口罩对折一下，放进右侧的口袋里。

我一下子如堕冰窖。这种状况我知道，医学上叫植物人，在电视里看到过，总以为那是为剧情设定的一种病，离我们很遥远，绝无可能跟母亲发生什么联系。可它却突如其来，就像一颗陨石，从天而降，出其不意地砸在了母亲身上。

我问医生：手术得多少钱？

医生把眼镜往鼻梁上推了推，目光穿过镜片，从我脸上划过，在我廉价的着装上略微停留了一会儿。他说：不低于二十万。说完他看了下表，将白大褂脱下来，卷成一团夹在腋下，匆匆闪进了楼道里。

我顿时绝望。二十万是什么概念？在小镇上，谁也没见过这么多的钱，甚至连听都没听说过。事实上，对于我们这样的家庭，当医生说出这个数目时，就相当于已经宣布了对母亲的判决——要想康复到以前的状态，那是绝无可能了。

好人就怕病来磨。母亲很快便成为一具空壳，被一身病服空荡荡地罩住，看上去一阵风就能将她吹跑。她就像个纸人似的，成天躺在病床上，脸色苍白，手腕上插着一根管子，无法动弹，也无法言语，当吊瓶里的液体源源不断地滴入血管里时，她体内的生机似乎也被一点一滴地冲洗掉了。

与母亲一道消瘦下去的，是家里的经济状况，存折上的数字越变越小,不到半个月,母亲半生所攒积蓄,就已经花掉大半。医生建议我们,最好将母亲带回家里调养,这样可以节省费用。

我同意了。我能有什么办法? 在贫穷面前,小镇人对待疾病的态度向来消极,小病靠拖,大病等死。我草草收拾了一下,叫了辆车,将母亲带回了家里。

八

母亲中风之后,我们这个家也像是跟着中了风,每一天都过得磕磕绊绊,举步维艰。裁缝店停业了,生活的担子一下子从母亲肩上卸下来,落在了那几张台球桌上。每天几十一百的收入,在母亲的医疗费用面前,简直就是杯水车薪,微小到让人绝望。这时我才体会到,在父亲离去的这些年里,母亲提供给我们的平静生活,是多么的来之不易。

我就是那时开始赌博的。倒不是因为失去了母亲的管束,事实上,她那副痴痴呆呆的模样,比一切责骂更加有效。只是在困境面前,我顾不了那么多。人穷志短,这句话大概就是这么来的。有人提出要跟我赌点钱时,我毫不犹豫地就赌上了。开始是三块五块,很小的赌注,我从未输过。艺高人胆大,赌注也就慢慢大了起来。这时我终于理解了父亲,当年他为何会沉迷于此道,赌博确实有着巨大的诱惑力。我很快就步了父亲的后尘,成为一名狂热的赌徒,跟人打球,必定加码,并且希望赌注越大越好。我总想着能在一夜之间,将母亲的那笔手术费赢出来。我也知道,这种希望实在太过渺茫,因为在小镇上,绝无可能再找到一个像我父亲那样一下子赌辆车的人了。但是,有希望总比没希望好,更何况,在四面楚歌之际,这也是我所能抓住的唯一一根救命草。

除了赌球,我无心再干别的事情。大多数时间里,母亲由八万照顾着。逆境之中，方知人情冷暖。母亲一病不起之后，刚开始，还有些邻居帮着照应一下，可是时间一长，邻居也就不来了。家里的那些亲戚，更是避之不及。反倒是八万，这个被母亲歧视过的人，却成为我家最忠实的朋友，他所给予我们的帮助和温暖，远胜过母亲的那些亲朋好友。除八万之外，高松也让我刮目相看。在我心灰意冷之际，他成了家中的顶梁柱，兢兢业业地打理着台球厅。他的注意力，几乎全扑在了那几张台球桌上，对母亲的病，倒似乎并不怎么关心。虽然让人觉得有点冷血，但我可以理解，毕竟从小到大，他从母亲身上得到的亲情，也是十分的淡薄，淡薄到他无须回馈。

有一天，小镇上来了个广东人，据说是在那边犯了事，出来躲避的。说来有些奇怪，我们这座小镇，本地人之间，喜欢斤斤计较，往往为了极小的事，便争得面红耳赤，有时甚至不惜大打出手，可是对异乡人，却有着让人难以理解的宽容。也许是因为他们的外地口音，为小镇人提供了新奇和乐趣。他们一来到小镇，便被奉为贵客。尽管曾经出现过有外乡人骗走小镇姑娘的事，但丝毫也不影响小镇人对他们的偏爱。因此，不管广东人的背景如何，我们这座小镇都温和地接纳了他。

广东人也喜欢小镇。小镇的杂乱、随意以及慢悠悠的生活节奏，都让他觉得舒适。他是个十分随和的人，脸上始终带着笑意，说话时，声音在嘴巴里转着弯，听上去，远比小镇上的方言要文明和优雅。就连打台球的态度，他也是十分的随和，你跟他打着玩，他就陪你打着玩，你若是想跟他赌，他也就陪着你赌，赌注的大小也随对手来定。他的球技并不好，从持杆姿势和击球力度就可以看出来，与人打球，自然是输多赢少，可是无论输赢，他脸上总挂着温和的微笑。

每次来台球厅，广东人都会输点钱给大家，少则二三十块，多则百八十块，看起来不多，但在小镇上，这已经不算少了。对广东那个地方，我们曾经有过无限的想象，可是广东人来了之后，这种想象就变得十分单一了，那个地方在我们脑子里只剩下一个"钱"字。因此，我们一致认定，他是钱多人傻的那类人。

这样的财神爷，我自然不会放过。有一天，我找个机会，跟他赌上了。他问我，想打多大？我说，一百吧。他微微一笑，说，好。就俯下身去开球。这一局，我自然没费什么劲就赢了。以球技而论，他明显不是我的对手，我有以大欺小的嫌疑。但他毫不在意，我也就不去管是否胜之不武了。这个财大气粗的家伙，让我心中燃起一线希望，似乎有了他，母亲那笔手术费就不再遥远。赌博的魅力，就是让你觉得，在悬而未决的结局后面，有你想要的整个世界。

于是我慢慢加码，从一百到两百，到三百，然后是五百。无论我怎么往上加，他都保持着平静的表情。如此下来，不到半天时间，我已经赢了好几千块钱。厚厚的一沓钞票，在口袋里撑着，就像压在我胸口一样，让呼吸变得困难。旁边有人劝我：差不多了，见好就收吧。我也想过收手，可是作为赌徒，我的意志力根本控制不了自己的行为。我心想，大不了把赢到的钱输回去。于是我一咬牙，把赌注加到了一千。

这时，广东人脸上的表情才凝重起来，不再那么随意。他把身上的夹克衫脱下来，对折两次，抚平整了放在椅子上，抽了支烟，开始打球。接下来，我感觉就没那么顺利了。他看起来蹩脚的球技，突然有如神助，每击出一杆，白球总是慢慢悠悠地停在让我最难受的地方。遭遇几次障碍之后，我的手感就差了，击球失去了准星，球路也越来越乱，怎么打都顺畅不起来。我们之间的局面，从我独赢，变成互有输赢。要命的是他每赢一局，看起来都有很大的运气成分，总是在最后几个大分值球时，磕磕绊绊地将球撞进。

这样的败局，让我很不甘心，总觉得球技高他太多，他的运气不可能一直好下去，我赢他该是十拿九稳。这么一想，我又把赌注往上加。可事实上，当我加到两千一局之后，他已经赢多输少了。不过差距也不大，他总是在赢一两局之后，再输上一局，与我大致保持着一种拉锯状态。

我们就这样打着，也不知打了多少局，我只记得其间让高松去信用社取过几次钱。到了晚上，高松走过来，拉拉我的衣袖，说，别打了。他告诉我，已经输了快一万块。我脸上的汗水瞬间就下来了。母亲重病之后，家里早已入不敷出，这一万块钱，无异于釜底抽薪。但我已经输红了眼。

我说：一局定输赢吧。

广东人从球桌边拿了块布，擦拭着手里的球杆，问我：打多大？

我说：你想打多大，就打多大。

他把球杆摆在一边，转过身，从椅子上把衣服拿起来抖开，从口袋里拿出两沓钱来，拍在球桌边，说：这里有两万。

我算了算，母亲积攒的钱，看病花掉一大半，我输掉一万，存折上大概还剩下两万，刚好够一注。我一咬牙说：那就两万。

这时我才明白，其实我更像父亲。高松只是外表像，我则是从骨子里像。我继承了父亲身上那种嗜赌的天性，一旦赌起来，根本不留后路。可我却不是个合格的赌徒，没有过硬的心理素质。球摆上之后，我就开始后悔。两万块钱，加上对手两万，就是四万，这个庞大的数目，在小镇上够买下半栋楼了。这么一想，我就感觉这栋楼压到了我身上。我开始发抖，无论如何也无法镇住内心的慌乱。

广东人让我先开球。我俯下身，瞄了半天，始终无法将眼前的白球送出去。我的手抖得厉害。高松走过来，按住我的球杆，说：我来吧。

我说：你疯了吗？

他没说话，夺过球杆，深吸一口气，踮起脚，身子贴在球桌边，砰的一声就把球击散了。我的一颗心立马提到了嗓子眼儿。高松从未打赢过我,又怎么可能赢得了广东人?但我已经无法制止他了。在小镇上,赌有赌的规矩,就像下棋,落子无悔,开了球,就无法回头了。他将球子击散的同时,也就把四万块钱的赌局背在了身上,等待他的只有结局。他自己倒是一点也不紧张,依然是那个奇怪的姿势,不按常规出杆、击球,就像只马戏团的猴子,围着球桌,蹿来蹿去,每打出一杆,就引来一片嘲笑。可是打着打着,旁观者的嘲笑渐渐凝固了,变成了惊叹。高松看似滑稽的动作,到了球上,却一点也不滑稽,他击出来的球又稳又准,力度和角度都恰到好处。我渐渐发现,在他奇异的姿势里,似乎隐藏着一种诡谲的魅力,通过击球体现出来。

广东人面色一凛,开始沉着应战,他已经完全打开了。这时我才明白,此前他拙劣的技术,只是一种假象,全是伪装出来的。当桌上的筹码变成两万时,他也拿出了足以跟赌注匹配的球技,变成了一位十分专业的台球手,每击出一杆,都显示出一种沉着、稳定,以及精准的力度和角度。

这让我十分羞愧,看上去他比我强太多了,比高松,强得更多。但奇怪的是这局球还不到五分钟,胜负已分。广东人只进了六个球,高松便抓住一次机会,一杆清台。广东人不相信似的看着他,又拿起抹布,把球杆擦了又擦,脸上的表情开始亢奋起来,他说:没想到啊,高手在民间。再来一局,钱我有的是。

他又掏了两沓钱出来,拍在球桌边。在灯光下,这两沓崭新的钞票呈现出一种艳丽的颜色,让人怦然心动,也让我失去理智。我极力怂恿高松,继续打下去,再打几局,母亲的医药费差不多也就解决了。

让我失望的是高松丝毫不为所动,无论如何劝说也不肯再打了。他低着头,把球杆竖在球桌边,转身离开,坐到了椅子上,闭着眼睛休息,很长时间不说话,就像是睡着了。广东人只好把钱收起来,靠在球桌边，吸了两根烟后，一脸遗憾地离去。此后的好些天，他都没有再来台球厅，他似乎从小镇上消失了。

那天晚上，所有人散去之后，高松才从椅子上站起来，去收拾凌乱的球桌。他瘦小的身躯被灯光照着，摇摇晃晃，脚底下飘着，好像是虚脱了。他走了几步，果然一下子歪在地上。我赶紧跑过去，将他扶起。我发现他身上被汗水浸着，衣服早就湿透了。这时我才知道，那局球他赢得并不轻松。

九

赢了广东人的两万块钱之后，高松一战成名，成为小镇上的焦点人物。小镇人谈论起那场球局时，无不交口称赞，说他绝对是个天才，在娘胎里就已经练就了超凡的台球技术。对这些称赞，高松并不在意，他一笑置之，依旧如往常一样，谦卑地活着。有人找他打球，他一律拒绝。他仍然只是在半夜里起床，趁着夜色，一个人默默打上一会儿。过了一阵子，那场胜利带给他的光环，也就逐渐黯淡下去。小镇上的事就是这样，热得快，冷得也快。回想起来，那局球也确实赢得诡异，于是小镇上的人又认为，高松之所以能打赢那局球，纯属运气使然。我也是这么想的。

大约一个月之后，广东人又来了。这一次，他身上完全没有逃亡的迹象，就像一个来到小镇考察的商人，穿着打扮焕然一新。他腋下夹着个包，提着一袋水果，就像走亲戚一样，进了我家里。他没有提要跟高松赌球的事，只是把我和高松叫进了屋。他看了看我们，坐下来，把水果放在桌子上，开门见山地说：你们需要钱吧？

我看了一眼母亲的床，没说话。需不需要钱，这太明显了。母亲病后，家里的每一个角落里都写着贫穷。

广东人说：需要多少？

我说：二十万。

他说：不算多。

他从包里掏出几沓钱来，拍在我面前。崭新的钞票，花花绿绿，十分扎眼。我看了看，还真不少。广东人说，这只是定金，以后会更多。当然，钱不可能白给，天下没有免费的午餐。他的要求很简单，就是让高松跟他去广东，打一段时间的球，赢了钱二八分成，输了算他的。

对于我们这些没见过什么世面的小镇人来说，他开出的条件的确十分诱人，无异于天上掉馅饼。但我内心挣扎了好一阵子，还是觉得应该拒绝。虽然我是一名赌徒，但在赌局之外，我还有着基本的理智。在我眼里，高松只是个长不大的小孩，他的生活自理能力，就像他瘦小的身体一样，永远停留在那条一米四的水平线上了。广东那地方，我听打工回来的人提起过，他们指着从小镇边上穿过的那条铁路告诉我，火车开到终点，就是广东了。那么遥远的地方，鱼龙混杂，高松孤身在外，万一要是出点事怎么办？我不敢想象。这个家已经风雨飘摇，母亲重病在身，生死未卜，我不想让高松也发生什么意外。

我说：这不行。

我一边说，一边把钱往广东人身前推。这时高松走了过来，按住我的手，横在我面前把钱捞了起来。他说：我去。

广东人说：真去？

高松点点头，把钱塞到我手里。广东人如获至宝，十分满意地又掏出一沓钱，从中数了一把出来，扔在桌上，说：这是路费。

当高松将这笔路费揣进口袋里时，我知道我已经无法阻止他了。我这个弟弟，平时看上去软弱可欺，一旦执拗起来，比牛还犟。上小学时，有次我们一起逃课，被母亲抓到。母亲打我几下，我就开始检讨。高松却拒不认错，把他吊在横梁上好几个小时，他一声不哼地坚持着，直到母亲放弃。

走的那天,我去送他。跟他一起的,还有八万,这让我放心了很多。八万是个老江湖,在里面也待过,吃过的盐比我们吃过的米还多。有他照应着,高松不至于出什么大事。他们坐的是深夜的火车。出门时,母亲正处于昏睡之中,对高松的这趟远行,她毫不知晓,但我总能感觉到,有双眼睛在我们身后,凝视着高松离去。

我们从小镇坐车,到县城里转火车。到火车站时,已是深更半夜。出门远行的人仍然很多,车站从里到外,晃动着各种各样的面孔。高低不一的肩膀上,扛着各式各样的箱子和包。我不明白为什么一夜之间,县城就发生了翻天覆地的变化,那些千百年来都在这块土地上生长的人,纷纷离开故土,成群结队地往南方拥去。高松把包顶在头上,和八万一前一后,进了站。当他混进人群时,我就只能看到他那个包了。

十

高松走后,母亲的情况似乎好了一些,有时会清醒一阵子,时间不长,就像从梦中惊醒一样,望着我,再环顾这个家。她有时能说话,有时不能说话,沉思片刻之后,又陷入昏迷。能说话时,她会发觉家里少了个人,就问我:高松呢?

我胡乱应付着:在外面呢。好在母亲没有向我追问的能力,每次她说上一两句话后,嘴巴咧了咧,闭上眼睛,又陷入了混沌之中。很奇怪,有时她甚至会记不住我,却从未忘记过高松。

当然,我也时刻记挂着高松。我不知道他在外面的情况,去了广东之后,一直联系不上。只是每隔一段时间,他就会寄笔钱回来,一次比一次多。没过多久,母亲的那笔手术费就凑足了。我把她送进了县人民医院。

手术之前，母亲又出现了短暂的清醒，暴躁地与护士僵持着，无论如何不肯进手术室。让我吃惊的，是她放弃治疗的理由是不能动存折上的钱，那是为高松存下来的，得为他成个家。母亲的心思很明显，在小镇上，娶不到老婆的男人，往往只能花笔钱，找个同等条件的，凑合着过一辈子。这时我才发现，在我和高松之间，母亲的爱其实并不像小镇人所看到的那样倾斜。甚至，她在高松身上倾注得更多，只是她对高松的关爱，用一层严厉的外衣包裹着，让人无法洞悉。重病之际，这种关爱才显露出来，在自己的生命与儿子后半生的幸福之间，母亲选择的是后者，她宁可不动手术，也要留住那笔钱。

　　我只好敷衍母亲，让她放心，说那些钱我一分也不会动。趁她挂吊针不注意时，我让大夫加了针麻药。她很快就像个小孩一样，安静地睡着了。醒来后，手术已经完成。这时的母亲已经明白了，家中早已一贫如洗。但她也没说什么，毕竟人命大于天，她又怎么可能没有求生之欲呢？

　　住了一段时间的院，母亲回到了家里。虽然不如以前那么利索，但基本的行动和言语已经无碍。对我来说，母亲的康复就像一根定海神针，让我内心不再慌乱。这意味着，家中又有主了。那台缝纫机的声音又响了起来，家里恢复了往日的生机。只是，母亲康复这件事，丝毫也没引起小镇人的关注，因为高松的光芒实在太耀眼了。二十万啊，如此巨大的天文数字，也不知他是怎么赢回来的。对小镇上的人来说，一个能人，显然比一个病者更能引起他们的兴趣。

　　高松的形象，连同这二十万一起，被小镇人无限放大，他已经不再是那个身高不足一米四的侏儒。关于高松的各种传说，在小镇上迅速传开。有人说他赢遍了整个广东，还有人说他把世界一流的职业球手都打得毫无还手之力。小镇上的人就是这样，喜欢造神，只要不是亲眼所见的事情，就会无限放大，经过众多张嘴巴的传递，连一头猪，也有可能被传唱为神。

对于这些过于神乎其神的传说，我自然不会相信。高松是我弟弟，十几年来，一个屋檐下生活，一口锅里吃饭，他有多大能耐，我很清楚。但无可否认的是母亲的手术费的确是他从广东寄回来的，他靠着打球，挽回了母亲的半条命，让母亲从半植物人状态，重新回到了清醒的世界里。

康复之后，母亲又开始忙碌不休，且比以前更加操劳。面对贫穷，她整天忧心忡忡，满头青丝很快就白了大半。我有时会想，与其这样，还真不如让她索性就昏迷着。失去意识的时候，尽管她的身体并不健康，可心中却无忧虑。我甚至觉得，也许，那才是她一生中最好的时光。

不久之后，高松和八万从广东回来了。那天的场面十分热闹，与他离开小镇时的情景截然不同。离开时，只有我一人送他，回想起来，十分冷清和悲凉。这次回来，他俨然英雄，小镇上的人赶集一般，聚拢到我家门口，很自觉地排成两队，夹道相迎。我和母亲也站在人群里，被他身上的光芒照亮着。

球王啊！小镇上的人高声呼喊着，将高松团团围住。有些人迫不及待地想要跟他切磋，以便从他身上学点球技。高松一只手拎着包，另一只手插在口袋里，微笑着拒绝他们。他穿过人群，径直回到了屋里，对那几张台球桌，连看也没看一眼。这些狂热的崇拜者不甘心，又追到了屋里，纠缠不休，非要高松露两手不可。这时，高松才把插在口袋里的那只手拿了出来，向着众人亮了亮。屋中顿时安静下来，所有人噤若寒蝉。我们惊恐地看到，高松左手的手掌边缘，十分刺眼地空着一块。那根大拇指，沿着手掌边缘，齐刷刷地不见了。鲜红色的肉还没长拢，像菜花一样翻卷着，针线缝合的间隙里，隐隐露出一线白色的骨头，就像个惊叹号。

母亲的身子晃了晃，就像被人打了一拳，然后瞬间就暴怒起来，拿着一把扫帚,把围观的人群驱散开了。

放下扫帚之后,母亲就像魔怔了一般,站在那里,茫然不知所措。我也像母亲一样,不知所措。对于高松的这根断指,我和母亲保持了一致的默契,都没有过问。高松自己也没做任何解释,他只是淡淡地告诉我们,一根手指而已,没什么大不了的,与身高相比,这点小小的残疾又算得了什么。

的确,对高松来说,断去一指,与他因身高而在小镇上受过的歧视和冷遇相比,丝毫也算不了什么。更何况,这小小的残缺,不但换回了母亲的健康,并且让他摇身一变,成为小镇人眼中的球王,在小镇上,他获得了有生以来最高的荣光。只是,自那以后,他再也没有碰过台球。

(原载《鸭绿江》第1期)

鲛在水中央

孙 频

1

昨夜山间淅淅沥沥一场微雨，我在半睡半醒之间听到雨滴正拍打着这漫山遍野的落叶松、栎树和云杉。

树下开着野玫瑰、老虎花、荚蒿。层层叠叠时远时近的雨声在无边的森林里游荡，雨滴从树叶间滑落的回声又冷又远。

大概昨晚喝得又多了些，蜡烛都没吹灭就睡着了。醒来才发现那支蜡烛在半夜已经自行燃尽，只在桌子上结下一堆皱巴巴的蜡泪，里面还裹着一只小飞蛾的尸体，琥珀一般。

我朝地上一看，那只肥大的塑料酒壶静静卧在我的鞋边，里边还有半壶酒。我每晚都要从这酒壶里倒出一碗酒来，点着蜡烛一边喝酒一边看书。跳动的烛光把我的影子扣在了墙上，比我自己大出好几倍来，像座狰狞的建筑耸立在那堵墙上。

大多数的夜晚，我都是这样打发过去的，点支蜡烛看本书，看上几页抿上一口酒,再看几页再抿一口。下酒的多是些山里的花鸟虫鱼;或是把山里采来的木耳用开水焯一下,用蒜泥和野葱拌了;或是把土豆埋进炉灰里埋一个下午,到了晚上把烧焦的土豆壳敲开,再往冒热气的沙瓢里撒点盐。

柳木桌上胡乱堆着一摞书和杂志,有《老残游记》《红楼梦》《唐诗百话》《三言二拍》《〈诗经〉译注》,杂志多是些《读者》和《书屋》,还有几本破破烂烂的《今古传奇》。除了这张柳木桌,屋子里还有橡木柜、核桃木椅子,都是在我小的时候,父亲用这山里的木材亲手做的。

当年铅矿倒闭后这些家具都留在了职工宿舍里,多年以后我回来打开这间宿舍一看,那些家具居然还是我当初离开时的样子。如同寒潮一夜忽至,不及躲避,冰雪下到处锁着栩栩如生的鱼虾尸体。因为地处深山,铅矿倒闭之后连电也被停掉了,现在这里就住着我一个人。

我朝挂在墙上的那本巨大的日历看了一眼,二〇〇八年四月十七日,这是我住进这座废弃铅矿里的第四年了。每年过年买年货的时候我都要下山买这样一本巨大的日历回来挂在墙上,上面庞大鲜红的数字隔着老远就能跳到人的眼睛里。因为一个人在深山里待久了,会感觉像掉进了时间的黑洞,无论宇宙间又孵出多少个新鲜的日日夜夜,都会立刻被这无底的黑洞吸收进去,被消化殆尽。人被裹挟在这黑洞当中时会有一种类似于要永生下去的恐惧感,无边无涯,有时候过着过着居然连自己的年龄都会突然忘记,一时疑心自己是不是已经活了几百岁。想想一个失去年龄的人就这么无限地奔走在时间里,没有个歇脚处,甚至不知道自己什么时候才能死去,便觉得又是可怜,又是好笑。

我穿好衣裤出门打水。铅矿大门外的树丛里藏着条清澈见底的小溪,山里的溪流都这样,只能满山听见环佩叮咚,似在脚边又似在身后,却终是无迹可寻,在这山中久居才能掌握其秉性。我提了一桶水回屋洗脸刷牙,又在门口的泥炉上熬了点小米粥做早饭。

吃过早饭之后我对着墙上残留下来的半面镜子细细把下巴刮干净，把头发三七分梳整齐，再喷了点摩丝定型，然后穿上一件卡其色衬衣，打好那条蓝地白点的领带，外面再穿上一件深蓝色西服。我一共有三件衬衣三套西服两条领带，三套西服的颜色款式都一模一样，是多年前请同一个裁缝做出来的。所以以前老有人以为我一年到头就一身衣服，从来不换，其实是我来来回回已经换了多少次了别人并不知道。

把自己穿戴整齐是我每天早晨起床之后的一个重要仪式。就是一整天都不过对着这片山林，我也不敢在仪表上有丝毫懈怠。真的是不敢。这是一种站在断崖边上的感觉，稍不留神就会掉下去。一个人住在深山里，整天除了植物和动物，没有任何观众，自然是身上随便披挂个麻袋都能出入，可是我不允许自己这样随心所欲地塌下去，或者，掉下去。

穿戴整齐后我照例在荒凉的铅矿院子里巡视了一圈。铅矿四面环山，如在井底，破败的采矿车间门窗洞开，里面住着年深日久的黑暗。当年卖剩下的几台锈迹斑斑的破碎机和球磨机，如年老的象群挤在黑暗里等待死亡。干涸的浮选槽里长满荒草，槽边是当年开采的矿石，有铁矿石、金矿石、铅矿石。我太熟悉这些矿石了，铅矿石里有紫色的晶体，黄铁矿石里有一种金黄色的光泽，金矿石看起来反倒没有黄铁矿石那么耀眼。废弃的高炉默立着，水塔顶上住着一大群野鸽子，只要往水塔上随便扔块石头，那群鸽子就会呼啦啦从水塔顶上炸起来，仓皇地四散而去，到黄昏时分，又会在一轮血红的残阳里飞回来栖于塔顶。

我站在水塔下仰着头看了会儿鸽子，继续往前。山里的寂静所产生的压强挤压着我，有时候竟会把我一路挤压向童年。我养了一黑一灰两只兔子做伴。我记得小时候就养过这么两只兔子，每天放学后头一件事就是兴冲冲地跑过去喂它们。这中间的四十多年忽然被挤成了薄薄的一扇门，我推开一看，那一黑一灰两只兔子居然还在门后，好像从来没有长大过,也从未离开过。

我独自走过矿区的幼儿园、医疗室、图书馆,这些阒寂无人的废墟散发着类似于坟墓的气息。但我走在这废墟里还是不由得觉得亲切,像走在曾经的自己里面,从前的那个少年包裹着如今已到中年的我,像小时候玩过的俄罗斯套娃。

我八岁那年随着父母从山东的一个海岛来到这里,父亲从海岛上的一名军人转业成铅矿上的小干部,母亲则在矿上的图书馆做了管理员。我二十九岁那年离开了倒闭的铅矿,四十岁那年又一个人回来了,回来时这里已经是一片废墟。

我重返铅矿的那个晚上,整个矿区没有电,我也没有准备蜡烛,到处是最原始的黑暗。荒草早已长过人头,矿区的骨骼和周围毛茸茸的密林如血肉长在了一起。荒山密林之上是一轮巨大的明月,我感觉自己像忽然退回到了最远古的洪荒时代,满目只剩了山林和月光。月光像大雪一样隆重地覆盖着这片废墟,我乘着月光重新游荡在阔别已久的故地。

我记得我推开少年时代最熟悉的图书馆的门进去,门口那把管理员的椅子是空的,布满灰尘和蛛网,母亲曾经就坐在那里。所谓图书馆其实就是两间简陋的平房,几排书架空旷荒芜。我曾借过的那些书都已经不见了,只地上还零散地扔着一些书,月光从门口涌进来,那些书被淹没了,闪着银色的磷光。

被月光淹没的一瞬间,我又有了那种置身于水底的感觉,好像是在童年那个海岛的海水里,我一直向海底游去,直到水压即将把我挤爆。周围海水的颜色在慢慢变深,有大鱼和灯笼般的彩色水母从我身边游过。我看到那些大鱼时往往会觉得敬畏和尊重,我会给它们让路,因为它们看上去古老而庄严,像人类的祖先。

我又好像正潜在那个藏在这深山里的无名湖底,那个湖的周围全是密不透风的参天古木,树林阴森森的看不到头,林间飘荡着鸟儿们各种古怪的叫声。有风吹过时,成片的树林在嘶吼,而湖面却静极了,像面大镜子,在阳光下有一种璀璨的感觉。而那湖底却是幽深恐怖的,水极清澈,能看到大片大片墨绿色的水草,像女人的长发一样在水中鬼魅般地招摇着。鱼儿们在其中嬉戏,柔软的蛇鱼和水草交缠在一起,湖底到处是长满水藻的毛茸茸的石头、贝壳。

在这湖底还有一具人的尸体。那具尸体这么多年里一直就沉在这里,因为,它身上压着一块巨大的石头。

我第一次见到它的时候,它还是完整的、新鲜的,还是一个人的形状,呈现出石灰一样僵硬的滞白。等我第二次再潜入湖底找到它的时候,它已经开始变得残缺不全,鱼儿们把它身上脸上咬得坑坑洼洼的,它的一只眼睛被鱼吃掉了,变成了一个模糊的大洞。右手上的肉已经被鱼啃噬干净了,露出了雪白的骨头,那只露出白骨的手就那么在水中安静地张开着,还有几只一寸长的小鱼正叮在那手骨的缝隙里。

我仔细辨认,不是水,只有满地的月光。我从地上捡起一本满是灰尘的书,就着月光看到是一本破旧的《矿产资源勘查学》。我又捡起几本书走出了图书馆,像小时候来借书一样抱紧它们,仿佛它们可以给我御寒。那个夜晚,我坐在外面的石阶上一根接一根地抽烟,我的背后是黑暗如古堡的图书馆。

半夜了,我听到周围丛林里有沙沙的声音,那可能是一只野兽。巨大的月亮就悬在我的头顶,在这无人的深山里,月亮看上去极大极亮。因为有月亮在,我心里静了些,到了后半夜,居然就靠在墙上睡着了。

第二天我把我少年时代和父母一起住过的那间宿舍收拾了一下住了进去,屋里的家具都还是我当年离开时的样子,只是落满了厚厚的灰尘。

安顿下来之后，又经过一番踌躇，我决定去看看它。

于是我朝着那片藏在这深山里的无名湖走去。我一直相信，除了我，世上没有谁还会知晓这个湖的存在。我还是个少年时就找到了这个秘密的湖，那时候因为刚从海岛迁徙到这山林里，我浑身干燥难忍，于是漫山遍野地找水想游泳。山里只有腿肚那么深的溪流，没法游泳。铅矿的工人们告诉我，这山上是不可能有湖水的。但我相信我在山间已经嗅到了湖的气息。

就这样，我跟着弯曲的山间溪流一路寻找。溪流忽隐忽现，多数时候都是藏在柳树林里的。遇到石头多的地方，溪流就会变急促，喧哗着从柳树林里钻出来在阳光下明亮地流一会儿，忽然又不见了，再见到它时，却是清泉石上，有一尾野生的金鳟鱼在水中倏忽掠过。

我就这样跟着溪流走进了一片阴森的原始密林，在那不见阳光的密林里穿行了很久。周围的树木越来越高大古老，越来越密茂葱郁，但那条溪流从不曾断开，一直向前流动着。我相信，只要溪流没有断开，我就不会迷路，所以，我一边恐惧着，一边却还是紧紧跟着这溪流前行。忽然，树木一下消失了，前方静静地、耀眼地跳出了一片湖。

湖就在这密林的中央。

后来的很多年里我都不舍得告诉任何人关于这个湖的存在，仿佛这是一个只属于我和这个湖之间的秘密。我一直记得我第一次跳进那湖水里游来游去的感觉，像从干燥陌生的生活里挤进了一道潮湿的裂缝。

后来我一直相信这片湖就是世间留给我的一道缝隙。

我走出铅矿的大门，再次跟着溪流往深山里走去，走进那片阴森的密林，走着走着，忽然有一片湖水像梦幻一般出现在我眼前。无名湖看起来和五年前一模一样，碧绿的湖面静得可怕，一丝皱纹都没有，似乎在这几年时间里它不曾被任何东西打扰过。我先是在湖边静坐了一会儿，然后站起身来佯装着散步，仔细观察了一番周围，不见人影，只有无边的密林和倏忽掠过的鸟影。我脱了衣服慢慢潜入水中，以免惊起太大的波纹。

平静的湖面下存在着另外一个丛林，有植物，有动物，也许在这样的湖底还有一位维护秩序的统治者，类似于龙王或者水妖。我在鬼魅般的水草间游来游去，寻找着记忆中的那块大石头。终于，我在幽暗的湖底看到了那块大石头，它依然在那里，轮廓没变，只是身上已长满青苔，这使它看起来变臃肿变柔软了。

然后，我看到了压在石头下面的那具尸体。墨绿色的湖底上一点刺目的白。它还在原地，只是已经变成了一副干净的白骨，上面居然连一点皮肉都没有了，那白骨像瓷器一样洁净，安宁肃穆，竟让人不再觉得恐惧。有一条小蛇鱼从它头骨的左眼眶钻进去，又从右眼眶里钻了出来，摆摆尾巴游走了。

在我身边游来游去的鱼儿们看起来似乎都格外肥大，这使得它们身上有一股妖气。我开始使劲划动双手双脚，向泛着微光的湖面升去。

转眼间我已经独自在这深山里住了四年。四年里我开垦了十几亩山地，种上土豆和莜麦，因为这山上早晚温差很大，特别适合土豆和莜麦的生长。秋天收成了以后拿到山下去卖，平时在山上采的木耳蘑菇晒干了也拿到山下去卖。我太了解这片山林了，每个季节有每个季节的蘑菇，我还知道在这山林里只有橡树可以长出木耳，而且只有冬天砍倒的橡树长出的木耳最多。有时候一棵倒在地上的橡树密密麻麻地长满了木耳，像长出了无数只耳朵。所以在每年冬天的时候我会砍倒十来棵橡树，好等到来年采木耳。

我还在下面半山腰的三条路岔口处开了个小饭店，挂了个木牌，白地上四个红字："岔口饭店"。那是公路还能通到的地方，路边有间废弃的护林人住过的小屋子，灶台是现成的，还有炕，屋里只够摆一张饭桌。

我的饭店里平时只做四个菜,过油肉、酱梅肉、野鸡炖山蘑、烩土豆。只在春天和夏天的时候偶尔用香椿、苣荬和蒲公英拌点凉菜。我从不用鸟铳打野鸡,响声太大。我的办法是把粮食拌上酒,撒在山林的空地上,野鸡吃了粮食之后就会醉倒,躺在那里就睡着了,如果是冬天,睡着之后就被冻死了。第二天捡到的野鸡已经硬邦邦的,一碰还叮当作响,像用玻璃做的。而且醉倒的野鸡都是一对一对的,因为它们喜欢夫妻结伴而来。偶尔,如果捉到一条蛇,我也会炖了吃。当我一剪刀下去把还在扭动的蛇剪成两截时,心里还是会暗暗一惊,为自己身上那些已经暗中发生的变化而吃惊。我曾经可是连只虫子都不忍心踩的人。

去我饭店吃饭的人不算多,多是些进山拉木料的大车司机和进山采木耳的人,偶尔还有些专门赶过来找我的故人。因为我没有电话,这里便成了我和昔日故人们唯一一个隐秘的联络处。

在矿区里巡视完一圈之后,我从大门出去,沿着山路往林子里走了几步路,准备给兔子割些苣荬。进铅矿的这条僻静的山路没有通公路,早已被世人遗忘在深山里,又经过山洪的冲刷和野草的侵略,已变得越来越窄,有些地方几近于消失了。在这条山路上我从来没有碰到过任何人,如果真的碰到一个人,他看到一个穿着西装打着领带戴着眼镜的男人正在那里割兔草,估计也会吓一跳。

我回去把兔子喂了,又在水塔的周围撒了些玉米粒喂鸽子,然后便准备下山一趟。我大概半个月左右会下一次山。所谓下山就是到山下附近一些村庄的小卖部里买些日用品,那些村庄,即使最近的也要三十里路。我有时候用钱买,没钱时就用我在山上采的木耳来换。木耳的价格很高,山下的村民都认木耳,所以木耳在这一带就像货币一样好使。

我背上包,骑着一辆旧摩托车往山下驶去。刚开始的时候我下山都是靠走路，一走就是半天时间，往回赶的时候还得走夜路。据说在山上走夜路的时候，会碰到有人在背后拍肩膀，这时候千万不要回头，因为那多半是狼在用它的爪子拍你的肩膀。狼在当地被叫做麻虎。我倒不怕遇到狼，因为我知道所有的动物其实都是怕人的，它们不会主动攻击人。而且动物能看出人身上的火焰，遇到火焰高的人，它们就会远远避开。所以我走夜路的时候从没碰到过任何野兽。

走完那段崎岖的山路就上公路了，在这山路与公路连接的地方，常年有一处浅浅的水洼，水洼附近是蝴蝶的家园。夏天每次走到这里都有成千上万只蝴蝶在我身边飞来飞去，有的还会落在我头上、身上。回来的时候又是一身蝴蝶。

这次下山我要去的村庄离铅矿有三十多里路。这个村庄有一个雅致到奇怪的名字，落雪堂，不知道是不是和村口的那棵大杏树有关。这村口有一棵巨大的千年杏树，因为年老，树根盘结突出，竟可以供十几个人同时坐在树根上乘凉。树冠则庞大得有些遮天蔽日，好像整个村庄都不过是这老树孕育出来的子嗣。每年到了清明前后，一树杏花如雪，有风吹过的时候，落花几乎要把整个村庄都埋起来了，一直要到五月，这个村庄才能渐渐从花醉中苏醒过来。

我先是骑着摩托车去了一趟村里的小卖部，买了一支牙膏一块肥皂两包蜡烛，然后再骑到村西的范听寒家门口。

2

村西有处十间瓦房的大院子就是范听寒家。这座院子在整个村子里都显得鹤立鸡群。范听寒在院子的周围种了很多垂柳。

正是四月，门口的一排垂柳绿得如烟似雾，在层层鹅黄烟障的最后面，是一扇带着小飞檐的街门，门口左右各一个鼓形石礅，门的后面是一个几米深的狭长门洞，一个瘦小的老人正独自坐在门洞里饮酒。这个老人就是范听寒。我停好摩托车，站在门口恭敬地打了个招呼，范老师，这是在吃午饭呢？

范听寒闻声连忙站了起来，走到门口迎接我。他大概有七十五六岁，但看起来比实际年龄更老些，奇瘦，而且在我看来他似乎一年比一年瘦，好像正试图慢慢地从这个世界上隐遁而去。驼背，背上扣着一只巨大的驼峰，走路的时候整个人简直就是一把折尺，从腰那里向前弯成了九十度，所以总是身体还没走过来的时候，头已经先到了。

又因为驼背，他走路的时候总是把两只手高高搭在背后，不然一垂下来，两只手都快碰到地面了，估计他是怕给人一种在用四肢走路的感觉。他背着双手，驮着一座大驼峰，像只年迈的骆驼一般慢慢踱到我跟前，努力朝上翻起两只眼睛看着我，用大同口音说，你过来啦？来，进来喝两杯吧。

我也不推辞，跟着他走进门洞，在小木桌旁的竹椅上坐下。木桌上有一碗手擀面，有半玻璃杯白酒。认识也有四年了，我大概知道他的一些生活习惯。他一日三餐只吃手擀面，绝不吃一口稀的，一大把年纪了还是顿顿自己擀面。

他每天早晨天不亮就早早起来，光是穿衣服对他来说就是一项难度不小的工程，得穿很久。因为驼背，他穿上衣的时候必须拼命把衣服向空中甩起来，就像中世纪的骑士甩斗篷一样，甩得越高越好，这样衣服才能比较准确地降落在驼背上。他穿好衣服后背着手出门散步，趁着天还没亮，在田间地头溜达一圈，采两把野菜或几朵蘑菇。走出汗了就回家开始洗漱，他很爱干净，每日洗漱的程序非常隆重，要把好不容易才穿上的衣服全部都脱掉，脱光之后把自己浑身上下擦洗一遍，然后再把衣服甩一次，披挂上去。每天如此。

洗漱完之后他开始动手给自己做早饭。他孙女范云冈在镇上的小学教书，周末才回来一次。五年前他的老伴去世了，据他说，他老伴活着的时候，两个人经常吵架，但从不会因为吃饭吵架，因为他们吃饭的口味出奇地一致，那就是手擀面。他说他儿子和孙女也是只认手擀面，好像在他们一家人眼里，世上只有手擀面才能算得上是饭，别的都是假的，都是骗人的。

早饭就是一碗手擀面，一定要和那种硬得像铁一样的面团，然后用九牛二虎之力把面团擀开。因为面团实在太硬了，擀的时候一定要整个人不时跳起来，把全身的重量都压到擀面杖上才能擀得动。擀好后再切成钢丝一样硬的面条，下锅煮熟，拌点茄子白菜豆腐之类。然后就着一二两酒把面条吃下去。他是一日三顿都要喝点酒的，顿顿不落。且每天都要准时到村里的豆腐摊上割一块豆腐吃，风雨无阻。每天上午割了豆腐往回走的时候，村里人照例要问一句，范老师又出来割豆腐？他一边点头一边微笑，豆腐好，既能当粮也能当菜。

他和我说过，他老伴过世前终日病病歪歪却酒瘾极大，烟瘾也不小。她每天早晨起来的第一件事，就是二话不说先抱住酒瓶灌自己两大口，再歪到炕上抽根烟，一根烟抽完才算正式起床了。一天当中只要趁老头不注意就抱起酒瓶子咕咚咕咚偷喝两口，而且不管把酒瓶藏到哪里，她都能闻着酒味找出来。吃饭的时候还要和老头对饮几杯，两个人有时候就着面条下酒，有时候就着一根黄瓜、一根葱、一只梨、一把花生，统统可以下酒。

有时候她呻吟自己腰疼、腿疼、肚子疼，老头把酒瓶递过去，她只要喝上两口就停止呻吟了，老头得到了暂时的安宁，却又得防备她一会儿之后重新开始呻吟，哎哟，哎哟，就不如早点死了好。

有时候喝多了，她会哭着上街，见个人就拽住问，你看见我家范柳亭去哪里了？他怎么走了就不回来了？有时候喝得更多，她干脆就歪在自家门口的石磴上睡着了，夕阳打在她脸上，透亮的涎水从嘴角流下去，一直挂到胸脯上，蛛丝一般。

后来她重病，临死之前已经昏迷了好几天，昏迷中她一直在说胡话，一会儿说，我在几千人的大会上都讲过话，我不怕你们斗我；一会儿又是，同学们，马上就是期末考试了，要抓紧时间学习，把时间都用在刀刃上；一会儿又是，范秋纹，范柳亭，站住，你们要往哪里去。

昏迷了几天，她忽然醒过来了，眼睛一睁开倒像是开过刃的钢刀，亮得吓人。她向唯一守在她身边的老头招招手，老头子你过来。范听寒便驼着背，两只手背在身后，赶紧走到床前。老伴说，给我口酒喝。老头犹豫了一下，把酒瓶子抱过来递给她，她两只手抓过酒瓶子咕咚一声就咽下去一大口，这才说，老头子，我要先走了，以后就不能陪你喝酒了，你自己喝吧。老头子，我年轻时候能和父母绝交都要嫁给你，又跟着你发配到这穷乡僻壤，多少年里连碗小米稀饭都喝不上，儿女都没了，你说我恨不恨你……我又丢东西了，肯定是来串门的老太太们偷走的，农村老太太都不识字，人没文化就是不行哪……你这么多年都哪儿去了？你怎么瘦成这样？快坐下，我给你擀面去。擀完面我还要去开会，又快期末考试了……要恢复高考了。说完抱着酒瓶子又闭上眼睛睡了过去，此后再没有醒来。

范听寒不是本地人，是大同人，那是晋、蒙交界之处，北魏遗留下来的痕迹浓重，他孙女的名字大约就是出自大同的云冈石窟。

大约是第三次来他家借书的时候，我就问过他，范老师你是怎么来的这落雪堂？他说，他祖上世代都是读书人，他原来是大同师专中文系的老师。一九五八年的时候学校也在轰轰烈烈地打"右派"抓"典型"，有一个做临时工的老师向教育局检举揭发范听寒用的是一支进口的派克水笔，还成天向别人夸赞外国造的水笔就是好用。那临时工看来也不是观察他一天两天了，"筹备"已久的样子，把他说过的话都记在笔记本上，还注明年月日，大约是想顶替他的工作岗位。教育局很重视，专门成立了调查小组去学校查这件事情，结果很快就证实了。

他的"右派"身份立刻就被确定了，站在全校师生面前被批斗了几次，之后又被发配到这里进行改造。他老伴当时是个中学的校长，辞职跟着他一起流落到落雪堂。后来虽然平反了，但年龄已经大了，城里的房子早被没收充公了，除了落雪堂竟也没有别的地方可去，便留下来在此终老。

我又问他，范老师，你这么大年龄了，怎么顿顿都吃手擀面，还擀这么硬，不怕消化不了？他不好意思地说，早些年饿着了，几年吃不上一口干的，顿顿喝汤。后来我们全家都是一看见稀饭就害怕，每顿饭都要看见面心里才觉得这是吃过饭了。如果是吃了菜啊、粥啊之类的，总疑心自己刚才其实并没有吃过饭。末了他又补充道，我儿子范柳亭小时候老是吃不饱，只能喝米汤，所以个头才长了这么点。

他用手比画到我胸前，范柳亭才长这么高。手比画完放下去了，脸上还抱歉地笑着。

这是第一次听他说起他的儿子，我脑子里轰隆一声巨响，久久没有说出话来。呆了片刻，我又有些疑心自己是不是听错了，便用一种惊讶得有些过头的语气说，你还有个儿子？怎么从来没有见过他？他叫范什么？

他又说了一遍，范柳亭。

我的心脏几乎要蹦出胸腔了，我怀疑我此刻看起来是不是脸色煞白，因为他忽然就问了一句，你怎么了？

我勉强按捺住自己擂鼓般的心跳，想抽根烟，摸了半天却连烟盒都没有摸到。我一只手揣在口袋里，虚弱地笑着说，哪两个字？是"柳树"的"柳"，"亭子"的"亭"？

是的。

哦，"柳树"的"柳"，"亭子"的"亭"，范柳亭，好听，读书人家起的名字就是好听。

也是因为我一向喜欢柳树。

好听,这名字真是好听。范老师,你儿子他……是做什么的?能盖起这么大的院子。

他呀,成天就折腾着办厂子了,什么铁厂、油厂、铸造厂都办过,就是瞎折腾。

我终于费力地把烟盒掏出来了,准备点烟的时候看到自己的那只手正在发抖,便又把烟放下了,只是在嘴里很惊讶地反复说,是吗?你儿子原来还是企业家啊?还办过厂子哪?

我忽然发现他好像正看着我那只拿烟的手,那只手还在轻微地发抖,我一紧张就这样。我把那只手重新塞进口袋里,一边假装掏东西,一边找话说,那范老师你就这么一个儿子吗?怎么不见他在家里啊?

本来还有一个女儿的,老人说,叫范秋纹,比儿子大好几岁,当初因为要求进步,没跟着他们来落雪堂,后来才二十多岁就自杀了。范柳亭是他唯一的儿子,几年前外出做生意就再没回来。又过了几年,他母亲都去世了,他还是没有回来,至今生死不明。

我听了又做出非常惊讶和惋惜的表情,嘴里连连说,啧啧,这样啊,唉,真是的。

后来我断定范听寒顿顿都要吃手擀面的另外一个原因就是,吃得下手擀面证明他身体还硬朗,还可以坚持到他儿子范柳亭回来的那天。

那天我敬了他好几杯酒,自己也喝了一杯又一杯。他说,你这么远跑过来借书,不赖,爱看书,真不赖。我说不出别的话来,只是一遍一遍地重复道,有缘分,范老师,我和你有缘分,这就是缘分。

喝完酒之后,他背着驼峰走到院子里一辆改装过的三轮小推车旁边,推车里是一只垃圾桶。他抱歉地对我说,你先坐着,等我先把垃圾倒出去,放久了招苍蝇。说着便弓着腰低着头使劲推那辆三轮,我先是呆呆看着他,然后像忽然清醒过来一样,猛地起身,几步走到三轮前,拎起那只垃圾桶就往出走。

我把垃圾倒到垃圾池里,又在垃圾池旁边蹲下来,抖着手抽了一根烟才走回去。他弓腰站在门口,像是一直在等我,见了我却只说了一句,谢谢你了。我拎着空桶茫然地立在院子里,不知道接下来该做什么,手里明明还拎着那只空垃圾桶,却忽然扭头对他说,范老师,我这就帮你把垃圾……

他没有接话,只是驼着背站在门洞的阴影里静静地看着我。

此刻,又是在他家的院子里,我坐在小木桌的一旁,看着驼背的老人又拿出一只杯子,杯子里有半杯白酒。他把酒递给我,说,锅里还有手擀面,你自己吃多少就盛多少吧。我说,我是吃过饭才来的。他说,你老是这样。

然后他坐下来继续喝酒吃面,背着大驼峰,上身折叠在膝盖上,下巴几乎就要搁在桌子上了。从某一个角度看过去,我忽然惊悚地发现,他已经老得不大像人类了。尽管没有下酒的东西,我还是默默陪着他喝完半杯酒,是当地打的五十三度的散酒,叫梨花春。这酒入口烈,但余味爽净,喉间有清香。

杯里的酒都喝完了,他才问我,书又看完了?我恭敬地说,都看完了。说完就从身上背的包里取出几本书和杂志双手还给他。他接过书,连连摇头,像你这么爱看书的人却开个小饭店也真是可惜了,你就没想过再做些别的?我忙说,人各有命,看书也不能当饭吃。他又摇头,可惜,真是可惜了。

他背着手踱回屋又取出两本书和杂志给我,他有每年订阅新杂志的习惯。两本书是《古诗十九首集释》和《雪堂集》。我每次来他家的时候都要先把上次借的书还掉,然后再借几本新的带回铅矿去看。我把新借到的书装进包里,顺便掏出一包晒干的木耳放在桌上说,范老师，你要多吃点木耳，对身体好，吃完了我再给你带过来。

他点头，又递给我一张叠好的冷金宣纸，说，我又给你抄了首诗，读唐诗就是要多体会那种水中之月的意境。唐诗看起来写的都是些山水，其实那是自然之道，就是天地间本来的样子，所以唐诗里写的其实是一些最恒久最牢固的东西。相比之下，你看我们人的一生反而短暂多变，倒是最不牢靠的。所以读诗能让人心安。

我打开那张纸，是一首用毛笔小楷抄写的《春江花月夜》。我重新叠好，很小心地装进包里，然后开始满院子找活干。这几年里我已经习惯了，每次来了都要帮他把院子收拾一遍，把垃圾桶倒掉，把厨房的水瓮蓄满水，把菜园子里的杂草除净，给蔬菜和花卉浇浇水。干完活我又低头巡视一遍院子，发现甬道上的一块红砖翘起来了，容易绊倒人，便把这块砖挖出来又仔细铺平了。

好像已经差不多该走了，但我还是想和他多待一会儿，见桌子有点不稳，我就地做了个楔子插进了榫卯里。有穿堂风从门洞里经过，风里带着杏花的香味。我看到他在院子里种的两棵海棠树也开花了，海棠花香很淡，不到跟前是闻不到的，走近了却能感觉到一缕阴柔的冷香。

树下有一口大水缸，缸里养着两条鲤鱼。我朝那水缸里微微瞟了一眼，两条鲤鱼正在缸里游来游去。我只看了一眼便像是感到很嫌恶一样，目光飞快地移向别处。窗台上卧着几只去年收的大南瓜，还有一只洁白如玉的西葫芦。估计都是村民们送给他的，村民们都恭敬地叫他"范老师"。

这时候我像想起了什么，猛一回头，发现他还坐在门洞里，似在静静地观察我。他脸上半明半暗，看不出是什么表情。我不由得愣了一下，暗暗悔恨自己在这里又待久了。

每次都这样，总是怕自己在这里待得太久却又总是待得太久。

3

记得四年前我第一次出现在他的院门口也是在这样一个春天的午后。

柳枝新染,杏花满天,我也是穿着这身西装,打着领带,他当时也是这样坐在门洞里驼着背正喝着小酒。

当时我站在门口,有些紧张。为了能在与世隔绝的铅矿里待下去,我能想出的最好的办法就是看书。我想问他借书,又怕被拒绝。在门口踌躇半天,终于还是主动上前跟他招呼道,你就是范老师吧?我听说你家的书特别多,就找了过来,不知道我能不能借几本看看,我保证一看完就给你还回来。

他用略有些浑浊的眼睛打量了我一会儿,慢慢说,以前从没有见过你,听你的口音不是这村里人吧?

我避开他的眼睛说,我小时候是在山东长大的,后来父母调动工作我跟着来到这里,我就是在这附近长大的,也算当地人,只不过不会说当地话。

我说的是实话,这些经历没必要说假话,况且,我确实是异乡口音。

他一直没有放下手里的空酒杯,把目光从我身上移开,似在对着酒杯说话,你父母是从外地调过来的?那是不是县里的晋华纺织厂?那里的外地人多。

我第一次听说县城里还有个晋华纺织厂,我甚至不知道这个厂是不是真实存在的,但我还是回答了一句,是。我不想让人打听关于我太多的事情。

这时又听他说,你是山东长大的,山东什么地方?

我稍微犹豫了一下,说,日照。

他说，哦，海边长大的。

我心里乱跳，不知道他为什么要强调海边。我只好不语，表示默认。

他又问，那你现在做什么工作？我记得晋华厂在九八年就倒闭了。

我说，没工作了，我就自己开了个小饭店。

他问，在哪儿？

我又犹豫了一下，说，在凤城镇。

他说，镇上啊，我孙女就在镇上的小学教书。那学校你知道吧？离你的饭店远吗？

我有些口干舌燥，但还是听见自己尽量平静地说，不算远，不过我没进去过那学校。

他又说，在镇上开饭店，那你也住在镇上吧，十几里地，你怎么会找到我这里？

我说，听一个去我饭店里吃饭的人说起过，说你书特别多，大概是你们村的人去镇上赶集吧。

我确实是在镇上听别人说起范听寒家里有很多书的，但不是在我的饭店里，是在我卖木耳的摊子边。

他还是没有放下那只杯子，哦，这么说，你喜欢看书？

我忙说，从小就喜欢，我十几岁的时候只要能逮住一本书连夜就看完了。

他说，你上过几年级？

我说，我上过高中，没考上大学。

他说，你来我这里专门就是为了借书？

我说，是的。

他翻起眼睛看了我一眼，我忍不住又一阵紧张，只听他说，你今天是为了借书专门打的领带吗？

我忙说，不是，我平时就这样，习惯了。

他说，讲究点是好习惯。你想看什么书？

我说，什么书都可以。

他说，什么书都可以？喜欢看书的人可不是这样的。

我说，我是来借书的，哪还能挑三拣四。

他说，诗词能看懂吗？

我说，懂得不多，但心里喜欢。

他说，那你等一下，我进屋给你找几本。

他终于放下那只杯子，起身回屋。我坐在那里悄悄看着他那只杯子，却仍然发现它真的只是一只再普通不过的杯子。他拿着几本书出来，驼着背慢慢走到我面前，又把我上下打量一番这才把书递给我，说，你看看能不能看进去。我连忙把书接住，有些惶恐地说，范老师，我保证一看完就还回来。他缓缓掉转了伸在最前面的脑袋，跟在后面的是大驼背，只给我留下了半截背影。他边往里走边说，你这么喜欢看书，要是不想还回来就当送给你了。

我出了门，走过那排柳树，向自己的摩托车走去。他的最后一句话让我眼睛一阵湿润。

4

这时候又是一阵微风吹过，海棠花如胭脂粉团一般簌簌落了一地，有几片花瓣飘进水缸里，那两尾鲤鱼便游上来争相啜食花瓣。

我曾在他借给我的一本书的扉页上看到他用钢笔写下的几行字："遵四时以叹逝，瞻万物而思纷。悲落叶于劲秋，喜柔条于芳春。心懔懔以怀霜，志眇眇而临云。"

那一刻我忽然有些明白我为什么在后来还要一次次地去找范听寒

了。这几年里，其实我已经不止一次地下过决心不再去那院子里了，可事实上，只要过一段时间，我还是会再一次出现在他家门口。

告别范听寒之后，我骑着摩托车出了村，一直向西一路爬山路来到那个三条路的岔口。

停好摩托车开饭店门锁的时候，我一低头忽然发现一只西服袖口已经磨破了。这才想起这件西服已经穿了好多年了，我已经有多年没有为自己添置过一件新衣了，这让我有一种突如其来的悲凉和恐慌，但我还是脱下西服小心翼翼地挂在门后，正了正领带，挽起袖子开始准备做晚饭的用料。

两天前，我在饭店的门缝里收到杨晓武塞进来的一封短信，说他来过一次我不在，两天后的晚上他还会来。我一边做饭一边等着他来。

我把昨天捉到的一只野鸡砍掉头，无头鸡又蹒跚着走了几步才倒下，没有了头的脖子像龙头一样喷着血。我等到它彻底不动了才开始拔毛，收拾干净，剁成块，和发好的山蘑一起炖在锅里。放的野茴香和月桂叶都是我在山里采的，快熟的时候再撒上一种叫栀莫花的香草，香味奇异，虽然它容易招徕回头客，但我又暗自担心这奇异的香味会吸引来更多人。炖上鸡肉之后我在灶洞的炉灰里埋了几个土豆。土豆是去年秋天的收成，我专门挖了个土豆窖存放，这样就可以一直吃到来年秋收。

暮色在一层层加重，渐渐地，外面的山林又一次堕入了巨大的黑暗之中，从这小屋的窗户望出去，幽暗的山林正张着血盆大口欲吞噬一切。远处的山路上亮起两束灯光，灯光蹒跚着渐渐逼近，是进山拉木料的大卡车。大卡车没停，从饭店门口呼啸着过去了，刚才从窗户里打进来的灯光支离破碎地涂在墙上，飞快地繁殖出各种形状，在一个瞬间里长满了这间小屋，又转瞬之间凋落下去。

野鸡的香味近于蛮横，溢满整个房间，我没有点蜡烛，只身坐在黑暗中抽烟。

杨晓武是我当年在监狱里认识的。那是一九八三年，我十九岁。前一年刚刚高考落榜，又没有合适的单位可去，便整天窝在家里写小说，为了熬夜写小说还学会了抽烟，烟瘾竟越来越大。写好的小说再工整地抄一遍，然后去邮局投给杂志社，那时候我成天梦想着能成为一个作家。

我记得是一个黄昏，矿上已经下班了，人声寂静，我写了一天小说也累了，便走到矿区的院子里散步。这时候迎面走来一个姑娘，我不认识，估计是矿上的新职工。那姑娘可能刚去澡堂洗完澡，头发湿漉漉的，穿着一条碎花长裙，抱着脸盆正走过来。平时在矿上看到的基本都是清一色的工作服，在那个黄昏忽然看到一条这样的碎花裙，我忍不住盯着那裙子多看了几眼，等姑娘走过去了，我又回过头看她穿长裙的背影。第二天我正趴在窗前写小说的时候，矿上保卫科的人忽然来我家找我。原来是昨天穿碎花裙子的姑娘告到保卫科了，说我耍流氓。

我并不知道当时正在"严打"，矿上的保卫科正愁名额不满的问题，就这样我被关进了监狱。鉴于我确实没有具体的肢体触摸，但毕竟用目光对女性进行了一番猥亵，流氓罪已经坐实，只是刑期不算太长，判了我三年。能和杨晓武在狱中成为朋友，是因为他和我一样，也是高考落榜生，比我还早了一年。一九八三年那年他正在复读，准备再考。那天他正在家里复习功课，他表哥忽然在窗外大声喊他出来帮忙，表哥在和人打架，打不过。他拎着擀面杖出来打算帮表哥，结果只是站在边上观望了一会儿，还没来得及上手就被赶来的公安人员逮捕了。

我坐在黑暗中又点上一根烟，炉灰里的土豆已经烤熟了，散发出一种暖暖的香气。我想起那几年狱中的生活，干活、打架、刷尿桶都不算什么，我最怕的就是看不到字。监狱里只允许看《人民日报》和《山西日报》，就这两份报纸，被我反反复复看了一遍又一遍。我看的时候不是一句一句地看，是一个字一个字地看，很小心地把每一个字含在嘴里，不舍得咽下去，生怕看完就没有了，像在冰天雪地里赶路，必须储备好足够的粮食。

几根烟抽完，估计时间差不多了，我点上一支蜡烛，把炖好的野鸡扣在一只粗瓷大碗里，把烤熟的土豆从灶洞里掏出来，拍了拍上面的灰，堆在盘子里。它们看上去像一堆丑陋的卵石，但是恬静简朴，让人觉得心安。这种心安我在向范听寒借的一本书中也曾读到过："村舍外，古城旁，杖藜徐步转斜阳。殷勤昨夜三更雨，又得浮生一日凉。"

我拿出一壶散装高粱白倒进一把白瓷酒壶里，摆在桌上，又洗了两只酒盅。这套酒具是我父亲当年在矿上评上先进工作者时得的奖品，他到死都没舍得用一次。多年以后被我从床底下翻了出来，居然还完好无损。

就在这时，门外传来了一阵很轻的敲门声，敲得小心翼翼的，不仔细听还以为是风声吹过。我问，谁？门外的声音说，海涛，是我。他不知道我现在的名字已经改成了郭世杰。

我拉开门，裹着一团黑暗钻进来的果然是杨晓武。他来回搓着手，埋怨自己道，都怪我，其实我已经到了好一会儿了，远远看着你这饭店里一直黑着灯，以为你不在，就在附近的林子里等着你来。这林子在晚上还真是瘆人，看到屋里忽然有亮光了这才敢过来敲门。我有些不客气地说，你一个大活人长着两只囫囵手就不知道先过来敲敲门？你说好要来我能不等你吗？

我们在桌子两边坐下，我给他倒了一盅酒，又扔给他一个烤土豆，说，饿了吧，先垫垫。他把土豆掰成两半，轻轻吹着热气，也不蘸盐，很小心很斯文地咬了一小口，慢慢咽了，然后才说，还行。我不想再多看他，我看着他他就不敢放开吃。我说，来，先喝上一盅，又有一年没见了吧？他连忙举起酒盅，我们连着干了三盅酒，他还是不敢放开吃，一个土豆吃了有一个世纪那么长。他开始是慢慢把土豆瓤掏出来吃，吃到最后就剩下了两只薄薄的土豆壳，贝壳似的。他犹豫了一下，把土豆壳也撕开放进了嘴里。大碗里的菜他只敢挑着吃蘑菇，鸡肉却半天没动一筷子。我说，吃肉啊，别光吃蘑菇。他嘴里嗯嗯着，筷子还是绕过鸡肉挑着蘑菇。

一支蜡烛快要燃尽的时候，他才勉强说了一句，海涛，你这饭店现在生意怎么样？我使劲抽了一口烟，就着猛然跳动起来的烛光打量着他。他穿着一件灰扑扑的旧夹克，里面是一件看不出颜色的圆领秋衣，眼睛下面挂着两个大黑眼圈，嘴角还沾着些土豆泥。

在跳动的烛光里，他看上去浑身好像只剩下这一张脸，这张巨大的脸发着光，而其他的部位都已经被黑暗消化掉了。我不忍心告诉他去擦一下嘴角，只说，吃饱了吗？土豆还有。他低着声音，不太确定地说，饱了。我说，再吃一个。他犹豫了一下才说，算了，饱了。我又抽了口烟，说，这么小的饭店你说能怎么样？有口饭吃就算不错了，我们这样的人还想怎么样？

他坐在那里半天没言语，我也不说话，等着他开口。其实我知道他此行来的目的，无非就是借钱。他比我在监狱里多待了一年，自打出来之后，每次找我基本上就一件事，借钱。说是借钱，其实根本也不会有还的那天，所以和乞讨也没多少区别。正是因为和乞讨差不多，我才没法拒绝他。出狱之后不知道他靠什么为生，他也不说，大约多半是些非法的事情，却又常常连饭都吃不起，四处借钱，然后被要债的人追得东躲西藏。但我知道，他变成如今这个样子并不是什么奇怪的事情，因为，从监狱里出来的人大部分都会变坏而不是变好，或者只会变得比从前更坏。我当年在监狱里的时候，正是已经嗅到了这样的危险，才拼命想找到一切有文字的东西来保护自己，拼命写稿子给狱里办的报纸投稿。

猛烈的跳动之后蜡烛彻底燃尽了，蜡尸里冒出呛人的青烟弥漫在重新黑下来的屋子里。我没有再起身点蜡,坐在原处不动,桌子另一边的人也坐着没动。突然而至的黑暗紧紧包裹着我们,让我们都感到了某种奇妙的轻松和熟悉,好像我们昨天还一起在狱中的大通铺上挨着睡过。

那时他一次次对着我的耳朵讲,他第一次高考就差了一点五分,后来又变成了只差了一分,就一分啊,他反复说,就一分啊。似乎只要说得足够多,那一分就会像壁虎的断尾一样自行再长出来。现在,他和我之间就隔着一张木桌,隔着这木桌,我都能感觉到他紧张的心跳声,好像他的神经已经像榕树的气根一样长满了这张桌子。

外面又过去一辆大卡车,车灯的余光扫进屋子里,飞快地掠过他的脸,他的那张脸便在黑暗中短暂地浮现了一下,很快又沉下去了。紧接着照到了我的脸上,我被晃得闭上了眼睛。就在这时候他忽然开口了,他语速很快地说,海涛,有点急用,能不能再借给我一千块钱?

我终于还是等到了他这句话,果然没有任何意外。我反倒放心了些,明明已经放心了却扭过脸,对着他那团黑乎乎的影子说,你不能一直就靠着借钱活吧,你也得自个儿想办法挣钱啊。

他坐在黑暗中忽然低低地笑了一声,这笑声让我打了个寒战。只听见他说,说是容易说,你说像我这样的人去哪里挣钱呢?

我的声音忽然高了几度,那你也得自己想办法啊。

说完这句话之后,两个人都咔嚓静了下去,半天没一点声音。我有些后悔自己刚才虚张声势的高嗓门。其实,在他来之前我已经把要借给他的钱准备好了。我曾听说当年我们的另一个狱友在出狱后四处流浪,不知怎么跟着人吸上了毒,后来为了向人讨要五十块钱,便随时可以跪下来喊人家一声爸爸。

杨晓武坐在桌子那头像块生铁似的,冰凉,一动不动。我忽然很害怕他会跪在我面前,连忙从口袋里取出准备好的一千块钱递给他。我说,这是一千块,拿去用吧。他不作声,默默地把钱接住,装进了自己口袋里。然后我又说,你赶紧下山吧,你看我这里根本住不下两个人,我就不留你住了。哪天再来提前告诉我。

我不想让任何人知道我住在哪里。

他仍是沉默着,站了起来。我不打算再点蜡,免得看到彼此的表情。他在黑暗中朝我坐着的方向看了几秒钟,又对着窗外黢黑的山林愣怔了几秒钟,却没有再说话。然后嘎吱一声打开屋门,很快便消失在了阴森森的山路上。

我独自骑着摩托车回到深山里的铅矿,整个铅矿没有一点亮光,万顷碧空中斜挂着半轮焦黄的月亮。我回到宿舍点起一截蜡烛,倒了一碗酒喝了两口,身上有了暖意,才慢慢在桌子前坐下,抖着手打开今天白天范听寒送我的那首诗:"春江潮水连海平,海上明月共潮生。滟滟随波千万里,何处春江无月明。"

那一晚,我一直不敢脱掉身上的西服和领带,就这身衣服似乎还能给我一点点做人的体面。我就那么穿得端端正正地坐在烛光里,高声把这首诗读了一遍又一遍。"不知江月待何人,但见长江送流水。白云一片去悠悠,青枫浦上不胜愁。"我不敢停下,似乎只要一停下,就会发生化学变化,我就会在瞬间变成杨晓武,或者变成那个给人跪下四处讨钱的狱友。一直读到半夜,终是累了,夜空澄澈,烛光阑珊,最后竟趴在桌子上睡着了。

5

几年前,那是我第四次出现在范听寒家门口。

我停好摩托车,从那排柳树下走过。微风过处,无骨的柳梢从我脸上拂过,柔软得不像是这人世间的东西。我闭上眼睛仰着脸任由它抚摸。从我上次知道他是范柳亭的父亲之后,我就知道我不该再来这里了。可是，一个月后，我还是又一次来到了他的家门口。

他正戴着一副老花镜坐在门洞里看书，看书的时候，他的上半身往前趴着，整张脸几乎都要埋进书里去了。我站在门口无声地看着他，我想，就这么站一会儿也是好的。可他像是已经嗅到了我的到来，把脸抬起来向门口看过来。

我走进来把上次借的书还给他，又给他带了一包干木耳和一包羊肚菌。我说，范老师，看书呢？我还书来了。

他摘下老花镜，说，是你啊，可有段时间没来了。

我忙说，最近事情多，老抽不开身，这是上次向你借的书，都看完了，还想向你再借几本，不知道行不行？

他说，你都什么时间看书呢？

我说，晚上。

他说，晚上就不看电视？

我说，我不爱看电视。

他说，也不用给孩子做饭什么的？

我略略迟疑了一下，说，有我父母和老婆给孩子做，用不上我。

他说，怪不得有时间看书，家里都不用你管。这些天你也读了一些诗了，和我说说有什么感受。

我听到自己的声音里忽然跳动着一种喜悦，我知道这样也许并不好，却也不想太掩饰。我说，在晚上读诗，读完后心里觉得既安静又亮堂，连心里的害怕都少了。

对面的老人手里拿着花镜，忽然抬起头盯着我又仔细端详了几分钟。我背上一下绷了起来，意识到刚才还是有些忘形了，一阵后悔，不知道该坐该站。只听他慢慢说，也不知怎么，我总觉得你不大像是开饭店的，但我也说不好你到底像干什么的。

我好像被什么笨重而巨大的东西狠狠地往前推了一把，猛地站了起来,像是急于要离开,却终究没有迈出步子。只是口干舌燥地辩解道,我真是开饭店的,别的我都干不了,又没文凭,正经单位进不去,我也想去坐办公室,人家哪会要我。我就做饭还可以,所以只能干这个。我看书真的是为了打发时间,真的,没事干的时候看看书就是个消遣,和别人打牌看电视是一样的,就是个消遣。

他盯着我看了半天,忽然就笑了那么一下,极短促,他说,看来你那饭店也忙不到哪里去啊。

我有些疲惫地坐下说,小饭店。

他驮着自己的大驼背慢慢站起来,顺势把两只手背在身后,说,你倒真是个喜欢看书的人,不少喜欢看书的人都想自己也写一本书出来,你想过没?

我飞快地摇摇头,没,我不是那块料。

我感觉他的眼睛还一直盯在我身上,只听他说,确实,大部分人都写不好的,我那儿子年轻时候也想过写书当作家呢,后来也发现自己不是那块料。其实看书不光是为打发时间,养心最重要。你等一下,我进屋给你找书去。

听到他再次提起儿子,我打了个激灵,像是忽然感到了一股寒意,整个人却又变得异常兴奋,没话找话道,那他后来怎么就不写了呢?要是一直写着说不定也成作家了。

他没搭话,慢慢走过去掀开竹帘进了屋。我独自站在阳光里,阳光煦暖,我却感觉自己仿佛又沉入一片湖水中,而范柳亭坐在一只小船上正漂过湖面,他恰好就位于我的头顶,我能窥视到他的身影,他却看不到湖中的我。我没想到,他年轻时居然也想过写书当作家。我独自冷笑了一声,抬起脸来看太阳,阳光蠕动在我脸上,我忽然就感到一阵难以抑制的心酸,不知究竟是为他还是为我,差点掉下泪来。

这时范听寒抱着两本书出来了,把书递给我,书里夹了一张冷金宣纸，他说，看你还挺喜欢诗词，读多了你就知道了，好诗都是有蕴含的，有一种山水之外的东西，读完以后会觉得心性宁静疏朗。

两本书是《纳兰全词》和《二十四诗品》。我放好，道谢。他忽然指着放在桌上的木耳和蘑菇说，每次都带木耳来，你都哪里来的？

我镇静地说，山上采的。

他费力地抬起头看了我一眼，说，这么说你经常上西山？

我没有看他，其实我很讨厌自己不看着对方的眼睛说话，但我更讨厌自己盯着对方。我听见自己说，只是偶尔去一趟，采点木耳蘑菇什么的回来，我饭店里做菜也要用嘛。

他的声音忽然之间有些异样，或者我怀疑只是我听错了，他说，那山上都有什么？

我感觉自己插在口袋里的手又在发抖，我悄悄吞吐了一口气才故作轻松地说，山上嘛都一样，到处都是树，有的树下有蘑菇有的树上长着木耳，对了，山上还有野鸡。

他说，到处是树，那你进山里采木耳不会迷路吗？

我说，我会看树叶，树叶长得稠的是东面，稀的是西面。这也是我听别人说的。

他说，听人说那山上还有狼，你也不怕？

他说的是狼，不是麻虎，这让我再次感觉到我们两个其实都不过是异乡人，是某种同类，这让我感到一种虚弱的安全。我攥紧的拳头在口袋里略略放松了些，说，好像确实有吧，不过我没见到过，狼也得晚上才出来吧？

我没有说野兽其实都是怕人的。在他面前，我生怕哪一句话就忽然说错了。

他说，唉，这么多年里我一直想着要上那山上看看究竟有什么，因为腰不好，一直没去成，现在老了，就更去不了了。

我从自己的声音里听出一种虚假的客套,我说,不怕,哪天你想上去了我带你去。

他笑笑,只说,这两本书你先拿去看吧,看完再来。

我装好书并不急着走,先帮他把垃圾桶倒掉,又在院子里转了一圈。我发现菜园子里的两架豆角已经枯死了,便和他商量,拔掉豆角种些别的菜吧。他拿出一把芹菜籽,是去年留的。我拔掉豆角,简单翻了一下地,种了两排芹菜,又进厨房把水瓮接满水。这时看见他驼着背要往出走,说要出去打点散酒回来。我忙说我帮你去买。我去小卖部买了一桶五斤装的梨花春,买了一斤五香豆腐皮和一包卤花生米拎了回来。我说,范老师,你晚上自己慢慢喝点,这是些下酒的,今晚就不要擀面了,省点事。要不要我留下来陪你喝点?

嘴里这么说着我却不肯再坐下。他转身去看海棠树,驼背上落了两片叶子,因为驼背几乎是水平的,如果不帮他摘掉,估计这叶子他会这么驮一整天。再加上他走路的姿势,倒像是刚刚加入人类的一只天真的老龟。

他没有回头看我,只说,天黑了路上就不好走了,你先回吧。

我对着他的背影说,范老师,那我走了。

他像是没有听见,还是不回头,只是翘首默默看着海棠树。

他的背影看起来分外瘦小,驼峰却奇大。

我注意到他坐的那把椅子已经很老了,一坐上去就嘎吱作响。

6

晚上我给自己倒了碗酒,先喝了一口,然后在烛光里展开范听寒夹在书里的那首词:"十年生死两茫茫,不思量,自难忘。"一句读罢,脑子里轰的一声,他难道是故意让我读这首词?难道他已经觉察到了什么？我没有心思再读下去了，披上衣服，走到外面去抽烟。

山里的温度要比山下低出好几度，入夜之后凉意更重。我一边抽烟一边在草丛里徘徊，荒草上的露珠打湿了我的鞋袜也不觉得。大约已到半夜，山中虫鸣愈发幽咽，风入废墟，草木萧瑟，我甚至能在夜风中闻到藏在深山里的无名湖上传来的潮湿气息，这缕潮湿的气息像只从黑暗中伸出来的柔软的手，只把细细的指尖从我脸上轻轻划过。我出了一身冷汗。抬头一看，一轮金色的大月亮正压在头顶，月光澄净，好像要逼着这山间所有的鬼魅都现出原形。

我回到宿舍，又喝了两大口酒，然后就着烛光，壮着胆子把那首《江城子》读了一遍："十年生死两茫茫，不思量，自难忘。千里孤坟，无处话凄凉。纵使相逢应不识，尘满面，鬓如霜。夜来幽梦忽还乡，小轩窗，正梳妆。相顾无言，惟有泪千行。料得年年肠断处，明月夜，短松冈。"

一遍读罢，算是读懂了，我的眼泪忽地就下来了。少年时代母亲总对我说，一个男孩子家不能老是爱哭，没出息。没想到二十多年过去了依旧秉性难改。我披衣出门，在青铜器一般古老的月光下又高声吟诵了一遍，这次仿佛是专门为了那早已葬身湖底的人读的。如果可能，我倒真的希望他能听到这首词。

在这个深夜里我觉得自己像个神秘的信使，正往返于阴阳两界传递着什么。

7

又到了凤城镇赶集的日子，我一大早起来把兔子喂了，把鸽子也喂了，自己吃了一口昨晚的剩饭，然后把这几个月攒下的干山蘑干木耳装了半口袋，准备拿到集上去卖。

临出门的时候我站在半面镜子前照例犹豫了一下，我知道这样穿着西装打着领带蹲在集市上卖木耳会让我显得过于扎眼，而且看起来多少会有些怪异。但也就犹豫了那么一下，我终究还是不能允许自己脱下这身西服。我打了那条暗红碎格的领带，头发上喷了摩丝，梳成一丝不乱的三七分，戴上眼镜。这样的装束虽散发着危险的气息，却也给了我某种与世绝缘的安全感，好像在这样的外表下我就可以自行繁殖，在最内里处生生不息下去。穿戴好之后我把蘑菇木耳和折叠马扎绑在摩托车上便出发了。

凤城镇离铅矿大概要四十里路，逢每月的农历十五都是赶集日。我赶到集市上的时候，大大小小的摊位都已经摆出来了，把街道的两边塞得密不透风。摊主大多是附近的村民，也有远道而来的游贩，他们以赶场子为生，像猎狗一样只要嗅到哪个村子里有集市就会赶过来。他们开着改装过的三轮车或四不像（一种又像摩托又像拖拉机又像汽车的乡间交通工具），晚上就猫在车厢里睡觉。

集市上有卖袜子的、卖内裤的、卖秋衣秋裤的、卖纱巾的、卖小孩衣服的，还有卖老人们咽气前要穿戴的装裹。这些衣物都用竹竿子高高挑起来好引人注意，因为要竞争，竟是一家挑得比一家高。一有风吹过，挂着的衣物们便你追我赶，迎风招展成一大片，有种富丽堂皇的感觉，硬是把下面赶集的人都淹没了。

也有卖蔬菜的卖水果的卖干货卖零食的，就不像卖衣服的那么招摇凶悍，很自觉地聚集在另一片，画地为牢一般在各自面前摆块小摊，人就在后面招揽生意。我放好摩托车便也问人们挤了一个小摊位。

果然，我在一群小贩中间很是扎眼，来来往往赶集的女人们都会朝我多看两眼。有的走过去了还要回头看一眼，有的边看我边窃窃私语，有的在捂嘴偷笑，还有的本来正聚精会神地挑干货，一不小心眼睛在我身上瞟了一下，就像看见空气一样，继续低头挑木耳，低下头去却像忽然感觉到了哪里不对，连忙又抬起头补看了我一眼。这一眼，才真正看到了我，对方直直地盯住我看了有一分钟，然后先感到不好意思了，又慌忙低下头去。买了木耳后匆匆离去，又忙把走在前面的一个女人叫住，回头把我指给她看。

我一点都不觉得奇怪。前些年里，我即使在公园里看湖水的时候，也会有年轻的女孩子故意把我拍进照片里做背景的。早年在广州还遇到过两个有钱的中年女人提出要包养我。因为我不仅对着装有要求，对自己的体重和身材也一直控制得比较严格。我知道这么多年里我一直保持这个样子其实对我并不利，最好的办法是我能让自己在十年八年之内变得面目全非，完全变成另外一副模样，直到没有人能认出我。可是我终究不忍心那样去放逐自己，那是一种被赶入时间黑洞的感觉，我将彻底失去最后一点尊严。

我一低头又瞥见了那已经磨破的西装袖口，它像一道盔甲上的破绽，又像一种从我身体内部蔓延出的疾病。我居然迟迟不肯再为自己添置一件新西服。这不是什么好兆头。我心里一颤。

正午时分，赶集的人纷纷回家做饭，集市上冷清了不少。小贩们也开始吃午饭，大都是随身带的干粮，馒头、火烧之类，就着凉水吞咽下去。我也不例外，随身带了两个馒头、一瓶蘑菇酱。只是，蒸馒头的时候我在面里掺了些山上摘来的槐花，所以馒头里有一种槐花的清香。蘑菇酱也是我用山上采来的蘑菇自己做的。

在山上隐居的几年时光里，我悟到一点，人只要随四季而动，便能获得一点心安。我会在春天的时候去采摘那些山中的榆钱、槐花、野韭。夏天的时候采摘山蘑、木耳、各种野菜。秋天的时候漫山遍野的野果，我会把沙棘熬成果汁，把山桃做成罐头，把松子剥下来在炉子上炒熟了。冬天的时候我会在雪地里捉野鸡，捕獾炼油，会把藏了一年的好酒拿出来在冬夜坐在炉子前喝掉。

在我慢慢嚼馒头的时候，周围的几个小贩都好奇地瞅着我。可能一个穿西装打领带戴眼镜的人蹲在这里嚼着凉馒头确实滑稽了点。这时我旁边一个摆摊卖粉条的老头凑过来搭讪，伙计，你不是这里人吧？看着你是个高级人，怎么也来赶集挣这两个小钱？

我眯起眼睛看了看正午的阳光，金色的会繁衍和滋生一切的阳光，和二十二年前的阳光并没有任何不同。

一九八六年，我从狱中被无罪释放，陆陆续续还有些当初被错抓进去的人也被放了出来。出狱后的第一件事自然是找工作，没有工作就意味着没有收入，但工作还是很难找，又是从监狱里出来的，虽说是无罪释放，但各种单位还是避之唯恐不及。当时社会上正流行下海经商，很多有公职的人都辞职下海做生意。经过再三考虑，我决定也下海经商，便和一个也是刚刚放出来的狱友赵胜利结伴南下广州贩卖小商品。

第一次去广州的时候，我俩坐了三十二个小时的绿皮火车一路蜿蜒到岭南，下了火车，手脚都是肿的。广州的植物叶子阔大，藤萝交缠，看起来都杀气腾腾，到处是榕树、木棉、棕榈这些宽嘴大眼、长相奇怪的植物。我们靠路边小摊上的肠粉和鱼蛋充饥，用麻袋把当时北方还没有的那些小商品贩回去。五块钱一只的电子表，回去后卖四十块，零售则八十块。十五块钱一副的麻将回去后卖一百五，零售价三百。《金瓶梅》一套三十块，回去后卖一百五，零售价三百。一块五一身的童装，回去后卖十五。三十块钱一盘的录像带回去后可以卖到一百五。回去之后，一下火车就已经有小贩们在车站秘密等着接货。我们偷偷把带回来的货物批发给他们，他们贩到手后再到解放大楼前、五一大楼前、海子边这几个据点高价零售掉。

此后一年多的时间里，我和赵胜利就这样，坐着拥挤不堪的绿皮火车一趟一趟往返于山西和广州之间做着二道贩子，在当时也被称为倒爷。

有一次，我和赵胜利正走在广州的街头，有一个乞丐过来向我们讨钱，让我们吃惊的是，他讨钱时说的竟是山西方言。一问才知道，他也是早几年南下广州做生意，结果钱被骗光，自己身无分文，又没有亲戚朋友在广州，无处投靠，想回家连张车票都买不起，最后只好流落街头靠乞讨为生。乞丐在听到赵胜利说出乡音的那一瞬间，泪哗哗地流了一脸，把一张脏脸冲得沟壑纵横。

那次我们回山西的时候就把那乞丐也一起带了回去。后来偶尔也联系一下，前几年他告诉我他当上会里乡的乡长了，让我尽管过去玩，他包吃包住包玩，还说要让我甩开腮帮子好好吃几顿会里乡的柏籽羊肉。

这样来回跑了一年多之后，我们手里渐渐有了些钱。那次在广州过夜的时候，赵胜利说要带我去找小姐。那时正赶上岭南的回南天，广州的雨下得无日无夜，到处都是雨滴的滴答声，滴答滴答，滴答滴答，水珠像泪痕一样顺着潮湿的墙壁缓缓往下爬。

那是一栋破败的广式小楼，小姐住在楼上，斑驳的墙壁长出了滑腻的青苔，腐朽的木楼梯上生出了蕈子，阳台上养的一棵三角梅像蛇一样爬满了整个阳台，有一枝水红色的花枝还爬进了房间，像蛇芯子一样。窗外是一株巨大的木瓜树，挂满了大大小小乳房一般的木瓜，熟透的木瓜在雨中跌落到红土里，发出沉闷笨拙的回响。

那个小姐是个广东土著，矮个子，高颧骨，大嘴巴，褐色皮肤，假睫毛，血红嘴唇。我不敢问她的年龄，因为她不会说自己的真实年龄。也许在半夜，我会看到她忽然现出原形，银灰的头发，嘴角的皱纹，竟然像我慈祥的母亲盘腿坐在这雨中的阁楼里。

我说，就和我聊聊天吧，这样下雨的夜晚最适合聊天。她说，大佬，倾计都要畀钱嘅（聊天都要付钱啊）。我说，我会付你钱的，你要多少？她说，二百蚊。我说，我给你，你陪我聊天就行，你要不愿说话就听我说。她说，好嘅，多谢喇。

窗外的雨一晚上都在滴答，滴答，滴在塑料棚盖上，滴在木瓜上，滴在三角梅上。榕树的气根在雨中吐出舌头，欲缠住一切。我整个晚上都坐在那阁楼的木床上不停地说话,我的声音像雨滴一样滴在腐朽的木地板上。

"我讨厌这样的雨,都快发霉了。"

"哦。"

"我喜欢小时候待过的海岛,不过后来我更喜欢大山里,你不知道,在山林里有多好,就是挣不到钱也不会饿死。我可以一个人在山林里一躺一天,什么都不想。"

"哦。"

"我讨厌广州,讨厌粤语,像到了外国。"

"哦。"

"我要说我坐过监狱,你会不会怕我?"

"系咩。"

"干这个真的不适合我。"

"哦。"

"我觉得世上最好的工作是当个图书管理员,像我妈那样,清静自在,还有书看,你觉得做什么最好?"

"哦。"

"我也讨厌我自己。"

她忽然就说了一句:"边个唔憎自己(哪个不讨厌自己)?"

"……"

这是我最后一次跟着赵胜利到广州,此后就再没去过。在家赋闲半年之后,我顶替父亲成了铅矿上的一名正式工。二〇〇四年我独自隐居到废墟般的铅矿上时,赵胜利已经摇身变成了资产数亿的开发商。

二十二年后的阳光不多不少地落在这个小镇的这条街道上,落在我和一群小贩的身上、脸上。身边卖粉条的老头见我不想说话,便转头与别人聊去,一边聊一边喝着装在大罐头瓶里的凉开水。

我挺直腰板坐在一堆蘑菇和木耳的后面，努力遮掩着那只磨破的西装袖口，怕被人看到。

我忽然想起很久以前在哪本书上看到的一句话："一旦我想要向另一个人诉说它，它就立刻变成乌有。"

8

我再次来到范听寒家门口。那晚读完那首《江城子》的时候，我又一次以为我再不会来了。

天气已经热起来了，我还是穿着那件卡其色的衬衣，打了那条蓝地白点的领带。我把前几天刚做好的一把核桃木椅子从摩托上卸下来，走过柳树下，柳叶已经长如小鱼。我正了正领带，门大开着，门洞里没有人，我提着椅子穿过阴凉的门洞走进了院子里。

菜园子里，我上次种的芹菜已经半尺高了。他穿着一件改制过的斗篷一样的白汗衫罩住驼背，一条铁灰色大短裤，露着两条爬满青筋的秸秆腿，脚上却规规矩矩地穿着袜子和皮凉鞋，正站在院子里的水缸边低头看鱼。

我恭敬地立在那里，说，范老师，我来还书了。

他艰难地把白花花的头颅连带着整个上身都向我转了过来，像在掉转一辆重型卡车的车头。他说，过来啦？又有阵子没来啦，快坐。

我把新做的椅子摆在地上，说，我看你的椅子太老了，就抽空给你做了一把新椅子，核桃木的，能用得住。

他弯腰盯着新椅子看了好几分钟，说，原来你还会木工？手真是巧。这木料是从哪儿来的？

我被夸了一句，略有些忘形，张口说，木头是从山里找的。说完这句话我一阵后悔，慌忙打岔，范老师你坐下试试，本来早该过来还书了，就是最近又比较忙，老是抽不出空来。

他说，忙着打理你的饭店？说明生意还不赖。

我惶恐地连连摆手道，生意就那样，我也就是混口饭吃，现在干什么都不好干了，不比八十年代，钱越来越难挣了。

只听他坐在椅子上说，八十年代你也就二十多岁吧，那时候你在做什么呢？

我缓了口气才说，当年我不是没考上大学嘛，就在家里闲了两年，每天在家里跟着我妈学做饭，后来就顶替了我父亲的班去厂里当工人了。九八年的时候工厂不是都倒闭了嘛，我下岗之后就出来自谋职业开了个小饭店。

他点点头，那时候能顶班算是好出路了。

额头上的汗珠悄悄凉了下去，我唯恐他话里再有埋伏，便主动问道，范老师你最近身体还好吧？

他的目光不再看我，只看着院子的某个角落说，身体还行，就是怕躺着，晚上睡下之后要想翻个身，那实在太困难了。这驼背太大，像个龟壳一样都翻不过去，必须坐起来，再换个方向躺下去。我看见你们这些能躺着翻来翻去的人就羡慕。现在年纪越来越大，腰越来越弯，连坐起来都开始费事了，得用两只手慢慢拄着自己，半天才能起来。

我说，范老师你这背怎么驼成这样？

他说，当"右派"被批斗的时候脊梁骨被打伤了，后来又得了骨质增生，也没治，脊柱都变形了，就彻底直不起来了。

我说，可不是，那时候还有人都被打死了的。

他说，其实我也差点要被打死了，好在我钻了个空子。我刚被下放到落雪堂的时候，村里人知道我原来是个读书人，到了晚上没事做就凑过来让我给他们讲《红楼梦》，讲《三国演义》。那时候又没电视，村里人识字的也少，晚上没什么娱乐，我就讲书给他们听，从《红楼梦》讲到《水浒传》,他们把我当成了说书人,把我家原来住的那间破房子围了一圈又一圈。后来我挨的批斗越来越厉害,晚上关在牛棚,每天挨打呀,就快要撑不住了。一天晚上,忽然有个村民进来悄悄把我带了出去,但他不让我回家,而是把我带到他家藏了起来。他家是老房子,有个以前挖的地道,他就把我藏在里面。每天白天的时候给我送两顿饭,到了晚上他就去地道里找我。你猜他要干什么?他让我讲书给他听,他不识字。我就凭着记忆,把看过的书一本一本地讲给他听。在他家地道里藏了几个月出来后才知道,当时和我一起挨批斗的那几个"右派",已经有好几个都死了。我能活到今天,你说这不是钻了个空子是什么?

我手指间已经只剩下一个烟屁股了,就快烧到指头了,我还是就着烟屁股狠狠又抽了两口才踩灭。然后我说,真不容易啊。

他忽然紧盯着我那两根熏黄的手指说,你抽烟一直这么省?

我略微点了一下头,淡淡说,就是个习惯,要不一年下来烟钱也要花不少。

这个习惯是我在监狱里养成的,在监狱里没有烟抽,等母亲从外面送烟总迟迟等不到,烟瘾犯了就在地上捡别人扔掉的烟头抽,有的烟头已经小得可怜,可我还是有办法让自己从最小的烟屁股上再抽上一口。

他还是盯着我的指头说,我以前也抽烟,后来我老伴抽得比我还厉害,我就戒了,省下给她抽。她抽烟喝酒都比我厉害,我都由着她,人家年轻时候跟着我私奔出来,没享过什么福,还落了一身病,成天七病八痛的,要不抽点烟喝点酒,活着还有什么乐趣。

我说,你们老两口每天在一起抽烟喝酒,也挺有意思的,像哥们儿一样。

这时候毫无预兆地忽然就听见他问了我一句,你觉得我儿子还会不会回来了?

我并没有看他,只是很专心地又点上了一根烟,想了想才说出一句，这个不好说吧，主要是谁都不知道他到底去哪儿了。

他好像正盯着我的脸说话，有时候我觉得他肯定还会回来的，你看我不就活下来了吗？你知道为什么我能活下来？有时候，只要能找到一道缝隙，人就活下来了。

我只是专心抽烟，并不言语。

他又说，可有时候我又觉得他可能再回不来了，他再回不来也有他的道理。其实他并不是块做生意的料，却总以为自己什么都比别人强。大概是活在一个小村庄里，没见过世面却偏偏比别人多看了几本书，也是被我害的，还不如踏实地做个农民。

我抬起头眯着眼睛装作在看天上的云。我漫不经心地说，都是为挣钱养家嘛，做生意也没有错的，只要不坑蒙拐骗就好。

他一动不动地看着我，你说谁？

我从天空里收回目光，笑着说，这年头骗子还少吗？有些人为了赚钱什么事都能做出来。我看现在有些骗子还专门跑到村里来骗老人，范老师你可要当心啊。

他还是坐着一动不动，嘴里说，我都这把年纪了，没钱没家产，还怕被骗？倒是我那儿子，我就怕他是在外面被人骗了。

我忽然就无法克制地冷笑了一声，说，怎么会呢？他那么聪明的人怎么会被人骗，估计只有他骗别人的份儿。

他的头猛地从驼背上昂了起来，他急切地问了一句，怎么，你认识我儿子？

我意识到自己刚才太愚蠢了，便抽了两大口烟来平复表情。我听见自己终于平静地说，不认识。但像你读过这么多书的人，以前又是大学老师，你的儿子怎么能不聪明。

他复又叹气道，他呀，初中上完就没再上过学，成分不好，老被人欺负。闲在家里倒是看了不少的书，我平反后托关系给他安排了个中学英语老师的工作，可他根本教不了。在学校混了两年，实在混不下去了，后来就辞掉工作跟着别人下海去了。

我说，还有人离家十几年了又回来的，说不定哪天他忽然就站在家门口了。

想到范柳亭可能已经在我之前把范听寒的这些书都看过了，不禁生出了几分奇怪的恍惚和悲伤，还有一种愤怒，好像我身上的某些部分和他已经交缠到了一起，我连甩都甩不掉。正胡乱想着，忽见正屋的竹帘一挑，从里面走出一个人来。

我吓了一跳，因为每次来都是范听寒一个人守着个空荡荡的大院子，没有想到屋里竟还藏着个人。这人站在屋檐下，肩膀倚着墙，手搭凉棚朝我们坐的方向张望了一会儿才走过来。走近了才看清楚，是个二十多岁的女孩。薄嘴唇抿着，眼睛看人直愣愣的，长着和范听寒还有范柳亭如出一辙的瘦长脸，上身一件半袖T恤衫，下身一条低腰牛仔裤，中间露着一截白晃晃的腰。她光脚穿着拖鞋，露出的脚趾用指甲花染成了红色。

只见她一走过来就冲范听寒说，爷爷，我和你说过多少次了，不要见人就说我爸的事，你又不知道他到底在哪儿，谁也不知道他是不是还活着。我又不是没出过门，出门在外的人怎么可能几年不想和家里联系？

她讲的既不是落雪堂的方言，也不是范听寒的大同口音，她讲的居然是一口异常标准的普通话，字正腔圆，显得略有些滑稽。在这样一个小村庄里，忽然听到有人用这么字正腔圆的普通话说话，倒好像这普通话是偷来的，听的人只觉得比说的人更不好意思。

听她说完这几句话，我心里明白了，大约这就是范听寒说起过的他那个叫范云冈的孙女。她平时在镇上小学教书，只有周末才回来。原来今天是个周末，在山中待久了，早没有了周末的概念。以前虽没见过，但老听范听寒说起，我倒也大致了解一些她的情况。范云冈八九岁的时候，范柳亭做生意赔了，还欠了不少债，范云冈的母亲便和他离了婚，远嫁他乡。范柳亭又经常在外做生意，所以范云冈基本就是由爷爷奶奶带大的。一九九五年的时候，范云冈十六岁，因为范柳亭的生意再次亏本，家里用钱紧张，范云冈为给家里减轻负担，便考取了一所师范学校。

事实上她是这个国家的最后一批中师生中的一个。因为在她刚刚读完三年中师的时候，师范学校就或被取缔或经过合并被改成了大专。她毕业那年，政策刚刚由国家包分配改成双向选择，她说，凭什么只能你选我不能我选你，便一个人跑到省城去找工作。在省城跑了两个月之后，又灰头土脸地回到了落雪堂，只要有人问她工作找得怎么样，她便暴躁地吼道，当初是谁让我去上中师的？是我自己愿意去的吗？后来村里人明知道她会怎么回答，还是故意要一遍一遍地问她，免费看马戏一样。

吼多了以后她渐渐疲软下来，不再像个母金刚，索性连门也不怎么出，成天闷在家，不是陪着爷爷奶奶喝酒就是翻范听寒的书解闷，倒也练出了一身酒量。有一年过年前和奶奶一起出门买年货，却在村里碰到了几个放寒假回家的大学生正聚在雪地里一起聊天。她连奶奶都不要了，不顾她在雪地里走不动，只顾自己像个石头雕成的英雄一样，大义凛然面无表情地从他们身边经过，又面无表情地走到了自己家的院子里，直着腿进了屋，关好门窗，方才扑到床上号啕大哭起来。她上中学时有个要好的女同学，后来因为这女同学考上了大学，她便自此和那女生绝交了，连面都不再见，只要远远看见疑似对方的影子就赶紧撒腿往回跑，一进院子就关门关窗。

除夕夜，爸爸仍是没有回来，她和爷爷奶奶三个人包好饺子，煮熟了，端上炕桌，然后三个人便盘腿坐在炕桌边上吃着饺子喝着酒。窗外有鞭炮声稀稀拉拉地响着，海棠的枯枝上挂了一盏红灯笼，映着漫天的大雪。三个人喝了一番，渐渐都有些醉了。她奶奶不吃饺子，喝几杯酒，抽一根烟，然后再喝几杯酒，再抽烟，烟就是下酒的。她抢了奶奶的一根烟，点着，叼在嘴角，吐了个烟圈，对爷爷奶奶说，看我像不像个女流氓？爷爷奶奶都看着她笑，奶奶说，你还真是横了心地要做个女流氓。她又道，爷爷，你好歹也是读书人家出来的，以前还是个大学老师，半辈子就窝在这落雪堂，甘心不甘心？

她爷爷抿了一口酒，咂咂嘴唇道，前半辈子是不甘心，后半辈子倒觉得在落雪堂也挺好，每天种花读书喝酒，哪有比这更好的日子？她又问奶奶，奶奶，你从前也是有脸面人家的小姐，你甘心吗？她奶奶扑哧扑哧吸了两口烟，眯着眼睛看着她，笑而不语。她抽完一根烟，拿起酒杯，里面有半指深的白酒，一口就喝下去了，大概喝多了，倒在炕上又是流泪又是撒娇，你们俩也有一天会像我爹妈一样丢下我不管的，肯定会的，等你们都不在了，我就一个人天南海北地去流浪，死在哪里算哪里，好不好？

她奶奶叼着烟拍着她的脑袋说，我陪你一起去，我们去那遥远的地方，半个月亮爬上来。一根烟还没抽完就醉倒在范听寒的驼背上。范云冈在炕上打着滚叫道，爷爷快给我读《红楼梦》，就读黛玉和湘云在凹晶馆赏月那段，我最喜欢那段。

范听寒弓腰坐着，只是慈祥地看着炕上老少两个醉鬼笑。过了午夜十二点，窗外鞭炮骤响，大雪初歇，灯笼如血，形状各异的烟花争相蹿到夜空中把午夜照得一亮一亮的。炕上一老一少已经睡得东倒西歪，范听寒披上衣服，驼着背，踏雪走到院子里放了一串鞭炮。然后又走到门口，借着飞起来的烟花看着院门口的那条路，路上盖着一层厚厚的原封不动的大雪。上面没有一个曾走到家门口的脚印。

范云冈在家赋闲了近一年之后，还是范听寒舍下脸皮去求了些熟人，最终把她安排到凤城镇小学当了个语文老师。

上班以后有人劝她参加个成人高考，好歹混个文凭，毕竟中师文凭是个正在被淘汰的文凭，估计很快就要沦为古董。她嗤之以鼻，好像对自己即将沦为古董这件事毫不惊怯。她上课并不认真，总是有些失魂落魄，有一次一只脚上穿着一只黑色皮鞋，另一只脚上穿一只白色坡跟鞋就去了教室。上课中间觉得有些纳闷，怎么有几个小孩不看黑板只顾偷偷地往她脚上看？低头一看，看到一黑一白两只鞋正像兔子一样蛰伏在她脚上咧嘴笑着。然而，她假装什么都没看到，硬是淡定地把一堂课讲完又等学生走光了，她才踢着黑白两只兔子走出教室溜回了宿舍。

　　还有一次是上课中间，老觉得最后排的几个高个子男生盯着她的胸在看，她心里嘀咕，莫不是这些高个子的男生发育得快，已经萌生春情了？她反倒不好意思起来，想把两只胸尽量藏起来，不料偷偷往自己胸前一看，才发现是早晨出门时没照镜子，胸前的纽扣都扣错了。

　　范云冈在镇上小学教了一年多的时候，范听寒在落雪堂都听到了关于孙女的谣言，说她和镇上的一个黑社会老大好上并同居了。范听寒一大早给自己擦了澡，穿戴整齐，拎着一只二十多年前的人造革黑皮包，坐着一路上哇哇唱儿歌的公交车去了镇上找孙女。他像只老龟一样，背着大龟壳，慢慢地从公交车站挪到了镇上小学，又和门卫解释了半天他是来看孙女的。门卫一听找的是范云冈，嘴角轻轻一抿，似笑非笑，让他进去了。

　　他找到单身宿舍的时候，范云冈正拿着手机在屋里和人骂架，大约电话那头也是个女人，他听到范云冈骂了几句忽然就把怒气刹住了，另外换了一副娇媚的湿哒哒的腔调，软软地像蛇一样瘆人地对着电话里说，不用急，你还没见过我和他在床上的样子呢。

　　范听寒扭头就走，又像只老龟一样慢慢挪回到公交车站，一口饭没吃，一滴水没喝，又坐着唱儿歌的公交车颠颠回到了落雪堂。连着好几个星期范云冈都没有回家，而他直到死也再没有去过一趟镇上。

大约又过了半年时间，范云冈忽然回家来了，脸色灰黄，头发都不梳，只随便在脑后绾了一只大丸子。她变得愈发不喜欢说话，只在那些人少的角落里随便把自己发酵成一团，没有形状，可是旁人还是远远就能嗅到她身上散发出来的牙齿般的气息，酸凉坚硬，让人不得安宁。

又过了几天，范听寒才听村里人说，那镇上的黑社会老大前几天忽然暴尸街头，是驱赶几个外地来的毒贩时被对方拿刀砍死了。对方拿着劈柴的砍刀，一刀砍在他胸前，划了个大口子，血喷出几尺远。又一刀砍在他脸上，脑袋顿时飞出去半个，连着头发落在路边一个老头的南瓜摊上。

我正想着她说话的口气听起来既骄傲又天真，一副见过世面又未老先衰的样子，却接着又听见她说，我看我爸只有两种可能：要么他自己犯了什么罪，怕被抓起来，不敢回家，只能隐姓埋名躲起来。要么就是他已经死了，被别人害死的可能性更大。

听见她最后那句话，我的手一抖，一截烟灰齐齐掉到了裤子上，只听范听寒说，小孩子家不要乱说话。我掸掉烟灰忙接话道，这就是范云冈吧，听范老师说起过。只听范听寒叹气道，不是她是谁。

这时范云冈抬起眼睛直直看了我一眼。一双眼睛黑白分明，目光倨傲冰凉，里面还飘荡着一缕水草般模糊的东西。我忽然觉得一阵熟悉，再一想，是当年在范柳亭脸上也见过这种眼神。我不知道她为什么会喜欢上那个比她大十几岁的黑社会老大，只是隐约觉得应该与她无父无母有关。我心里一阵感慨，一时竟说不出一句话来。这时只听见她对我说道，你就是那个老来我家借书的人吧，老听我爷爷说起你。我爷爷说你每次来借书都打着领带，还真是。

我心里对她有些怜悯，却也只是对她点点头，说，习惯了，对别人也是一种尊重。

她像凶猛的鸟类一样一眼又一眼地上下打量着我，忽然问，你真喜欢看书?

我说，打发时间而已，我不喜欢看电视，电视剧我都看不进去，看半天也不知道什么意思。

她慢慢晃到了我面前，目光有些挑衅。我不再看她，低下头去点烟。只听她又问，喜欢看书你为什么不去书店里买书，倒总喜欢跑到我家来借书看呢?

我吐了个烟圈笑道，为省钱呗，借书看一年也能省下不少钱。书店里的书卖得死贵，我哪有那么多闲钱买书?

她并没有撤退的意思，还在我眼角的余光里顽固地晃动着，听我爷爷说你开了个饭店，生意好吗?

我淡淡说，小本生意，勉强糊口，挣不了几个钱的。当老师多好，旱涝保丰收，还有寒暑两个假期，我羡慕你都来不及。

她的目光还像刺一样钉在我脸上，又问了一句，你是不是还经常上西山? 我吃过你带来的木耳，都是山里的吧?

我说，偶尔上山采点蘑菇木耳，饭店里做菜要用嘛，顺便捎给范老师一点，总不能白看人的书。

说完我看了看天色，做出想走的样子。她却像只小狗一样，紧咬着裤腿追着跑，西山上好玩吗? 我从来没去过，哪天你能不能带我上去看看?

我笑着说，好啊，随时都可以。

说罢我再次看看天色，然后站起来说，范老师，我还有点事情要办，得先走了。我能再问你借几本书吗? 下次来了还你。

那次从范家出来之后，我没有直接回铅矿，而是顺着溪水穿过山林又到了那片无名湖边。我在湖边呆坐了好一会儿之后，起身脱掉了衣服。西边开始下沉的夕阳在湖面上铺下了一层碎金，扔进去一块小石子都能看到金色的湖面被犁开了一圈又一圈。仔细看看周围确实不见别的人影，我便缓缓潜入湖中。

我像上次一样游到湖底，找到那块大石头。因为黄昏的缘故，湖底看起来更加昏暗阴森，长长的水草几乎要缠住我的手脚把我永远留在湖底，那些游在湖底的鱼看起来似乎更加肥大狰狞了。我还是就着夕阳最后的光线看到了压在石头下面的那具白骨。它还在那里，还是那个姿势，好像已经在这里一千年了，看起来一点没被动过。看起来这世界上根本没有第二个人会找到它。

我游上岸时，铁青的暮色已经笼罩四野，周围的密林黑压压地朝着这湖围拢过来，我感觉自己正在一口井底，抬头看到遥远的夜空里亮着那么几点稀薄的星光。没有月亮。

我回到铅矿的宿舍，点起一支蜡烛，喝了两口酒，一边随手翻着一本刚问范听寒借到的《南北朝诗文》，一边在脑子里反复想着今天范云冈说的那些话。难道她已经觉察到了什么？她为什么提出要跟着我上山？也或许，她真的只是觉得山上好玩？

为保险起见，以后真的不能再去范家了。

我合上书本，盯着跳动的烛光发呆。烛光昏暗，把我和几件家具的影子都拉长拉虚，看上去满屋子都是影影绰绰的人，都在暗处悄无声息地看着我。夜已深，窗外山风呼啸，万木齐鸣，我走过去把窗户关上，把灯花挑了挑，让烛光更明亮了些。我又想起了今天范听寒说过的那句话，有时候只要有道缝隙，人就活下来了。不错，总有些人是在这样的缝隙里求生下来的，范听寒能活下来，或许我也能。他希望范柳亭也如此吧。

我呆坐一会儿，又喝了几口酒，身上热起来，心里却仍不宁静。忽然那本《南北朝诗文》里掉出一张纸来，我捡起来一看，上面用钢笔抄了一首诗，诗的开头写着"父亲"二字，"明月何皎皎，照我罗床帏。忧愁不能寐，揽衣起徘徊。客行虽云乐，不如早旋归。出户独彷徨，愁思当告谁。引领还入房,泪下沾裳衣。"然后在诗的结尾处,我看到一段话:"以诗一慰思念之情,先此驰禀,敬叩福安。儿范柳亭叩禀,二〇〇二年八月十五夜"。

我悚然一惊,差点把手中的书扔掉。因为,早在一九九九年,范柳亭就已经离开人世间了。

烛光再次昏暗下去,屋子里明明灭灭地多出了很多影子,都在墙上、在角落里无声地站着,看着我。

9

我拎着一瓶酒、一碗饺子和一篮果子独自在寂静的山林里穿行,我要去看我的父亲。

大约在山路上走了半个小时我停下了,前方林间稍微稀疏的地方出现了两座坟墓,一座是我父亲的,旁边那座是我母亲的。今天是我父亲的忌日。当年他在得病之后为了能让我尽快顶班,连病都不肯治,也不肯去医院,只求速死。只是,他已经无法知道,现在的铅矿已经是一片废墟,这废墟里如今只住着我一个人。我把饺子和四色果子摆在他坟前,又在坟前倒了三盅酒,点了一根烟给他插在坟头。

我在坟前的草丛中躺了下来,阳光从树枝的缝隙里筛落下来,雨点一般洒在草丛上和我身上、脸上。在这山里,我知道每一棵香椿树的旁边都陪伴着一棵臭椿树,知道有一种叫沙和尚的鸟会吐人言,知道各种草药的名字,知道榛蘑和猴头菇长在哪里。我想起父亲去世前的那个白天,忽然有了些精神,把我叫到床前对我说,人在这山里就算没有一分钱也饿不死的,你哪天要是走投无路了,就回到这山里来。

当天夜里他就在昏睡中走了,再没有和我说过一句话。

现在想想,难道他当时就有某种预感?或者,他只是明白了这山林的牢靠与人世的无常？我静静地躺在他身边，还有一旁的母亲。我们一家三口相对无言，像极了多年前那个夏日的午后。在铅矿的宿舍里，父亲躺在凉席上闭着眼睛摇着蒲扇，母亲在缝纫机前赶制一件我的衬衫，我坐在桌前正翻着一本从图书馆借来的《包法利夫人》。宿舍前紫藤的花香从青色的竹帘里钻进来，洇得满屋里都是，如苔侵石井。那个寂寥的午后我们彼此之间没有说一句话，现在我却忽然明白，那其实便是世上最坚固恒久的时光了。

此刻的父亲再不会和我说一句话，而我果真如他多年前的预言，终是有一天回到了这寂静的山林。

那是一九八七年，父亲去世后，我顶替他成了铅矿上的一名正式工。我第一次穿上铅矿的工作服站在镜子前看自己的时候，觉得镜子里的人完全是从父亲身上复制下来的，甚至，因为父亲尸骨未寒，我从这镜子里的人身上似乎还能闻到血腥味。而除了复制，我别无他路。在铅矿我一开始做的是采矿工，每天下井采矿石，要在井下齐膝深的水里推矿车，每天十六七趟。

干了半年之后因为受寒腿疼，改做了风钻工，做了风钻工之后才知道为什么没有人愿意做风钻工。因为每天拿着大功率电钻钻矿石的时候，整个人都会跟着电钻一起震动，然后在工作的时候不知不觉就会射精出来，一天好几次，自己根本无法控制。反复如此，没过一段时间人的身体就垮了，浑身无力，形如肺痨。我只好又改做了炉前工，终日在高炉前守着高温炼硅。

当时铅矿的领导可能已经开始意识到矿产资源会枯竭的问题，所以也试图做了一些预防工作，但到了一九九二年的时候，终于还是因为矿产资源彻底枯竭，铅矿宣布倒闭。这铅矿上的一切，车间、学校、医疗室、图书馆全部跟着结束了自己的使命。我的母亲就是在这一年去世的。

我把她葬在了父亲身边。

母亲下葬那一日，山林极其静美肃穆，滤掉了人世间所有的悲喜，恍如另一个遥远星球的表面，在那里，一个脚印可以保留上百万年，而每粒微尘皆可永生。那一日我坐在父母坟前久久看着他们，就像看着两个婴儿，我想着他们在地下如植物种子般地幽暗生长，或许他们会长出这地面长成两棵树，也或许会永远如种子尘封在地下的世界里。我忽然觉得这一切都不重要，因为我们的团聚是必然的。到时候我的新坟就陪伴在他们身边，看上去就像是一个大人领着两个满脸皱纹的老小孩在山林里玩耍。

铅矿倒闭后领导要卖机器设备，便把我留下做一些善后工作。那个白天，因为机器价格和那群来买机器的人争执了一番，晚上，我正一个人在宿舍里睡觉，门忽然被踢开，拥进一群黑影，拿着铁棒使劲敲我的腿，把我右腿敲骨折方才离去。在医院接右腿的时候，医生说这右腿肯定是要残疾的，就是恢复得好，也会比左腿稍短一截，变成个跛子。

石膏拆掉后，右腿果然比左腿短了两厘米。在练习走路的那段时间，每天起床后我都要有一个漫长的梳洗穿衣的仪式，穿上衬衣打上领带，再套上西服，头发三七分开，打上摩丝，穿上黑色的三接头皮鞋。越是困顿，我便越是隆重。我扶着墙练习走路，昂首挺胸地迈出一步，再迈出一步，白天晚上我都在一遍一遍地告诉自己，我不会就这样垮掉的，我绝不可能成为一个跛子。

半年之后，我走路时已经没有人能看出我一条腿长一条腿短了，连我自己也不再相信我的右腿比左腿短了两厘米。

10

范听寒家门口的柳树已是浓荫匝地，被包裹在一片柳荫里的院子看起来也不再那么真实,像是用水墨幻化出来的一幅卷轴。

我忽然有些明白他为什么要种这片柳树了。

门是半掩着的,推门进去,门洞里空荡荡的,我亲手做的那把椅子也是伶仃的,好像久没有人坐过的样子。穿过门洞,一院寂寂的花树,却并不见人影。我正站在那里疑惑,忽听见屋里有人在咳嗽,便走到竹帘下,隔着竹帘问了一句,范老师在家吗?里面有人回应道,在,进来吧。我挑起竹帘进了屋,这是我第一次走进他的屋里。

屋里有一种墨汁的寒香和老年人身上的荤腥混合在一起后的奇怪味道,滞重、遥远,像黄昏里开始生锈的金属,又像月光下缓缓朽坏的竹帘。屋里有几件简单的木质家具,书架上密密麻麻的全是书,墙上挂着几幅他写的书法,白纸黑字,有一种镌刻在古老石碑上的肃穆。然后我在炕上看到了范听寒,他披着件夹衣歪在那里,看起来出奇地枯瘦,便显得那个驼背愈发巨大而坚不可摧,好像他整个人都不过是寄生在这驼背上的一株植物。我走过去,弯下腰说,范老师,你这是怎么了,怎么大夏天就穿上夹衣了?

他指指地上的椅子让我坐,嘴里说,病了有段时间了,还没全好,身上老是觉得冷。你可有阵子没来啦,我以为你不会再来了。

我坐下,从包里掏出那几本上次借的书放在桌上,又掏出一包党参。我说,最近的事情多,有点忙。怎么会呢,我还借着你的书怎么能不还回来?这包党参你留着泡酒喝吧,人参喝了会上火,但党参不会。

他盯着那包党参微微动了一下,看得出他整个人都被背上那只龟壳扣压着,动弹不得。他说,这党参也是你从山里挖的吧?

我只点点头,不想多说什么。看来这座山在我身上留的痕迹太重了,躲避都不及。

他说,你给我倒杯水吧,范云冈今天早晨回去上课了,明天才能回来。

我连忙起身找到暖壶，里面是空的，于是我先捅开炉子烧水。我看到他的手指甲已经很长了，开始向里卷曲，也像是某一种兽类的指甲。我忽然明白，他其实离人的世界正渐行渐远。我心里一阵难受，呆坐了一会儿，终于开口道，范老师，我给你剪一下手指甲吧，指甲长了不方便。他沉默了一会儿，终于还是点点头，说，剪刀在中间那个抽屉里，我用不惯指甲刀，就用剪刀吧。

我用了很大的力气才捞起那只苍老的手，上面布满褐色的老年斑，青色的血管散发着植物根茎腐败的气息，年老的指甲则变成了一种坚固的贝类，我剪下去，手却一滑，差点剪到他的指头。一定是因为我们中间的一个人太紧张了，我以为那个人是我，后来才发现那个人其实是他。因为在后来剪指甲的过程里，他的那只手一直在微微发抖，而我的手也愈发笨拙，只勉强剪了两个指甲便停了下来。

我装作不在意地放回剪刀，心里却沉沉的，我一时不明白他为什么会忽然如此紧张，而这种紧张显然压迫着我。上次来过之后我已经决定不再来，可后来我发现不行，我还是必须再来看看他。

这时候我才发现身上已出了一层汗，和衬衣粘在了一起。我松了松领口，并没有试图要解开领带。他在炕上看着我又说，你一年四季都穿衬衣打领带啊？

我说，习惯了。

他说，在这乡下，别人看你这么穿都觉得有点别扭吧？

我又说了一句，习惯了。

从竹帘里透进来的阳光已经开始西斜，桌上的一只老式三五座钟的秒针咔嚓咔嚓地贴着我们身边走过去，脚步幽深古老，自有一种庄严感。我坐在那里听着这时间的脚步，忽然就有了一种很深的没有指向的无力感，在这些年里，这种无力感时不时就会发作出来。我下意识地摸出一根烟来，想了想又放回去了。

这时只听歪在炕上的范听寒咳嗽了几声，说，其实我早想对你说的，要是就为了来借书，你不用穿得这么隆重的。

我也有些急了，忙说，不是为借书，平时我一个人的时候也是这么穿的，就连在山上给兔子割草我都这样穿。

炕上的人忽然就不说话了，屋里的空气骤然黏稠紧张起来，连呼吸都有些不畅。我说，范老师，我先出去抽根烟，没办法，烟瘾犯了。

说罢我走到院子里点了一根烟，狠狠抽了两口。落日熔金，西边的群山上猎猎燃烧着一大片金红色的晚霞，浸泡在晚霞里的村庄祥和而诡异。院子里的门大开着，我盯着那扇门出神地看了几分钟，却坐下来继续抽烟。

我悄悄打量自己身上的衬衣和领带，其实我早有预感，我身上的这些衣服迟早会出卖我的。可是就算如此，就算到了现在，我仍然不愿脱下它们，脱下它们我怕自己只会加速质变、消失，到最后连自己都不再能辨认出自己。

我走到那口水缸边，往里看了一眼，里面的两尾鲤鱼又大了一圈，正笨拙地在缸底嬉戏玩耍。我看着那两尾鱼，身体里面一阵不舒服，想要呕吐，连忙往后退了几步。这时候屋子里又传出几声咳嗽声。

我回到屋里对床上的范听寒说，范老师，范云冈不在，今天我给你做晚饭吧，你想吃什么？

他缩在自己的龟壳里说，不用，不用，你忙你的去吧。

我说，今天我不忙，你想吃稀的吗？要不我给你煮点小米粥，烧个茄子？

半晌他才说，你要是真不忙就给我做点手擀面吧。

我来到厨房烧水擀面，我故意把面擀得很硬，因为听他说过，必须得吃到像钢丝一样的面条才算是吃过饭了。擀面的时候，我想到他顿顿必吃手擀面，连生病时都不例外，恐怕是不敢例外，不由得一阵心酸。我盯着那烧红的炉子出了会儿神,水烧开了,把面下锅,出锅,浇上茄子西红柿卤头,拌上黄瓜丝,给他端进屋里。

果然,他只吃了两口就实在难以下咽了,却还是扎挣着又添了一口下去。我给他舀了一碗面汤,说,不想吃就不要吃了,吃了反倒难受。他捧着汤碗对我说,谢谢你。我坐在对面看着他像个婴孩一样小口小口地喝汤,心里忽然有什么东西汹涌而过,我脱口就说出一句,范老师,范柳亭要是一直不回来,我会一直照顾你。

他突然就沉默下去,连汤也不喝了。我自知又失言了,暗暗悔恨。相对沉默半天,他终于说了一句,老是麻烦你,你也快去吃一碗面吧。我说,我中午吃多了,还不饿。他的声音似有些不满,你从来不在我家吃饭,是怕什么?

我看不清他的脸,只能感觉到他的目光正游动在我的脸上。我坐在一团透明的黑暗中,想起了当年范柳亭的目光落在我脸上的感觉,却反而心平气和地说,我不太喜欢给别人添麻烦。

过了好一会儿,他才慢慢说,如果你只是来借书,是不需要为我做这么多的,我喜欢爱看书的人。

我努力驱赶那些翻涌上来的陈年的委屈,笑道,不能白看人家的书。

他若有所思,你和当地人确实不太一样。

我说,我记得以前就和你说过的,我小时候是在海边长大的,大概十岁以前吧,后来我父母调动工作,我就跟着过来了。

他的声音忽隐忽现,我没见过海……给我讲讲海边吧。

我看着窗外的夜色说,小时候我常在海边捡贝壳捡螃蟹什么的,海边每天有渔船出海打鱼,你在海边的小饭店里能吃到很新鲜的牡蛎、蛏子、海瓜子。吃鱼的话就架一口大铁锅,把刚捞上来的鱼剁成块,鱼嘴还在动呢就扔进锅里焯一下,鲜得很。如果炖鱼的话把玉米面饼子贴在铁锅上,焖一会儿,鱼好了,饼也熟了。

他的声音更加隐幽，海边长大的，那你游泳一定好吧。

我盯着窗外的夜色微微一愣，我说，马马虎虎吧。

他的声音好像一只手一样在黑暗中神秘地寻找着什么。他说，不知怎么，我最近老在想那西山，那山上到底有什么？我们这一带雨水稀缺，但那山上能有那么密的原始森林真是有点奇怪，会不会是因为山上根本不缺水呢？你说，那深山里会不会藏着一条大河或大湖什么的，只是没上去过的人根本不知道那山上到底有什么。

我在黑暗中听到自己的心脏嗵嗵嗵一阵剧烈地狂跳，我疑心是不是连范听寒也听到了这可怕的心跳声，然而我的嘴角只是微微笑了一下。我用过于轻松的声音说，那谁知道呢，反正我上去采木耳是从来没见过，要是有人看见了大河大湖那还不都上山捞鱼去了？只听过有人上山打猎没听过有人上山捞鱼的，是不是？

我干笑了一声，笑完觉得不妥，于是又补充道，山里怎么可能有大河大湖呢？山里是长树的地方，只有森林，对了，还有野兽。

他的声音还倔强顽固地立在我面前，你上山采木耳的时候，除了野鸡，就真的没有见过别的？比如会吃人的野兽？

我说，还见过钻山鼠，山里的老鼠个头真大，比猫还大，我觉得它们能把猫都吃下去。可能野兽们都是晚上才出来吧，晚上谁还敢上山？那不是把自己往麻虎嘴里送吗？

最末一句话，我故意把狼叫成了麻虎，似乎这样多少能证明我并不是一个完全的外地人。

他的声音终于肯委顿下去一点了，他说，是从没听人说起过。

这时候我故意开了一个玩笑，我说，范老师你到处找湖做什么？是不是想吃鱼了？改天我给你带一条大鱼过来。说完眼前却又出现了那些无名湖底的大鱼，不禁胃里一阵翻滚。

他像是立刻嗅到了什么，问了一句，你怎么了？

我说，胃疼，可能是饿的。

他嗔怪道，让你吃饭你死活就不吃，现成的饭吃一碗怕什么呢？

我想了想，说，锅里还剩点面条，那我就吃了，要不放到明天也不好吃了。天黑了，屋里的灯要给你打开吗？

他说，不用开灯，招蚊子，你快去吃吧。

我起身立在黑暗中忽然说了一句，范老师，我觉得你住在落雪堂也挺好，没有什么甘心不甘心的。

他没有吭声。

我便挑起竹帘出了屋子，来到厨房端了一碗面，就蹲在厨房前面的台阶上哧溜哧溜几口倒进了肚子里。我蹲的这个位置正好就在正屋对面，中间隔了几道影影绰绰的花影，我知道躺在炕上的范听寒隔着竹帘便可能看清我的一举一动。我大口吃完面，喝了面汤，又进厨房刷碗，动作幅度都略有些夸张，似乎我正站在旷野中灯火昏暗的古戏台上演一出不为人知的戏文，而下面坐在阴影中的范听寒是我唯一的观众。

我刷了锅擦干了灶台，走出厨房，在院子里点了一根烟，边抽烟边在花影中徘徊，做出一副赏花状。我发现，只要离开铅矿的夜晚，我就会变得紧张烦躁，甚至连灯光都无法适应。

我开始想念深山里的那盏烛光，烛光之外是废墟，废墟之外是群山，群山之外是人世间，那盏烛光似乎就是这个世界的心脏。

院门仍然洞开着，我随时可以离开。可是一根烟抽完之后，我做出了决定。我在范听寒的目光注视下挑起竹帘进了屋，说，范老师，你一个人连口水都喝不上，范云冈不是明天回来吗？今晚我留下来陪你吧。

炕上的那团影子一动不动，我都疑心他是不是已经睡着了，忽又听他在黑暗中低声说，你还是回家吧，省得你老婆不放心。

我走到他平时看书的一把竹躺椅旁躺了上去，说，没事，我出来前就和他们说过,要是天太晚了我就不回去了。

他却说,里屋就有电话,还是给你家里打一个电话吧。

我后悔刚才要留下的决定,有时候我像个透明的魂魄一样明明看到了自己正在做什么,正要做什么,却无力阻止那个自己。有时候我又觉得我身上所有的苦行都不过是为了让那个魂魄安宁。

如果此时站起来要走又实在唐突,我只好说,没事的,你放心吧,我又不是头一次晚上不回家。

他不再坚持。

我们两个在夜色中平行躺着,如风平浪静的海面上远远漂来两只小船,月亮从云层后面爬出来,海面上铺满碎金碎银,海天一色。我在半睡半醒之间又想起范听寒抄给我的那首诗,"不知江月待何人,但见长江送流水。"这诗竟像是从波光粼粼的海面上一路漂过来才漂到了我面前。我闭上了眼睛。

我以为这个夜晚就要这样过去了,却忽听见炕上的人又开口道,我总感觉你不像是有家人的人。

我一惊,睡意全无。半晌,我听见自己干巴巴笑了一声,范老师你这话就奇怪了,我有老婆有孩子还有爹妈,一家人都生活在一起,我老婆和我妈还成天闹矛盾,这婆媳关系啊,怕是哪家都是个难题,可是你说还能怎样?难不成一辈子不娶老婆就打了光棍?无儿无女的,成天独来独往的又有什么意思?

他没有言语,咳嗽了几声,我连忙起来给他倒水。他喝了两口,隐入了黑暗中。沉默了片刻,他又道,我早就想问你一句话了,你是不是和范柳亭认识?起码见过他?

我愈发知道了这个晚上留下来是个错误,与此同时,却又感觉到一种被惩罚之后的奇异快感。这惩罚迟早都是要来的。窗外一阵晚风拂过,树影和花影匍匐在窗户上,窥视着屋里的两个人。我没有再犹豫,很干脆地回答了一句,不认识。两个人又沉默了一会儿,我主动打破沉默,范老师,给我讲讲你儿子吧,老听你说起,但从来没有见过他这个人。

他叹息道,唉,他这个人啊,没什么好说的。我原来就和你说过的,他因为教不了书就去做生意了,我也拦不住,就随他折腾去。开始的时候还赚了些钱,这院子就是他当年刚有钱的时候盖的,一定要盖个村里最大的院子,说这是对我和他妈早年在村里窜房檐的补偿。后来的生意大约就越来越不好做了,时好时坏,他也从不和我说真话,我都不知道他每天在外面到底忙些什么,赔了钱也不会告诉我,从哪里弄钱我也不知道。后来那次,他只说要出去谈生意,可出去了就再没有回来,活不见人,死不见尸。要是能找到他的尸体我倒也死心了。我已经老了,可是你看他那闺女,谁也管不了。别看她咋咋呼呼,从小就没了妈的孩子,根本没有安全感。

我也叹了一口气,他要是真在外面被人害了,估计那凶手也逃不了的。可是你说好端端的,人家为什么要害他呢?

他没有言语,半天才说,谁知道他在外面干了什么事。

我听到自己的声音里忽然略带嘲讽,我说,范柳亭不是很爱看书的吗?我记得你说过他是很爱看书的。

他道,年轻时候是爱看书,可是看那么多书有什么用呢?

我忽然就失态起来,噌地从躺椅上坐起,声音陡然变高变粗,怎么没用呢?爱看书的人起码变不成坏人,起码不会为了钱去坑蒙拐骗。

我们之间哗一下就安静了下去。

大概已是半夜时分了,沁凉的夜色像水一样淹没了整间屋子,我恍惚又来到了幽暗的湖底,到处是女人头发一般的水草和毛茸茸的青苔,我和范听寒在这幽暗的湖底对视着。终于,我小心翼翼却又万分疲惫地问了一句,范老师,如果范柳亭真的不会回来了,你会怎么样?

他沉默了很久很久，我才听到他用一个真正的老人的声音对我，或者是对黑暗中的另一个影子说了一句，那也是他的命。

我几乎泪下。我在黑暗中闭上眼睛，假装睡着了。

11

几天来我每天都在山里转悠，终于捕到了两只野鸡，还用夹子夹到了一只獾，顺便采到些榛蘑。我把去年收成的莜麦磨成莜面，做成莜面鱼，准备和土豆片放在一起蒸一大锅。又把那只獾剥了毛皮，把肉切成块，先用獾油炸一遍，再放上茴香大料肉桂草果芫荽籽，最后倒进去一瓶红腐乳，在泥炉上用小火炖整整半天做成酱梅肉。次日又把两只野鸡杀了和榛蘑炖了一大锅。

准备就绪之后已经是农历七月十四这天。林中短暂的黄昏之后，天色渐渐暗了下来，岔口饭店很快被黑黢黢的密林吞没。我坐在小饭店里，一边抽烟一边等着客人们到来。

今晚要来三个客人，孙口心、文刚、刘国栋。平日里我们彼此之间没有任何联系，互相杳无音讯，但几年前我们就曾约好的，每年的农历七月十四见一面。近三年来我们四个人的见面地点就定在了入夜之后的岔口饭店。

这三个人是我当年在太钢工作时关系最好的几个工友，一九九八年我们四人是同一拨下岗的。

一九九二年年底，我的腿伤痊愈之后不久，铅矿就把我们这些失业的矿工统一调到了太钢，因为当时还没有出现下岗这个说法。从我八岁来到铅矿，到二十九岁离开，在这深山里已经待了二十一年，我的父亲母亲都葬在了这大山里。太钢则地处平原，周边是一片荒芜的旷野，只在厂区院子里种了几排大白杨。厂里到处是巨大的机器，轰鸣的钢炉、摇摆的天车、喷着白气出出进进的小火车。

冬天，一场大雪之后，那些黑色的车间在白雪中愈加刺目苍凉，大白杨的顶端基本都筑着一个或两个鸟窝。树叶早已落尽，在冬日阴郁的天幕下，铁画银钩的枯枝小心翼翼地托着一只白雪覆盖的鸟窝，好像是大树把自己的心脏掏出来了。偶见一只大喜鹊离开树枝，张着黑色的翅膀露出白色的肚腹，一个俯冲飞到了雪地里觅食。

一九九三年，能在太钢做工人还是一份被很多人羡慕的工作。刚进厂的时候，我做的工作是铸板工，半年之后我做了班长，然后是副段长、段长。我为太钢拟出了一套新的交接班制度，一直到一九九八年破产之前全厂用的都是我这套制度。

进太钢的第二年，就是我三十岁那年，我和本厂的一个女工认识三个月便匆匆结了婚，两年之后我们离了婚，没有生育子女。后来又短暂地谈过两个，都吹了，此后就一直独身一人过。

一九九八年五月二日，太钢宣布了第一批下岗名单。那时候我还叫梁海涛，我、孙口心、文刚、刘国栋都在名单里。太钢让我们买断工龄，一人两万块钱便卷铺盖回家，从此和太钢再无关系。

下岗之后我折腾过很多事情，在太钢门口开过录像厅，不料后来下岗的工人越来越多，来看录像的人越来越少。后来我又开了个刀削面馆，却因为利润太薄，也没挣到几个钱。冬天的时候我雇大卡车贩卖白菜，一斤白菜五分钱，晚上还得睡在冰窖一样的车厢里，第二天继续卖。后来身边的下岗工人越来越多，随便什么小生意，都有人一拥而上抢着去做，彼此之间还恶性竞争。为了抢生意，昔日的工友们彼此在背后谩骂使绊子，看对方的摊子上多了一个顾客，便恨得咬牙切齿，一定要卖得比对方更便宜来拉客。对方呢只好卖得再便宜，以至于卖一样东西只有几分钱的利润。

和我一起下岗的孙口心、文刚、刘国栋三人隔阵子便过来找我喝顿酒，互诉衷肠。我们四人经常坐在麻叶寺巷口狭窄的五元火锅店里，一位五元，酒钱另算。正值三九天，大雪已经下了几天几夜，把门都封了，早晨开门的时候还得用力往外推。窗外飘着漫天大雪，火锅店里我们四人围坐着一张油腻的桌子，桌上的火锅沸腾着，雪白的蒸汽吞掉了我们四人的面孔，撞到玻璃上，顷刻便化作水珠一道一道流下去。

我们吃着火锅里的白菜和豆腐，几乎看不到肉，喝着廉价的散装白酒，红着眼睛一遍一遍商量着该去哪里挣钱。那段时间，我们唯一的话题就是怎么挣钱。几乎每次吃完都会有人喝醉，醉了便滑到椅子底下，抱着椅子腿哭。有一次我也喝醉了，吐得衣服上到处都是，我倒不记得自己哭过，但是他们后来告诉我我那天哭得站都站不起来。我打破头都想不起来，看来是根本不想让自己想起来。

就这样折腾了一年，到一九九九年夏天的时候，忽然有一个一起下岗的太钢工友要拉我们几个入伙做生意，说他认识一个企业家，从八十年代就开始做生意，先后开过油厂、铁厂、铸造厂，赚了不少钱。人家父母都是知识分子，人肯定可靠，现在这人要扩大铸造厂的规模，需要融资，他要找人入股，入股后一年分一次红。又说他这铸造厂已经开了好几年了，销售渠道多的是，稳赚不赔的生意，急等着扩大规模呢。我们几个又跟着那工友去他说的那个铸造厂考察了一番，果然是个规模中等的厂子，有几十个工人正在车间里忙乎着。我们又和这个企业家见了一面，瘦长脸，个头不高，但很会说话，确实像个文化人，印象很好。这次见面之后我们四个人就约好一起入股，同进同出。随后便各自把从太钢出来时买断工龄的两万块钱都投了进去。

两个月之后这个企业家忽然就联系不上了，他的铸造厂也忽然像《聊斋》里现出原形的鬼宅，厂房还在，里面却空无一人。

这个企业家叫范柳亭。

窗外夜色已至。

我静坐在小饭店里聆听着入夜之后大山里的各种虫鸣。虫鸣里还掺杂着几声鸟叫，我能从中分辨出猫头鹰、乌鸦、布谷和喜鹊的叫声。我还曾在最幽深的山路上赶过夜路，夜空中没有月亮也没有星星，路两边的森林已经变成了没有任何缝隙与光亮的黑森林。

可是我却连害怕都感觉不到了。自从在湖底见过那具尸体之后，就是在世上最幽暗的地方走路我都感觉不到害怕了。

我记得，就是在那最幽深最黑暗的山路上赶路，我还是看到了几点微弱的光亮，很细很小，在我周围飞来飞去。那是几只萤火虫。

有人在敲门，我点起一支蜡烛，开了门，是文刚先到了。他进来坐下，我们先抽了一会儿烟，一根烟快抽完了，我才开口问他，这次是从哪儿过来的？他说，二连浩特。

我想了想，那边地广人稀，倒也是一个好去处。我说，那你老婆孩子怎么办？他说，都接过去了，小孩就在那边上学。

正说话的当儿，孙口心和刘国栋也陆续赶到了。我趴在窗前仔细看着饭店外面还有没有别的跟过来的身影，观察了一会儿不见什么，便放下窗帘，把门从里面闩住了。

我把煨在泥炉上的酱梅肉盛在大盆里端上桌，把炖好的野鸡榛蘑也上了桌，然后摆上一大笼屉热气腾腾的莜面鱼蒸土豆，配上一碗炖好的西红柿酱，好蘸着酱吃莜面。最后把焖在炉灰里的几个烤土豆掏出来，像敲蛋壳一样敲出裂纹，也端上桌。我拿出两坛三十年的青花瓷汾酒，也是早早为今天的聚会准备下的。

桌子的中间立了一支蜡烛，烛光忽明忽暗，四个人的脸都若隐若现。我们围桌坐定，一时都不知道该说什么。饭店之外的世界像一场大寐，我们几人遗世独立在这里。不知为何，坐在这世外的烛光里，我忽然想到的并不是别的，却是晏几道那首《临江仙》里的最末两句："当时明月在，曾照彩云归。"

如今我们四个人都分散在不同的地方，也都不再是原来在太钢上班时的名字。一九九九年电脑还没有普及，不像现在什么都上了网，那时候改个名字还是比较容易的，在派出所找个人，偷偷塞两百块钱就把名字改了。每年到了农历七月十四这天，不管各自正在哪里谋生，四个人都会赶到这深山老林里来喝上一顿酒。

文刚去了二连浩特，孙口心后来去了榆林，在小煤矿里做矿工，刘国栋则躲到方山和临县的交界处种红枣去了。

我挑了一下灯花，烛光照亮了我们四个人的脸，每张脸上都看不出太多表情，灰白的墙壁上坐着我们几个人巨大的影子，像神庙里画像上的祖先一样正从另一个世界里神秘地看着我们。

我们闲扯了一番红枣和土豆的收成，又聊到现在的小煤矿马上都要不行了，估计很快就会被吞并到那些大煤矿里，煤老板们一铲煤出来就收入百十块钱的日子估计也不多了。几圈酒喝完，红枣、土豆、煤矿这些话题也被说了一圈，四个人围着一盏烛光再次安静下来。这时候在这安静中忽然听见文刚怪异地笑了一声，说，现在我很快活。

刘国栋接了一句，你快活个屁。

文刚笑嘻嘻地举起酒杯看着周围说，我们几个还能在一起吃肉喝酒，这不是快活是什么？

刘国栋说，你老娘的"三七"过了吧？

文刚拿手里那杯酒敬了一下屋里某个黑暗的角落，好像那里还静静坐着一个人，他仍是笑嘻嘻地举着杯子说，我老娘死在我前面是好事呢，我高兴，我最怕的就是我死在她前头了。说完仍是笑，只是越笑眼睛便越脆越亮。我把一个烤土豆扔给他，说，趁热吃。

这时忽听见孙口心压低声音说，海涛你这做派怎么多少年都改不了呢？非得穿西装打领带抹头油不可，你说你这身打扮，走在人堆里还怕没人注意你？

我低头不语。

刘国栋接话说，海涛你这年龄了还没个一儿半女，这事也过去七八年了，我看不是很要紧了，要是有合适的人你还是找个女人生个一儿半女吧，女人不可靠，但儿女总是自己的，不然你以后老了连个依靠都没有。

我冷笑一声，我们这样的人还要什么依靠。

四个人一时又没了言语，像是集体沉到水底下去了。蜡烛已经燃成了一个矮矮的烛头，垂死的火苗却忽然肥大起来，扑啦啦地上下跳动着，感觉空气里有很多隐形的飞蛾正在横冲直撞。这时候我忽然听到一个声音，小心翼翼地，陌生地，像蛇一样正探头探脑。

海涛，你可……把它藏好了……你也不告诉我们到底藏到了哪里。

我独自饮下一杯酒，说了一句，你们放心就是。

但那个声音还继续在我们四个人中间缓缓爬行着，可千万不能被人找到了，一旦找到了，我们就都完了，你也知道的。

我手里仍捏着那只酒杯，朝那三个人的脸上轮流扫了一圈，才慢慢说，它藏在哪里，还是我一个人知道的好，这样，我死了就能直接带进棺材里。

这时候忽然有另一个声音不知从哪里斜着刺了进来，听人说你去过他家。

我去他家借过书。

借书比命还重要？

这时候最后一点烛光倏地熄灭下去了，整个屋子咣一声掉入了黑暗中。我的眼睛在适应了最初那种轰隆隆的黑暗之后，开始能分辨出在我面前立着的三尊黑影了。他们一动不动。我忽然打了个寒战，我想起自己宰野鸡宰蛇的手也是不曾哆嗦过的。毕竟我也是坐过三年牢的人。那点血无论对他们还是对我都真的不算什么了。

一种奇异而巨大的悲伤忽然袭击着我，我却在黑暗中连着笑了几声，然后说，我有点喝多了，我想给你们读首诗，你们不要笑我。

我当真在黑暗中昂首读道："梦后楼台高锁，酒醒帘幕低垂。去年春恨却来时。落花人独立，微雨燕双飞。记得小苹初见，两重心字罗衣。琵琶弦上说相思。当时明月在，曾照彩云归。"

窗外一辆大卡车的车灯像闪电一样劈过去了。

吱嘎一声推开饭店的门走出去，我们都被头顶的大月亮骇了一跳。马上就十五了，大雪一样的月光落满了无边无际的山林，脚下银色的山路看起来纤尘不染，没有一片树叶，也没有一只飞鸟。整个世界洁净得像是回到了远古，在那里，大地正静静等待着必将到来的一切。

12

这天我刚刚骑着摩托车来到岔口饭店前，就见门上贴着一张白纸，纸上还有字。我心里一怔，从未有人以这种方式联系过我。我连忙放好摩托车，一把扯下这张纸，四顾无人，便迅速开门进去又关上门，这才站到窗前看了起来。纸上只有十几个字，每个字有两厘米大：我爷爷病危，想见你最后一面。范云冈。

看到上面的话我简直大吃一惊，她居然能找到这里？她怎么会知道我在这里？她居然敢一个人进这样的深山老林？

我立在窗前一根接一根地抽烟，把那张纸上的每个字都翻过来倒过去地看了几十遍，竟好像一个字都不认识。抽完的烟头就往砖墙的缝隙里一插，过了一会儿一抬头竟吓了一跳，前面的墙上长出一大片烟头，毒蘑菇似的。我又使劲盯着那片烟头发了一会儿呆，纸上说的话可能是真的，但也可能是她在骗我。我可以假装没看到这张纸，甚至，我可以说自己连日来都没有来过岔口饭店。我本来就不是固定营业的。

我透过窗户看着外面苍莽的山林。

没有人比我更熟悉这片山林。不可能有人找到我。

我把饭店重又关了,骑着摩托车在山路上盘旋着往上爬。车开到了最高挡,山路两边的树贴着我的耳朵嗖嗖往后疾飞,它们一边后撤一边死命把我往前推,我觉得我的加速度越来越快、越来越快,好像马上就要弹起来飞到另一个阒寂无人的星球上去了。飞出公路飞进蝴蝶谷,然后是那条崎岖的土路,就这样一路狂奔到铅矿门口方才停住。

我扔下滚烫的摩托车,回到宿舍坐在了床上喘气。外面的世界终于又被我甩在了身后。这时候一低头忽然又看到了西装的袖口,那只已经磨破的袖口。前日立秋了,山中早晚凉意顿生,我又穿上了这件西装。遥遥想起似乎早在春天的时候就盘算过,应该换掉这件衣服了。没想到,等到秋后还是把这件衣服穿上了。这个秋天和那个春天没有任何缝隙地对接上了,也就是说,对我而言,时间正在失效。我低头愣愣地看着那只袖口,像看着一道可怕的伤口,我能从里面闻出一种腐败的气味。我打了个寒战。

然后我一抬头,正好看到几本书摆在桌上,是我上次去范听寒家时借的。我随手打开一本,假装专心致志地看了半天,却是一页没翻。我眼前出现的一直是他那弯到九十度的驼背,看上去非人非兽。到了下午,我不再挣扎,终于把书合上,坐在那里抽了根烟,然后把几本书都装进了包里。

我骑着摩托车往落雪堂赶去。他家门口那排柳树依旧,我却有一种久别经年之感,恍惚觉得已物是人非。穿过阴凉的门洞,又是那片熟悉的院子,只见有几个陌生人在院子里忙乎着什么。一见有陌生人,我本能地想退避出去,忽见海棠树下横着一个庞然大物,色彩艳丽又鬼气森森,再仔细一看,居然是一口棺材。黑漆上描画着亭台楼阁、红桃绿柳、仕女稚童。我一惊,心想,莫不是人已经入棺了?

正在这时又看见范云冈站在屋檐下使劲向我招手,便急急走过去。虽然已立秋了,竹帘还没有来得及卸下。我挑起竹帘进去,范云冈并没有跟进来。屋里光线幽暗,弥漫着一种秋后才有的萧索和灰败。炕上躺着一个人,一动不动。我心里一阵害怕,朝外面张望一番,见并没有人注意到我进来,便慢慢走过去,走到炕头。我看到他侧身躺在那里闭着眼睛。

他愈发瘦,四肢缩小如婴孩,只有背上的那只驼峰却如龟壳一般更大更坚固了,看起来他整个人很快就要缩进那只龟壳里去了。

我轻轻唤了一声,范老师。

他慢慢睁开了眼睛,全身上下就只有这双眼睛还能动,在他身上这唯一的活物看上去多少有些瘆人。我不由得后退一步,说,范老师,我来还书了。

他目光模糊呆滞,像是眼睛里有一层障子挡住了他。他忽然声音发抖,是范柳亭回来了吗?

我呆呆站着,半天才说了一句,范老师,是我,我来还书了。

他的眼睛慢慢眨了几下,好像终于看清我是谁了,这才说了一句,你来了? 不用还了,留个纪念吧。

这句话忽然让我很伤感,我把几本书整整齐齐摆在他面前,说,借了就得还,要不你下次就不借给我了。等你身体好了,我再来借书。

他躺在那里,用浑浊的眼睛又看了我好一会儿才慢慢说,你来了就好,我是想告诉你,其实人这一辈子都说过假话,都骗过人的。我本不叫范听寒,我本名叫范福星,我上面有四个姐姐,我父母老来得子,所以叫我福星。范听寒是我上师专之后自己改的名字。我也没有家学,我的父母都是不识字的农民。就是当年在师专当老师的时候我也只是一个最普通的老师。

我只觉得被他两束微弱的目光箍着,动弹不得,又是烦躁又是紧张,我口干舌燥地说,范老师,不要乱想。

他忽然笑了一下,眼睛还想紧紧盯着我,目光却已经聚不到一个点上了,这使他看起来就像正拼命看着我身后一个遥远的地方。只听他又说,我说过假话,范柳亭说过假话,你也说过假话。万物刍狗,所以,谁也不要怪谁。

我脑子里轰的一声,张开嘴又闭上,又张开又闭上,只觉得有千言万语要说,却是一个字都没有说出口。

这时只见他又闭上了眼睛,嘴里开始发出一些奇怪的破碎的谵语,我轻轻抓着他的手,不停地叫他范老师、范老师。我忽然想把很多话都告诉他,这些话已经藏了太久。然而连他的谵语也渐渐熄灭下去了,我更用力地握着他的手,那只手正在我手心里迅速变凉变硬。

我连忙挑起竹帘叫人,院子里帮忙的村民们一拥而入,见床上的老人已经过去了,便七手八脚地开始给他换老衣。又有人和范云冈商量,说范老师这驼背太大,老衣穿不上去,过会儿进了棺材也躺不平,要不要把弯曲的脊椎骨压断了?

我躲出去了。艳丽的棺材躺在海棠树下,一阵秋风吹过,几只血滴一样的海棠果儿叮叮落在了棺材上。西山上的天空被夕阳染得鲜红。

旁边的花圃里不知什么时候已经换了一片翠菊。

13

一九九九年九月,梁海涛从这个世界上消失了,取而代之的是郭世杰。

变成郭世杰之后,我先是坐火车躲到福建,在一个叫永定的县城开了家刀削面馆。一年之后面馆生意渐渐冷清，我又从福建辗转来到广州做小生意。那时候的小生意已经远没有八十年代好做，做了两次小生意把身上仅有的一点钱全部赔光了，只好应聘到一家歌厅做服务生。当时是歌厅生意最红火的时候，在我做服务生期间，有两个中年富婆每次去歌厅都提出要包养我。为了躲开这两个女人，在广州只待了半年我便又辞职去了珠海，在那里找了个偏僻的小渔村做了一年渔民。之后又向西辗转到了贵州、云南。我在每一个地方都不会待太久，所以我的行李总是少得可怜，不管走到哪里，行李箱里只有固定的三套西装三件衬衣两条领带，还有几本书。

一直到二〇〇四年，我终于做出决定，一个人回到铅矿。

14

我一个人在大山里走着。

秋天的山林斑斓而安静，似乎全世界的寂静都聚集在这山林里了。我走到一棵榆树下的时候，一阵风过，满树金黄的榆叶像场雨一样落了我一身。我抬头看着这棵树的时候，也看到高天上的云正变幻着无数种面孔。

我向那山顶爬去，黑龙峰，是方圆几百里之内的最高峰，我从未上去过，也不知道在那上面究竟能看到什么。从早晨一直爬到黄昏时分才终于上到山顶。一上山顶我就先被那轮巨大的夕阳击晕了，它看起来那么大，那么近，血淋淋的，似乎只要我一伸手就能够着它。从这山顶上看下去，整片山林都被染得血红，有风吹过时便状如波涛。就在这一片汹涌的波涛中，我却看到了一块凹进去的癞疤，我很快明白了，那是铅矿的位置，也就是我的藏身之处。然后，换了一个角度，我看到血红的波涛里居然亮着一面闪光的镜子。我盯着那镜子看了很久,终于明白,那镜子其实就是密林中的无名湖。原来,只要有人能登上这山顶,无名湖便不再是这世上的一个秘密。

我本能地抬头看了看天空,玫瑰色的晚霞正在迅速消散,取而代之的是一大团雄壮的云堡正在我头顶聚集。云堡中间开了一处小洞,夕阳最后的光线从里面射下来,照着我和这片森林,宛如一只巨大的无所不知的眼睛。

又在顷刻之间,狂风骤起,云堡坍塌,一场大雨将至,森林里有怒涛滚滚而来,那林间的癞疤和镜子似乎转瞬之间便会被吹得支离破碎,无迹可寻。

这一日,我骑着摩托车下山,又来到落雪堂,来到范家门口。穿过那排柳树,见门正开着。幽深的门洞里空无一人,那张小木桌和我做的那把椅子却还在原处,好像上面还坐着一个隐形的老人。我对着那桌子和椅子默默站了一会儿,然后走进院子里。

我吓了一大跳,院子里一片狼藉。一只箱子在阳光下敞着盖子,里面是一堆五颜六色的衣服,房檐下的台阶上横七竖八地铺了一地书,晒着太阳。有几张写着毛笔字的条幅也被扔到院子里,好像正在院子里闲庭信步。各类生活用具零散扔了一地。仿佛这院子刚刚被洗劫过。我站在院子问,有人吗?

竹帘晃了一下,闪出一个人影来。我一看,不是别人,正是范云冈。如今这整个院子里就剩她一个人了,她远远站在那里,看起来分外瘦小,竟把这院子衬得空旷了好几倍。我心里一阵难过,口气倒更蛮横了,你家这是怎么了?被强盗打劫了?

她向我走过来,脑后还是梳着一只蓬乱的大丸子,眯着眼打量了我好几眼,好像这才勉强想起我是谁,说,是你啊,打领带那个。你又是来借书的么?你还真敢来。

这最末一句话让我对她又有了几分警惕,但我还是不动声色地问了一遍，你家到底怎么了？

这些书都是我爷爷的，你喜欢哪些随便拿去，反正我都是要送人的。

我惊诧道，你爷爷的书你怎么能送人？他自己保存了那么多年，还给好多书包上了书皮。

她耸了耸肩，两手一摊，说，我算看透了，他再爱书，死了还不是一本都带不走。留这么多东西做什么，都是累赘，不如早些送了人，还算做了好事。

我的口气忽然就有点气急败坏起来，像个长辈一样大声训斥道，你爷爷允许你把他的书都送了人吗？

她挑起一只嘴角嘲笑我，你是我家什么人？

我自觉失言，便坐下点了根烟猛抽起来。她立在我旁边说，喂，给我一根。我瞪着她，小姑娘家抽什么烟，抽烟抽多了连肺都能被熏黑。她叫道，那你怎么还抽啊。我又抽了两口才说，我烟瘾大，年龄也大了，戒了就没什么乐趣了。说着递过去一根烟，她点着了，装腔作势地抽了一大口。

她一边抽烟一边说，我要出门了，说不定一走就是几年，我把工作都辞掉了。一个人守着个十间房的大院子，晚上都觉得瘆人。

我猛抽了几口烟，把自己呛得直咳嗽，我痛心疾首地说，你爷爷费多大的劲才给你找的这份工作。

只见她叼着烟在满地狼藉的院子里游弋着，说，我八岁就没有妈了，跑了，以后再没看过我。二十岁的时候我爸失踪了，生死不明。二十四岁的时候我奶奶病死了，然后，就剩了我和我爷爷，我知道他也会走的。我在心里早就做好准备了，我知道他们一个一个都会离开我的，最后会只剩下我一个人。所以我早就想好了，只剩下我一个人的时候，我该怎么办。我总不能一辈子就在一个馒头大的小镇上待着吧？大城市我也不去，累得慌，我可能去西藏、新疆，还可能去内蒙古。你看人家那些少数民族，成天骑着马在草原上跑来跑去地放羊，喝着酒唱着歌儿，不用找工作，不用巴结人。死了就拉倒，活人也不用为死人哭，因为人人都要死。每当我想为我爷爷大哭一场的时候，我就想，我也会死的，反正大家都一样。

她说得并不伤感，我的眼泪却差点下来了，默默抽完一根烟，把眼泪硬憋回去之后才说，人家是游牧民族，和我们不一样，那种生活在电视上看看就行了。人最后都是需要安稳的，我年龄比你大好多，你听我一句，其实在一个小镇上当个小学老师真的挺好的。

她叼着烟看天，不吭声。

我以为刚才的话起了作用，忙又继续，不要以为自己比别人多看了几本书就和别人不一样了。你爷爷还是希望你有份稳定工作，找个好人结婚，再过几年你就知道了，其实安心比什么都好。

她忽然冷笑一声，既然结婚这么好，你怎么不去结？

我心里一惊，嘴上却硬撑，谁说我没有结婚，我儿子都十几岁了，个头比你还高。

她并不说话，只是嘎嘎大笑。我这才想到，虽然我还是愿意把她当成一个孩子，但事实上，她已经二十九岁了。我忽然想到，范听寒在去世前会不会已经把他所知晓的秘密告诉了他的孙女。

我心里一动，却不再有以前那种动辄一身冷汗的激灵感。我想到了那天站在黑龙峰上看到的无名湖，它像面小小的镜子一样裸露在大地上，反射着血红色的夕阳。也许，这世界上根本不止我一个人知道它的存在。想到这里，我反而有了一种莫名的轻松。

秋天的阳光烤着我，我微微闭了会儿眼睛，阳光里飘着翠菊的花香。再睁开眼睛时，忽见她抱着两只酒瓶子站在我面前。她把酒瓶朝我晃晃，你看我爷爷存下的老白汾也带不走，我不说嘛，人活一世就是个过客。怎么样,中午一起喝点吧?

她把菜园子里最后一个茄子和最后两根黄瓜摘了,把茄子蒸了,拌上蒜泥,又把黄瓜拍了,淋上香油。又说她爷爷在缸里还养着两条鲤鱼,要不要也炖了下酒。我连忙说,我从不吃鱼。她便只把茄子和黄瓜端上来,两只酒杯里都倒满酒,然后我们就在门洞里的小木桌前坐下来对饮。

秋风带着剑气从门洞里钻过,已经明显有了凉意。她举起杯子,我也举起,我们碰了一下。她说,以后要是去了新疆、西藏,怕是就喝不到这么好的酒了。我说,去了哪里都有好酒喝的,就是过了阳关、玉门关,照样有好酒。不管去哪里,我还是希望你能找个好人结婚,一个人真的太孤单了。

她挑起一只嘴角看着我,一个人太孤单了?

我不再接话。

我们默默地喝了三个来回,我放下杯子,忽然正色问道,你爷爷去世前,你是怎么找到岔口饭店的?

她用一根修长的手指轻轻敲打着桌面,意味深长地看着我说,因为镇上去山里采木耳的人曾经在你那饭店里吃过饭,你那饭店根本不在镇上。而且你那饭店里只做四样菜,过油肉、酱梅肉、野鸡炖山蘑、烩土豆。我没说错吧?

我不语,夹了一筷子黄瓜,满嘴咔嚓咔嚓脆响。她补充了一句,我早和你说过,一个馒头大的小镇能瞒住什么,镇东吃肉,镇西就能闻见味道。

我仍不说话,又夹了一筷子黄瓜,正使劲地嚼着,忽听她淡淡说了一句,我男人也去你饭店里吃过饭。

我的咀嚼猝然止住,我抬头看她,我们正好四目相对。我脑子里努力拼凑着那个男人的样子,却是怎么也聚拢不成一个人形。她说的应该就是那个凤城镇上暴尸街头的黑社会老大。他居然去过岔口饭店？而我却根本不知道坐在那里吃饭的人可能是谁。

我不寒而栗，却咧嘴笑了一下。

她给我倒上酒，我又和她喝了一杯，才假装漫不经心地问道，他去我那里吃饭也是进山采木耳吗？

她那根指头似乎闲得发慌，还在不停地敲打桌面。她说，他倒不采什么木耳，他只是对你好奇，觉得你是有些来路的人。一个人为什么要把饭店开到山里去呢？

我听到自己的心脏在胸腔里很响地跳了几下，但我的声音反倒愈发轻快，我说，进山里拉木料的大车司机也要吃饭吧，总不能所有的人都把饭店开到城里去。

那根指头还在敲，发出单调可怖的声音。她并不接我的话，只说，你不是经常去镇上卖木耳吗？他早就注意到你了，因为你的穿着就和别人不一样。

我想到直到那个男人被砍死在街头，我都没有见过他一次，甚至至今都不知道他长什么样。而当我在镇上卖木耳的时候，他可能就坐在我对面正仔细打量着我。

看来今天我根本不该来，范听寒已经不在了，我却又放心不下他这个孙女，毕竟，她没有了父亲，又没有了爷爷。听她的口气，她像是已经知道什么了。

我下意识地朝着门的方向看了一眼。离我并不远，我断定我可以随时从这扇门里离开，她毕竟只是一个年轻姑娘。做好打算后，我不动声色地给她倒了一杯酒，又给自己倒了一杯，然后笑着问她，注意到我？就因为我喜欢穿西装打领带？

她也笑了一下，他说他还没有想明白你到底是什么来路，如果是一个犯过事的人，大概也不敢穿成这样。他觉得你很奇怪。

看来她并不确定。我又想到那个男人既然能找到岔口饭店，会不会也已经知道了我住在哪里。我便试探道，他在我饭店里吃完饭都不和我打个招呼？既然都认识，怎么能不去我家里坐会儿呢？

她微微一笑，把杯里的酒一饮而尽，说，你家？你家在哪儿？

我不说话，看着她的眼睛。

她回看着我的眼睛，说，我男人那次下山后曾对我说，他猜你很可能就住在山里。

我纹丝不动，他还说了什么？

他还说他觉得你没老婆没孩子，应该是一个人过。

我竭力用平静掩饰着内心的狂风巨浪，我看到自己端起酒杯的手又在发抖，但我还是勉强和她手里的酒杯碰了一下，一口喝干，这才说，其实他要是早说的话，我一定请他去我家里坐坐，让我老婆给他炒两个菜，我和他好好喝顿酒。

说完这话，我又点了一根烟，一边递给她一根。

她把烟点着了，叼在嘴角，锋利的眼神忽然就钝下去了。她极安静地说，没机会了，后来他死了。

我没有说话，只是埋头抽烟。

她抽了几口，不再看我，只看着门外说，他这个人吧，你可能没见过，长得特别像个坏人，打架斗殴，还蹲过监狱……他只是长得像个坏人。你不知道他其实还像个小孩，喜欢捡树根做根雕，会用麦秸编篮子，会把南瓜刻成灯笼。

她没有声音地流着泪，嘴角还叼着那根烟。

我感觉自己身体里滚烫，手脚却冰凉。我便走到水龙头前把头伸下去灌了几口凉水，一抬头，正看到那只大水缸里盘着的那两条大鲤鱼，它们不知吃了些什么，越发肥硕。我胃里一阵抽搐，又伸头灌了两口凉水。

我重又回到桌前坐下，她脸上的泪珠已经收起，那根手指重新在桌上可恶地敲了起来。她边敲边忽然想起了什么，对了，你还有个奇怪的地方，你和我爷爷说过，你小时候是在海边长大的，对吧？但是你却不吃鱼。

我盯着她那根手指看了一会儿才说，不是这世上所有的事都能解释清楚的，有人讨厌吃鸡肉，就会有人讨厌吃鱼肉。

她诡异地笑了一下，说，是吗？那你觉得我爸爸还可能回来吗？他已经消失了八年了。

我说，我记得以前你自己不是说过吗，觉得他只有两种可能，要么是他犯了什么罪躲起来了，要么就是已经被人害了。

她目不转睛地盯着我，那是我说的，不是你说的，你觉得哪个可能性大？

我摊开自己的手心比画着说，我不会算命，这个我不知道，真不知道。

她又独自饮下一杯酒，然后，那根可恶的指头继续在桌上有节奏地敲着，笃笃，笃笃，笃笃笃。她慢慢说，你想知道我男人是怎么看待这个事的吗？他给我讲过，一个人几年不回家的可能性有很多，比如他以前的一个狱友，判刑之后被发配到新疆戈壁滩改造，刑满之后也不能回内地，就只能在那戈壁滩里待着，和家里人也多年没有了联系，家里人都当他已经死在新疆了。又说他知道有一个年轻女人离开家里去呼和浩特的一个饭店打工，她在工作的第二天就被奸杀了，公安通知了她父亲，她父亲不敢把真相告诉她母亲，就骗老伴说女儿跟着一个有钱男人跑了，过上了好日子，吃穿不愁，就是不记得往家里打个电话。一骗就骗了三十年，一直到他老伴去世前还在等着他们的女儿回家，而杀人犯是在那女的死了十多年后才被抓住。他还给我讲过，有个生意人被人抢钱害命，却几年里就是找不到尸首，家里人和公安局方圆几十里地找，怎么都找不到，就成了无头案。结果你猜后来是怎么找到的？ 邻村有个人喜欢钓鱼，有段时间老去一个很远的废水塘钓鱼，他发现钓起来的鱼都比别的地方的鱼肥大，他就感觉有点不对劲，那人胆子大，决定到水下看看究竟有什么，结果看到水底有一具被大石头绑着的尸体，尸体上的肉已经被鱼吃光了。

我刚端到嘴边的酒杯忽然停住了，她也忽然住了口，整个世界像被一把利刃齐齐剁了开来，没有一点多余的声息。我端着那杯酒，再次迅速朝那扇门的方向看了一眼。

片刻的死寂之后，我说，你那男人，死了真是可惜了。

在幽暗的门洞里，她目光灼灼地看着我，忽然间她骄傲地微笑起来，说，我一直都这么觉得。

我还是举着那杯酒，说，我想敬他一杯。然后，我一饮而尽。

夕阳西下，我们两个人都喝得有些醉了。我心中想着还是快些离开，便摇摇晃晃地站起来，说，天快黑了，我该走了，把你爷爷的书送我一本吧，用他的话说，留个纪念。

我爷爷，她怔了一下说，临终前老念叨一句话，万物为刍狗。嗯，他说过，是要让你留个纪念。

我拿起一本《花间集》，打开，里面居然也夹着一张写字的纸，看起来又是一首范柳亭致父亲的家书，"谁道闲情抛弃久，每到春来，惆怅还依旧。日日花前常病酒，不辞镜里朱颜瘦。河畔青芜堤上柳，为问新愁，何事年年有？独立小桥风满袖，平林新月人归后。"落款时间是二〇〇六年三月十八日。我想我真的是喝多了，我竟对范云冈晃着这张纸说，看，你爸爸的信，你看他一直在给你爷爷写信呢。

她神秘地笑了，我爷爷经常给自己写信。

我把那本书小心翼翼地揣在怀里，然后终于向那扇门走去。她跟在后面，一直把我送到门口，门口不见人影，只有我的摩托车停在那排柳树下。我又是怕她，又是感激她，我知道这一定是我最后一次来这里了，我觉得我应该说点什么，把那些本想和范听寒说的话都说给她听，我甚至想和她聊聊她的父亲，我毕竟认识他。最后我却只客套地说了一句，你走的时候，我来送行。

她又习惯性地挑起嘴角，看着我的眼睛说，不用卖我人情，你走了就走了，反正我也是要走了。

我一只脚已经跨在了摩托车上，另一只脚踮着地。这时候我发现她是真的在让我走，是真的。我反倒犹豫了片刻，最后还是使劲一踩油门，摩托车突突突地发动了起来，就在那一瞬间，我心里仿佛有山洪涌过，我忽然扭头对她喊道，你上不上车，我现在带你去一个地方，就在这山里，我带你去看一个你从来没有见过的湖。

她愣了一下，眼睛里忽然波光闪闪，却依然站在柔软的柳枝下，没有动。然后，她假装什么都没有听到，只用更大的声音喊回来，你说什么，我听不见，我一点都听不见。在摩托车飞出去的同时，我看到她转过身去，消失在了幽深的门洞里。

15

我潜入水中，再次向着无名湖幽暗的湖底游去。

（原载《收获》第 1 期）

手臂上的蓝玫瑰

马晓丽

一

　　起先我还挺克制，说我就不要你赔了，但你得把那六百块钱退给我。这小丫头蛋子真不觉警，不赶紧给我退钱不说，还冲着我叭叭叭叭讲个没完。我一下耐不住烦了，说你把我的眉毛切成这样没让你赔我眉毛就不错了，再给我瞎掰掰信不信我一屁股坐死你？小丫头蛋子惊得睁大了眼，上下打量我一番。可气的是嘴虽然闭上了，但仍不肯乖乖地给我退钱，丧着个脸子摆出一副死猪不怕开水烫的熊样。看来今天我不拿出点真功夫，不让她见识见识我大华的本事，这钱是坐地要不回来了。

　　改锥说，大华你就是个彪子，好么样的你切什么眉？就算切眉也得找个正儿八经的店呀，就那小胡同里的黑店你也敢进？这下傻了吧？让人把眉毛整个切掉了吧？我可告诉你啊，以后出门千万别说你是我老婆，我跟你丢不起这人！

我承认，我这人是有点缺心眼儿，用咱大连话讲就是有点彪。可我不也是为了省钱吗？我也知道正规的大美容院手艺好，可我得有进那个门的钱吧！这钱改锥能给我吗？啊呸！就他那副钢锛子都能攥出水的抠搜样，指着他给我拿钱？门都没有！

不过改锥说得也对，我错就错在太爱美又太爱捡便宜了，一听正规的大美容院要好几千，小店才要六百，我就动心了。我哪知道小丫头蛋子没经过培训没有资质呀？我哪知道她从来就没做过手术，是想拿我练手呀？她那个小嘴叭叭叭的可会讲了，说我眉毛长得太粗太乱太野了，等切完眉再给我好好文一文，我就会拥有一副秀气的眉毛，整个人就会提升气质焕然一新更加漂亮了。讲得我心里痒巴巴的，不知怎么就稀里糊涂地把钱掏给她了。结果，等一切完眉我就蒙圈了，原来长眉毛的地方变成了两条赖巴巴的刀口。谁能想到她竟然把我的眉毛一遭都切掉了，一根毛也没给我剩下！

后来还是舒姐告诉我，说切眉不是把眉毛切掉，是沿着眉毛的上缘或下缘切掉部分松弛的皮肤，这样就能提升下垂的眼睑，减少眼周和前额的皱纹，同时也可以适当修整眉型。舒姐问我是怎么想的，怎么突然就决定去切眉了？我说，小丫头蛋子忽悠我，给我拿了不少图片看，说我喜欢什么样的眉毛，她就可以给我切成什么样的，我就挑了图片上那种细弯高挑的眉毛。我没好意思跟舒姐说实话，其实我是照着舒姐的眉毛挑的。我的眉毛又粗又短，所以我特别羡慕舒姐那对又细又长的眉毛。我觉得吧，舒姐那样的眉毛挺抬举人的，如果我换上那样的眉毛，是不是也能显得文化点、气质点？

我看见舒姐在微笑着看我，心里就有点发虚，说舒姐我都这样了你咋还笑话我。舒姐赶紧向我解释，说不，不是，我不是笑你，我是想起了一句话。我问是句什么话。舒姐看了一眼我的眉毛说，"倾国宜通体，谁来独赏眉"。我没听明白，想了半天也没弄明白这句话是啥意思，就问舒姐，这是谁呀，说话听着这么费劲？舒姐说，这是李商隐的一句诗。我说原来是诗呀，怪不得我听不懂。我没再往下问，舒姐也没再说什么。我知道舒姐有涵养从不乱说话，也知道舒姐心里其实是瞧不起我的，这都无所谓，我心里明镜似的，反正我跟舒姐压根就不是一个阶级的。

我二姐看见我时的表情最夸张，先是把两个眼珠子瞪得都快掉地上了，然后就笑得直不起腰，指着我的眉毛说，你看，你看像……像什么……我看像……像两条大肉虫子。我说，我这还没文呢，等文了眉就好了。我二姐笑得更凶了，说人家文眉是在原来的眉毛上找型，你这一根眉毛都没有了，文出来也是没毛的假眉！

我真是要气死了，一想到瞎了六百块钱不说，还活活被弄成了人前的笑话，立刻浑身燥热一股火直冲头顶。我指着小丫头蛋子的鼻子，扯开嗓门就开骂。我说你胆子也太肥了，竟敢骗到我大华头上了！我让你退钱是给你脸你懂不懂？你给脸不要脸跟我耍臭无赖是不是？你个丫蛋子黄嘴丫子还没褪净就学会骗人了，我还告诉你，现在光退钱我还不干了，我要你赔眉毛，赔我那副原装的妈生爹养的眉毛，一根也不能少！你要是不赔信不信我天天来骚扰你，让你这个店门开不了关不上，让你白天不敢睁眼，晚上不敢合眼，出门就……

我没料到小丫头蛋子这么不经骂。我这满肚子的骂词刚刚扯出个头正骂在兴头上，还没等我把在这方面的特殊才能充分展示出来呢，她的脸色突然就变了，见了鬼似的直勾勾地盯着我在她眼前挥舞的那只胳膊，嘴里一迭声地说，我给你退钱，这就退，这就退，我给你，给你还不行吗……

我悲愤地揣着祸害了我一副好眉毛的六百块钱，把脚跺得一路山响，气呼呼地走出了好几条街之后，才把这事捋出了点头绪：小丫头蛋子指定是在我撸胳膊挽袖子由着性子张狂的时候，看见我的文身了，她是被我的文身吓着了才把钱退给我的!

文身!没错,一定是文身!

我忍不住当街撩起袖子,心怀感激地看着我的文身。阳光哗啦一下淌得满胳膊都是,上面文着的那些花立马活泛起来,闪着瓦蓝瓦蓝的光,贼耀眼,贼好看!

不是吹的,我这人就是有眼光。当时文身师给我拿来一大堆图案让我挑,我一眼就看中了这束蓝色的玫瑰。我从没见过这种颜色的玫瑰,是那种很深的蓝色。我问文身师,真有这种蓝色的玫瑰吗?文身师说有,这种颜色的玫瑰还有一个好听的名字,叫蓝色妖姬。开始我没听懂,以为他说的是幺鸡,就乐得不行,问谁给这花起的名?还幺鸡?咋不叫二饼呢。文身师都被我整乐了,问我,姐,你是不是爱打麻将?

蓝色妖姬?天啊,这花名也太好听了!虽然我不知道蓝色妖姬是什么意思,但觉得有一种神秘感,好像特别贵气,特别浪似的。我问文身师,文这个蓝色妖姬,能把我胳膊上的这道疤遮住吗?文身师说没问题。我说你看好了,我这疤可挺长挺深呀。文身师说,姐你放心,正好顺着疤痕造型,文完保证看不出来了。我立刻说,我就要这个蓝色妖姬了!文身师问,姐你确定?我说,我太确定了,没见我眼睛一沾上就挪不开了!文身师立刻朝我竖起大拇指,说姐你真有眼光,这是我们推出来的新款,是市面上刚开始流行的最新潮的一款呢。

文完之后我回家给改锥显摆,改锥看了直咂巴嘴,说这玩意儿真牛,那条疤瘌真是一点都看不出来了,好看!但我一说连文身师都佩服我的眼光,改锥就撇嘴,说你看上个屎橛子文身师都会夸你有眼光,要不他上哪挣钱去?改锥就这德行,不打击我能死似的,不过那天我心情好没踹他。我就是有眼光,我文的这个蓝色妖姬不仅漂亮,关键时刻还能帮我要回钱呢。我忍不住叭地在文身上使劲儿地亲了一口。

147

二

赶到舒姐家时已经过了约定的钟点，晚了一个多小时了。

我这人最大的毛病，就是没有时间观念，一整就忘了钟点，啥破事都能把我绊住，所以经常赶不上趟。我知道舒姐对我这方面肯定是有看法的，只不过舒姐为人含蓄，从来不直说。有时我来得太晚了，舒姐会委婉地问我是不是遇到什么事情了。我就随便找个理由，路上堵车了或是上一家的活儿耽误了什么的，反正借口有的是。我摸准了舒姐面子矮，不会给人下不来台，换个厉害的雇主我也会多少收敛着点。干钟点工这活儿，什么样的人都得能对付。人家硬，我就软着点，人家软，我就支棱点。至于舒姐，我心里有数，她给的钱不多，我少干个一会儿半会儿的她也说不出啥。再说我也不会亏欠舒姐的，处了这么些年，我和舒姐已经处出感情了。我会记着时不时地照顾一下舒姐的感受，根据情况在她家多干一会儿或是干点额外的活儿，把欠下的时间往回找补找补。不过今天没事，今天再来晚点也没关系，因为舒姐知道我今天是铆足了劲儿要钱去了，以她对我的关心，一定不会计较的。

果然，一开门舒姐就问，钱要回来了吗？

我说，必须要回来了呀！也不看看我是谁！

舒姐抿嘴一笑说，要回来就好。

舒姐是文化人，性子柔，说话从来都是客客气气的。安排我干活儿也总是用商量的口气，大华，请你帮我把这里收拾一下好吗？我就痛痛快快地应声说，好啊，没问题！我有的是力气，干活儿从来不惜力，就是受不得屈。舒姐就从来不数落人，不挑剔人，有没干好的地方也只是提醒下回别忘了。不像那些被钱顶爆了头的人家，这辈子可算是当上人上人了，可算是逮着机会踩在别人的脑瓜顶上了，那副使唤人、挑剔人、瞧不起人的刻薄样，一点也不比咱小时候忆苦思甜故事里的那些地主老财资本家差。

我有个秘密，每次到舒姐家干活儿，我都得穿长袖衣戴套袖，生怕舒姐看见我的文身。说来也奇怪，在别人面前我可从来没这样遮掩过。

有一次一个新雇主约我上门打扫卫生，一进门女主人就把脸绷得像个冻酸梨似的，又冷又酸地说，哎哟，你怎么还文身？我一看这个人这么不对撇子，心里先就烦了，干脆就故意觍着笑脸冲向她说，是啊，你看好看不？女主人惊得退后一步，狠狠地瞪了我一眼，扭身就进屋跟她男人嘀咕去了。我被晾在门口进也不是退也不是，索性朝着屋里大喊了一声，放心，这玩意不耽误干活儿！当然了，这趟活儿肯定是黄了，就算她不黄我也得黄。

我就不明白了，我文身怎么了？我文身碍着谁了？怎么文眉就美女出世横竖都行，文身就黑社会就坏人了？我咋这么不信这事呢！

舒姐是真挺关心我，真挺帮我的。她知道我需要干活儿挣钱，前前后后给我介绍过不少活儿。舒姐介绍的都不是一般人家，都挺有层次的，我愿意在有层次的人家干活儿，所以我也很上心。其中有一个是她朋友的父母家，老头老太太都是老干部。这家的老太太特别愿意给人上课，第一次见面就一本正经地教育我，说大华同志，组织上派你到我家来工作，这是对你的信任，你一定要努力做好本职工作，不要辜负了组织上对你的期望。我听得心里这个乐呀，当时真想说，大姨，你把情况搞清楚好不好，我可不是组织上派来的，我是你姑娘花钱雇来的。但我忍住了没说，一般舒姐给我介绍的活儿，我都会给舒姐留面子的，不会由着性子乱说。

这家老太太对人要求特别严格，我每次进门干活儿之前，老太太都要先把上次的情况总结一番，哪哪哪打扫得干净，哪哪哪还存在问题，每次都能一二三四五地说出好几条。这一手真把我弄得哭笑不得,下岗前在工厂干活儿的时候,我也没这样被人管过呀。一开始,我总惦着快点抓紧干活儿,没耐性听老太太一二三四五地讲老半天。结果被老太太感觉出来我着急不耐烦了,这就不高兴了,马上严厉地批评我说,大华同志,你要端正态度,要认真总结经验,你不善于总结经验,我帮你总结,这是对你最大的帮助,你怎么还不认真听呢?这样你怎么能进步呢!我赶紧承认错误,说大姨我端正,我保证认真听,刚才说的那几条我都记住了,不信我给你背一遍。这才好歹把老太太给糊弄过去了。

大概是干了两三个月之后吧,有一天晚上我都躺下了,老太太突然给我打电话,说大华同志,我请你现在到我家来一趟。

我问,大姨,这么晚了您能告诉我是什么事吗?

老太太说这事不能在电话里说,只能见面说。

我说现在公共汽车已经停了,我明天一大早赶第一班车去您家行不?

老太太很干脆地说,不行,这个事不落实,我今天晚上不能睡觉。你打车过来吧,车钱我给你拿。

没办法,我只好从被窝里爬起来,半夜三更地往她家赶。到了她家一看,老太太正端坐在客厅里等我呢。我问老太太到底是什么急事?老太太让我先坐下,然后就开始循循善诱地说起来,大华同志,组织上把你派到我家工作以来,我一直对你十分信任是不是?

我说,是啊,怎么了?

老太太说,那你想一想,你有没有什么地方辜负了我对你的信任,辜负了组织上对你的信任?

我说,没有啊,怎么了?

老太太说,大华同志,你不要这么轻率地回答,你最好先仔细想一想再回答我。

我说，大姨，到底咋回事您就痛快告诉我吧，这大半夜的你别让我费劲儿猜闷儿行不？再说我这人脑子本来就不好。

老太太这才说，大华同志，我把你叫来是想问你一件事，你可要如实回答。

我说，大姨您快问吧，只要我知道，保证如实回答。

老太太眼睛直勾勾地盯住我说，那好，大华同志我问你，我床头柜上有个信封，里面装了一万块钱，那是为参加一个孙辈的婚礼准备的，你打扫卫生的时候看见了吗？

一听是钱的事，我脑袋就轰的一下炸了。原来是丢钱了，一万块钱呀！这可怎么是好？干钟点工最怕碰见这种事了，说不清道不明死无对证的。我赶忙说，大姨我没看见呀！没看见床头柜上有信封，没看见钱，真的没看见，您不会是记错了，放别处了吧？

老太太毫不犹豫地说，我不会记错的，我就是放在床头柜上了。

我说大姨，一万块钱不是小数，我大华可担不起呀，您再好好想想行不？

老太太坚决地说，我已经想得很清楚了，我从银行取回来就把钱放在床头柜上没再动过。

我哇的一声就哭出来了，老天爷，这可怎么办呀！我说，大姨我求求您再找找行不？

老太太见我哭了，多少软下来了点，犹豫了一下说，大华同志，我听说你正在攒钱准备给你父母买墓地，有这回事吗？

我哭着说，是，我是缺钱用，我是在攒钱给父母买墓地，可我再缺钱也不会拿别人的钱呀。我大华这辈子从来都没拿过别人的东西！大姨，您不能这样没根没据地就怀疑我。我求求您再想想再找找行不？就算我求您了还不行吗？

老太太这才有些动摇了，想了想说，好吧，那就再找找，我们两个一起找。

我连眼泪都顾不上抹一把，立刻跑进老太太的卧室，翻天覆地地找了起来。那会儿我可真是什么也顾不上了，就想着把那一万块钱找到，把自己的清白找回来。我到处摸，到处找，老太太就跟在我屁股后面看着。我刚翻这边，老太太就说这地方我找过了，我再翻那边，老太太又说那地方我也找过了。我要掀开床垫子，老太太说没用，我不可能把钱放到床垫子底下。我没听她的，硬是把床垫子掀起来了。结果我刚掀起来，就从床垫和床头之间，明晃晃地掉出来了一个鼓鼓囊囊的信封。

至今我也没想明白，老太太怎么会把钱塞到那个地方。我把信封递给老太太时，老太太的表情十分尴尬，嘴里咿咿呀呀了半天，也没说出一句整装话。我默默地看着老太太数完那一万块钱，一句话都没说扭头就走了。

第二天，舒姐给我打电话，说老太太托她给我道歉，希望我还能回去继续在她家干，还说要给我补偿，要给我加工钱。我说，舒姐你不用费心了，我不会再去她家干活儿了。舒姐劝我说，大华，我知道你受委屈了，但她是老人，咱们别跟老人计较好不好？我说，舒姐，我不想跟别人计较，但我得跟自己计较，我大华干活儿为挣钱不假，但挣钱也不能糟践自己。

改锥那个见钱眼开的货，一听人家要给我加工钱，就鼓捣我回去干。被我没鼻子没脸地臭骂了一顿，这才不放声。我真受不了改锥这点，每回我被人家辞了，或是我辞了人家的活儿了，他比我都在乎。一整就急赤白脸地数落我，说我不会处人，老说我是"走一路，败一路"的货。没错，我换活儿是勤了点，我没说自己没毛病，但说了归齐，我炒雇主和雇主炒我的情况总归是各占一半吧，这是不是也能说明我的毛病和别人的毛病也是各占一半呢？

三

　　我一边动手抓紧干活儿,一边给舒姐讲我去要钱的经过。当然了,我不可能什么都讲给舒姐听,我会掂量着剪裁了再讲。我只告诉舒姐我今天发火了,我还说了要一屁股坐死小丫头蛋子让她开不了门啥的那些狠话,但没告诉舒姐我还骂了好些难听的脏话,更没说小丫头蛋子最后是被我的文身给吓住的。别看我表面上大咧咧的,其实心里还是知道分寸的。

　　我感觉吧,舒姐挺喜欢听我给她讲点啥的。无论我讲什么,舒姐都会认认真真地听,眼睛一直看着我,听到伤心的地方她眼圈会红,听到逗乐的地方她会笑,还会时不时地向我提些问题,让我特别有成就感,特别有往下讲的兴致。所以我就总惦着搜肠刮肚地想我身边的那些人和事,恨不能都掏出来讲给舒姐听。说句老实话吧,这辈子还从来没人像舒姐这么愿意听我讲话,这么把我当回事呢,连改锥都不行。

　　兴许因为改锥那句"走一路,败一路"的话,一直堵在我心口上吧,所以我特别在意舒姐家的活儿。舒姐家的活儿我都干了五六年了,从上手就没放下过,是我干得最长久的一份活儿,也是我用来堵改锥口的最好使的依据。每回改锥数落我,我都会拿舒姐说事,说你不信就去问问舒姐我咋样。谁说我不会处人?关键是得看啥人,关键是得看是不是有层次的人。

　　久了,连改锥都觉得纳闷,总憋着问我舒姐到底是啥样人,咋就把你给拿住了。

　　我说放屁,你咋不说是我干活儿好把舒姐给拿住了呢?

　　改锥说,别扯犊子了,你干活儿还算凑合,可脑子有病呀。

我说，你说谁脑子有病？

改锥哧哧笑着说，你呀，你脑子开过瓢嘛。我一下就火了，我脑子的确开过瓢，因为里面长了个脑垂体瘤。我跟改锥之所以一直没怀上孩子，就是被那个脑垂体瘤给害的。偏我又是个最喜欢孩子的人，这块地方是我的心病，不能碰，一碰就疼得受不了。所以，还没等改锥话音落地，我嗷的一声就扑上去了，跟改锥扭打在一起，好一顿撕巴，直到他告饶我才罢手。

细想想，我能在舒姐家干这么些年，并不单是为了跟改锥杠。我这种不上数的人，就算是走一路败一路能咋？反正我也没胜过，多大点事呀，我大华根本就不在乎。摸着心说话，我一是喜欢跟舒姐沾点层次，二也是有点离不开舒姐了。按说，舒姐家的活儿并不好，一周才一次，一次才四个钟点，活儿太稀不说，工钱给得还低。工钱低这事倒是怨不着舒姐，是刚来干活儿那会儿定的，那时市场上钟点工就这价，后来才涨上来的。换了别人我肯定会张口要，给涨钱就继续干，不涨就辞了。但舒姐不行，我跟舒姐处出感情了，张不开口了。这些年下来，我已经不知不觉地把舒姐当成了亲人。每周一次到舒姐家干活儿成了我的盼头儿，就盼着这一天能来见见舒姐，把攒了一周的好事坏事，一肚子的好话坏话痛痛快快地说给舒姐听。经舒姐给理一理、断一断，我这心里就敞亮了，就舒服了。有一次，舒姐外出一个多月才回来，我没着没落的差点憋疯了，见到舒姐那当口高兴得眼泪都快掉下来了。弄得舒姐莫名其妙，还以为我出啥事了呢。

其实吧，有时候我心里也会犯嘀咕，我在舒姐家都干了这么些年了，她咋就不知道打听打听外面的行情呢。我倒不是图舒姐给我涨工钱，只是想让舒姐知道我一直没跟她提过涨工钱的事，一直是亏着自己给她干活儿的，让她明白我对她的这份心。

门铃忽然响了，舒姐说她今天要接受个采访，应该是采访她的记者来了。

我说舒姐你别动,我去开门。等我屁颠屁颠地跑去把门打开后,一下子就傻在原地不能动弹了——来采访的记者竟然……竟然是那个……冻酸梨!就是那回嫌弃我有文身的雇主!

我不知道冻酸梨认没认出我,我俩对上眼儿的时候,我看到她眼珠子似乎定了一下,但只一忽就满脸带笑地问我,请问这是舒老师家吧?我递给她拖鞋的时候,她又文文明明地对我说了声谢谢。弄得我直发蒙,这跟我见过的那个冻酸梨整个对不上茬子嘛,既不冷也不酸。也许她暂时还没认出我,我想,保不准多看几眼就会想起来的。我很担心她会认出我,万一她哪一眼认出了我,把我有文身的事抖搂给舒姐,再添油加醋告诉舒姐我在她家怎么撒泼,那就毁了。这么想着,我不禁冒出了一脑瓜子的冷汗。

好在舒姐很快就迎出来了。不知道是不是我多心,我觉得舒姐跟平时也不一样了。平时舒姐总是说话轻轻的,笑起来也淡淡的,这会儿突然笑开了,声音也放大了。看着舒姐格外热情地跟冻酸梨打招呼,热热络络地牵着她的手往屋里让,我心里还真有点不是滋味。那感觉怎么说呢,就好像……就好像我一直以为自己跟舒姐是一伙的,直到这会儿才发现冻酸梨跟舒姐才是一伙的,心里当然挺失落的。尽管我心里明白,虽然我跟舒姐处的时间比冻酸梨长,但她毕竟跟舒姐是一个阶层的,凭这一样,她轻轻松松就能后来先到占了我的先。

舒姐边招呼着把冻酸梨往书房里让,边对我说,大华,你今天不用打扫书房卫生了,我们要在书房谈话。

我赶紧抖了个机灵,抢上一句说,好,那你把书房门带上吧,别让我干活儿吵了你们。其实我是不想让冻酸梨看到我,我更不想看到她。结果我白机灵了一回,舒姐回头冲我微微一笑说,没事,不用关门,不碍事的。我立马就没辙了,心里说你倒是没事,可我有事呀。

有时候吧，我觉得挺猜不透舒姐的，她脸上的微笑一忽让你觉得很近，一忽又让你觉得很远。比如现在，她明明是在向我表达她不把我当外人，说话不想背着我的意思。但不知道是不是因为笑得太用心了，反倒让人觉得里面还有另外一层意思，那就是，开着书房门可以随时看到我，知道我在哪，在干什么。当然了，这么揣度舒姐有点不厚道，我也不知道自己这会儿是怎么了，大概是被冻酸梨把心给弄乱了吧。

平心而论，舒姐对我挺真心的，我能感觉出来她总想让我感到她和我是平等的，这点她跟一般雇主都不太一样。刚来舒姐家干活儿那会儿，只要是赶上饭点儿，舒姐就要留我吃饭。我们干钟点工的一般都不在雇主家吃饭，挣着人家的钱，就不能再给人家添那份麻烦了。再说了，对我们来说根本就不存在饭点儿这回事，有时间就吃没时间就饿着，肚皮都练出来了，跟猴皮筋似的能伸能缩。舒姐心眼儿好，非让我吃饭，我看她的确不是跟我来虚的，拗不过就吃了两次。那饭吃的，别提多别扭了。不是我玄乎，舒姐家的饭碗也就比挖耳勺大不点。我这人饭量大，在家改锥都吃不过我。捧着那么个小碗，你说我添不添饭，添几次饭？还有菜，一个炖菜都没有，全是一小盘一小盘的炒菜，也不知道费那个劲儿干啥，搁一起炖一大锅多好。说实话，上了那个饭桌，我就更知道自己跟人家不是一个阶级的，搅和不到一块堆儿了。

我就纳了闷了，这点事舒姐咋就不明白呢？她是装傻呀还是真傻呀，总想跟我搞平等？她咋就不明白我俩根本就不可能平等呢？明摆着，我跟她起根就没站在一个台阶上。所以她越想跟我讲平等，我就越能感受到不平等。这就好比一个站在上面台阶上的人，蹲下身子跟下面台阶上的人说，你看我跟你一样高。你说假不假？多假呀！其实能说出这话的本身，就是因为她知道自己优越，知道自己比你高，她这是优越着还想让你领她的好。谁都不是傻子，谁都看得出来她是故意蹲下身子将就你，谁都知道只要她愿意，她随时都可以直起身子，立刻就会高过你，还不止一头！

看出来了吧，我是不是没有表面上看上去那么缺心眼儿？我不过就是脑子慢点，但慢慢琢磨着，也能把人和事揣摩个八九不离十。

四

冻酸梨的声音可真难听，挤出来的声音劈着叉，听得身上直起鸡皮疙瘩。不过她的小嘴儿倒是挺会甜乎人的，说她一直是舒老师的粉丝，说她特别喜欢舒老师刚刚获奖的那篇小说。

我这才知道舒姐中奖了，中的是什么奖不知道，看冻酸梨那意思应该是挺大的奖。我心想怪不得，以前我一直觉得舒姐干的这活儿挺没意思的，整天把眼睛挂在电脑上写呀写的，也不知道写个什么劲儿，原来是奔着中奖奔着赚奖金去的，这还差不多。估计舒姐这下子应该是中了头彩了，跟买彩票中大奖差不多，奖金指定是少不了，要不记者怎么会追上门来采访她呢。舒姐也真是，这么好的事也不赶紧跟我说一声，让我也替她高兴高兴呀。

我手里一边干着活，一边惦着舒姐中奖的事，忍不住老在心里琢磨着，舒姐到底中了多少钱呢？耳朵不由自主地就朝书房那边竖过去了，可惜听了老半天也没听出个四五六，到了也没弄明白到底是多少钱。

舒姐她俩净唠些没用的嗑，什么人物形象呀、思想性呀、现实意义呀……全是些够不着天挨不着地的玄乎词。正没滋没味的时候，就听见冻酸梨问了一句，舒老师，您怎么会想到写一个邪恶的母亲呢？

什么？我顿时就惊住了。

邪恶的母亲？这好像有点不对劲儿吧？舒姐怎么能把"邪恶"这

么难听的词用在母亲身上呢？母亲怎么会是邪恶的呢？母亲应该是美好的呀。从小到大我们不是一直都在歌颂母亲、赞美母亲，一直都是把最好的词用在母亲的身上吗？谁不知道母亲是伟大的，母爱是无私的，当然我妈得除外。

话既然说到这儿了，我就再说清楚点，得把我妈除外，不能拿我妈比，因为我妈不好，不值得赞美。我得先在心里把这个劲儿顺过来，先把我妈排除掉。

外人都说我长得最像我妈，但我和我妈心里都清楚，除了外面这层人壳子，我俩没有一丁点像的地方。如果硬要说像，就是我会骂人这点像我妈。我虽然没我妈骂得那么邪乎，但还是得了些我妈的真传的。

我妈骂人是专业水平，她这辈子主要负责骂我爸，有事没事都骂，有理没理都骂。天寒地冻骂我爸，暑热难熬骂我爸，连刮风下雨打雷闪电也骂我爸。我自小学习不好，每回考试成绩出来，我妈都会把我和我爸一起痛骂。我爸很少回嘴，他知道自己不是我妈的对手，回嘴只能招来更多的骂，所以就尽可量地躲着我妈，见天往外面跑，能不着家就不着家。我猜想我妈骂人的本事，就是常年骂我爸给练出来的。我在我妈的叫骂声中长大，耳朵眼儿里天天灌进去的都是各种各样的骂词，就算脑子再笨，也被我妈给培养出来了。

我爸窝囊，用我妈的话讲就是一锥子攮不出个血，三脚踹不出个屁。小时候我们家生活那么困难，作为一个养家男人，我爸真是一点能水儿都没有。实在没招了，就知道往海边跑，撅着腚在海滩上刨点蚬子、蛎子，捞点海菜什么的，抓挠点吃食回来就算是补贴家用了。也难怪我妈斜半拉眼儿都看不上他。我妈嫌弃我爸，说不让他上床就不让上。我不止一次亲眼看见，我爸半夜回来悄悄爬上床，被我妈一脚踹到地上半天都爬不起来。

我曾经替我爸抱屈过，躲在被窝里为我爸哭过不知多少回。直到有一天，我在外面玩，憋了泡尿跑回家，从门缝里看见我爸面目扭曲，大手在正酣睡的我大姐口鼻上使劲捂着……

那一刻，整个世界在我面前翻了个个儿，大白天变得墨黑墨黑的。我站在门外，就像是被鬼掐住了脖子似的，发不出声也喘不上气，脑瓜仁儿里同时跑过无数的火车，轰轰隆隆地把我整个人震了个稀巴烂。

那天我没回家，我不知道该怎么办。我恨我爸，就算我大姐先天痴呆不懂事，我爸也不该这么对待我大姐，那可是他自己的亲生女儿呀。但我不敢把这事告诉我妈，我怕我妈骂我，怕我妈知道这事后，会把我爸给撕碎了，踹烂了。

我给舒姐讲这件事的时候，一定是把她给吓着了。当时舒姐脸都不是色儿了，眼睛瞪得大大的看着我，半天都说不出话。我就哭了，我说舒姐这是我家的家丑，我知道家丑不可外扬，所以这事我从来都没敢跟任何人说过。舒姐你可千万别笑话我，别给我说出去呀。舒姐这才缓过神儿来说，大华你放心，你这么信任我，我不会说出去的。我说，舒姐我真得感谢你。这事在我心里憋得年头太久了，都发霉发臭长毒蘑菇了，再不抖搂出来，早晚得活活把我自己给毒死了。

至今我也想不明白，我怎么会把这丑事当着舒姐讲出来。我总觉得舒姐身上好像有一种特殊的魔力，在她面前我就控制不住自己，就像是被拍了花子似的，不知不觉地就能把心里的东西一股脑都抖搂出来。

手机响了，我瞥了一眼是二姐来电话就没接。我二姐来电话从来没好事，除了要钱就是要钱，也不知道我上辈子究竟欠了她多少钱，这辈子追命鬼似的跟在屁股后面要个没完。见铃声响个不停，我怕吵到了舒姐她们，只好接起来了。

果然，我一接起电话，就听二姐在那头说，大华我住院了。

我没好气地说，你住院关我啥事？

二姐说，我手头没钱了，你能给我拿点不？

我说，凭啥？你怎么不跟你相好的要？

二姐说，大华你说话别这么难听。

我说，想听好听的别找我呀，你又不是不知道我没那个功能。

二姐叹了口气说，他手头也不宽裕。

我说，那么我就宽裕吗？

二姐说，你不是还有活干，每天都有进项，而且也没孩子的负担嘛……

好哇，又往我没孩子这个腰眼上捅！我说，你给我听好了，我大华是没孩子没负担，但也没义务接济你，我天天起早贪黑累死累活挣钱，可不是为了填你那个烂坑！

二姐声音低下来说，大华，我可能真是得了要命的病了。

我说，那好啊，那你就去死吧！说完立刻就把电话挂掉了。

五

那天早上贼冷。其实没多大雪，主要是风硬。海风抄起雪粒子往脸上身上生扑，小刀子似的扎得骨头生疼。路面结了冰，我牵着外甥的小手，一步一刺溜急三火四地赶到北岗桥时，警察早就等得不耐烦了。

一照面，警察就没好气地问我，你是他老婆？

我说不，我不是，我是他……小姨子。

警察眼睛立刻竖起来了，说不是告诉你们必须直系亲属来认领吗？

我赶紧把躲在身后的外甥拽到前面说，直系亲属在这儿，这是他儿子。

他老婆呢？警察有些吃惊。

我说，太急了没找到人。

没找到人？警察一脸怀疑地打量了我俩一番，问，为什么？

外甥突然就哭了起来，说警察叔叔，我妈昨晚不知道去哪了，一宿都没回家……

谁也不知道我二姐夫是怎么跑到北岗桥来的，谁也不知道他为什么会死在街头。不是车祸，也没有外伤，二姐夫只穿了一身单衣裤，孤零零地躺在冰冷的马路牙子上，手里还攥着一个空酒瓶子。旁人说什么的都有，有人说他是喝酒喝死的，有人说他是喝醉了冻死的，只有我心里明镜似的，我知道二姐夫是被我二姐害死的。

发送我二姐夫时，我二姐一滴眼泪也没掉，跟当年我妈发送我爸的那副死样分毫不差。我算是服了她们娘俩了，她俩可真是一丘之那什么东西呀！

我们姊妹仨里，我妈单就喜欢我二姐一个，从小到大什么尖儿都可着我二姐一个人掐。在我们这个破家里头，我二姐就是个公主。我爸是踮起脚尖也够不着我二姐的，我妈都不让我爸碰我二姐，我二姐也根本不睬我爸。

有一次我爸喝醉了，指着我二姐问我妈，她是谁？

我妈说，瞅你那点出息，灌这么几口马尿就分不出个儿了？那不是你二闺女吗？

我爸凑上前仔细盯着我二姐的脸，看了半天说，不对吧，这闺女哪有一点像我呀，我怎么看她越长越像那个谁……

我妈啪的一个大嘴巴，坐地就把我爸扇没动静了。

我二姐被我妈宠得没边，在家里横草不拿竖草不捏是活儿不干，家里所有的活儿都在我身上。我没办法，我躲不掉，大姐傻，二姐精，我不能跟她们任何一个攀比。反正我也爱干活儿，我自小就干净，见不得灰，整天手里拎着块抹布到处擦。那时，我家最好的家具就是一对刷着红漆的大木箱子。我最喜欢擦那对箱子了，一天几遍地擦，结果擦得红漆都露白茬了。让我妈逮住劈头盖脑骂了我好几个钟头。

我讲这事给改锥听时，改锥竟扑哧一声乐了。我问你乐啥？改锥把大拇指伸到我面前，假模假式地夸赞我说，人才呀，敢情你打小就是个家政人才呀！我一脚踹过去，说滚犊子吧你！

舒姐家的家具都挺高档的。擦高档家具得有讲究，抹布不能太湿，也不能太干，太湿了水汽太伤木质，太干了摩擦重伤漆，半干半湿潮乎乎的感觉最好。我把抹布的干湿度调整到最佳状态，边擦客厅家具，边听见舒姐的声音飘了过来——

母性崇拜是我们的原始文化，但也是我们文化中的一个陷阱……

舒姐的声音真好听，像我早上吃的那碗豆腐脑一样，温温软软的。

……其实母爱只是一种本能。本能是什么？本能是人与生俱来的能力或行为倾向……

她们这些有文化的人就是能整词，母爱就母爱嘛，挺简单一事弄那么复杂干啥。虽然我没得过多少母爱，但我也知道母爱是啥。就是我妈对我二姐那样呗，宠着、惯着、啥都依着，我觉着那就是母爱了。我是没孩子，要是有孩子我肯定比我妈还惯，往死里惯。我外甥有孩子之后，我天天跑去看，一去就抱在怀里不撒手。怀里有个孩子的感觉真好，软乎乎的一坨小肉，碰一下心都能化成水了。

……不，我不这么看，我们太习惯不假思索地接受固有观念了。其实稍加思索就会发现，我们歌颂的母爱只是一种本能，是人本身所固有的，不用学就具备的，相当于人体膝跳反射一样的本能……问题是，本能真值得我们这样去歌颂吗？

不不，我觉得舒姐说得不对，什么人本身所固有的，不用学就具备的本能？那我二姐呢？我二姐咋没有这个本能？我二姐是怎么对我外甥的就不用说了，她是外甥的孩子的亲奶奶，反倒千方百计地躲着不给我外甥看孩子，一让她看孩子就哪哪都疼。我是真想不明白，我妈把母爱都给她一个人了,她身上咋一点都没存储下呢？家具该保养了,光泽度差了不少,都有点发乌了。我得记着下次用家具养护油把所有的实木家具都保养一遍。

……拉迪克的母性思考的确对我有很大的影响。拉迪克揭示出了母爱的矛盾性,她说我们乐于称之为"母爱"的东西,是与仇恨、痛苦、厌倦、悔恨和失望交织在一起的……

等等,等等,舒姐说的这个拉什么克是啥人？那些词：仇恨、痛苦、厌倦、悔恨、失望,就像一个个臭鸡蛋突然摔在我面前,散发出一种令人窒息的熟悉味道,让我一下子就想起了我妈。天啊,难道这些不好的词真能跟母亲、母爱扯上关系？

我妈死的时候,只有我守在旁边。最后的那段日子里,我妈把恨、悔、痛苦、失望这些词用牙齿咬住,一遍又一遍地在嘴里嚼,直嚼得满嘴溃烂流脓,整个人都脱了相了。我从没见过哪个人像我妈这样仇恨这个世界,仇恨包括她自己在内的所有人。我妈说她这辈子从来就没如意过,为此她诅咒一切,说自己下辈子誓不为人,宁愿做个不知道有冬天的三季虫。

我二姐从我妈病重之后就不太露面了。开始我妈还总念叨,问我二姐来没,后来就不放声不再提我二姐了。我打电话叫我二姐来,她老推三阻四的,一会儿说自己感冒了怕传染我妈,一会儿又说腰椎间盘病犯了动弹不了。我知道她是找借口,虽然我心里挺生气的,但也知道我二姐就这德行。她倒不是对我妈没感情不愿意来,她是娇贵惯了,打怵干伺候病人的活儿。说老实话,她那熊样也真就干不了这活儿,连我这大身板子干着都吃力。我妈胖,身子太重,翻个身都能累死个人。每次给我妈翻身,我都得跪在床上连拖带抱地折腾出一身大汗。只是没想到我这么卖力地伺候着,到头来我妈还是压出了褥疮。褥疮那东西长上就不爱好,一天比一天烂得深,眼看都烂到骨头了,把我急得直哭。我妈嫌弃我在她跟前哭，说，你给我滚出去，滚远点！我说，你千万别赶我，赶走我可就没人伺候你了。我妈冷笑说，你伺候我有啥用？我早就把房子和钱一遭都过给你二姐了。我说，谁稀罕你房子，我和改锥有房子住。我妈说，大华你是不是彪呀？我现在两手空空，你伺候我一分钱也得不到，你图个啥？我说，我就是彪嘛，爹不疼妈不爱的，我也不知道图个啥。

改锥也拿这话问过我，我说，那是我妈呀。

改锥说，是你妈不假，可她从头到尾哪有个妈样？

我说，有没有妈样我也是从她肚子里钻出来的，这没有假吧？

改锥说，你也就是借她肚子生成个人吧。

我说，那就行，怎么我也借过她肚子用，我就得还。

想到这，我跟我妈说，好赖你生我肚子疼了一回，就算为这我图个回报吧。

我妈直勾勾地瞪了我好半天，恨恨地呸了我一口说，我怎么养出你这么个彪子？真是彪到家了！

六

收拾窗边那个鸡翅木茶桌时，我照例加上了十二分的小心。这个茶桌是舒姐的最爱。我第一次来干活儿那天，舒姐先就把我领到茶桌前，好一顿叮嘱，让我一定要多加小心，千万别碰坏了茶桌上的那些东西。后来每次打扫到这个地方，我都提着个心吊着个胆。这茶桌上的瓶瓶罐罐小东小西太多，一不小心就容易磕了碰了，而每一件又都是舒姐的宝贝。

舒姐唯一一次跟我撂脸子，就是为了这茶桌上的宝贝。记得是在我刚来舒姐家干不久的时候，有一次舒姐说有个紫砂壶找不到了，问我是不是刷洗完随手放到别处了。

我心里一惊,问啥紫砂壶?

舒姐说,就是一个枣红色的小扁壶,泡茶用的。还说那把壶是名家手工制作的,叫石瓢,十分名贵。

我一听说是名贵东西,脑子就有点发蒙,忙问原来放在哪了。

舒姐说,就放在这个茶桌上,你没看见吗?

我说,没看见啊。

舒姐就盯住我的眼睛说,大华你仔细想想,茶桌上的壶和杯子不是你一起端去洗的吗?

我说是啊,可是我没看到你说的那个小扁壶。

舒姐的脸子当时就撂下来了,也不说话,就那样一直盯着我,盯得我后脊梁杆子直冒汗。过了好半天,舒姐的脸才松动了一点,但仍冷冰冰的,说那好吧,那你打扫卫生时,帮我各处看着点,发现在哪立刻告诉我好吗?说这些话时,舒姐的声音虽然不大,但每个字都像敲在了我的耳膜骨上了似的,敲得我心怦怦乱跳。

我赶紧应声说,好好我一定注意找找。

从这件事上我就发现,别看舒姐表面上挺软乎挺面乎,看着好像是挺好答对的,但内里其实也是个厉害角色。只不过舒姐有素质,轻易不会生气,不会难为别人罢了。

动手收拾茶桌之前,我先给外甥打了个电话。我问外甥,你妈到底是咋了,又闹什么妖?

外甥说,三姨,我妈兴许长癌了。

我说,这是她自己作的,这叫报应你懂不懂,你忘了你爸是怎么死的了?

外甥半天才吭哧出一句说,三姨,再怎么她也是我妈。

我不知不觉就用了改锥的口气说,是你妈不假,可她从头到尾哪有个妈样？

身边这一圈人里，我最心疼的就是我这个外甥了。二姐夫死那年外甥才十二岁。二姐夫一死，我二姐就更加肆无忌惮了，整天在外面跑疯。我去看外甥，见我二姐把外甥扔在家里，买了一大摞方便面，让他自己在家啃方便面做作业。我实在气不过，跑去找我二姐打仗。

舒姐出来添水，我赶紧把外甥的电话给挂掉了。舒姐问我是不是家里又有什么事了，我就把二姐住院的事说了。舒姐听了叹了口气说，你那个外甥也真够命苦的。我说，可不是嘛，咱家条件差，外甥好不容易娶了个媳妇，这边刚把孩子生出来，正是用钱的时候，他那个倒霉妈就病了。我说，舒姐，我真想不明白，我二姐到底是什么鬼托生的，她这辈子托生来世上，是不是专门就是为了来祸害我们这家人的？舒姐说，你二姐真要是确诊下来是癌症，得花不少钱呢。我说，谁说不是呢，我二姐天生爱赶时髦，这下好了，人家有钱人都得不起这个癌，她个穷鬼倒巴巴地把这个时髦给赶上了。舒姐想了想问我，你是不是还在背着改锥给你外甥存钱？我说，是。舒姐神情忧虑地看着我说，大华你想没想过，这事万一要是让改锥知道了，会有什么后果？舒姐这话就像往我胸口塞了块抹布，心里立刻堵得不行。

给外甥存钱这事，我确实是瞒着改锥做的。我在外面给外甥立了个户头，钱再紧每个月都偷偷给他往里存点。这事我只跟舒姐商量过，但舒姐一直不赞成我这样做。我说，我又没个孩子，就拿外甥当自己孩子了，以后老了干不动了的时候，我不是还有个指望吗？舒姐说，大华我劝你千万别指望孩子，自己生养的孩子都未必能指望得上，何况他只是你的外甥。我明白舒姐为什么会这么说。舒姐的儿子跟她生疏，在国外定居了，据说是不打算回来了，所以舒姐根据自己的切身体会，就说今后指望不上孩子。让舒姐这么一说，我心里顿时拔凉拔凉的。我说，舒姐，照你这么说，我这辈子不就没指望了吗？舒姐定定地看着我说，大华，我看改锥这人不错，你还是得指望改锥。

当时我眼泪就下来了，我说，舒姐，你以为改锥是好指望的吗？我不敢指望呀！你是知道我有胆囊炎的。胆囊炎这病不发作时啥事都不耽误，但一犯病就疼得要命，那股子疼劲儿顶上来的时候，连死的心都有。有一天后半夜里我胆囊炎发作了，五脏六腑抽在一起搅着劲儿疼，疼得我浑身哆嗦满头冒汗。改锥倒是急三火四地把我给弄到医院看急诊了，但说出来都没人相信，当时我疼得身子缩成一团话都说不出来，都病到这个分上了，改锥也舍不得拿自己的钱给我挂号取药。他真就好意思站在我旁边伸出手，硬等着我这个病人掏钱，你说他还是人不是人！当时我心里疼得呀，比胆囊炎都疼。我啥也不顾了在那儿号啕大哭，旁人都以为我是疼得扛不住了，其实我三分是疼七分是伤心呀！我太伤心了！这还不说，打死你都想不到，改锥用我的钱交完款后，只把找回来的一把钱在我眼前晃了一下，说剩下这些钱就不给你了，我拿着回去打车用，说完就揣他自己兜里了。要不是我实在疼得说不出话，实在是一点力气也没有了，我真想跳着脚骂他几个钟头，骂他个劈头盖脸狗血喷头。舒姐你倒是说说，冲改锥这副要钱不要脸的德行，我敢指望他？

冻酸梨从书房里探出头，往这边张望了一下。我这才想起家里还有个外人呢，赶紧说，算了舒姐，我没事，你快进去吧，人家等着你呢。

舒姐都走到书房门口了，又停下脚步思量了一下，回头对我说，大华，你攒那点钱都拿出来也治不了你二姐的病。

我说，舒姐你放心，我不会拿钱给她填没底的窟窿，我还得抓紧攒钱给我爸妈买墓地呢！

我心里挺感动的，舒姐是真心替我着想，她知道我攒钱不易，知道我攒的买墓地的钱还差着不少呢，所以担心我一时冲动把钱都拿出去给我二姐治病。其实我不能，这事我心里有数，我拼命攒钱买墓地，是在替我二姐还她欠我爸妈的债，我怎么可能让这钱再落到她手里呢。

等舒姐进了书房，我才反过味儿，后悔刚才怎么就忘了冻酸梨还在，怎么就秃噜嘴把自己家那点破事讲出来了？舒姐倒是没啥，我家情况她都清楚，她听了还能帮我掂量掂量出个主意什么的。我是忌讳那个冻酸梨，她听进耳朵里了，背后还不定怎么笑话我呢。

七

我妈临死前嘱咐我，说她要入土为安，让我一定要在龙山公墓给她买块墓地，然后把我爸迁来跟她一起安葬。

我戗我妈说，你不是厌烦我爸吗？

我妈说，但凡有丁点办法我也不想跟他弄一块堆儿去，我这不是没招了嘛，我不是不想做孤鬼嘛。

我妈告诉我，买墓地的钱她早就预备下了，放在我二姐手里，她已经跟二姐交代过了，让我跟二姐商量着办。

我妈走后，我就去找二姐商量这事。没想到我二姐张口就说钱没了。我问钱哪去了？二姐开始死活不说。后来让我逼得实在没招了，才吞吞吐吐地说，钱都拿去帮她相好的买经济适用房了。我做梦都没想到我二姐会干出这种二货事。我说，你马上去把钱给我要回来，那可是咱爸妈的安魂钱！我二姐吭吭哧哧地说，他现在手里也没钱，再说就算有钱也不能往回要，我还得在他那住着，跟他俩一起过呢。我咬牙切齿，你以为倒贴房钱，你那感情就牢靠了？告诉你吧，没有用，人家那房本上没你的名！我二姐没话说了，立刻就拿出了她的看家本领，开哭。

我二姐的哭功那是天下第一，鼻涕眼泪随叫随到不说，还取之不尽用之不竭。从小到大，哭，一直是我二姐克敌制胜的法宝。无论遇到什么事,她都会用哭来应对,不能说是百战百胜吧,基本上也是攻无不克。我能拿她怎么办?我一点办法也没有。就是打那以后,我才下决心干钟点工的。这些年我一天接好几个活儿,早上五点起床顶着黑就往外跑,白天干好几个家政,晚上还去饭馆刷碗,哪天都是大半夜才回家。我这么拼命赚钱,就是为了早点完成我妈的心愿,在龙山买块墓地,让我爸妈尽早入土为安。

舒姐最知道我的心思,她曾经特地托熟人帮我打听过龙山公墓的情况,结果得知这几年公墓的价格一涨再涨,发现我攒的钱总是不够。舒姐说她都替我愁得慌,不过我倒是不愁,我有的是力气,我相信只要有活儿干有钱挣,买墓地还不是早晚的事。

说起来,我坚持要干钟点工攒这份钱,也是导致我和改锥俩人经济上分开,弄成现在这样各花各钱的主要原因。

我和改锥的感情其实还行,说还行的意思就是还过得去。改锥这人心眼儿也挺好的,没太大毛病。但千好万好,单这一个"抠"字,就把啥好都给抹平了。我跟改锥谈恋爱的时候,俩人一起去逛公园,走渴了去买水喝,改锥就能买回来一瓶水让我喝,他自己忍着回家去喝。我缺心眼儿,当时心里还挺美呢,以为这就是对我好。结婚以后才发现根本就不是那么回事,我没属于他时他只抠自己,等我跟他到一起了,他就连我一起抠了。

问题是他抠都不往我这边抠,我说这话是有根据的。我跟改锥结婚时,我婆婆给了我一个压箱底的金戒指,是老货。我喜欢得要死,赶紧戴在手上。结果还没等焐热乎呢,改锥就哄劝我,这么金贵的东西别戴丢了,得放起来。还没等我醒过神儿呢,改锥就把金戒指从我手上撸下去,拿走收起来了。起先是真的收起来了,但后来不知什么时候就不见了。我发现金戒指不见了之后,跟改锥往死里闹了一回。开始改锥死活也不告诉我金戒指哪去了,我就撒泼,天上地下地闹腾。

改锥实在扛不住了，才跟我说了实话。原来他弟弟娶媳妇时，他妈手里实在拿不出像样东西了，改锥见他妈为难，就偷偷把金戒指拿回去，让他妈送给新媳妇了。那天我哭得昏天黑地，我不是哭那个金戒指，我是哭改锥太不把我当回事了，连抠都不往我这边使劲，我可是他媳妇呀。

我心里明白这事也不能全怨改锥，根子还在他家。他们家之所以能做出这种事，说到底还是瞧不起我家，连带着也轻贱我。改锥他家虽然也不咋的，但比我家还是高出了一个台阶。毕竟他家里父母都在，人也都是全乎的。不像我家死的死，傻的傻，连一个囫囵个儿像样的人都没有。他弟媳妇家比起他家，就又高出了一个台阶。弟媳妇她爸从前在厂子里当过宣传科长，弟媳妇大学毕业，又是在银行网点上班，从各方面讲当然都比我金贵，当然更配得上那个金戒指了。

我婆婆势利眼得很，改锥弟媳妇生孩子，婆婆竟然让我去伺候月子。我也是发贱，要说别的事我肯定不会答应的，一听是孩子就屁颠屁颠地去了。他弟媳妇谱摆得还挺大，给我写了好几大篇注意事项不说，还让我看月子书和育儿书，说是什么都得按照书上写的来。干活儿我不打怵，看书可就太难为我了。我老实告诉弟媳妇，干什么活儿怎么干你告诉我就行了，千万别让我看书，我从来都不看书，看不进去也看不懂。见弟媳妇一副半信半疑的样子，我干脆就豁上了。我说，你是从有文化的家里出来的，可能想象不出我家是个什么样。我这么跟你说吧，你就是把我家翻掉底，也找不到一张带字的纸。我家那些人有一个算一个，哪个在房梁上倒挂三天，也控不出一滴墨水。结果把弟媳妇给说乐了，一想起来就乐得不行，足足乐了好几天。

后来我把这段话学给舒姐听，舒姐也乐得不行，直夸我有语言天赋。这话我爱听，我挺在意舒姐怎么看我的。看来在我妈的骂声中长大也不全是坏事，我身上也算是有一门童子功呢。

弟媳妇一出月子我就不干了,婆婆鼓捣改锥来劝我再帮两个月,我问改锥,谁给我发工钱?一句话就把改锥给堵回去了。我不是不愿意帮,我尽力了,就算我比人家地位低,也不能没完没了地让人白使唤吧,我还急着出去挣钱呢。

刚开始我出去干钟点工的时候,改锥总惦记我挣的钱,总盯着问我挣了多少钱。改锥那意思我明白,就是我挣多少钱都得拿回家,都是我俩共有的。我看这样下去不行,我太了解改锥了,这货是属貔貅的,只吃不拉,只进不出,钱到了他手里就甭想再要出来了。我就趁早把话挑明了,告诉改锥说我挣钱是为了给我爸妈买墓地,叫他就别再惦记了,从此以后我自己挣钱自己花,也不再跟他手里往外要钱了。那时我刚干挣得少,改锥不太在意就答应了,花钱时也不怎么跟我计较。后来我挣得渐渐多了,改锥就跟我分得越来越清楚,能让我掏钱的地方他决不出手,所以他在医院就能干出那样的损事。男人计较到了这个地步,在女人眼里就没有品相了。见改锥把男人都做到了这个分上,我对他的心思也就越来越淡,越来越瞧不起他了。

八

心不静,总想着冻酸梨是不是认出我了,总担心她要是已经认出了我,就会告诉舒姐我身上有文身。所以,舒姐和冻酸梨只要在那边一说话,我这边立刻就管不住自己的耳朵了,俩耳朵恨不得从脑袋上跳下来,跑书房里去听个仔细。我也知道偷听人家讲话不好,但耳朵忍不住,说了归齐还是被那个倒霉的冻酸梨给闹着了。

听了不一会儿我就发现,舒姐她俩这嗑是越唠越玄,越唠越离谱了。

冻酸梨说,舒老师您小说里两个女儿的形象很有意思,一个性意识极强,一个有性心理障碍,您好像特别关注女性的身体感受。

舒姐说,是的,从某种意义上说,女性认识世界是从自身身体出发的,而性是女性身体的钥匙……

老天!她们这是说些啥?我真受不了她们这些文化人,说那事就像说鼻子眼睛嘴似的,一点忌讳都没有。有一次我问舒姐,我咋就不明白,我二姐为啥死不要脸地非赖着跟那个人相好呢?舒姐文文静静慢条斯理地说,可能还是性体验的原因吧,他俩应该很和谐。一句话就把我给整傻蔫了,我万万没想到舒姐竟能说出这么臊人的话。接着舒姐又说,原来我听你讲过一些你二姐的情况,她给我的印象是个性要求比较强烈的人,很可能跟那个人在一起,你二姐更能获得性满足吧……我的个妈呀!我这脸都臊得没地方搁了,舒姐咋就那么好意思呢?

不是我自吹自擂,我在生活作风这方面就特别正派。我对那事从来都不怎么感兴趣。刚结婚那几年,我还配合改锥忙活忙活,后来就懒得配合了。瞎忙活啥呀,也忙活不出来个孩子。自打我脑袋手术之后,我俩就很少做那事了,近些年干脆就没那个想法了。不做就不做吧,没那事挺好,反正我本来也没啥兴致。其实吧,从前每次配合改锥我都挺勉强的,我从来没觉得做那事有啥意思,总觉得那是件脏事,不干净。而且也不知道怎么搞的,一到关键时候我就憋不住尿,我一跑去撒尿,改锥好不容易拱起来的那点兴头就都泄没了。

这些事我跟舒姐叨咕过,我叨咕的意思是显示我有多好。但舒姐的反应却令我很意外,她不表扬我生活作风正派倒也罢了,竟然说我有问题。还说我的问题改锥也有责任,是改锥没把我开发出来,没让我体验到快感。当时我是真听不下去了,还快感,这种话亏舒姐真说得出口。

不过说老实话,要不然改锥也不行,他那玩意儿本来就不行。这件事只有我知道，连他妈我婆婆都不知道。我得脑垂体瘤之前，因为一直没怀上孩子，俩人曾经一起去医院做过检查。当时医生就说是他的原因，说他是隐睾，所以精子成活率低。其实，后来我得脑垂体瘤倒是把改锥给救了。明面上我俩不生孩子的责任一下子都弄到了我头上，他反倒是解脱了。有一阵子他全家人都冲着我来劲，公公婆婆鼻子不是鼻子脸不是脸的，恨不得马上让改锥把我给休了。我是有口难辩，心灰意懒也无心辩。

不过该咋说咋说，改锥表现还行，还挺照顾我心情的。改锥劝我说，没孩子就没孩子吧，咱省得操那份心了，你不是总想赶时髦吗，咱这不也赶上时髦整"丁克"了嘛。

我说丁你个屁克！我就是被你克的，被你克绝户，克成秃撸棒子了！

反正我俩这事的前因后果改锥心里最清楚，所以在外面不管别人怎么说，改锥从来都不说我啥，对不生育没怨言没牢骚。最后的结果就是，满世界都知道改锥对我这个不能生养的老婆不离不弃，他踏踏实实地落下了个好名声。你说我上哪说理去？

我正满脑子胡思乱想呢，忽然听见了"钟点工"三个字，心里陡然一惊，耳朵立刻就立起来了。可惜听不太清楚，她俩像是把声音压低了，我只能隐隐约约地听到一星半点。舒姐好像说了句，还说得过去吧。冻酸梨就叽里咕噜地说了半天。我的心一下就提到了嗓子眼，感觉冻酸梨就是在说我，是在说我去她家的事，是在告诉舒姐我身上有文身。但仔细听听又感觉不太像，冻酸梨似乎还是在那恭维舒姐，我听见了"善良""宽容"什么的。

我往前凑了凑，声音果然清楚点了。我听见舒姐说……其实也没什么，再说我也需要。冻酸梨说，我可没您那么包容。舒姐就说……做事挺毛躁的，开始我也不太满意……我的心一下紧张起来，冻酸梨又说了些什么就没听清。然后，我就听见舒姐说……毕竟作为我的观察对象，作为我了解底层社会的一个窗口，还是很难得的，这样一想就能包容了，不会太计较了。冻酸梨就感慨起来，说，还是舒老师有文学的敏感性，有主动观察生活的意识……我脑袋有点转不过来了，不知道该怎么把我听到的这些话弄到一块堆儿。她们到底在说啥？在说谁？是说我吗？有那么点像，但又不完全像。

虽然我一时还理不清楚，但心里有了一种不好的预感，感觉舒姐可能并不像我想象的那么认可我，并不像表面上对我那么好。这么一想，我的心就有点乱了，散了黄的鸡蛋似的，稀里咣当乱得不行。

别看我一直在改锥面前吹牛，说舒姐对我印象怎么怎么好，舒姐对我如何如何满意，舒姐对我多么多么好。其实真要是较起真儿来，我也不敢咬硬。我也不知道舒姐到底怎么看我，怎么评价我。我也不知道舒姐是真心对我好，还是表面上对我好。反正不管我怎么吹，改锥就是不信。为舒姐，改锥曾经跟我掰扯过好几次。

改锥说，大华你别以为舒姐真对你好，她就是看你能干活儿想用住你。

我说没错呀，我干活儿好，舒姐待我好，我俩不就两好轧一好了呗。

改锥说，你个彪样，啥叫对你好？给你两句好话就是对你好了？那玩意儿有啥用？能吃还是能喝？想用住你就得对你好，对你好就得给你涨工钱，这么简单的道理你都不懂。你在舒姐家都干了多少年了？她咋能一直不给你涨工钱呢？就拿嘴糊弄你呀？

我说，那不关舒姐的事，是我一直没提涨工钱的事，舒姐也不知道现在工钱都涨了。

改锥说，拉倒吧，这两年人工钱涨这么邪乎，我不信舒姐不知道，装傻吧她。

我说，告诉你改锥，就算是舒姐提出来涨工钱，我也不会要。我们姊妹俩处得好，我就愿意给她干，我心甘情愿。我跟舒姐说好了，我就在她家干，不许她辞我，辞我我也不走。我要在她家干一辈子，到她老了我就伺候她！

改锥说，你以为这样人家就待见你了？就把你当姊妹了？做梦吧你！我看你妈说的一点没错，你就是个彪子，彪到家了！

虽然我嘴上跟改锥咬得登硬，但心里也常犯嘀咕。有好几次我都想跟舒姐侧面提一提涨工钱的事，可不知为啥，一到舒姐面前我就张不开口。改锥坚决地认为舒姐给我下药了，把我给彻底弄迷瞪了。改锥说的也不是没有道理，他说作家都会揣摩人，舒姐早就把你看得透透的，她太知道怎么能把你拿住了。不过我还是不咋信，我不信舒姐是那样人。

舒姐对我好，所以总会时不常想着送我点东西，有时是衣服，有时是吃的用的。每次我拿回家来显摆，改锥都没什么好话，说又是人家淘汰的吧？我说，就算淘汰人家也得给你呀，这么好的东西人家淘汰给谁不行？改锥说，看把你嘚瑟的，人家充其量也就把你当成个穷亲戚，甩给你点破烂还当宝了。我说，改锥你说这话可太没良心了，人家舒姐好心好意给咱东西，你不领情也不能说是破烂吧。结果这话说了没过多久，就让改锥给逮住短处了。

那次舒姐给了我一大盒人参冲剂，让我拿回去给改锥吃，说是能补气。我问咋不留着给姐夫吃，舒姐说姐夫血压高不能吃，我就高高兴兴地拿回家了。当时改锥也挺高兴，马上就要冲一包，一边摆弄一边还说看包装就是好东西。没想到话音没落，改锥的脸色突然又变了，一下把那盒人参冲剂摔到我面前说，你看看你看看。我问怎么了？改锥说，过期了！我捡起来仔细看看，还真是过期了，而且都过期半年多了。改锥这下子可算是抓住把柄了，没完没了地说，我说舒姐怎么能把这么好的东西送给你呢，原来是过期了，人家不敢吃了。人家的命多金贵呀，哪能吃过期的东西，扔了吧又可惜，所以就想到了你这个彪子。我告诉你大华，在他们眼里咱这样的人命贱，没资格跟他们一样讲究保质期！

当时我心里虽然挺别扭的，但还是不相信舒姐是有意这样做的。我想核实一下，兴许是舒姐疏忽了呢。所以再到舒姐家干活儿时，我就直截了当地告诉舒姐，你给我的那盒人参冲剂过期了。我希望舒姐听到后非常惊讶，说是吗？哎呀，我没注意。然后又很难为情地向我道歉，说太对不起了，真不好意思！这样我回家就可以理直气壮地告诉改锥，舒姐不是故意的，她没发现过期了，听说过期了她可不好意思了，直让我替她向你道歉呢。

但是，我想象的这一切并没有发生。

我告诉舒姐之后，舒姐只平静地看了我一眼，说，哦。想了想又说，那类补品只要包装好没受潮，过期一点也没关系的。我看得出舒姐是有些尴尬的，也看得出她在刻意掩饰不自然的表情。但很快，舒姐就又微笑了。舒姐微笑着抬起头对我说，大华，你要是实在不放心就把那些都扔掉吧，没关系的。

面对舒姐的微笑，我当时真想哭。

九

书房门不知什么时候从里面悄悄地关上了。

我愣在那里，呆呆地看着关上的门。我就是再缺心眼儿，也知道这门是为我关的。嗓子眼儿里突然很痒，像塞了一把茅草似的，很想大声咳，但又咳不出来，噎得我浑身难受。我知道我控制不住自己了。我这人本来就没有舒姐那样的修养，我最怕别人背着我，越背着我，我就越想知道是咋回事。跟我没关系的事背着我,我心里都跟长了桃毛似的痒得受不了,何况跟我有关的事。不由自主地,我的脚就挪了过去,耳朵也从脑袋顶上跑下来,贴到书房门上。

我先是听见了舒姐的声音——是的,她很信任我,什么都跟我说……对,我写这篇小说就是受了她的启发,很多故事都是她讲给我的。冻酸梨问,那些难堪的让人无法面对的情节,难道也是?舒姐说,是,这里的大部分故事都是真实的,有些情节几乎不用任何加工直接就写进去了。冻酸梨说,如果不是您说,我真不敢相信会有这样的家庭,会有这种完全没有道德底线的父母。舒姐就说,是啊,底层的生活状况远远超出我们的想象,如果不是听她自己讲的,我也不敢相信。

我的脑袋嗡的一声,顿时感觉天塌地陷了。

那天我把二姐夫的尸体领回来送到殡仪馆之后,就跑回家去找我二姐。推门见我妈一个人在外间躺着,就问我妈知不知道我二姐去哪了。

我妈白我一眼说,找你二姐干啥?

我说,出事了,我二姐夫……

我妈一下打断我,喊什么喊?什么大不了的事大喊大叫的?

我说,我二姐夫死了!

我妈愣了一下说,死就死了呗。

我说,妈你怎么能这样?你就是再不中意我二姐夫,他也是你女婿是我二姐的男人呀!

我妈说,行了行了别叫唤了……这会儿工夫我二姐从里屋出来了,问谁死了?

我说,你男人死了!

我二姐说,别瞎扯了,那个死鬼昨天还好好的呢,他要是死了我还少份心思。

昨天？我问，你昨天去哪了？你昨天晚上为什么没回家？

你管得着吗？我二姐说，我愿意上哪上哪！我……

我是管不着你，我说，可你男人死了，派出所找不着直系亲属，是我一大早跑去替你去领的尸！

我妈和我二姐这才信了。我二姐脸僵了一会儿，嘟囔着说，他这是自己作的，酒蒙子一个，早晚的事……

我一下就火了，我说，人都死了你还这么说？你是人不是人呀？要不是你整天在外面跑疯，我二姐夫能成天跟酒较劲？能一个人死在大街上……

啪的一声，我二姐狠狠地扇了我个大耳光子说，你给我闭嘴！你跟他什么关系，这么向着他说话？

当时我简直气疯了，我顺手操起一把菜刀就朝我二姐冲过去，却被我妈从后面死死地抱住了。我妈抱住我朝我二姐直喊，快走快走，这二杆子啥事都能干出来，你赶快走吧！直到我二姐跑没影了，我妈才撒手放开我。

我跳着脚朝着我妈大喊，你到底是人还是鬼呀？你欺负我爸把我爸气死了，现在又帮着我二姐害死了我二姐夫，你的心到底是啥做的？你……你知不知道我有多恨你？你要不是我妈，我真想一刀砍了你！

砍呗，我妈干脆把脖子伸过来，说想砍就砍吧，你手上不是有刀吗？

我浑身哆嗦着举起菜刀，一刀下去，砍在了自己的胳膊上……

我看见刀像切豆腐似的切进了胳膊，没觉得疼，肉一下翻了出来，也像豆腐一样白花花的，竟然没血。但只一瞬间，鲜红的血就涌了出来，呼呼地直往外冒，这时我才觉出了疼。真疼呀，先是胳膊疼得直抖，紧接着全身都跟着筛起糠了。随着咣当一声刀落在地上，我捧着血糊淋拉的胳膊，响天动地地号哭起来……

我妈抓了一把烟灰按在伤口上，又用根破布条子把伤口缠住，然后就塞进我嘴里一片止疼片，不耐烦地呵斥我道，别号了，我就知道不见点血光你今天就过不去！

我住了声，捧着胳膊恶狠狠地看着我妈。

我妈不看我，一直在抽烟，一根接一根地抽，过了好久，我妈把一个烟头在鞋底上使劲儿地摁了又摁，说，你个没事找事的丧门鬼，我本来不想提从前那些混账事，你偏要三番五次地惹我，好吧，那你就给我听好了：我告诉你，我恨你爸，当年我就是被你爸这个王八蛋给糟蹋了，怀上了你大姐，才不得已嫁给他的！

看见我咕咚一声跌坐下去，我妈脸逼近我说，知道你大姐为什么是傻子吗？那是报应！是老天替我报复他！本来我已经有了中意的男人，我们俩都开始谈婚论嫁了，是你爸把这一切都毁了，是你爸把我这辈子彻底给毁了，我跟他从来都没有感情！你不是说我把他气死的吗？我还告诉你，气死他在他是好死，依着我恨不得把他杀死！

像有无数个马蜂钻进了我的脑袋瓜子里，嗡嗡嗡叫得我头都要炸了，我声嘶力竭地朝着我妈大喊，你骗人！你糟践我爸！

我妈狠狠地吸了一口烟，说，是那个王八蛋糟践了我！你爱信不信！

我说，不可能，我爸那么老实个人不可能！

我妈冷笑道，老实？他才不老实呢，蔫巴人蛊毒心，老实能对你大姐下手？

我立刻蒙了，原来我妈知道！我哆哆嗦嗦地问我妈，你知道？你知道为什么不管？你知道为什么还由着他欺负我大姐？

我是倒退着逃出家门的，一出了门就头也不回地疯跑，不知跑向哪里，也不知跑了多久，直到实在跑不动了，筋疲力尽地瘫倒在海滩上。那感觉就像是去地狱里走了一遭，就像是活活地死了一回。

记得当时给舒姐讲这段烂事时，我哭得稀里哗啦的。我哭着问舒姐，你说我上辈子到底造了什么孽，为啥非把我生在这么个破家里，非让我看这么些个破事呢？舒姐安慰我，大华你别这么想，其实这世上谁都有苦处，谁的日子都不美满。我说，舒姐，我看你的日子就挺美满的。舒姐半天没吭声，眼圈突然就红了。我看见泪光在舒姐的眼里打转，正纳闷咋就惹了舒姐了，就发现舒姐眼里的泪转着转着竟转没了。舒姐只轻轻地叹了口气，说了句什么。我太紧张了没听清，忙问舒姐说的是啥？这时舒姐的脸已经缓过来了，挺正常地对我说，没什么。然后又想了想，很真心地看着我的眼睛说，大华，其实你挺了不起的。你在这么混乱的家庭环境中长大，还能不受影响，始终保持善良正直的品性，真是挺不容易挺不简单的。我听了心里一下子感动得不行，泪眼巴嚓地说，舒姐，你这么说我真是太高兴了。说老实话，长这么大从来没有人这么高看过我，何况还是舒姐你这样有素质的人。我大华谢谢你了，有了你这句话，我就觉得我大华活得还有点价值，还得坚持好好活下去呢。

那会儿，我真庆幸这辈子能交上舒姐这样的人。我得有多信任舒姐，才能把自己家里的丑事、脏事毫无保留地说给她，那可都是我藏在内心深处，从来不敢拿出来见光的东西呀。可我万万没想到，舒姐不仅给写到书里张扬出去了，还红口白牙地告诉冻酸梨，这些都是我家的真事⋯⋯

这真是我认识的那个舒姐吗？我真的认识这个舒姐吗？

也许是我错了，我想，人这东西心本来就是隔着的，离得再近也没法贴到一起。心贴心那种话压根就是扯淡。何况我和舒姐之间差距又那么大。舒姐就是再有心将就我，也不会真把我这样的人当回事的。可是，舒姐怎么也不该这样对待我，不该这样伤害我呀。我掏心掏肺地把该说的不该说的一股脑地都说给了她，她怎么能这样？心口窝忽然拧着劲儿地疼了起来,疼得我浑身哆嗦,双腿发软。我实在站不住了,倚着门框出溜下来,一下子跌坐在了地上。

舒姐闻声开门,看见我瘫在门口,赶紧问,大华你这是怎么了?

我说,舒姐,我今天干不了活了。

舒姐问,你脸色怎么这么难看?

我说,我胆囊炎犯了,肚子疼得厉害。

舒姐说,大华你别急,我给你叫车去医院。

我说不用了舒姐,我给改锥打电话了,他马上就来接我。

十

走出舒姐的家门,我一直忍着没回头。

就算是不回头,我也能感觉到后背上背着舒姐和冻酸梨的眼睛。那满眼的猜忌热辣辣地烙着我的后背,火烧火燎烫得生疼。

其实我心里明镜似的,知道我根本就糊弄不了她们,她们早就看出了我没犯啥胆囊炎,早就猜出我是偷听了她俩的谈话。我都能想象出来,只要我一从她们的眼前消失,冻酸梨立刻就会在舒姐面前给我下蛆,还不定瞎掰扯些啥呢。但我拿不准舒姐会怎么说。要是在从前,我铁定了相信舒姐不会说我坏话的,但现在我不敢说了。刚才捂着肚子装病等改锥来接我那会儿,我就看出舒姐看我的眼神挺复杂,里面关切和焦急当然是有的,但不安和怀疑也是有的,这我还能理解。让我无法理解的是,我居然在舒姐的目光中看到了一些警惕的冷意。那可是我以前从来都没看到过的,就像是突然亮出的一把闪着寒光的刀子一样,叫人瞅着心惊。我心里立刻就有点发虚了,心想,我没做过对不起舒姐的事呀,这么些年了舒姐应该知道我的,我对舒姐可一直都是真心实意的,从来都没……别,等等……除了那把紫砂壶……

那把紫砂壶的确是我给打碎的。那会儿我到舒姐家干活儿不久，手忙脚乱的不熟悉，刷洗茶具时一个不小心滑了手，单单就把那个紫砂壶给打碎了。当时我吓蒙了，就怕舒姐看见，赶紧划拉划拉把那些碎片揣兜里，趁出去倒垃圾时给扔了。说老实话，我不是个愿意欺瞒人的人，只是那会儿我头一回碰到舒姐这样有层次的主顾，特别愿意在她家长干。一看把她最喜欢的东西打了，害怕她一气之下把我辞掉了，就把实情生生卡在嗓子眼里愣是没敢吐出来。后来舒姐询问我的时候，我也想干脆承认算了，该赔多少就赔多少，省得这事总窝在心里不得清净。但一听舒姐说这壶是个名贵东西，我就又被吓住不敢承认了。其实我也明白不管我承认不承认，舒姐都会猜到这把壶是毁在我手里了。我死咬着不承认，也是看准了舒姐这样的人不会轻易说破。说了归齐，整件事从头到尾都是我不好，啥时想起啥时我这心里都觉得挺愧得慌的。

改锥问我，回家吗？

我说，不回家，去医院。

改锥问，去医院干啥，你不是说你胆囊炎没犯，这么说是为了糊弄舒姐吗？

我说，我胆囊炎是没犯，但那个破鞋又住院了，我得给她送点钱去。

改锥就有点不高兴了，怎么又给二姐钱？前些天你不是刚给了她五百块吗？

我说，你放心，给不了几次了，这回老天长眼，让她得上要命的病了。

改锥说，不会是长癌了吧？

我说，八九不离十，听说还是晚期。

改锥半天没放声，闷了一会儿说，那你就多给二姐拿点钱吧。说完又使了个大劲儿，问我，你带的钱够吗？不够我身上还有。改锥上上下下地把兜掏了个遍，说我身上就这些了，都给你吧。刚放到我手里，又舍不得了，悄悄地抽回去了一张。

看着改锥这个样子，我就想起了舒姐的话，我看改锥人不错，你今后还是得依靠改锥。是啊，我只有改锥，靠得住靠不住我也只能靠改锥了。我就对改锥说，改锥，我这人命孤，命里只有你一个，我认命了。舒姐说得对，赶到老了我就得依靠你了。说着说着我的眼圈就红了，我红眼巴嚓地问，改锥，你以后会对我好吧？

改锥看我这样就慌了，赶紧把抽回去的那张钱又塞回到我手里，说，大华你这是干啥呀，嫌这些钱不够，咱现在就回家拿去。舒姐这话说得对，你就得靠我，不靠我靠谁呀。你说咋整？要不咱现在就往家走？

我说，我想先去趟花店。

改锥惊得瞪大眼睛说，干啥？你不会是想给二姐买花吧？咱给钱还不行吗？别整那些没用的……行行行，好好好，去，去花店。

花店里果然有蓝色妖姬。这还是我第一次看见真正的蓝色妖姬呢，以前看的都是图片和我身上文的。蓝色妖姬虽然长得像玫瑰花，但一看就比玫瑰花金贵，很稀罕的一种蓝色，有点像小时候用过的纯蓝墨水，但颜色比那更鲜艳些。

我下意识地撩起袖子，亮出胳膊上的蓝色妖姬，跟真花放一起比较。没想到一下子吸引了好几个人围看，边看边一惊一乍地夸这花文得真好。我心里虽然得意但也挺遗憾的，遗憾夸我的人不是舒姐。其实，我最想得到的是舒姐的夸赞。我一直有个愿望，就是把我的文身告诉舒姐，把我的蓝色妖姬亮给舒姐看。我曾经无数次地设想舒姐看到后的反应——

舒姐会像冻酸梨那样一惊一乍吗？不会，舒姐当然不会那么没素质,这个设想一下就被我否定了。

舒姐会害怕,会紧张吗?可能会,但舒姐是有教养的人,一定不会表现得那么明显。舒姐会尽量控制自己,待情绪稳定之后,再故意露出微笑。我觉得这个设想应该是最有可能的。

还有一种可能,就是冻酸梨已经把我有文身的事告诉舒姐了,舒姐心里有数了,面上就不会做出任何反应了。这两种设想的结果都是一样的——如果舒姐排斥文身,就会找个理由辞掉我;如果舒姐不排斥,就会装作不知道,只要我自己不说出来,她就一定不会说出去,这个结果不能算是不好。

但我最希望看到的结果其实是这样的:当我露出文身时,舒姐惊讶地睁大眼睛,说,天啊!然后伸出手抚摸着那些蓝色的花朵,啧啧赞叹着说,这是蓝色妖姬吧?太漂亮了,这文身太漂亮了!那该是一种多么令人期待的情景呀。但我知道这种情况基本不可能出现。我其实并不要求舒姐喜欢我的文身,只要不抵触能接受,我就非常满足了。

我总得赌一把,哪怕是让自己死了这份心。我一咬牙拨通了舒姐的电话。里面立刻传出了舒姐急切的声音,大华吗?你现在情况怎么样?腹痛缓解了吗?

舒姐的声音真好听,让我立刻感受到了一种暖暖的亲情。我赶紧说,舒姐我好了,没事了,你放心吧。

舒姐说,那就好,你现在在医院里吗?

我说,不,我在花店。

舒姐哦了一声,没再说话。

我忽然问,舒姐,你听说过蓝色妖姬吗?

舒姐在那边停顿了一下才说,我知道,是一种蓝色的花。

原来舒姐知道!这让我不由内心充满了期待。我赶紧问,你喜欢蓝色妖姬吗?我相信舒姐会说喜欢的,她是个爱花之人。我想赌一把,只要舒姐一说出"喜欢"这俩字，我立刻就把文身的事情告诉她。

舒姐并没有立刻回答，她似乎犹豫了一下，过了一会儿才说，不太喜欢。

我的脑子里一时有点反应不过来，不知道该怎么往下接了。

然后我就听见舒姐说，我觉得蓝色妖姬太假了。

我有点蒙，假？为……为什么假？

舒姐问，你不觉得那种蓝色一点也不自然吗？蓝色妖姬其实是一种加工花卉，据说是荷兰用月季和蔷薇杂交出来的，不过很少有自然生长出来的，一般都是人工染色的。

我说，是……是吗？这会儿我的声音都有点发抖了。

舒姐说，是的，虽然蓝色妖姬被赋予了很多美好的含义，但在我看来蓝色妖姬只是一种虚假的，含有欺骗意味的花。我不喜欢欺骗……

我知道结束了，一切都结束了，我在舒姐那里完了，舒姐在我这里也完了。

放下电话之后，我又仔细地打量了一番蓝色妖姬。真奇怪，刚才看着还是满心满眼的美，怎么这会儿真就看出假来了。

我扭头问改锥，你看这花好看不？

改锥说，那得看多少钱。

我生气地说，我是问你好看不！

改锥说，好看是好看，不过……

我说，你放心，我不买。

改锥立刻就说，好看！真好看！

可是舒姐说这花太假，我说，让舒姐这么一说，我也觉得这花好像是染出来的，挺假的。

改锥说，假怎么了？好看就行呗，假的照样好看，比真的还好看呢！

我说，舒姐说蓝色妖姬是一种虚假的花，含有欺骗意味。

改锥不屑地说，扯，满大街不都是假眉毛假眼，假鼻子假脸，假奶子假腚吗。她不假？我看她比谁都假。要说欺骗，满世界都是欺骗。

我问改锥，那我的文身是不是更假，这算不算是欺骗？

改锥说，你彪呀？那叫艺术！你不能拿真花跟你的文身比。

我说，可是我怎么忽然觉得这蓝色妖姬的文身不好看了呢？

（原载《人民文学》第4期）

猪嗷嗷叫

李司平

1

  猪走路的时候一点都不好看，尤其下坡的时候，像醉汉划拳。
  身负重任，猪从北方的养殖场一路扭着屁股来到了南方高原的村庄。为什么我要说它扭着屁股呢？因为它是头母猪，托付终身于村民发顺，负责繁衍。这里的繁衍包含着另外一层意思，坚决杜绝好吃懒做之人在脱贫和返贫二者之间不停地循环。这是一个修补短板难以突破的怪圈，一贯如此的事在人为，无论好事与坏事。
  年久失修的土坯墙上搭着同样岌岌可危的房梁和破瓦，房檐之下是发顺乱糟糟的家。客台的一侧拢着火塘，火塘中杵着几根尚未干透的柴火棒子，不见明火，冒着浓烟熏着吊在火塘上面无物可装的几个编织袋。每个可视的角落结着蜘蛛网，蜘蛛网一层层堆积起来，挂满了火塘升起的烟尘以及蚊虫的尸体。这是一个破败的农家，或者它就不曾兴盛过。

自古破檐之下鲜有自视清洁之人，所以刚从宿醉中挺过来的发顺以及他邀来的酒友惺忪着眼，老岩打着哈欠，二黑朝着院子远远啐出一口痰，被狗吃掉。三人乃臭味相投同病相怜从而惺惺相惜的好友，唯一不同的是发顺在前些年忽悠回来一个少言寡语的媳妇，叫玉旺。少言寡语一定程度上我们习惯将其归类为痴傻，发顺喊——"憨婆娘！"别人也跟着喊："发顺家的！"一样的后缀："憨婆娘！"

至少发顺还有一个女人可供他呼来喝去，所以发顺更加神气一些。有理的，无理的，他都要呼来喝去。甚至于，昨夜三人大醉之后，发顺揪醒睡梦中的玉旺，为老岩和二黑表演打婆娘这个节目。绝非周瑜与黄盖，玉旺的一贯示弱和一贯隐忍，不断加重着发顺的这股男子本位的戾气。

"我婆娘！水腌菜好了没有？"发顺在客台上喝着，前一句喝给二黑和老岩听，是炫耀；后一句喝给村里人听，所以声音很大，因为村子很小。发顺的唯一长处是，贫穷得善于自欺欺人并苦中作乐，基于一无所有，这算是一种乐观。

"好！"玉旺的声音从偏房传出来。玉旺的眼角还余留着昨夜发顺"表演节目"的青痕，此时玉旺正伸手朝着一个缺边少角的坛子深处抠。劣质的坛子里盛着大部分发霉的腌菜，所以希望在深处。

当然，今天发顺家有点人样的还有被请来杀猪的黑顺。黑顺是个小老头，焦瘦，干巴。因为没有一处是大的，黑顺在火塘边咕噜噜抽水烟筒的时候，三分之二的脸皮要用来蒙住烟筒口。普遍公认的，黑顺是个没有原则的杀猪匠，将杀猪视为他的一种复仇。黑顺号称方圆十里唯一的也是最精巧的杀猪匠。

以村庄为中心的方圆十里，都是山。

2

猪还小，长了架子还没开始结膘。

猪圈失修漏雨，猪圈在雨季积蓄的泥塘入冬还未干涸。猪喜群居，落单的猪娃不好喂养。简易而又枯腐的猪圈栏才打开过半，里头的单猪便迫不及待地冲出，从人的胯下钻出，从另外一个人的胯下钻出。还未结膘的猪最灵活，紧实的皮子下没有多余的脂肪累赘。前蹄短粗有力，后腿细长有力。这是起初自然给予猪觅食和逃生的造化，这只落单还未肥化的猪最大程度保持了本能，这是优势。

磨刀霍霍，还要猪活着，这是故事安排。

当然，为了敬神，准备了香纸，啧啧，充满了仪式感的宰杀一头猪。这里，是万物有灵的南高原。另外，还准备了茶叶、糯米和酒水。玉旺寡言但不呆巴，不忘习俗，要为一头猪超度亡魂。杀猪的人要下地，死了的猪要升天。

虎视眈眈，这里的虎视眈眈是相对的。发顺一干人虎视眈眈盯着出圈的猪，院里的猪也虎视眈眈盯着围着它的一干人。人与猪的对峙，人为了吃肉，以便下酒，猪也察觉到不怀好意的人。人走近，猪退。人走近，猪后退。猪屁股擦到墙根的时候已退无可退，所以猪哼哼，从低沉转向慌张的激昂。单枪匹马的猪，人多势众的人，局势足够明朗。

杀心已定的糙汉眼中的猪，只不过是暂时会挣扎几下的肉。

发顺张着蛇皮袋，准备套住猪头。

二黑备着结好扣子的绳索。

老岩在大醉中夸下海口，从黑顺手中夺权。持着尖刀，今天他做凶手。

被夺权之后的黑顺站在一边，口授着杀猪的经验。不过，似乎现在没人听他的。

所以猪哼哼，有时候猪哼哼比人哼哼好听。比如现在，猪哼哼得就比较有内涵。说明一个重要的问题，此猪非彼猪，因为它还未见刀眼却先红。红眼之兽类并非善类，绝非漫不经心听天由命之辈。当然，这句话是从人那儿得来的经验，人本兽类，人如此，猪亦如此。

所以猪哼哼，低着头寻着地，两只前蹄刨着光滑的水泥地。发顺张好蛇皮口袋顺势往猪头套去，猪一惊，后撤两步。发顺首套猪头的动作落空，收不住力的发顺往地面上摔了个嘴啃泥："奶奶个奶嘴！"顺便吮了吮嘴唇擦破流出的血，往墙角远远地啐出一口带血的痰，爬起来往掌心啐两口唾沫，搓了搓拍拍屁股。后退两步的猪摇摇晃晃的屁股抵近二黑，二黑顺势一把揪住猪的尾巴，往上提。猪尾巴往上提，后腿悬空使不上力气，所以猪嗷嗷，前蹄往前刨，二黑跟着猪屁股后边提着猪尾巴跑："快点来帮忙，别看猪小，特别有力道！"

老岩放下尖刀，揪住猪耳朵。

发顺顺势捉住猪的右前蹄，想用绳索将右蹄和左蹄捆牢。

黑顺站在案桌上吆喝："推过来，推猪过来，我抓住猪鬃把它提上来！"黑顺口中所谓的"提"不过是基于他半生屠猪所积攒下来的一刀毙命人人皆知的口风。也正因为这样，没人质疑，包括揪耳和提尾巴往上拽的。

这是一场人多势众的必胜之仗，所以猪嗷嗷，声音有些嘶哑和绝望。人往案桌攘，猪往案桌边上靠。

推至案桌下的猪嗷嗷，众人齐心协力："一——二——"

绝不是黑顺的功劳，猪被抬上一米多高的案桌之上侧躺着，二黑放下紧揪的猪尾，双手钳住猪朝上的右腿，用力别着。黑顺向下一压，用身子按住猪的腹背："老岩，你掐准猪大腿的酸筋，让它使不上力气。发顺，你别提猪耳朵了，快去拿绳子来捆住猪嘴。"被众人控制在案板上的猪还在案板上嗷嗷乱叫，悬空在案板之外的激烈的摇头晃脑，咧着沾满腥气白沫子的猪嘴嘶嚎。每一声悠长嘶嚎声的起来到落下,都伴着以身压猪的黑顺在猪腹背处上下起伏:"老岩你快拿刀……发顺赶紧捆住猪嘴,然后提着猪耳朵!"

所以猪的嘶嚎持续不了多长时间就变成了憋而不通畅的呜呜声,因为它的嘴很快就被发顺捆牢扎紧。

完全受制待宰的猪此时唯一能用作防卫的部位只剩下眼睛,它侧躺着,朝上的眼睛恶狠狠地看着在它身上忙得团团转的人。从猪的视角里,最先看见捆嘴巴的发顺这会儿紧紧扯着它的耳朵,手指紧紧地扣着耳朵上钉着的蓝色号牌,余光向后方扫见伏在它身上焦瘦的黑顺。它还感觉到后腿受制,无奈猪脖子上只有一条筋,无法大幅度转过头来看见别住猪后腿的二黑。

你见过绝望吗,关于一头猪?

案桌上的猪突然停止了激烈的挣扎,鼻子出声,呜呜着。

黑顺:"都好好搂紧啰!这畜生开始蓄力了!"

黑顺:"尖刀已经够锋利了,老岩你快点……"

如果这会儿再从猪的视角看,那个持着尖刀走近的猥琐男人就是老岩。老岩终得偿所愿,昨夜醉酒之后夸下杀猪的海口今日得以实现。没酒壮胆,酒醒的老岩可没那么勇敢,颤颤巍巍持着尖刀,无从下手。

黑顺:"狗鸡巴日呢!愣着干吗!快点过来捅,我们搂不住了。"

老岩:"要从哪里杀进去?没杀过。"

随着案桌上的猪又开始发力,别着猪后腿的二黑有些别不住了:"没有杀过猪,昨晚上灌了几口麻栗果(自烤酒)你吹什么牛×!快点来杀进去!"

老岩:"……"

趴在猪腹背的黑顺在猪的喘息声中起伏:"从脖子往左下方深深地戳进去,干穿它的心。狗鸡巴日呢,干穿它的心!"

战战兢兢持着尖刀的老岩右手放低刀尖，伸出左手试探性地指了指猪脖子的部位："要从这里扎进去？"

"是嘞！是嘞！猪嗓进，扎猪心。要扎猪心，要从猪嗓进！"

"使点大劲，千万杀准一点，不然血喷你一脸。"黑顺匍匐在猪身上传授着有关杀猪的经验，猪又开始挣扎，他有些不耐烦。

找准了一刀致命的部位，老岩右手握紧刀把，蓄力准备往里面捅。发顺揪紧耳朵好让老岩的左手端起猪头。发顺媳妇也端着接猪血的盆，盆里放了少许的水和盐巴。尖刀在猪脖子处比画寻找最佳的下刀口，最终抵在猪正嗓处。"那我就杀进去了！"老岩在地上搓了搓破拖鞋的底，双脚踩实，握紧刀把，抵进。

猪也感受到了尖刀一点点地正往肉里扎，它开始奋命挣扎。呜呜呜，嘴被捆牢，头端在老岩左手上。"那我杀进去了！"托在手上的猪头挣扎得越来越厉害。

"废话多！你倒是快杀呀，按不住了！"二黑别住猪后腿的手有些疲软。猪在发力做最后的奋命一搏。

发顺："杀准点，我家没存款。"（南高原的传统，有经验的杀猪匠能一次性放空猪心室的血。而心室的血放不空，吉利的说法，腹心血越多，主人的存款越多。）

"等等等，先用刀背敲三下前蹄再杀进去。"黑顺急忙阻止着，还有工序没做完。

蓄势待杀的老岩收回力气，照做。黑顺的话是不可违抗的权威，至少在杀猪上，是这样的。案桌上的猪挣扎得越来越激烈，这是垂死的挣扎。焦瘦的黑顺几乎全身的重量都压在猪的身上。

老岩第一敲，猪看见尖利的屠刀，挣扎。

老岩第二敲，猪看见老岩紧握的刀把，是放血槽，全力挣扎。

老岩的第三敲，还没来得及落下，猪还在奋命挣扎。

是的，最终第三下没落下，因为腐朽失修的案桌率先散架。案板和猪，以及伏在猪上的黑顺的重量率先落在二黑的脚背上。

的确有些意料之外。"嘭……啊……"这是案板落在二黑脚背上以及二黑吃痛的声音，前者带着腐气，后者带着劣气。

二黑受痛而放开别住的猪后腿。这是猪的机会，猪健壮有力的后腿接地从而受力弹地而起："嗷嗷嗷！啊啊啊！"猪在嗷，人在啊，惊慌失措，人比猪还要惊慌。因为压在猪背上的黑顺跟着案板落下，又被惊慌的猪驮起。黑顺在猪背上，越惊慌，他反而越抓紧猪鬃。因身载负荷，猪急切想要甩脱，所以猪嗷嗷，挣断了前蹄的捆绑，弹地而起后又跃身疾行。疾行的距离很短，止于院墙。猪急停，黑顺这把老骨头在惯性和重力的双重作用下，摔在地上。嘭！尘土飞扬，像极了一口痰落在尘土上。

猪嗷嗷，红着眼，在院墙下梗着脖子，呼呼喘气刨着蹄。

"哎哟哟，哎哟哟！"蜷在地上的黑顺揉搓着纤细干巴的小脚杆："哎哟哟，手疼！"转而又拍了拍头顶上的尘土，"哎哟哟，好像是屁股疼，不，腰杆也疼。"

黑顺的这种疼法多少有些不够具体，锈迹斑斑的老部件坠落而抖落下来的些许锈迹，只不过锈迹之中包裹的是一副老骨头。或者这种疼法在于一个精于一刀毙命的老屠夫在案桌上放跑了一头猪，这种疼法叫作失魄，也可以叫作一个屠夫的晚节不保。

"哎哟哟，哎哟哟！"黑顺仍旧蜷在地上，想等人来将他搀扶起来。他将这个视作台阶，杀猪匠最后的稻草。尽管他完全可以自己起来，尽管不会有人去扶他。

受伤最严重的是二黑，百斤的重量砸在脚背上。不过他的疼痛不像黑顺那样广泛，就是单纯的脚受伤了，脚疼，特别疼。抱着开始发肿的脚一点点挪坐在客台上，两只手紧紧捏住脚杆子，不让血液往患处淌。这种砸伤,起初的疼痛在于麻木,疼过极限以后的一种自我保护。发顺一言不发,咬着牙。发顺媳妇想去管他,又不敢。

自家杀猪,不但猪没杀死,还伤了人。发顺自然火冒三丈:"老子今天一斧头劈死你个畜生!"疾步进屋寻找斧头。可是家里没有斧头,转而找榔头,可是也没有榔头。匹夫之怒是最为廉价的,发顺即匹夫,对现实最无力的那种,所以他掀翻了屋内的桌子。

发顺媳妇走进去收拾残局,发顺骂骂咧咧又走出屋来。

"黑顺大爹你有经验,接下来咋整嘛? 猪都放脱了。"发顺阿谀。

此时的猪在院墙角,喘息着红着眼瞪着人,一并还有鸡飞,狗吠。是在跟人示威,或者这头猪在想亡命之法,反正红眼的猪即是兽类,不再是家畜。

"现在可不好办了,案桌散了,按猪的人也受伤了。"被玉旺搀扶起来的黑顺坐在客台上嘟囔。

"都怪老岩,都说要用刀背敲三下猪蹄才可以杀进去。年轻的后生啊,气盛!"这是黑顺即时总结出来的失败原因,第一是推卸,第二还是推卸。他是方圆十里最好的杀猪匠。

老岩蹲着一言不发。他没想到一头猪求生的时候所爆发出来的力量是那么猛烈。一言不发,蹲着,像个过失杀人的悔罪者。尽管他杀的是猪,尽管他杀的猪现在还活蹦乱跳的。

发顺急速升起的怒气也急速地退去,显然,他不具备积蓄怒气转化为勇气的能力。不得不再走到黑顺跟前阿谀:"黑顺大爹,你经验丰富,你肯定有办法把这畜生杀掉!"

"办法也不是没有,就是腰杆有些疼!"黑顺唏嘘着,用有点疼的手掌扶着全无大碍的瘦腰杆。

"黑顺大爹,这样吧! 先把猪杀了,你提着猪腰子回去补一补腰杆。"发顺赔着笑脸。

"杀是可以杀，就是没人按猪。匹子猪架子大，瘦肉多，力气最大。"黑顺关于猪腰子的目的达成，但是还另有盘算。

"猪下水你提着回去吧！我家不吃那臭玩意儿！"发顺再说。

"要不，在村里再请几个人帮忙按猪吧？"玉旺怯怯说道。

"边去，男人的事女人别插嘴。"发顺瞪了玉旺一眼，"多请一个人来按猪，就得多一张嘴。"唯有玉旺还悸于发顺的余威，退去。发顺的盘算丝毫不顾及一旁的二黑和老岩这两张他盘算在内的嘴。二黑和老岩心不在焉，反正认了真理，今天待在发顺家有肉吃。

"要不直接用榔头砸吧！就像杀牛一样，先砸晕了再杀。"老岩回过神来。

"或者，干脆在猪身上泼水，然后拉电线电死它。"坐在客台上的二黑稍有恢复，"对，用电，直接电死这狗日的畜生。"二黑欲报砸脚之仇。

虽然同样要猪的命，不过现在讨论出来的方式已变成了几个人对一头猪的行刑。一旁默不作声的玉旺悄悄收起准备好的香纸和茶米。

"那就直接电吧！省事。"黑顺决定。

"那就直接电吧！电死它。"发顺附和着黑顺。实际上，发顺家也找不出一把斧头或者榔头。

杀猪的过程中歇了半个小时，现在又继续。二黑的脚受伤了，没法参加杀猪了。疼得没有人样，因而没有坐相地瘫在客台上。脚背发肿不过没有伤及骨头，等玉旺打来半盏劣质白酒之后，自顾自地开始揉脚。老岩打趣："二黑，不杀猪你还待在这儿干吗？回去吧！"

二黑咧着嘴："我要等着吃肉。"再补充，"我要吃猪鸡巴！"

发顺："杀母猪，吃个鸡巴！"

这次是黑顺拿刀，老岩提溜着水桶握着瓢准备往猪身上浇水。发顺扯来电线，零火分开各自拴在长杆子上。

院墙角的猪继续与人对峙，从案板上侥幸逃生的猪草木皆兵。三人走近，猪先是后退然后向前冲向三人。猪向前冲，人往一侧避让。老岩瓢里的水泼过来，猪向前一跃。水再泼来，猪嗷嗷着再次朝着人这边冲过来。一桶水泼完，战意十足的猪也被全身浇湿。

"发顺，快电它，快电死狗日的！"挥着空瓢的老岩喊。

老岩喊："发顺电。"发顺持着两根拴了电线的杆子朝满是防备的猪身边试探："那我电了！黑顺大爹准备杀！"

左手零线，右手火线，杆子朝着湿漉漉的猪身上一次一次地试探。猪还在跃跑，最终被三人围在角落。接下来就是零线和火线相碰产生的电流在猪的身上贯穿，猪就晕了。黑顺的尖刀再杀进去，猪就彻底死透了。当然，这只是预想。

即使猪再一次身处绝境，但猪还得活着。这也是故事的安排。据村子的扶贫干部李发康回忆，这一年村子杀猪，真的有一头猪在零线火线之下顺利完成逃亡。所以，我讲的，还真的是真事。

零线和火线即将在湿漉漉的猪身上相碰的时候，门口来人了。来人正是扶贫驻村干部李发康，发顺家是他的重点挂钩对象。"砰砰砰！"李发康的敲门声急促，一边敲门还一边叫喊。不过猪嗷嗷，听不清李发康的叫喊。

"玉旺你聋了？还不快去开门！憨婆娘！"发顺举起长杆对玉旺喊，然后又放低杆子往猪身上伸。零线碰到猪的时候猪又冲向人，火线放空。

玉旺打开大门的时候，三人还继续在狭小的院子里赶着饱含斗志的猪。大门彻底打开的时候，三人还没能把猪电翻。不过大门打开倒是一个亡命的大好时机，猪又开始奋命冲锋。首先朝着黑顺的方向，这次猪奔得更快，黑顺来不及避让，疾奔的猪钻胯而过。黑顺这把老骨头再次被驮在猪背上，再次被带出，砰！又摔下。

人咿咿呀呀，猪嗷嗷哇哇，冲过黑顺裆的猪往敞开的大门冲去。猪来势汹汹，李发康还在门中。"书记叺住它！"话还没说全，猪便从李发康的胯下钻过，跑出发顺家。李发康个子高大，所以猪没有将他带翻。猪从李发康的背后跑出，李发康继续往发顺家院子里走："发顺你这是干啥呢？这猪还杀不得啊！杀不得。"李发康来的本意就是阻止发顺杀猪的，此时猪已跑远。

"我的年猪啊！跑了。"发顺一怔，将手中拴着电线的杆子撂在湿漉漉的地上，往门口跑，追猪，冷下准备对他严厉说教的李发康在院子里黑着脸。发顺撂下杆子跑没问题，可是穿着一双破拖鞋在泼水的老岩却中了招。噼噼啪啪在湿漉漉的地上触电战栗，晕厥。所幸电路短路电闸自动跳开，捡回一命。老岩触电晕厥的过程很短，在李发康回过神儿之前就已经结束。李发康愕然，发顺家的院子乱作一团。这里的乱包括瘫在客台上抱脚的二黑，被猪掀翻在地还没爬起来的黑顺，在地上触电昏厥的老岩和一地弯曲打结的电线，以及早些时候散落一地的案板和桌子腿。这里比乱还乱的场景，已经上升为一个程度，是一种心境。

以辣居多的五味杂陈在此刻被打翻一地，火从即刻起，李发康却也无处发："狗日的发顺，发顺！"这是李发康参加扶贫工作首次对贫困户骂狗日的，虽然也可以将这个狗日的看作无实义的语气词。不过李发康有这个权利骂发顺，李发康是发顺的堂家亲哥。

"发顺，发顺，狗日的发顺！"李发康在找狗日的发顺，可是发顺此时不在院子里。无人回应。此乱的始作俑者和助推者——发顺和猪，已经跑出家去。猪嗷嗷亡命，发顺突突跟在后边追。

3

村子很小，猪跑起来的样子一点都不好看。

可两种情形加在一起，就成了全村的一道风景。像是一场闹剧，哦！不，是一场啼笑皆非的喜剧。

"看，奔跑中的猪和发顺是多么滑稽可笑。"作为观众的村民中有人道出实情。

可不会有人向发顺伸出援手，绝不会有。发顺十几岁开始至今，不知从何处学来的好吃懒做以及小偷小摸早已耗尽了村里人乡情的最后的耐性。偷东家的鸡鸭、摸西家的鱼塘、欺负北家的孩子、放火烧南家的菜园子、药死这家的狗、掐死那家的猫。勿以恶小而为之，发顺用了三十多年时间将这种小恶做绝，做到极致，所以发顺是将众怒惹犯到极致的人。帮他很容易，不帮他也很容易，人之常情。村子很小，村民也很少，这种团结一致的一致对外，很显然，发顺被见外了。

猪跑起来的时候，四只三寸金莲的蹄子前跃后刨，其间伴随着一个抖动的过程。肥猪抖臕，而瘦猪抖着松垮垮的肚皮和耳朵。从发顺家死里逃生的猪贯穿村庄土道，嗷嗷嗷向西亡命，发顺跟在后边气喘吁吁地追。亡命的路径途经村庄绝大部分人家的门口，村民纷纷掩住大门，顺着门缝往外瞧。猪在前面跑，跟在后面的发顺有些跌跌撞撞，边追边喷着唾沫星子："杂种！杂种！"

骂猪，也像在骂人。可是猪不回头，嗷嗷嗷向前跑。

发顺力不从心地追，边跑边嚷："杂种，憨杂种！"

村民的门缝中有人哂笑："哈哈，发顺家的猪疯了！"不过发顺听不到。此时这条村庄土道中充斥着猪的嗷嗷叫，发顺的叫骂，以及大多数亡命的过程所卷起的尘土，还有少量的猪粪。

不一会儿，猪亡命奔西的路跑到了尽头。村西边是个截断的土崖，懂得逃生的猪不笨，所以它掉头往回跑，可往回跑的路被朝后追来的发顺截住。

人与猪在土道上对峙。"哟哟哟！你倒是再跑啊！你个杂种。"截住猪的发顺嚷嚷着，灰头土脸，气喘吁吁。猪嗷嗷，向着土道的侧边往回冲，被发顺一脚蹬在拱嘴上堵回。猪嗷嗷，后退一截与发顺保持安全距离，前蹄刨地："嗷嗷嗷！"挑战发顺最后一点耐性。还是唾沫星子飞溅着，发顺臭骂的语言和唾沫星子一样散乱以及不卫生。发顺沉不住气了，弯腰抓起路边的石头和土块朝着猪所在的方向砸："杂种，老子今天把你砸死在这里！"大石头搬不动，小石头砸不准，土块一扔就碎，发顺徒劳无功累得够呛。作为一个人，在一头猪这儿屡屡挫败，用气急败坏形容发顺的现状再好不过。现在的情形似乎比自家院里还要糟糕，一人一猪的狭路相逢，猪是无畏的勇者。"莫非，这猪成精了？还是疯了？"发顺打量，胆怯起来的时候，发顺想求得支援。

"老岩、二黑、玉旺，都死哪儿去了！还不快来跟我一起把这杂种撵回去！"村子不大，但是发顺的叫喊声很大，往外喷着沫子。即使发顺不叫，玉旺、老岩以及李发康也正在赶来的路上。

"这几个杂种怎么还不来帮我！"发顺再一次叫骂，在叫骂声传出的同时发顺手中的一块石头冲向猪。叫骂声传进了猪耳，石头在猪的一侧空空落下。事与愿违，这反而又使得原本紧张的猪再次受到了惊吓。所以猪再次梗起头来朝着发顺截住的方向冲锋，受惊的猪此时多了一股子莽撞，像炮弹一样向着发顺射过来，无畏于前方有什么阻挡。

"啊！"吃痛声先于叫骂声脱口而出。发顺被射过来的猪迎头一撞，再被猪拱嘴向上一挑。砰！没有任何悬念，发顺被掀翻在地上。

"猪真的疯了，疯了！"发顺痛喊。撞翻发顺的猪没有停留，径直往回跑。发顺也迅速爬起，顾不上拍一拍身上的尘土，竭力跟在猪后边追。得快点结束这一场人与猪的追逐啦，这场闹剧吸引了几乎全村人成为观众。隔岸观火的快感在于能看到发顺灰头土脸。

"猪疯了！肯定是。"人们议论。"还没有见过猪疯了呢！""那你今天好好看看。"人们议论。猪还在前头嗷嗷疯跑，发顺跟着追。

"猪疯了？不会吧！"正在赶来的玉旺、黑顺和李发康一行人听到发顺的叫喊，加快脚步。

嗷嗷亡命的猪再次奔回村中央，这里是个十字路口，猪停了片刻。南边路玉旺一行人已经赶来堵上，西边有气急败坏的发顺追上来。猪要立即做出逃亡方向的决断，因为李发康和黑顺正悄悄往另外两个放空的路口上堵过去。

南边路口只剩玉旺一人，玉旺结结巴巴吆猪："哟哟，啰啰，来来！啰啰，哟哟，来来来！"这种百试百灵的吆猪号子在今天宣布失效。地上无食，人慌张，这头猪在生死边缘安装了逃亡之心。

猪扭头，朝着北边的路口又开始奔袭。

堵向北边路口的人正是已经被猪掀翻两次的黑顺，黑顺自然清楚此猪的厉害，不敢再靠近像炮弹般射过来的猪。李发康喊："堵住它，堵住它！"黑顺战战兢兢靠在一侧的墙上："让它跑，让它跑，跑死它！"追猪的发顺也赶到这里："喂！狗日的黑顺，堵住他！"再次强力补充，"喂！狗日的堵住它，那边是林子，猪窜进去了就难撵了。"

形势所迫，发顺无奈，伸手追向刚擦肩而过向北奔出两三米的猪。之后，是黑顺揪住了猪尾巴，然后猪再次将干巴的黑顺在地上拖行。尾巴负载黑顺的猪奔跑受限，停了下来。猪掉过头来看向揪着尾巴的黑顺，黑顺也看着猪。又是人与猪的对峙，黑顺率先败下阵来，黑顺松开手里揪住的尾巴，双腿微软向下跪："这猪的眼神怎么那么像一个红眼愤怒的人？"黑顺这么想的时候，猪嗷嗷张大拱嘴向着黑顺扑过来。"啊啊啊，妈咿呀！"黑顺即将成为历史上第一个葬身猪口之人，而且黑顺是个杀猪匠。可是没这样，扑上来的猪嘴并没有在黑顺身上咬合。嗷嗷扑过来的猪喷了黑顺一头一脸的腥臭沫子，黑顺蔫了，猪继续向北亡命。

李发康赶来，拉起黑顺："猪，猪呢？"

黑顺心有余悸："成精了，跑了。"李发康紧追上去。

发顺也到达："狗日的，我的猪呢？"

黑顺拉了个呻吟的长调——"成精了！"

发顺紧跟着李发康追了上去。心有余悸的黑顺继续留在路口，两条干巴纤细的小腿打着旋儿，瘫坐着嘟囔："再也不碰这猪了！给十副腰子也不干。"玉旺欲要扶起瘫坐地上的黑顺，黑顺有气无力："让我缓一缓！"

"你家那猪成精了，你信吗？"黑顺自言自语或者问玉旺。

"信！"玉旺回答。

"听过牛马成灵，麂子马鹿成仙，大象狗熊成圣，猫狗成神，就从没听过猪也成精的！"黑顺疑惑或者自言自语。

"猪仙人！"玉旺自言自语。

村子北边是森林，森林的最外围是退耕还林后村民栽下的松树林，往深处走，就是自然林。植被茂盛的自然林在缴枪禁猎禁伐之后，村民也只有在雨季采集山货的时候才会涉足这里。此时猪已经逃出村子窜进了树林。李发康这个不擅运动的干部在松林里跑岔了气，叉着腰呼呼大喘。发顺很快就在松树林中追上李发康，发顺丧气，灰头土脸，二人在林中呼呼大喘。喘得差不多了，憋着的话从嘴里涌出来。发顺："书记，你说这叫花子猪咋这么能跑啊？太野了，杀都杀不了，按不住。"

李发康仍大口喘着："匹子猪嘛！架子又大，皮肉又紧。"

李发康回过神来："不是，你要杀猪？狗日的，你要杀猪？谁给你的胆子，你要杀猪？"

李发康厉声，发顺即软，怯懦唯唯："这不是马上就要过年了嘛！杀头猪吃肉解馋，下下酒什么的。"

李发康怒："什么？狗日的，我问你为什么要杀猪？你为什么要杀了它当年猪？"

李发康再怒:"狗日的发顺,老子辛辛苦苦申请来的扶贫项目,给你们建档立卡户发母猪种,是让你们养母猪生猪崽过好日子的!狗日的,还想杀年猪,母猪种什么价格你没个×数吗?"

"公猪母猪还有什么种猪都还不是一样,都是猪嘛。"发顺唯唯诺诺地辩驳。

李发康有些怒不可遏将发顺一把推倒,又毫无间隙地揪着发顺脏兮兮的衣领提起来,口对着口,喷着唾沫:"狗日的,不要说话,听我说!"李发康叫停发顺的反驳,喘息还没有缓过来。

林外有人言:"发顺今天给李发康吃火药了。"林外有人,可谁也不敢进林中,林中是一摊浑水。

谁也记不清林中传出多少句狗日的,而狗日的均出自于李发康之口。当狗日的不再传出来,就无趣,林外的人各自散去。林中,在怒火三丈的李发康臭骂之下的发顺本来就灰头土脸,而现在灰溜溜地夹着尾巴。待到二人差不多都平息下来之后:"李书记,那要咋办啊?猪都进林子了。"李发康在发顺一激之下,火又起来:"咋办?凉拌啊!趁这几天杀年猪,把你狗日的油炸了!"

"进林子去把猪找到,撵回来!"李发康平复怒气后。他好像又习惯了发顺这种无赖式的漫不经心。

猪穿过松林的痕迹还在,二人顺着痕迹穿过松林,往更加茂密的自然林深处钻。植被茂密的自然林里,二人很快就失去了猪亡命的痕迹。南方高原的原始森林里,头上是遮天蔽日的巨大树冠,底下是低矮而茂盛的灌木。无迹可寻后,找猪的二人自然也无处可找,无计可施。

起伏的群山和茂密的森林,二人此时所在的位置是山谷,山谷擅回音。

发顺耳朵最尖:"李书记你听,有猪嗷嗷叫!"李发康细听,果然有猪在嗷嗷叫。

"猪在哪里嗷嗷叫？"

"我也不知道猪在哪里嗷嗷叫！"

"猪真的在嗷嗷叫。"

"我也知道猪在嗷嗷叫！"

闻其声，而不见其影，这是一个有方向而没有去向的僵局。

猪确定是在嗷嗷叫，可是二人不知道往哪个方向去找。猪真的在嗷嗷叫，回声良好的山谷，猪嗷嗷的叫声来自四面八方。

4

猪嗷嗷叫的声音真的一点都不好听。尤其在无人迹的寂静山中，你能听到自己的心怦怦跳，嗷嗷的猪叫仿佛在为你的心跳敲着锣打着鼓。

在林中找猪的二人漫无目标地游走，听得见猪叫，但二人都知道觅音寻猪这个办法不可靠。二人很少说话，无从下手无计可施的李发康在前面走，此时灰溜溜的发顺是他的随从。不断传来的嗷嗷叫声加重着二人各自的烦躁，就丢猪这一事件而言，二人各有烦恼。发顺短浅，但也知道自家丢了一头猪，不是死了，是跑丢了。李发康深远，他更加知道此猪对于扶贫攻坚工作的重要，丢猪事小，领导下来视察的时候没有猪，事大。他早有听闻，县里的领导过不了多久就要下来实地考察验收扶贫工作的进展和成果。

上天予人饥馑，我们有教育、政策和国家。李发康看看身后灰溜溜的发顺，心中存疑，是不是有些揠苗助长了？想了想，即刻否定。发顺是短板，短得像一艘随时可以沉没的破船，不过终还是要将其补回来，顿生同情，李发康觉得自己和发顺同病相怜。一个是破船，一个是补船的，二者兼备，破船也要扬帆。

山里的天黑得早，找猪的二人决定返回村庄，再从长计议。

"唉！"二人长叹，从林中往回赶。

返程，发顺和李发康相互确认不是虚幻，林子深处嗷嗷的猪叫声又传来，不过二人已经听得厌烦。他们并不指望从声音中分析出什么，比如，窜进森林深处的猪，上半天还是案板上待宰的家畜，下半天就在林中率领着一整个野猪群嗷嗷叫。

暮色在山中笼罩迅速，基本上等同于太阳从山尖埋头山根的速度。势单力薄的人们不敢在山中逗留，那些昼伏夜出的生物的任何响动都会被人误以为鬼在风中叫。

入夜，发顺家中，火塘旁。虽猪已亡命山野，肉荤也没能碰上，老岩和二黑依然赖在发顺家中不肯走。这里的赖，指的是老岩和二黑这两个一人吃饱全家不饿的孤家寡人，要把晚饭的希望寄托在玉旺这个善良无二的女人身上。一天中被同一个猪掀翻三次的杀猪匠黑顺也没走，本着出门不走空的原则，他等着吃顿饭。一张瘦小干巴的老脸蒙在水烟筒口咕噜噜地抽着。

发顺心中有火，但也得强压着。李发康和他一并坐在火塘边上，相互冷着脸。25瓦的白炽灯昏黄，沾满了黑乎乎的苍蝇粪便更加昏黄，灯头以上的电线挂满了残破的蜘蛛网。火塘里偶尔冒出的浓烟熏得睁不开眼。灯黄火亮，每一个人的脸都很黑。来者即是客，况且还有李发康。发顺理所应当表现出主人的热情与担当，却冷冷的有气无力："婆娘，整点饭吃嘛！都干巴巴地坐着，饿着。"

李发康冷着脸不过仍故作客套："不用了，不用了！我坐会儿，回家吃去。"在山中追了半天猪，李发康饿了。

黑黢黢的铁锅架在同样黑黢黢的铁三脚架上，玉旺往锅里加水。发顺抱着二郎腿组织着希望对答如流的语言，因为他知道今晚必有一顿李发康的所谓说服与教育。尽管李发康数次的说服与教育都没能将他说服。发顺不是顽固分子,只不过是劣质的狗皮膏药,越扯越粘,发不出任何功效。不过一旁的李发康却组织不出来任何用来教育发顺的语言,苦口婆心的说服嘱咐是吆猪的号子。脱贫攻坚的口号喊大了,发顺听腻了。政策讲细了,又有些烦琐晦涩了。发顺这个重点扶贫挂钩对象早已耗尽了李发康的耐心。爱谁谁了!烂泥糊不上墙,但要扶的对象是个人,烂泥一样散漫的人。说不扶,但不可不扶,他是驻村干部。只希望发顺这块狗皮膏药在越扯越粘的时候,再给他一股劲,粘在墙上。

"发顺,猪跑了,咋办啊?你说说你怎么打算的?"李发康放下紧绷着的脸。

发顺:"不知道!发康哥,我也不知道咋办!"

李发康:"停停停,别叫我哥。我担待不起。"

发顺:"跑了,就跑了吧!那畜生没准过几天就死在山上了!"

发顺绝对是李发康的冤家,再一次精准地激到李发康,李发康强压怒火:"去找找吧!明天去山上找找吧!找到了就撵回来继续养。"

发顺:"书记,说真的,别找了!丢了就丢了,我不心疼。"

李发康又怒了:"狗日的,你不心疼,我心疼!老子千辛万苦找来的扶贫项目,你们说杀就杀,谁给的胆子?"

发顺:"猪是国家的,哥……不……书记,你别生气,气大伤身。"

李发康大怒,前俯后仰,差点没一头栽火塘上。右手高高抬起,却无桌子可拍,往下啪一声拍在左手上:"狗日的发顺,明天去把猪给我找回来,过些天县委领导要下来检查工作,别给老子出岔子。"

发顺蔫了下去不敢再搭话,李发康把矛头对准了黑顺、老岩和二黑:"你们仨明天也跟着去找。"

黑顺一听便不干了,水烟筒里伸出嘴巴:"凭啥呀?他家的猪跑了凭啥我也要去找啊！我只是个杀猪的。"

"你不来杀，猪会跑了吗？明天去找猪，不然明年的低保别想要了！"李发康严词驳斥，加以低保这个并不存在的威胁。低保是黑顺的命根。

老岩和二黑倒是漫不经心的，他们此时只关心锅里已经滚开的面条，不断往火塘里添柴火。今天院里杀猪，明天山上找猪，日子对于二人而言今天和明天只不过是换种方式虚度。老岩和二黑也是建档立卡户，只不过考虑二人都是孤家寡人，所以没给他俩发母猪种。

有人统计，在这个世上，坏消息的传播速度和广度是好消息的一百倍。议论纷纷是一种乐趣，隔岸观火也是。丢猪的次日，那只亡命于山野之猪被重新定义名字——"建档立卡猪"。猪只是一个广泛的概念，而加了建档立卡这个前缀后，一头猪的身份就有了精确的辨识。方圆十里朝着方圆十里之外集体讶然："昨天有胆大的人杀建档立卡猪啦！""发顺家把建档立卡猪杀了！"以讹传讹："建档立卡猪把人杀了！"关于这只建档立卡猪的事件四处皆闻，众人议论纷纷的时候，发顺和李发康一行找猪的人已经在山中。他们还不知道乡野之间从芝麻到西瓜的议论，在山中寻摸着到达猪最后失去踪迹的位置。

"这么大的山里找一头猪，怎么找啊！"才走了小半天的山路，黑顺这个小老头就累得不行。

"怎么找？用眼睛、鼻子、耳朵、嘴巴找！"喘得最厉害的李发康上气不接下气驳道，尽管他也没有任何办法。上山之前又接到县委的电话，县委领导下来检查工作的日子提前了很多天，绝不能出任何岔子，这是死命令。

"你去这边，你去那边，他去那边。"气喘吁吁的李发康不耐烦地挥手随意指点了几个方向，几人分头行动。

还是那千篇一律百试百灵的吆猪号子："哟哟，啰啰，来来！啰啰，哟哟,来来来!"尽管这号子已对此猪不奏效,几人仍旧嘬着嘴撇着声朝着各个方向走开。

一天下来还是寻不见猪的踪迹,几人累得够呛。第一天潦草返程,路上,身后的丛林深处又传出嗷嗷的猪叫。

发顺:"你们听见猪叫了吗?"

李发康:"记下位置,明天再找。"

黑顺:"不对,你们听,不止一头猪在叫。"

接下来的几日,几人顺着声音继续往深处找。唯一的发现就是在路上不停地发现地上有猪遗留下来的粪便,可以肯定,不止一头猪。不过仍没有寻见猪的身影。

黑顺有扰乱军心之嫌:"别找啦!都是野猪的粪,可能那头家猪已经被野猪咬死了!"李发康狠瞪了他一眼,黑顺不敢再言,尽管李发康也么认为。

几人已经受够了找猪的生活,生活绝不止找猪这件事,可是目前找猪是重中之重的大事。李发康的烦恼是其他人不能理解的,这是他的认为。领导下来的日子越来越近,可是这猪迟迟不见踪影。这时李发康又接到县委的电话,通知:"县委领导以及部分市委领导将于三天后到村实地检查扶贫攻坚工作的进展和成果。"放下电话的李发康心急火燎,领导要来了,可是重点挂钩扶贫对象的猪却跑了。对于他这种扎根基层的干部而言,这绝对是一件大事。事关他在领导眼中的形象,而这猪,就是他的工作态度。可再看看几个一同找猪的人,发顺倚在树根上没个正形,黑顺瘫坐在地上抽烟。老岩和二黑略好,在前头开路,不过心不在焉。

气不打一处来,虽然李发康也毫无办法。气不打一处来,李发康再次把火撒向几人:"你们四个狗日的,如果你们不杀猪,今天老子也不会在这里找猪!狗日的!"李发康真不该骂狗日的,他是干部。不过自从建档立卡猪亡命山野后,狗日的就成了他的口头禅。发顺、老岩、二黑和黑顺真是狗日的,所以李发康骂狗日的,目的在于将自己和他们区别开来。

越找,几人越垂头丧气。越是垂头丧气的时候,林中就有嗷嗷的猪叫声传出来。这是对于几个将败之人的挑衅,李发康骂着狗日的,指挥:"顺着声音分头找,找到以后包抄。"这是既定的一成不变的战术,每听到猪嗷嗷叫,几人就循着声音往林中深处奔跑,每一次都徒劳放空。如此这般,打了鸡血奔跑的人,被失望之棒当头一喝。重复性徒劳无功的劳动掏空的是心力。闻其声不见其影,是心力的煎熬。宁信山中有鬼,不信林中有猪,终耗尽几人找猪的最后一丝愿望。累死啦!包括李发康在内。

歇一会儿吧!都找了好几天了。几人没有坐姿,没有睡姿,瘫在地上。李发康也这样,找猪的几人都一样,一样的愁眉不展,一样的气喘吁吁,一样的灰头土脸。

黑顺这个小老头最先受不住了:"李书记!我真的受不了了!再折腾的话,我这把老骨头就要扔在山上了。"黑顺说的是实话,老,是经不住消耗的,"书记,低保我不要了,猪我也不找了!"这是黑顺最后的妥协。

李发康气喘吁吁,不想搭话。

老岩和二黑异口同声:"不找了,不找了,爱怎样就怎样吧!"二人也受不了了,宣布罢工不干。

李发康长叹:"其实最不想找的是我,只是这建档立卡猪丢不得啊!过几天领导就要下来检查工作了,猪丢了应付不了!"李发康对几人讲出心声。

几人讶然,沉默。

三分钟后,发顺:"书记,原来是这样啊!不找猪了,应付检查的事情重新想办法……"发顺在李发康耳边私语。

似乎有了台阶,李发康妥协:"那好吧!你负责这事,我回去取钱给你!"

李发康:"不找了,不找了,猪都丢了好几天了,没准饿死在山上了!"

再返程,身后的林子深处仍然有嗷嗷的猪叫声传出来。几人累了,烦了,恼了,他们就听不见了。

5

猪是没有表情的,千篇一律的耳朵和拱嘴,熟悉到陌生的老嘴老脸,使得普通人观念里所有的猪都只有一个共同的名字,还是猪。

物竞天择是一种富有进步性的规律。人于猪而言,人的能动性略强于猪,所以猪就成了被人驯养的家畜。一贯如此的漫不经心和自我满足的怡然自得是一种要命的毛病。猪嗷嗷叫的原因不外乎饿了、发情了、又饿了、要死了这几种。因而,不到饭点村庄响起来的嗷嗷猪叫声属于外来户。发顺赶着一头猪回来的时候,距离他上次追着猪贯穿村庄已经过去数日。

再次回到最开始对猪的描述:猪不大,长了架子还没有结膘。猪走路的时候一点都不好看,尤其下坡的时候,像醉汉划拳……猪在前面走,发顺挥着一根紫茎藤兰的杆杆跟在后面,嫁鸡随鸡的玉旺跟在发顺后面。像鬼子进村,前头的猪是太君。更像溃军过境,发顺家两口子一次比一次更加灰头土脸。此猪显然已经被驯服过度,和后边跟着的人一样,气喘咻咻。

穿村而过的土道上,发顺欲弄出一些响动出来,所以他挥下一鞭抽在猪屁股上。

猪嗷嗷，向前一段小跑。发顺再抽，猪嗷嗷。

"够啦！"玉旺阻止。发顺再抽，猪再嗷嗷。

显然，让猪嗷嗷叫着穿过村子是发顺想要达到的效果，因为李发康骑着摩托车在后边跟着，这也是李发康想要的效果。

村子中央，老岩、二黑和黑顺三人在懒洋洋晒着太阳。远远看到发顺赶着猪回来，三人远远地就想撤走。几日前发顺的猪对于三人而言是肉荤，现在就是祸水。对发顺和他的猪敬而远之，是最明智之举，也才像三人应有的做法。

"你们仨别走，给老子站着！"发顺远远地喊住三人，赶着嗷嗷叫的猪过来。

黑顺："回家收衣服，要下雨了！"晴空万里，构不成逃开的理由，发顺和他的猪已经来到跟前。

发顺："猪已经找到了！"找到猪的声音并不是讲给三人听的，所以发顺大声阔嗓地将消息在村中炸开。

老岩和二黑异口同声："哇呀呀！在哪里找到这畜生的？"

发顺："在后山的野芭蕉林里面找到这畜生的！"声音继续炸。

老岩："过几天再杀的时候，一定要多请几个人来。"

发顺拍了一下老岩的头："杀个屁！建档立卡猪是留着怀崽下猪的，建档立卡猪是国家为了扶持建档立卡户脱贫的重要举措……"发顺的声音继续在村中炸开，像复读机，不，像村中宣扬政策的高音喇叭。是发顺突然觉悟了吗？李发康跟在后头。

黑顺："莫扯卵子！白猪进了一趟山就变成花腰猪了？"黑顺看出端倪，黑顺是杀猪的。

发顺："莫废话！老子撵猪过去再掀翻你！"黑顺不会质疑发顺真会这么做，欲言又止，闭口逃开。

亡命山野的猪找回来的消息传达完毕，发顺和玉旺赶着猪回家。

留下三人懒洋洋地继续晒太阳继续懒洋洋地侃："黑顺，这猪真的不是跑进林子里的那只？""肯定不是嘛！品种都不同！""那发顺哪来的钱买猪？他这是要干啥？"

李发康骑着摩托从三人身边疾驰而过，给三人扑了一脸尘土，三人议论止于中途，低声谩骂："妈的！骑个摩托了不起！"李发康骑着摩托车拐了个弯进了发顺家。

发顺家再传出猪嗷嗷叫声，发顺揪着猪耳朵，李发康拿着打孔器，二人在院子里又跟猪搅作一团。此猪换彼猪的主意出自发顺，而真自李发康，假戏做成真戏。借来的打孔器要在赶回来的猪耳朵上打孔戴上建档立卡猪特有的标识耳牌。而这标识耳牌是杀建档立卡猪的时候发顺从猪耳朵上扯下来扔在院子里的。打孔戴牌比杀猪容易，二人很快就在猪耳朵叶上装上标识牌，把猪放回猪圈里。

李发康嘱咐："明天领导下来检查工作你知道怎么说的，不要大口马牙地乱嚼。"

李发康威逼或是利诱："这次检查应付了，这猪你继续养，给你了。出了岔子谁都不好受！"

失而复得的发顺自然高兴，龇着牙咧着嘴："李书记你放心吧！你交代的话我都快背得了！支持扶贫干部工作是贫困户的义务和责任，坚决摘掉贫困帽子是每个建档立卡户应持有的想法和态度……"

"莫要在这给我耍贫嘴，明天去领导面前耍去。"说完，李发康骑上摩托车离开，为明天迎检做其他准备。此猪换彼猪的确是个好办法，李发康悬着的心得以放下。

绝无鸠占鹊巢之嫌，此猪本就是为了填补空窝而来。猪圈里刚进新家的猪卸下一路奔走的躁动后，在猪圈一角挪了一个窝躺下。耳朵叶子上刚打下的孔流血不止，耳朵叶没过多的神经，微疼。只不过耳朵叶上带了一块身份标识牌，扑棱扇呼着耳朵。猪有灵敏的嗅觉，毕竟标识牌是别猪的,还有别猪的气味。

看着李发康走远,发顺把视线转向玉旺身上来。猪失而复得确实能让发顺欣喜。发顺拉过玉旺的手,久违地,玉旺猛地缩回,发顺继续拉过来:"媳妇啊! 特困户的帽子好啊! 上头照顾咱照顾得这么周到。"发顺点了根烟叼着,摇晃着小脑袋盘算着,"这顶帽子可千万别被摘掉。"

玉旺并不懂发顺口中所谓的帽子,咿呀着从发顺手中挣逃。又有猪可喂了,玉旺要去砍芭蕉。喂猪。

6

大概很少有人会观察,猪嘴优美的举止是进食。

拱嘴寻着地,呼哧呼哧大口进食。无论是在猪食槽中还是就地而食,猪都能保证吃个精光。灵活有力的舌头伸出,舌苔上众多的凸起不放过任何食物的残渣,一一舔舐干净。这里的美,指示一点都不浪费,也指示猪圆滚滚的肚皮是一种美。

迎检当天清晨,发顺想起李发康的嘱咐:"多喂猪一些芭蕉,少喂谷糠!"最大限度地呈现猪圆滚滚的肚皮,也是一种政绩。

发顺向喂猪的玉旺歧义转达:"多喂些芭蕉,多喂些谷糠。"

玉旺弱弱地嘟囔:"谷糠吃多了撑!"不过嘟囔不是话。

发顺无暇细听:"废话多,破事多! 李书记叫怎么做,我们就怎么做!"

玉旺低下头继续咔咔剁芭蕉。

村子远,山路弯。零落不整的石块和星罗棋布的坑坑洼洼,以及大面积积蓄的尘土。轿车行驶在山路上的样子像猪走路,犹犹豫豫,前俯后仰左摇右摆。前一辆车卷起尘土,后一辆钻进尘土,最后一辆被覆满尘土。

可算是即将抵达，车在山路上蹦跶。蹦跶最高的是李发康，他骑摩托车在前头带路。跟在后边蹦跶的是轿车，村民没有级别概念，车上坐着的都是大官。

随着咣当一声后，首车停在村口，咣当两声后，两辆跟车停在路边。路面上同一块凸起的石头三车无一幸免。村子，已经到达。先头赶到的李发康把摩托车停在路边，挥手示意停车。车子所到扬起的尘土，有的已经落下，有的正在落下，路面是一层厚厚的尘土。车门打开，几双油光锃亮的皮鞋插进尘土中。走一步吧！尘土即覆住皮鞋的光泽。

李发康和村民小组长刘四咧着嘴挥手相迎，一旁散落着的还有老岩、二黑、黑顺和发顺，五个人的迎接队伍是李发康能组织和拿得出手的最高迎接礼遇。尽管政令一再重申不搞排场，不过这也算不上排场，顶多是人气。

三辆车共下来六人，不包括车上的司机。走在最前面黑瘦干练的干部是县扶贫办主任唐松，唐松两侧各拥一人，左边的是副县长王东，右边的是乡长兰正义。王东挺着肚子背着手，兰正义躬着身子跟唐松介绍情况。还有其余三人，李发康没见过。县里的？市里的？管他哪里的。

兰正义："主任，到了，这个村子就是我县我乡最偏远的贫困村了！"

唐松有着从任何角度切入工作的本领："一路上见识了！挺远挺偏的。不过越是这样的村庄越是不能放松我们的工作。"

"是是是，主任说得对！"通常而言，这是主任每一句话结束之后异口同声的回音。

兰正义引荐一旁随从的李发康："唐主任，这就是这个村子的扶贫驻村干部李发康。"

唐松伸手向李发康，李发康欣喜相迎，结结巴巴："主任好，主任好！"

　　唐松点点头表示会意："辛苦你了！小李。"

　　李发康："不辛苦，不辛苦，都是在为老百姓做事情，服务。"

　　唐松很受用，仔细再瞅李发康几眼："我想起来了，五月份有一批用来给贫困户脱贫的母猪种就是你找我签发的！"

　　"对对对！主任那么忙还记得这种小事。"李发康继续阿谀，激动万分。

　　唐松："母猪种都给贫困户发下去了没？今天咱们就去看看这些猪的长势如何？"

　　李发康："发下去了，长得挺好的，贫困户们也很高兴。"

　　"那个什么，王县长你带着兰正义到村子里四处转转，记得访问各个农户都缺什么，需要什么，政府能做什么。让小李给我们四个介绍情况就行。"唐松亲自点将。

　　唐松："小李，你今天就带着我和这三位市里的专家四处看看！"

　　"好好好！"李发康回应着。原来其余三位李发康不认识的人是市里来的专家，李发康心里一个激灵。善于糊弄的是专家，善于不被糊弄的也是专家，这是一次带着照妖镜的检查。

　　村子很小，很适合检查工作。有什么突出的工作成果很容易看见，有什么工作中的不足和缺憾也会暴露无遗。为了避免后种情况的出现，李发康还在临检之前跟各家各户打过招呼，甚至给发顺家重新买了猪来李代桃僵。现在还把发顺、老岩、黑顺几个扶贫工作的重难点作为随从带在身边，一方面为了防止几人乱说话，第二方面就是几人始终还是李发康心头的重中之患。走访各家各户是工作方式，进村入户访问谈心是工作方法。李发康的准备工作做得充实，所以一路上带着唐松入户调查之时，唐松看到的是他想看到的，听到的是他想听到的。看到的和听到的都是唐松希望李发康交上的令他满意的答卷。

唐松勉励:"小李,做得很好! 就需要你这样能吃苦能做事的干部,很好,给你一个口头表扬,继续努力。"

李发康官套:"唐主任过奖了,我只是做了自己应该做的!"

唐松:"刚刚还说到五月份我给你签发过一批母猪种的,转悠了一圈都没看到。你带着我们去看看。"

李发康继续:"主任真的有心了,心系下属和老百姓,我就带你去看看。这批猪分给了八户困难户,都养得挺好的,老百姓用心,猪长势都不错,再过几个月就发情可以配种怀崽了。"村中共八户发母猪种的农户,七户集中在村东边,和发顺家隔得远远的。李发康引着唐松一行检查往村东边走,尽最大可能避开发顺家这个隐患。发顺、老岩和二黑几人蓬头垢面地跟在一行人的最后边。唐松疑惑,指了指几人:"小李,这几个老乡不必跟着,让他们回去吧!"李发康自有官套好听的解释:"主任,这是发顺,这是老岩,他们都是村里脱贫攻坚的重点挂钩对象,让他们跟着学习学习,接受教育。"

发顺收到李发康的眼色:"是的,是的,我们是跟着学习的。"

唐松拍了拍李发康的肩膀以示器重:"哈哈! 这村有你这样的驻村干部是福分,我县有你这样的干部我放心。"李发康激动万分:"还得跟唐主任学习,看齐!"唐松:"相互学习,我多向你学习!"

见此,发顺揪了揪一旁的二黑和老岩的衣角:"向领导们学习!"几个参差不齐的口号在李发康又一个眼色中响起。排场让唐松有些激动,挥手叫停:"不搞形式主义,不搞这些虚的。相互学习,领导干部多向人民群众学习,为人民服务。"

继续走,到农户家中去,各家各户都提前做好了热烈欢迎的准备——糖果瓜子和茶水。"领导您到家里坐会儿!"同时也准备好了对答如流的台词:"米饭管饱,不存在饥荒。猪肉吃腻,偶尔杀鸡。屋子修整,不漏雨也不进风。"再汇报猪的长势,"母猪种好养,不挑食,长肉快。"最后是感谢，"感谢党和国家的政策，市上县上乡上，然后是李发康……"如此对答如流而大同小异的客套寒暄，首先让市里三位畜牧专家听腻了："那就带着我们去看看猪吧！再把猪拉出来，遛一遛，看一看。"

好吧，猪被从猪圈里放了出来，在院子里嗷嗷叫。三位畜牧专家掏出手机："猪耳朵揪过来，扫一扫。"建档立卡猪耳朵上戴着的标识牌上有条码，扫一扫，猪源、品种、用途一应俱全。

先后进了七户农户家，重复的访问和重复性地得到大同小异的回答，这绝对不是此行想要的，不过是想要听到的。也重复性地扫了七头猪耳朵上的条码，数据规范记录上表。三位专家也及时做出反馈："养得好，喂得也好，不过要注意配种受孕的时候不能喂得太胖。"见专家都连连称好，唐松再拍拍李发康的肩连连称赞："好，好，小李干得不错。"顺便给予鼓励性质的暗示："等扶贫工作结束，人事不再冻结，县里会考虑给你换一个大舞台！""谢谢主任，谢谢！"李发康心中狂喜。唐松幽默："别谢我，你要谢就谢这些猪，养得多好啊！"

李发康见检查总算是比较圆满地对付过去了，暗自庆幸。可三位畜牧专家："那个主任，记录上显示这村有八头建档立卡猪，再看完最后一头，今天的工作就圆满结束了！"

唐松："哦，还有一头。那小李再带我们去看看。"

提起最后一头猪，暗自庆幸中的李发康汗毛又起，此猪已亡命山野。带着三个畜牧专家去看一头赝品，李发康心发慌，底气全无，想法拖延："主任，那个，那个现在都快到饭点了，要不咱们先吃饭吧！"

唐松："饭就不在村里吃了，有规定。看完最后一头猪我们就回乡上吃工作餐。"

李发康仍在想方设法："哦！是啊！都到饭点了，你们都还饿着。要不我把那家的户主给你喊来当面汇报。"慌乱中故作镇定，"来来，发顺！你来跟主任说说你家猪的长势咋样。"

又该发顺表演了，结结巴巴地把台词背上："我家的猪吃得好，睡得好，长得也好，关键是政府发的猪品种好。感谢政府，感谢政策……"

唐松打断："那个小李，你再带我们去他家看看，大家都辛苦了。再辛苦也要把工作落到实处。"

发顺还在背，虽然没人听。李发康揪了揪发顺的衣角："快别汇报了，去你家。"李发康睖了发顺一眼，心又悬了起来，希望可以糊弄过去吧！除非专家眼瞎了。

唐松看出李发康不对劲："怎么，小李，有什么困难吗？"

李发康现在已是惊弓之鸟："没没没，只是发顺家有些远。"

一行人往发顺家赶，这次是发顺在前，他是户主，在前带路，村道中穿行。还未到发顺家，先听到有哭声，一行人脚步加快。一贯没心没肺的老岩和二黑赶上前头的发顺："怎么了？你婆娘哭哇哇的，你家死人了？"发顺黑着脸反驳："你家才死人了，你全家都死了！"

李发康也冷着脸："别废话，回去就知道了。"转回头冷脸转热，"唐主任，就到了，就到。"

发顺家，为了迎检而拾掇一番后，破败之中能见一丝整洁。院子里悬晒着床黑黢黢的棉絮，棉絮下边是一农家妇女抱头瘫地而悲泣，呜呜然，咿咿呀，此人正是发顺婆娘玉旺。有客登门，而家中有人在哭号，发顺自然不开心。发顺黑着脸上前伸出脚尖碰了碰瘫在地上哭号的玉旺："咋个了嘛？你哭什么？"发顺语气加重，喝令，"咋个了嘛？不准哭！"弯腰钳起玉旺。

玉旺露出哭脸，抽噎着："猪，猪……那猪……不动了……死了……"

"啊！死婆娘，好好的猪怎么就死了。"发顺气愤，用力摇晃着抽泣的玉旺。

玉旺继续抽噎，有些颤抖："不动了……就……死了……"

发顺愤而挥手欲打："死婆娘，喂个猪都干不好。"手挥在半空被李发康制止："发顺，你要干什么？再犯浑。"

作为旁观的唐松几人在边上看着院里搅作一团，唐松厉声："小李，怎么回事？"

李发康吞吞吐吐："她说，她家的猪……死了？"

唐松的脸转黑："什么时候，怎么死的？猪在哪儿？让专家看看怎么死的！"唐松示意一旁的专家去看看情况。

几人径直走向猪圈，留着发顺和玉旺两口子坐在客台上，发顺挠着头，玉旺继续抽噎。比房屋还要破败的猪圈里，猪躺在角落里。畜牧专家进猪圈当机立断："这猪还没死嘛！"专家用手捅了捅猪，猪哼哼，"猪还没死嘛！"躺在地上的猪无视一旁的人，顶着圆滚滚的肚皮，睡着，不动，像死了。专家转身看向猪圈内的猪食槽干干净净："今天都给猪喂了什么？"发顺在院子里有气无力地回答："就是芭蕉和谷糠嘛！""那应该没事，就是这猪吃撑了！""早上喂了多少猪食？"发顺回答："喂了不少呢，这猪能吃得很。"

猪没死，只是吃撑了不想动。猪圈外的李发康长舒一口气，教育发顺："以后一定要注意了，引以为戒，科学饲养。"

畜牧专家继续在猪身上比画打量："不对，这猪有问题。"

李发康："有什么不对的，你扫一扫耳朵上的标识牌嘛，会有什么问题嘛！"

猪圈里的畜牧专家被李发康一驳："标识牌是对的，可这猪不对。品种不对，而且这头小母猪被劁过，根本不是母猪种。"

李发康勉力装出一副宁死不屈："怎么可能嘛！会不会是……搞错了？"

专家依据有理:"劁猪的刀口都还在,况且这猪是小耳种,跟建档立卡猪不是一个品种。"

被专家当场戳穿,李发康支支吾吾,无语应答。一直在旁观的唐松感觉被糊弄了,而且是不能罔视的糊弄,厉声喝道:"李发康,你给我过来。"

"怎么回事?"

"就是这猪,不是那个猪。"前言不搭后语。

"到底这猪是什么猪?"

"唐主任,就是这猪,它不是原来的猪。"

"那原来的猪呢?"

"原来的猪原来也在这圈里……后来不在了……这猪才来了。"

"原来的猪哪儿去了?"

"原来的猪丢了,找不到了!"助攻,发顺瘫在客台上说。

"好好的猪怎么就丢了呢!"

"就是我们杀猪,猪挣逃,猪跑我们追,我们追猪跑,然后就丢了。"再助攻,发顺瘫在客台上。

"啊,你们杀猪,你们竟然杀这猪?"唐松吃惊,"那猪呢,猪在哪里?"

"猪在山上。"

"猪怎么会在山上呢?"

"因为猪跑到了山上。"

唐松和李发康院中的对话,再加之发顺的助攻,一场杀猪、追猪、此猪换彼猪的闹剧呈现在人们面前。此时另一行人马,副县长王东和乡长兰正义闻声赶来。进门,唐松对李发康的批评教育立即转向了一脸疑惑的乡长兰正义身上:"小兰,这种弄虚作假的面子工程一定要严厉批评及时处理,该处分的处分,不能手软。"一脸疑惑的乡长兰正义受到迎头呵责更加疑惑:"唐主任,怎么了? 出什么问题了吗?"唐松冷着脸厉声:"怎么回事? 你问问这个好干部李发康吧!"李发康在一旁低着头。

唐松转身对低着头灰溜溜的李发康拍拍肩:"李发康同志,好自为之。"

"王县长,看来这个脱贫攻坚的工作形势严峻得很啊! 走,回县里。"

村口的车子再次启动,在山路上蹦跶而回。乡长兰正义的车还留守,兰正义还要留下处理问题,问题即指李发康。

还是发顺家中的院子,发顺冷着脸,李发康黑着脸,兰正义的脸更黑。玉旺不再抽泣,因为所有的人都黑着脸。老岩和二黑潜伏在门外,对于他们而言,门内任何事都是热闹。

兰正义:"发康,说说吧! 怎么回事?"

李发康:"乡长,我也没办法啊! 建档立卡猪丢了,为了迎检我才换猪的。"

兰正义:"好端端的猪怎么就丢了呢?"

李发康:"发顺他们杀猪,猪挣脱了跑进了山里。"

发顺抬起头:"这个我可以证明,猪是我们杀的,跟发康没有关系。"

兰正义勃然大怒:"闭嘴,没问你!"

发顺吃瘪,低下头继续挠头发,灰溜溜夹着尾巴。

兰正义:"发康,那说说接下来你打算怎么办啊?"

李发康支支吾吾地憋出:"我也不知道。"

兰正义:"你这也算情有可原,关键是这事情露出马脚了。不处理你是不行了,惊动唐主任了。这样,处理你的事过几天再说,先把猪找回来。"

李发康委屈巴巴:"这猪贼得很,找过了,找不到。"

兰正义:"猪找回来,是工作的失误。猪找不回来,就是工作的错误,你自己看着办。"

停在村口的最后一辆车也启动蹦跶着开走了,村子恢复如常。换个方式形容吧:刚刚打完一场必败之仗的溃兵收获更大的败果,进而使得自身陷入更加窘迫的局面。李发康和发顺坐在院子石头上,现在的李发康跟发顺一样了,一样的灰头土脸,一样的右手挠着头,左手掐着烟屁股。

猪还没死就意味着玉旺又有事可做了,在院角咔咔剁着芭蕉。

老岩和二黑适时摸了进来。绝大部分时候,发顺、老岩和二黑是一体的,都是热闹的一部分。

猪回来,是失误。猪不回来,是错误。这句话是两个极端的结合,朝着李发康重压而下。李发康深知失误和错误的最终定性,有什么本质的差别。

"要不,明天我们再去山上找找那猪?"李发康说,语气略软,带着恳求。

"找什么找,猪不是在猪圈里吗?"丢了一头猪又重新得到一头猪,发顺自然没有什么损失,他盘算着,发硬地拒绝着。

尽管气大伤身不好,不过发顺总能屡次成功挑起李发康的火。不要试图去点燃任何人心中的火把,引火自焚的人不在少数。李发康迅速被激起怒气,朝着发顺咆哮:"憨杂种,要不是你们造作,会有现在这么多事吗?"发顺被李发康揪着衣领提起来,再推倒在地。李发康继续咆哮:"憨杂种,一群憨杂种!社会好,政策好,好好过日子还不好?"

遇硬则软,发顺被推倒在地后就索性不起来,这是他的自保方式。任由李发康燃着怒火咆哮发泄。而一旁附和的老岩和二黑显得更为明智,躲着,不敢上前沾染怒火。不料李发康放过赖在地上的发顺,转而捏着拳头走向二人。二人赔着笑脸:"李书记别这样,别这样!"二人硁磔地后退:"别这样,这样不好,不好。"李发康继续逼近,二人退到墙根再无退处的时候妥协:"好好好,我们错了,错了!明天继续上山找猪,找猪!"

李发康得到想要的回答,随之软了下来:"不好意思,不该跟你们动粗的!"

"没有,没有。"二人继续赔着笑脸,顺便拉起赖在地上的发顺。一对三的男人之间的对局以李发康完胜宣告结束,玉旺还在院角剁芭蕉,咔咔咔的。

7

入夜,发顺家的人各自散去。

一天之中逐级传递的怒气还没有消除,从县扶贫办主任唐松到乡长兰正义,从兰正义到驻村干部李发康,再从李发康到发顺。这种逐级传递的怒气在传递过程中不断得到积累和加重,发顺承受着这股巨大的怒气。不过发顺并不是开阔之人,他消受不了。

所以,玉旺成为这股怒气的最终承受者。

两个人的落魄家庭,发顺充当着暴君。暴君必有暴行,首先发顺得先喝点酒,酒劲上头就趁着酒兴挑玉旺的毛病,以便为想要实施的暴行寻找合理的依据。一曰批评教育和指正,二曰拳头之下长记性。而玉旺最大的毛病在于一贯的示弱和一贯的隐忍,所以整日咔咔剁芭蕉喂猪成了发顺挑出的毛病。

"憨婆娘,大事不做,整日只会剁芭蕉喂猪!"发顺挑起。

剁芭蕉的玉旺受骂,无言之杠,往下剁的力度加大:"嗒嗒嗒。"

今夜，发顺家又不得安宁。

最先传出发顺酒后没有条理污浊的叫骂声，叫骂声一直持续，越来越大声。其间伴随着锅碗瓢盆落地，玻璃器皿破碎的声音，玉旺隐忍不回应，发顺独角戏唱罢。紧接着就是拳头击打肉体的闷声，头颅撞击门板的砰砰声，且越来越大声，越来越凶狠。

邻里以及全村今夜又跟着不得安宁："发顺又发酒疯打婆娘了！""发顺疯了，打得这么厉害，会不会打死人？"暴行愈演愈烈，从未有过的激烈，因为能清楚地听到玉旺绝望的惨叫和求饶声："不要打了……啊……不要打了……"邻里乃至全村不由得为玉旺揪心："去看看吧！劝劝，不然发顺这畜生真把媳妇打死。"也有异议："别人家的家事别去掺和，别去粘到发顺。"

坐等，观望，持续的惨叫和求饶。

"嘭！……啊！……砰！"驻村未离开的李发康闻声而来，暴行止于李发康破门而入。嘭！一脚踢开门。啊！一脚踢在发顺屁股上。砰！发顺在地上狗啃泥。发顺借着酒劲弹地而起欲反击，再次被李发康一脚蹬倒，在地上借酒耍起赖："管得真宽，管教自己婆娘也要掺和。"砰，又成功获取李发康一脚："你婆娘不是人啊！怎么经得住这么打！"李发康朝着地上的发顺咆哮，"老子是干部，但也是你哥！"

李发康屈蹲一把揪起发顺的头发，厉声斥责："你看看，你婆娘被你打成什么样子了，狗杂种！"

房间角落，玉旺倚着墙柱，脸肿着，眼青着，流着鼻血用袖子揩着。哭失了声，瑟瑟发抖抽噎着。地上散落着实施暴行的衣架、扫把和柴火棒子。

李发康指着墙角的玉旺："打女人，一个大男人。滚过来！道歉。"

发顺赖在地上："怎么可能跟一个女人道歉！"不容置疑，发顺话还没说完又再次获得李发康以暴制暴的一击。李发康揪着发顺的头发在地上拖行，拖到玉旺跟前，厉令："道歉！"

发顺不得不屈服，嘴角流血，面部狰狞，朝着玉旺大声喊："对不起，以后我不打你了！"这不算道歉，抽噎中的玉旺再次被狰狞的发顺刺激，浑身战栗，双手无力地向前挥舞："啊……啊……别过来，别打我……"

清官难断家务事，而现在李发康管了，最直接，以暴制暴的方式。平息好这场别人家的暴乱以后，李发康还要去村民小组长家，明天要组织全村的劳力上山找猪。

"发顺，你再打婆娘，我把你手脚卸下来。"李发康临走之前警告。发顺失了神，蔫在一边抽着烟不做回应，算是一种妥协。玉旺在另一边继续抽泣，李发康的眼睛扫过来，她干巴地咧嘴表示感谢。

"玉旺，这狗杂种以后还打你，你告诉我，过不下去就离婚！"听到李发康建议离婚，发顺瞪了李发康一眼。

绝不试图去赞美，只需要真实的描述。单纯地描述一个场景，从发顺家出来李发康接着奔赴下一家，从一件事奔赴另一件与上一件毫无关联的事。着重于时间，深夜，狗都不吠的深夜。基层干部扮演着一个类似于父母的角色，喋喋不休，殚精竭虑，苦口婆心以换来民众早就该具备的觉悟。基层干部的工作类似于在琐碎的河流中浮沉，这种琐碎的处理，要么细致入微，要么身败名裂。

次日，天还未亮。发顺的疯叫声又将整个村子喊得不得安宁。这种疯喊还不同以往，是沿着村道疯跑的疯喊。仔细一听发顺疯喊的内容：

"哇呀呀！李发康，我婆娘跑啦！不见啦！"

"哇呀呀，李发康，你个狗杂种，你促我婆娘跟我离婚！"

"李发康，你个憨杂种！"

发顺的疯喊一直持续到天亮，重复性地奔走叫喊以至于全村的人起来知道的第一件事情是这样的：驻村干部李发康建议玉旺和发顺离婚，从而导致了玉旺现在不知所终。

宁拆十座庙，不毁一桩婚的传统真理面前，村民一致认为发顺打婆娘是自家的小事小恶，而李发康一举则是大恶。这是大多数人的认为，可暂且成为正确。

疯喊到天明的发顺终在喊累的时候静了下来，木讷，两眼无神。现在他终于是一个人了，他从未想过会一个人。不过还想推脱责任或者是博取更多的同情，有气无力地嘟囔着："狗日的李发康！"

老岩劝解："发顺，怎么了？"

发顺捏着烟屁股："狗日的李发康促玉旺和我离婚，玉旺就跑丢了。"

老岩："那你婆娘到底跑哪里了？"

发顺："昨晚那疯婆娘揩干净鼻血就往外跑，跑进了林子里，跑得太疯，我追不上她。"

二黑附和："嗯，真的狗日的李发康。"

再次将行动轨迹倒叙到起初找猪的林子来，还是一样的场景描写：村北边是森林，最外围是退耕还林后村民种下的松林，往深处走，是人迹罕至的原始森林。为什么要旧景重提呢？因为据发顺的描述，昨晚玉旺就是趁着月色跑向这个方向的，并最终音讯全无。

外围的松林中，大规模的人群聚集。昨夜发顺家的叫喊，成为今早众人的谈资。议论纷纷的众人最终统一意见：玉旺失踪的原因可归结为，由于李发康这个外人擅自插手发顺家的家事。

乡长兰正义一大早便闻讯赶来，贫困村特困户丢了，这是天大的事。此时兰正义正训斥着奔忙一夜的李发康："猪的问题还没解决好，现在你又弄出个丢人！太丢人了！"

李发康："发顺都快把他婆娘打死了，所以我就……"

兰正义："自己的事情都还没处理好，还有心思管别人的家事。"

旁观李发康被训斥的发顺这会儿又有了力气，恨恨地："兰乡长，就是他要管我教育我自己的婆娘，我婆娘才丢的。他还促我婆娘跟我离婚……"

兰正义："发顺，你给老子闭嘴！"

太阳出来，林子中的浓雾散开。村庄里的能动劳力组成的搜索队伍进入森林，本来是要找猪，现在还要找人。因为要找人，惊动了兰正义，兰正义带来的乡派出所的全体警员和消防人员。当然，还有一只警犬，以及若干只村民家中品种不纯的撵山犬。

"找猪和找人两件事碰在一起，开干！"兰正义一声令下。

山大了，再多的人也自然就少了。本来计划的地毯式搜索不奏效，所有参与此次搜寻的人员在林中铺撒开来，往森林深处找。边走边喊，这边的人喊着玉旺，那边的人学着猪叫。

"玉旺这个小女子怎么这么能跑呢！这么多人找都还找不到。"

"都快找了一天了，怎么还找不到？"

发顺、老岩和二黑又聚在一起，跟在队伍的最后面，他们三人又一样了，漫不经心。

"发顺，婆娘跑丢了，你怎么一点都不心焦？"

发顺："死了最好，这疯婆娘！"

"发顺，我劝你还是好好找找，没了婆娘怎么过日子。"

发顺："那疯婆娘是李发康弄丢的，他要负责。"发顺将责任推脱得一干二净。此时李发康正带着人在林子深处找，听不到。

"发顺，你是个畜生。"

进山搜寻的队伍在山中一直搜寻到傍晚依旧是毫无头绪，唯一的收获便只是越往深处走，地上散落的猪粪越多。村民跟兰正义打趣："兰乡长，派出所该发枪了，不然这野猪又要下山祸害人了。"兰正义："莫要扯卵，找人要紧。""不过要说玉旺这小女子进山也应该走不了多远，怎么就找不到呢？"警犬在嗅了玉旺的衣服气味汪汪汪撒出数里后也在山中丧失了气味的方向，众人不禁为玉旺的安危担忧起来。

村民甲："林子里有豺狗和豹子！"

村民乙："林子里有吃人的狗熊！"

村民丙："林子里还有大黑野猪，也吃人！"

村民甲乙丙代表群众的声音，代表群众的猜测，玉旺的死因。因为找了一天了，丝毫不见玉旺的踪迹。

兰正义中断众议论："干部留下连夜找，村民回家，今晚找不到，明天接着找。"

村民回村，山中入夜。兰正义、李发康等一众干部继续留守山中，人命关天。消防和民警打着大电筒在前，兰正义和李发康打着小手电跟在后面。山中的夜里幽冷，林中的每一丝响动都会被放大得诡异。

"嗷嗷嗷！"猪叫声在夜里响起。

"你们听，猪在嗷嗷叫！"

"果然有猪在嗷嗷叫！"

众人闻声，手电筒齐刷刷朝着嗷嗷叫声的地方照，众人朝着手电筒照到的地方奔跑。约莫半小时后，离嗷嗷的叫声越来越近。手电筒所照的灌木丛中因为反射亮起数十双小灯泡："是野猪，很多的野猪！"有人惊喊。嗯，是的！灌木丛中亮起的小灯泡正是野猪群的眼睛反射着手电筒。与野猪在夜里不期而遇，众人愕然。野猪在夜里被强光所照，怔住三秒。待野猪回过神来嗷嗷往漆黑中逃的时候，众人还在愕然中。

"还愣着干吗？追上去。"李发康喊，众人打着手电筒追上去。

森林，尤其是夜里的森林，那绝对是属于野物的领地。野猪群往山顶上窜，众人跟在后头追。野猪群至山顶，野猪群向下翻下了山梁子后不见了踪影。兰正义和李发康跟在最后，气喘吁吁跟上来。

兰正义:"大半夜的跟着野猪瞎追什么? 万一野猪转过头来咬人怎么整!"

李发康喘着粗气:"你看见了没,野猪群里夹着一头白猪?"

兰正义:"乱逼麻麻的! 谁顾得上去看黑的白的。"

李发康喊住一个民警问:"那你看见了没,有一头白猪?"

民警:"没有,光看猪眼睛了!"

"你……唉……"李发康问不出个结果。

"野猪群里夹进了家猪,家猪还不得被咬死!"

李发康把手电夹在腋下,双手揉了揉眼睛:"应该没看错啊! 我就看见一头白猪夹在黑野猪中间。"李发康再揉揉眼睛,一拍脑门,"我敢肯定有一头白猪夹在里面!"李发康自我拍板,确定看见一头白猪,此猪极有可能就是发顺家跑丢的那头建档立卡猪。

"那猪呢?"兰正义打断李发康。其实众人与野猪群只不过在慌乱中照过一面而已。

山中搜寻人员在林中夜遇野猪群的消息成为第二天早上人们的谈资,议论纷纷的一致结论:发顺跑丢的媳妇玉旺有极大的可能已经死在了山上,根据玉旺踪迹全无以及野猪成群的事实可以正面得出悲惨的推测,玉旺死了,肉已经被野猪吃了,骨头也被嚼碎。同时也得出一致的同情和愤慨:把发顺这个畜生也丢到山上让野猪嚼碎,李发康这个多管闲事的间接杀人犯也丢到山里。

发顺在玉旺走丢次日,又伙同着老岩二黑,呼呼大醉。仿佛丢了的不是他的媳妇。呼呼大醉时坚持的醉话:"玉旺是李发康弄丢的! 必须由李发康负责。"

李发康领着人在山中继续找,他走在最前面,背后是千夫所指。

一天一夜的山中引吭,留守山中一天一夜的搜寻人员累得够呛。乡长兰正义糊弄个理由一大早就回了乡上,其余搜寻人员散在地上,横着，倚着，侧躺着。玉旺山中走失，谁都没法安宁。

随着玉旺走丢的时间拖长，这支搜寻队伍的规模不断扩大。第二天，相邻的几个村的劳力加入进来。第三天，县上派来一支专业的消防队员。地毯式的搜寻在玉旺走失后第三天正式形成，林中已撒出去千余人。可是在千余双眼睛之下，丝毫不见任何一丝有关玉旺的踪迹。县上每天的指示大同小异——设法减小这事的影响。但是这事没法不大，这种类似于人间蒸发的音讯全无让这场千余人找一人的事件无边扩大，一直寂静冷清的山林在大规模的人群介入之后变得热闹又沸腾。

不断加长的失踪时间消耗着李发康的耐性，在山中坚持三天三夜的李发康灰心丧气，心里打着突，脑子发着木。眼前一黑，累晕之前仍然不屈从："活要见人，死要见尸！"如果搜寻的第一天是人和猪一起找，第二天就是单纯找人，第三天第四天就是活要见人死要见尸。而第五天，千余人期望着在林中张大鼻孔单纯地寻找一具发臭的遗体，以告结这件费时费力的搜寻。可是没有，什么都没有。

当人们认为的玉旺的"死讯"满天飞的时候，发顺不得不接受玉旺已死的现实。酒越喝越发酸，接受死讯就意味着不得不悲伤，发顺不敢再扯着嗓子喊一个死人疯婆娘了。

所以发顺从村子一路哭喊着上山去："狗日的李发康，你还我玉旺。"

发顺的这种哭喊来得快，去得也快。就像是刻意走走过场，在散落着千余人的林中哭号一气后，被老岩和二黑钳下山去。把悲伤哭喊出来不一定有缓释功能，不过能博取同情，这是发顺的目的。晕倒被抬走的李发康自然而然成为发顺这个可怜之人可怜的可恨制造者，这是一致认为，不可说服。

无所谓始，也无所谓终。发顺、老岩、二黑三人又继续成为一体，喝上了酒。

老岩:"给玉旺立个牌位供一下吧?"

发顺又开始醉话:"不弄,浪费香火。明天去告狗日的李发康。"

二黑:"嗯嗯,人命,赔死狗日的李发康。"

8

玉旺走丢的第十天。

县扶贫办主任唐松的办公室热闹非凡,名为接待失踪者家属,实则是发顺率领着老岩和二黑在这里赖作一团。发顺的小盘算,以一条人命为筹码,肯定能在这里吃到一些甜头。唐松冷着脸,寻找着解决之法。办公室的皮沙发上,二黑穿着脏兮兮的袜子蹲在上面,老岩靠着。抽烟,吐痰。发顺跷着二郎腿,假装丧妻之痛。对,是假装。

发顺:"唐主任,都是李发康弄的鬼,我要一个说法,我家媳妇死得不明不白。"

唐松冷着脸:"你媳妇不都没死吗?"

发顺:"那么多人找了十天都找不到,跟死了有什么区别。"

发顺继续一脸哭相:"唐主任,建档立卡猪是李发康发到我家的,换猪迎检的猪也是李发康买的,我那可怜的媳妇也是因为李发康才弄丢的……"

二黑和老岩附和:"是啊,是啊,我们可以做证,都是因为狗日的李发康。"

唐松好言细语:"我们县里会仔细研究这个事情,尽快给你们一个满意的答复。"

发顺无赖:"我们好不容易来一次县里,今天必须要一个说法,不然就不走了!"

唐松无奈,也只得继续见证三人的无耻:"那说说吧!你们的意见。"

发顺愤愤："李发康促我媳妇和我离婚，我媳妇才跑丢的，一定要处理他。而且李发康买到我家迎接检查的猪，我希望政府可以帮我变成钱……以后……政府再有什么发猪崽发鸡儿的，直接帮我变成钱发给我……还有就是……我媳妇死了，政府方面多少给点赔偿……"

唐松一听发顺一口气说出一系列无理的要求，冷着的脸转黑。"啪！"一拍桌子："死了婆娘还狂了小鬼？李发康的事情我们县里会处理，你们的意见我们也会开会讨论。现在，请你们出去，我们要开会了！"唐松对三人下逐客令，不过三人丝毫不见要走的意思。唐松无奈，打通乡长兰正义的电话愤愤地说："兰乡长，快来把发顺他们带回去。"转而对坐在沙发上的三人说道："你们喜欢待就待着吧！我要开会去了。"

"唐主任，唐主任！"三人看着唐松的背影。

还是唐松办公室内，二黑："发顺，你狗日的不会说话！"

发顺："要怎么说？我说的都是实话嘛！"

老岩："本来可以弄点补偿款的，现在完蛋了。"

三人又开始百无聊赖没有结果的内斗。

玉旺走丢后的搜寻工作在搜寻十二天无果后宣告结束，玉旺成为失踪人口。李发康是躺在病床上被当作问题处理的，扶贫的母猪丢了，是工作的错误。处理基层问题的时候用不当的手段造成严重的后果，这是严重的工作错误。数错加在一起，李发康成为特别严重的，可以作为其他干部引以为戒的反面典型。革去公职——当李发康听到县上给自己的处理意见的时候，李发康瞬间释然："唉！"长舒一口气，"就这样吧！"其间，发顺率领的老岩和二黑三人的无赖队伍从乡上到县上再到市上，闹遍了所有他们认为可以管到这件事情的部门。以至于从乡上到县上再到市上的各个部门都一致认为——此人，无赖。避之不及。

卸去公职之后的李发康倍感轻松,他要离开这个地方。插手别人的家事从而导致别人媳妇跑丢了,他已背负着千夫所指的罪名。解释不清,不可说服。当李发康身无一物坐上离开的客车的时候,那个消失数月音讯全无的玉旺从山里回来了。

嗯,没说错!那个跑进山林里失踪数月的玉旺,那个千余人搜寻而不见的玉旺回来了。一同和玉旺回来的还有那头所谓的建档立卡母猪种以及母猪身后跟着的一群小猪崽。母猪嗷嗷嗷,小猪呀呀呀,被玉旺赶着穿村而过。这一天,村里的人打开大门,玉旺和猪回来,像战士凯旋。

"玉旺不是死在山上了吗?怎么回来了?"

"怎么还赶着猪回来了,还有一群小猪崽子?"

"那群小猪崽是小野猪呢!"

"肯定是小野猪,大概是那母猪跑到山上跟野公猪配的种!"

"不是,玉旺不是死了吗?怎么又回来了?"问题又回到原点。

玉旺和猪继续在村中穿行,一路走,背后跟着的人越来越多,都想看一看这个失踪在林中数月的女人。

玉旺赶着猪回到家中的时候,发顺刚打包好行李,他准备到省里去上访。大门开,见玉旺进门,发顺一愣,接着一惊:"啊!你他妈不是死了吗?"赶进院子里的猪嗷嗷,见玉旺不回话,发顺大声吼道,"你他妈不是死了吗?怎么回来了,没死成?"玉旺的嘴嘟嚷了几下,发声:"李……李发康……在哪儿?"见玉旺回来的第一句话就是问李发康,发顺愤愤:"李发康都他妈差点把你害死了,你还跟我提他?"发顺挥手欲打玉旺。

不过这次发顺失算了。"啪!"玉旺响亮的一耳光抽在发顺脸上。挨了一巴掌的发顺发着蒙捂着脸向后退却:"这疯婆娘,真的疯了!"天旋地转,天旋地转,这里的天旋地转指的是发顺在捂着脸的瞬间看到门外哂笑的人群。这当然很让人没面,发顺在此时酸软,瘫在地上。世界仿佛倒置,然后变了个色。

"李……发康……"

从山中归来的玉旺变得强硬,但是依旧痴傻。不过人们改变了说法,玉旺这是淳朴的无害。玉旺吆喝着从山中带回来的猪群,沿着山路走,最终被林海淹没。

列车向东走,驶出南方高原,革去职务的李发康在车上。换个环境也许是种逃离,而逃离偶尔是飞升。列车向东走,李发康的电话响,接通,乡长兰正义的声音:"发康啊!误会啊!误会!发顺家媳妇回来了,建档立卡猪也回来了!"

李发康并不惊讶:"回来就好,回来就好!"

兰正义:"我们乡里和县上已经更正了对你的处理,你可以回来了!"

"……"电话那头李发康不作声,兰正义接着说:"发顺媳妇回来,带回来建档立卡猪,还领回来一窝野猪的杂交崽子。乡上准备在村里建立一个野猪杂交的示范基地。"

"……"兰正义接着说,"回来吧!村里的工作需要你!"

"嘟……嘟……嘟"电话忙音,李发康挂断电话,列车驶出高原。

"唉,累了!结束了!"李发康自言自语,倚着车窗,睡去。

9

现在,我经常在电话里喊李发康:"嘿,倒霉蛋!"

他回:"滚尿!说人话!"

我:"爸!"

他现在在沿海的某个城市的建筑工地,有时候扎钢筋,多数时候扛水泥。

  我:"爸,村里的野猪养殖场弄起来了! 村里的人都顺利脱贫了。"

  我爸李发康:"那就好,现在国家政策那么好,好好过日子比什么都强!"

  我接着:"玉旺养殖场的每一头猪,都是我爸!"

  玉旺管养殖场的每一头猪,都叫李发康。

(原载《中国作家》第5期)

小米兰

荆 歌

我爱世界

还没放暑假,天气就猛地热起来了,是那种很湿很闷的热,家里什么东西摸上去都是热乎乎的、黏耷耷的。用外公的话来说,整个小镇,就像一个大澡堂子呢!

哈,外公可真会打比方!

外公年轻的时候在北方工作,他说北方的夏天比较舒服,尽管太阳也是毒辣辣的,但是,树荫底下,或者屋子里,就会比较凉爽,不像江南这么闷热。

他还说,北方的冬天也比南方好过,虽然冰天雪地,但是屋子里却有暖气。人只要一进屋子,就感到暖融融的,外套脱了不算,稍微厚一点儿的衣服都穿不住。

"外公你把北方说得那么好,那你后来为什么要到南方来?"我问他。

外公说:"还是江南好啊,鱼米之乡!"

外公还对我说:"我要是一直生活在北方,不到江南来,你妈妈怎么和你爸爸认识呢? 他们不认识,怎么有你呢?"

他说得对啊,不管怎么样,我都应该感谢外公,正是他当年毅然决定把家迁到了江南,妈妈才嫁给了爸爸,于是才有了我。要是爸爸妈妈根本就不认识,那么,这个世界上也就不会有我。那么,我在哪里呢? 没有我的世界,也是这个样子吗?

想这样的问题,我感到茫然,也感到有些害怕。但是,更多的是庆幸,幸亏妈妈当年跟着外公来到了江南,遇见了爸爸,否则,这个世界上永远永远都不会有一个我啊!

我爱这个世界!

它有春天随风摇曳的花,它有秋天迷人的晴空白云;它有白日绚丽的阳光,它有夜晚钻石般的星星;它有城市的五光十色,它有田野的清香安宁;它有亲爱的爸爸妈妈同学朋友,它有可爱的猫咪和狗狗;它有歌声、有故事,它有书籍、有电影;它有各种各样好吃的东西,它有看也看不完的美丽风景……

我也爱我们的小镇!

它有粉墙黛瓦的街道,它有镜子般映着天光的青石板路,它有精致的古桥,它有角铃悠扬的宝塔,它有建筑古老的我们的学校。

虽然它也有闷热难挨的夏天。

但是,夏天里的故事,却是有趣而美好的。

决 定

爸爸郑重宣布,赶在放暑假之前,他要成立一个小小文工团,马上抓紧排练,拿出一些精彩的文艺节目,到工厂、农村和部队去演出,用我们的歌声，去慰问奋战在工农业生产第一线的工人和农民以及日夜保卫着祖国和人民的解放军战士。

爸爸当然不是说着玩的，他是我们桑镇小学的校长，也是我们的音乐老师。他说起话来，不像音乐老师，更像校长。他说话的时候，始终都是像在全校大会上作报告一样，他说的每一句话，都仿佛是最重要的决定。

"真的吗？"妈妈问他，"但是县里不是有一个小红花文工团了吗？"

爸爸说："那是县里的，我们要成立一个我们桑镇小学的。"

听爸爸这么说，我高兴极了。去年县小红花文工团来我们学校演出，我是多么羡慕啊！当时，我还在心里暗暗地想，那个独唱《少年少年祖国的春天》的男生，我可能唱得比他好呢。现在爸爸也要成立小文工团了，我当然要参加！

但是爸爸对我说："你不能参加，我们不能走后门。"

我一听就来气了，狠咬了一下自己的舌头，好像舌头痛就是爸爸痛一样。

为什么我不能参加？为什么我参加了就是走后门，而不能是走前门？校长的儿子就应该什么都不能参加吗？

好在有妈妈帮我说话，她说："参加小文工团，不是荣誉，也不是去享受的，而是吃苦在前，是去工厂农村部队经受锻炼的，为什么善儿就不能参加？"

爸爸一定是觉得妈妈讲得有道理，他说："但是不能娇气，骄娇二字，都要不得！"

我连忙说："要不得！要不得！我保证做到饿了不喊饿，困了不说困，一不怕苦、二不怕死！"

爸爸说："排练和演出，也不是让你去死。"

妈妈笑了，说："死都不怕了，当然不怕排练和演出了，也不怕饿不怕困了。"

"那我们是小小红花文工团吗？"我问爸爸。

"当然不是！"他说，"我们可不会叫他们一样的名字！世界上花儿万万千，除了红的，还有黄的紫的蓝的各种各样的颜色，我们为什么一定要跟他们一样呢？"

我说："那我们叫小黄花文工团吧？"

爸爸鼻子里很不屑地哼了一声，说："亏你想得出，你为什么不说叫小黄花菜文工团呢？"

本来我还想，如果爸爸不同意叫小黄花，那可以叫小白花、小紫花呀，被他一戗，我就不想说了。

爸爸其实是早就想好了，他说："我们就叫小米兰文工团吧！米兰开花虽然小，小得就像一粒粒米，但是它香啊，香得几十里路外就能闻得到。"

我觉得这个名字很好，但是，我觉得他说得也太夸张了吧，没有一种花会香得几十里路之外都能闻到。我说："几十里路之外就能闻到花的香，我们人的鼻子不可能有这么好吧？可能狗的鼻子才有这个本事呢！"

爸爸说："这是夸张，你懂不懂？艺术有时候就要夸张一点儿，说几十里路之外就能闻到，不是真的几十里，而是说它的香气能传得很远很远。你有没有听说过'响彻云霄'这个成语？人说话唱歌的声音能传到云天上吗？那不是吹牛吗？但那不是吹牛，而是艺术夸张。"

报 名

成立小米兰文工团，爸爸当然是团长，而我，则是小米兰的第一个团员。

但是爸爸说:"你不能排第一,因为还没有公开招收团员,不能算,否则就是走后门。"

那我算第几个呢?反正我在心里是把自己当作第一个团员的,因为除了我,还没有第二个团员呢。

爸爸不仅在校长室门口张贴了招收启事,他还亲自在学校的大喇叭里广播。他的普通话不太好,在广播里大喊大叫,给我的感觉是,高音喇叭里都会喷出唾沫星子来了。我注意到了,本来停在电线上很悠闲地看风景的几只鸟儿,因为爸爸的声音在广播里响起,它们就吓得飞走了。

我不明白广播一个这样的启事,爸爸为什么要用吵架或训斥的语气,可能是因为他太激动了吧。他每次在全校大会上讲话,讲着讲着,就要大声起来,好像很生气很愤怒,讲到后来,差一点儿就要拍桌子了。

好像不这样凶一点儿,就不像一个校长似的。

报名的人很踊跃,有几个在我眼里完全没有文艺细胞的人,也到校长室边上的小会议室门口排队报名。我不知道他们是怎么想的,难道说参加小米兰文工团真是一件多么好玩的事吗?难道这是一件很容易的事吗?

比如和我同班的卢全观,他也来了。

大家都叫他卢一楼。因为老师叫他背唐诗"欲穷千里目,更上一层楼",他总是把最后一句背成"更上一楼"。老师说:"你少了一个字!这首诗每句都是五个字,你偏要说'更上一楼,更上一楼',这不是四个字吗?你这是怎么啦?"

卢全观就说:"对不起!"

老师说:"别跟我说对不起,没什么对不起的,只要你别再说'更上一楼'就行了！"

卢全观低着头说："好的。"

老师说："卢全观，现在你跟我念：更上一层楼。"

卢全观就跟着老师说："更上一层楼。"

老师说："这就对了嘛，好，下来你完整地把这首诗背一遍吧。"

卢全观就背诵道："白日依山尽，黄河入海流。欲穷千里目，更上一楼。"

老师说："停停停，你又来了，跟你说了，是更上一层楼，不是一楼！"

卢全观可怜兮兮地抬起头来，说："我能不能再来一遍？"

老师说："好吧，你再来一遍吧！这有多难？只有一遍了，我告诉你，这是最后一遍，更上一层楼，不是更上一楼，你听见了没有？记住了没有？"

卢全观皱着眉头，很认真地又开始背诵："白日依山尽，黄河入海流。欲穷千里目，更上一楼。"

老师苦笑，摇着头说："好吧好吧，算了算了，你爱住一楼就一楼吧！你家住几楼？好吧，别管了，你就住一楼吧！"

从此以后，大家都叫他卢一楼。

我没想到，卢一楼也要报名参加小米兰文工团，他唱歌又不好，记性又差，他进文工团能干什么？爸爸会录取他吗？如果他也会被录取，那么我觉得全校的每一个同学都能录取了。

报考那天，我们都去校长室边上的小会议室外面排队，一个个进去接受爸爸的面试。

排在我前面的是秋萍，她唱歌好听在全校是出了名的，但她并不和我同班，她是我们隔壁班级的。轮到他们班上音乐课，我们教室就特别安静，因为我们知道，音乐老师（也就是我的爸爸）总是会在课上叫秋萍站起来独唱。凡是这样的时刻，她的歌声就会很清晰地传到我们这里来。我们教室里所有的人，都在侧耳倾听隔壁传过来的歌声。

她来报名参加小米兰文工团，这是很自然的事，她不来谁来？

我排在她的后面，看不到她脸上的表情。只看到她身后有几缕头发，沾在脖子里，她是因为天气热而出汗呢，还是因为紧张？

她为什么要紧张？她的水平，一定是会被录取的。

但是，我也明显感到紧张，我为什么会紧张呢？我根本不用担心自己不被录取，因为爸爸在家里已经答应了让我参加的，只是强调了，我不能是第一个被录取的人。

后来，有一只苍蝇飞到了秋萍的后脑勺上。

但我不敢提醒她，我也不知道应该怎样提醒她。因为她不是我们班的，我们根本就不认识。即使是同班，男生和女生之间也不说话的，同一个教室里出出进进，彼此就像陌生人一样。

苍蝇一直栖在秋萍的头发上，直到她走进小会议室，我才看到它在空中打了一个旋，然后飞走了。

秋萍是和我一齐走进小会议室的。

爸爸让大家两两进去，一起测试，说因为前来报名的人太多了，如果一个一个考，可能两天都考不完。

其实，爸爸这样郑重其事地招考小米兰文工团员，完全是没有必要的。因为他虽然是校长，但也身兼我们学校的音乐老师，哪个学生唱歌唱得好、哪个学生会跳舞、哪个学生普通话朗诵水平高，他应该都是清楚的。

他之所以这样做，可能就是因为觉得成立一个小文工团，是一件很庄严的事吧，可不能随随便便拉几个人参加。

爸爸先是问我："你为什么要参加小米兰文工团？"

我说："因为我会吹口琴。"

爸爸有点儿不屑地说:"你这就算会吹啦？口琴呢？你吹一个吧。"

我没想到爸爸还会在考试的时候让我吹口琴，便说:"口琴在教室里，我去拿。"

爸爸说:"不用了。"

他转脸对秋萍说:"史秋萍同学，你唱一首歌吧，只要唱两句，不用把一首歌都唱完的，因为时间来不及了。"

秋萍就唱:"啦啦啦，啦啦啦。"

我听出来了，她唱的是《卖报歌》。

爸爸说:"完了？"

秋萍说:"完了，两句。"

爸爸说:"这个不算两句的，最多算一句，你要唱两句！"

秋萍就唱:"啦啦啦，啦啦啦，我是卖报的小行家。"

爸爸说:"接着唱！"

秋萍就唱下去:"不等天明去派报，一边走，一边叫，今天的新闻真正好，七个铜板就买两份报……"

她唱了不止两句了，爸爸还不叫停，好像就是要让她把整首歌都唱完。

秋萍果然就把一首歌从头到尾都唱完了。唱完之后，她还向爸爸鞠了一个躬。

我站在一边，觉得有点儿惭愧。秋萍多有礼貌、多有演员的风度，相比之下，我什么都不懂，只回答了一句话，就傻了吧唧地被晾在一边，像一个乡下土包子。

我心里有点儿冲动，很想站直了身子，认真对爸爸鞠上一躬，但是，已经错失时机了，因为我已经算是考过了。并且，要真那样做，对着自己的爸爸鞠躬，是不是也太滑稽了？

我和秋萍一起走出小会议室，没想到的是她主动跟我说话，她说："哎，你说，我们会被录取吗？"

我觉得有点儿尴尬，因为我们男生是从来不跟女生说话的，何况她还是隔壁班的，我们根本就不认识。

她瞪大了眼睛，看着我，这样子，就是一定要我回答她。她这样看着我，我是没办法不理她而自顾自走掉的。

我说："你肯定会！"

我觉得脸上有些发烫，没想到自己会跟一个隔壁班的女生说话。

"为什么？"她说。

我说："因为你唱得好。"

她说："真的吗？那么你呢？"

我不知道怎么回答她，我知道自己肯定是被录取的，因为爸爸在家里已经答应了，但是我不能告诉她。那么，我能对她说我不会被录取吗？这不是骗人吗？

好在这时候卢一楼急匆匆地过来了，我才有机会摆脱秋萍。

"葛善！葛善！"卢一楼叫着我的名字，说，"你的书包打翻了！"

他的神情非常紧张，好像是发生了什么了不得的大事。

意 外

我飞奔到教室，看到我的书包不仅是在地上，而且，里面的东西都掉了出来，包括我心爱的口琴。

谁？是谁干的？我感到既惊诧又气愤。

"包世民！"

"戚江！"

围观的同学七嘴八舌，我听了半天才弄明白，事情原来是这样的：戚江冷不丁把包世民往林玲身上推，他就是故意的，他把包世民推得踉踉跄跄，最后撞在了林玲身上。于是包世民被大家嘲笑，而他自己也觉得，跌到了女生的身上是奇耻大辱。他反过来推戚江，用尽了全身的力气，他把戚江完全推倒了，戚江的身体把我的课桌撞翻了。

我可怜的书包！我心爱的口琴！

我一时有点儿茫然，不知道应该怪谁。怪包世民吗？但东西却是戚江的身体撞翻的。那么，怪戚江吗？可他是被包世民推倒的呀。

我呆呆地看着地上的书包，散乱一地的书簿，还有我那漂亮的口琴，心中的怒火像个小动物一样往上跳。

"戚江，你赔我书包！"我愤怒地说。

戚江装出一副委屈的样子，说："是包世民推我的！"

包世民对戚江说："没有把你推进粪坑里，就算便宜你了！"

戚江蹲下来，帮我把书簿装进书包。这时候又有人在后面起哄，不断把人往前推，有人压在了戚江的身上，压得他往前一跪，竟然跪在了我的口琴上。

教室里虽然闹哄哄的，但我分明听到了一声咔嚓，是的，我的口琴被戚江的膝盖跪坏了！它的外壳瘪了，塑料的琴身碎了。

这一声咔嚓，可能其他人都没有听到，只有我听到了，我还听到了我的心也咔嚓响了一下。

我疯了一般扑向戚江，和他扭打在了一起。也不知道是怎么回事，我的头重重地撞到了他的鼻子，他的血很厉害地流了出来。

"出血了！出血了！"我听到好几个声音都在喊。

是啊，我看到了，血从戚江的鼻孔里流出来，很多血，很红的颜色。

戚江抹了一把自己的鼻子，他看到了手上的血，哇地大哭起来。

老师把他带去医务室之后，我发现，我的书包上竟然滴了戚江的血。

你一定猜到了，发生了这样的事，我参加小米兰文工团的资格，被爸爸取消了。

爸爸说："太不像话了！你身为校长的儿子，在学校就应该处处以身作则，但你总是惹是生非，给我丢脸！"

我说："但是……"

爸爸打断我说："没有什么但是，你就是太不像话了！要是让你参加小文工团，丢人就要丢到学校外面去了！"

爸爸是那么生气，他每说一个字，都像是要用力将这个字咬碎。

伤 心

我感到委屈，你知道的，这件事，不是我的错。他们打翻了我的书包，还把我的口琴弄碎了，这难道是我的错吗？把戚江的鼻子撞出血，我也不是故意的。

更让我感到伤心的是，我自己的爸爸，竟然这么不讲道理，不问青红皂白，就不让我参加小米兰文工团了。

我把自己关在我的小房间里，晚饭都不出去吃。

妈妈过来敲门，可是我听到爸爸对她说："别去喊他，随他去，让他饿死！"

听到这样的话，我的眼泪都流出来了。

本来以为，这个暑假，就要因为小米兰文工团而变得快乐美好。每天都会进行排练，然后出去演出，而我兴许还能表演口琴独奏呢！

虽然之前凡是想到自己要在很多人面前吹奏口琴，心里就不免紧张起来，但是我还是愿意克服羞怯的心理，勇敢地站到台上，吹口琴给大家听。

虽然我吹得还不够好,不能把一首曲子很连贯地吹出来,但是我相信通过每天的排练,熟能生巧,就一定能完整地吹出一首曲子,为大家表演。

可是现在,一切都成为泡影!

还没正式进小米兰文工团,爸爸就把我开除了。

而且,我的口琴碎了,就像我的心!

接下来的日子,他们将天天在一起排练,虽然目前我还不知道小米兰文工团里到底有谁,我只知道秋萍肯定是在里面的,其他有些什么人,我还不知道。但是,知道了又有什么用呢?反正不会有我,肯定没有我了,这个小米兰文工团,跟我一点儿关系都没有了。

就像夜空中那个弯得好看的月亮,它的颜色黄黄的,挂在天上,如一片花瓣。但是,它跟我又有什么关系呢?

远处飘来了隐约的歌声:"晚霞中的红蜻蜓,请你告诉我,童年时代遇到你,那是哪一天……"

这是哪个女孩子在唱呢?我闭上眼睛,仿佛看到了小米兰的同学们在排练节目,而领唱的则是秋萍,是她在唱《红蜻蜓》:"拿起小篮来到山上,来到田野里,采到桑果放进小篮,难道是梦影……"

而这首《红蜻蜓》,如果我的口琴还没有坏掉,我是能够把它吹出来的。虽然我吹得不是太连贯,虽然我越是想吹得好却越是吹得断断续续、疙疙瘩瘩,但是我心里的歌声是很连贯流畅的,是很美好的,经常美得把我自己打动。

可是现在,我的口琴呢?

它在我的桌子上,遍体鳞伤。

我没吃晚饭。爸爸不是说了嘛,"让他饿死!"是的,他就是这么说的,他这样对待他的儿子。而我觉得自己什么错都没有犯,是他们打翻了我的书包,弄碎了我的口琴,爸爸非但没有为我主持公道,反而将我开除，还嚷出了"让他饿死"这样的话，他的心为什么这么狠呢？

那就让我真的饿死吧！我躺到床上，躺得直挺挺的，我想象自己就要死了，我死了就是这样子吗？想到自己小小年纪，还没有好好活呢，现在就要死了，我不禁感到悲伤。我的眼泪竟然流出来了，从眼角滚出来，滑落到了耳朵里。它是一颗热乎乎的泪。

我要是真的死了，妈妈会怎么样？她一定会呼天抢地地哭，她会把我抱起来吧？但是她可能抱不动我，因为我听说，死人会特别重，而且，是硬邦邦的，就像一段很沉很沉的木头，妈妈力气那么小，她抱得动我吗？她只能扑在我身上哭！她会大哭大叫，然后爸爸进来了。

他会怎么样？他也会哭吗？他的儿子死了，是饿死的，不，是被他气死的，他会哭吗？会感到内疚吗？

我睡着了，我做了一个梦，我在梦里好饿啊，饿得受不了，真的是要饿死了！我到处找吃的，拉开家里所有的抽屉，我还弯腰到床底下去找吃的，什么都没有！我还打开水龙头，因为有人对我说，里面会流出牛奶和面条来。但是，水龙头里什么都没有。我使劲拧龙头，就是拧不动，不要说牛奶和面条，连水都没有啊！这时候门打开了，戚江和包世民走了进来，他们抬着一个大箩筐，装了满满的一筐馒头。这两个人笑眯眯地对我说，吃吧吃吧，热腾腾香喷喷的馒头啊，你快吃吧！我抓起馒头就吃，一个两个，吃了几十个，还是饿。很快，一箩筐馒头就要被我吃完了，里面只有一个了，但我还是饿，我拿起最后一个馒头正要吃，爸爸却冲了过来……

苦 练

平时爸爸上音乐课，都是踩一架破风琴。

这架风琴，可能年龄比爸爸还要大，每次爸爸踩它，乐声还没有响起来，它就先是一阵气喘。爸爸不止一次说，它有一个键，按下去之后就不太肯弹起来。所以爸爸每次弹这个音，都会像敲榔头一样砸下去，他说，只有这样，它才肯弹起来。如果它不弹起来，那么，下来还要弹到它，就没这个音了。

爸爸一直说，等学校有了钱，就要买一架钢琴。

说到钢琴，爸爸的眼神充满了憧憬，我知道，他做梦都想有一架钢琴。妈妈曾经提议，既然学校买不起钢琴，而且看来以后也买不起，那么，为什么不买一架新的风琴呢？

爸爸不吱声。

我知道，爸爸不吱声，是因为他不想要新的风琴。虽然老风琴太老了，只知道像老牛一样喘气，而且一个键总是会弹不起来，但是爸爸还是不想买新风琴。因为，他的梦想是要一架钢琴。如果买了新风琴，钢琴就更加遥遥无期了。

他默默忍受着气喘的老风琴，就是为了等待一架高贵的钢琴。

现在成立了小米兰文工团，总不见得抬着这架破风琴出去演出吧？甚至用它来进行排练，都觉得不合适了。用爸爸的话来说是："它喘得我都想喘了。"

爸爸决定，一放暑假，他就要去县城买一架手风琴。

他做出这个决定的时候，就像在全校大会上作报告，他还做了一个夸张的手势，表示这个决定是不可违抗的，是任何困难都无法阻挡的。

我听到妈妈对他说："可是你并不会拉手风琴。"

爸爸情绪激昂地说："都是键盘乐器，原理是一样的。我弹了十几年风琴，手风琴只要稍微适应一下，就一定会拉的！"

离正式放暑假还有好几天，手风琴还远在天边，爸爸却已经行动起来了，他找了两张硬纸板，一张画上键盘，一张画上贝斯。他就把这两张硬纸板挂在脖子里,左一块右一块,把它们当作手风琴,无声地练了起来。

那几天,他练得很刻苦。上班带去学校,在校长室里练;下班的时候,就把"手风琴"带回家,在家里练。

除了吃饭睡觉,他都是在练指法,练和声。

他练得那么认真。

我偷眼看他,他胸前挂着这两个硬纸板,手指不停地动着,嘴也不停地一歪一扭,好像他弹的是一架真的手风琴。

他的样子非常可笑,但是他自己一点儿都不笑。

后来,他竟然一边拉"手风琴",一边嘴里唱了起来。好像硬纸板是真的会发出声音的,他这样自弹自唱,非常陶醉,非常乐在其中。

要是在从前,我一定会站在他的面前,看他弹,或许我还会和着他的"琴声"唱起来呢!这是一架多么神奇的手风琴啊,它是画在硬纸板上的,但是,只要你把它当作一架真正的手风琴,你就能把它欢快地拉响,就能弹奏出好听的乐曲来!

但是我满肚子的委屈、满肚子的怨恨,我偷眼看他弹两张硬纸板弹得这么起劲,觉得他简直就是个大傻瓜!如果在全校师生大会上,他这副样子站在台上,一定会被所有的人笑话,谁都会笑掉大牙的。

我一天都没有参加小米兰文工团,他就把我开除了,哼!他是一个坏爸爸,他是一个大傻瓜!

夏天的晚上,蚊子太多了,如果你闭上眼睛,就会听到它们嗡嗡嗡的声音,它们在昏暗的空中飞舞,唱着令人讨厌的小曲儿。它们趁人不备,就会扑上来,叮你一口,吸你的血,在你的皮肤上留下一个包,让你痒得难受。

在门外纳凉的时候,我们手上都有一把蒲扇,不是为了扇风,而是用它来驱赶蚊子。啪啪,啪啪,手里的蒲扇不停拍着我们的腿,有时候也拍我们的背,这样蚊子就不敢来叮我们了。它们即使来了,我们的蒲扇一拍,它们就飞走了。

爸爸的两只手因为在弹"手风琴",所以蚊子们就趁机扑向他,肆无忌惮地叮他的手臂,叮他的腿,甚至叮他的脸。

他一边跺着脚,一边坚持拉"手风琴"。妈妈有时候就会用她手上的蒲扇,去他的脚边拍几下子。

爸爸却一点儿都不领情,他反而责怪妈妈影响了他练"琴"。

妈妈说:"你不怕蚊子咬,为什么还要跺脚?"

蚊子们一点儿都不因为他如此刻苦而感动,它们趁火打劫,疯狂地叮上去,把他咬得满腿都是一个个小红点。妈妈说,看上去就像赤豆粽子。

蚊子虽然也咬我,但我变得一点儿都不恨蚊子了,我反而觉得它们是好样的,它们就像一群复仇的勇士一样,代替我向爸爸发起进攻。我希望它们多一点儿,嘴再尖一点儿长一点儿,再疯狂一点儿,向着可恶的爸爸飞过去,去叮他的腿,叮他的手臂,叮他的全身,咬得他比赤豆粽子还要多很多红点点!谁让他那么狠心?谁让他那么不讲道理?他开除了我,我已经和小米兰文工团没有一点儿关系了,那么就让蚊子把他叮得练不成手风琴。

他那是什么破手风琴哟,简直可笑,是两块硬纸板,如果这也算手风琴,那屋顶也可以算是钢琴了,一块砖头也可以算小提琴,马桶也可以当鼓来敲了,扫帚柄也可以算是一根笛子了,芭蕉叶子都可以当琵琶来弹了!不是吗?两块破硬纸板,当手风琴拉巴拉巴,小米兰文工团有什么稀奇?就这点儿破东西,就这点儿破水平,哼!

让越来越多的蚊子去叮他,咬得他受不了,咬得他连硬纸板手风琴都练不成!

夏　夜

但是爸爸是一个狡猾的人，他有办法，为了躲避蚊子的进攻，他躲进蚊帐里练。

他的手指，嘀嘀嗒嗒地点击着硬纸板，妈妈拉着我的手，说："走，我们到外面纳凉去。"

满天星光，晚风清凉。

我和妈妈坐在门外的空地上，我闻到了夜的气味，那是有着暗香的、凉爽的气味。

妈妈知道我不开心，她安慰我说："爸爸的脾气就是这样，过几天就会好的。"

我说："他是个蛮不讲理的爸爸！"

妈妈说："你为什么一定要参加小米兰呢？放了暑假，还不如我们一起到浙江外婆家去玩呢。"

外婆家在浙江安吉，那是一个很好玩的地方，每次去外婆家，我都感到无比快乐，因为实在太好玩了。那里有好看的山，还有成片成片的竹林，还有瀑布，还有很多好吃的东西。我特别喜欢吃外婆做的竹笋，无论是油焖的，还是和咸肉一起煮汤的，都太好吃了！

如果是平时，妈妈说要带我去安吉外婆家玩，我会高兴得跳起来的，我会连续几个晚上都睡不好觉，一想到要去外婆家，谁能不激动呢？谁还睡得着觉呢？

但是现在不。我一点儿都不想去外婆家，我就要待在家里，我什么地方都不想去。我忽然觉得世界上再好玩的地方我也不愿意去了。

我就是想参加小米兰文工团，想到能每天排练节目，能到外面去演出，我就止不住内心激动。但是现在，我却被开除了，被推到了欢乐之外。

其他的一切，还有什么意思呢？

更让我生气的是，卢一楼竟然被录取了。凭什么？是不是爸爸故意要这么做？他让说话都不利索的卢一楼参加小米兰，是故意要气我吗？卢一楼什么都不会，他会唱歌吗？会跳舞吗？会朗诵吗？会吹口琴吗？他什么都不会，竟然能成为小文工团员，而我，却被开除了！

我抬头看天上的星星，它们变得模糊了，闪烁出很长的光芒。我想，是因为我的眼里又有了泪水吧。

妈妈说："老师的孩子，学校领导的孩子，外人都以为会占很多便宜，但是我知道，许多时候，你只能比别人多受一点儿委屈。因为你的爸爸是校长，所以，大家都认为，你应该处处比别的孩子表现好；一旦犯了错，也应该受到更多的批评和惩罚。"

星星们看上去更模糊了，它们就像一群蜜蜂，在夜里嗡嗡嗡地飞。

妈妈说："善儿你要懂得这个道理，你只有表现得比同学更好，累一点儿，苦一点儿，谁让你是老师的孩子呢？"

我说："可是，我想参加小米兰，不是为了表现好一点儿吗？"

妈妈说："我知道。但是，你跟同学打架，不是很不应该吗？"

"可是，他把我的口琴弄坏了！"我终于忍不住大哭起来。

爸爸听到我的哭声，从屋子里走出来，他拿过妈妈手里的蒲扇，一边给自己扇风，一边对我说："就是一只破口琴，坏了就坏了，本来音就不准了，还吹它，把耳朵都吹坏了。"

我的口琴，还是以前舅舅来家里送给我的，我一直很爱惜它，每次吹过之后，都要用自来水认真冲洗。可能就是因为龙头里出来的水太急了，口琴里的几个簧片被冲得歪了、弯了，所以音确实不那么准了。

爸爸说的"耳朵吹坏"，意思是，经常听一些不准的音，自己的音准概念慢慢就要变得不好了。这个话他以前说过，不止一次说过。但是，我实在太喜欢我的口琴了，我总不见得把它扔掉吧！

他急促地摇着手里的蒲扇,我想,他一定是闷在蚊帐里热坏了,出来透透气的吧。

"卢一楼也参加小米兰了,为什么我不能?"我对爸爸说。

我发现,他在昏暗的光线下不停地摇着蒲扇,看上去就像一头怪兽。

"什么卢一楼?"他的声音好像是被蒲扇刮过来的。

"卢全观呀!"我说。

爸爸停下扇子,说:"卢全观就是卢全观,什么卢一楼?又给同学起绰号!"

我说:"为什么他能参加?他唱歌每一句都跑调。"

爸爸说:"这个你就不懂了,他的形象很有特点,适合演反角,我们需要这样的小演员。"

我的脑子里马上浮现出卢一楼的形象,他长得确实很有意思,胖胖的身材,脸上的表情始终看不出他是高兴呢还是生气,他笑的时候,就像是哭一样。是的,他的表情就是哭笑不得的样子,只要看他一眼,就觉得很滑稽。

"但我为什么不能参加?难道小米兰里只要反角吗?所有的人都演反角吗?"

爸爸重新又摇起了蒲扇,他说:"因为你犯了错。"

我说:"犯了错就应该打入十八层地狱,永世不得翻身吗?"

听我这么说,妈妈笑了起来。

我听到,昏暗的光线下爸爸好像也笑了。

他说:"一个人,即使是犯了罪,也不会打入十八层地狱,也能被改造好。接下来要看你的表现,如果你表现好,立了功,那还是可以考虑重新让你参加小米兰的。"

新 声

其实我是不服气的，我没觉得我犯了错。

戚江和包世民在教室里推来推去，把我的书包打翻，压碎了我的口琴，错不在我，而在戚江和包世民，罪魁祸首是戚江！

如果我不想参加小米兰文工团，那我才不要立什么功呢。我没有罪，不需要将功赎罪。

可是，我太想参加了！

我只能委屈自己，绞尽脑汁地想，怎样才能立一个功，狗屁功！

到街上扶一个老大娘过马路，这种事不一定能遇上的。即使碰巧遇上，老大娘可能自己走得比我还快呢。或者，被别人抢先一步去扶了。

而包世民曾经偷了家里的钱，说是在路上捡到的，交给老师，这种事我也干不出来。而且，家里的钱，妈妈放得可好了，放钱的抽屉永远都是锁着的，就是爸爸想偷，也不一定偷得到。

我躺在床上，脑子一刻不停地转动，慢慢不再是想实实在在的立功机会，而是变成了幻想。

我想象有外星人入侵地球，而我是第一个发现的。我没有本事打败外星人，但我突然发出一声大叫，我的叫声撕心裂肺，等于是拉响了警报，全镇的人都听到了，大家都知道是外星人来了。虽然没办法抵抗，但是，因为提前听到了我的叫喊声，所以许多人都及时躲了起来，有的钻进地下室，有的躲到了衣柜里，还有人钻进了自家的鸡窝。所有的人都躲起来了，外星人一个人都没找到！是我的警报，及时挽救了全镇的人。

这算不算立功？

我还想象，我家的猫咪乔乔突然变得像老虎那么大，我骑在它的身上，威风凛凛地四处巡游，看见老鼠，不用乔乔亲自去抓，我只要拔下一根乔乔的毛，扔出去，就把老鼠射死了。一根毛射死一只老鼠，很快镇上所有的老鼠都被我们消灭了，全镇一只老鼠都没有了。

这也算立功吧，是我和乔乔一起立的大功。

迷迷糊糊躺在席子上的我，后来是被一阵轻快的音乐声吵醒了。是什么乐器？是手风琴的声音吗？我不是在做梦吧？

"善儿快起来！快起来看，爸爸回来了，手风琴买回来了！"妈妈走进我的房间，兴奋地说，"大下午的睡什么觉啊！"

真的吗？他真的把手风琴买回来了吗？这是一架真的手风琴吗？不是硬纸板吗？

真的，是真的。暑假才第一天，爸爸就去县城，把手风琴买回来了。

这架手风琴真漂亮啊！我睡眼惺忪地走到客厅里，看到爸爸正在欢快地拉它。真是奇怪啊，他以前从来都没有拉过手风琴，为什么一买回来就能拉呢？难道说真的在硬纸板做的琴键上就能练好？

我想，一定是因为爸爸有弹风琴的基础，用他的话来讲，键盘乐器的原理是一样的。

红宝石一般的外壳，琴键就像一排整齐的牙齿，在爸爸胸前笑得合不拢嘴。

我呆呆地看着爸爸，看着漂亮的手风琴，这美好的一切，却与我无关，我不禁黯然神伤。

爸爸的脸上，是带着笑的，那是一种难以抑制的喜悦。夏日的午后，凉爽的微风从不远处的小树林吹过来，吹进我们家，吹拂在我们的身上，仿佛美好的琴声也是一阵清凉的风，它和树林里吹过来的风缠绕在一起，在空中跳着透明的舞蹈。

一切都是那么美好，可是这美好，却并不属于我。

我的鼻子一酸，眼泪都差点儿要流下来了。

"来，唱一个吧！"琴声停下来，爸爸这么对我说。

他实在是太高兴了，他好像已经忘记了，我是早已被他开除的人，我不是小米兰文工团的人，我是一个被排斥在一切美好之外的倒霉蛋。他忘了吗？他居然还让我唱一个！我能唱吗？我可以唱吗？我有资格唱吗？

爸爸完全沉浸在喜悦中，他的表情，让我感到陌生。但我知道，他是认真的，并不是在跟我开玩笑。

他对我点了一下头，又说了一遍："唱一个吧！"

爸爸的琴声又响了起来，我知道，这首歌是《飞吧鸽子》。

"鸽子啊，在蓝天上翱翔，带上我殷切的希望，我的心，永远伴随着你，勇敢地飞向远方……"

我心里酸酸的，但还是跟着琴声唱了起来。

手风琴的乐音，是多么美妙啊。爸爸拉得真好啊，我知道他的内心充满了太多的喜悦，所以才会让琴声这样动听。

而我，很快也就好像被自己的歌声打动了，我忘记了委屈，忘记了忧愁和悲伤，似乎之前所有的郁闷都烟消云散了。我已经很久没有这么快乐地唱歌了，这首歌我以前唱过无数遍，但从来没有像今天这样动情。我感觉自己也像鸽子一样飞了起来，飞到了广阔而清净的天空上，天是那么辽阔而透明，蓝得纯净，移动的白云，就像天鹅一样飘浮着，游动着。

"云啊，懂得你的使命；雾啊，了解你的目光。飞吧飞吧，我心爱的鸽子，云雾里你从不迷航。"

妈妈也被琴声歌声感染了，她也跟着轻声唱了起来。而她以前是从来都不唱歌的，她说她的乐感天生不好，有点儿五音不全。但她这一刻终于按捺不住，也跟着一起唱了起来。

但是爸爸歪过脑袋，示意她不要唱。他一定是觉得，他的琴声和我的歌声，是完美的，不能让妈妈那不好听的声音给干扰了、影响了。

妈妈于是不再唱，她赌气地走了。

"风啊，考验过你的意志；雨啊，冲刷过你的翅膀。飞吧飞吧，我心爱的鸽子，风雨里你无比坚强……"

我感觉得到，爸爸的琴声变得低了，他这样做，是为了让我的歌声显得更响一点儿，把我的歌声衬托得更清楚一点儿吧。

好像有另外一个我，此刻站在角落里，静静地看着唱歌的我，认真地听着我在歌唱。他也被我的歌声打动了，他在我的歌声里听到了美好，也听出了忧伤。

歌唱完了，我的内心，又有了深深的忧伤。因为我知道自己是被排斥在了歌声之外，排斥在了美好之外。

不知道妈妈什么时候又回到了外间，她为我鼓掌，她说："善儿唱得太好了！"

爸爸按住气孔，把琴箱收拢，他说："哦，唱得不错。"

而我，突然两行眼泪流了下来。

既因为内心的失落和忧伤，也因为爸爸的琴声和我自己的歌声。

爸爸看着我，他一定是觉得奇怪，我为什么突然哭了呢？他难道已经忘记了吗？他做出了多么残忍的事，他开除了我，还说过"让他饿死"这样绝情的话，这些他都忘记了吗？不是他说的话他做的事吗？他伤透了我的心，他一点儿都不知道吗？我的眼泪很莫名其妙是吗？我是无缘无故地哭了吗？

大人的心是什么做的？他们可以随便伤害小孩子的心，然后就像忘了一样，就像什么事都没有发生一样，他们自己没有当过小孩子吗？他们小的时候，也受过委屈吗？也被这样伤害过吗？那么，他们伤心过吗？哭过吗？为什么他们长大之后就忘记了呢？就变得像他们的爸爸妈妈一样，这么随随便便地欺负自己的孩子呢？

飞 吧

妈妈说:"我们善儿要是个女孩子就好了。"

我知道,妈妈一直是想要个女儿的,但是她只有我这一个儿子。我刚生下来的时候,妈妈给我起的名字是"葛菲",她对这个名字还很得意,说都是草字头,写出来好看,一看这个名字,就会联想到美好的植物以及它们的芬芳。但是爸爸极力反对,爸爸说,明明是个儿子,为什么要起女孩的名字? 名字再好,也只是适合女孩,不适合男孩的,就不是好名字。

妈妈没办法,说希望我长大了以后有一颗善良的心,那么就叫葛善吧。

爸爸说,人生就要追求真善美,叫葛善不错。

虽然这样,妈妈对葛菲这个名字还是有点儿舍不得放弃,她说,等我有朝一日有了妹妹,就把这个名字给妹妹。她还说,要是他们始终只有我一个孩子,那么,就希望我以后长大了有一个女儿,让她叫葛菲。

爸爸说:"男孩子就要有个男孩子的样子,起个女孩名字,对他成长没有好处。"

有时候妈妈会告诉我,在我很小的时候,她还会给我头发上扎上蝴蝶结。她甚至还买过一条小裙子,打算给我穿。但是因为怕爸爸说她,一次都没有给我穿过。不过,这条小裙子,她没有扔掉,还一直放在箱子里。有一年梅雨过后,家家户户都把衣服拿到太阳底下晒,名为"杀伏",这时候,我看到了这条花裙子。

杀伏的意思是,要让伏天毒辣辣的太阳为家里的一些东西杀杀菌。放在箱子柜子里的衣裳裤子被子鞋子,经历过湿答答的梅雨天,不狠狠地晒一晒,就会发霉呢。出梅后,连绵的雨不见了,太阳特别特别亮,就像一个大火球，它的光芒照在地上，把路面和石头晒得滚烫。这时候翻箱倒柜，把所有的衣物还有书籍拿出去，好好晒一晒，晒得干爽爽的，晒得香喷喷的，然后再放好，这样就不会发霉啦。

　　说实话，这条小小的花裙子真是很漂亮，难怪妈妈喜欢它，我看了都觉得很喜欢。我想，我要真有个妹妹就好了，她就会穿得像花蝴蝶一样，她一定长得比所有的女孩子都漂亮。她一定有着好听的嗓音，唱起歌来也一定是世界上最好听的。

　　我问妈妈："为什么不给我生一个妹妹呢？"

　　妈妈说："国家号召我们只生一个，我们不能违反规定啊。"

　　也许在妈妈心目中，只有女孩子才能歌善舞，而且也容易打扮，可以给她穿好看的衣裳，梳漂亮的发型。虽然像我这样，唱歌挺好，却是一个男生，那多少是个遗憾。

　　但是爸爸说："为什么一定是女孩子才唱歌好？男歌唱家也很多啊！许多杰出的音乐家，都是男的嘛！"

　　爸爸还说："男人做任何事，都不会输给女的，做饭、缝衣服，这些事，最优秀的还是男的。"

　　妈妈说："男人这么厉害吗？"

　　爸爸说："你看，大厨，还有服装设计师，是男的多还是女的多？"

　　妈妈说："反正我觉得，要是善儿是女儿，那是更好！"

　　爸爸说："那你说他唱歌比女的差吗？"

　　爸爸好像突然站到了我一边，他称赞我唱歌好，不仅仅是音色好，也不仅是音准、节奏都不错，主要是唱得有味道。他说："唱歌是要用心唱的，心底里流出来的歌，才是最美的，才能打动人！"

　　听他这么说，我心底突然生起了一股暖暖的东西，是感动吗？还是幸福和快乐的感觉？都有，但我知道，这股暖融融的东西里，还夹杂着酸酸的感觉，因为，他夸我唱歌好，越夸就越让我感到委屈和伤心。是的,被他夸我确实高兴,但是,不高兴比高兴要多,高兴的外壳里面,包裹着的是不高兴,是伤心失落。

我的眼眶里,眼泪在打转。

妈妈撇了撇嘴说:"他唱歌那么好,为什么不能参加小米兰文工团?"

爸爸沉默了一会儿,突然说:"我决定,他可以参加!"

真的吗? 我不敢相信我是真的听到了这句话,我看着爸爸,他一定从我吃惊的表情里看出了我的疑惑,他点点头,说:"我们明天就要开始排练了。"

不是说要立了功才能让我参加吗?

爸爸说:"你唱得好,用心唱了,就是立功了。立功不一定非要做一件具体的好事不可,能让自己的心向善向美,能把美表现出来,这也是好事。"

没想到幸运这么突然地就降临了,我的心美美地跳动,《飞吧鸽子》美好的旋律,再一次在我心里萦绕。就像清凉的微风,就像我家屋后隐约的蔷薇花香,就像一种秘密的心事,将我浸润,把我包围,让我快乐得要像鸽子一样飞起来。

舞 蹈

我们排练的第一个节目,是集体舞蹈。

爸爸不会跳舞,他特意请了我们学校的体育老师来给大家排练。

一般的学校,体育老师多半是男的,但是我们学校的体育老师倪老师,却是一位女老师。

如果不说她是体育老师,谁也不会想到倪老师是教我们体育的。她是师范学院体育系毕业的,专长是田径。所以她看上去个子不高,身上好像也没有发达的肌肉。谁要是说倪老师是一个大力士，我们都会笑翻的。但是她短跑的速度太快了，在我们学校，无论是学生还是老师，没有一个跑得过她的，用爸爸的话来说，倪老师一旦奔跑起来，就像一头小鹿。

长跑也是倪老师的特长，她在学校的环形跑道上跑，她跑了两圈三圈，我们许多同学连一圈都没跑完。她每天早上都绕着四百米的环形跑道跑，她一圈圈地跑，跑啊跑，一直都是这样的速度，好像只要时间允许，她就能一直跑下去。有人站在边上数过，想知道倪老师究竟能跑多少圈，但是，竟然没有数清楚。

她跑的姿势非常好看，她虽然是体育老师，但是比语文老师、英语老师长得都要漂亮。她的腿长长的、腰细细的，跑动起来的时候，头发在脑后飘啊飘，不像是在运动，倒像是在跳舞。

所以，爸爸把她请来教我们舞蹈，是有他的道理的。

倪老师在我们中间选了四男四女八位同学，她要让大家跳一个集体舞蹈《歌声与微笑》。

你一定猜到了，我也被倪老师选中了。

但我不会跳舞，我觉得扭动自己的身体，做出各种各样的姿势，那是女生才爱干的事。而且，还要当着那么多人的面这么跳，而且，还是和女生一起跳，实在是难为情。

但是，我不敢违抗。这是小米兰文工团成立后的第一天活动，如果我不服从命令听指挥，那么爸爸肯定马上又要把我开除了。

倪老师说："大家都要放开来做，不要怕难为情。"

她还说，如果怕难为情，做出来的动作就会很难看。要勇敢地做、认真地跳，只有这样，舞姿才会优美。优美的舞姿，怎么是难为情的呢？

倪老师教得很认真，她说："其实，我也不会舞蹈，但是我学过体操。体操，特别是艺术体操，和舞蹈是相通的，有许多地方是一样的。"

除了林玲，大家都跳得很僵硬。

倪老师说："放松！放松！怎么都像木头人一样？"

她让林玲跳给大家看，她自己呢，也反复为大家示范。她说："舞蹈的动作，不是为了跳而跳，而是通过动作，抒发自己的情绪，表达自己欢乐的心情。"

她托着我的腰说："你要这样跳，转身的时候，不要僵硬。这是个广播操的动作，你天天做的，怎么现在就不会做了呢？"

我最怕痒痒了，被她托着腰，我忍不住就笑了。

爸爸在边上狠狠地瞪了我一眼，把我的笑吓了回去。

但是后来大家都不停地笑，倒不是因为被倪老师托住腰，而是因为，她一边给我们排舞蹈，一边嘴里唱着《歌声与微笑》，她熟悉这首歌的旋律，但是她记不住歌词，她一会儿唱"请把我的歌带回你的家"，一会儿又唱"请把你的歌带回我的家"。唱"请把我的歌带回你的家"这句，后面却接着"请把我的微笑留下"，反正乱七八糟的。

大家都觉得太好笑了。

卢一楼在一边看，他笑得特别起劲，他的笑声就像驴子叫。

秋萍说："倪老师，到底是把你的歌留下，还是把我的歌留下？"

倪老师自己也觉得好笑，她笑得全身都颤动了起来。

倪老师说："那我就不唱了，还是葛校长拉手风琴给你们伴奏吧。"

爸爸的手风琴响起来了。

但是，舞蹈跳得断断续续，他得不时地停下来。他有点儿生气，就说："我不拉了，还是你们自己唱吧！"

倪老师就说："那会唱的同学就一边跳一边唱，反正这首歌大家都会唱的是不是？"

我们就磕磕绊绊地跳，疙疙瘩瘩地唱。

我敢肯定，齐云飞和董欣一直都在故意唱错，该唱"请把我的歌，带回你的家"的时候，他们就唱"请把你的歌，带回你的家"。

女生们也听出来了，知道他们在捣蛋，林玲赌气不跳了，她说："真讨厌！"

齐云飞就被爸爸叫出来批评，爸爸说："排练节目，是严肃艰苦的事，不能嘻嘻哈哈，故意捣蛋更是不能容忍的！小米兰文工团是你主动要参加的是不是？你是来干什么的？存心来捣乱吗？"

齐云飞说："我不是故意的。"

林玲说："倪老师不是故意的，你就是故意的！"

爸爸严厉地说："是有意还是无意，这个大家一听就明白，不用狡辩。如果是来捣蛋，那么，现在就给我回去！"

听爸爸这么说，齐云飞老实认错，他说："我再也不唱错了。"

爸爸说："认错了就好，不小心唱错是难免的，但是，故意捣乱，就很恶劣。"

齐云飞说："但是董欣也故意唱错的。"

董欣大叫起来："我不是故意的，我没有故意唱错！"

林玲对董欣说："你是故意唱错的，我听到的，你一边笑一边故意唱错，别以为我没看到！"

爸爸凌厉的目光看着董欣，他就不敢狡辩了，低下了头。但是，我听到他嘴里吐出了两个字："奸细……"他说得很轻，但是我听到了。

这个舞蹈，倪老师在中间设计了男生和女生手拉手转圈的动作，董欣不干了，他说："我不要！"

倪老师说："为什么？你要给我一个理由。"

董欣说："我不想和女生拉手。"

倪老师说："小小年纪，怎么这么封建？拉手怎么啦？拉手难为情吗？为什么觉得难为情？是你心里有鬼。"

林玲是女生中个子最高的,男生个子最高的是齐云飞,应该是他们两个拉手。但是林玲听到董欣说不要跟女生拉手,她生气地说:"谁要跟你们臭男生拉手!"

她把齐云飞的手甩开了。

我看得出来,齐云飞是很愿意跟林玲拉手的,他的手被林玲狠狠地甩掉,就很尴尬地站在一边。

倪老师虽然是个女的,看上去也不是肌肉很发达,但其实她力气很大,她有一股暗力。她抓住董欣的手,轻轻一拉,就让他像陀螺一样转了两个圈。倪老师说:"我也是女的,跟我拉手跳舞,结果怎么啦?你身上少掉一块肉了吗?"

倪老师大声说:"同学们,拉起手来!对,一、二、三,转!"

和我拉手的是秋萍,我发现,拉着她的手跳舞、转圈,好像特别轻松。原因就是我们都是乐感很好的人吧,我们都有很好的节奏感,每跳一步,都踩在点子上,所以不管转多少圈,脚步一点儿都不乱。

大家越跳越放松了,林玲带着齐云飞跳,转了好几个圈,她对他说:"你终于会跳了,但是你跳得太软了,比女生还软。"

董欣笑他,说:"齐云飞本来就是个软骨头!"

齐云飞就告状:"倪老师,董欣骂我软骨头!"

倪老师说:"你们就不要骂来骂去了,好好排练!舞蹈既要软,又不能太软,而是软中有硬,刚柔并济,大家在跳的时候要好好体会。"

我发现爸爸不见了,他是什么时候离开礼堂的呢?手风琴放在敞开的琴盒里,他到哪里去了?要是他在,齐云飞和董欣又要被他训斥了。

原来爸爸是到学校传达室去接一个电话了,电话是部队农场打来的,他们知道我们学校组成了暑期文工团,热忱地邀请我们到他们那里演出。

爸爸把这个消息告诉大家,他说:"我们一定要认真排练,等准备好了一台节目，就去部队农场。到时候，解放军叔叔要和我们同台演出呢！"

卢一楼兴奋地说："我要到解放军叔叔那里去看枪！"

董欣说："枪不会随便放的，不可能被你看。"

卢一楼说："打靶的时候也不拿出来吗？"

董欣说："打靶的地方会让你去吗？随便让你去靶场，不怕一枪把你打死啊？"

卢一楼说："解放军叔叔的枪法那么差吗？会打到人身上吗？"

董欣说："你要是在那里随便乱跑，就会被打死。"

卢一楼说："我不会乱跑的，要打死一个人，也不是我，而是你。"

爸爸训斥他们说："说什么呢？什么死啊活的！别再说什么枪不枪的，解放军的枪能让你们随便动吗？我们去部队农场，是去演出的，不是让你们去看枪的。现在抓紧排练吧，拿不出节目来，哪儿都不能去！"

累 倒

舞蹈《歌声与微笑》排练了三天，终于可以在爸爸的手风琴声里勉强连贯地跳起来了。

但是倪老师却累倒了。

本来她还要来再辅导我们一次，整体看一看这个集体舞蹈还有什么地方需要修改的。倪老师说了，她要像一个挑剔的观众一样，坐在台下，认真地、完整地看一遍这个节目，不是看它好在哪里，而是看它有什么毛病，有不合适的地方，就要修改。倪老师说，她喜欢每做一件事，都要把这件事做好，"要么不做，要做就要做好。"她说。

但是，由于太辛苦了，她得了急性阑尾炎，要马上住院开刀。

大家心情很不好，倪老师为了帮我们排练舞蹈，竟然累成这样！

"要开刀啊？一定会很痛吧？"林玲说话都带点儿哭腔了。

"体育老师怎么也会生病？"董欣说。

秋萍马上驳斥他说："体育老师也是人，倪老师是为了我们才病倒的，你说这个话不觉得难为情吗？"

林玲说："就是因为你们男生硬手硬脚的，太难教了，倪老师才这么辛苦。"

齐云飞说："你不是说我的动作比女人还软吗？怎么现在又来说我们硬手硬脚？"

林玲说："你软得不在拍子上，就是比硬手硬脚还要硬。"

齐云飞说："那倪老师生病也不见得就是我们害的。"

林玲说："要不是你们男生这么难教，倪老师就不会病。"

我也是男生，但是，我并不反感林玲这么说。我感到内疚，觉得倪老师给我们把这个舞蹈排了出来，确实不容易，她付出了太多的辛苦。我是早就听出来了，她的嗓子都哑了。她一边教我们，嘴里一边喊着一二三，或者说应该怎样怎样。我们动作跟不上的时候，她的声音就越来越大。

爸爸对大家说："你们不要瞎吵吵了，倪老师确实是太辛苦了，她不仅白天给大家辅导，晚上到了家里还不休息的，还要反复设计动作。据说这几天她每晚只睡三四个小时，她就是累倒的！"

爸爸还说，大家只有认真排练，把这个舞蹈跳得滚瓜烂熟，才对得起倪老师。

齐云飞说："对的，我们要化悲痛为力量。"

秋萍说："你神经病啊？倪老师只是阑尾炎开刀，什么化悲痛为力量，你触什么霉头啊！"

我说："等倪老师开完刀，我们大家去医院看望她吧。"

秋萍说:"好的好的,我们买生煎包子给她吃,倪老师最喜欢吃生煎包子了。"

林玲说:"才开了刀不能吃生煎包子吧,只能喝粥汤。"

齐云飞说:"那我们就买粥汤给她喝。"

董欣说:"你这个傻瓜,哪里有粥汤卖?"

我说:"是啊,还没听说过看病人买粥汤去的。"

齐云飞说:"那倪老师要喝粥汤怎么办?"

秋萍说:"她妈妈不会在家里熬了粥汤送去给她啊?"

董欣说:"医院里也会煮给病人喝的。"

爸爸说:"我们不要废话了,抓紧排练,倪老师今天开刀,我们后天去医院看她吧。"

探 望

天空下着细雨,但是淋不到我们。小河边的街道,老房子一幢挨着一幢,它们的屋顶下,都有宽阔的走廊。雕花的窗棂里,飘出来好听的评弹唱腔,月季和绣球花则盛开在人家门口的花坛里,或者窗台上。

我们在廊檐下一路走,去医院看望倪老师。

林玲说:"我们这样去医院,什么东西都不带给倪老师吗?"

我说:"她不是还不能吃生煎包吗?"

林玲说:"我又没说要给她吃生煎包。"

齐云飞指着人家窗台上的一盆月季花说:"我们采一朵花给倪老师吧!"

秋萍说:"这是人家种的花,怎么可以随便采呢?"

齐云飞说:"房子里面没有人吧?我偷偷采一朵,又没关系的咯!"

秋萍说:"不能采,不能采就是不能采!"

林玲说:"即使能采也不要采,没有看病人送月季花的吧?"

董欣说:"那要送什么花?"

林玲说:"我听说是要送康乃馨,意思就是让病人早日康复。"

齐云飞说:"可是哪来的康乃馨呢?"

我说:"早知道这样,就去镇上的花店买了。"

董欣说:"你现在说这个话有什么用?花店那么远,我们已经快走到医院门口了,难道现在再回到镇子的东头去买花吗?"

爸爸一直远远地走在前面,他带领着我们这支队伍,向医院走去。我们说着送花给倪老师的事,他听到了,放慢了走路的速度,等我们跟上他,他说:"什么都不要送了,你们只要告诉倪老师,你们排练很认真,已经把《歌声与微笑》跳得很熟练了,这就是最好的礼物,倪老师一定会很高兴的。"

倪老师见了我们,第一句话是:"没想到排一个舞蹈会这么累,比跑一场马拉松还累。"

病房里一下子来了这么多人,护士进来提醒大家说,不要跟病人说太多的话,病人需要安静,需要好好休息。

但是倪老师看上去很兴奋的样子,她脸色很好,一点儿都不像是刚开了刀。她说,她是半夜突然肚子痛,痛醒的,痛得就像要生孩子一样,没想到是急性阑尾炎。

倪老师还是个大姑娘,她连男朋友都没有呢,却说自己痛得就像要生孩子,她真是个幽默的人。

大家听了她的话,都笑了起来。

护士马上对倪老师说:"你不能笑,你千万不能笑啊,一笑伤口就要崩开了!"

倪老师忍住笑,她的表情看上去就像在做鬼脸。

秋萍说:"倪老师,我们本来想买生煎包子给你吃的,但是你现在还不能吃,只能喝粥汤。等你好了,出院了,我们买很多很多给你吃。"

倪老师说:"好的,太好了!我要一口气吃五十个!"

爸爸对她说:"你是不是饿了?饿的时候,想想一百个也吃得下的。"

倪老师说:"我在师范上学的时候,跟同学打赌,吃掉过三十个的。"

林玲说:"倪老师,这两天我们排练很刻苦的,已经跳得很熟练了,请您放心!"

倪老师说:"好啊,太好了!那你们现在跳一遍给我看吧。"

爸爸说:"在病房里跳不合适吧,影响别的病人休息的。"

这个病房里,一共住了三个病人。

另外两个病人听了爸爸的话,马上说:"不,不影响,不会影响我们的。跳吧跳吧,我们想看,我们喜欢看。"

爸爸说:"真的可以跳吗?"

倪老师说:"跳吧,跳吧,我想看!"

我们就真的在病房里跳起了《歌声与微笑》。病房太小了,我们八个人挤在一起跳,爸爸只能让到病房外面去了。

由于实在太挤,跳不开。但是,大家都没有忘记动作,跳得很整齐,该转圈的时候转圈,该穿插的时候穿插。一边跳,一边嘴里轻轻唱着这首歌:"……明天明天这歌声,飞遍海角天涯,飞遍海角天涯;明天明天这微笑,将是遍野春花,将是遍野春花……"

因为地方太小,我们跳得不好。但是跳完之后,倪老师伸出手来鼓掌。另外两个病人也啪啪地拍手。

护士过来说:"你们快走吧,不能在这里跳舞的,怎么可以在病房里跳舞呢?影响病人休息了!"

爸爸赶紧对护士说"对不起"。

倪老师对护士说："我看到他们跳舞，病都好了，这是最好的休息。"

两位病友也说："不影响，不影响的。"

但是护士还是让大家立刻离开病房，她说："你们人太多了，探视的时间也太长了。"

离开病房的时候，林玲拉住了倪老师的手说："倪老师，我们走了。"

倪老师说："你们快走吧，护士在赶你们走啦！"

林玲却拉着倪老师的手不放，她还哭了起来。倪老师笑了，她甩开林玲的手，说："快走快走！哭什么呀，傻丫头，我又不是得了什么大病，就是阑尾炎嘛，已经割掉了呀，扔掉了呀，它再也不能在我肚子里作怪了。"

秋 萍

要不是参加了小米兰文工团，我们男生和女生，是绝对不可能讲话的。男生和女生，仿佛是两种不同的生物，虽然同在一个教室里学习，却仿佛是生活在两个世界里的。

但是现在，我们十名小文工团员，组成了一个小世界。在这个小世界里，男生和女生又成了同一种生物，彼此不再有太多的男女之分，男女之间不仅说话，有时候还会把自己的零食给对方分享。

我不记得和秋萍是什么时候开始说话的，也不记得说的第一句话又是什么。可以肯定的是，在校长室边上的小会议室门口排队报考的时候，秋萍排在我前面，那时候，我们没说一句话。

后来我告诉她，那天，她的后脑勺上一直停歇着一只苍蝇。

"你为什么不帮我赶掉?"她说。

我说:"我怕被同学看到。"

"那你应该提醒我呀!"

"我怕被同学听到。"

秋萍说:"那我们拉着手跳舞,以后同学看到了怎么办?"

我不知道怎么办。但是我想,又不是我一个人拉着女生的手跳舞,齐云飞、董欣,还有郑小勇,大家都是一男一女手拉手转圈的,只要不是笑话我一个人,我就不怕。

秋萍的大眼睛一直盯着我看,她好像看出我心里想什么了,她说:"葛善,要是只有你和我两个人手拉手跳舞,你怕不怕?"

我当然怕! 要是那样,我会被全校的人嘲笑,会被全世界的人嘲笑! 但是我嘴上却说:"不会的。"

秋萍说:"葛校长说,要排一个我和你两个人的男女声二重唱,你知道了吗?"

我不知道啊! 我觉得有点儿意外,因为爸爸从来没对我说过。

他是我爸爸,我是他的儿子,他没有对我说,却先对秋萍说了,我心里突然酸酸的,很不是滋味。

秋萍说:"我们唱一个什么歌呢?"

我赌气地对她说:"不知道!"

她抬起大眼睛,看着我,一句话也不说。

她好像是用眼睛在问我:"你怎么啦?"

我不理她,她就从口袋里掏出几颗花生,递给我说:"我妈妈炒的花生特别香,给你吃吧。我妈妈说了,花生就要吃带壳的,要剥出来吃才香。"

我喜欢吃花生,我最爱吃的零食就是花生了。过年的时候,妈妈炒了一大锅花生,也是带壳的花生,是加了粗盐一起炒的,虽然盐并没有渗进花生里,花生吃上去还是淡的,但是,盐在锅里特别烫,它的高温传进花生壳,让里面的花生仁变得特别脆,特别香。妈妈总是要分给我一饭盒,让我慢慢吃。但我总是忍不住,一下子就把一饭盒全吃完了,吃得肚子很胀,还像黄鼠狼一样不停地放屁。

但是我没有伸出手去接秋萍给我的花生。

"怎么,不吃吗?"秋萍问。

她抓着一把花生的手,缩了回去,把花生放回了口袋里。

我正有些后悔,她却剥出一颗来,出其不意地塞进我嘴里。

我一边感到自己的脸发烫,一边嚼着嘴里的花生。它好香啊,跟妈妈过年时炒的一样香。

"怎么样,好吃吧?"她也剥了一颗,塞进自己嘴里,边嚼边说。

一粒花生仁,在我嘴里三下两下,就嚼没了。

秋萍从另一只口袋里取出一个花生,递给我说:"喏,再给你吃一个。"

我接过来,使劲一捏,却没有把它捏开。

于是我放进嘴里一咬,天哪,这哪里是花生?这是石头呀!它是那么硬,让我差点儿崩掉一颗牙齿。

我把这个花生从嘴里取出来,仔细看它,它确实是一个花生呀!这是怎么回事呢?

秋萍咯咯咯地大笑起来,她笑得是那么开心、那么放纵,身子都在发抖。

有什么好笑的?我不解地看着她,发现她好像眼泪都笑出来了,因为她用手在擦自己的眼睛呢。

在我再次要把那个花生放进嘴里的时候,她伸出手来抢了回去,她说:"你上当了,哈哈!"

原来这不是一个真正的花生,而是用陶土做了之后烧制而成的。

秋萍说,这是她宜兴的舅舅做了送给她的,"你是第三个上当的人!"她说。

我很生她的气,要是这个假花生此刻在我手里,我会把它狠狠地摔在地上。

她重新抓了一把真花生给我,说:"这些都是真的。"

我张开左手手掌,她就把花生放到了我的手里。我用右手拈起一颗,捏了捏,又换了一颗,也捏了一下,我觉得这些应该都是真花生,因为它们跟假花生比,可是要软多了,分量也轻一些。

我把花生放进了自己的口袋。

她又把假花生递给我说:"这个也送给你吧。做得像吧?和真的一模一样呢!我舅舅一共送了三个给我,这个就给你吧。"

我接过假花生,这才发现它有点儿重,和真花生的重量确实不一样。但是它看上去,太像是真的了,颜色、纹理,和真花生完全一样!如果把它混在一堆真的花生里面,我想谁也没有本事把它辨认出来。

"我告诉你一个秘密,想不想听?"秋萍突然这么对我说。

我说:"是你的秘密吗?"

她说:"是,也不是。"

"要听吗?"她说。

我说:"要听。"

她说:"但是你要答应我,一定保密,不要说给任何人听!"

我说:"好的。"

她说:"你会说给你爸爸听吗?"

我摇摇头。

她说:"你不要摇头,你要回答。"

我说:"好的,我不说,只有我一个人知道。"

她笑着说:"还有我也知道的,是只有我们两个人知道!"

秘 密

秋萍长长地叹了一口气,我闻到了她呼出来的花生的香。她说:"我妈妈不准我参加小米兰文工团的!"

我说:"为什么呢?"

她答非所问地说:"但是,我喜欢唱歌。"

她说,她坚持要参加,她妈妈就哭了。

我不再问她为什么,我只是看着她,她的眼睛里好像也有了泪水。

她咬了咬嘴唇,说:"我爸爸妈妈以前都在苏州唱评弹的,我爸爸还是个响档。"

我问她:"什么是响档?"

她说:"就是很出名的评弹演员。"

"你爸爸妈妈现在还唱吗?"

"早就不唱了,我爸爸死了……"

她刚才眼里还含着泪水,但是现在看上去反而一点儿眼泪都没有了。她说,她生下来不久,她爸爸就死了。

"你知道他是怎么死的吗?"她抬起眼睛来,用很奇怪的眼神看着我。

我怎么知道他是怎么死的呀,而且死又不是猜谜语,不能乱猜的是不是?

她说:"他在公园的一棵树上……是怕死在家里会吓着妈妈和我。"

秋萍的表情,就像一个大人一样。这跟她刚才用一个假花生骗我上当时那副顽皮的样子,完全就不像是同一个人。她说话的声音,轻轻的,仿佛自言自语,但又能够让我清楚地听到。

她轻轻地说，轻轻地叹息，我不知道能够对她说什么。我什么都不说，只是听着她说，她的声音好像是从河里冒上来的泡泡。

"妈妈所以不让我参加小米兰文工团，就是因为爸爸，就因为他们曾经是唱评弹的。"秋萍说，"妈妈说了，搞文艺的人，没有好结果。"

我的一只手，在自己的口袋里摸着那颗假花生，它硬邦邦的，表面粗糙而有一点点锋利。我觉得秋萍的秘密，就像这颗花生一样，它是那么奇怪，给人的感觉是坚硬的、凉凉的。

秋萍说："但是我又不是想当演员，我的理想是当老师，我长大了要当一名音乐老师。"

"你呢？"她问我。

还没等我回答，她又说："我喜欢唱歌，高兴的时候，一个人唱，唱给自己听，就更高兴了；碰上不开心的事呢，只要唱一些好听的歌，哪怕不唱出声音来，只是让歌声在自己的心里流淌，也就不会不开心了。"

"我也喜欢唱歌，"我说，"唱歌就像一条小路，可以顺着它走进一个大花园的。"

秋萍说："对的对的，葛善你说得真好，唱歌是一条小路，通向一座大花园。唱歌也像一只小船，可以坐着它，漂到很远的地方去，去看美丽的风景。"

我们站在礼堂外面的一排合欢树下说话，秋萍的脸刚才还在树的阴影里，但是这一刻，她的脸却被阳光照耀。太阳在移动，它金色的光，透过树隙，照到了秋萍的脸上。

她的大眼睛半闭起来，说："太亮了！"

阳光也移到了我的脸上，是啊，有些耀眼。

我抬起头，看到了合欢花。它们在阳光的照射下，就像开放在天空的焰火一样，它们在我们头顶开放，绚丽的影子，投射到我们的脸上。

"葛善,"秋萍把自己又移到了树的阴影里,说,"你爸爸让我们唱《飞吧鸽子》,但是,我想唱《我们的田野》,你喜欢哪首?"

说实话,我喜欢《飞吧鸽子》,但是,我很生爸爸的气,他希望我们唱这首,我偏不!所以我对秋萍说:"《我们的田野》吧。"

"你也喜欢这首?"她高兴得跳起来,随手抓了一把合欢树的树叶。

合欢树被她扯得摇动了,树上有叶子掉下来,焰火般的合欢花,也飘落下来,落到她的头发上,还有肩膀上。

她掸掉了肩上的落花,还摇了摇头,甩动她的头发,"还有吗?"她问我。

还有,还有几星碎花,沾在她的头发上。

"帮我拿掉!"她几乎是命令道。

我犹豫不定,我是想帮她拿掉的,但是,不知道为什么,我又有点儿怕。

"快呀!"她说,"帮我拿掉!"

我伸出手去,小心地把她头发上"焰火"的碎屑拿掉,就像是去捉掉一条可怕的毛毛虫。

我听到自己的心,很响地跳了几下。

歌 词

爸爸找出《我们的田野》歌谱,递给我说:"你把歌词抄下来,让秋萍也抄一份。"

我拿出我最喜爱的一本练习簿,把歌词工工整整地抄写在第一页。这是崭新的一页,我打算,从这里开始,慢慢地要在这个本子上抄满歌,要把所有我喜欢的歌,都抄在这个本子上。

秋萍说:"你帮我也抄一份吧,我的字太难看了。"

我当时心想，你的字难看，只是抄了给你自己看，又有什么关系呢？

她又夸了我的字，说："葛善，你的字写得真好，我要能写这么好就好了！"

听她这么说，我很高兴，但是，我又担心她是为了讨好我才这么说的。"真的吗？"我说，"我爸爸总是说我的字写得像乌龟那样缩头缩脑的。"

秋萍说："是真的，不是假的，我就是觉得你的字写得好，很好看。它们一个个看上去乖乖的，就像幼儿园里可爱的小朋友坐成了一排。"

我相信她这么说是真心的，因为她说出来的这种感觉，也是我自己的感觉，我就是喜欢把字写得乖乖的样子，不喜欢那些把笔画都写出了格子的字。爸爸说我的字是"缩头缩脑"像乌龟，乌龟有什么不好？我喜欢乌龟的，它长得很可爱。

我真的很高兴，所以就答应帮秋萍也抄写一遍歌词。

我想找一张合适的纸为她抄，但是很奇怪，从几本练习本上撕下来的纸，在上面写，却怎么写也写不好。

只有在我最爱的那个本子上写，才找到写字的感觉。只有在那个本子上写，我的字，才写得让我自己满意。每写一笔，都觉得是一种享受，于是越写越好，写得有滋有味。

我只能在这个本子上再写一遍，然后把这页撕下来给她。

但我有些心疼，这么好的本子，撕掉一页，另一页空白的也掉下来了。

事实上就是，一下子撕掉了两页！

抄了歌词，空白的地方，我画了一片田野，田野上有电线架，还有一些小小的房子，天上，则飘着几朵云。

秋萍拿到这张纸，表情很夸张地说："真好啊！你写得真好啊！

你画得也好好看，谢谢你啦葛善！"

她说得那么大声，我怕是要被别人听到了。我不想别人知道是我代她抄写了歌词。

"你不要这么大声好吗？"我说。

秋萍说："为什么？"

我说："我不想让别人知道是我帮你抄的。"

秋萍说："这又不是做坏事，为什么怕别人知道？你帮助同学，是做好事，是发扬雷锋精神，被别人知道有什么不好？"

我说："我就是不想让别人知道，你要是再说，就把它还给我，你自己抄一遍吧！"

秋萍的大眼睛盯着我看，说："你这个人好奇怪的！"

我被她看得有些不舒服，我就低下头，看着自己的脚，轻声说："为什么一定要让别人知道？"

她的声音也轻下来了，就像是对我耳语："好吧，那我保密。"

她把我抄写了歌词的纸折起来，折成很小的豆腐干那么大，塞进了自己的口袋。

看到这页纸被这样折起来，我心里有些不舒服，觉得这样折，是要被折坏了。这样折拢，打开，再折拢再打开，几次下来，纸就要破了。

但是，不折起来，又怎么办呢？

"我已经背得出了！"秋萍说，"我不看都能唱了，我记性很好的。"

听她这样说，我觉得很不开心，她为什么这么说呢？意思是她其实是不需要这份我抄写的歌词的，是吗？那她为什么要它？为什么把它折起来放进口袋里？

我想把它要回来，我想对她说："既然你已经背得出来了，那就还给我吧！"

但是我只叫了她的名字，我说："秋萍——"

她抬起头,看着我,她的眼睛瞪着我,她总是这样,好像就是喜欢用眼睛来问别人:"什么事? 怎么啦?"我看着她的眼睛,因为离得近,我好像看到了她眼珠子里有一个人的倒影。这个倒着的人影,是我吗? 我在她的眼珠里,怎么会是倒立着的呢? 她看我不会也是倒着的吧? 不会不会,一定不会,因为我眼睛里看出来的人,没有一个是倒着的。那么,她在我的眼珠里,也是倒着的吗?

"你干吗这样看我?"她说。

我说:"是你看着我呀。"

"你不看我怎么知道是我看你?"她说。

我说:"我看到你眼珠里有一个人,是倒立着的。"

她说:"不可能,你怎么可能是倒着的呢? 我看你明明就是好好地站着呀。"

"我不骗你,我在你眼睛里就是倒着的!"我说。

她的脸跟我贴得更近了,"睁开,别闭上!"她说。

她认真地看我的眼睛,她的眼睛因为惊奇而变得更大了,她说:"葛善,真的哎,我看到了,我在你眼珠上真的是倒着的!"

她退后了半步,说:"真的好奇怪哎,人的眼睛怎么像哈哈镜一样呢?"

我说:"哈哈镜里的人也不是倒着的呀。"

她笑了起来,说:"是啊,那人的眼睛是比哈哈镜还要哈哈镜。"

她大笑的时候,眼睛变小了,眯了起来,看不到她的眼珠子了。她露出了一排很白很整齐的牙齿,她很好看。

透 明

爸爸对我和秋萍说:"你们两个人,单独唱这首歌不难,一起唱也不难，难的是重唱，各唱各的声部。"

我说："我不怕重唱的。"

爸爸说："你不要吹牛吹在前面。"

爸爸说得没错，真正开始练重唱的时候，我总是被秋萍引过去。她一个声部、我一个声部，就像两条路，本该各走各的路，但是，我只要耳朵里一听到她的声音，就走到她的路上去了。

"你唱你的！"爸爸说。

我知道，我应该唱我的，但是，只要秋萍的声音一起来，我就跟过去了。我像跟一个大力士拔河，只要人家轻轻一用力，我就被拉过去了。

我说："我能不能捂住耳朵？我听不到她的声音，我就能唱自己的了。"

爸爸说："上台表演你也捂住耳朵吗？"

我说："上台我就用纸塞紧耳朵。"

爸爸说："不行的，你要听到秋萍的声音，但唱自己的声部，这样才不会走音。要是你听不到她的声音，自己唱出来和她就不合的！"

爸爸说："不信你试试。"

我就把自己的耳朵捂紧，然后开始唱。

不用别人说了，我自己听到自己的歌声都是怪怪的，非常不好听，而且有点跑调。

"你还吹牛说自己会重唱，你怎么知道你会唱？你会唱了吗？"爸爸说，"就是喜欢说大话！"

我被爸爸说得有点儿沮丧，我觉得二重唱一点儿都不好玩，我的脑袋也耷拉下来了。

秋萍看出了我的不高兴，她说："再来试试吧，我唱轻一点儿，你唱响一点儿，这样你就不会跟我了。"

"我们的田野，美丽的田野，碧绿的河水，流过无边的稻田……"

秋萍把她的声音放低，这样果然好多了。我既听到了她的歌声，又听到了自己的歌声，两个声部不一样，听上去却那样和谐，有一种透明的感觉。

这种感觉真好啊！这跟两个人唱同一个声部，完全是不一样的。两个不同的声部合在一起，既是分开的，又是一体的，既有干净透明的感觉，又是立体的、厚重的。

我感到快乐极了，没想到重唱会是这样美好的，两个音高不一样的声音合在一起，竟然会让人得到这样的享受。

秋萍的声音，一直都是不高也不低，像丝带一样绕着我的声音，两个声音听上去既一样又不一样，就像两只蝴蝶在空中翩飞，一会儿靠近一会儿分开，但始终都是在一起的。

我看到秋萍的脸红扑扑的、眼睛亮亮的，她显然也享受到了重唱的快乐。她和我一样，沉浸在美好的旋律中，为透明而清洁的和声而陶醉。

但是她唱错歌词啦，她总是把"碧绿的河水，流过无边的稻田"唱成"碧绿的河水，流过无边的田野"。而之前她还说，她记性很好的，已经能背出来了，不需要看着歌词就能唱了。

我对她说："是无边的稻田，不是无边的田野！"

她吐了吐舌头，说："好好，无边的稻田，我知道了。"

可是唱的时候，她又"无边的田野"了。

等她终于改过来，不再"无边的田野"了，我却唱成了"无边的田野"。

"平静的湖中，开满了荷花。金色的鲤鱼，长得多么肥大。"这两句是我独唱。

"森林的背后，有浅蓝色的群山。在那些山里，有野鹿和山羊。人们在勘测，它们埋藏着多少宝藏。"

秋萍独唱的时候，我发现她唱得真是好听啊！我想起了她说的，她的爸爸妈妈以前都是评弹演员，她爸爸还是响档，怪不得她唱得这么好，不仅声音甜美，而且特别特别清晰，就像学校后面一排蔷薇隔开的小河水，清澈得能看到水草和游鱼，鱼就像是在凌空游来游去，水草则柔软地漂动着，不像是在水里，而像是被风吹动着细长的叶片。

秋萍的个子小小的，她就像她的歌声一样轻灵。她就像一条小河里的鱼，自由地在歌声里游来游去；她也像清澈水中的水草，被歌声的风吹着，轻柔地漂动。

"高高的天空，雄鹰在飞翔，好像在守卫，辽阔美丽的土地。一会儿在草原，一会儿又向着森林飞去。"

当我们俩的声音合起来的时候，所有看我们排练的人，都安静下来，大家都陶醉在我们的歌声里了。爸爸的手风琴声，在这个时候，好像也变得特别感动，它美好地叹息着。好像在这个世界里，什么都没有了，只剩下歌声，只有美好的旋律，只有透明的和声，在天地间，像风一样流淌，像云一样飘游，像花香一样弥漫。歌声就是轻风，就是流云，就是花香，就是世界上的一切。

小不点儿打鬼子

爸爸说，再排出两个节目来，我们就要先在学校里演一场，到时候要提前通知老师同学们返校观看，这也是接受大家的检阅。

爸爸自己编了一个小歌剧，名为《小不点儿打鬼子》，讲述从前有个机灵鬼小不点儿，他在一个日本鬼子和翻译官经常走过的地方，悄悄放了几块西瓜皮，等鬼子和翻译官经过这里，踩到西瓜皮，摔了大跟斗。埋伏在矮墙后面的乡亲们于是冲出来，抡起手里的铁锹和木棍，把鬼子和翻译官往死里打，还缴了鬼子的枪。

一开始是让齐云飞演小不点儿，但是齐云飞说："我个子太高了，小不点儿是个小机灵，还是让葛善演吧！"

大家也都觉得齐云飞长得太高了，他看上去一点儿不像大家印象中的小不点儿。

爸爸说："葛善已经和秋萍有二重唱的节目了，《小不点儿打鬼子》这个节目就不要他演了吧。"

我说："我也要演的，我演众乡亲，到时候冲出来打鬼子！"

爸爸决定，就让董欣演小不点儿，而娘娘腔的翻译官，则由女生林玲来演。

齐云飞说："那我演日本鬼子吧。"

爸爸说："除了卢全观，谁也不能演鬼子！"

我想起当初爸爸说的话，他说卢一楼的长相非常特别，适合演反角，现在看来，爸爸是早有打算，要排一出《小不点儿打鬼子》，里面的日本鬼子，早就物色好了要卢一楼来演的。

大家都把目光投向卢一楼，我发现，他的样子，根本不用太多化妆，只要穿上一套鬼子的军装，就是一个活脱脱的日本鬼子。

大家都笑了起来，觉得在我们身边，居然有一个天生的"小鬼子"，真是太神奇了！

卢一楼被大家盯着看，显得有点儿尴尬，他勉强地笑着，又像笑，又像哭。当鬼子滑倒在地被大家一阵暴打的时候，他的表情应该就是这样的吧。

齐云飞于是也只好演众乡亲了。

林玲说："我不要演翻译官，我不喜欢当坏人！"

爸爸说："不是让你当坏人，只是让你演。"

林玲说："我不要，我觉得恶心的。"

爸爸说:"一个好的演员,就是要把心里对汉奸翻译官的厌恶演出来,让大家看到他的丑恶。"

林玲说:"翻译官是男的,还是让男生演吧。"

爸爸有点儿生气,说:"参加我们小文工团,是应该服从命令听指挥的,要是大家都只演好人,那坏人谁来演?"

林玲说:"那臭翻译官是个男的,是不是要我演得像个男人呀?"

秋萍对她说:"要是演得完全像个男人,还不如让男生来演呢。你要演得不男不女,既像男的又像女的,这才是一个叫人恶心的翻译官。"

爸爸很赞同秋萍的话,他很肯定地点点头。

我也觉得秋萍说得很有道理,我心想,要是她演翻译官,可能比林玲更好,因为她许多时候就是个假小子。

爸爸发动大家,用硬纸板卷成很细很长的棍子,作为这个节目的道具。它们拿在乡亲们的手里,有的算是锄头,有的算是铁锹,有的算是铁铲,有的算是钉耙,有的就算是木棍。

等鬼子和翻译官摔倒在地,哇啦哇啦大叫起来的时候,大家就提着家伙一拥而上,对准他们一阵乱打。

然后鬼子就有两句唱:"我的爹啊我的妈,我的脑袋开了花!"

爸爸开始是为鬼子设计了四句唱的,但是,他教卢一楼唱,才发现,卢一楼完全是五音不全的,不夸张地说,卢一楼没有一个音是唱准的。爸爸给这个节目谱了曲,但是这一段,到了卢一楼嘴里,完全是被卢一楼重新作曲了。

爸爸说:"算了算了,不要唱了!"

但是,鬼子是这个节目的主角,他不唱上两句,怎么也说不过去。于是爸爸就砍掉了两句,只留下"我的爹啊我的妈,我的脑袋开了花"这句。

就这样,卢一楼也完全唱不准,他不像是在唱歌,而像是念书。

爸爸皱起眉头，跑到礼堂外面去抽了一根烟，回来对卢一楼说："你就这样唱吧，很好！这样怪声怪气唱，正好可以表现鬼子的凶残和丑恶。"

排练的时候，轮到卢一楼唱，大家都笑翻了，齐云飞故意让自己倒在地上，表示他笑得已经背过气去了。

卢一楼的这两句唱，很快就成了小米兰文工团的流行歌曲，人人都喜欢唱，有事没事都把它挂在嘴边。"我的爹啊我的妈，我的脑袋开了花！"每个人唱得都不一样，但是每个人唱起来都是怪声怪气的。我唱它的时候，故意让自己的嗓子变得嘶哑，好像脖子是被一双手卡住了；郑小勇则学结巴，唱得疙疙瘩瘩，还有点大舌头；秋萍也唱，她想故意把每个音都唱歪，但是，她还是有一些音是唱在调上了，一个乐感好的人，要做到每个音都唱跑调，那也是很难的事。

爸爸一开始有点儿生气，他说："你们都这样怪声怪气的，太不严肃了，好像就是在起哄，故意捣乱！"他尤其批评了我，说，"听到你这样的声音，我觉得喘不过气来，胸口闷闷的。"

但是他后来自己也觉得太好笑了，他忍不住就哈哈大笑起来，他非但不再禁止大家怪声怪气地唱这两句，他自己竟然也唱了一遍："我的爹啊我的妈，我的脑袋开了花！"爸爸唱这两句的时候，是用男低音唱的，他很厉害，居然唱出了回声的效果。

尽管大家都唱这两句玩，但是，真正好玩的，还是听卢一楼的原唱。只要卢一楼开口，大家必定笑翻。

排练的时候，最让大家兴奋的是小机灵大喊："打啊，打鬼子啊！"然后大家手拿硬纸板卷成的农具和棍棒，一齐冲上去，对着鬼子和翻译官就是一顿乱打。纸卷打在他们身上，噼噼啪啪很响，但是他们一点儿都不会痛，因为不是真的农具和木棍，只是硬纸卷成的空心管子。

不过，卢一楼装出很痛的样子，每一"棍"抽下去，他都哇地惨叫一声。大家手里的硬纸卷乱七八糟地打下去，他就哇哇乱叫，好像真的要被打死了一样。

爸爸表扬了卢一楼，说他虽然没有表演的天分，但是很认真、很投入，表演效果很好。这个小歌剧，就是要让观众在观看鬼子被乡亲们收拾时，得到精神上的享受。

而林玲，则有点儿放不开，她怎么演，都不像是坏人。当鬼子被众乡亲暴打，抱着脑袋怪声怪气地唱"我的爹啊我的妈"时，林玲就逃窜到一边，唱道："乡亲乡亲饶我狗命，中国人不打中国人！"她唱得太好听了，很文雅，跟卢一楼唱的完全不一样。爸爸说她："你不像是求饶，而像是在讴歌，唱得太抒情了。"

爸爸让林玲好好想一想，如果那么多人拿了木棍农具没头没脑地打过来，你急不急？害怕不害怕？如果又急又怕，你就不会这样软绵绵地唱。

但是，不管爸爸怎么启发她，她唱得还是轻轻软软的。

最后爸爸想出了一个办法，让秋萍在后台帮林玲唱："乡亲乡亲饶我狗命，中国人不打中国人！"轮到林玲唱这两句的时候，她其实只是动动嘴，并不发出声音，而秋萍就在后台扯起嗓子帮她唱。秋萍几乎要把自己的喉咙都扯破了，给人的感觉是，不像是林玲在挨打，而是她秋萍被打得狼狈逃窜。

爸爸说："好，这下效果好了！很好！"

汇报演出

汇报演出本来是要在礼堂进行的，这个礼堂虽然有点儿破旧，已经有一百多年的历史了，但它很漂亮。它是以前一个开丝绸厂的老板建造的，他盖了这所学校，校长室里的彩色窗玻璃据说当年还是从法国买回来的呢。

礼堂是能够容纳全校师生开大会的,里面还有像样的舞台。但是因为天气太热了,爸爸决定,就在操场上表演。

演出的那个下午,正好阴天,不仅没有太阳,而且凉风习习。这是老天爷帮忙啊,要是天气晴好,不管是演出的人,还是观看的人,都要晒成人干的。

值得高兴的还有,倪老师的身体虽然还有些虚弱,但是,她坚持要来参加这次汇报演出,她说,手术缝的线拆掉了,伤口基本长好了,只是肚子上有了一个疤。

大家一阵欢呼,拥上去围着倪老师,好像她是一位凯旋的英雄。

"倪老师,你真的好了吗?"

"我们好想你啊,倪老师!"

"倪老师,你肚子上的疤长好了吗?不会因为再笑一下就崩开了吧?"

大家七嘴八舌,跟倪老师说话。

倪老师说:"已经结了疤,线也拆掉了,不会崩开了。"

"那你笑呀,你大笑一下呀!"卢一楼说。

倪老师说:"你为什么让我笑?你是想让我的刀口再崩开吗?"

齐云飞说:"卢一楼太坏了。"

卢一楼争辩说:"倪老师说疤长好了呀,不会崩开了呀,我才让她笑的呀。"

倪老师真的大笑起来,她说:"好的好的,我笑,我是想笑,我就是要笑,回到大家身边我太高兴了,当然要笑!"

她大笑了几声,突然又捂住自己的肚子。

秋萍很着急地说:"怎么啦?倪老师你怎么啦?"

我的心里咯噔了一下,糟了,我想,会不会她的疤其实并没有完全长好,大笑了几下,刀口又崩开了呢?

倪老师皱了一下眉头,说:"没事,有点儿痛。"

我就怪卢一楼:"都是你,让倪老师笑,要是刀口崩开了怎么办?"

卢一楼知道自己犯了错,苦着脸,看上去又像哭又像笑。我真想拿起一个硬纸板做的"棍子"抽他两下。

倪老师说:"没关系,只是有一点点痛,刀口已经结疤了,不会崩开的。"

在爸爸的指挥下,学校仅有的四张乒乓球桌,被大家搬到了操场上,拼在一起,就算舞台。

郑小勇跳上乒乓球桌,在上面扭屁股,他怪声怪气地说:"我是日本鬼子卢一楼,你们快来打我呀!打得我屁滚尿流吧!我的爹啊我的妈,我的脑袋开了花!"

卢一楼也爬上了乒乓球桌,他也扭起了屁股,说:"我是日本鬼子,我叫郑小勇,大家快来打我,打得我喊爹喊妈!"

郑小勇用屁股撞了他一下,说:"我又不是日本鬼子,你才是日本鬼子!"

卢一楼也用屁股撞他,说:"你就是日本鬼子!"

两个人撞来撞去,被爸爸看到了,爸爸说:"你们这么胡闹干什么?快给我下来,大家去教室里搬椅子,赶紧准备,下午演出就要开始了!"

下午就要演出,秋萍的妈妈一大早却发起了高烧,被送到医院去,又是验血,又是验小便,还拍了X光片。

秋萍从医院跑到学校,向爸爸请假,说她妈妈突然病了,她就不能参加下午的演出了。

她可是小米兰文工团的台柱演员啊,没有她参加,这台节目还怎么演呢?

爸爸的眉头紧紧地皱了起来。

大家的情绪，瞬间降到了冰点，一个个什么话都不说，就像得了鸡瘟一样。

林玲说："秋萍，能不能让你家里其他人照顾一下你妈妈呢？"

秋萍不响。我知道，她是没有爸爸的。那么，她家还有什么人呢？

"爷爷奶奶在家吗？"林玲又问她。

秋萍说："我爷爷奶奶在我舅舅家，他们都在宜兴。"

爸爸说："本来，演出可以改期的，等你妈妈病好了再演。但是，演出的通知已经发出去了，现在再改，已经来不及了！有的同学，放了暑假，在外地亲戚家玩，得到消息，特地回来观看演出呢！"

爸爸决定，演出照常进行。秋萍缺席，舞蹈《歌声与微笑》就让我也不要参加了，就林玲他们六个人跳。而《我们的田野》，就改为我一个人独唱。至于小歌剧《小不点儿打鬼子》，问题不是太大，秋萍只是帮唱，没了她，还能演。

林玲说："到时候我就唱得赖皮一点儿好了！"

爸爸说："对，你不要唱得太文雅，翻译官和鬼子被乡亲们打，他害怕得歇斯底里喊叫、求饶，让乡亲们不要打，他的声音肯定是很响也很赖皮的。"

就这么说定了。

但是，下午的演出缺了秋萍，大家都觉得没有了精神。我想到《我们的田野》将变成我一个人的独唱，心里真是难过。这首歌，我们练习重唱，不知道花费了多少精力，最终把重唱的部分练到了既透明又丰厚的程度，唱着唱着，我们自己首先被感动了，觉得这首歌是那么美好！我想，坐在下面观看我们演出的人，也一定会被我们的歌声打动的。

可是，谁会想到呢，临到要演出了，秋萍却不能来参加！

演出还有半小时就要开始了,大家心情都非常紧张。卢一楼捂住自己的胸口说:"我心里有一个人在敲鼓,咚咚,咚咚咚,你们听到了吗?"

我也感到紧张,同时内心也非常失落。

演出马上就要开始了,爸爸已经把手风琴背到身上。

虽然目前只有三个节目,但还是安排了郑小勇负责报幕。他的普通话算是比较标准的,而且声音洪亮,胆子比较大。他以前参加过全县中小学生普通话比赛,虽然没有得到名次,但总是见过一些世面的,人多也不会怯场。

就在这时候,秋萍竟然来到了演出现场!

她的身边,还站着她的妈妈。

秋萍妈妈的手上扎着针,橡皮膏把针固定在她的手上。她的另一只手,则高举着盐水瓶。

她这是还在挂盐水啊,怎么跑到这里来了呢?

秋萍说:"我妈妈一定要我过来参加演出,我不肯来,她就和我一起过来了。"

爸爸放下手风琴,激动地说:"秋萍妈妈,你这样子,可让我们怎么办?你从医院跑出来的吗?医生知道吗?他们同意你出来的吗?"

秋萍妈妈说:"我不管,我不能耽误秋萍演出!"

爸爸说:"那你赶快进教室里去吧,我们把几张课桌拼起来,你赶紧躺下吧!"

秋萍妈妈固执地说:"我就坐在外面,我要看秋萍演出。"

我清楚地记得,秋萍对我说的,她妈妈是不支持她参加小米兰文工团的,但是,为什么她要带病过来看女儿演出呢?她自己举着盐水瓶,这也太出人意料了。看起来事实并不是像秋萍说的那样,她妈妈不仅很支持她表演,而且是支持得都有点儿过分了,有点儿疯狂了!

秋萍妈妈坚持不进教室，爸爸就端了一张椅子让她靠舞台坐下，盐水瓶就挂在舞台边的旗杆上。

秋萍回来了，能和大家一起演出了，大家的精神为之一振，不再像刚才那样蔫蔫的了。

郑小勇精神抖擞地走到舞台中央，大声说："小米兰文工团汇报演出，现在开始——"

爸爸的手风琴声立刻响了起来。

第一个节目是舞蹈《歌声与微笑》，我们精神饱满，跳得整齐而又抒情，以前每次排练，都会出一点点小错，不是这个人出错了脚，就是那个人被踢到了，但是这次正式演出，没有出一点儿差错，大家都表现得很好，太棒了！

倪老师站在台边，她的嘴里一直在跟大家一起唱。当这个舞蹈演完后，倪老师和观众们一起鼓掌，她拍手拍得比谁都响。

我看到倪老师高兴的样子，心里觉得甜甜的。但是，我还是有点担心，倪老师肚子上的刀口，真的已经结好了疤了吗？不会因为开心地笑、用力地鼓掌而崩开吧？

我看到秋萍的妈妈也和大家一起鼓掌。挂盐水的管子连着她的手，因为拍手，挂在旗杆上的盐水瓶晃荡起来。我因此也担心，盐水瓶会不会晃得掉下来啊？

第二个节目是我和秋萍的男女声二重唱《我们的田野》。

> 我们的田野，
> 美丽的田野。
> 碧绿的河水，
> 流过无边的稻田。
> 无边的稻田，

好像起伏的海面。
平静的湖中,
开满了荷花。
金色的鲤鱼,
长得多么肥大。
湖边的芦苇中,
藏着成群的野鸭。
风吹着森林,
雷一样地轰响。
伐木的工人,
请出一棵棵大树,
去建造楼房,
去建造矿山和工厂。
森林的背后,
有浅蓝色的群山。
在那些山里,
有野鹿和山羊。
人们在勘测,
它们埋藏着多少宝藏。
高高的天空,
雄鹰在飞翔,
好像在守卫,
辽阔美丽的土地,
一会儿在草原,
一会儿又向森林飞去。

我们唱完,我看到坐在舞台边的秋萍妈妈,竟然是用一块手帕在擦眼泪。

她是被女儿的歌声感动了吗? 还是想起了秋萍爸爸?

意 外

看完我和秋萍的二重唱,秋萍妈妈就举着盐水瓶回医院了。好在医院并不远,否则,她的盐水差不多已经挂完了,谁也不会替她拔掉针头,她只有回去让护士把针头拔掉。

秋萍也跟着她妈妈走了,林玲很着急地说:"秋萍,那你不帮翻译官唱啦?"

秋萍说:"你自己唱吧,你唱响一点儿,唱难听一点儿,用快要被打死的感觉唱,就好了呀。"

林玲点了点头,一副很无助的样子。

第三个节目开始的时候,操场上人好像更多了。这么多的人,是从哪里冒出来的呢? 我记得,一开始是没有这么多人的呀! 从舞台这里望下去,有坐在学校的椅子上的,也有坐在自家搬来的椅子、凳子上的,更多的是站着的。而操场边的围墙上,还有围墙边的大树上,竟然也蹲着人。

天比刚才更阴了,有一些乌云笼罩着操场上空,而且,起风了。

爸爸抬头看了看天,说:"但愿不要下雨。"

可是我的鼻子上突然凉了一下,好像是有一滴雨落下来了吧? 我不敢说"下雨了",生怕被我一说,雨就真的下起来了。

但是林玲说了一句:"下雨了。"

看来我鼻子上凉凉的一下,果然是雨滴。

雨很明显地来了,许多人的头上、脸上,都落了雨滴。雨点很大,落在脸上还有点儿疼。

底下的人群,开始骚动了。

但是,并没有人离开操场,因为刚才郑小勇已经雄赳赳气昂昂地报了幕:"下一个节目,小歌剧《小不点儿打鬼子》,请看演出——"

老天爷真是帮忙,只落了几十滴雨,就停了。

天虽然还是那么阴暗,但是不再下雨,反倒起了凉风,让大家都感觉到特别舒适。

卢一楼戴着一顶鬼子的帽子,贼头贼脑地上台时,观众的反应特别热烈,大家开心地笑着,有的还鼓起了掌。

这没什么奇怪,我知道,大家都是非常愿意看到反派人物的。我们看电影也是这样,很喜欢看到特务、坏分子出现。经常是这样的,看电影看着看着就困了,但是银幕上出现了女特务,或者是潜伏的敌人要搞破坏了,我们马上警醒过来,心里紧张得不得了。

鬼子和翻译官踩到了地上的西瓜皮,小不点儿大喊"打啊——打鬼子啊——",我们大家就一齐上去,抡起手里的"木棍"和"农具"打他们。大家乒乒乓乓地打,把鬼子和翻译官打得嗷嗷大叫。

底下响起了欢呼声,观众们都开心极了,他们看到可恶的鬼子和翻译官被打成这样,觉得真是痛快。

打着打着,我听到卢一楼特别惨地叫了一声。我觉得很奇怪呢,他装出来的叫,不是这样的呀!他这一声叫,就像是真的被打痛了,听上去特别真实,特别惨。

难道说,他演得越来越好了,越演越逼真了吗?

我正纳闷着,听到他又这样惨叫了一声。

我这才发现,众乡亲里,有一个我不认识的人,他拿着一根树棍,正要再次向卢一楼的脑袋上抡去。

但这一次,他被倪老师制止了。倪老师也发现了这个人,他不是我们小米兰文工团的演员,他是从哪里冒出来的呢? 他拿着一根和我们纸道具差不多粗的树棍,对着卢一楼抡上去。

倪老师一把抓住了他的树棍,说:"你是谁?"

但是卢一楼已经被他抡了两下了,他跪在地上,双手抱着自己的脑袋,脸上的表情十分痛苦。

我看到卢一楼的手指缝里,竟然流出血来。

"不好了!"我大声喊,"卢一楼被打破头了!"

林玲及时逃到了一边,她不知道鬼子挨了真打,却还扯高了嗓子唱:"乡亲乡亲饶我狗命,中国人不打中国人!"

爸爸说:"纸筒怎么可能打破头?"

倪老师却说:"别唱了,出事了!"

底下的观众,也有人看出了情况异常,他们议论纷纷,几乎全都站了起来,还有人站到了椅子上。而有一些人,则跑到舞台这里来,要看清楚到底发生了什么事。

有一个人认出了"行凶"者,他说,这个用树棍打了卢一楼的人,是他的邻居小三子,他是个傻子呀!

这个小三子,竟然偷偷溜到台上,混在我们众乡亲堆里,用真的棍子打了卢一楼两下。

可怜的卢一楼,脑袋被打出了血。

演出到这里就只能结束了。

小三子手里的树棍被夺走之后,他还在嚷嚷着:"打坏人!打坏人!"

原来他的两个哥哥也在底下看演出,他们终于知道是傻瓜弟弟闯了祸,赶紧上来把他架住,强行拖走了。

倪老师和齐云飞、董欣三个人,把卢一楼送到医院,所幸的是,他的头只是打破了一点点,起了一个包,流了一点儿血,并没有什么大碍。

卢一楼头上包了一块纱布回到学校,大家看到他的样子,都想笑,但是都忍住了笑。卢一楼这是光荣负伤,我们不能嘲笑他,我们必须向他致敬。

伤 心

我们都知道,卢一楼没有妈妈。

卢一楼还很小的时候,他妈妈就跟着一个开化工厂的人跑到苏北去了。卢爸爸追到苏北,不仅没有把卢妈妈追回来,还被那里的人狠揍了一顿,一瘸一拐地回来,过了小半年,才能正常走路。

从此他脾气就变得很坏,对卢一楼动不动就是打骂。

卢爸爸说,他自己长得还算英俊,但是儿子卢全观,却是一个丑八怪。像谁?反正不像他。有时候他打儿子就像打贼,还骂他"杂种"。

卢一楼当初参加小米兰文工团,他爸爸根本不相信,他对自己的儿子冷嘲热讽,他说:"就你这个样子,还参加文工团,到台上表演?你会表演什么?要是你会表演,那癞蛤蟆也会唱歌跳舞了!"

他完全看不起自己的儿子,他说:"要是你说是去参加学校的义务劳动,我还相信,你虽然没别的优点,但还是挺吃苦耐劳的。"

卢一楼说:"我真的是被小米兰文工团录取了!"

卢爸爸说:"真的吗?那你告诉我,这个小米兰到底是干什么的?"

卢一楼说:"就是唱歌跳舞的。"

卢爸爸笑得牙齿都差一点儿喷出来,说:"你唱歌跳舞?我不是在做梦吧?"

卢一楼演小鬼子,被小三子用树棍打破了头,他的头上包着纱布回到家里，卢爸爸问他："你头上包着这个，是演戏吗？"

卢一楼说："我受伤了。"

卢爸爸说："你就是跟人打架了！"

卢一楼说："我没有。"

卢爸爸说："你除了打架，还能做什么？"

卢一楼说："你冤枉人！"

卢爸爸看儿子顶撞他，一个巴掌打到他头上，说："你打架也不是头一回了，还说是去参加什么文工团，文工团是干什么的？是打架的吗？"

卢一楼的伤口被他爸爸打了一巴掌，痛得他怪叫了一声，他说："我是真的演戏的时候受伤的！"

卢爸爸说："唱歌会唱破头？跳舞会头上跳出包来？"

卢一楼伤心极了。

平时爸爸打他骂他，他都忍了。但是，他演日本鬼子，被乡亲们打了，被小三子打破了头，爸爸却还要在他的伤口上抡一巴掌，他不能忍。他这么对他，这么看不起他，这么冤枉他，对他这么狠，完全不把他当儿子，而是当敌人对待，卢一楼的心里，好像被扎了一刀子。他再也不想要这个爸爸了，他不想在这个家里待下去了，他甚至都不想活了。

是的，伤心的卢一楼，可怜的卢一楼，他离家出走了。

当天晚上，他就悄悄地从家里跑出来，不知去向。

失 踪

直到第二天下午，还不见卢一楼到学校来，爸爸非常生气，他说："这个卢全观，头上打了一个包，就再也不肯来演戏了吗？"

董欣说:"会不会打伤了不能来?"

爸爸说:"不至于吧,我看了,头上只是一个包。医生也说了,人的脑袋很硬的,只要不是打在后脑勺上,不会有事的。"

齐云飞说:"他是怕了,不敢再演鬼子了,怕还要被人打。"

爸爸说:"不愿来了也要说一声,一点儿组织纪律性都没有!"

爸爸对我说:"如果卢全观真的不来了,那就你演鬼子。"

我说:"我不要,我长得不像鬼子的!"

齐云飞说:"你可以化妆,把脸画得很丑。"

我对齐云飞说:"那你演鬼子好了!"

爸爸严厉地对我说:"还要不要服从命令听指挥了?"

我不想演鬼子,我恨鬼子,要是我演鬼子,我很怕自己也像卢一楼那样被人当成真的鬼子痛打。

我想卢一楼只是头上被打了一个包,他肯定不会死了,只要他活着,就不会是不见了,只要找到他,他就会继续演鬼子。

我说:"我们去卢一楼家找他吧。"

大家还没决定要不要去卢一楼家找他,卢爸爸就来了。他进来就问:"我们家卢全观呢?"

他穿着拖鞋,裤管一只高一只低,头发乱蓬蓬的,看上去十分粗鲁。

爸爸说:"什么,他不在家吗?"

卢爸爸说:"他昨天半夜就不见了!"

爸爸说:"半夜不见了?你为什么不去找他?"

卢爸爸说:"我想他天亮了就会到学校,他说要到学校里来演节目。"

我们大家抢着告诉他:"卢全观没来,他今天没来!"

卢爸爸说:"他没有回家吃中饭,我就觉得有点不对头。"

爸爸说:"他晚上总要回家吧!"

卢爸爸说:"他有种就不要回家了,他要是回家,看我不打死他!"

爸爸说:"这位家长,你不可以这样对待孩子的!"

卢爸爸对着地上擤了一把鼻涕,脏手在自己的裤子上擦了两下,然后就气鼓鼓地走了。

爸爸追出去对他说:"找到卢全观叫他马上来学校啊!"

卢爸爸理都不理,脚步声很响,他走得很快,他的背影看上去很肥,就像一只熊。

爸爸很担心,他的眉头紧紧地皱了起来,他不安地来回踱着步,最后说:"要是到吃晚饭的时候还没有消息,就要报警。"

到了晚上,卢爸爸又来学校,他找到教师宿舍区,问了好多人,最后敲开我们家的门,"我的儿子呢?"他的嗓门真大,就像是上门来吵架的。

"我正担心呢,他还没有回家吗?"爸爸问。

卢爸爸说:"回家个屁!"

爸爸说:"那他人呢?"

卢爸爸的声音就像打雷,他说:"这要问你呢!"

爸爸:"他今天一天都没来学校呀!"

卢爸爸说:"那他到哪里去了?"

他拿出一张纸,递给爸爸说:"你看你看!"

这是卢一楼写的,他只写了一句话:我再也不会回家了!

爸爸用很凶的眼光看着卢爸爸,说:"他写这个条子,就是说他离家出走了,那一定是你的问题,你对他做了什么?"

卢爸爸不再像刚才那么凶巴巴,他蔫蔫地说:"我、我抡了他一巴掌。"

爸爸说:"你为什么要打他?"

卢爸爸说:"我以为他跟人打架了,打破了头,他就是个闯祸坯,不成器的东西！"

爸爸说："你冤枉他了，他没有跟人打架，他是昨天演出，受了一点儿小伤，你为什么还要打他？"

卢爸爸说："我以为他是跟人打架了。"

"打架也不能打他！"爸爸几乎是以训斥的口吻和卢爸爸说话。

卢爸爸完全瘪掉了，他的大嗓门，换成了有气无力，他说："奇怪，以前也打过他，他都没有逃走的。"

爸爸说："他一定是太委屈了。"

卢爸爸突然恨恨地说："这个王八蛋，找到他看我不打死他！"

爸爸说："你看看你，还要打啊？现在还不赶快去找人，找不到恐怕要出事呢！"

卢爸爸有点儿急了，说："出什么事？他会不会自寻短见？"

爸爸拉起我的手，对卢爸爸说："走，快去找吧！"

我们走到屋子外面，妈妈追出来，她拿了一个手电筒，递给我说："拿上这个！"

寻 找

我们穿过古老的街道，去找卢一楼。

小镇的夏天，知了在起劲地唱着，仿佛在喊着卢一楼的名字。

路过董欣家的时候，我敲了他家的门，我告诉他，卢一楼真的不见了，我们一起去找他吧。

董欣嘴里还嚼着饭，他说："真的不见了吗？家里也没有吗？那他去哪儿了？"

我说："要知道他去了哪儿，就不用找了。"

董欣放下饭碗，加入了我们寻找卢一楼的队伍。

我们走到小河边，河水在黑夜里却闪着白光，平静得就像镜子。董欣说："永远不回来了？会不会跳河了？"

人家临河的窗子里，突然扔出来一只吊桶，扑通一声砸进河里，吊绳一抖，就打到了一桶水。

平静的水面，瞬间泛起了涟漪，一圈一圈，一直扩散到青石筑成的河码头。

卢爸爸突然爆发出一声大哭，他把我们都吓了一跳。

卢爸爸冲到河码头上，对着水里喊："全观！全观！"

我们还以为他是看到了水里有人呢，其实呢，小河里除了两只鸭子浮在那里，什么都没有。

董欣说："卢叔叔，你看到什么了？"

卢爸爸对着小河，很伤心地说："全观，儿子，爸爸对不起你！"

他这样子，就像是对两只鸭子在说话。鸭子肯定是被他吓着了，它们嘎嘎地叫了两声，就游开了。

爸爸对卢爸爸说："我们快去找吧，不要在这里浪费时间了，他不可能跳河的，他只是说永远不回来了，没有说要死。"

我们找了很多地方。

小镇一共有十八座石桥，它们都是古人造的。有的是清代的，有的是明代的，还有一座最高的思鲈桥，是宋代的。它就像一位沧桑的老爷爷，桥缝里长出来的石榴，就像它绿色的胡须。

我们在每一座桥的桥洞里都找了，没有卢一楼。

我们又去煤球厂仓库找，我想要是卢一楼躲在这里，他可能就会满身煤灰，变成一个黑人。

我们还去了酱油店后面一个荒废的园子，这个园子是几百年前一个有钱人家的花园，里面虽然杂草丛生，假山跌进了水里，水榭和亭子也都倾倒了，但我们经常都会去玩，在那里捉迷藏，在那里采各种

301

花，听那里的鸟叫。有人说，这个园子里是住着一个鬼的，但我们总是好多人一起去玩，所以我们不怕鬼。

卢一楼会在这里吗？一个人躲在这个废园里，他不害怕吗？

哈哈，我知道世界上根本没有鬼，但我还是想象，要是卢一楼真的躲在这里，鬼见到他，会不会说："我要撕了你，你这个日本鬼子！"

"卢一楼！"

"卢全观！"

"全观！全观！"

我们的喊声，在这个废园里发出了怪异的回声。爸爸说，声音是从破败的围墙上撞回来的。

爸爸还说，他知道，镇上马上就要把这个园子修起来，修好之后，它又会恢复几百年前的精致和美丽，到时候很多人都会来这里游览了。

园子里没有鬼，也没有卢一楼。

后来我们又去稻草场找，这儿所有的草垛里面都有一个长长的洞，这些洞不是我们挖出来的，而是稻草场的人特意挖的。我听说，如果没有这个洞，巨大的草垛内部温度就会越来越高，高到一定程度，草垛可能会自己着起火来呢。

有的洞挖得很深很深，卢一楼会不会躲在草垛的洞里呢？

妈妈给我的手电筒派上了用场，每一个稻草堆的洞里，我都用电筒照过了。我们对着洞里喊：

"全观——"

"卢全观——"

"卢一楼——"

没有回音。

爸爸说："不会在里面的，里面这么闷热，他待得住吗？"

也是呢，草垛的洞里面，只有冬天钻进去才很舒服，里面又暖又软，还充满了稻草的香，钻进洞里，半躺在里面，真的很舒服。

但现在是夏天，人要是钻进里面，待上十分钟也肯定是吃不消的。

卢一楼到哪里去了呢？他会不会去苏北找他的妈妈了？

"但是他没钱，没钱怎么去呢？"卢爸爸说。

我看着满脸焦急的卢爸爸，我心里想，他这个样子，是装出来的吗？卢一楼不是被他打了才气跑的吗？他不是经常打骂卢一楼吗？那卢一楼不见了，即使是死了，他又为什么会着急呢？他是真的着急，还是装出来给我们看的？

我于是对他说："卢叔叔，你不要哭啊，不用着急，我们还是回家吧，卢全观可能是跑到什么地方去玩了，他饿了总要回家吃饭的。"

卢爸爸马上对我很凶地说："什么回家？不找到他我怎么回家？"

他这副样子，好像卢一楼是被我弄丢的。

我说："那我们已经找了这么多地方了，到哪里去找他呢？"

卢爸爸说："你回家好了，你们都回家好了，我自己去找！"

我对卢爸爸很厌恶，心想，这个人，卢一楼不就是被他气跑的吗？现在又对我这么凶，难道他还想打我吗？我要是有这样的爸爸，我早就离家出走了。

我看着自己的爸爸，他虽然一脸的严肃，但是，他给我的感觉，却是稳重宽厚的。他的眉头拧紧着，卢一楼不见了，他心里很急，就像他自己的孩子不见了一样。

我有这样的爸爸真好！

爸爸的手，搭上了我的肩膀，轻轻地说："没有当过爸爸妈妈，是不会知道孩子不见了会有多么着急的。"

董欣忽然想起来，卢一楼最要好的同学是孙友根，他爸爸妈妈都在窑上工作的，卢一楼会不会去他家了呢？

大家于是又去窑厂找。

窑厂很远,路上爸爸对卢爸爸说:"等找到了卢全观,再也不能打他了,孩子犯了错,应该耐心教育,帮助他认识错误改正错误,不能打。更不能孩子本没有错,当父母的,却凭主观臆断,冤枉了他,不问青红皂白地打骂,这是很不应该的。"

卢爸爸说:"不打了,再也不打了!"

爸爸说:"卢全观同学优点很多的,你自己不也说了吗?他吃苦耐劳,不像别的孩子那么娇气。他在小米兰文工团里,表现也是很好的,和同学们团结友爱,排练节目也很认真刻苦。"

卢爸爸说:"我现在什么都不想,只要找到他就好了!"

爸爸说:"会的,一定会找到的!"

可是到了窑厂,孙友根说,放了暑假,他就没见到过卢一楼。本来,学校有演出,孙友根想去看的,他知道卢一楼扮演日本鬼子,他很想去看,但是,他弄错了时间,演出是前天下午,他以为是晚上。他前天晚上和一帮窑厂子弟赶去学校,礼堂里空空的,操场上也没有一个人。

孙友根突然说:"他不见了吗?是什么时候不见的?他可能一个地方都没有去,而是躲在自己的家里。"

孙友根说,卢一楼是他最好的朋友,他不止一次对他说,他要离家出走,他要逃出家的牢笼。孙友根回忆说,他问过卢一楼的,逃出去没有饭吃怎么办,晚上睡觉睡在哪里,卢一楼说不知道。孙友根说他,你什么都不知道,逃出去不是很快就会回来,那又为什么要逃走呢!

孙友根说,卢一楼当时跟他说,他总要逃一次试试,看看爸爸会不会急,他还说,他可能会假装离家出走一次,假装是逃走了,其实是躲在自己家里。

卢爸爸急切地问孙友根:"躲在家里?躲在哪里?他说过吗?"

孙友根说:"他说家里的老虎天窗可以爬出去的,屋顶上有一块平的地方,可以在那里睡觉。"

卢一楼果然就躲在自己家的屋顶上啊!后来他告诉我,他还抓了两把米装在一个塑料袋里带上去,"实在感到饿了,嚼生米也是很香的!"他说。他还告诉我,躺在屋顶上睡觉很舒服,蚊子都很少,因为上面风很大,蚊子停到他身上想叮他,却被风吹走了。

卢爸爸爬上老虎天窗,看到了儿子,他大吼了一声"小王八蛋",就要揪住他打。

爸爸大声劝阻了他。

卢一楼从天窗里爬下来之后,爸爸严厉地批评了他:"你这样做,就像鬼子一样阴险!你不知道你爸爸有多着急,你不知道我们大家有多么着急,我们上天入地去找你,你却躺在这里睡大觉,你这样做,太不应该了!"

卢一楼低着脑袋,一副可怜相,他看上去既像在哭,又像是在笑。

爸爸要他作出深刻检查,"必须写一份诚恳的检查书!"爸爸说,"否则,你爸爸不会原谅你,小米兰文工团也不需要你这样的人!"

不知道卢一楼是怕他爸爸打他呢,还是怕被小米兰开除,他哭笑不得地说:"我马上写检查好吗?"

爸爸说:"你先吃点儿东西,然后再写。"

写 信

林玲的妈妈是最支持女儿参加小米兰文工团的。

在学校操场上汇报演出那天,她不仅自己早早地来了,还把所有的亲戚都叫上,还有几个邻居也跟她一起来了。

我们表演舞蹈《歌声与微笑》的时候,她在下面不停地说话,一会儿说:"我们家林玲是领跳,她一直在最前面。在最前面跳,就是跳得最好的。"一会儿又说:"我们家林玲跳得最软了,她的全身关节都是软的。"她还说:"我们家林玲长大了要当演员。"

《小不点儿打鬼子》翻译官出场的时候,她又说:"是老师把她化装成这样的,如果不化成这样,她就不像坏人了,是节目需要,绝对不能让翻译官看上去这么漂亮的!"

我们排练的时候,林妈妈也来过两次。

有一次,她带了自己做的蛋黄酥过来,好多蛋黄酥啊,她带来分给大家吃。她做的蛋黄酥真好吃啊!所以大家都不觉得她讨厌了。

开始秋萍悄悄对我说:"林玲有这样的妈妈,在家里一天到晚要被她烦死了。"后来她又说,"但是她做的蛋黄酥实在太好吃了,我妈妈做不出来的。"

我也觉得林妈妈做的蛋黄酥实在是太好吃了,咬到嘴里,又酥又香,面粉的香、鸡蛋的香、菜油的香,还有火的香气。如果要我说出世界上最好吃的一样东西,我想,就是林妈妈做的蛋黄酥了。

汇报演出之后不久,有一天黄昏,林妈妈来我们家,她是专门来找爸爸告状的。

她的手上,拿了一张纸,这是齐云飞写给林玲的,纸上写了些什么,我不知道,因为她把纸直接交给了爸爸。后来我问爸爸,齐云飞给林玲写了些什么,爸爸说:"其实也没什么,就是抄了一些歌词。"

"什么歌词?"我问爸爸。

爸爸很不耐烦地说:"你要知道那么清楚干什么?"

林妈妈把这张纸交给爸爸,说:"男生给女生写这个,这是什么意思啊?"

爸爸说:"我研究一下,看怎么处理。"

林妈妈说:"有什么话不能当面说,要偷偷地写一张字条?这个齐云飞，他想干什么？"

林妈妈的嘴只要一张开，好像就有一句连一句的话飞出来："这么小的年纪，不要想这种事！就是长大了，我们家林玲也不可能随便跟谁好的！"

她好像根本不需要爸爸说什么，她到我们家来，就是来说话的，她的肚子里，装满了话，不把它们说出来、吐出来、倒出来，她的肚子就要胀破似的。

她说："我们家林玲，长大了要当演员，她不可能随随便便跟谁好的，嫁人一定要嫁有档次的，大学教授或者高级工程师，否则怎么配得上我们家林玲？"

我发现，爸爸的脸上，已经有了很厌恶的神色了。林妈妈好像也感觉到一点儿了吧，她真是个会说话的人，她看了我一眼说："至少要像你们家葛善这样的！"

我觉得很好笑啊，她怎么知道我长大了会是一个有档次的人？她看出来我会成为大学教授或高级工程师了吗？我想，她的意思应该是，我是校长的儿子，校长这样的家庭，在她眼里，也算是有档次的吧！

我还感到有点儿脸红，因为她把我和林玲扯到一起。她口口声声说林玲漂亮，好像天下最漂亮的人就是她的女儿林玲了。林玲有那么漂亮吗？在我看来，她的个子长得太瘦高了，没有她说的那么好看的。如果林玲和秋萍比，我觉得秋萍要更漂亮一些，秋萍有一双大眼睛，她的眼睛看着你的时候，你会觉得，这双眼睛是会说话的。

爸爸答应好好研究一下这封"信"，如果有必要，他会找齐云飞谈话，对他进行教育的。

林妈妈临走的时候，再三对爸爸说："葛校长，这件事千万不要给任何人知道，被人家知道了要说闲话，我们家林玲没办法做人的！"

我觉得她说得好奇怪啊，即使全世界的人都知道，齐云飞给林玲写了一封信,丢人的是齐云飞,而不会是林玲不好做人吧?

林妈妈走了之后,爸爸对我说:"不要告诉同学,不要说出去,林妈妈既然这样说了,就要为她保密。"

我这可算是尝到了特殊的滋味,有一个秘密,飞到了自己的心里,它的翅膀,一刻都不停歇,它好像每时每刻都要飞起来,要飞出来。你越是不让它飞出来,它就越是想飞出来。它在你心里,一点儿都不安分,它嗡嗡嗡地飞着,就像玻璃窗里面的苍蝇,固执地飞着,想要飞出去,一次次地碰壁,却并不放弃,好像一定要穿过玻璃,在玻璃上钻一个洞,飞出去。

我看到齐云飞,就会想起他给林玲写了一封信的事。真是一点儿都看不出来啊,他会给女生写信。我已经说过,在我们学校,在我们班,男生女生之间,是从来都不说话的,彼此就像完全不认识一样。但是在小米兰文工团,情况就不是这样了,好像突然就没有了男女之别,虽然男生和男生才会成为朋友,女生和女生才会更友好亲密一些,但是,男女之间,不像在班级里一样了,大家会很自然地说话了。可是,齐云飞写一封信偷偷地塞给林玲,还是让我感到吃惊。

表演舞蹈《歌声与微笑》的时候,齐云飞和林玲有几个动作是手拉手的。难道说,齐云飞认为,和她手拉手跳舞,他们就是好朋友了吗?就是特别好特别好的朋友了吗? 就可以两个人说悄悄话了吗? 他想和她说悄悄话,可是又不敢说,说了也怕别人看见,笑话他,所以,就给她写一封信,悄悄塞给她,是这样吗?

那么,林玲为什么不也悄悄写一封信给齐云飞呢? 她为什么要把他写给自己的信交给她妈妈呢?

她是不喜欢跟齐云飞做好朋友吗?

秘密在我的心里,又像种子一样要长出芽来,要从土里钻出来。据说,一颗种子,它能把比它重几百倍的小石子顶起来,它向上生长的力量是惊人的。那么,秘密也会像种子一样,不管有多大的力量压着它,它都要破土而出吗?

我非常担心,我管不住心中这个秘密,它要飞出来,它要钻出来,我能压住它吗? 我阻止得了它吗?

我真心希望能把心里的这颗种子碾碎,让它失去生长的能力。

我终于忍不住,有一天,对秋萍说了。我说:"齐云飞给林玲写了一封信,你知道吗?"

说出这句话的时候,我的心紧缩了一下。我好像看到爸爸严厉地站在我面前,他的目光像剑一样刺向我。

但是,说出来的话,已经收不回去了。

秋萍说:"什么? 是真的吗?"

我如果现在说不是的,那表明我刚才是瞎说的,秋萍会相信吗?她已经清清楚楚地听到了我刚才说的话,我再说什么,她都已经是知道这个秘密了。

秘密这只苍蝇,已经穿过玻璃,飞了出去。

秘密这颗种子,已经顽强地钻出泥土,见到了阳光。

反 悔

"写了什么? 他写了什么?"秋萍兴奋地问我。

我说:"我也不知道。"

"那你怎么知道齐云飞写了一封信给她呢?"

"林妈妈把信交给我爸了。"

"你没看到吗? 葛校长没给你看吗? 你没问他写的是什么吗?"

"我问了。"

"那你怎么还说不知道写了什么!"秋萍有点儿生气。

我说:"我问我爸爸了,他说,只是抄了一些歌词。"

秋萍看上去有点儿失望,她说:"真的吗? 真的只是抄了一些歌词吗? 别的什么也没写吗?"

我点点头。

秋萍突然问:"你会给我写一封信吗?"

我看着她的脸,发现她的大眼睛也正看着我。我想,我要是画一幅画,画她这个人,我就会把眼睛画得很大很大,眼睛在她的脸上,占据了很大的位置。她的眼睛,看上去好像比她的嘴还大。

为什么要给她写信? 想要对她说的话,我都是当面对她说的,如果要我写一封信给她,写什么呢? 如果一定要写,我最多也就像齐云飞一样,抄几首歌词吧。

"那你就抄几首歌给我吧。"她说。

我说:"我不是给你抄过了吗?"

"哦,"她说,"你是说《我们的田野》吗?"

"是的。"

"那个不算! 你另外抄几首给我,像写一封信一样,好吗?"

连我自己都感到奇怪,我竟然答应了她。

答应她之后,我就后悔了。我想象,她收到我的"信",会不会也交给她的妈妈呢? 她会像林玲一样吗? 把信交给自己的妈妈时说:"为什么男生要给我们女生写信?"然后,可能还会装得很害怕的样子,甚至哭起来。

我继续想象,秋萍的妈妈也像林妈妈一样,把这封男生写给她女儿的信,拿来交给我爸爸。秋萍妈妈会这样说:"葛校长,你看看,这是你儿子葛善写给我们家秋萍的,小小年纪,就给女生写信了,他想干什么呀? 还都是孩子呀,才上四年级呀,过了暑假才上五年级,怎么就这样呢?"

然后，我想，爸爸拿到这封我的亲笔信，眉头一定皱起来，他会觉得丢脸吗？自己的儿子也像齐云飞一样，写信给女同学，而女生的妈妈都上门告状来了！

想象让我感到害怕。

第二天见到秋萍，她轻声地问我："写了吗？"

我说："没有。"

"为什么不写呢？"她问。

我说："忘记了。"

"你怎么会忘记的呢？"她的脸上，是失望和责怪的表情。

我已经想到了明天，因为，明天她还会再次失望的。那么到了明天，她又会怎样问我呢？

我希望她生气，很生气，然后对我说："不写就不写，有什么稀奇的，难道我自己不会抄歌吗？"

可是她说："明天不要忘记了，好吗？"

我应该干脆对她说，明天也会忘记，因为我不想写了。

但是，我又点了一下头，还说了一句："好的。"

回到家里，吃过晚饭，我拿出纸笔，给秋萍写信。

其实不是写信，只是抄歌。

我抄写了我最近很喜欢唱的一首歌，是电影《冰山上的来客》的插曲《花儿为什么这样红》："花儿为什么这样红？为什么这样红？哎，红得好像，红得好像燃烧的火，它象征着纯洁的友谊和爱情。花儿为什么这样鲜？为什么这样鲜？哎，鲜得使人，鲜得使人不愿离去，它是用了青春的血液来浇灌。"

把它工工整整地抄在纸上，我对着它，自己唱了一遍。然后，我又用笔把里面"爱情"两个字划掉了。

既然算是一封信，那么，我就应该把它装在一只信封里。可是，我没有信封。

我就把它折起来,先是折成长条形,然后,横折竖折,又折成了一个小方块。

这是当时一种写便条的流行折法,虽然我们都不写便条,但是,我们都学会了这种折法,就像一个扭过来的"8"字。

我又在上面写了"史秋萍收"。

我把它放在枕头底下,准备明天塞给秋萍。

我给她的时候,不要给任何人看见,这是我们的秘密。

想到要偷偷地把它交给秋萍,想到她也同样是悄悄地拿过去,我的心怦怦地快跳起来。

她拿到之后,一定会躲起来拆看。她会像读一封真正的信一样读它,读了一遍,还会再读一遍吗?

或者,她其实并没有把它当作一封真正的信,因为它根本就不是一封信,它只是抄写的一首歌词。她也喜欢这首歌吗?我猜,她一定是也会唱的。因为这首歌,最近经常在广播中播放,许多人都喜欢唱它。

那么,她就会看着我抄写的歌词,对着它唱。

我仿佛就能听到她的歌唱了。

但是,当她发现"爱情"两个字被我划掉,她会怎么想?

我为什么要划掉这两个字呢?

这首歌里,本来就是有这两个字的,我为什么要划掉它呢?

我也不知道。

要是秋萍问我,我根本回答不了。

我枕着这封"信"睡觉,却怎么也睡不着。它在枕头下,好像一只小动物,它会动,它趁我不注意,就动一下,动两下。它好像还要自己爬出来,它好像是有翅膀的,它想爬出来,振一振翅膀,飞到哪里去呢?

我抬起头,用手按了按枕头,其实是要按一按这封"信",我想让它安静下来,不要动。

可是,在我的头重新枕上去之后,它似乎动得更厉害了。我好像还听到它发出了声音,它就像鸟一样,叽喳叫了两声。

结果,我把它从枕头底下拿出来,我把它展开,看着上面一行行我抄写上去的字,特别看了看被我划掉的那两个字。然后,我又忍不住唱了起来,我唱了不止一遍,至少有三遍。

最后,我把这封信撕了。

先是撕成细细的、一条一条的,再横过来撕,撕成一星一星的。直到把这页抄写着一首好听歌曲的纸,完全撕成碎片。

学 唱

秋萍自己选了《花儿为什么这样红》作为她的独唱节目,她说:"这首歌真好听!"

我不由得暗暗吃惊,觉得世界上有些事,真是太巧了!

好像昨晚我抄写在纸上的这首歌,并没有被我撕掉,而是交到了秋萍的手里。

我对秋萍说:"昨晚我就是抄了这首歌呀!"

秋萍惊喜地说:"真的吗? 那给我呀!"

我说:"被我撕了。"

她的眼睛里突然冒出一种奇怪的光来,说:"为什么? 为什么要撕掉?"

我觉得她的目光是可怕的,我不敢看她,我说:"我、我、我写得不好。"

秋萍说:"你骗人!"

我说:"我没有骗你。"

秋萍说:"你真的抄了《花儿为什么这样红》吗?"

我说:"是的。"

秋萍说:"肯定是假的,你就是骗人!你又不知道我会选这首歌唱,你又不是我肚子里的蛔虫!"

我知道,她不相信,换了我也不会相信,但是世界上就是有这样的巧事,我昨晚在灯下为她抄了这首歌,而她今天说,她就是想选这首歌来独唱。

要是没撕掉就好了,要是抄着歌词的纸条这时候在我口袋里就好了,我就可以摸出来给她看,她一定会感到惊奇的。

但是,已经被我撕得粉碎了!

看着秋萍嘴角的鄙夷,我惶恐而懊恼。我不想再向她解释,她不会相信的。我想,只有等我回家,到垃圾桶里去把那些碎纸片找出来,看还能不能拼起来。如果能拼起来,我就要把它们一片片粘好,然后拿给秋萍看。我要让她知道,这是真的,我没有骗她。

但是爸爸不赞成她唱这《花儿为什么这样红》,他说,这首歌,不适合小孩子唱,也不适合秋萍唱。

爸爸给秋萍选了一首外国歌曲《故乡的亲人》,爸爸说:"这首歌你唱就太棒了!"

秋萍:"但是我不会唱这首歌。"

爸爸说:"让葛善教你吧,他会唱。"

怎么教呢?我还从来没教过别人唱歌,爸爸也从来不教我唱,有些歌,只是他喜欢唱,我听着听着就会了。有时候星期天,他会拿着一些歌本,到学校大办公室去弹风琴。那架风琴虽然又老又破,经常像狗一样喘气,好像能看到它真的像一条狗一样把舌头伸出来。但是,爸爸还是可以用它弹出很好听的歌。他有时候还会自弹自唱,他唱歌的声音,和他平时说话,尤其是在台上做报告的时候完全不一样,和着琴声,他的歌一点儿都不慷慨激昂,而经常是抒情的,有时候听上去还有些伤感。

许多歌,我就是这样听会的。听他弹,听他唱,几遍之后,我也就会唱了。

爸爸其实是很喜欢外国歌曲的,《乘着歌声的翅膀》《可爱的家》《夏日最后的玫瑰》《金发的珍妮姑娘》《洛蕾莱》《伦敦德里小调》,还有《故乡的亲人》《老黑奴》,这些歌,我都是从爸爸那里听会的。

秋萍说:"葛善,你怎么会这么多歌呀?"

我说:"我都是听会的。"

秋萍说:"那这首《故乡的亲人》,你也唱给我听吧,你多唱几遍,我也能听会吗?"

我不知道她能不能听会,如果她学歌不快,那么,我要唱多少遍呢?

要单独对着一个人唱歌,只唱给一个人听,而且是个女生,我感到有些别扭,很难为情。因为在唱的时候,她肯定会看着你,而你也会看着她吧。这样,两个人互相看着,是不是很难为情?

于是我对秋萍说:"你不要看我,好不好?"

她说:"要我把眼睛闭起来吗?"

我说:"你看着别处好了!"

她说:"你不看我,就看不到我看你了!"

我说:"反正你不要看着我!"

"沿着那亲爱的斯瓦尼河畔,千里迢迢,在那里有我故乡的亲人,我终日在思念。世界上无论天涯海角,我都走遍,但我仍怀念故乡的亲人,和那古老的果园……"

我只唱完第一段，秋萍就说："葛善，你唱得太好了，我要哭了。"

我说："那接下来，我是再唱一遍第一段，还是唱第二段？"

她说："再唱第一段吧。"

我又开始唱："沿着那亲爱的斯瓦尼河畔……"

我发现她一眼不眨地看着我。

我就停了下来，说："说好了不看我的！"

她说："我没看你呀！"

我说："你明明看我的！"

她说："我是看着你身后，那棵香樟树，它的叶子多绿呀！"

我说："你把头转过去，看别的地方吧。"

她说："对了，你唱的是斯瓦尼河畔，还是撒尼河畔？"

我说："是斯瓦尼。"

她说："但是我听到你唱的是撒尼。"

我说："你把斯瓦连在一起听了。"

她说："是你把斯瓦连在一起唱了。"

我说："那你唱的时候把它分开好了。"

我没想到，秋萍学得那么快，我只唱了两遍，唱第三遍的时候，她已经能跟着我一起唱了。她的乐感天生就是这么好！

唱会了第一段，她让我唱第二段。我说："你已经会唱第一段了，第二段也就会唱了，只是歌词不一样，曲调是一样的嘛。"

她说："但是我不知道歌词。"

我说："你有纸吗？我把它写下来。"

她跑回屋里，拿了一张信纸过来，不知道她哪来的信纸，还是一张淡粉红色的信纸，她说："写下来吧。"

但是没有笔啊！她又跑回去拿笔。

我蹲下来，在一块大石头上，把《故乡的亲人》的第二段歌词写下来。

我蹲着写的时候，她也蹲了下来，凑近了我，看我写。

我说："你不要看我写，好吗？你这样看我写，我要写错的。"

秋萍说："我偏要看！"

我说："那我就不写了。"

秋萍说："那你一个人在这里写吧，我去上厕所了。"

等她从厕所回来，我已经写完了。秋萍拿过去，看了一看，就把它折起来，说："这就算你写给我的信，好吗？"

我想说"不好"，但是，发现她的大眼睛又那么认真地看着我，好像眼睛在说："为什么不呢？"我就没有把"不好"两个字吐出来。

她把信纸折起来，放进了自己的衣袋，然后说："好了，你现在唱第二段吧。"

我说："不是歌词写给你了吗？你自己看着唱吧。"

她说："我要你唱！你唱两遍，我就会了。"

那为什么还要让我抄下来？不是多此一举吗？

她说，现在会唱，不等于过一会儿不忘记，忘记的时候，她就可以拿出信纸来看一看。

我说："你还是自己看着唱吧。"

秋萍生气了，她的脸上有了怒色，她说："是葛校长让你教我的，你不教，我告诉他去！"

她真是麻烦，我没办法，只好给她唱第二段："幼年时我常在农场里，到处游玩，我曾在那里愉快地歌唱，度过幸福的童年。何时再相见，蜜蜂歌唱在蜂窝边？何时再听见悠扬的琴声，在我可爱的果园？"

因为我不看秋萍，所以她拿出信纸我不知道。我只听到她跟着我一起唱，这个第二段，她一遍都没有听，直接就跟着我一块儿唱起来了。

第二段，她已经都会唱了。但是我忘记了，还有副歌呢，副歌还没有唱给她听，我直接就唱了："走遍天涯，到处流浪，历尽辛酸，离开了我那故乡的亲人,使我永远怀念。"

我唱副歌的时候,秋萍没有跟上来唱,因为她没听过我唱副歌,她当然不会唱。我发现,她又看着我了,她的大眼睛,一动不动看着我,当我看她的时候,她也没有躲开。

"走遍天涯,到处流浪,历尽辛酸,离开了我那故乡的亲人,使我永远怀念。"

在我唱第二遍副歌的时候,她已经能够跟上来一起唱了。她的声音轻轻的,就像在说悄悄话,又像是在自言自语,但是咬字很清楚,而且,她的乐感太好了,音准得让人感动。我觉得和她一起唱歌,真是一件非常非常快乐的事。我多么希望这首《故乡的亲人》长一点儿再长一点儿,能让我们永远都唱不完。

烦 恼

再过五天,我们就要去部队农场演出了。

大家的心情都非常激动。

郑小勇说,他最大的梦想,就是长大后当一名军人。这次到部队农场演出,他说,他想借解放军叔叔的军装军帽,穿戴上后请倪老师帮他拍一张照片。

倪老师有一台海鸥牌照相机,她不仅会拍照,还会自己冲洗照片。她家里照相纸、显影液、定影液、灯箱,什么都有。她拍了照片,自己会在完全黑暗的屋子里把胶卷冲洗出来,然后,再给灯泡裹上一块红布,就在红光下洗照片。

倪老师爽快地答应了郑小勇,她说:"只要解放军叔叔肯把军装军帽借给你,我就给你拍照。"

齐云飞说:"倪老师,我也要拍!"

我也对倪老师说:"我也要拍!"

董欣、卢一楼,所有的男生,都说要拍,倪老师全都答应了,她说:"反正一卷胶卷,够大家拍的。"

秋萍说:"倪老师,我也要拍!"

郑小勇说:"部队农场没有女兵,难道你穿解放军叔叔的衣裳吗?"

秋萍说:"有什么不可以!"

董欣说:"女人穿男人的衣裳不可以。"

秋萍说:"军装分什么男女,不都是一样的吗?"

郑小勇说:"男女肯定不一样的,不信问倪老师。"

倪老师说:"我没当过兵,我也不知道男兵女兵的军装是不是一样,但是我猜,可能是不一样的。"

秋萍白了一眼郑小勇说:"解放军叔叔不见得肯把军装借给你穿!就是肯借给你,你穿着还是太大了,就像苍蝇钻在蛋壳里。"

郑小勇说:"你才是苍蝇呢!"

秋萍说:"我说得不对吗?你个子那么小,有这么小个子的解放军叔叔吗?有这么小的军装给你穿吗?"

郑小勇说:"那我就拿一支枪拍照。"

秋萍哑然失笑,说:"你真是想得美,解放军叔叔会把枪借给你?那不是太危险了吗?你又不会打枪!"

郑小勇说:"枪里又没有子弹的。"

董欣说:"拿枪肯定不行的。"

我也觉得解放军叔叔肯定不会把枪借给我们拍照,郑小勇真是想象力太丰富了,他简直是在做梦,做美梦!

我发现只有林玲一直没说话,她坐在我的边上,始终没有说话。我想,她肯定是对穿军装拍照不感兴趣。她只是目光冷冷地看着这些七嘴八舌的人,争论着什么军装分不分男女,枪里有没有子弹。

她突然轻声对我说:"我妈妈要跟我到部队农场去,怎么办?"

我说:"真的吗?"

林玲点点头,说:"她跟过去,像什么样子啊!"

我说:"那你就让她不要去。"

林玲说:"她不听我的,她说她一定要去看我演出。"

"她不是看过了吗,在学校的操场上?"

"但她一定要去部队农场,她还说,她要带蛋黄酥给解放军吃。"

我觉得林妈妈真是好奇怪啊,我们小米兰文工团去演出,她跟了去算什么嘛! 要是我妈妈提出来要去的话,我一定不会让她去的,爸爸也不会同意她去。

我对林玲说:"你跟你妈妈说,葛校长不允许家长一起去。"

林玲说:"你爸爸真会这么说吗?"

我说:"会的。"

林玲说:"那我们一起去跟他说吧。"

谁知道爸爸却说:"你妈妈如果一定要跟过去,可以考虑让她去啊!"

林玲急得好像要哭了,说:"不! 我偏不要她去!"

后来林玲对我说,她很讨厌她妈妈,她一天到晚唠唠叨叨,烦都要被她烦死了。林玲说:"而且她总是乱说,搞得我难为情。"

我说:"妈妈是不是都这样?"

林玲说:"才不是呢! 我婶娘、我大姨,都是当妈妈的,她们可不像她那样!"

听她这么说,我就想了想自己的妈妈,我的妈妈,好像话也挺多的,但是,她可不像林妈妈那样喜欢乱说,她也不会很不知趣地主动提出来要跟我们出去演出。

林玲说:"有时候我就想不要待在这个家里了!"

我说:"你也要像卢一楼那样离家出走啊?"

林玲说:"不生我下来最好!"

林玲的脸,长得和秋萍很不一样,她的脸瘦瘦的,两只眼睛小小的,笑的时候眯成一条缝。但是她很白、很文静,她的脸上,仿佛始终是有着一种忧郁的神情。

我这才知道,原来是她的妈妈让她感到很烦恼啊。

我不知道怎么安慰她,但是我好像很能理解她的烦恼。因为我想起我们的语文老师叶老师,她的啰唆,可能就跟林妈妈一样吧。有时候语文课上,有同学不专心听讲,做小动作,叶老师就会停下讲课,批评教育做小动作的同学。她的话真多啊,她说,作为学生,不好好学习,那是浪费大好年华,那是既对不起父母也对不起自己,那是辜负了老师的殷切期望,她一直说一直说,能一直说到下课。下课铃声响了,她还在说,一直要说到上课的铃声响起,下一节课的老师走到教室门口,她才罢休。

叶老师一直说一直说,说得嘴角都是白沫,她那副样子,真是让许多同学都感到厌恶的。每次上语文课,我都会感到恐惧,如果叶老师一生气,又开始批评教育,一直说一直说,那真是太可怕了!

林妈妈也是这样的人吗?

林玲说,她妈妈生气的时候也是这样的,跟叶老师一样。但是,她妈妈比叶老师更加让人受不了,因为她高兴的时候,或者既不高兴也不生气的时候,话也是多得扯都扯不断。林玲说:"她说的那些话,许多时候我真是感到难为情,但是我又不能让她不说,我要让她不说,她就会很生气,话也就更多了。

"有时候,我已经睡到床上了,她还会走进我的房间里,盯着我说说说!"林玲的脸上,笼罩了一层阴云,她看上去有点儿太瘦弱了,好像有一阵大点儿的风吹过来,就会把她吹倒。

我呆呆地看着她,希望她不要这么忧伤,我希望她能够像其他的孩子一样快乐。

"要是她一定要跟我去,我就不去了!"她说。

听她这么说,我的心沉了下去。为什么会这样?林妈妈真的是很讨厌,她这不是在破坏我们的演出吗?要是林玲真的不去了,那不是一件很扫兴的事吗?我希望大家都是高高兴兴地去,不要少一个人,少了谁都不行的。如果一定是要有一个人最终不去,那么,我也不愿意是秋萍和林玲。我想,要是秋萍不去了,或者林玲不去了,那我们去演出还有意思吗?要是她们两个都不去了,那我也不想去了。

晕 船

我把林玲对我说的话,告诉了爸爸。我说:"要是林玲不去了,演出还能成功吗?"

爸爸说:"不可以不去,谁敢不去?心里还有没有组织纪律?"

我说:"不是她不想去,而是因为她妈妈要跟她去,她就赌气不去了呀!"

爸爸说:"那就不能让她妈妈跟去。"

爸爸说,林玲不能不去,她不仅有集体舞《歌声与微笑》,倪老师还准备让她单独跳一个孔雀舞呢。"我们节目不多,不能没有林玲。"爸爸说。

是啊,我也是这么想的呀!

但是倪老师要为林玲排练孔雀舞的那天,林玲却没有来。

林妈妈一早就来学校,她是代林玲来请假的。

林妈妈说,林玲身体不好,今天不能来排练了。但是她不知道林玲是不是真的身体不舒服。

倪老师说:"你是她妈妈,她是真的不舒服还是假的不舒服,你应该是知道的呀!"

林妈妈说:"我不知道的,她要是骗我,我怎么会知道?"

倪老师说:"她为什么要骗你呢?"

林妈妈说:"她经常骗我的,她是遗传了她爸爸的缺点,就是会骗人。"

倪老师说:"你不要这么说自己的女儿。"

林妈妈说:"我不是说她什么都不好,我们家林玲其实很多优点的,她人长得漂亮,有文艺细胞,唱歌跳舞都是很好的,她将来当明星都是有可能的。"

倪老师说:"是啊,我们小米兰文工团不能没有她,她要是明天还不来,我就着急了,她的独舞还没有开始排练呢!"

林妈妈说:"我回去说说她,让她明天一定来排练。"

倪老师说:"她要是身体不好,不能勉强的。不过,我心里真是有点儿急,还有五天,我们就要去部队农场演出了,解放军打电话来说,已经准备好了一艘新船,到时候来接我们去。"

林妈妈说:"什么,你们去部队农场是坐船去吗?"

倪老师说:"是啊。"

林妈妈说:"那我就不去了!"

倪老师很惊诧地说:"你也要去啊?"

林妈妈说:"是啊,我本来想跟你们一起去的,我喜欢看林玲演出,她是我的骄傲。但是你们坐船去,我就不去了,因为我晕船的,我只要一坐船,隔夜饭也会呕出来,那是比死还难过的。"

我在边上听到林妈妈这么说,心里十分高兴,我更为林玲感到高兴。她担心的事不会发生了,林妈妈主动说她不去部队农场,她那么怕坐船,你就是求她去她恐怕也不愿意去了。

一定是林妈妈回到家里直嚷嚷，说到部队农场要坐船去，她就不去了，她平生不怕饿不怕累，也不怕冷不怕热，最怕的就是坐船，只要一坐船，她的五脏六腑都要吐出来似的，实在受不了。所以林玲下午就到学校来了。

林玲说，她家以前从芦墟搬来桑镇的时候，就是坐船来的。她妈妈上船后不久，就开始呕吐，她趴在船舷上，对着河里哇哇哇地吐。她吐了一通，就骂林爸爸，说都怪他想出来搬家用船，害人不浅。骂了几句，又伏在船边上吐。

林玲说，上了岸，她妈妈还哇哇地吐。不仅如此，大概有一个星期，她都胃里不舒服，感觉还像是在船上一样，所以她说她一辈子都不会再坐船了。

林玲有点儿邪恶地笑了，她说："要是早知道解放军会开船过来接我们，我根本就不用担心我妈会跟我去。"

但是出发那天，林妈妈还是来了。

她是送林玲到河码头的。

林玲轻声对我说："谁要她送！"

林妈妈做了两大包蛋黄酥，递给我说："葛善，你帮我拿着，一包给你们吃，另外一包呢，到了部队农场，送给解放军叔叔吃。你告诉他们，这是林玲的妈妈亲手做的，感谢他们为我们英勇杀敌保卫祖国！"

大家听她这么说，都笑了起来。

郑小勇说："部队农场的解放军不打仗的。"

林妈妈说："谁告诉你的？解放军不打仗，那他们干什么？"

郑小勇说："他们搞生产。"

林妈妈说："这个你就不懂了，他们平时搞生产，但是一旦祖国需要，他们就扛起枪奔赴前线了！"

林玲不耐烦地说:"妈,你别说了!"

这艘新船,散发着桐油的气味。船上还挂了一条标语,上面写着:"热烈欢迎小米兰文工团莅临部队农场演出"。

船舱里放了许多小板凳,解放军叔叔想得真周到啊,让我们在船上能尽量坐得舒服些。

大家上了船,船还没有开,林妈妈就说:"哎哟,我怎么看着船,胃里就不安分了呢!"

船刚离开岸,林妈妈站在码头上,她竟然呕吐起来。

她都没有上船,却晕船了,这太好笑了,大家又一次笑了起来。

林玲的脸上,却一点儿笑容都没有。她一定是觉得很丢脸吧!

船开了,离岸慢慢远了。

林妈妈站在码头上的身影,变得越来越小。

她小到快要看不见了,还站在码头上。

这时候我看到林玲举起了手,向着小到几乎看不见的林妈妈,轻轻地挥了两下。

太 湖

船儿驶入太湖,林妈妈做给大家吃的蛋黄酥,已经全部吃光了。带给解放军叔叔的那一袋,和爸爸的手风琴放在一起。我注意到,卢一楼的眼睛经常往那里瞟,他该不会是打它的主意吧?

如果现在有人提议,把这一袋蛋黄酥也打开,拿一点儿出来吃,只拿一点点儿,会有多少人赞成呢?

我是肯定要反对的,因为这是林妈妈特意做给解放军叔叔吃的,这是军民鱼水深情的一个象征,不管我们有多馋,都不能偷吃一块。

我这么想的时候,忍不住又咽了一下口水,刚才蛋黄酥在嘴里的滋味，又从舌头底下漾了上来。

"太湖真大啊！"齐云飞站起来，伸展着他的双臂，好像是在比画太湖的大，也好像是要像野鸭一样展翅飞起来。

爸爸对他说："你还是坐下吧，现在是逆风，你这样站着，影响船速呢！"

大家都笑了起来。因为，齐云飞长着一对招风耳，我们平时总喜欢乘其不备，伸手去摸他的耳朵。他的耳朵真大呀，肉嘟嘟的，看着这样的耳朵，谁都会想起猪八戒。

爸爸不知道大家为什么笑，他很奇怪地看着齐云飞。

齐云飞拉了拉自己的大耳朵，坐了下来，他说："等顺风的时候我再站起来，我的耳朵就是两片帆！"

大家笑得更欢了，爸爸也笑了。

船儿突突地往前开，湖面越来越广阔。

倪老师说："还要一个多小时才到，我们再来练习几遍吧。"

"练舞蹈吗？"齐云飞唰地又站了起来。

倪老师说："船上不方便练舞蹈，还是练唱歌吧。"

先是大家的大合唱《让我们荡起双桨》。爸爸的手风琴今天好像拉得特别快，大家因此也就唱得比平时快，歌声就像我们的心情啊，希望船儿快快走，早一点儿到达部队农场。

倪老师也加入了我们的歌唱，她一边唱，一边还有节奏地晃动着身子。于是大家也都学着她，和着歌声的节奏，一齐晃动起来。

船儿也跟着晃荡起来，仿佛湖面上起了很大的风浪。

我觉得头晕，就喊道："不要晃了，头晕了！"

我皱起眉头，频频地转过头去看爸爸。

爸爸于是对大家说："是啊，别晃了，不安全！"

大家都停止了身体的晃动，歌也唱完了。

但是，船还在摇晃。

湖面上果然起了风浪了。

我的肚子里很不舒服，我是晕船了吗？我想起了林玲的妈妈，她那么怕晕船，晕船果然是一件可怕的事啊！

"快到了吗？"我说。

倪老师说："早着呢，起码还要一个小时。"

我暗暗叫苦。我环视四周，白茫茫的一片，全是湖水。湖水一点儿也不平静，它们起伏着、动荡着，越是看着它，感觉起伏得越是厉害。

我于是仰起头来看天，没想到天也好像在晃荡。

"你的脸怎么这么白？"秋萍问我。

我说："我晕船了。"

秋萍对爸爸说："葛善晕船了！"

爸爸说："女生不晕船，你怎么倒晕船了？"

我很生气，又不是我要晕的，它自己晕起来了，我又有什么办法？

肚子里越来越不安分了，"会不会吐？"我问自己。

我跟秋萍换了座位，我是这样想的：靠边坐了，万一要呕吐，就吐到湖里去。

我趴在船舷上，把头埋在自己的手臂里，既不看湖水，也不看天。

"你好点儿了吗？"我听到秋萍轻声问我。

我假装没听见，心里却有了感动。虽然我埋在自己的手臂里，什么都看不见，却仿佛看到秋萍的大眼睛认真地看着我，她的眼光里，既有关心，又有鼓励，好像在说："坚强一些，很快就到了，上了岸，就好了！"

我又听到秋萍说："好像睡着了。"

倪老师说："让他睡吧，睡着了就不晕了。"

肚子里翻江倒海，越来越厉害，终于忍不住，我对着湖面哇哇地吐起来。肚子里所有的东西，都吐了出来，酸酸的、苦苦的，还有蛋黄酥的味道。

刚才的蛋黄酥，都白吃了。早知道这样，还不如不吃，留着等会儿吃，不是更好吗？

是的，如果现在让我吃蛋黄酥，我也吃不下啊！

林玲走到我边上，她手里拿着一个绿色的小瓶子，她说，这是她妈妈给她的风油精。"你涂一点儿在手腕那里吧，我妈说那是内关穴，可以止吐。"

我说："我不要。"

林玲把风油精的盖子拧开，递给我说："涂一点儿嘛！"

我闻到了清凉的气味，有点儿刺鼻。

我接过风油精，在手腕的地方抹了一些。

刺鼻的清凉更浓重了，不过，确实让人感觉舒服了很多。

林玲说："我妈说，还可以吃一点儿。"

这也可以吃吗？

"吸一口吧！"林玲说。

所有的人都看着我，看着我手里的绿色小瓶子，好像我吃一口，就会变成一缕烟，或者变成一头怪兽。

秋萍说："吃一点儿吧。"

我就对着瓶嘴，吸了一口。

一股浓烈的清凉，又像苦，又像辣，进入我的口腔，很快弥漫到了我的全身。我突然感到头脑清醒了，胃里也不那么难受了，我的眉头也舒展开了。

"好点儿了吗？"林玲问。

我点点头，咂吧了一下嘴，说："好点儿了。"

"我也吃一口。"郑小勇说。

"我也晕船了。"齐云飞嬉皮笑脸地说。

董欣也说:"我也要吃。"

林玲从我手里抢过风油精,旋上盖子,放进了自己的口袋里。她说:"不给你们吃!"

秋萍说:"我好像也有点儿不舒服,给我涂一点儿在手腕上吧。"

林玲抓起秋萍的手,给她抹上了风油精。

"我也来一点儿。"齐云飞说。

林玲就在他手腕上也抹了一下。

大家都把手伸出来,让林玲抹风油精。

连倪老师也让她抹了。

只有爸爸不要抹,他说:"我不晕船的,我坐什么都不晕。颠簸得越厉害,觉得越舒服,就像骑木马荡秋千。"

风油精的味道,弥漫在空中,好像整个太湖里起伏荡漾的,都是绿色的风油精。

在这清凉的气息里,我果然好多了。虽然我还是伏在船舷上,但胃里已经不再难受,脑子也不像刚才那么晕了。我只是趴着休息,湖风吹拂过来,也像风油精一样清凉宜人。

排练还在继续,轮到秋萍独唱了。

《故乡的亲人》在浩渺的太湖上响了起来,唱了两句,歌声突然变得清晰了,原来开船的解放军叔叔把柴油发动机关掉了,为的是秋萍的歌声能让大家听清楚。

太湖是如此安静,世界是如此安静!

只有秋萍的歌声,和爸爸手风琴的声音,在湖面上,像鸟一样飞,像风一样流淌。

飘 啊

所有的节目都过了一遍,两个舞蹈则是坐着练习的。林玲的手就像一只孔雀的头,一会儿优雅地转动自己的脖子,一会儿弯下来梳理自己的羽毛。后来大家都学会了这样的手势,觉得自己的手忽然就活了起来,有了灵性,就像真正的孔雀,是有眼睛的,是会转动的,是能鸣叫的,是可以用一定的节奏来表现生命的美丽和欢乐的。

董欣的手,这只指甲里黑乎乎有点儿脏的"孔雀",率先飞到卢一楼的头发上,轻轻啄了两下。于是卢一楼的手,也举了起来,眨巴了两下"眼睛",用它的"喙"去啄董欣的手。他们两只"孔雀",就彼此嬉戏、打闹起来,还发出了叽叽叽的"鸣叫"——那是董欣和卢一楼嘴巴里发出来的。

其他的人,很快就模仿他们两个,很多"孔雀"出现在空中,郑小勇的手和齐云飞的手,两只"孔雀"追逐着、躲藏着、攻击和反击着,它们头顶的"羽毛",因为打斗而飘落了下来。齐云飞撮起自己的嘴,对着空中吹气,仿佛真的有孔雀的羽毛在空中飘浮似的。

林玲的手指,是那么白皙修长,这是森林里最美的一只"孔雀"。它优雅地走着,骄傲地转动脖子,它和秋萍有点儿肉乎乎的"胖孔雀"相遇,两下凝视了一会儿,接着"喙"与"喙"轻轻地触碰,然后伸出脖子,彼此缠绕。它们成了森林里相爱的两只"孔雀"。

倪老师的手,也动起来了,它是一只最高大的"孔雀",充满了生命的活力,在森林里很快地奔跑。它躲过了凶猛动物的追击,仰头向树枝上的小鸟问好,路过河边的时候,低下头来,在河水的镜面中看到了自己。它被自己美丽的面容吸引,但是,它的"鸟喙"却又把河水的镜子打碎了。它抬起头来,看到了小河边一只孤独的小孔雀,那是我的手,它张嘴叫了一声,是向我的手打招呼呢!于是我的"孔雀"

抖动了一下自己的翅膀,迎着倪老师的手走去,它看着面前的"大孔雀",大声对它说:"你好!"

只有我这一只"孔雀",开口说话了。大家都笑了,"孔雀"于是也都纷纷说话了。

"你好!"

"帮我啄一下,我背上好痒!"

"我飞起来啦!"

"你开屏了,我看到你的屁眼了哈哈!"

"我是花孔雀,我是世界上最美丽的鸟!"

大家乱七八糟地以孔雀的身份说话。

倪老师大声说:"安静一下,大家安静一下,我们所有的孔雀都来唱歌吧!"

"好!"大家都热烈地响应。

大家一起唱起了《歌声与微笑》,接着又唱《我们的田野》和《故乡的亲人》,还有《红蜻蜓》,还有《让我们荡起双桨》《花儿为什么这样红》,还有《飞吧鸽子》。

所有我们要演出的歌儿,都被大家唱了一遍。

我这是第一次感到,大家一起无忧无虑地唱会唱的歌,这是多么快乐啊!这是自己一个人唱无法获得的快乐,这是光听别人唱也不能得到的享受。大家一起唱,投身进去,把自己的歌声,汇入到歌声的河里,一起欢腾,一起流淌,一起向大海奔去。

我已经忘记了刚才自己晕船的事,可能是因为吐干净了胃里的东西,也可能是林玲的风油精起了作用,反正我已经不难受了。湖上的清风、清风一样的歌声,好像是可以穿过身体的,好像是可以吹进我心里去的,让我感到舒畅,让我觉得自己的身体是没有重量的,整个船儿也是没有重量的,我们像白云一样在水天之间飘移。

倪老师说:"你们会唱《小白船》吗?"

"会!"齐云飞的两只手都举了起来。

"我也会!"我说。

秋萍和林玲几乎是齐声说出来的:"会的会的。"

爸爸说,他好像不会这首歌。但是,我对他唱了一句:"蓝蓝的天空银河里……"爸爸马上就知道了,欢快的前奏便从他的手风琴里流淌出来。

> 蓝蓝的天空银河里,
> 有只小白船,
> 船上有棵桂花树,
> 白兔在游玩。
> 桨儿桨儿看不见,
> 船上也没帆,
> 漂啊漂啊漂向西方。
> 渡过那条银河水,
> 走向云彩里,
> 走过那个云彩国,
> 再向哪儿去?
> 在那遥远的地方,
> 闪着金光,
> 晨星是灯塔,
> 照呀照得亮。

我知道,有些人其实不会唱,会唱的人,也经常是唱错了歌词。但是,大家唱了一遍又一遍,不会唱的人也慢慢有点儿会唱了,刚才唱错歌词的地方，后来就唱对了。这首描写月亮的歌曲，真是有意思呀，唱着唱着，我们的船儿好像也开到天上去了。

爸爸一边拉琴，一边也在跟着大家一起唱。

我看到，驾驶着船儿的解放军叔叔，他的嘴巴也在动。

船上所有的人，都在齐声唱着同一首歌。

夕 阳

到了部队农场，大家都饿了。

而我觉得，我应该是最饿的一个，因为我在船上吐过一次，把胃吐空了。

食堂为大家准备了馒头和豆腐汤。

也许是因为太饿了，我觉得，这个豆腐汤是世界上最好吃的菜。豆腐里有着大豆的香，还有茴香的味道。豆腐汤里的咸肉，有肥有瘦，散发着阳光的香气。

政委说，为了同学们的到来，炊事员天没亮就起来磨豆浆了，他们还在豆浆里磨进去干辣椒。"这是我们的发明，同学们吃出辣来了吗？"他问大家。

是有点儿辣，我吃了两大碗豆腐汤，吃得大汗淋漓。

出了一身汗，真是神清气爽啊！

所有的人都吃得稀里哗啦的，林玲和秋萍也狼吞虎咽地吃着馒头和豆腐汤。大家一定是都饿了，更因为炊事员做的菜太好吃了吧！

倪老师说："把辣椒磨在豆浆里，这真是一个伟大的发明。"

爸爸也说，一点点辣，是从豆腐里面散发出来的，这比把辣酱放在豆腐汤里可要好吃多了。他这个从不喜欢吃辣的人，也觉得豆腐里有了一点儿辣，特别鲜美。

倪老师说:"我是最喜欢吃辣的,我在家里吃饭,米饭里有时候都要拌一点儿辣椒酱。"

我说:"倪老师,你是北方人吗?为什么这么喜欢吃辣呢?"

倪老师说:"我不是北方人。喜欢吃辣的也不是北方人,而是四川人、湖南人,还有贵州、江西这些地方的人,才是最喜欢吃辣的。但我是江南人啊,江南人为什么就不能喜欢吃辣?"

郑小勇说,他爸爸也喜欢吃辣的,他们家里的菜,每一个都要放辣,如果吃到一点儿都不辣的菜,他爸爸是会一口吐掉的。

齐云飞说:"那你爸爸泡茶会不会也放两个辣椒?"

郑小勇说:"你真会胡说八道,世界上谁会用辣椒泡茶喝?"

演出快要开始了,我听到卢一楼放了一个屁,我知道他肯定是豆腐吃得太多了。

我就有点儿瞧不起他,如果是我,即使放屁也不会发出声音来。

我看着已经化了妆的秋萍,心想,这么美丽的女生,也会放屁吗?如果她也像卢一楼一样,放一个屁让我听到,那么我就会觉得很难为情,好像屁不是她放的,倒是我放的一样。我宁愿什么都没有听到。

我们的节目,受到了解放军官兵的热烈欢迎。但尴尬的是,我们每表演完一个节目,解放军叔叔都会齐声高喊"再来一个"。独唱好办,秋萍唱了《故乡的亲人》,解放军叔叔里面站起来一个领头的,大声说:"唱得好不好啊?"所有的解放军叔叔齐声回答:"好!"领头的又说:"再来一个要不要啊?"他们齐声说:"要!"

于是爸爸对秋萍点点头,他拉出了《红蜻蜓》的前奏,秋萍的歌声就又动听地响了起来。

但是我们表演完舞蹈《歌声与微笑》,他们也要我们"再来一个",怎么办呢?

我们八个人像傻瓜一样站在台上，不敢下来。我们都知道，在他们热情的目光注视下，如果我们完全不理睬他们"再来一个"的请求，自顾走下台去，那肯定是不礼貌的。

但是，要再来一个，怎么来？我们只排了这么一个集体舞，难道再来一遍吗？那不是太滑稽了吗？

领头的解放军叔叔站起来喊："一、二、三！"战士们齐声说："快快快！"领头的又喊："三、二、一！"战士们说："来来来！"他们的喊声，响彻云霄。

面对这样的情况，爸爸也没办法了，他看着倪老师，似乎在向她求救。

"一、二、三！"

"快快快！"

"三、二、一！"

"来来来！"

倪老师真聪明啊，她走上台去，对我们说："大家做一段广播体操吧，就做伸展运动和扩胸运动两节。"

郑小勇走出来报幕："下一个节目，广播体操！"

爸爸的手风琴，竟然也熟练地拉起了广播体操的音乐。

我们动作刚健地做着广播体操，倪老师则在一边节奏沉稳地喊："一、二、三、四，五、六、七、八；二、二、三、四，五、六、七、八……"

解放军叔叔和着我们的节奏鼓掌，台上台下汇成了一片欢乐的海洋。我真是没有想到，广播体操也可以作为一个节目来表演，而且取得了这么好的效果。

演出《小不点儿打鬼子》的时候，解放军叔叔开心到了极点。众乡亲提着纸做的道具冲上来暴打鬼子和翻译官，他们就在台下齐声叫好。

我注意到，有的解放军叔叔还用手做成枪的样子，对着台上的鬼子"射击"。

这让我又想起在学校操场上演出的时候，小三子拿着树棍上来把卢一楼的头都打破了。

非常遗憾的是，我们没有看到枪。我们来到军营，却没有看到枪，就别做梦还想亲手摸一摸真正的枪了。

我知道，男生都想看到枪。我们曾经不止一次地讨论，来到部队农场，我们会看到什么样的枪，最多的是步枪，也许还能看到手枪，当然我们还希望看到机关枪。

可是，自始至终我们都没有看到枪。

解放军叔叔上台表演，也没有拿出枪来。他们表演的是擒拿格斗，赤手空拳的功夫，虽然让我们看得兴奋，但是因为没有枪，还是让我们感到失落。

而且，我们也始终没有提出来要借军装拍照，好像大家都早已把这件事彻底忘记了。

演出结束了，已经是夕阳西下。

全体解放军官兵，起立向我们敬礼。而我们，则在倪老师的指挥下排成整齐的两排，向他们行了少先队礼。

政委送我们到湖边，看着我们上船，还给了我们一大袋子烙饼。他挥挥手，希望我们春节的时候再来这里演出，他说，到时候再磨豆腐给大家吃，"要放更多的咸肉！"

船离开了岸，在突突的柴油机声里，大家吃着喷香的烙饼，驶上回家的路。

秋萍兴奋地给我看一样东西，说是那个皮肤黝黑的小战士送给她的。我拿过来一看，是一个子弹壳做的钥匙圈。

即将在湖面上沉落下去的夕阳，照射在这个弹壳上，使它越发黄澄澄金灿灿地可爱!

我是多么羡慕啊! 我的心里突然涌上了嫉妒,这么漂亮的东西,为什么不是送给我的? 而它,是属于别人的,是秋萍的。

我怅然地把它还给秋萍。我交到她手上的时候,甚至想故意失手,让它掉进湖里,让它沉到湖底,让谁也得不到它!

我万万没有想到,秋萍把它又放到了我的手里,她说:"葛善,送给你吧!"

我把它握紧在掌心,它凉凉的,就像一块冰,既让我感到舒服,又有一点儿寒意。

我感到惭愧。我为自己刚才要让它掉进湖里的想法而羞愧。

我看着秋萍,夕光把她染成了金红色,她的右侧脸、她的头发、她的睫毛、她的鼻子、她的嘴唇、她的肩膀,还有她的右手臂,都被夕阳染成了金红的颜色。

而当太阳完全沉落水面之后,秋萍的剪影,又变成了灰蓝色。

"你为什么一直看着我?"她的声音在柴油机的突突声里,轻得几乎听不见。只有我一个人听得见。

"我没有,"我说,"我在看夕阳。"

秋萍说:"可是太阳已经落下去了。"

我说:"我看到湖面上有鱼跳起来。"

秋萍说:"真的吗? 真的有鱼跳起来吗? 你看到了吗?"

我说:"好像是的。"

她说:"不要好像,到底是不是?"

我说:"那你自己看吧!"

我们两个人一起盯着湖面看,看了很久很久,还是没有看见有鱼儿跳起来。

北 极 星

天黑下来，蓝黑色的天空中，出现了星星。

星星一颗一颗跳出来，越来越多、越来越亮。

它们有的像蜜蜂一样，拥挤在一起，好像还发出了嗡嗡嗡的声音；有的则像性格孤僻的孩子，孤独地躲在一边。

大家都抬起头来看星星，不知道星星是不是看到了我们，它们在高远的天幕上，可看见有一艘船儿，正在太湖平静的水面上航行？它们看到我们了吗？看到一群孩子中的秋萍了吗？看到她星星一样发亮的眼睛了吗？看到坐在她身边的我了吗？看到我手里握着的钥匙圈了吗？

　　一闪一闪亮晶晶，

　　满天都是小星星……

秋萍带头唱起了这首儿歌，大家一起开心地唱，仿佛要邀请星星也来参加我们的合唱。这次爸爸的手风琴没有响起来，也许他是累了，也许，是想听我们单纯的歌声吧。

星星在我们的歌声里欢乐地眨眼，我看到银河了，这无数星星汇成的河，真像一条真正的河啊！潺潺的水声，是我们船底下响起来的呢，还是银河里的声音？在银河里，也驶着一条船吗？船上又坐着一些谁？也是像我们一样欢乐的孩子吗？也有一个像秋萍一样的女生，有着大大的眼睛和乌黑的头发吗？也有一个跟我一样大的男孩，手心里握着一件可爱的小东西吗？那是握着一个凉沁沁的秘密啊。

突然，是郑小勇第一个发现的，我们的船，怎么又开回部队农场了？郑小勇高叫："看，前面不是部队农场吗？"

倪老师听他这么说，大笑道："郑小勇你不是在说胡话吧？"

董欣伸出手去，摸一下郑小勇的头说："是不是发烧了？"

郑小勇把董欣的手甩开，说："你才发烧呢！"

这回是倪老师惊诧地大声说："是啊，前面真的是部队农场啊！"

大家放眼望去，看到远远的岸边真的是军营的房子，在昏暗的光线下，依然能看到这些房子红色的屋顶。

还有一根高高的旗杆矗立着，就像它是能够戳到一颗星星似的。

下午，我们不就是在那旗杆边的广场上演出的吗？

这是怎么回事？为什么我们的船又开了回来？

"是啊，为什么我们的船又开回来了？"

"开回来了？为什么呀？"

"我们不回家了吗？"

大家都嚷嚷起来。

爸爸说："是不是迷路了？一定是迷路了！"

倪老师说："这在我们老家乡下，迷信的说法是'鬼打墙'，就是路被鬼挡住了，不管你怎么往前走，最后还是会绕回去。"

卢一楼夸张地叫起来："啊，鬼啊！有鬼啊！"

林玲说他："神经病！"

爸爸说："那可真是迷信，世界上哪有什么鬼，真有鬼它也不敢跑到解放军这里来！"

"是啊，鬼要是敢来，解放军叔叔的机关枪哒哒哒一扫，把它们全部打死！"郑小勇说。

秋萍说："世界上根本就没有鬼，怎么又说用机关枪打死它们？"

我觉得他们这么说真是可笑啊，如果真有鬼，机关枪也打不死它们的，因为它们本来就是死的，它们是人死了之后变的，它们会被打死吗？

很快，我们都明显感觉到，船儿在掉头。它掉了一个头，加大了马力，突突地开起来。

我扭头向后看，看到了夜幕下隐约的军营。

爸爸对大家说，刚才，因为湖面上太黑了，开船的解放军叔叔迷失了方向，他开着开着，不知道为什么把船儿又开了回来。"大家不要怕，这回我们看着星星，桑镇是在部队农场的北面，现在只要向着北极星一直开，很快我们就能回到家了！"爸爸说。

"哪里是北极星？"秋萍说。

"是啊，哪里是北极星？"好几个人都这么问。

爸爸的手指向了天空，他说："大家看，这个方向，有七颗星组成了一个斗状的星座，就像一个舀水的勺子，对不对？看到了没有？"

有的人说看到了，有的人说没有，最后，大家都说看到了，只有卢一楼一个人说还没有看到。

林玲说："卢一楼你是不是近视眼啊？"

郑小勇说："卢一楼，你更上一楼，就看见了。"

大家都笑起来。郑小勇要是不这么说，好像大家都已经忘记了卢全观为什么会叫"卢一楼"了，好像他的名字就是卢一楼。

爸爸说："这组成了水勺的七颗星，它的名字叫大熊星座，也叫北斗七星。"

"哪颗才是北极星呢？"秋萍说。

爸爸说："你们看，这个水勺的底部，这两颗星，我们在这两颗星之间画一条线，然后，把这条线延伸，一直延伸到四倍长的地方，这里又有一颗星，看见了吗？"

"哪里？哪里？"好多人问。

"我看见了！"我大叫起来。

"我也看见了！"董欣说。

好多人都说看见了。

郑小勇说:"卢一楼,你看见了吗?"

卢一楼也说看见了,不知道他是真的看见还是假的看见。

"这就是北极星。"爸爸说。

大家发现,我们的船,现在正是向着北极星驶去。

"嗷——嗷——"大家欢呼着。

船儿在大家的欢呼声中,似乎又加大了马力,向着北极星驶去,向着家的方向快速地驶去。

(原载《人民文学》第6期)

我的汉族爷爷

次仁罗布

一

今天下午是个阴沉的天气，空中布满灰暗的云，人们都在说马上会有一场倾盆大雨。

可是，过了好几个小时，一滴雨都没有飘落，反倒是那些云从灰暗变得更加暗黑，飘浮在办公室窗外目光所及的空域里，黑压压的一片。这种天气在拉萨很少出现，它让我想起了成都，记忆里阴沉就是那座城市的标签。

我把面前的几篇稿件编辑完，心想这些作者太囿于个人情感的抒发，而缺失了对生命、人生意义的拷问。我揉揉眼睛再次望向窗外，有了那种身处成都的美妙错觉。我喜欢坐在成都文殊院的茶馆里，身子塌陷在嘎吱响的竹椅中，望着高耸的庙堂、翠绿的树木，待到面前茶碗里的茶喝白。这是最惬意的时刻，周围还有沸腾的川话和麻将声，置身其间仿若回到了热腾腾的世俗中。

正当这么想的时候，从西南边发出了沉闷的雷声，那里面含着憋屈、愤懑、无奈、挣扎等；紧接着是一声，这声音比之前响亮了很多，也畅快了很多；又是一声，如炸雷般带着闪电从我们的头顶滚过去。雨点啪嗒啪嗒砸在窗玻璃上，几秒钟之后，仿若交响乐般狂奏起来，噼啪声淹没了所有的嘈杂。

办公室里的几个人争相跑到窗户跟前，望着外面说话，这从他们张合的嘴唇可以得到印证，可说了什么一点都听不到。米米坐在自己的位置上抱住头，伏在桌子上显得很害怕。我看着她，觉得女孩都这样吧。

窗前的人们一惊一乍的，我赶紧从座位上站起来，走到窗户跟前。千万个雨箭从空际齐射下来，愤愤地扎在水泥地面上，一下被摔得粉身碎骨，不大的院子里已是江水滔滔。雨很狂怒，没有停歇的意思。这下可好，离下班的时间越来越近，心里不免有些着急。

"这雨早不下晚不下，赶上快下班的时候下，这不是故意刁难我们嘛！"李君两手插在牛仔裤兜里说，长长的头发遮住了他右边的半只眼。

带着闪电的雷声再次刺破空际。

"你就听从天意吧，不要这样烦躁。你那个女朋友，她不会在电闪雷鸣中消失掉！"旁边的索朗望着满天的雨珠和李君说。索朗嘴唇上的胡子精心修剪成一条线，配在这张黝黑的尼泊尔人的脸蛋上，给他增色不少。

我冲李君笑，旁边的几个人也是带着坏笑。

李君的父亲是十八军进藏人员，他属于藏二代。李君之前有个媳妇，不知怎的执意要跟他离婚，从那开始他单身了十多年。李君曾披头散发地跟我说干这职业赚不了钱，人家分明是嫌贫才要离开的。只是，最近他找到了一个来拉萨打工的内地妹子，两人的感情像火苗一样越蹿越高,人也干净利落了很多。

天空灰蒙蒙的,大雨倾巢而泄,看这架势一时半会儿雨是不会停下来的。

我们离开窗户,坐回到自己的座位上,你一句我一句地打发时间。好几张嘴喷出的烟子,把办公室弄得烟雾缭绕。

手机的铃声响了,我们都转头望向声音的源头。米米拿起手机贴到耳旁,轻柔地说:"讨厌的雨!你在哪里?"

我这才知道雨已经变小了,要不我怎能听得到米米的细声柔语呢。我把眼睛瞟向窗外,天色已经开始亮堂,不久这急促的雨就会停止。

"我怎么下去,雨这么大,你让我淋湿啊,你让我生病啊!对我一点都不体贴……"米米在电话里撒着娇。

对面的张景宇冲我做鬼脸,我不禁笑出声来,但这声音米米是不会听到的。

"哼,你不爱我,就是不爱我!"米米的声音涨高了,另外一只手还做着动作,脸上是一副极尽满足的表情。

年轻的米米仗着父亲是个厅长,自己又年轻有点姿色,却也无须当着我们的面如此轻佻。

我的手机铃声响了,屏幕上显示的是"爸爸"两个字,我急忙从桌上拿起手机接听。

"是你吗,丁真!"爸爸的声音显得有些凝重,我心一下揪紧,还没等我回话,他接着又说:"你爷爷今天下午走了!"

我清楚"走了"的意思,那是说他去世了,离开了这个红尘世界。

"是吗!"我本能地说了这一句后,脑袋瞬间空白一片,周围寂静无比。

"你能赶回来吗?"爸爸问我。

"我跟单位请假,然后过去!"我回答时泪水在我脸颊上留下了两条线痕。

"尽快过来吧!"爸爸说完扣下了电话。

我的爷爷今天下午去世了,这消息来得如此突然,毫无一点征兆。我看到办公室里的人都望着我,一脸的惊讶状。"爷爷去世了!"我跟他们说。

"赶紧去请假呀!"张景宇对我说。

"趁领导还没有走,快去请假。"

我有些恍惚,但我还是从座位上站起来,走向办公室的门口。

手续办得很顺利,等我走出办公大楼,到院子里时只有稀疏的雨滴在飘落,地面上的积水很浅,每踩一步脚下的水就会碎裂迸溅。

就这样走了,我的爷爷!

您满脸褶皱且黝黑,嘴唇塌陷,双目混浊,脑袋花白,您着一身黑布藏装,蹲坐在桑披岭寺的残垣断壁下,孤独地遥望东方的山头。一座座连绵的山峰,像是奔涌的浪涛,绵延无尽。您的身旁斜躺着一根木棍,它的顶部缠绕了一圈布,是用来支撑您佝偻的身体。夕阳的金光映射在您的身上,您犹如一座雕像被塑立在那堵断墙下一般。

听父母说,这十年里,您每天下午都要爬到桑披岭寺的那堵残墙下,坐在那棵被锯掉的树墩上,目不转睛地望着东方故乡的方向,直到夕阳落山。

那些转经的老人从不会去打扰您,他们嗡嗡的诵经声和窸窣的脚步声,都无法将您从那种沉思状中拉拽出来。

我的妈妈泽拥曾跟我唠叨:"唉,这可怜的倔老头,他的魂早就飞出了这个山谷!"

其实,您凝视故乡的这些年月里,您身边转经的许多老人被阵风卷走似的突然无踪无影了,而您像雕塑一般满脸刻着深深的沧桑岿然不倒。

这些年，我每探亲回到故乡，都要在夕阳落山之前，爬上那段陡坡，穿过一座座白色的民房，到桑披岭寺的残墙下去接您回家。每每看到金光涂满一身的您，静默地翘首凝望，我的内心疼痛无比，眼眶被潮得湿润润。

雕塑般的您，我只能摇醒，只有这样您才能回到现实世界中来。

您用那种刚睡醒时的迷离眼神盯着我，一脸的惊愕状。我得大声向您解释："妈妈让我来接您的！爷爷，我们回家去。"

这时去转经的那些老人停下脚步，帮我搀扶您从那截树墩上站起来，再把那根木棍塞进您的手里。您弓着身子，在我的扶助下缓慢往山下的土屋走去。

"他呀，时时刻刻都在渴望回到故乡去！"阿嘎老人的话从背后飞了过来。

"他的魂早已经飞走了！"一个老奶奶的声音也灌进我的耳朵。

那一刻，我才想起您是一名汉族人，更是一名红军战士。但，此刻我搀扶的您，让我无法将您跟这些联系在一起，您倒更像是一名耄耋之年的藏族老人，普通得毫不起眼。

之前，您的祖籍和身世没有引起过我的兴趣，直到这几年，我才想起要把您的一切用文字记录下来。可惜一切为时已晚了，您的听力、记忆力、思维都出现了问题，总是答非所问，有时甚至连我都认不出。

"丁真，你别再烦爷爷了，让他安静地烤一会儿火！"爸爸以这种烦躁的口气制止我。

面前的铁炉里木柴在燃烧，上面的茶壶里茶在滚沸，壶嘴里喷出白色的水蒸气来，满屋子飘溢着茶的清香。

爸爸从衣兜里拿出一盒烟，取出一根点燃，再递给眯着眼睛的您。您接过烟，把它塞进塌陷的嘴唇里，一阵烟雾后您的脸顿时消隐在后面。

我们近在咫尺,可是您对于我来讲就是一个谜。

就像此刻,您从人世间离开了,却让我永远寻找不到答案。我对您的以往知道得太少,对于我来讲,您比我的任何一个同事都要陌生,这让我感到很羞愧。

天空飘落的雨已经停歇,东边的天际悬挂一道彩虹,夕阳把眼前的高楼和远处的山坡都镀上了一层金光,空气中弥漫着一股湿气。

回想起来,今天下午的天气也许向我预示了您的离世,只是我太愚钝,到现在才反应了过来。唉,爷爷,您也许带着太多的憋屈、愤懑、无奈和挣扎离开了这个世界,无人理解您,也无人走进您的内心世界,即使至亲的人对于您来讲也是很生疏的。

拉萨街道上车辆拥挤不堪,行人神色匆忙。此刻,我想这些人中有谁会愿意忆起,曾经千千万万个红军战士中的其中一个呢!悲凉侵蚀了我的心,一股刻骨的疼痛如锥子般扎在我的胸口,泪水簌簌地滚落下来。我用手抹掉眼泪,走到护栏杆边,低头抽了一根烟,心情好了一些。旁边穿梭的人们,谁都不会注意忧伤的我。

我推开家门,看到妻子和小孩都在,说:"爷爷去世了,明早我飞成都去。"

"什么时候去世的?"妻子有些愕然,问完还张着大嘴。

"今天下午。"我已走到客厅的沙发前,把包放在垫子上。

小孩拿着手机在看,完全没有理会我刚才说的话。一股怒火涌上我的心头,但我压制住这种愤怒,走向自己的书房,把门给关严实。

飞机降落在了双流机场,我还得坐车赶到康定,再换乘其他车子到乡城去。

沿途的风景对于我来讲,没有任何吸引力,望着车窗外倏忽而过的景色,心里一直在想着爷爷。之前,只知道爷爷祖籍是江西的,后来当红军转战到云南时身负重伤,途经乡城时被留在了这里。许多年后，我爷爷入赘到康迈家，成为奶奶斯朗却珍的丈夫。从那时起，他就生活在闭塞的乡城里，直到死去都没有离开过。

汽车赶到康定城时，天色已经暗下来，灯光璀璨中的小城显示出它勃勃的生机来。

我背着双肩包行走在折多河边，河水的流淌声像是激荡的鼓声，震碎着我忧伤的心。我找了一家开在折多河畔的宾馆住下来。今夜这咆哮的水流声，会相伴我入睡的。

躺在床上我无法入眠，以往的岁月侵入脑海，历历在目。

爷爷，您在一个金秋的十月，应学校的邀请到县中学来给我们讲红军长征的经历。我们盘腿坐在宽阔的操场上，要听您讲述曾经走过的千山万水。您着一身浅灰色衣服，头戴缀着红布五角星的八角帽，被人领到盖着绿色毛毯的桌子前。您的身后是一面鲜红的国旗。同学们扭头盯着我看，那意思分明就是在说：原来你是红军的后代啊！最让我躁动不安的是，我心仪的卓玛带着微笑频频回望。她那双清澈的双眼，让我内心狂乱，脸颊烫烧，哪有心思听您的叙述，心儿为卓玛扑腾着。

当您用蹩脚的藏语开始讲述时，引来学生们的一阵阵笑声，这更让我难为情地低垂下头，急切期盼您的讲述快点结束。

那天阳光如烈焰，把我们烤得汗水淋淋。您却如此地亢奋，声调在高音喇叭里始终激越。当您讲述到在云南攻占宾川县城州城时，突然号啕大哭起来，校长和老师都往您那里跑。我抬头望过去，您双手掩面，泣不成声，被几位老师扶着离开。

校长面露悲伤，走到铺着毛毯的桌子前，嘴对着话筒说："同学们，我们的红军老爷爷回忆起那些牺牲的战友，他的心里悲痛不已。正是这些先烈用自己的生命，为我们赢得了现在的幸福和安宁！让我们用掌声感谢张华老大爷。"

掌声如潮般奏响了起来,爷爷却在老师的搀扶下,走向那辆白色的丰田越野车。

乡城的人都喊您朗加泽仁,听说这个名字是桑披岭寺活佛赐给您的,张华这一称呼只有官方的人才用。

您在家里从来没有这样激动过,总是闷闷地从这屋踱到那屋去,找些细小的事情倒腾个没完。跟您搭话,您会简洁地回答,脸上的表情始终都是沉郁寡欢。

现在回想,青涩懵懂的少年时期,我就这样错失了走进您内心世界的机会。

那次回来,您把那身红军衣帽留了下来,偶尔穿上它走在乡城的道路上,引来人们的驻足围观。这让您很兴奋,于是每天都要穿上红军服,在县城四处转悠。

"这不是康迈家的老爷子嘛!你这身衣服是从哪里弄来的?"有人这样问。

您昂着头,挺着胸脯,硬硬地回答:"我是红二军的。"

"你过来给我们讲讲红二军的故事。"那些无所事事的年轻人这样说。

您不屑地扭过头去,两手剪到身后,背部微微隆起,继续踏步向前。

"康迈家的老爷子疯了!"这句话在县城里被迅速传开。但上了年纪的老人们却不以为然,他们对别人说,你们这些傻子,净会胡说话,他这是在寻找记忆,寻找曾丢失的青春。听说,爷爷喜欢跟那些年老的人待在一起,晒着热烈的阳光,一直交谈到太阳落山,然后跟随从山上折返回家的牛群,各自走向自家的房子。

您的这身装束和永不更改的路线,以及后面那群嚷嚷的小孩,让二哥看着心里很是气愤,他觉得您都是七十好几的老人了,怎能在大庭广众之下这样哗众取宠。他跑过去轰走那些叽叽喳喳的小孩,要拽着您往家里走。您愤怒地盯着二哥看,嘴唇抖动,口水顺着嘴角淌落,脸涨成了紫黑色。当二哥的手再次伸过来的一刹那间,您挥动右臂狠狠地扇了他一耳光。那耳光声如响雷,让周围的人惊呆住。在众目睽睽之下,二哥捂着发烫的脸颊,泪水夺眶而出。他恨恨地看了您几秒,扭转身子拼命地跑开,消失在路的尽头。

这一耳光将我的二哥给打没了,从那天起他就从乡城里消失掉。后来的几个月里,爸爸和大哥跑到中甸和巴塘、理塘、康定等地去寻找,可是毫无收获,每次他们都耷拉着脑袋进入家门。

您看到他们紧绷的脸,就蹀躞到自己的房间,把门关得严严实实。

一天中午,妈妈边往火炉里添柴边抹泪说:"就怪这身灰色的衣服,没有它也不会让降初这样从世间消失掉!"爸爸吸着烟让烟雾将自己裹缠住,以便不再听妈妈的叨咕。

"都一大把年纪了,还疯疯癫癫个干吗!"妈妈还在絮叨。

"你的嘴里该塞进一坨牛屎,老人做什么都是对的。"爸爸把烟屁股弹进火炉里,脸紧绷绷地训斥道。屋子里一下寂静下来。

爷爷还身穿那件红军服,并拢的双腿上躺着黄白相间的母猫,它的尾巴轻轻摇摆,脑袋从大腿的边沿垂落下去,看似惬意无比。爷爷干瘪的双手搭在母猫的肚子上。

"我再不穿了!"您从喉咙里挤出这几个字,抬起手摘掉脑袋上的八角帽,盯着上面的五星泪水涟涟。它们垂挂在您褶皱的下颌上,接着一滴一滴落在灰色的衣服胸襟,逐次浸出一朵硕大的泪花来。

爸爸和妈妈望着您,脸上现出赧色来。

您把母猫抱起来,放在床铺上,起身走向门口。我望着您微驼的背影,突然觉得您孤独无比。

"爸爸,我们没有责怪你的意思……"爸爸冲您喊。

您决绝地从门口一闪而逝，一缕金灿灿的阳光从门外泻进来，里面有细微的灰尘在翻转跳跃，但我感到了一股寒意。

从那时起，爷爷再没有穿过红军服，听妈妈说，您把它折叠好放在枕头底下。

爷爷消沉了很长时间，经常躲在自己的屋子里，连房门都不出，每顿只吃几口饭。

县城里的老人许久不见爷爷在街上走动，就跑到家来打探您的情况。看到您无恙，这些老人宽心地离去。

半年多后，乡城人在成都见到了我的二哥降初，说是他在那里替一个大老板跑腿。这一消息让我们一家人的心给安了下来，妈妈嘴里却在说："真是白操心了这么久，人家连父母都想不起来，以后我也懒得再去牵挂他了。"

妈妈嘴上虽然这样说，但她在县城里到处打听有没有人去成都，托他们给降初带些钱和吃的东西。二哥一直都没跟家里联系，爷爷的那一耳光打疼了他敏感而脆弱的心。

我从学校毕业，考上了甘孜师专，这一消息把爷爷从消沉中拽了出来，毕竟我是康迈家第一个考到大专的人。

说好离开那天由您和爸爸送我到康定城。您的脸上终于挂上了久违的笑容，说是我给了您离开乡城的机会。

我要离开的那天清晨，您穿上干净的衣服，站在门口等待汽车的到来。清晨的天气还是有些微寒，妈妈怕您生病，唤您进屋喝茶等待。您边走边频频回望大门口，仿佛稍不留意，汽车就会跑远似的。

山谷里的每家土屋升腾起白色的烟子，牛颈的铃铛叮当敲碎静谧的早晨时，太阳从东边的山头懒懒地探出头来，急匆匆地把捂了一夜的金光抛撒出去，万物瞬间披上了一层金色的光芒，显出盎然的生机来。

当那辆小车停在家门口，司机嘟嘟嘟地摁响喇叭时，您急匆匆地走出屋门,穿过院子到汽车旁。

"大爷,这次您就坐不下了,丁真我会送到学校里去。"司机洛绒带着歉意说。

"这怎么可能啊!洛绒,我们早就说好了的,丁真要由爸爸和我去送。"爸爸冲一头长发的洛绒吼道,脸色阴沉沉的。

"哥,你说得没有错,我们是这么说定的。但是昨天晚上斯达贡布得了重病,医院让他到州里去治疗,昨晚跑到我家里来求情。遇到这种事我只能答应啊。"洛绒说完把头向后一甩,那头黑亮的头发往后飘扬。

"这下可怎么办?"爸爸看看您,又看看车窗,一脸的无辜相。他接着又说:"你得一定把丁真送到学校里,之前他可没有去过康定。唉,可怜的斯达贡布!"

爸爸伸手把丰田车门打开,看到脸色蜡黄的斯达贡布被他媳妇和儿子夹在中间,一瓶液体正从塑料管子里滴落,通过针管流进他的体内。

"斯达贡布,到了州医院好好治疗,你家里我会经常过去看,有什么事我会帮忙的。"爸爸说完摇着头,轻轻关上了车门。

您站立在一旁,一句话都没有说,满腔的失望。

我看到您慢慢转过身去,弓着背走向大门。您没有跟我道别,一个人凄然地消失掉。

这一路上洛绒向我保证,说我在康定读书期间,一定将您带过来看我。直到我毕业他都没能兑现自己的承诺,这几年您衰老得越来越快,再也不可能走出乡城了。

这样回想中时间已经快到深夜两点,睡意悄然袭来,折多河的哗哗流淌声伴着我入眠。

第二天清晨,我跑到康定客运公司,坐上了开往乡城的公共汽车。

公共汽车扬起浓浓的灰尘，穿行在山坳间的黄尘路上，汽车里播放着港台流行歌曲。我在音乐声中慢慢地合上眼睛，进入了睡眠状态中。

接近中午时，公共汽车正奔驰在理塘无际的草原上，牦牛、黑色的帐篷、彩色的经幡成为这一路的风景。

我望着天际的山峰，突然想到爷爷的长征被终结在了乡城，他的后半生就耗在了这个山谷小县城里。如果他没有受重伤，他的命运将会是另外一番景象。此刻，我离乡城越来越接近，心里反而加重了伤感和愁绪，这一切都源于我的爷爷。

二

我赶回到家时爷爷还没有出殡，终于见上了最后一面。爸爸是想火化爷爷，妈妈和大哥却坚持要土葬，说是以前乡城只有土司、活佛才能享受火葬的待遇。他们意见不同，就等着我的表态。

桑披岭寺来的僧人嗡嗡地念诵经文，几百盏酥油供灯上飘摇金黄色的火苗，院子里帮忙的亲人、邻居来回奔忙。

爸爸和妈妈已经显出老态来，但他们的脸上捕捉不到有多深的悲伤。趁着来吊唁的人离去的间隙，我问爸爸："爷爷曾告诉过您他的祖籍是在哪里吗？"

爸爸愣愣地看着我，闭眼深吸一口气，说："这重要吗？"

"对我来说很重要！"我郑重地告诉爸爸。我理解当了一辈子农民的父亲，对这些从来都不会太在意，他所关心的是眼前实实在在的一点利益。

"我只知道你爷爷是江西人，再说了，他从不愿跟我们谈自己的过去。"爸爸对这个回答很满意。

"江西很大的，有没有具体的县乡村？"我抱着侥幸心理再次这样问爸爸。

"这已经足够了，我们又没有想着要去寻亲，需要知道得那么清楚干吗？"爸爸不以为然地对我说。可怜的爸爸，你怎么能这样想呢！"告诉你，县里的格来旺修曾经多次到家里来找你爷爷，他们之间聊了很长时间，他应该知道。"爸爸补充了这一句话。

我心里一下燃起了希望，想着爷爷出殡后，找个时间去拜访一下这位格来旺修。

"你说爷爷火化呢还是土葬？"爸爸严肃地问我。妈妈支棱起耳朵，等待我的回答。

我想起昨夜大哥跟我说的话，说爷爷临走时跟他们要那顶八角帽，他们从枕头下取出，放在爷爷的胸口处，然后将那双干瘪的手搭在上面。这时，爷爷的双手用劲抓了一下帽子，从眼眶里涌出泪水，嘴角边堆上一丝浅笑。他们帮爷爷擦泪时，发现人已经断气走了。我想爷爷的魂渴望回到故里去，只有这样他才能安息，这也是我能为他做的最后一件事。于是，我回答说："火葬吧！我要把爷爷的骨灰送到他出生的地方去。"

爸爸和妈妈瞪大了眼睛，大哥认为我这个想法极其荒诞，只有嫂子立在一旁抹泪，频频点头，像是在说这样最好。

悠缓的诵经声从二楼的窗户里飘落下来，弥散到我们坐的一楼客厅里，爸爸用那双长满茧的双手揉搓自己的脸，满脸涨红地说："就这样决定吧！我们准备用来火葬的柴火和酥油。"

按照卦算选定的日子，爷爷去世后的第五天出殡了。

在绵绵细雨中，在人们的嗡嗡诵经声中，那辆白色的皮卡车载着爷爷的遗体走远，从此我们再也无法相见，只能在回忆里让您永远跟我们在一起。

出殡后家里没有什么事可做,我走出大院,向县委办公楼走去。

经过打探,我找到了文史办的格来旺修。他是个胖墩墩的小伙子,嘴唇上留着黑乎乎的胡子,说话慢吞吞的。当他知道我是康迈家的人时,先向我表达了他对爷爷去世的哀痛之情,然后询问需要什么帮助。我喜欢他的这种直截了当,就问他我爷爷的祖籍。这让他很吃惊,但他很快镇定了下来,说我父母可能知道。我告诉他父母都不知道时,他的表情凝重了起来。

"之前,为了得到第一手资料,我去你们家找过你爷爷。可是老人岁数太大了,只能给我讲些大致的情况,很多细节他说不记得了。记得有次问老人,老家还有没有亲人时,老人说当时家里只剩下了妈妈,他和哥哥都参加红军走了。哥哥在一次反'围剿'的战斗中牺牲了。"格来旺修说。他用胖乎乎的手指拨弄一根铅笔,铅笔与桌面触碰,不时发出点响声来。

"那么县文史里能查到我爷爷更详细的资料吗?"我急切地问。

"找不到的,因为我为了写县志,曾经翻看过所有的资料,只知道你爷爷是江西人。"格来旺修说完,用上牙咬住了下唇。

"在乡城我还能找谁可以问一问呢?"我有些不甘地问。

"真没有人可以去问了!跟你爷爷同岁或小一些的人都已经走完了,你爷爷能活九十多岁真是你们的福分呢!"格来旺修一脸真诚地说。

"耽误您时间了,我就不打搅您了!"我起身跟他道别。

我走在县城中心铺设的水泥路面上,感到有些茫然、无助。商店里放着节奏极快的迪斯科音乐,大小汽车加足马力轰隆隆地驶过去。天开始放晴,云层被一点点地撕裂,从碎裂的伤口处能窥到一块块不规则的蓝色来。

对了,我该到桑披岭寺的残墙下去坐坐,那里是我爷爷十多年里走回故乡的始发站。我开始离开马路,往陡坡上走去。不一会儿,来到桑披岭寺的断墙残壁底。

　　一些年老的人绕着墙角转经,我径直走到那个树墩旁坐下来,学着爷爷的样子望向东南方向的萨茍峰。峰顶缠绕着云朵,一条碧绿的江水宛如飘带从谷底缓慢流淌。绿色的树木、草滩与金黄色的农田,构织了此刻乡城的色彩。

　　屁股底下的树墩硬邦邦的,我却无法让思绪飞越千山万水,抵达爷爷魂牵梦萦的故土。我为自己以往的疏忽、大意感到万分的羞愧,同时坚定了自己一定要把爷爷的骨灰撒在那片土地上的决心。眼眶温热了起来,泪水似山泉般涌流,我任它们恣肆地流淌,唯有如此我才能从深刻的自责中走出来。

　　眼前的一切变模糊了,心底中爷爷雕塑般的形象却清晰无比,如浮雕般铸刻在我的脑海里。我想乡城失去了一座雕像,也失去了一段历史的记忆。

　　我用手擦拭脸颊上的泪水时,天空已经湛蓝一片,远方的山峰一座连着一座。

　　我站起来,舒口长气。看到迎面走来一个穿红色风衣的女子,她的旁边一头黑色的家猪哼唧着跟来。红色风衣的女人脸很白,人也长得标致,她从我身旁走过去,眼睛一直盯着桑披岭寺的破墙残壁,那眼神里充满了疑问。后面又出现了个男的,他急急地追赶到女子跟前,指着破损的墙小声说着话。他们是来旅游的,只会从乡城的浮光掠影中走过去。

　　我穿过一座座白色的土房,走到坡底,欲要横穿马路到对面时,矮胖的格来旺修正好站在对面。他在冲我招手,脸上洋溢憨憨的笑容。我向他走了过去。

　　"刚才我想起你爷爷曾说过他在什么水边长大的,好像是叫绵水来着。"格来旺修犹犹豫豫地说。

"你能确定吗？"我急切地问。

格来旺修皱眉思量片刻，说："想想真的没有记错，就是这个绵水！"他极其肯定地说，脸上现出喜悦之色来。

"太感谢你了，这是一条多么重要的线索啊！"我一下兴奋了起来。

我道别格来旺修，带着这个重要的信息回到了家。

进屋后看到装有爷爷骨灰的木匣子，它被摆放在客厅柜子旁的一张方木凳上。

"听说火化得很干净，这也算是对老人最大的安慰吧！"爸爸对我说。

我坐下来，望着油光锃亮的骨灰盒，说："我打听到了爷爷出生的地方。"

"那是说他能魂归故里？"嫂子抱起茶壶，边倒茶边跟我说。

"我要把爷爷的骨灰撒到绵水里去，那里是他出生成长的地方。"我激动地说。

爸爸闷着头抽烟，烟雾在房子里蒸腾起来。看他一侧的脸颊，好似心里藏着什么难言的苦处。他吞云吐雾，连着抽了三根。我只能静静地等待。

"那就这样吧！"爸爸说完，把烟蒂重重地掐灭在烟灰缸里，用双手搓起了自己的脸。

"原先您是什么打算？"我问爸爸。

"本来是想让你爷爷永远陪着你奶奶，但想想他已经陪了她一辈子，现在也该让你爷爷去陪陪自己的亲人了。"爸爸说完哽咽了起来。

嫂子呜呜地哭，用手捂住脸，肩膀不断地抽动起来。

我们康迈家的人最终达成一致，要我作为代表把爷爷的骨灰和那顶掉了色的八角帽送回到绵水边，让他长眠在故里。

临走的那天早上，爸爸从佛龛上取下一条哈达，缠在了爷爷的骨灰匣子上，然后喃喃地祈祷，对着木匣子触碰额头。

我把木匣子装进双肩包里，告别父母和哥嫂向司机家走去。心里在跟爷爷说，我这就带您离开乡城，回到您的故乡去，爷爷您就安心地跟我走吧。

汽车跑了两天半，把我送到了成都。

刚一下车，我就看到二哥降初在酒店的大院里等我。他是接到爸爸的电话通知来接我的。我又坐上二哥的车，向他住的地方驶去。

二哥最初跟着那个大商人干，后来在商界认识的人多了起来，也掌握了一些生意上的门路，于是自己单干了起来。前年，他在成都娶了一名当地女子，两人开了一家藏地风味的酒吧，听说生意比较红火。

晚上，我和降初面对面地坐在他开的酒吧里。

灯光很暧昧，旋律舒缓的藏族歌曲一首接着一首，各种藏族文化符号充斥在酒吧的墙面、屋顶上。

"你恨爷爷吗？"我吐出一圈烟雾，接着这样问他。

"恨死了！"他呷了一口酒，两只胳膊搭在椅子扶手上，一脸的轻松，"可现在不恨了，只觉得他真可怜。"

"怎么说？"我握住盛满啤酒的玻璃杯追问。

"他背井离乡啊！"降初脸上是那种玩世不恭的笑，这笑戳痛了我。

"你不是也背井离乡了吗？"我反问他。

"我是为了挣钱，是为自己干。"

"爷爷为了让更多的人过上好日子，才这样浴血奋战到我们乡城的。"我为爷爷辩白。

"你们这些读书人最迂腐！总喜欢把一切都说得那么美好。"降初说完点燃一根烟，熟练地吐出一圈圈的烟雾来。

"没有爷爷他们，怎么会有我们现在的生活。"我说。

"哈哈，我们兄弟多年不见还是喝酒吧。"降初制止了继续讨论。

我的二嫂穿一件紧身的旗袍从吧台那头走过来，右手指间夹着一根烟，皮鞋的咔嗒声淹没了音乐声。我再没有提爷爷，他俩跟我询问在拉萨开酒吧的事情，预估着资金的投入和收益。

上洗手间的时候，我突然想到降初当时为什么要离家出走。回到桌子旁，想跟他问这个问题。可是，看到他脸上那种生意人的精明相，我把话咽到肚子里去，指望不上他会给我一个真实的答案。

跟降初喝这顿酒，我感觉不到快乐，也没有了兄弟多年后相见时的惊喜，只想尽早结束这场聚会。

翌日，我飞到了南昌，住在一家市中心的宾馆里，心境一下轻松下来，甚至有种久违的亲切感。

下午四点多钟，我背着装有爷爷骨灰的背包走出宾馆，穿过人流如织的街道，向着八一广场走去。这里的空气潮湿且闷热，不一会儿汗水把我的衬衣浸透。我继续向前，希望爷爷能感受到故土的气息。

走了半个多小时后，八一广场就呈现在我眼前，高耸的纪念塔巍峨地矗立在前方。

我跟爷爷说："您看前方的纪念塔，它是为纪念八一南昌起义塑造的。"

爷爷没有回答，我也知道您不会回答，可我深信您听到了我的话。我脑海里再次出现您苍老的脸上绽放的笑容，感受到了您深沉的呼吸，以及瘦弱的臂膀张开的姿势……我闭上眼睛，让您尽情地享受这一刻。

许久后，我睁开眼睛，向着纪念塔走去。我跨过金水桥，走过广场拾级而上。我站在塔基下，仔细观看上面的那些浮雕像，想从那里面寻找一个跟您形似的人。旁边的人流走动得很快，我却淌着汗水，专注地寻找您的影子。

爷爷，您不要伤心，虽然我没能寻找到跟您形似的人，但每个人都是那样鲜活，他们抱着解放穷苦大众的理想，将自己奉献了出去。爷爷，您也是他们中的一员，是我永远敬重的人。

回到宾馆房间时夜色已经笼罩，我把装骨灰的木匣子从包里取出，双手捧着放到床头柜上。灯光的映照下油漆反射出光来，显得越发沉重。

"爷爷，我们明天要坐车去瑞金，那里是您出生的地方，您在那里可以与亲人们一起安息！"说完我的眼眶一阵潮热，这是为即将完成心愿而动情的吧。

这夜我睡得很沉，没有任何梦境出现。

叫早的电话狰狞地把我惊醒，我赶紧穿上衣服，洗漱完打车前往南昌市长途汽车站。

我经过检票口，走到站台上，看到很多抱着大包小包的人，车门还没有打开。我站在队伍中间，感觉这些人都很熟悉。我观察着他们的举动，听着他们的交谈，想着爷爷此刻也在倾心聆听乡音。

车门被打开，人们依次上车。我找到位置，把背包取下抱在怀里。一个中年男人坐在我旁边的座位上，车里说话声吵吵的。

"你的包可以放在上面的行李架上！"旁边的中年男人这样建议我。

"不用的，这样抱着挺好。"我给他回答。

中年男人微微笑了一下，别过头去，看那些还没有落座的乘客。他上身穿了一件白色的T恤，下身是条黑色的休闲中裤，身背一个金黄色的吉普牌牛皮包。

汽车缓缓驶了出去，车内立马安静了下来。一旁的中年男子打开包，从里面拿出一本书来，放在自己的膝盖上，《想象的共同体》几个黑字映入我的眼里。我转头望着车窗外，街道上人潮涌动，车流不息。

我想起了静谧的乡城，那里有草甸、湖泊、雪山、河流、牦牛，它们孕育了另样的一种生活图景，在我的眼里那是闲适、慵懒，却又安宁地度过日子的好地方。与这里的熙熙攘攘相比，那里的确少了朝气蓬勃的景象。这种静谧的环境中，爷爷您从青年走向了中年，又从中年走向了老年。其间，您曾参与过同叛乱分子的那场战斗，后来与奶奶一起种地放牧为生。您的后半辈子可以说是在平静中度过的。您对桑披岭寺怀着深厚的感情，它被战火摧毁之时，您的心一定也在滴血。

汽车已经驶离了城市中心，道路上车辆逐渐变少。

"你是外地人？"旁边的中年男人合上书问我。

我怔了一下，看到他真诚的表情，回答说："是。"

"从你的肤色和衣服上能看得出来。"中年男人跟我说。

我只好笑一笑。他也冲我莞尔一笑。

"出差还是来旅游？"中年男人再次问我。

"我是来看看爷爷出生的地方。"我这样搪塞过去。

这回答让他有些惊讶，眼神里流露出一份好奇来，身子往我这边扭了过来。

我向他讲述了一遍爷爷的过去，听完他唏嘘个不停。

"我是本地人，听我父亲说二爷爷年轻时当红军走了，从那开始再也没有他的音讯。中华人民共和国成立后，家里人到处去打听，也没有探到任何消息。我想他要是还活着的话，肯定会回来找我们的。"中年男人的话匣子一下被打开，接着他又说，"唉，要是我们能知道他是在哪里死去的，还能过去祭拜一下，也算是我们这些人为他尽孝了！"

我的心揪了一下，对这个中年男人有了莫名的好感，于是实话告诉他，说我是来送爷爷回家的。他望着我怀里的包，眼眶噙满泪水。是我让他勾起了回忆，也让他伤了一次心。

"我们这边有很多人参加了红军，第五次反'围剿'失败后，红军不得已要进行大转移,开始了艰辛的万里长征。有很多人在长征途中的大大小小的战斗中牺牲,也有很多人在过草地时被饥饿和严寒夺去了生命,他们许多人的名字到现在没人能记得起来。小时候我们村有个叫谢婆婆的女人,她每天都要爬到村后的山坡上,倚坐在一棵松树旁,不停地说话。有时还会抱着那棵粗壮的松树,呜呜地哭个半天。我们这些不懂事的小孩,认为她是个疯婆子。每当她从那条黄土小路下来,我们躲在树丛后,高声喊:'谢疯婆——谢疯婆——'谢婆婆最初听到这句话时,她被吓住了,她停下脚步,慢慢转过那颗银白的脑袋,眼神里满是惊骇。她呆呆地站立一会儿,垂下脑袋,脚步沉重地往坡下走去。那些大人吓唬小孩,也常拿谢婆婆来说事,说她晚上能变成青面獠牙的人来吃人。等我长大懂事,才知道谢婆婆的男人在去当红军之前,在村后的坡上栽了一棵松树,让这棵松树来陪伴谢婆婆。男人还告诉她说,只要这棵松树不死,那就证明他还活着,如果松树死了,要她另嫁他人。"中年男人再次打住,看看外面,又继续说,"离中途休息站还远着呢。那棵松树就是没有死,它一天天地长高,可她的男人再也没有回来过,谢婆婆就这样守着那棵树,一年一年地老去。"

"后来呢?"我急迫地问中年男人。

"结局很惨!"中年男人说完叹口气。

我猜想这位谢婆婆也像我爷爷一样坐在那棵松树下,遥望前方的路。

"'大跃进'时松树被砍断了,不久谢婆婆也咽气走人了!"中年男人淡淡地说。

我把怀中的包给抱紧,想着爷爷跟这个谢婆婆比起来,真是很幸运了。

汽车飞驰在茂密的树林中,我旁边的中年男人把身子给端正。

"这样的故事在我们这里有很多。"中年男人用手指向外面,说,

"这些山上以前红军打过多次的仗呢。"

山体已经看不见了,全是密密的树林,满眼袭来的是绿色。

年轻的爷爷扛着步枪穿行在这茂密的树丛中,脚上的草鞋踩着枯枝,发出吱嘎吱嘎的声响来;或爷爷蹲在某个隐蔽处,瞄准山下走过来"围剿"的士兵,他们发黄的军服就像秋末的树叶,等待着在一声枪响中飘落;或跟着队伍急匆匆地转移,爷爷的脸上、脖颈上流淌汗水,粗重的喘气声在林中飞扬。"快跟紧!"一发炮弹呼啸着落在附近,伴着"砰"声火焰四起,树倒尘飞,焦味四散。枪声在身后嗒嗒地叫嚣,爷爷身旁的人忽然栽倒在地,灰色的军服下浸出一摊殷红的血……

我沉浸在自己的想象中,爷爷又在我的头脑里鲜活。

"这边还有亲人吗?"中年男人把书抱在胸口问我。

我从幻境中走出来。

"听说爷爷和他哥哥都参加红军后,家里就剩下他们母亲了。想来老人早就去世了吧!"我说。

"那么,这边再没有亲人了!"中年男人的腔调里充满怜惜。

我说:"感觉这里的人都是我的亲人,只是他们不认识我而已。"

中年男人听到我的这句话,先是愣了一下,随后嘴角边现出一丝微笑来,那是从内心里涌来的。他把抱着的书平放在膝盖上。

我们有一阵子再没有说话,两人望着车窗外的景色,心里想着各自的心事。

我默默地跟爷爷说:"您看,这里是您曾经走过的地方,我们现在离家越来越近了!"

背包一动不动,安静地躺在我的怀里。我的手隔着包触摸木匣子,手心里传来一股温热,掌心里沁出汗水,瞬间变得湿淋淋的。我相信这是爷爷传递给我的,是他为能够魂归故里而在涕泣。雕塑般的爷爷,您也这般断肠柔情,一点都不似曾经待在乡城的那个朗加泽仁,沉默又寡言，而且心事重重。您现在闻到了故乡固有的气息吧，里面有草木、池水、尘土混合的馨香，夹带湿气。

"您是搞研究的？"过了很久，我这样问中年男人。

"搞学术的，主要研究中国的土地革命。对了，我还没有请教您的名字呢。"中年男人说。

"我叫丁真，在拉萨工作，是名文字编辑。"我赶忙介绍。

"丁真！"中年男人重复了一遍，说，"我叫陈胜利。"

陈胜利和我聊了一会儿拉萨，汽车已经到了中途休息站，人们急忙下车往洗手间跑去。

我和陈胜利站在外面抽烟，附近也有几个车上下来的人凑在一起闲聊。

"下一站我就要下车，你还得走两个多钟头。"陈胜利吐出一缕烟雾后说。

"我以为你会在瑞金下车！"我说。

"我是过来给他们县里帮忙整理文史资料的。瑞金是个红色故都，你一定得去叶坪看看。"陈胜利说。

我应诺了下来，看到如厕的人们陆续回来，我们也往车边走去。

下午四点左右我到了瑞金，这里的一切对于我来讲是如此陌生却又亲切，我背负爷爷的骨灰，穿行在街道人流中，听着当地人的说话声，心里觉得踏实，脚步也轻灵了许多。

爷爷，您一定也把紧皱的眉头给舒展了吧，您一定支棱起耳朵听这熟悉的乡音吧，您一定睁着大眼寻找曾经走过的街道、住过的房屋吧！爷爷，如果您寻找不到以往的一点痕迹，也不必伤心哀痛，你们视死如归，血洒疆场，就是为了看到现在的这种景象。这样想想，您该感到高兴的。

我不急于找个宾馆住下来，而是带着您在城里四处转悠，让您看看故乡的变化。

这夜,我给远在千山万水之外的爸爸打了个电话,告诉他们说我和爷爷已经到了瑞金,会把爷爷的骨灰撒进绵水里,让爷爷永远长眠在这里。

爸爸听完突然哭了,一旁的妈妈在说:"你哭什么呀?是想招你爸爸的魂再回来?"

爸爸没有理会妈妈的话,话筒里传来了他粗重的抽泣声。

"爸爸,您放心,这里环境真的很好,爷爷会安息的。"我劝爸爸。

"哦——哦——"之外,爸爸说不出话来。妈妈在一旁也不吱声。

我望着宾馆玻璃外灯火灿烂的景色,心里想不能再多说话,要不爸爸的情绪会失控的,他这才真切地感受到了爷爷和他已经天各一方。"我明天要早起,电话现在要挂了。"不等爸爸的反应,我把电话给挂断了。

隐约能听到外面传来的歌声,灯光的照映下,窗玻璃上映现着我的脸。这张面庞上能找见爷爷的痕迹吗?我端详着玻璃上的自己,发现这鼻子和嘴唇极像爷爷,是从您身上遗传过来的。大哥、二哥身上也有很多与您相似的地方。爷爷,您就安心地长眠吧!

夜里,我把装爷爷骨灰的木匣子放在床头柜上,希望爷爷能走进我的梦里,让我看到您安详地魂归故里的场景。

夜里一个梦都没有出现,我知道爷爷现在还没有安魂,他还要继续寻找自己的安息地。

后来的几天里,我背着爷爷的骨灰去了叶坪革命旧址、红井旧址、兴国烈士陵园等,在这些地方听到了许多令人动容的故事。

天暗了下来,街道上的灯都亮了。

我躺在宾馆的床上,和衣睡着了。

一阵唢呐的吹奏声从绵水边的村庄里传过来,黑瓦灰墙的房屋掩映在一片树丛里，后面的山峰被云雾遮挡，只露出半山腰以下青绿的树木。通往村子的小道从一座房后蜿蜒过来，经过旁边错落有致的农田，再经过积满水的池子，交会到一条更宽敞的道路上。唢呐热烈地吹奏，声音越来越响亮，一群人从房子的后面拥了出来。几个小孩跑前跑后，嘴里还大声叫唤着什么。

　　吹奏唢呐的穿身黑色布衣，头上裹缠黛绿色的头巾，腮帮子鼓圆，脑袋来回地甩动。他们身后是六个年轻人，有的身背长刀，有的手握长矛，刀把上的红布条在年轻人的脑门后飘动。啊！爷爷，我看到您就在他们当中。身穿一身有补丁的藏青色上衣，黑色裤子，脚蹬一双布鞋，走起路来虎生生的。后面跟来的是村子里的老人和妇女，有些依依不舍，有些离愁的哀伤。

　　唢呐吹出的音乐热烈、激越，年轻的爷爷挥动双臂，大步走过积满水的池子，几声蛙叫从身后响起，又迅速地喑哑掉。

　　唢呐的音乐声停了下来，六个年轻人已经走到道路的交会处。绵水傍着这条道路，缓缓流淌。

　　老人和妇女围拢过来，将他们围住，哭声、嘱咐声不停断："张华，你要早点回来！""常托人捎个话过来——""你们相互要多照顾，多帮忙。"

　　唢呐又吹了起来，这一次的旋律悠缓而缠绵。

　　六个年轻人眼眶湿漉漉地与亲人们告别，踏上了那条宽敞的道路。

　　看到六个年轻人越走越远，村民挥动的告别手臂，慢慢地垂落下来，几个妇女相互抱住，嘤嘤地哭了起来。

　　年轻的爷爷就这样离开村子，去当红军了！

　　唢呐的声音突然变成了重金属的声音，我一下睁开眼，从这个睡梦中清醒过来。

　　我看到房间里的电视开着，里面播放着摇滚音乐。再看，窗玻璃上落满雨珠，但听不到雨滴落的声音。我想刚才的梦境怎么这样真切，仿佛刚刚发生似的。

忽然，我转头看床头柜，那木匣子发着黝黑的光，一旁的手机屏幕明亮着。我抓过手机一看，屏幕的短信通知上显现"陈胜利"几个字。

我打开手机短信看。

"丁真，你好！这是你爷爷曾经经历过的一些重大事情，我给你发过去，让你心里有个底。红二、红六军团为了策应中央红军的战略转移，一九三四年十月底，他们发动了湘西攻势，相继攻克了大庸、桑植、桃源等县城，建立了湘鄂川黔苏区。蒋介石慌忙调动国民党八十余个团的兵力，分六路进行'围剿'。一九三五年二月至八月间，他们取得了陈家河、桃子溪、忠堡、板栗园等战斗的胜利。当年九月，国民党又调集一百三十个团的兵力再次进行'围剿'，他们经历了多次的战斗。十一月，他们从桑植地区出发，南下湘中，后又转师湘南，西入贵州，到达石阡地区，实现了战略大转移。一九三六年年初，西进乌蒙山，辗转彝良、奎香，之后从昭通、威宁之间穿过滇军防线，南出宣威，进入南北盘江地区。四月底，从盘县地区再次出发，由石鼓、巨甸等处渡过金沙江北上，翻越玉龙雪山进入了中甸……"

读完短信，我的目光再次转向了木匣子。爷爷，我终于知道了，您坐在桑披岭寺的树墩上凝望东方，并不只是望着故乡的方向，您是在用目光回溯您走过的那些地方、经历的那些事件，还有战斗中倒下去的那些亲人、战友。爷爷，您是在为他们记忆，是我们错怪了您！

三

我雇了一辆车顺着绵水边跑，但没有找到梦境中出现的那个村子，现在这里已经变成了一座城市，大楼林立，找不见黑瓦灰墙的民房了。

最后凭着山的记忆，找了个近似的地方下车。站在河边眺望，城后的那座山峰被云雾缭绕，也看不见炊烟袅袅，见到的是一座座拔地而起的高楼，一辆辆汽车在飞驰。

我站在绵水边，掏出一根烟抽，想到马上要把爷爷的骨灰撒进绵水里，心里还是有些激动，脑袋里不断出现的是您凝望东方的画面。

灰蒙蒙的天，湿热的空气，让我怀念高原碧蓝的天和清澈的河水，但也不妨碍我对这块土地的亲近。

我把包从背上取下来，拿出那个木匣子，再把盖子给打开，用手抓了一把爷爷的骨灰。骨灰抓在手心里，禁不住让我为您诵起祈祷的经文来。在喃喃的祈祷中，爷爷的骨灰纷纷撒向绵水里。最后，我把木匣子也抛入绵水里，它在水面上漂浮游走，最后变成一个小黑点，从我的视线里消失掉。

我内心像是被谁给掏空了，望着水面发了很长的呆。当我从这种状态中醒悟过来，第一个想到的是抽根烟。烟雾的升腾中我的心智渐渐恢复过来，回头凝望身后的那座山峰和城市，心想这里是我们康迈家族的根源。我用手机把这个地方记录下来，回去要给父母和小孩们看，让他们记住爷爷曾经出生成长的地方。

我顺着绵水边走了很远，也算是最后陪陪爷爷。

我照陈胜利给我发的路线，从桑植出发进入贵州，再到达石阡，西进乌蒙山，途经彝良、奎香，到达了昭通。然后，我赶到宣威，经过丽江进入中甸，最后回到了始发地乡城。这一路耗时十多天，经过了曾经浴血杀敌的很多战场，目睹了红军留下的许多实物，听到了令人感动的悲怆故事，认识了传教士勃沙特、松赞林寺的夏那古瓦僧人等。

这一路走下来，我对爷爷有了一个全新的认识，除了钦佩只有景仰了。有个冲动也在头脑里膨胀，我要把爷爷的点点滴滴记录下来，让它们化成文字，成为我们家族的一个记忆。

乡城依旧如此宁静，我又爬上那段坡，坐在那截树墩上望着转经的老人。

他们每转完一圈，就往白塔边放上一颗石子，以便记住自己转了多少圈。我也希望将爷爷的那些零碎记忆，像一颗颗石子堆积起来，还原出一个鲜活的张华，抑或朗加泽仁。

我望向东南方向的萨苟峰，那上面有一轮灿烂的太阳悬浮，几片白云在它的脚下从容地移动。我的心穿越千山万水，抵达了绵水边，以及梦境中出现的那个村庄。爷爷，您曾经也这样让自己的思绪放飞过去，将尘封的记忆一个个地掀开，让自己活在过去的岁月中。

"丁真，你怎么坐在这里？"

这句话把我从遐想中拖拽了出来，我看到爸爸手里捏着一串佛珠，惊讶地盯着我看。

"我在休息。"我有些慌乱地回答他，好像我的什么重要秘密被爸爸发现了似的。

他拍了拍我的肩膀，眼神变得柔和了些，他挨坐在我的身旁。

"你是我们康迈家出来的第一个有知识的人，知道你为没能把爷爷的过去记录下来而愧疚，这次你跑了这么远的路，关于爷爷的事也知道了不少，这就够了，不要给自己增添压力。"爸爸说。他的脸上被岁月刻上了很多的刀痕，鬓角处的头发也染白，粗糙的手指头稍稍弯曲着。

"这不是压力，是我的义务！"我从衣兜里取出爷爷曾戴的那顶八角帽来，它的颜色有些褪掉，显得有些发白。

"你没有把它跟骨灰一起投进河里？"爸爸盯着我手中的八角帽问。

"我要给自己留一件爷爷的东西，作为今后的念想！"我说。

"这样也好！"爸爸不再跟我说什么，他开始念诵经文，目光却投向了东方。

我知道爸爸是在为爷爷祈祷，我也祈祷爷爷来生幸福地生活在绵水边，远离战争，远离分别，远离背井离乡……

"爸爸，能给我讲些爷爷的故事吗？"我小心翼翼地问。

爸爸停止拨动念珠，扭过头来，盯住我的眼睛，说："没有什么可说的，全是些日常琐事，种地、放牧，挣点小钱补贴家用，你爷爷是一个地道的农民。就像你说的，之前他经历了很多，但到乡城后，却过上了最平静的生活。"

我从爸爸的眼神里窥探到了一丝慌乱，他不希望我探究出更多的东西来。为了不让爸爸担心，我告诉他说："我的假期也快到了，没有时间再去到处打探。"

爸爸没有露出笑容，望着谷地里流淌的河水，说："河水永远都是往低处走，昨天流逝的水，不是今天我们看到的这些水，明天流经的水又跟今天没有关系，我们何必一定要把昨天、今天、明天绑在一起呢？"

我回答不了这个问题，只能点头称是。

爸爸和我走下坡地，回到了家。

晚上我们一家人聚在火炉旁，吃甜荞面。饭后嫂子收拾碗筷，妈妈到屋外去等黄牛回来。

我给爸爸递过去一根烟，自己点燃一根，大哥坐在对面看着我们俩。

"我可能会早走，想在成都多待几天。"我提前给他们打招呼。

"给你备了一点松茸和桃仁，给家里人带去。"大哥没等我回答，又问："你去见降初吗？"

"上次见过了，这次就不用见了吧！再说，二哥和二嫂不久就要去拉萨。"我这样回答。

爸爸一直不说话，嘴里吐着烟雾，眼神里含着幽怨，他的样子真有点像爷爷。

我们谁都不说话，只听见嫂子洗碗时的哗啦哗啦声。

"降初见到爷爷的骨灰盒了吗？"爸爸问我。

"他见过的，后来还送我去了机场。"我回答。

爸爸眼睛里的那种幽怨，慢慢地散开，多了一些光亮。我知道爸爸在想念降初，二哥应该回家来看看爸爸和妈妈。

"丁真，有人来找你了。"妈妈从大门口喊我。

我猜想是谁来找我？我起身往房门口走去。爸爸和哥哥的目光聚焦在了我的后背上。

这黄昏的时刻，我又见到了格来旺修，他脸上依旧挂着那种憨憨的笑。

他要我到外面去坐一坐，说是需要谈点事。我答应了下来，告诉妈妈我会晚点回来。

我们肩并肩地顺着坡地往上走，公路上溜达的人比白天多，商店门前的音响里传来刺耳的音乐。格来旺修穿过马路，继续向西走去。我只能紧随其后。

他要跟我谈什么事？我这么想着，加快脚步追上了格来旺修。我问："我们这是去哪里？"

"喝酒！"他很轻松地对我说。我想，没有这么简单，肯定会有其他事情。这样想想，我对这次喝酒充满了期待。

格来旺修在一家川菜馆门前停住，他让我先进去。

这家川菜馆不大，外面的六张长条桌子旁坐满了人，我不知道哪一张才是今晚我要落座的地方。格来旺修推我往里走，在厕所的尽头出现了一个梯子，我顺着往上走去。

上面有两间木板隔开的包间，我们进入其中一间。我看到一位满头银发的老者，他端坐在圆桌的一旁抬眼看我。这姿势很优雅，一下让我感受到了他的不凡。

"朗加泽仁的最小孙子。"格来旺修这样介绍我。

我明白了,今晚我们聚在一起,主题就是我爷爷。我的心里开始高兴,猜测自己能知道多少关于爷爷的故事。

"这位是彭措嘎松。"格来旺修又跟我介绍。

我向彭措嘎松点头,嘴里在说:"认识您很荣幸!"

落座不久,服务员端来了菜和白酒,那香气弥漫在空气里,回荡在感官中。

彭措嘎松打听我去送爷爷骨灰的经过,我向他讲了个大致,隐去了路途中认识的陈胜利和回程经过的那些地方。

彭措嘎松在州里工作,不久前刚从工作岗位上退休了。听说,他十六七岁时在乡城参加过民改工作队,所以他认得我爷爷。我们的谈话也就从这里开始。中间,格来旺修让我看他手机上翻拍的一些文史资料和旧照片,他答应赠送我这些文史资料。

酒落进肚子里的同时,他俩给我翻开了爷爷的过去史,我也理解了爸爸为什么不让我去寻找答案的原因。

那夜我当着他们的面哭了,哭得肆无忌惮。他们在一旁静静地看着我,并不阻止我。

后来我是怎么回去的,又怎么躺到床上去,一点记忆都没有,醒来只觉得头昏脑涨。

妈妈给我端来的茶和糌粑被我拒绝了。

我匆忙穿上衣服,忍受着巨大的不适,向县委办公楼跑去。

令我失望的是没能见到彭措嘎松,格来旺修说他今早乘车去了德荣,还安慰我说以后会有机会见到彭措嘎松的。我在格来旺修的办公室里喝了几杯水,临走时他送了我几本文史资料。

在楼梯口,我问格来旺修:"昨天说的那件事,其他还有谁知道?"

"除了彭措嘎松和我,就你父亲知道。"他肯定地说。

"我明天要离开这里,很感谢你们让我知道了真相。"说到最后我的声音有些发颤。

"心里知道就行,你爷爷真是个好人!"格来旺修重重地拍了拍我的肩膀。

我咬住下唇使劲点头。

行走在这熟悉的水泥路上,想起爷爷心里满是愧疚,那该死的泪水滂沱大雨般狂泻。我捂住脸蹲在路边哭。很多行人停下脚步看,也有的跑到跟前问我需要帮助吗? 我都没有理会,让我自己以这样的方式来宣泄个够。

等泪水流干,我站起来,虚弱地往马路下面的家走去。

吃午饭时,爸爸发现了我的异样,一直用眼睛余光观察我的表情。妈妈在一旁训斥我:"长这么大了,还喝成这样,再这样喝会早死的。"

我装作很无辜的样子,频频向妈妈点头。

大哥和嫂子帮我往一个口袋里装松茸和桃仁。

夕阳落山之前,我又走到桑披岭寺破墙下的树墩前,这里再也没有了雕塑般的爷爷,这棵树墩也显出它的寂寥与孤独。我坐在树墩上,送走了夕阳,迎来了黄昏,最后在月光的银辉中,往家的方向走去。

翌日,我坐上了去甘孜的公交车,车窗下爸爸妈妈和哥哥嫂子跟我挥手告别。我望着正在衰老下去的父母,想着早点把他们接到拉萨去。

我在成都的这几天时间里,没有跟降初联系,每天待在文殊院的茶馆里,翻看格来旺修送给我的那些资料。我在很多文字下面用铅笔画了线,这些内容对于我来讲非常重要。

我的周围吵吵嚷嚷的,但做到闹中取静,又是个多么了不起的事呀。我在这种嘈杂中梳理着彭措嘎松和格来旺修关于爷爷的那些叙述,联系文史资料上的重大时间节点，我觉得不能写纪实性文学，要写只能写一篇小说，而且故事的构架大致地被勾勒完成。现在唯一担心的是，自己从未动笔写过小说，不知道能不能写出来。

"加水！"穿着浅黄色衣服的服务员，拎着黄铜茶壶过来，那尖细的长壶嘴已对准了我的茶杯。热水涌入茶杯，茉莉茶的香气飘进鼻孔里。它让我想起了一位著名作家，赶紧拿出电话拨号。

"我要写一篇关于我爷爷的小说，"电话里我开口说的第一句话就是这个，对方没有接茬，好像在等着我继续说下去，我又说，"等我写完，麻烦您帮我指导一下。"

"你都当了这么多年的编辑，写出来的肯定是个好作品。"对方用他不疾不缓的语调这样推托。

"我真的心里没有个底，还是想请您多指导！"我依旧这样求情。

"行，到时候再说吧。"著名作家有些无奈地这样应付我。

过后，我为自己的这种冲动感到些许愧疚，为打了这个电话懊恼不已。

"碰！老子和啦！"旁边桌子上的女人大声喊，把面前牌咔嚓地推倒。

我拿起桌上的书，向着文殊院的出口走去。

白天的喧嚣渐渐归于宁静，就连那些黑暗中聒噪的小虫也不再鸣叫。此时，我正坐在宾馆的桌子前，面前放着一沓信签纸和一支水笔。我要马上进入真实与虚构交织的故事里。

我的爷爷

丁 真

桑披岭寺的那两个长号，从大殿的顶端吹了起来，呜——呜——的声响飘扬在这块谷地里。声音飞跃狭长谷地里的前后几个寨子时,人们仰头凝望,心里不清楚桑披岭寺此时怎么会吹这个长号。接着看到桑披岭寺里冒出来的青烟,它犹如巨柱刺向天际。

脑袋上缠着英雄穗的男人低声问:"难道寺院要开法会?"旁边的人说:"不会吧,前段时间刚开过的。""那是为了什么?"又一个人问。之后,大家满腹狐疑,默不作声了。

"快看!"随着这一声喊,人们往桑披岭寺看过去,从寺院的大门里滚滚涌出一股洪流,他们正往山下漫延过来,那阵势浩浩荡荡。

各寨子的人不明就里,相互呼叫,急急地去与这浩荡的队伍会合。

不断有人并入这洪流中,不断壮实着队伍。

"出了什么状况?"有人这样打听。

"寺院说是要去接红汉人。"

寨子里的人虽然有些纳闷,但跟随在前面那波红色的浪波后,急促的脚步扬起了灰尘,鼻子里满是尘土的气味。

这是五月初,寨民们刚翻耕土地,种子播撒不久,寨子周围的树木也刚吐芽,绿色在一点一点地冒出来。

行进的队伍继续向前奔走,沿途寨子里的人不断加入进来,一脸好奇地边走边问缘由。

队伍停在了德西寨。寨民的房子零散地坐落在坡上、谷底里,山脚有几头牦牛和野猪在觅食,再往上就是茂密的杉树和松柏,一直长到了山峰顶。

"红汉人是什么?"有人再次问。

"跟我们的僧人一样吧,他们可能也穿着红色的袈裟。"这句话说完,再没有人提问了。

太阳向谷底中央移动过来,从垭口吹来的风也带着一股热气,狭窄的谷地里聚满了几百号人,男女老少都集中到了这里。

一匹马从垭口处奔了出来,人们看到马匹上的那名僧人,他的袈裟在身后猎猎飘荡,马的呼吸声粗重。僧人勒住缰绳,马儿身子腾起,头向后仰,腿在半空中弯曲,落地后稳稳地停在人群面前。僧人从马背上跳下来,对着众人说:"他们马上就要到了,其中有很多受伤人员,要把他们直接送到乡寺去。"

桑披岭寺的管家马上把各寨的头人召集起来,吩咐他们接待这些即将到来的红汉人。

人们正忙乱的时候,垭口处的松柏后出现了桑披岭寺的几位活佛,之后又出来几个穿着灰色衣裤、头戴八角帽的人。他们最显眼的是帽子上的五角星和领口的两片红章。随后是几个牵着马的人。马队后面出现了一名扛红旗的人,这面旗帜后是源源不断的红汉人。走近了人们才看清,他们的衣服都很旧,脸上也显出疲态。长长的红汉人队伍,就这样一拨一拨地被各寨子给截留,从寨子里又分流到每家每户。那些受了伤的红汉人被僧人带到了桑披岭寺,安置在几间腾出来的空房里。

桑披岭寺的贡布云丹活佛,带着几名随从到这些病人的跟前,一一把脉确诊,开出药方来。

"这几个人的伤势很重,让他们单独住在这间房里。"贡布云丹活佛这样吩咐随从。

僧人赶忙把病情较轻的抬到别的房间里去,留下了六个身上裹满纱布的人。贡布云丹活佛捣碎止血的药,让其中的几个吞服,还给其他两个清洗伤口再涂上药。

出了房门,贡布云丹活佛无奈地叹口气,随从的僧人明白这些人中有些离死亡很近了。事实果然如此,有两个没有熬过黄昏时刻。他们把这一消息告诉了一名红汉人的头领。他一手摘掉头上的帽子低头不语，抬头时眼眶里满含泪花。他转身穿过幽深的巷子，向寺院门口走去。不多时，他带着几个人把两个死者抬出了寺院。

乡城一下热闹了起来，每家每户都增添了好几个人，他们吃自己带的食物，也不喝户主倒的茶，晚上和衣靠墙而睡。

乡城人知道了红汉人其实就叫红军，是为贫苦百姓打天下的。乡寺的大活佛说："红军都是些好人，跟我们一样是为众生求解脱的。"寨民对这些人从心眼里敬佩，给他们拿出家里最好的食物、最好的酒来款待，可是他们委婉地拒绝了。

听说桑披岭寺为他们准备了充足的粮食和草料，不久就要启程到甘孜去。红军的一个首长还给寺院送来了一面锦旗，感谢桑披岭寺在红军最艰难的时候，给予的全力支持。

三天后的那个清晨，红军列着长长的队伍向东进发，那面红旗从远方的山嘴一消失，贡布云丹活佛就说："这些人再也追赶不上他们了！"

红军的队伍逶迤地在谷地里穿行，一面面红旗在队伍间飘扬，给这个正在返青的乡城带来了一丝生机。

乡城一下寂寥了下来，人们又要开始单调而重复的日子。只有贡布云丹活佛例外，他要每天观察这些病人，给他们服药、擦洗伤口、清洁屎尿，还要给他们吃有营养的食物，让他们一个个恢复健康。这是贡布云丹活佛给红军首长的保证。

太阳明媚之时，他让随从僧人抱病人到阳光下，脱去他们的衣服，拿酥油和药粉擦他们的身体，然后暴晒在阳光下；夜晚熏着香草净化空气，让他们安神静心。

在贡布云丹活佛的治疗和调理下，这四名红军的病情得到了控制，逐渐在好转。贡布云丹活佛也知道了这几名红军病人的名字:张华、刘定国、邱宇、黄坤乾。他担心的是他们医治好后,有人将缺胳膊少腿,这样他们怎样去寻找自己的队伍? 想到这些,贡布云丹活佛就会喃喃地诵起经来,这旋律舒缓的祈祷之声,会让这些红军病人忘掉恐惧和悲伤。

红军病人也知道大部队已经走了二十多天,离他们越来越远,今后还能指望赶上他们吗? 他们睁开双眼,望着屋顶的圆木、椽子,呆呆地发愣。

夏季就这样到来了,这四名红军病人中第一个能站起来走动的是张华,接着是黄坤乾,刘定国和邱宇能拄着拐杖走上几十步。

在一个燥热的中午,他们站在屋檐下,看僧人们结束法会从大殿蜂拥跑出来,向各自的僧舍奔去,还留下一串串咯咯的笑声。

刘定国说:"我们去追大部队吧!"

三个人惊讶地看着他腋窝下的木拐和那截断腿,什么都没有说。刘定国知道他们是担心他的腿,怕把他们给连累。"我能走,即使爬也要爬到部队身边去。"

"要走,我们就一起走。但现在你的身体才刚刚恢复,等你再硬实些的时候我们就离开。"黄坤乾说。

邱宇和张华说了声:"这样最好!"

刘定国阴沉着脸,扭身一蹦一蹦地往房门口跳去。

几个人望着他的背影,心里隐隐地担心他这样子,他们何时才能走出这千山万水。

远方的山顶积满白花花的雪,山峰连着山峰,他们的眼光里飘上了一丝忧愁。

贡布云丹活佛使人牵着马来接他们,寨民喊着活佛的名字,打着手势让他们骑到马背上去。在寨民的帮助下刘定国和瘸腿的邱宇骑上了马背,他们从寺院出来,晃悠悠地走在山间小道上。

张华和少了一只胳膊的黄坤乾,跟在两匹马后面。

一路上这两个寨民说笑着,间或唱起一支悠远的歌曲,歌声隐没在绿色的树丛中。他们披散着头发,腰间别一把长刀,衣服的一只袖子脱掉,裸露半块胸脯和胳膊。

经过别的寨子时,他们冲田间里劳作的女人吹呼哨,唱情歌,见女人不理会,甩下一串噼里啪啦的笑声向前走去。

红军战士看着他们这样无拘无束,情绪也被感染了,开始注意寨子的民房、青青的麦穗、潺潺流淌的溪水,脸上的愁绪寡淡下去。

他们跟牵马的两个年轻人问话,但他们一句都不懂,只得作罢。

前面要开始顺着山坡上去,两个年轻人的嗓子又被打开,清丽的歌声唱响在松柏林里。随着歌声他们也进入山林深处,空气里弥漫着一股浓烈的硫黄味。

他们见到贡布云丹活佛时,他正盘腿打坐,三块石灶上的茶壶里散着香气。

"过来吃午饭,完了你们就去泡温泉。"贡布云丹用不太标准的汉语说。

他们围坐在三块石灶旁,喝茶吃锅盔。

捡干柴和草药的僧人陆陆续续从林中走回来。

"仁波齐,感谢您救了我们的命;现在我们想离开这里去寻找部队。"刘定国说。

贡布云丹活佛端详着他,些许惋惜地说:"光有坚定的意志还不够,更需要有强健的身体,你们这样走,我能放得下心吗?"

刘定国默不作声了,望着空空的一只裤腿,心头悲伤了起来。

"我会让你们走的,可你们也要依我几件事。"贡布云丹活佛说。

刘定国他们相互望着，显出为难的情绪来。

"首先请你们要安心地泡几天温泉，这对愈合伤口很有用；其次是要等到盛夏时节，这样气候、物产都好，上路有了保证。"贡布云丹活佛拨动念珠说。

刘定国他们用眼神交流，觉得贡布云丹活佛说得在理，大伙也就顺势应诺了。

硫黄的腐臭气味飘散在他们的周围，在僧人的搀扶下，他们走进岩洞，看到一个能容纳八九个人的水池子，上面漂浮灰白色的热气。他们脱掉衣服，下到温热的泉水里。

从洞口飘进来贡布云丹活佛和僧人们的诵经声，这声音抚慰了红军战士焦躁的心灵，他们在一片安详中享用这美妙的时刻。

四天的温泉泡澡结束了，那两个村民又牵着马来到了这里。刘定国、邱宇又骑在了马背上，跟随贡布云丹活佛往桑披岭寺走。僧人背上的包袱里装满了各种草药，两个寨民不再唱情歌，不再洒落一串串的笑声。刘定国他们也发觉了温泉给他们带来的变化，除了一身的轻松，体内的疼痛感也消失掉了。

他们望着满头白发、身体瘦弱的贡布云丹活佛，心里真是感慨万千。

转瞬间到了盛夏时节，乡城农田里的庄稼开始金黄，果树上的青果开始泛红，贡布云丹活佛带人来给他们送行。

贡布云丹活佛将自己的坐骑送给了他们，马背上搭载路上吃的粮食和锅碗，还要求他们换上藏装，以防遇到危险。

刘定国被扶到马背上，张华牵着缰绳在前面走。他们经过寺庙大殿前时，很多僧人站在广场两旁，为他们默诵祈祷经文。

贡布云丹活佛唤来的向导在山间路口处等待，是一个个子矮小的男人。

四名红军战士与贡布云丹活佛道别后,在向导的引领下朝着东方走去。

山腰上的桑披岭寺越来越小,越来越远了……

"你们继续顺着这个谷地走,然后往右边,这样就能走到理塘县城。"向导陪他们走了两天后,在与他们告别时这样叮嘱。他的手指不停地指着前方,生怕他们没有听懂似的。

个子矮小的向导走了,他们突然感到有些茫然。两旁除了裸露岩石的高山和一些坚强生长的松柏外,只剩下风和阳光穿行在这里。

马喷了个响鼻,一只前蹄嗒嗒地击打在地面上,表现得有些烦躁。张华牵住缰绳朝着向导指的方向走去。

他们走了几天都没有走出大山的包围,也没有碰见一个人,这使得他们很慌乱。几经商议决定爬过对面的草甸山,在山头去发现可以投靠的人或地方。

这一路走得非常艰辛,还未走到半山腰,空中砸下冰冷的雨滴来,将他们浇得湿淋淋,脚下的草甸光滑如镜,不断地摔着跟头。再往上去,雨滴变成了雪花,还伴着强劲的冷风。

张华担心马儿跑掉,把缰绳绑在了自己的腰上,低着身子在前面攀登,邱宇和黄坤乾抓着马尾跟紧。马背上的刘定国喊着激励的话,鼻头被冻得红扑扑的。

等到临近山顶时,黄坤乾栽倒在地。张华急忙从马背上抱下刘定国,帮着邱宇把昏迷中的黄坤乾往上拖。这里没有可以躲藏在后面的东西,几个人就这样暴露在外面,他们只能抱成一团,抵御这风雪的侵袭。雪,在他们身上越积越厚,慢慢地失去了体温、失去了知觉……

张华醒来时,听见有人在说话,再细听时,听出他们说的是藏语。往两旁看,不见了刘定国、黄坤乾、邱宇,青青的草丛里绽开着黄色、粉色、紫色的小花朵。他侧过脸,往声音处看,两个魁梧的男人正背对着他,还闻到了牛粪燃烧的气味。贡布云丹活佛送给他们的马,正跟其他两匹马一同吃草。

张华挣扎着想坐起来,却感到头涨恶心。他的响动声招来了那两个人的目光。

他俩起身凑近他,指着贡布云丹活佛送给他们的那匹马,叽叽哇哇地说了一阵,看他呆呆的样子,两人又嘀咕了几句,然后把他驮到马背上绑了起来。

这两人把剩茶浇在牛粪火上,骑在了各自的马背上。

张华被这两个人又送回到桑披岭寺,再次见到了贡布云丹活佛。

活佛告诉张华,在他失去知觉的时候,是被马拖下山去的,正好被寻找牦牛的牧人看见,他们认出这匹马是他的坐骑,就把人和马给送了回来。

"刘定国他们呢?"张华不甘心地问。

"他们被山岚瘴气夺走了生命。"贡布云丹活佛回答。

张华握拳顶在嘴上呜呜地哭。

贡布云丹活佛也不劝阻,拨动念珠诵读经文。

张华靠一个人的能力,是无法走出这个地方的,他只能安下心来,等待转机的到来。贡布云丹活佛也对他承诺,只要找到适合的时机或适合的人,一定帮他离开这里,去寻找他的红二方面军。

贡布云丹活佛清楚张华是被自己的马给救下来的,就安排他去看管寺院的马。张华也是尽心尽责地养马驯马,特别是对救他命的那匹马特别地爱护。

有次,他赶马到硕曲河边,给它们洗澡,任它们在草滩上吃草。马儿在灼热的阳光下甩着尾巴,晃动脑袋,马鬃像旗帜一样飘荡。他也知道乡城的人都喊他为马夫,也能听懂不少的藏语,他正在融入这个山坳中的乡城里。令他最痛心的事是,由于这里太偏远,很难有外面的消息传进来,听到最多的是各寨里发生的纠纷和矛盾。

张华斜靠在一根木桩上,望着膘肥的马儿时,贡布云丹活佛悄然来到了他的跟前。

"看你把马都养成什么样了!"贡布云丹活佛说。

那些马的毛儿油亮,肚子滚圆圆的,望着它们,他的心里是喜滋滋的。

"仁波齐,您何时回来的?"张华问。

"昨晚到的,今天赶紧过来看看你。"贡布云丹活佛说。

"听到什么消息了吗?"

"不好的,都是关于打仗的,具体我也说不清楚。"

贡布云丹活佛是受中甸松赞林寺的邀请过去的,他在这一带名气特别大,张华也非常敬重这位救了自己一命的活佛。

"外面纷纷乱乱,你还不如出家为僧,跟我一起去完成救度众生的使命!"贡布云丹活佛跟他说。

"仁波齐,这么多年来您一直照顾着我,我理应答应您的,可我是一名红军战士,需要为革命继续战斗,所以我不能当僧人。"张华说。

"一切以你的选择为准。那么我给你取个名字,哪天你离开这里,到了其他地方,只要一想到这个名字,你就能想起我们在一起的这些岁月。"贡布云丹活佛伤感地说。

张华听到这句话,鼻尖酸酸的,悲伤驻留在了心头。

"朗加泽仁! 这名字的意思是战胜一切,而能长命百岁。"贡布云丹活佛说完笑了起来,岁月在这张瘦削的脸上编织出的细密网,暴露在张华的眼睛里,疼在了他的心头。

贡布云丹活佛再没有跟他谈过当僧人的事情,可是马夫朗加泽仁这个称呼却在乡城传开了。乡城各寨子里的人都知道贡布云丹活佛与朗加泽仁之间的友情,人们对他也是客客气气,以礼相待。

朗加泽仁也不知道,这是他到乡城后的第几个春天了,说是进入了春天,天上却洋洋洒洒地飘飞雪花,整个谷地一片洁白。他在屋里烧着火,剪一根牛皮绳时,阿戈撞门进来,神色慌张。他让朗加泽仁丢下手里的活,立马跟他去见贡布云丹活佛。

他们踩着洁白的雪,赶到贡布云丹活佛的寝室,看到活佛盘腿打坐,一脸安详,朗加泽仁心里的不安被消除了。

贡布云丹活佛说要跟他求一件事,只是难以启齿。朗加泽仁看到活佛脸上的老年斑和松弛下来的皮肤,心里不忍拒绝,只说请您不妨说出来。

贡布云丹活佛咧嘴笑,要求他入赘到康迈家,去做斯朗却珍的丈夫。朗加泽仁惊傻了,张着大嘴,不知怎样回答。

贡布云丹活佛又说:"斯朗却珍的丈夫刚死,她需要被人照顾。再说了,就这两天我也要走,自己曾经承诺过要照顾你,现在看来我无法兑现,只能托斯朗却珍来照顾你了。"

朗加泽仁听到这句话,泪水哗哗地流淌下来,双膝跪在了这位可敬的老人面前。

"你答应了吧,这样我心里了无牵挂了!"贡布云丹活佛说完,面朝向了外面白花花的乡城。

朗加泽仁说:"我答应!"

贡布云丹活佛的随从阿戈他们过来,将朗加泽仁扶了起来。

一缕藏香的烟雾从香盒里徐徐升腾,香气向屋子的四处飘散而去。

就如贡布云丹活佛所说,下雪的第二天他在跏趺的状态中,走向了另外一个世界。整个乡城的人排着队,过来做最后的道别,没有哭声,只有眼泪和轻柔的诵经声,以及磕头时弄出的一点响声。

贡布云丹活佛的后事料理完,朗加泽仁也入赘进了康迈家。

这年年底,康迈家的斯朗却珍生了个男孩,朗加泽仁变成了一名父亲。

他辞去桑披岭寺马夫的工作,专心耕种康迈家的那块田地,养活他们这一家人。他的勤劳、肯干,得到了人们的赞扬。

即使朗加泽仁很多年都没再当马夫,寨子里的人依旧称他为"马夫朗加泽仁"。当他们靠墙晒太阳,抑或站在田埂边聊天时,朗加泽仁的话总能引来他们的哄然大笑。笑完人们喜欢说:"瞧,马夫的舌头是圆的,所以他老发音不准。"朗加泽仁也不反驳,阳光的照射下眯着眼,一脸的灿烂。

当朗加泽仁和斯朗却珍的小孩长到六岁时,解放军的一个工作队进驻到了乡城。朗加泽仁知道了解放军就是从红军衍变而来的,现在他们已经取得了政权,解放了整个中国大陆。这一消息让他彻夜不能入睡。斯朗却珍对他的这种微妙变化也有所察觉,就等着朗加泽仁跟她来谈离开乡城的事。

一年过去了,解放军被换成了工作队,设立了军邮站,斯朗却珍却没有听到朗加泽仁跟她说要离开乡城。朗加泽仁还像以往一样,耕种土地,放牛上山,砍柴挑水,看不出有任何要走的征兆。斯朗却珍想起了贡布云丹活佛的话,要求她照顾好这个男人,到时他真要离开就遂了他的愿。可这男人就是不开口,那就这样等待吧。

乡城时时刻刻都在发生着变化,这里成立了县工委,选出了书记和县长，设立了县粮食局、县医院。这一切对于这个谷地里的人来讲，是件多么新鲜的事情啊。

县工委的人知道了他曾是一名红军战士，要求他加入民改工作队，到老百姓中间去宣传。朗加泽仁婉言谢绝了。不久，县工委的书记亲自跑来，要求他加入民改工作队，还讲了之前在全国进行的土改。朗加泽仁闷闷地听，什么都没有答应。县工委书记临走时说："您曾经是一名红军战士，觉悟一定要比老百姓高。看看，现在有很多老百姓当了我们的积极分子。"

朗加泽仁依然如故，整天绕着家里的琐事忙个不停。斯朗却珍实在忍不住了，在一个夜晚围坐在火炉旁时问："现在你可以走了，为什么你迟迟不走呢？"朗加泽仁吧嗒了一下嘴，火光打在他的脸上黑亮亮的。他把手搭到斯朗却珍的肩头，说："我跟一位老人有过承诺，今生要照顾好你！"斯朗却珍垂下头，泪水滴落下来。那夜他们紧紧地拥抱着，外面轻扬过去的风儿，都不能打搅他俩。

这是一阵阵痛期，都在忍着憋着，但那一刻终于爆发了。县长变节了，同叛乱分子同流合污，他们从各处向乡城会合，局势越发地严峻起来。

朗加泽仁让斯朗却珍和孩子投奔其他寨子的亲戚家，自己主动去了县工委。叛乱分子越聚越多，将县工委的人包围在了五寨公庙里。战斗就这样打响了，他们一百多人要阻击一千多号人的进攻。朗加泽仁又抱起枪，参加了保卫政权的战斗。

他们像是一座孤岛，等待不到援军，也与外面隔绝了。叛军零零散散地攻击他们的阵地，形不成有效持续，这让他们有足够的时间准备应对。一天一天地战斗，叛军人数却不断增加，五寨公庙里的弹药逐渐在减少。朗加泽仁想到了自己的死亡，想到了此生辜负了对一个人的诺言。第四五六天，进攻比先前猛烈了，他们中有人中弹而亡，饮水也被阻断。正当朗加泽仁抱着一死的决心战斗到底时，天空中出现了一架飞机，它盘旋在谷地里，撒下了雪花般的纸片飞走了。第七天时，又飞到谷地里盘旋，这时朗加泽仁他们才知道，是他们这边的一个人通过机器把飞机招来的，心中陡然升起了生的希望。第九天，两架飞机准时出现在谷地上空，向着叛匪盘踞的桑披岭寺投下了炸弹，一阵烟尘落定，很多庙宇和房舍不见了，剩余的叛匪拼命地向四处逃窜……

这场保卫战就这样结束了。朗加泽仁又把斯朗却珍接过来，过上了单调而又平静的日子。他们的儿子也在一天天地长大，他娶了一个叫泽拥的女子，然后生下了我们三个兄弟。

小说到这就结束了，外面天色方亮，我该把桌上的台灯关掉。

"你爷爷在攻打州城的战斗中，被一颗炮弹片给炸残废了。"彭措嘎松坐在我对面说。

"那也就是说，他跟你没有血缘关系。"格来旺修补充道。

我一下子崩溃了。

"这世上再没有这样的好人了，他永远都是你的爷爷！"彭措嘎松眼含泪花说。

（原载《长江文艺》第6期）

从歌乐山上下来

宋 尾

楔 子

据说，今年是重庆"史上最热夏天"。

坐在农家乐大堂沙发上，等着同伴们办入住手续的间隙，我翻完了整整八个版的晨报，其中包括三版地产广告，以及一整版的中药丰胸软文，我甚至查看了所有大标题 —— 是否精练，有无错字和歧义。这是一种职业病。

上述"史上最热夏天"，就是该报头版标题。超粗黑的字体使得它看起来有那么一些惊心动魄。而我总觉得有哪儿不对头 —— 因为文内所采访的气象专家并没这么表述。那么，这就是记者本人毫无依据的说法了。当然，更有可能是编辑的后期"提炼"，似乎非如此不能呈现这种令人愤懑的烦躁。其实，类似极端表述在都市报上长期都能见到。看样子，我们已经很是习惯用"最""史上"这些词语来强化某种事物。所以哪怕报纸，也不见得就是什么客观理性的容器，很多年前我就明白了这个事实。

当然,这个苦夏确实让人望而生畏——接连四五十天就没下过一滴雨。一滴都没。快立秋了,气温反而愈加暴热起来。周六上午,我们几个朋友相约带着家人自驾到金佛山北麓,预备在这儿过一个清凉的周末。

此际条件一般,但好处在于游客不多。更多自驾车辆会按照一种既定模式往山上走,然后在山顶挤成一团,或者困在蜿蜒的盘山路上。其实山脚下也很幽静,在这条瘦削的峡谷里,孩子们不缺耍事,光是那条潺潺的溪流,就够他们欢乐一整天的了。为什么一定要进入景区呢?如果,你已经得到你想要的。说穿了,人啊,往往容易受限于某种惯性意识罢了。其实就在这农家乐周边也有几处有意思的小景点,比如一处三线厂的工业遗址,一座正在风化的清代石拱桥;还可去附近的村落赶场。当然,这么热的天,寻幽、购买土货并不是我们的主要目的。在风景里喝茶,打牌,钓鱼,才是避暑的标配。

入住房间时,手机响了。我看了看,随后挂掉。一个陌生电话,现在这种骚扰电话太多了。下午,同伴们在溪水边钓鱼,我则在树荫下躺着翻书,看着看着就睡着了。手机铃声将我吵醒,又是陌生电话,我掐了。

当我午睡醒来,手机上有一则未读短信:

"还记得歌乐山上的杨青吗?是我。"

杨青?当然,我当然记得。

人这一辈子不知道要遇见多少人。有些当时看似重要的人物,过后你却怎么也记不起来;而有些人,仅仅只是跟你短暂相处,但分开再久也不会忘记,比如他。快十年了吧?我从未真正忘记过他。

上 部

1. 上山

歌乐山，不言而喻，一座相当著名的山。古名为涂山，传说大禹治水成功后，在山顶上搞过一次篝火庆功晚会，即"大禹会诸侯于涂山，召众宾歌乐于此"。不过我相信你们对这些附会的典故并不会有多少兴趣。就我的经验，绝大多数来歌乐山的外地游客，一般就是为了爬上来瞟几眼渣滓洞、白公馆，惊咋之余，不忘奋力在人群中挤出一道缝，摆几个 pose，咔嚓几下，又随浩荡的人流匆匆下山。因为山下是另一个知名的低消费大众化景点——磁器口古镇，也就是民间传说里明朝失意皇帝朱允炆避难隐修的地方。

也有懂行的游客，会刻意到歌乐山上寻访一些抗战遗存，比如鼎鼎大名的林园。那是设立陪都之初专为蒋介石建造的府邸，后蒋赠送给了林森。林园绿荫深处，有一张直径二尺的石桌，石桌四周有四条石凳。国共谈判期间，毛泽东来渝曾在林园小住，某个清晨，与蒋不期而遇，两位历史人物在石桌前对坐了一会儿，留下一个足够神秘的空白片段。稍远点还有著名的赴集路5号，也就是冯玉祥将军旧居，抗战寓居重庆期间，老舍先生常受邀前往小住，消暑避夏；附近还有个林庙路5号，也是赫赫有名的——冰心先生的潜庐。

除此，歌乐山还是举世闻名的"辣子鸡丁"的发源地。作为成渝古驿道的必经之地，歌乐山窄隘的山道上，几百年来走着络绎不绝的商贾、挑夫、车轿、马匹。二十世纪八十年代扩建为成渝公路的一部分，每每车行至此，司机刚好歇脚。汹涌的车流带动了一条街——直至把辣子鸡烹制成一道风靡全国的江湖菜。可惜啊，成渝高速路通行之后，这条老成渝路就被时代厌弃了。辣子鸡从"一条街"慢慢减少，又还原至寥寥几家，标本式地存活于山道之边。可见，历史有其诡谲之处。

但在民间，歌乐山更知名的是这个——歌乐山精神病医院。

这座城市里，"歌乐山"一词有着极丰富的蕴意。比如重庆人常说："你娃是从歌乐山上下来的吗？"外地人很难理解，但翻译成普通话就明白了："靠！你是精神病院逃出来的？"——说你从歌乐山下来，就相当于说你是神经病。这是方言语境的生动与微妙之处。

但不得不说，歌乐山精神病医院真是不错，因为坐落在秀美的歌乐山，挨着负氧离子成堆的国家森林公园，它也像是一座小小的乐园，一个遗世独立的世界，至少就环境与周边而言，是这样的。

为什么我这么清楚？二〇〇六年我在那里住了近两个月，我就是在精神病院遇见杨青的。

这里要稍稍说一下我自己。虽然我非故事的主角，但如果没有我，这个故事也是难以展开的。不必担心，我的篇幅大概也就占到几百字。

说到数字，我电话里存的号码有三百多个。如果我要找人喝酒，可以毫不费力找上一二十个，足以塞满一间露天大排档。但我找不到一个可以说话的人。"可以说话的"，其实也就是平平静静的，什么也不干，你说一句，我说一句；也可以你一直听，我一直说。但不管哪一种，都是坦诚、真实的。事实上，这很难，对任何人来说。总之有一天我突然意识到这点，我拥有很多联系人，但我发现自己并没一个可以交心的人，或者换个稍微深刻的说法：同类。

这种突如其来而又极为强烈的焦虑让我备受折磨。我辞去工作，跟众多"联系人"断绝了来往。整天待在房间里，将窗帘拉上，在电脑上玩一种叫作"空当接龙"的纸牌游戏，这也许是世界上最老式的电脑游戏，大概也是世界上最无聊的纸牌游戏。但我需要这种无聊。可这并不能让我的焦虑缩小，尽管再高明的透视器也无法显影它的面积。也如我想象的，没有我，有我，对他人而言其实是一样的，无足轻重。

本来我是想去华岩寺住一段时间，但我跟寺庙没什么联系，准确地说是没有实施这种便利的联系人。某天，一位同事来看望我，听说我要找个地方孤僻生活，建议我来了这个地方，"还有什么地方比疯人院更疯狂的呢？"他为自己的这个创意乐不可支。

他给我介绍了一位朋友，这里的院长助理，据说是一个文学爱好者，名字比较诗意，她叫申飞花。

她自然是很有故事的，但这不是我想要述说的内容。只能说，没有她，我不会很顺当地住进精神病医院。这种经历不是每个人都会拥有的。事实上，即便有这层拐弯抹角的关系，要想住进去依旧是麻烦事。除非：我有病，或更好的理由。

好吧，这两样都不缺。

我有一份重庆市第一人民医院的鉴定结果：轻度抑郁症。但并没用上。热心的申飞花想到一个更好的办法，她向院方（其实就是一把手）提出了一份申请：一位在报社工作的作家希望来医院体验生活。这个理由是有强烈的现实背景的，前不久，该院一位值班护士深夜被发病的患者掐死了，院方也欢迎有人来给他们申诉郁积在心中的块垒。

有了申飞花的襄助，我轻易就得到了一种嘉宾的待遇。我们知道许多单位都有一些比较隐秘的福利，这里也是。院区一侧，有一栋新建的宅院式洋楼，与院区若即若离，事实上这栋相对独立的小楼是按度假屋的格局建造的，只有三层。我住二楼，一个带洗浴室的配套单间，窗户外是一个小小露台可观景，眼底是一汪碧水。飞花带我参观房间时说，这是歌乐山上唯一的天然湖泊，仙女湖。在阳台俯瞰，有人在湖边喂食，锦鲤从湖底霍然涌现，五颜六色，像是打翻了调色板；湖畔树林里，偶尔有白鸟在其间振翼飞过；曲径通幽的林间小径，将零星的路人带入婆娑的水杉林；远方绵延起伏的山冈如一道绿色的屏障，勾勒出优美的天际线。在看得见风景的房间里……才是度假。度假也是人的权利，但我们却总是忘记自己的这一权利。我们习惯忘记。

接着飞花又陪我去到院外，找了一间餐馆吃饭。我们聊了一会儿，主要是告诫我一部分需要注意的事项。然后她带着我找到门卫，做了一些必要的说明。随后她离开，前往公交站，我独自回到房间。

黄昏后，水汽氤氲的仙女湖在微光中轻轻泛动犹如鱼鳞的闪影，窗外的小山冈如墨绿色的深海，远处的仙乐峰仿佛一顶藏青色的毡帽，漆黑而深沉……坐在小小的阳台上，我感到从未有过的宁静。

毫无疑问，在歌乐山上的前三天是充实的。好奇心，新鲜劲，以及……巨大的自由。总之在这里我不再失眠，睡得香甜。晚上我甚至忘记了做梦。

但是，三天后我开始有些无聊。我隐隐觉得，其实我是从一个笼子到了另一个笼子。我把这种感受向申飞花坦陈了。她认为，这是由于我的"半径过小"所致。她建议我应该四处走走，在精神病院体验的机会并不是人人都有的。"你可以到病区逛逛呀，了解了解他们，兴许，他们能够给你带来一些灵感和素材呢。"

上山前我带了笔记本电脑，本来是准备无聊时写点什么的——当时我还不太知晓自由职业的艰辛——我辞职的理由就是，给自己一个写作的机会。可不知道是不是过于舒适反而让我失重。我甚至不知道该写什么，心里空荡荡的。没有打卡，没有例会，没有上进的需求，不考虑工分，没有情感的羁绊。我却感受到了一种空虚。

按飞花的提示，我主动扩大了自己的范围。如她所言，病区跟我的住所是截然不同的。我这里，充其量是一个小小的独立局部，而病区那边，才是一个更为真实和生动的世界。在我看来，病区更像是这偌大世界被风吹拂的一个角落。

在我眼里，那个病区有点类似于"浴池"，被划分成男区、女区；

还有一个混合区（老年患者区域）。混入其间，泡了几天后我发现，精神病院确实与我们那些惯性意识的臆测有所不同。怎么说呢，毫无疑问这理应是一个悲惨的市集，但如果你戴着一副旁观者的眼镜，也会发现一些不同寻常的乐趣——尤其是，当你很幸运的不是一个护理员的话。

我想世上总是有一些特殊的人，但你不能说这些人不是我们的一部分。如果说精神病院有什么不一样，那就是，这儿能集中看到我们自己的某种缺陷。它把一些缺陷放大了。病人总是各种各样的，因为症状有那么多，但很多时候他们中的许多人跟正常人无异——不同的是，某个时刻，身体里的某个按钮，让他们的灵魂与身体产生了冲突。不论怎样，这里并非凄惨世界。事实上，换一种角度来观察，精神病院就像一个充满了天真的乐趣的地方，这种乐趣来自逻辑的断裂。

入院第二天，我和飞花在食堂吃饭，一个年轻的精分患者坐在旁边，飞花叫他二宝。我问二宝："你为什么来这里？"他说："我把咱家房子烧了。""为什么呀？""我解手时尿裤子上了。""呃，那你烧房子干吗？""我觉得很不吉利呀！我只想烧裤子，哪晓得房子也跟着烧起来啦！"

总之，他们的逻辑很有趣。你要是不太计较的话，不乏新鲜感。只是，你并不能融入他们——我是说，没人能真正融入他们。所以，我依旧感到空洞。那是与在俗世里不一样的空洞。我想我还是在期待什么。并且，我能感觉到，在阳台上读书吸烟喝茶的时候，我附近有一些隐隐的气息。我觉得有一双眼睛在窥视着我。

2. 邻居

邀了好几次，飞花终于答应出去吃个便饭。那是一周后了，她当班的一个中午。我在镇上的辣子鸡馆订了位，就我们两个人。我向她对我的照顾表示感谢，她一直抿着嘴笑听我念叨那个可以看见风景的房间，我问她笑什么。她说，你并不是唯一享受这种待遇的。

"还有谁？"

"就在你楼上。"

我意识到自己的直觉没错，是有这样一个人，就在三楼。他可以轻易看见我，而我却不容易捕捉到他。这是由于建筑的结构和角度使然。她笑道："你不是老埋怨说在这里一个人还是很无聊吗？我介绍你们认识下，反正，楼上楼下的。"

算了吧。我心想，叫我去认识一个神经病？我已经够神了好不好。

"杨青，你听说过这个人吗？"她端着酒杯，我们碰了一下。

我摇摇头。

"这个人异得很，组织了一群人，大半夜里去荒郊野外找什么鬼。"

她这么一说我马上就有印象了，大概两个月前在我供职的新闻周报上曾经报道过这样一群另类人物。

"他——就是那个带队的家伙？"

"正确。"她颔首。

"怎么被送来这里啦？"

"嗯，"她顿了一下，似乎在寻找一个合适的说法，"他在这儿休养。"接着补充说，"你楼上那一层，就住了他一个。楼梯口第一个单间里住的是老张，是专门从镇政府保安室借调来的。"

"专门守着他？这是——怕他狂躁？"

"嘿，你还想得挺多哦！主要是院长怕他有什么需要，有个人在旁边，可以随时照应，放心些嘛。"

"听起来像是软禁？"我笑道，"一个张学良的翻版，福利倒好！"

"倒是有点像。"她也笑，随后悄声说，"是他父亲——市里一位大领导，这个你要给我保密哦——特地安排他来这里休养的。"

"在哪儿不能休养，为什么非要到你们这里？"我当然不理解。

"哎！那你为什么来这里？"

我居然找不到可以反驳的言语。

"跟你一样，他是我们院区最尊贵也是最正常的病人。下午，我带你上去见见他，就这么说定了啊！"

最正常的病人？

我苦笑。

回到房间，躺在床上午睡时，我心想，这个怪家伙就在这层天花板上面。如果他也午睡的话，必定跟我一样，躺着，眼睛盯着天花板，直到视线形成某种图案。

这个杨青的故事不是我去采访的，但我印象倒是蛮深的。这人主持着一个QQ群，这个群体自称为"夜行者"，核心成员约二十人，都是年轻人，有私企老总、外企经理、公司白领、网站编辑、咖啡馆店主，甚至还有歌厅舞女。这些身份迥异的人都有一个相似的兴趣点，也可以称其为癖好：他们执迷于神秘文化和超自然现象。跟其他一些网群惯于打嘴炮不太一样，这个隐秘的群团更富于行动力，他们常常组织线下活动。QQ群就是他们交流及行动指挥的通信中枢。这篇报道是我的同事彭灿撰写的。他接到爆料说该群要策划一次耸人听闻的夜行计划——在佛图关找鬼。在重庆民间，"佛图关"这个地方历来是比较"邪"的，诸多黑色的传说伴随其间，加之早些年曾发生过耸动一时的碎尸案，一些外地的神秘文化爱好者将它列为重庆十大惊悚地之一。"佛图关"加"找鬼"，无疑具备了丰富的新闻看点。得到消息后，彭灿通过QQ群加入报名，跟随参与并记录下了这次行动。只是，他们的佛图关之行似乎也没什么收获。当然不可能有收获。要是真找到鬼，那大概是世界级的重大要闻了。

如今，杨青竟然出现在精神病院里，我觉得必然跟他不同寻常的爱好有直接关系。

午后起床，按照医生的叮嘱，站在浴室的镜子前，看着自己吞咽下两粒丙咪嗪（一种抑制抑郁的处方药物）。镜子里那个人总是让我感觉不是很适应，我始终觉得，那并不是我，我应该要比他耐看一些。可惜，这就是我。

这时门被叩响了，我走出浴室，侧身拉开房门，申飞花笑盈盈地站在外面："我们上去吧。"

上到三楼，是一个不锈钢门，飞花在门上按了一下钮，不一会儿，一个脸膛黝黑的中年人从里面探出，接着给我们把门打开，一边抱怨："申助理，他还是不吃药啊。"

"还是不吃吗？"飞花说，"我知道了，你去忙吧。"

这就是那个老张了。我从身边经过时，他瞥了我一眼，带着一丝警惕。我想每个人多少都有一点所谓的职业病吧，就像这位尽职的保安，看谁都有点问题。

站在房间门口，我才知道飞花之前说的"豪华配置"啥意思：一个大套间，脚下是地毯，家具是实木的，组合沙发是真皮的，站在走廊从客厅看过去，那个尽头应该还有一个宽阔的露台，能看见青色的阳伞的一角，以及藤椅的靠背——从那儿能俯瞰到我的露台，但我却不易发现上面的人。

卧室没人，飞花径直走向户外，我则留在客厅书柜前，那里面塞得满满当当，还有一摞书随意地搁在桌上，有的被翻开，做了标记。显然是新近阅读过的。我被这些书吸引了。严格地说，我被这些奇怪的一致性吸引了：《不该存在的现象》《被禁止的知识》《搜神记》《中国鬼神文化》《山海经》《太平广记》，除了这些，还有一些很生僻的书籍，比如《北斋妖怪百景》《鬼节考》《黑夜史》《幽冥怪谈》……我翻开一本《百鬼夜行》时，一页纸片滑落下来，我捡起来看了一眼，上面写有两行钢笔字：

　　我靠一个看不见的太阳活着。
　　在这种透明中，我混淆了生与死的界限。

　　这时飞花从阳台上喊了我一声，我慌忙将纸片插进书中，从走廊快步走向她，我看见一个人站在她身边，倚靠着栏杆，正注视着我走向他。
　　这是很干净也很柔和的一个人，看面相，比我略年轻，大概二十六七岁。中等个头，脸颊和体形都瘦。在重庆，这样走路都"打翩翩"的精瘦男娃被统称为"干豇豆"。
　　"这位是……"他温和地注视着我。
　　"我在楼下，也算邻居。"
　　"噢！"他走过来，伸出手，"我是杨青，欢迎来到奇妙世界。"
　　"少来，人家不是病人，"飞花说，"是来我们医院体验生活的。"
　　我握住他的手，自我介绍："我叫宋尾，宋江的宋，尾巴的尾。"
　　他撒开手，眉头蹙起，又慢慢松弛下来，微笑着："我常在媒体上看你的报道。"
　　这我倒是没想到，能在这里遇见一位读者。"那么……"他说，"您请坐吧。"
　　"都是朋友，莫客气哈。"飞花说完就往客厅走去，"我去给你们打水泡茶。"
　　我坐下来，感到一些轻松。实话说，上楼之前我是有些防备的。你也可以说这是一种职业习惯，对于陌生人多少有些臆测的成分，尤其在这种并不能算"正常"的环境里。哪知他让人反而很觉亲近。

"你为什么住进来?"他拉开另一张藤椅,示意我坐下来。

"刚刚不是说了吗?"我含混地回答。

"不对,肯定有别的原因。"他盯着我,眼睛含笑。

"体验一下孤独是什么滋味。"我换了一种说法。

"倒是,这儿不缺这个。"他表示赞同。

我问:"刚刚听到投诉,说你不吃药。"

"我没病,为什么要吃药呢。"他一脸无辜。

"精神病人总是各种各样的,但有一个共同之处就是:都认为自己没病。"

"对!太精辟了……"他愣了一秒,而后拍掌大笑。

"说什么这么欢喜?"

飞花端着茶盘过来,杨青赶忙起身,抢着将茶具放在桌上,歪过头对我笑道:"你看,有我这样识大体、懂礼貌的精神病人吗?"

"是啊,你没病,你精得像鬼!"

飞花将开水注入杯中,对我说:"喝茶吧。"

陪我们坐了一会儿,飞花接到一个电话,"哦哦"应声下楼去了。这时杨青突然对我说:"你们对我的采写是有误的。"

"什么错了?"

隔了一两秒钟我才意识到,他指的是我们报纸写的那篇关于他的报道。

"以后再说吧,你 —— 信有鬼吗?"

"原来我是挺相信的。"我想了想,告诉他,"其实也不能叫相信,应该称为渴望吧。"

还是很小的时候,我不知道为什么特别害怕死亡,尤其是 —— 想到人死去后会有很长很长时间是没有知觉的,人死掉了就不会再活过来,就浑身战栗。所以我怀疑人可能也有永生不死的,或者,人又变成了鬼，但，是不是每个人死去都会变成鬼呢？我觉得不是。总之，临睡前，我常常会胡思乱想。这种习惯甚至持续到我的青年时代。大概九岁时，隔壁姓蔡的婆婆老死了，灵堂设在堂屋中央，她躺在地上的草席上，干瘦的身躯有一种难以言喻的肃穆。这是我第一次接触和观察死亡。我躲在黑色的素布背后，耳边是巨大的哀乐，人们在尸体旁忙碌地经过，我居然一点也不觉得害怕，反而有一种莫名的兴奋。我在心里对她说：蔡家婆，你终于死了，你终于可以见到那些神或鬼，假如你能见到他们，请今晚托梦给我。那天晚上我很难睡着，既兴奋，又期待。遗憾的是，她并没托梦给我，我也没梦见鬼。醒来我很迷惘，也很失望。

"人有时候特别矛盾，怕鬼却又渴望能遇见一个真正的鬼。"听完我的叙述后，他点点头说。

"没错。小时候，我们家是平房，晚上要到公厕解手的话，必须经过一条小巷，这巷子只能容一个人通行，小巷里充斥各种复杂的气味、浓重的黑暗。每次，我不得不从那条窄巷子走过，就好像经历一次从地狱回到人间的感觉。那个时候，灯光对我来说实在是再重要不过了。我感觉自己背负着一个没有重量的鬼，但我却触摸不到它；有时候我听到它在我身后弄出些声响，我不敢回头看，拼命往前跑、笔直跑。"

"这样看来，"他解释说，"至少你内心是有这个意念轮廓的。"

"这个意念重要吗？"

"当然，就目前——"他指着自己，又指向我，"在这种环境下，对你和我来说，共识是很重要的。"

我们笑了起来。

沉默了一会儿，他说道："人这个东西实在是奇怪，信佛，也信神，但却不认同鬼，这是什么心理？"

"因为鬼这个词很土气，很卑贱，形象很丑陋，脏乎乎的，不大拿得出手。"

他笑:"对嘛,你看,他们宁愿信国外的鬼怪,比如吸血鬼,不晓得多受欢迎。"

"因为那是汤姆·克鲁斯和布拉德·皮特——我是男人也爱呀!"
我也笑了。

"我说的都是小时候的事了。其实,慢慢地,这种感觉就没有了。有时觉得,死亡,好像也不是一件很难接受的东西。"

"这里面有一个标准,就是不再惧怕黑暗了。"他说。

我想了想,或许就是这样。

"随着人慢慢成熟后,对于鬼的幻想就这样陆陆续续从内心里消遁了。"

"不,人永远都不会成熟。"他收起笑容,"只是变得世故而已。"

"就算是吧。"我找不到反驳的理由。

在他的露台上,我们聊得漫无边际但又克制。偶尔沉默时,看看宽阔的天际,耸立的群峰,还有眼底葱茏的密林。就这么闲坐很好,我想我一直在找一个可以说话的人,没想到,在这里遇上了。

直到老张过来,提示说——理疗时间到了。他哎哟一声,从躺椅上起身,伸手同我道别,说我感觉我今天遇见一个同类了。

他的好心情看起来是真诚的。

3. 奇谈

世事自有诡异之处。因为找不到一个说话的人,我遁入歌乐山,没想到在精神病院结识了一个"朋友"——就我看来,他算得上是一个合乎"朋友"标准的人。可以"说说话",同时也不存在利益的纠葛。我喜欢这种放松,以及平淡背后的距离感。跟杨青聊天,没有丝毫压力。他耐心地听我的故事,分析我焦虑的根源。比如工作,他分析说,我的问题在于把工作当成了事业,这个执念就使我的工作变得沉重了;又如感情,他说,其实是我自身出了问题。我不能两个都想要,贪心的结果是,两个都会丢掉。

不得不承认,他有超乎常人的理性思维,他有一个绝顶聪明的脑子,他有常人难以企及的那种敏锐的洞察力。我实在不明白,这样的人竟然也会出现在精神病院。

尽管表面上他是完全自由的。但我能瞧出来,杨青每天的时间是被细心切分的,他受到的是最为殷切的照顾,也可说是一种无形的管制。包括不能随意出入院区。此外他每天的护理流程安排得满满当当,上午例检,下午和晚上是康复治疗,比如头部针灸、推拿什么的。当然,相比于其他病人,他还是享有绝对的特权的。比如,他对一切辅助治疗都给予配合但坚决不吃一粒药。

"不治疗能行吗?"有一天我们在院区散步,我"好心"地调侃道,"其实承认自己有病也是一种觉悟。"

"你看我像是有毛病的人吗?"

"既然没病,医生为什么老要你吃药呢?"

"这样吧,我给你一个电话号码——你打过去,直接问那个安排我住进来的家伙吧。"

我喜欢他机智的反应,而且总是会带着一丝并非刻意的幽默感。这样睿智的人如果是病人,我想世上恐怕也没几个人是完好的。

说话间,我们已经走到了中庭。他说:"现在你可以看到真正的病人是什么样的。"

院区是合院建筑,四周是走廊,中央是一个池塘,池塘边是一个花坛,一棵上百年的黄桷树奇崛地耸立在那里,遮阴避雨。他突然拽了下我的手臂,这时我也发现了,池塘中间有个人,端端正正地坐在池塘的污泥里打坐呢。很快,就听到护士叱叫着蹚进水里,试图将他拽出来，可是他劲儿大得很，一个小女娃儿根本扯不动。

杨青走下水塘，弯身对他说："鱼儿哇，你又回海里啦！"

那个人一屁股坐回水底，怔怔地望着他。

"我是汤圆啊。你不记得了？"说着杨青就俯身捉住对方的手臂，一把将他提溜出来。

"我啷个不记得耶？"那个人恍恍惚惚的，被他牵到岸上。这时，清洁工已将阀门扯掉，开始抽水。

那个人呆呆看着池塘，一脸灰白，"你的汤要熬干了！"

"我早就煮熟了。"

"你是啥馅的？"

"我没馅，实心的。"

他拿手指戳杨青的肚皮。

"实心的？"

"就吃药啊。不吃药就一直实心的，就没水了，就会干。"

"你就要死掉了！"他说，"你快吃药啊！"

"你陪我一块儿吃，你也快干死了。"

旁边的护士赶紧递上药丸，那个人唰地抢过去，放在嘴里。

护士将那个人带走后，我问杨青他是怎么回事。

"幻觉。他觉得自己是水生鱼类，有时认为自己是鱼，有时又是螃蟹，或者是乌龟。他一见到水就会有这种下意识的反应。"

"可怜。"我叹道。

"那是你觉得，他自己并不这么觉得。"

"真是神秘。"我感慨。

"不知道你有没有注意到那些诊断书？"杨青说，"不管是什么样的精神病人，都有这样一句：××年以前，该患者身体里出现不明诱因。"

"什么意思？"

"就是没法解释的意思。"

渐渐地，我相信了杨青说的，我们所处的这个世界充满了神秘。

比如吃饭，对于世人来说，这是一天当中为数不多的一件充满期待和游戏精神的项目，可是对生活在院区的人们来说，就是一件苦差事。基本上精神病人都是些活神仙，神仙是不吃饭的。当他们觉得不需要，你就麻烦了——那些嘴巴就像铁打铜铸的，难以撬开。

远远看着那些护理为了让他们吃饭而焦躁，我也很难理解。如果说，他们已经不在意食物的美好和优劣，但怎么连进食的本能都消失了呢？

"某种程度上，精神病人近乎鬼。"杨青这样给我解释，鬼不在乎食物的精细与否，是因为他们平常吃的次数很少。清代有个学者叫袁枚，认为"鬼得一饱，可耐一年"。蒲松龄也研究过这个，他说鬼的舌头能像人一样生津，称为"鬼津"，一种类似于我们现代的冰激凌和浓牛奶的混合物，"冷如冰块，稠黏塞喉"。"所以鬼是很耐饿的。"

"鬼也需要吃东西？"我觉得挺稀奇的。

"当然要，鬼也吃人类的食物。只是，鬼吃东西与人不同，主要是靠一种动作——嗅。"他问道，"你有没有面对满席佳肴却毫无食欲的体验？"

我想了想，还真是经常有这种状态。

"如果面对满席佳肴嚼而无味，那很有可能，有一只鬼正在与你同桌共宴，大快朵颐。"

他的表情当中，既有天真的诡怪，又有博学的严肃，而他描述的场景让人打个激灵。

"照你这么说，这世上还真有鬼？"

"应该反过来说，相信鬼的存在对人有什么坏处吗？或者换一种参照，为什么没人怀疑 UFO 呢？可是世人声称见到 UFO 的与见到鬼的比例不同，你觉得哪种更多？"他诡笑着，"你是聪明人，应该知道答案。"

"那你说，如果真有鬼，鬼到底是什么样子？"

"鬼的样子吗？"他摇摇头。

我以为他会接着回答 —— 不知道。可是他却悠悠说道："从理论上说，鬼是人的魄，应当是没有身形的。'画人易，画鬼难。'这充分说明，鬼的形态是千变万化的，扑朔难辨。变形，这也是一种能力。"

"什么意思？"我被绕晕了。

"鬼看似是无形的，但是既然有人能见到鬼，而且根据描述，鬼的形状各异。说明鬼也有自己的'炼形之术'。这说明，通过修炼，鬼的身形可以从无形而成小形，继而则能像人一样长大身躯，到圆满的境地就可以近似于无形，自由地穿行于阴阳两极 —— 其理跟修佛是异曲同工。"

"不对，不对。"我找到了一个反击的理由，"如果人死成为鬼，上下几千年，这世上该有多少鬼啊，地球上该容不下啦，哪还有人的位置！"

"你想多了。"他笑笑，"你说你老家在一个镇上，你那镇上有多少户人家？"

"两三千户吧。"

"到处级干部这个层次的，有多少？"

"怎么也得有五六个吧。"

"厅局级呢？"

"没打听过，兴许有一两个。"

"那省部级的呢，如果镇上出了这种人，恐怕是人人都是知道的吧?"

"那是,一个没有。"

"对喽!六道里面也一样,能升到天道的,一万个人里头,一个也没有,得升人道的一万人里有几个,下地狱的也是几十人,鬼跟畜生最多,而在鬼道里,又分等级。成为鬼,与成为人差不多,成千上亿的精子去竞争一个卵子,成功变为活体的却只能一个。"他微笑着,"凡人皆有一死,但不是人人死去都能成为鬼,这是其一。其二,鬼也不是永生的,鬼也有自己的生死轮回。"杨青继续说道,"很多人或许不知道,鬼也是有寿命的。鬼也有生有死 —— 什么,鬼死去会在哪儿? 不知道。就好比人知道自己会死,但却不知道死后的事情。不过对于鬼来说,也不是高寿就好。在《观佛三昧经》上说,饿鬼极长寿者八万四千岁。短则不定。《正法念处经》也说,饿鬼的寿命有五百岁,以人间十年是饿鬼的一日一夜来计算。这也够吓人的了,尤其是对饿鬼 —— 这种高寿简直就是撕心裂肺的折磨。"

听着他侃侃而谈,我突然很泄气。面对他时就像对着一团有吸力的海绵,你觉得它包围你了,你刺出锐利的箭头,却丝毫无用。就像你明明知道这并非真的,但是这些事物经他说出后却自有逻辑。而你就在那个逻辑里。

他仿佛在安慰我:"其实啊,自古以来,热衷于讨论鬼神的也都是些大学者。这又是为什么? 当人越来越迷恋和依赖科技,谁能保准这不是另一种迷信与偏见呢?"

我想我无法作答。

4. 下山

至少有一点是可以确信的,杨青这个人,绝不是什么"神经病"。而且,我一直纠结于一个难题 —— 他明确提出希望我帮他一个忙:协助他离开精神病院，也就是逃离这个禁锢地。

站在朋友的角度，我是支持的。但是，我觉得并不具备可操作性。首先，他虽然被"安置"在医院，但仍是自由的，甚至是舒适的，也不存在什么压迫；再者，既然安排是其父亲的主意，症结就在他父亲那里，也就是说，他的问题实际上就是家庭矛盾。外人掺和进来不大科学；其三，帮个忙对我个人而言倒是问题不大，但后果不得不掂量。假如，我是说假如，要是我把他放跑了。院方追查下来，势必要牵连出飞花，那么，等于我是害了帮助自己的朋友。我难免很犹豫。

当他第二次提及的时候，我安慰道："哎呀，你就当在这里休养生息嘛。再说，你走了我连个伴儿都没了。又不是真的要把你关一辈子，不可能的嘛。"

"你不懂。"

我的确不懂，那个我从未见过的拥有很大威权的父亲，为何执意把儿子困在山上，寄放在精神病院，用人专门看守着，一关就是一个多月。

杨青说："他要我纠正这个彻头彻尾的错误。"

"什么错误？"

"鬼啊神啊，他觉得我脑子有问题，走火入魔了，不该热衷于这个。"

"一般来说，父亲不大会干涉这个吧，即使干涉，也不能这样极端呀——我不大理解。"

"不理解就对了。他不是一般的父亲。他需要我跟他拥有一致的价值观、信仰，以及接受他指定的路。"

"天下所有的父亲不都这样吗？"

"正如你说的，他更极端。很多年他分管的工作就是意识形态这一块。"

他摊开手，显示出一副无能为力的样子。

我突然意识到，杨青被困在此的原因，缘自那篇报道，那是导火索。如果一个掌管意识形态的领导，被社会尤其是同侪知晓他儿子所信奉的这种文化，能接受吗？再说在那个体系，他接受得了吗？换成我，我硬着头皮也得把儿子洗白。关于杨青的父亲，飞花曾跟我提到过两次，但总是含糊其词。当然我也没问过杨青。

"你的父亲不信鬼，也不信神，那他信什么？"

"信这个。"他伸出手掌，"世上的人都信这个。其实吧，鬼在公开的场合总是受到怀疑；但在私下，总是有秘密的相信者 —— 这是康德说的。而我觉得，所谓信仰，更像是一种潮流。比如神，一百多年前，大家都是信的，现在彻底不信了。现在大家信什么呢？就算有信的东西，说不定几百年后，人人又不信了呢。"

"你就不能妥协妥协，承认错误不就完了。回到山下多好，灯红酒绿，莺歌燕舞，你还这么年轻，难道你没欲望啦？"

"欲望是有的，欲望有时还很强烈。但是欲望有时也会失去，你应该有过这种体验吧？"

好吧！我承认，我是因为这个原因上山来的。

好在，杨青至少是通情达理的，并不强迫我。只是在我心里，有些纠结。帮？不能帮；不帮？不好受。难道就没有一个办法，既能让他不露痕迹地离开，又可以规避一切后果？

每天下午一点到两点半，是午睡时间。那次，我刻意在杨青的房间滞留得稍晚一点。每天这个点，老张习惯卧在沙发上午睡，那串钥匙常常随意地甩在办公桌上，就在过道靠窗的位置。我伸进去，用手指把那串钥匙轻轻钩出来，找到那把掌管三楼入口的门钥匙，用准备好的一块香皂，略微使力，将钥匙在香皂上按出形状，再把那串钥匙还回原处。下午，我用打火机点燃一个牙刷柄，它在手中慢慢化出一滴一滴的塑料水,柄部软得像根面条一样的时候,趁势按入香皂的凹痕中。等到塑料完全冷却了,再用锉刀锉掉外沿多余的部分,一把钥匙就成形了。

晚饭时刻,杨青和老张去食堂,我上楼试了试,塑料钥匙捅进去,轻轻旋转,听到弹簧咔的一声,锁开了。

可是我还是不知道该不该交给他。那时我总以为会一直留在此地呢。说来奇怪,当你适应了一种环境之后,对于其他的环境就会产生恐惧和排斥。我想我理解了电影《肖申克的救赎》里那个管理员老布,离开监狱的结果是让他选择了自缢。另外我也有自己的私心,毕竟在这种世界的角落里,能有一个合拍的可以说说话的人,无疑是一件愉悦的事。

六月初,也就是我住进来五十天左右,老年病区发生了一件事,让我第一次突然意识到自己的处境,同时产生了一个强烈的念头——迫切地想要重新回去,回到那个被我厌弃的"社会"上去。

那是一位七十多岁的老头。患的是重度抑郁,很瘦,几乎就是皮包骨头,平常如果有点阳光,就坐在走廊木椅上,一坐就是一整天。只是从不说话,面无表情。我从未见过他笑或哭。

他有个弟弟,大概六十多吧。每周来看望他一次。我觉得那个衣着打扮得像是乡镇退休干部的弟弟才更像病人。每次来探望,总是和哥哥相对而坐,嘴里则滔滔不绝说些什么。有一回,他吹到自己的国画长卷刚"赠送"给了好几个国家政要,彻底打开了国际市场……他一边说一边手舞足蹈,而他的哥哥一言不发,始终保持那个表情,盯着另一个方向。他的表情让我觉得悲伤,而他弟弟疯癫的话语又让我觉得想笑。

就是这个老头,突然上吊了,发现后送到急诊室,心脏已骤停。

听值班护士们议论说,老头下午还耍了一会儿纸牌,赢了十几块钱。于是,我大概也知道了,一个抑郁者的离去往往是没有什么"重大缘由"或明显诱因的,一个转瞬之间微小的念头就能让他弃世——这种可能随时都存在。

护士们讲到老头年轻时当兵,后来一辈子单身。在病院待了七八年了,是老病号。我插嘴说:"为什么打一辈子光棍?"她们瞥了我一眼,反问道:"是噻,你说为什么呀?!"

我想,人都有一辈子不会说出的隐秘,这大概是我为什么始终不大能信任名人日记的理由,真正的秘密是不会记录下来的,只会留存在脑海里,留给夜深人静,一个人慢慢将它取出来,就像一块原本粗糙的矿石,被摩挲得光亮,但又喑哑。

一会儿一个年轻护士从抢救室出来,噙着泪,向外面的伙伴说道:"简直太惨了,脱了衣服,只剩一层皮了!医生都不晓得哪个下手,狠着心给他上 CPR,哪晓得胸口上一按,胸腔就塌了……"

这晚我第一次在山上失眠了。

那个老头干瘦的形象以及"咔嚓"的那种坍塌的声音,一直在天花板上盘旋。一个人孤独地与自己的躯壳相处了几十年,可能他早就想走了吧。此刻,我突然惧怕起死亡,少年时代那个惧怕死亡的小人儿,似乎重新回到我的体内。我想我得走了。逃避终究不是办法。我始终要面对应该经历的那一部分,那是生命必经的部分。

第二天,晚饭时我告诉杨青,我要下山了。

他怔了一会儿,说:"你待这么久,也该下去了。"

我等着他向我请求什么,可他一句话都没说。我们沉闷地吃完饭,去院区散步,在院墙上,是一些涂鸦和留言,都是这里的病人题写的,其中有一行字体写得特别醒目,字迹有一些笨拙的天真:

你说你像云，如此捉摸不定，
我说别分离，这是爱情。

在这行涂鸦前，他停看了许久。

"有什么特别之处吗？"我问，"每次你看到这个就开始发呆。"

"我记得你刚来的时候，经常说到跟你分手的女友。"他侧过脸，问道。

"住了这些日子后，就没那么强烈了。"我如实回答。

"她为什么离开你？你一直没说。"

"各种原因吧。在一起待了五六年，就像洪水过后，河沟里的石头和淤泥显露了出来，又遇上天旱，清清的水流消逝了，淤泥与石头晒成了坚硬的板块。"

"绕来绕去，还是不说实话。"他笑起来。

好吧，我老实告诉他 —— 再说他跟我之前的生活毫无交集 —— 她爱上了另一个人，事实上她早跟他在一起了，但我却毫无察觉。

他顿了顿说："抱歉。"

"少来这套，你其实早就猜到了。"

我又说："知道我为什么喜欢跟你聊天吗？"

"为什么？"

"我也觉得奇怪，我们是一对奇怪的组合。既清淡，又亲密。一种神秘的缘分把我们这两个不相干的人放在一起，说说话。只是说说话。我们不像是朋友，也不可能成为朋友。"

"因为你知道你要什么，你很清醒。"

我苦笑："我确实不知我在追求什么。"

"你知道的。只是周围的环境把你限制住了，你需要穿过窗子。"说完，他盯着围墙，似乎那里真有一个所谓的窗子。

"别说我了,你呢,按理说,像你这样的人大概是不会缺少女朋友的,可是没见人来看你。"

"我有。"

"她人呢?没听你提到过呀。"

"TA跟我在一起。"他笑得有点神秘,"我不想失去TA。"

这个病句陡然吸引了我的注意。我头一次察觉到,杨青并非我之前以为的完全没有问题——既然在一起,又何谈失去呢?

"还记得上次说你们报道有问题吗?"

是有这回事,我想起来了。

"我是被陷害的。我建立了那个群,但是我不知道事情会这样发展。"

按杨青的说法,一年多前他在天涯论坛开了一个帖,专门探讨神秘文化,后来一些网友找到他,希望建立一个群,方便交流。然后他就建了这个群。最初他是没有什么想法的,但是纯粹的线上交流已经不能满足越来越蓬勃的群友了。一些人提出,能不能组织一些活动。杨青觉得可以,与之同时,因为精力原因,他选拔了第一个入群的也是最为活跃的网友——"零点的鬼"替代自己作为管理者,负责各种互动的串联与执行。杨青本身并不反对组织活动,但是他倾向于活动本身的性质是:体验。而他渐渐发现,"零点的鬼"在后期执行的过程中,更注重于娱乐与噱头。他们的分歧越来越大。

比方说那次沸沸扬扬的佛图关"捉鬼"。"我根本就没去,我希望的是找个适宜的场地,静心去感受,捕捉各种物种的魂魄,但是他们把这个活动完全扭曲了,整成了一出闹剧,而且故弄玄虚地带上各种捉鬼的家什,搞了一套驱鬼的流程,念上几段经——恰恰是,这样的东西反而就受欢迎!"

最让他受不了的是,"零点的鬼"偷偷给记者爆料,说某日上佛图关捉鬼。记者闻讯而来,跟着他们参与了一整晚的活动。

他摊开手,显得很无奈:"消息报出来,没几天,我就出现在这儿了。"

"可是,你不是没去吗?!"

"这就是问题所在。记者不知在哪里得到了我的照片,而且指名道姓地说我是该群群主,一系列活动的策划者。对我父亲来说,那两张照片才是致命的。所以……第一次见面我就说你们报道是有问题的。但是,"他沉默一会儿说,"跟记者也许没什么关系,都是有人在背后捣鬼,暗算我。"

"至于吗?"对此我很不以为然。

"当然这不重要。实际上,本身我就想解散这个群。因为我发现这些人,并不是真正对神秘文化感兴趣,企图接近鬼魂只是他们的一种娱乐方式。你能理解吗?"

我点点头:"可以减压吧。"

"对,就是如此。他们对于灵魂的认知,大都停留在鬼片和恐怖片里。只是看电影和鬼故事已经不大能满足他们的需求了,他们给自己挖了一个坑,在那自娱自乐,也没错,但我不该在其中。"

"我觉得吧,群友提供你的照片,也许是一种尊重,而不是想要整你。"

"你不懂,他们中的大部分人已经抛弃了我。"

……

他讲述时,我意识到他似乎在坚持一样东西。但并不清楚他坚持的是什么。是信仰? 不像,他从未谈论过任何未来。理想? 也不是,哪怕是下山后会干些什么,或是以后想做点什么,他从来都没提到。至少没对我提到。所以,说是梦寐也许更接近一些。总之,他在固执地抱守着某种东西。

霎时，我有一种冲动，我觉得不管他在追求什么都不应继续被困在这里。应该由他自己决定自己想去的位置，不管那是什么地方。就像我一样。我打开手掌，对他说，给你看样东西。

他从我手掌里拈起塑料钥匙，迷惑地看着我。

"我只能帮你到这儿了。"我告诉他，"你知道，大门钥匙我是不可能弄到的。不过，我相信那个拦不住你。"

"这个……"他似乎有点不知所措。

"现在，你有很充分的准备时间，"我咧嘴笑道，"你可以好好想想，下山后第一件事要去干什么。"

下 部

5. 重逢

"还记得歌乐山上的杨青吗？"

我坐在溪水边，反复查看这则手机短信。当然，我当然记得。

我不光记得，我还见过他。那是两年前，在市新闻发布中心。

那天早上，我蜷在发布厅下面靠后排的记者席中假寐。我很少早起，有点昏昏沉沉。当新闻发言人登场后，我睁开眼皮就清醒了。即使多年未见，体形和脸颊比以前圆润了一些，我也一眼就认出他——站在主席台上准备发言的官员，就是我所认识的杨青。

我当时的惊愕难以形容。

首先，是我这位朋友的新身份：新区发改委主任。

其次，是我这位朋友的新名字：高鸣。

有那么一会儿我以为我弄错了，把人给混淆了。但是，一个人的嗓音是不可能变化的，尤其是那种舒缓的、优雅磁性的声调，这是不可能变的。

确确实实,这位站在台上的高主任,就是我在歌乐山上的那位朋友——杨青。

但我根本来不及惊诧于他的种种角色反转,他的发言又让我感到讶异——与我见过的大多数的官员完全不同,他不拿稿子,也不是背诵,甚至不是就事论事,而是"叙述",那可是真正的叙述,有观点,有延伸,有理据,尤其是数据,那些经济、金融、地块、企业方面的数字,仿佛一大堆积木碎片,而他信口就来却又严丝合缝,全无差错。可那时,我从未见他谈论过任何与经济、金融方面相关的话题。一丝一毫都没有。

事实上,即便是再资深的财经记者也会为之震惊,他对于经济的观点和认识,不像是从哪儿抄来或整理的,而是根本就长在那个脑子里。所以,他可以随心所欲,自然流畅。老实说,我从未见过这么专业的财经演说。"天才啊!"身旁几位同行在窃窃私语。

而我坐立不安。我努力克制自己。不知为何,我突然担心他看见我在下面,我刻意把自己的身体隐藏起来。但也许,他仍然发现我了——我自己是这么觉得的。我坐在倒数第二排靠走廊的座位上,很容易被看到。而且我总觉得他在演讲间隙朝我凝视了几眼。记者提问环节时,我趁他接受采访之时仓皇撤离,佯装去厕所,佝着背,匆匆走出发布中心大厅。

如果不是当天记者全部都派遣出去,没有人手可用,我也不会亲自去跑这么一趟。如果那次我没去,跟杨青——哦,是高鸣——的见面就会推迟到两年之后。众所周知,新闻发布会一般是一线记者的福利,签名,领取信封(车马费、新闻通稿)。作为一个刊物的执行主编,亲自去领信封是很丢人的。

我惶惶地回到办公室,但很难真正平静下来。

我想到自己在山上的不寻常的经历,那个奇怪的像谜一样的人,以及我们每天一两个小时的闲聊时光。那时我一直以为他是人文方面的学者，因为他是如此渊博，谈吐不凡——对于文学、人文有着深刻的洞察。没想到，他的本业竟是经济和金融，显然，在这一行他也是高手中的高手。但这种反差是我万万没有想到的。实际上，仔细想想，像他这么聪明的人，不管做哪一行，都会是佼佼者。尤其所谓大数据时代，这样的记忆力、理性思辨力、洞察力超群的人才是绝对的稀缺品。

回想起来，正如"杨青"曾经评价的，我全部的焦虑只是混淆了一个再简单不过的事实：把工作当成了事业。而我在工作中获得的快感和焦虑完全抑制了情感的敏感，那是一种钝感力。所以我在失去工作的同时也失去了情感。说起来我对朋友也过于挑剔了，如同爱情一样，对友情过于理想化。理想化的东西都是脆弱的。我还记得他的忠告。我变成了一个如他一样理性的人，那些焦虑、抑郁的症状就这么消失了。现在我把工作与生活分得很清楚。我职业地面对自己的工作，但下班之后，我全心地扑向生活。这种分裂反而让我彻底放松了。说起来，这应该感谢他。

只不过，当我得到了内心的宁静之后，他却反而变成了像我以前那样的人。这样看来，在山上的"治疗"经历看起来对他也是"有效"的了。他终于成了他父亲期望的那种人——不单是"正常"的，而且是正常人之中的翘楚。他将会不断升迁，恐怕是意料之中的事。这也意味着他终于放弃了自己的执念，他那我并不知道的坚守的东西。

现在的他还有那些爱好吗？他还与人谈论鬼从哪里来，长什么模样，如何摄取食物，以及鬼的生死问题吗？他对人生又有什么新的看法？

自那天见到他开始，有些疑问就在我的脑海里蔓延了。但无论怎样，我从未想过要去联络他。

只是我也从未想过，有天他会主动联系我。

我犹豫了一会儿（其实我也不清楚自己在犹豫什么），给他拨打过去——接通前，我甚至纠结于该称呼他为"高主任"，还是像以前那样，叫他"杨青"？

好在接通后他很主动地问候，就像我们不久前才从山上分别一样。

我问他从哪里找到我号码的。

他笑说："找你这个大主编还不容易吗？"

我也笑了，看来他对我的状况也相当了解。

我问："是不是有啥事儿？"

他说，没什么，只是最近有些无聊，突然想到老朋友了。随后问我有没有空闲，去他那坐坐。

周一，午饭后，我按照高鸣给的地址去找他。从校场口我的办公室步行到观音岩，二十分钟就到了。一路走一路想，不知这位老朋友——如果他也这样认为的话——找我到底有什么事。要说，攀龙附凤这种"好事"我确乎没想过。然而我隐隐觉得，找我来必定没甚好事，毕竟这些年从不联系。到了观音岩车站，我站在抗建堂楼下的阴凉坝拨打电话。日光刺眼，我只有背身在阴影里才看得清手机屏幕上的阿拉伯数字。

不过，接电话的并不是他，而是一个女人。她让我在公交站牌处等等，说马上就来。几分钟后，我看见一个妇女——约莫五六十岁，体形微胖，穿着花点连衣裙——在街对面喊我，一边挥着手里的电话。

我走过去，妇女说："我姓吴，口天吴，你叫我吴妈就行。"

吴妈领着我走入中山医院，经过门诊，住院部，进到一栋单体楼。我们乘电梯到达十一楼，她指着"11－6"，示意高鸣就在里面等我。这时我大概意识到高鸣说的"无聊"是指的什么。

我轻轻推开房间，看见高鸣斜靠在被摇得倾斜的床上，垂着头，在看着一张报纸。

听到动静,他抬起头,很快就认出我,露出微笑。

可是,我却不大认识他了。

此刻的他,头发剃光了,脸庞白皙,与我记忆里的他有点脱离。

我环顾房间,指着自己头部,问道:"怎么头发也剃了?"

"哦,没什么,手术需要,一个小手术。你坐呀!"他在床上坐直了身躯。

我坐在那个单人沙发上,那位妇女轻轻带上门,离开了。

"你能来,我很高兴。我们有多久没见了啊?"

"九年多吧。"

"呃,不是,"他说,"我们碰到过一次的。一个新闻发布会,我看见你坐在下面,发言结束后,我下来找你。显然,你不大愿意跟老朋友见面,悄悄溜了。"

我略微有些尴尬。

"找你来,"他继续说,"其实没什么特别的事,就是最近老是念旧,而且,"他往窗子那边望了一眼,"当我又重新失去了自由,一个人独处的时候……"

"我也经常想到你。"

我知道他说的是实话,我说的也是。在精神病院遇到一个合拍的同伴那可不是一般的经历。"那就好,"他笑了笑,"前不久,我在报纸上看了你的几篇专栏 ——《说神论鬼》,没想到,你竟然开始写起这种文章了。"

我感到一种窘迫,犹如窃贼被抓到现行一般。毕竟,不管我怎么改头换面,文章里一些核心的观点,其实还是高鸣 —— 当时的杨青 —— 所提供的。这么说吧,至少是源于他的启发。

"只是胡说八道混点烟酒钱而已。"我故意把话题引到他身上,"你才是真专家,现在还鼓捣这些吗?"

他摇摇头。

"从山上下来后,我就没再碰这些东西了。"

"你是什么时候下山的?"我问。

他却反问道:"那把钥匙,你还记得吗?"

当然记得。这毕竟是我造的第一把钥匙。当时我还是费了一番周折的,还算成功。我笑了起来,"但你根本就没用嘛。"

"你怎么知道我没用呢?"他盯着我。

我有意避开他的眼神。

"我用了,"他叹道,"你下山后,第五天还是第六天,反正不到一周,晚上十点,也就是熄灯后不久,四川那边地震,歌乐山也有明显震感,我听到病区乱哄哄的。趁机用那把钥匙开了门,从后院——你晓得的,不是大门,是我们那栋楼后边那个小门,用一根铁棍把插闩抽开,我从那里出去了。"

"咦?可是后来我遇见飞花,没听她提到过呀。我以为那把钥匙没派上用场呢。"我忍不住说道。

"她不知道,因为第二天一早我就回院里了。"

"为什么呀?"我很吃惊。

"害怕吧,或者,不习惯吧。"

他突然就有点不自然了。

"那倒是,我觉得从山上下来后,整个人都不适应了。"

"是吗?我也一样,"他笑了,表情苦涩,"我甚至跟人说话都不适应了。"

其实我也跟他一样。我想起了那群可爱的病人,在丧失逻辑的空间和人们当中,你确实有一种不知来由的轻松,不用费心,不用考究自己的每一句话,不用害怕说错而承担什么后果。

"你这些年，看起来还行。"他的眼睛审视着我。

"还好，终于知道自己要什么了。下山后不久，单位领导特意来找过我，希望我还是回去，我没有推辞，回去后的心态就不一样了。"

"所以，"他若有所思，"如果不去刻意追求什么成就，什么位置，人就是自由的。"

"自由倒是谈不上。"我告诉他，像你这种领导同志是不大能理解我们这些升斗小民的。哪怕全国人民都管不了你，至少还有中国人民银行管着你呢。再说，也有了家，就是给自己套了另一根项圈。

"是这么个理！"他笑起来，"刚刚，你来之前，我睡了一会儿，猜我梦见谁了？'找伯伯'！"

高鸣这么一说，我记起来了。那是一个老年痴呆患者，才叫一个惨——什么都不记得。有一天路过老年病区，看见他找东找西，问他什么不见了，他说，我的房间呢？可是他明明刚从自己的房间出来。护士们都叫他"找伯伯"，这个人当过知青，后来考上大学，毕业后分配到机械厂，好不容易熬到了高级工程师的职称退休，就发病了。比他发病更悲剧的是，他老伴瘫痪，他儿子重度抑郁。全家没一个是好的。

"我曾经可怜他，可是现在，我突然觉得，他是幸运的，因为根本记不住这些悲剧，他甚至连自己的名字都记不住。"他绽开脸，挤了一个笑，"你是不是还调查过我？"

我没想到他来这么一出，又这样直接，一时怔住了。

6. 隐身

高鸣提到的"调查"，我觉得，可能用"探寻"这个词更为适合。话说回来，你很难不对这样一个"朋友"产生疑问——两年前意外地与他重逢，我便对"高鸣"产生了一些兴趣。

当然，仅仅是兴趣。

例如：他是谁？为什么要化名？他怎么就喜欢上神鬼之说？如果说，他仅仅是钟情于神秘文化，那似乎也不足以解释他为什么出现在精神病院。还有，他是怎么下山的？为什么变成了另一个我完全不认识的人？此外，一个疑问也一直萦绕着我，即下山前他与我交谈时泄露的一点点隐私。他说，"TA 跟我在一起"。但又接着说过，"我不想失去 TA"。——那个 TA 是谁？怎么跟他在一起？男人，还是女人？完全不清楚。

有人说，媒体人的天性就是强烈的好奇心。这大致不差，我们这种人最喜欢干的就是"解绷带"。当然也可以解释为一种职业本能。但是，我不可能也不大会去充当一个"侦探"。如果不是后来与飞花相遇，也许就没有"探寻"的实质了。

那一次，沙坪坝区组织了一场文化活动，邀请一些媒体到青木关镇采风，我也去了。早几年，我从报社去了一家杂志社，这样的活动还是愿意参加的。没想到飞花也在——她和另外一些当地的文学作者协助接待。故人相见，分外亲切。对当年在她的庇护下受到的待遇，我再次表示了感谢。接着，我们几乎是极其自然地聊到了"杨青"。

我原以为，"杨青"会利用我给的那把钥匙逃离禁闭区。要知道，自从冲动地把钥匙递给他之后，我也曾为此惴惴不安过。毕竟，如果他真逃离的话，也许就要牵扯到飞花。而飞花是帮助我的人。我不愿发生这样的后果。

可是看飞花轻松的表情，似乎那个事情并没发生。

我问她，我离开后，杨青有没有什么异常？

"他会有什么异常？没有，完全没有。"飞花说，"倒是那段，院区闹了一点风波。"

"出什么事了？"

"就是有天晚上旁边璧山县突发地震，歌乐山也有强烈震感，我们有一栋老房子还坍塌了 —— 就是住院部大楼旁边那栋危房 —— 院区简直闹翻了，病人都跑了出来，院子里乌喧喧的！还有病人把后门撬开，往山上蹿。好在都没跑脱，第二天最后清点，一个不少。"

"咦，杨青也没趁乱偷跑啊？"

"好端端的，他为什么要跑呀？倒是老张，第二天我们才发现他那晚居然没在院里，后来他家属说也没在家。有人说他肯定是酒喝多了，摔到崖下了。幸好，跟院里无关……"

"哪个老张？"毕竟时间久远，我有点迷糊。

"哎，不提这事，都过去啦！"飞花挥了挥手，转而用欢快的语气说道，"还要感谢你呀！"

"感谢我？"我一头雾水。

"不晓得是不是因为你走了，杨青乖多了，治疗突然很顺利，很配合。没多久就正常出院了。"

"呃，治疗？"我迷惑不解，"我记得，他没有精神病呀。"

"你听哪个说的？"

"他自己呀！"我说，"当时你不也在场吗？"

"你听他说？！"她乐不可支，"他是由于剧烈震荡原因引发的典型的精神分裂症，不过只是初期阶段，通过适当的治疗和疏导是完全可以控制的。"

天哪！我被一个精神病人骗了？可是，我想起来，"你不也说他只是在那休养吗？"

"我哪里好泄露嘛！也不想想？不过，"她似乎在安慰我，"你不必觉得丢脸。他那种病人没有丝毫的危险性，事实上绝大多数时候他就是正常人。只是在某些时刻会产生一种妄想，还有妄听。他的脑子里存在着另一个人，有时那个人就会说话。只是在他看来，两个自己都是正常的。"

"两个自己？"

"兴许不止两个呢！你跟他相处那么久，我还以为你多少有所察觉。"

"没有，根本没有发现有什么不一样。"我感觉很迷惘。

"这就对啦。他那种人脑力特别发达，脑洞很大。"她笑道，"说起来，介绍你认识他，还是他个人的主意。"

"他的主意？"

"你住进去之后，有天他来找我，问楼下是不是新来了一个住客。我就说是一个作家来体验生活。然后他提出，能不能请作家上来坐坐，认识一下。"飞花说，"他呀，其实问题不大。但一直不肯配合治疗，所以始终不能得到改善。为他这事，我们领导被批惨了！医院压力特别大，又不能声张。不过呢，我们通过在饮食里偷偷加入药物，再加上他那段时间突然变得很配合，所以很快就恢复了。呃……你知道'杨青'是假名噻？"

我告诉飞花，前不久我才知道化名的事。

"当然了，他是谁啊！我们提供的治疗手段都是最好的，只要他配合就没多大问题。"

我问飞花，精神分裂和妄想会不会完全消除。

"医学上没有这个说法，一般来说，这需要依靠控制。最好的控制其实就是一种平衡，比如你身体里的细胞，有一种叫巨细胞，如果数量多，它会吞噬其他所有的细胞，但是没有它也不行。"

就是那一刻我蓦然想起杨青曾经提到的一句话："TA 跟我在一起。"

那个 TA 是谁？我意识到，杨青曾经不肯接受治疗，恐怕只有一个原因才说得通。

——他不愿那个人离开。换句话说，他不愿丧失他脑子里的另一个人。

原以为像高鸣这样的人,他的故事很容易获知。可结果并非如此。关于高鸣的信息如同雪泥鸿爪,支离破碎。

譬如,他的履历中写到是中国人民大学毕业,而他所在的财政学专业也是国内首屈一指的。应该说,不乏了解的渠道,可是我四处打听,根本得不到什么有效消息。有一次,杂志社组织了一个财经学者的论坛活动,会议结束后,我陪席,其中一个学者恰好是人大财政学专业的,又正好是低高鸣一届的学弟,但他也仅仅只是"知道一点"。据他说,高鸣在学校并不是那种备受瞩目的学生,只能称为"正常"。他甚至不知道高鸣在学校里有什么情感故事,也不记得他有何特长和兴趣,这也太诡异了,要知道,在我所认识的"杨青"看来,正常世界里所有正常人都是极其无趣的。这位校友说,高鸣不爱交际,也不热衷于老乡聚会,从不饮酒,所以,日久就成了独狼。这倒像他。

可是我好奇的是 TA。一个曾经长在他脑子里的人。我敢肯定,那必定是他曾经的恋人。然而渠道有限,信息阙如,我也几乎放弃了这种探求 —— 要知道,我还有我自己麻烦缠身的生活。

就在我差点忘记这事时,却有了新的发现:一张照片。

有一天,杂志做了一期支教者的新闻专题,在后期编辑时,我搜索资料和图片,无意中钻进一个网站,看见一些人大校友在祭奠一位逝者,顺手点击进去。根据记述,逝者是一位独具个性的女孩,崇尚自由,酷爱公益,大学毕业后,应学校号召去了香格里拉大山深处支教,一年后,也就是二〇〇四年十一月不慎在崖边失足堕江,至今无踪。后面还附着她的一篇支教手记,读完她的手记我回头查看照片,结果在一张合影里,我看见了他 —— 高鸣。

那是一群支教者拥在一起,她居中,她身边的高鸣与她亲密地拥抱并对视。

我一眼就能分辨出，那种在抱拥中对视的情感意味着什么。

有了那张照片，一切都是顺理成章了。

——因为，那位落水的女孩，名叫杨青。

根据已知的资料、BBS上的记述文章，以及杨青留存下来公布于世的支教者手记，虽然并没直接提到高鸣与她的关系，但几乎可以判断，她当时正在恋爱当中，而高鸣与杨青不仅是校友，支教的地方也是相距最近的，应该可以猜测到，这是一对恋人。考虑到他们的亲密程度和这个悲剧的结果，答案就趋于清晰了。

这么联系起来，住进精神病医院的化名为"杨青"的高鸣，实际上很多时候他就是"杨青"。他不愿出院，不愿成为一个正常人，是因为他痛恨自己的怯懦，当然也许是不愿脑子里的她离开而丧失那种深刻的记忆与切身的联系。我记得他说过：某个你爱的人死了，那个死亡就像一把匕首刺进了你的头脑。过去与未来被分开了：死亡变成了一把匕首一样在你头脑里面。在你的深深的痛苦中，整个的过去都被切断了，那儿没有未来，每一件事情都停止了。

如果让我试着解释，也许杨青的死是高鸣走向分裂的关键原因——他深爱的女人落水离世，他的意识在悲痛中渐渐变得模糊，然而，不知何时，在这种混乱中她来到了他的脑子里并且存活起来。他不愿接受治疗，只是为了让自己的意识更加顽固，努力让她"活"下来：

> 我靠我体内一个看不见的太阳活着。

"你怎么知道我'调查'你？"我按捺不住问道。

"像我们这样的人，多少有点特殊渠道吧。消息总归还是有的。但是——"高鸣制止了我的辩解，"我知道你并无恶意，你只是好奇。其实,你知道吗？我就欣赏你身上这种热气腾腾的好奇心。我还好奇的是,你究竟打听到了多少？"

"老实说,没什么收获。"我告诉他。

"但是,这一点想必你应该知道了,杨青是我的恋人。"他说道。

我点点头。

"可关于她的死,你不一定了解。"

高鸣讲得波澜不惊,但是平静之下暗含着惊心动魄。基本上,这是一个悲剧性十足的故事:在家庭与爱情之间,他被完整地撕裂了。更准确地说,在父亲与爱人之间,他迷失了。然后,悲剧诞生了。

自八岁时母亲去世后,高鸣就活在父亲辽阔的羽翼之下,反过来说,这也是一种巨大的阴影。因为怜悯于他母亲过早离世,父亲的关照格外细致,但父亲的细腻多半都是比较生硬的。譬如作息,时间永远是固定的;包括饮食,一个在重庆长大的孩子居然从没吃过麻辣,这是不常见的;那些重要的事项——如就读学校,包括专业选择,均由父亲包办。总之,他就像走在一张精确的表盘上,而路径乃至细节均由父亲控制。去北京就读,看似独自生活之后,他也没有在实际上脱离父亲照顾的范畴——只不过意识到孩子已长大成人,父亲的言语柔软了一些。譬如,父亲多次跟他提到未来,事实上他并不了解何为"未来"。偶尔,父亲对儿子表现出的张扬感到忧虑:"个性是危险的。"告诫他,最好的个性就是看不到个性,这是一种艺术,"对今后是极有用的"。父亲惯于考虑很远,但话语总是点到为止,让他"自己多悟"。简言之,高鸣完全习惯了这种被动——哪怕父亲放低姿态与他"交心",但仍是一堵高墙。父亲并不是柔弱的。

直到,他遇到了杨青。

她几乎像闪电一样出现在他眼前,但这道闪电落下来时却如羽毛一样轻盈。

那天,校门口附近的公交车站,一个拾荒的老婆婆忽然呕吐起来,手里的剩饭撒了一地,收集的空瓶子从垃圾袋里滚出来。一群候车的女孩捂着鼻子哗啦四散,避鬼一样。这时一个嫩色的身影跑过来,将婆婆扶到候车木椅上,给她揉了一会儿后背,又蹲下身,将沾着呕吐物的易拉罐和饮料瓶重新收拾到口袋里。

他在缓缓移动的公共汽车上目睹了这一幕。遗憾的是,他没能见到这个女孩的正脸,一头长发遮住了脸颊,但他想她一定特别漂亮。

几天后,他又见到了这个女孩,她蹲在离宿舍楼不远的灌木丛前,几只流浪猫围着她喵喵地叫唤 —— 他一眼就认出来是她,因为那件嫩色的连衣裙,那头倾泻的长发。但与他想象中的有些出入,她的确不能称作漂亮,这种滥俗的词语并不符合她。就像她并不整齐的细牙那样,她有一种机灵古怪的魅。他思忖了许久,终于找到了更为合适的一个词:酷。

那就是杨青,轻盈自由得如同一只鸟儿。甚至他们的恋爱,也是由她发起的。他远远地、悄悄地注视了几天后,她忽然回头,这叫他无法躲藏了。她招手说:"你也想喂猫吗?"他窘迫地点头,"想的话那你就坐过来呀。"她拍着身边的草地说。那种坦然霎时就把他打开并瓦解了。

很久后他才意识到爱上她的真正原因,她就像自己的另一面。就像她说的一句话:我并不清楚自己到底想要什么,但我完全清楚自己可以不要什么。

说不清杨青到底最终为何选择了他,他自觉身上并无足以吸引女孩的什么东西。对于这点他总是迷惑。

她的说法是:干净。

"干净?"

"嗯,就是没有内容。"

接着她又解释说:"从你的眼里看到里面空空荡荡。"

他不是十分理解,心里很惭愧:"我没有个性。"

"谁说的?"她瞪着眼,"你有呀!"

"有吗?"

"你的干净就是个性,你自己意识不到。"

他仍旧似懂非懂,但这不重要。重要的是他们相爱了。某种意义上,他觉得是她"发掘"了自己,然后她又改造了他。她就是那种人,永远不缺乏能量,永远充满激情。"在爱的时候要尽情地毫无保留地爱",这就是她。当然,她也喜欢驾驭的感觉 —— 在被驾驭的时候,他是快活且真实的,而快乐总是极为短暂的。

临近毕业,按父亲的规划他应该继续读研,否则就回重庆。可她做了决定,要前往云南支教,至少一年,或两年。她说,工作的时间会很长久,但这种经历人生中却可能只有一次,现在不去,兴许以后就永远也不会了。她说并不想过早地滑入那个油滑的社会,她在找一束光。这种观念,就是她与他迥异的地方,也是令他爱慕和被吸引的原因。只是对他来说,自由是很难的。他不想(也不敢)违背父亲,更不舍得与她分开 —— 尤其是那么远,又那么久。他试着与父亲沟通,当然,充满懦弱地请求,但这没用,毫无商量余地,事实上他早就知道了。他第一次感受到抉择的痛苦,就像要把他撕扯开来。他向她坦承自己的苦闷与纠结,从来都是这样,他对她没有任何隐瞒。

她这样问道:"好吧,我问你,你读研,之后呢?"

他回答不了。似乎还是那个结果 —— 回去,父亲已隐约透露了他的去向,读研当然只是为了增加某种分量。

她又问:"今后你最想做的事是什么?"

确实没有。他想了想,没什么特别重要的 —— 除了她,拥有她。

她继续说:"你好好想想,你究竟有过爱好吗?"

没有。他打小就开始出入各种培训班，围棋、书法、钢琴，甚至包括一个季度的柔道。但那都不是兴趣，只是负担。十二岁后，父亲把这些"无关"成绩的项目通通去掉，只留下奥数。

于是她问道："你是谁？"

他觉得莫名其妙："我就是我呀。"

"不是，我只看到了'高鸣'，一个被你父亲捏造的人。"她怜悯地打量着他，摇摇头，"只是你父亲希望你成为的那个样子的你。但是你呢？你在哪儿？我看不到你。"

这句话将他的灵魂劈开了一道口子——有那么一瞬，他能清晰看到，自己被切割成两半，一半清晰，但另一半是模糊的。

"我到底想要成为什么样的人？"他不停询问自己，但依旧是迷惘的。不过有一点他很确定，他爱她。他也想要"找回自己"。

最终，爱情的欲望和绝望展现了巨大的能量，将他推向了她那一方——高鸣第一次忤逆了他那强势的父亲。或者说，父亲费尽苦心灌输在他人生里那些坚固的东西，顷刻间就被她瓦解了。

他扔下一切，跟着她一起出发。在那里会找到他们人生的一道光，在前往云南的途中她这么形容，他怔怔地聆听。"香格里拉"——听起来十分美妙，据说是陆地上离天空最近的一个地方。只是，那时他并不知道，越是美好的东西，背后越是隐藏着很多的艰辛与贫瘠。

村里第一次接他进山，他就在夜行路上遭遇了坠崖的惊险，真是惊险啊——皮卡的右前车轮几乎悬在路基之上；每天，且不说要适应陌生的糌粑和酥油茶，适应那些拗口的藏族名字，就环境而言，也是他从没想象到的，床铺看起来是干净的，钻入被子，层层叠叠的虱子往往不知从何而来，更痛苦的是，没有特效药。没有。你能做的只有适应，包括屡次出现在被子里的老鼠屎。睡在床上他脑子里总晃动着一句歌词：这世界是个摇篮它一直都在动摇，这动荡让我们平静就可以睡觉。值得安慰的是,就风景而言,香格里拉是完美的,但几天的新鲜劲之后,那种循环的单调感足以覆盖一切;这儿经常断电,天黑得早,很多个夜晚他几乎就是在一种空洞中瞪着眼,似乎他在使劲思考着什么,其实什么都没有,只是空洞,纯粹的空洞。当然,这些都不算什么。最让他无法接受的是:他追随而来,却不能陪伴在她身边。之前,他一直以为会和她在一个学校,那么遭受更大的困境也是值得的。可并不是如此,他们不能分在同一个学校。幸运的是,他们在毗邻的乡镇。听起来很近。事实上,他要见她的话得坐皮卡走一整天,有时甚至要在县城歇上一晚,第二天转车,然后还得步行几十里山路。

相聚的时刻太过稀缺,他们每次的性爱可说"愉快到连床单都无法承受"。但周末总是短暂的。更多时候,她用电话协助他完成绝大多数的爱与性。他在蓬勃的性欲和思念中绝望又幸福。山村的生活实在太枯燥了。

他并没有得到自己想要的那种陪伴。他甚至也没有在这寂寥的高原上找到自己。但值得一说的是,正是这种无边无际的寂寞,让他开始学会了思考 —— 而非一味混沌地接受。

第一个学期比寂静的云朵还要缓慢。他是这样认为的。在县城他结识了更多支教者,他发现,他们不全是杨青那样,为了一种"光"而来。他逐渐意识到,支教更像是一种失败者的庇护所 —— 事实上,当他越发熟悉这个群体,就越是清楚地认识到,更多人是为了逃避现实而选择了此地。这个发现让他吓了一跳。同社会上一样,这个群体里不缺下三烂,什么奇形怪状的人都有 —— 在青年旅社,有个混子假意请他喝酒,卷走了他为孩子买文具的钱,不多,但足够恶心。一方面,他不后悔自己的决定;但同时,他又觉得,他能做的事情实在是太过微小了。难免地,他会觉得父亲的经验并不全然都是错误的。没有什么是绝对的。就像他无比需要她,但她没法给他。这种真切的矛盾就像大山的影子一样,每天横亘在他矛盾忧虑的目光里。他时常一呆坐就是一整个下午,起身时,有一种不知身处何处的眩晕——我是谁?我为什么会在这里?

短暂假期之后,最后的学期开始了。同校的另两个支教者不会再回来了,这意味着,他们会被新人取代——回去之后,他看到了,是两个女孩。某天晚上,一场大醉之后,其中一个来自上海的女孩在彻骨的孤独之中紧紧抱住他,他没有拒绝,做了一件无法撤销的错事。比这更错的是,随后他向杨青坦白了。她并没像一般的女孩儿那样哭闹不休,而是显示出超乎寻常的平静。他在惴惴不安中度过——她早就说过她有洁癖,在感情上,而干净是她对他的评价。他不知道她会做些什么,她始终沉默。之后,就在他以为这事儿快要过去的时候,她告诉他,他们之间结束了。她爱上了别人。是新来的同事。一天他们从镇上购物归来,山崖上突然一阵碎石滚落,正好砸中了他们乘坐的皮卡——她从车上倾覆时,如果不是他及时抱住她。也许她就被石头砸中了。他替代她挨了一块石头的撞击,头破了,流血不止。

"她是在照顾他的那个晚上与他住在一起的。她用相同的方式报复了我。"说到这里,高鸣的脸有些变形。

"第二天我就赶到她那里,没见到那个男的。她说他没在学校。我不信。我当然不信。她跟我吵起来,让我马上滚。我当然不干。见不到那个人我是不会走的。她扇了我一耳光,接着又扇了一耳光。我说,今天来我就没想活着回去。死很容易呀,她说,你有胆就跟我来。她带着我到山崖边,指着下面的江水说,敢不敢跳?我说,凭什么让我跳。她说,你是懦夫。说完她踏上高高的山崖边,她的眼神冷冷冰冰,好像我根本不认识的一个女人。我心里充满恐惧——似乎一阵风都能将她从山崖上吹落。我跪着,求她下来。她轻蔑地说,你不是说要死吗,怎么站都不敢站上来?我冲动地站起来,想要抱她下来,她一边拼命挣扎，一边说，我已经不再爱你了。我爱上别人了！正是这句话突然间让我恶念上涌，我轻轻一推，她就掉下去了。知道吗，我把她推下去了。"霎时我汗毛竖起。

"可是，"稍稍定神之后我说，"新闻上说是一场意外，失足堕江失踪……"

高鸣挪动了一下上身，表情极为冷漠："是我父亲。接到电话，他马上安排云南的朋友赶来——当晚就重新布置了现场。不是什么失踪，她当场就死了。"

"这可能吗？"我在心里默默掂量这个说法的真伪。

他闭上眼，又睁开说道："其实，我差一点点就要找到自己了。"

当他这样说的时候，我似乎看到了一幕场景：随着她从山崖坠落时，一缕光也急速地从他的身体里泄漏而出，某种意义上，她把他也带走了——不论他说的是否真实，但这一点是确凿无疑的。

"你还记得那个'零点的鬼'吗？"高鸣突然问道。

"记得。在歌乐山上你经常提到他。"

"'零点'就是杨青提到的那个男同事。杨青死后，他就失踪了。后来我知道，他一直隐藏在我周围。"

"你怎么知道的？"我被绕糊涂了。

"我见过他。"

"什么时候？"

"在歌乐山上，就是我偷偷离开的那个晚上，我用你的钥匙打开门，沿着山坡的小道溜了，走着走着，身后有个人跟过来。后来我听到他喊我的名字，我觉得好奇怪。他在后面追着说，我是'零点'呀。我就停下来了。他走到我跟前，脸忽然板起来，语气非常僵冷，还记得被你推下山崖的杨青吗？我马上就明白了。他就是杨青的那个情人！原来他一直在找我，一直在跟踪我，暗中窥视我，甚至混进我的群里。

没人知道杨青死亡的真相——除了他。现在,他要来复仇了。他一把卡住我的脖子,将我摁在地上,我没法出声,没法呼吸,嘴巴里塞满了泥巴和青草。他饶不了我,我也是,他窃取了我的女人!他跪在地上,使劲压着我的肩膀和头,但我的右手可以活动,我在地上胡乱摸着,抓到一块尖尖的石头,猛地砸向他的脚,他痛得躺到地上,大叫起来。我又用石头砸他的嘴,他凄厉地哀鸣着。不知道砸了多少下,他再没有声响。他死了,身体还哆嗦着。后来我驮着他走到一处垭口,从崖边推了下去……"

一口气说到这,他脸颊上全是汗,枕头上已经濡湿了。我也没注意他吊瓶里的液体早就输完了。一个护士走进来,怒气冲冲地朝我嚷道:"眼瞎呀!再晚点就糟了!"

说不清我当时的感受,我几乎是惶然逃出房间的。下到底楼,电梯门开启时,吴妈赫然站在门口。她一直等着,执意要送送我。

走出大楼,她突然长叹一口气道:"今天高鸣有点兴奋,他很久没跟人说过这么多话了。但是——还好。"

我偏头看着她,有点不大理解。

"也不知道是不是放化疗的原因,"她解释说,"最近高鸣的脑子总是很混乱,经常把过去和现在的事搞混。有时喜欢自言自语,晚上经常做噩梦。我问医生,医生说是正常的伴发性精神紊乱。"

我问高鸣究竟是怎么回事。

吴妈拿手点点太阳穴:"脑癌。"

我怔了一下:"严重吗?"

"医生说问题不大,像他这种情况,术后存活十年以上的希望挺大的。但是——"她低沉地说,"我觉得,他主要的问题还是精神上的。"

"怎么说?"

"唉,你不知道,他不光是病的问题。这一年,他遇见的事儿比其他人一辈子遇到的都多。"

吴妈领着我避开暴晒的院坝,一边从阴凉处穿行,一边给我讲述他的遭遇。

年初,高鸣父亲被卷进一桩事态严重的旋涡之中——在退休前,被请去"协助调查"。谁都知道这意味着什么。这是高鸣遭遇的第一次重大变故。

第二件事:去年春节前,不知是不是早有预感,高鸣的妻子——一位正处级的国有银行副行长——赴美国考察时滞留不归,将一个涉及上亿资金的金融案,以及丈夫全扔在了国内。他们没有生育子女,曾经有一个,但流产了,据说她现在跟另一个男人同居了。

高鸣仍在单位主持工作,同时配合接受组织调查。某天,他在会议上突发昏厥,送到医院,诊断是脑癌。治疗期间,他的工作暂停,纪委将他秘密安排在中山医院的这个地点接受治疗,当然,仍需继续配合调查。

现在我知道了,为什么高鸣孤独一人待在这里,难怪病房里丝毫看不出有客人出入看望的痕迹——不要说果篮了,连一张多余的纸片都没有。如果没有吴妈,他真可说是孤家寡人了。她是高鸣的奶妈,"从小看着他长大",某种意义上她扮演了母亲的角色。高鸣结婚后,将她接来同住。

"好端端的一个家,说垮就垮了,而且捡都捡不起来了。你说霉不霉?"吴妈哀叹道,"相当于彻底被洗白了。好在,他现在的记忆是乱的。很远的事,他都记得住,但越是近的就越模糊,也好。"

震撼之余,我突然开始难过起来。他曾多次给我显示过超凡的记忆力,他不可能混乱到发生在自己身上的悲剧都记不得。

在医院门口,吴妈拉着我的手,很慎重:"高鸣啊,是干净的。他眼里只有业务,就是个性太强……"

个性？我在心里咯噔了一下。也许，这个东西正是那段恋情和那段经历给他留下的一笔遗产吧。

"……想想嘛，他风光的时候也没什么走得近的朋友。就算有，这种风头，谁敢来呀？"吴妈继续絮叨着，"你不一样，你跟他是单纯的朋友，不存在利益关系。如果有时间的话，请你多来陪陪他——现在他非常需要陪伴。"她躬身，"谢谢你！"

"没问题。"我说，"我单位离这不远，有时间我一定来。"

7. 死者

可我根本就没再去看望过他。一个是，我觉得他给我讲述的故事，老实说，不像是真的。结合吴妈的说法，也可能是他的精神紊乱所致——这么说吧，我认为他精神状态重新出现问题了；另一个，那几天我确实很忙。这一两年，媒体广告经营可说是断崖式下滑，几乎就要跌入谷底了，杂志社人心惶惶，但事情反而越发多了起来，我不光要负责杂志内容本身，还要介入各种经营性的项目——甚至每期主打稿件的内容都要跟经营挂钩。

与高鸣重逢后的第四天，我在这种焦头烂额的情绪中接到吴妈的电话。

"高鸣走了。"她说。

"去哪里了？"

"他从楼顶跳下去了。"随后她补充说，"昨晚上的事。"

我握着电话，脑子嗡嗡的，半天才蹦出一句："怎么——会这样呀！"

"是啊，一点征兆都没有，一句话也没留。"她说，"晚饭他还好好的，甚至还看了一会儿报纸，挺正常，谁也想不到。"

"这么大的事，怎么一点点动静也没听说呀？"

"事情发生在深夜，消息马上就封锁了。再说也没人关心他。我想着你前几天去看了他，他也聊得挺高兴的 —— 住院那么久，就那天他是真的高兴，很开心。所以我想着给你说一声，就是报个信儿。哦，对了 ——"她说，"那天你走后，高鸣让我回了趟家，把他的藏书整理了一些，说要送给你。"

"这……"我委实不知该怎么说才好。

"就当是一个纪念吧。"

挂了吴妈电话后，我再也没法平静下来了。

高鸣之死，是有准备的还是即时性的？前几天见到他，除了癌症带来的体貌改变外，他给我的整体感觉还是熟悉的，不能说是乐观的，至少也是稳定和正常的。虽然，他可能真有分裂的征兆，但至少人是平静的，看不出有何极端情绪。那么，他为什么要选择以这样的方式来结束自己？退一万步说，我完全不能理解的是，他为何要在死前联系我，并且给我讲了一通匪夷所思的隐私！

老实说，我完全没法梳理清晰，就像一个人陷在丝绸编织的网里，触手之处，不是网眼，就是打滑，毫无出口可言。

当晚我收到了高鸣的礼物 —— 我想，或者应该叫"遗物"比较准确。因杂志清样，我与美编一块儿下印刷厂，制版、调色，以及最后的对红、签版。总之等工作结束回到家已近深夜了，妻子嘘地作势让我噤声，我朝儿童房看了一眼，她说，娃儿刚刚才睡着。

我进卫生间准备洗澡，她跟着走进来，站在浴室镜前往脸上涂抹面膜，瓮声说："下午货运送来一堆东西，搁在书房，说你知道的。"

洗完澡，我到书房，看见一个一米高的木匣子，掀开盖，全是书。我在那堆书籍里翻找了一下，全部是神秘文化类型的，也包括我在歌乐山房间见过的那些。对我这样一个惯于在网上下载资料而不是跑档案馆的伪专栏作家来说,这确实是一笔慷慨的馈赠。高鸣曾说他是一个无趣的人。看起来,这也几乎是他曾唯一着迷的爱好——而我似乎也多少理解了,像他这样一个人何以对这样一种东西产生兴趣。

在那堆书里扒拉一阵,我挑了一本比较罕见的书:《中国鬼神志》。准备放在枕边,以便睡前翻一翻。这是一种习惯。可是那本书拿起来后,我看见了下面的一个布纹硬壳笔记本。我拿起笔记本翻开,里面多是空白页。但是零星写了一些句子,每一页下面有日期。那些日记(如果那些凌乱的句子也可以算作日记的话)并不是按日期排列,而是随意出没在笔记之间:

2004年4月5日
一个木偶等着一个人,轻轻提起它的线。

2004年6月8日
你唯一喜欢自己的时候,就是当你努力成为她喜欢的人的时候。

2004年7月23日
欲望赢了!

2004年10月10日
看了一篇小说。一个男人给探访他的女儿回忆当年两个什么都没有的年轻人慢慢学会在生活中相处、相爱的故事,最后父女之间有这样一段对话:
完了,他说,故事结束了。我承认这算不上个什么故事。
很有趣。她说。我对你说这是个非常有趣的故事。后来呢?

她说。我是说后来怎样了?

他耸耸肩,端着他的酒来到窗前。天已经黑了,但雪还在下。

事情在变,他说。我不知道它们怎么变的。但总是在不知不觉中,也不照着你的愿望来变。

对,真的是这样,可是——但她只开了个头,没再说下去。

2004 年 10 月 28 日

她说她怀上了孩子。

谁有了孩子?是杨青,还是那个与他有过偶然性爱关系的上海女孩?怀上谁的孩子?那个支教者,抑或高鸣?完全不知道。高鸣的笔记最后一篇是写于二〇〇四年十一月二日,只有一句,没头没脑:

死是一件轻易的事,有时候需要做的不过是轻轻一推。

这句话让我莫名觉得心悸,而这个日期隐隐有似曾相识之感。打开手机百度,输入杨青的名字,不多的几条相关资讯跳出来,我在里面翻找,看到了。那个女孩的失踪日期是十一月四日。那一瞬间,我突然迫切地想要求证这个事实。

我立即在通讯录里找到郑坤的号码,拨出去。郑坤是我以前的同事,足球记者,同时也是支教者协会的地区组织人之一,在云南断断续续支教约五年,二〇〇四年,他也在香格里拉的一个山村支教。两年后他回到报社,待了两年,说已经适应不了城市生活,又返回了支教的地方,一直到现在。

接到我的电话时,郑坤正在某个小镇上的一个网吧,因为要给孩子购买一份额外的礼物,他在那里彻夜赌球。我直接向他打听这两位支教者，高鸣和杨青。

意外的是，虽然他并不认识这两人，但他听说过这场风波。

"这事儿我们圈里谁不晓得？很轰动的好不好？"他告诉我，这一对男女也不知道闹什么纠纷，闹得很凶，两人说干脆一块儿去死，找了个高崖，说要死就在这里，一块跳江。那女娃刚烈哦！说跳就跳了。但是男娃呢，怕了，不敢跳。瘫在地上，活生生眼睁睁地看着女娃被江水卷走了。

"你确定？"我又震惊了。

"也有人说，女娃当时很激动，一不小心踩空，坠崖了。"他说，"我那时支教的地方离他们不远，在一个县。"

"听你这意思，应该是有目击者的？"

"有呀！当然有。要不我怎么晓得这事？"

"你确定？"我再次确认。

"我唬你干吗？要不就是脚底打滑，坠崖了。反正——不是那个男娃推的！绝对不是。"

"那你知不知道这个事——"我问道，"杨青——就是那个跳崖的女孩，听说是跟同校一个支教的男教师好上了？"

"靠，说那么文雅干吗！就是寂寞嘛，睡到一起了。这种事情，好正常嘛，哪个没得生理需求？"郑坤接着说，"你是没在山区待过，完全不能理解那种孤独，你不会理解的。"

我问他："知道那个跟杨青产生情感纠葛的支教者不？"

他说没印象。不过他承诺帮我打听打听。

我怔怔地坐在黑暗里，原本清晰的事物，渐渐又开始不可辨起来。

根据高鸣的日记，他是带着杀心去找杨青的。他在临死前给我讲述时也提到，杨青是他动手推下山崖的——而且，他父亲随后做了周全的布置，至于怎么布置，如何消除，不得而知。不过，按照郑坤提供的说法，又不一样了：杨青是自己跳江的。

杨青跳了，但高鸣却没有。如果真是这样，那么，这个蓄意的"杀人未遂者"苟活了下来，带着某种难以启齿的羞辱与自责，以及错乱的记忆活在一种狭小的困境里——久而久之，他把自己当作了那个凶手？

自然，另一个必然的疑问随之出现了，高鸣自杀前讲述的那个死者，那个跟他女友产生私情的支教者，也就是那个"零点"，他是谁？这两者真是同一个人吗？

但这太难了。郑坤在打听了一番后回复我，二〇〇四年，杨青出事前，在香格里拉那所村小支教时期就没进过什么男性志愿者。我问他凭什么这么笃定，他说："老子专门去帮你查了支教档案的——根本就没有！"当然，他也承认，各种支教者组织和协会并存，也并不那么规范，而且志愿者流动很频繁，打听不到也很正常。

可是，这完全说不通。那个化身为"零点"的人明明应该是容易发现的——在高鸣和杨青的故事里，他一直存在。

我联系上当时采访"夜行者"的同事——彭灿。他已经从报社离职了，但好在QQ里还保存了两个号码，一个叫乐筱天，一个叫如意。都是网名。我分别加上，在她们通过我之前，我又搜索了一下网页。

大概是高鸣在天涯论坛上发帖后不久，这个"零点"便出现了，成为忠实的跟帖者，随后他建立网友群，多次策划活动。很长一段时间，他是这个小众群落的实际领袖和执行者。至少，"零点"是确有其人的。

老实说，我始终无法相信，高鸣这么一个瘦弱儒雅的人会干这种事。我觉得这仍是他的臆想，就像杨青的死。

不一会儿，乐筱天回复了我。她属于那个团队比较资深的群友，从天涯论坛就跟着高鸣的帖子，参与过几次活动。乐筱天回忆说，"零点"在群里十分活跃，由于他思路奇特，常有出其不意的策划，所以在群里号召力很强。

由于她参与过那次佛图关找鬼的活动,于是我就问她:"那次就是'零点'带领你们搞的活动?"她的回答让我觉得很诧异,活动是"零点"策划的,但是当晚他并没去现场。

"那是谁带队?"

"群主啊,"她说,"群主带我们去的嘛。"

我愣了一下。因为我记得,离开歌乐山之前,"杨青"告诉我,他本人当天并没到场参与"捉鬼"。

我问乐筱天是不是记错了。她说,当天彭灿也在场,你可以去问他。

我觉得没必要了,她是可信的。但是我不理解的是,当时的"杨青"—— 也就是高鸣为什么要刻意地整一套说辞,而且是郑重其事的?

我去隔壁的办公室找李四平。

两个月前,这个空了半年的办公室突然挂了一个"舆情办"的牌子。这是我们这个杂志传媒集团新引进的一个单独部门,所谓舆情办,顾名思义吧。说白了,原来单一的广告模式已经行不通了,包括送版面这种挖祖坟的事也行不通了。现在的媒体广告是组合式的,就看你能提供多少服务,或者提供哪些别人需要的服务。我们是政经类刊物,主要客户当然是区县政府及机构,而舆情是他们最关心的一件事。

"舆情办"听起来很有阵势,其实整个办公室连主管带丘二(打杂的)只有李四平一个人。他是新近从北京某媒体回到重庆的,当然,带着他这套神秘的系统。

办公室的门关着,里面没人。我给李四平打电话,介绍完情况后,李四平说,就这点小事啊,还值得你亲自打电话?没问题!他说,只是目前自己在渝东南出差,几个区县连轴转,天天喝大酒,肠子都吐得翻过来了,恐怕还要几天才能回来。他压低声:"这回要签个大单哦,龟儿跑都跑不脱。"我说那你回来就帮我查吧。然后打开电脑上的对话框,把信息粘贴在他的 QQ 里。

五天后,下午,我独自去了一趟歌乐山。

在山下我拦了一辆摩的,让他带我到陵园。司机话多,一路上不停扯言子儿。这个健谈的中年人说自己原来是安乐堂烧死人的。后来堂客死活不让他继续干了。"哈(傻)婆娘!"他絮絮叨叨,"死人有啥子嘛,死人比活人本分,你跟他发牢骚他都不还嘴的。"显然他并不满意家人的安排。他说从安乐堂离开后筹钱开了一个农家乐,"没几天就垮了,妈哟,人人都发财,就我不得行,为啥子吗?还不就因为我是烧过死人的。哪个人愿意到烧过死人的农家乐来吃吃喝喝嘛,这世上哪有回头路嘛,你说是吗?哥子!烧一个人也是烧,烧一个跟烧一万个有啥区别。杀一个人跟杀两个人有啥区别你说?狗日的,哈婆娘!"

"噢!"一个急刹,"到了。"

我付了他十五块,说再见。

"哎呀,不能说'再见'!"他急得连连摆手。

我觉得好稀奇。

"哥子呀,"他笑道,"我们这行是不兴说这两个字的。"

我也笑了。

在高鸣墓前,我坐了好一会儿。吴妈不是没通知,但我刻意没去参加他的葬礼。想必,他也不愿让我看到那种孤单,而且我惧怕那种虚假空洞的形式。一个人死了,死去意味着空白,仅此而已。但高鸣也许不这么认为。他曾经告诉我,人不会真正死去。在六道轮回里,死亡并不意味着结束,而是一种开始。他跟我讨论过"似曾相识",他认为这种神秘的感知不能算是简单的巧合,而是一种没有完全抹掉的记忆,或说是意识,那种记忆证实了,人会死去但他的意识仍会存留在某个时空，它们在自我运作，分散、会聚，然后被吸收，存在于另一种生命里。

我在一篇科学论文里也看到过类似观点。从量子物理学的角度，有足够证据证明人死后并不意味着消失，死亡或者只是人类意识造成的幻象。正如宇宙本身并不创造生命，时间与空间也不会，而是人类意识的工具，是意识使得世界具有意义。那么，也可以说是意识杀死了他。

在墓园坐到暮色四起时，我接到了李四平的电话。

李四平在綦江和一个乡长喝酒，与当地景区的宣传合作已经敲定了，但那边需要我们提供整体的策划及细案。他的意思是务必要请我配合，"亲自出马"，最好是马上去一趟，了解一下情况，尽快出执行案。交代完之后，他突然"啊"的一声："对了，你上次不是让我帮你查一个东西吗，我查了，但是忘了说。"

隔了几秒钟我才想起来，我是给了他资料，分别有高鸣的和那个"零点"的QQ、网帖，拜托他帮我搜寻那个人——"零点的鬼"。

"你猜猜，那个'零点'是谁？"他的语气很诡秘。

"谁？"

"结果显示，那两个人，是一个IP。"

"什么一个？"我没反应过来。

"你不是让我查一个人吗？我查到了，那个高鸣和'零点'，实际上是一个人。共用一个网络地址。"

我握着电话，仿佛被电击了一样。

李四平接着说："零点的鬼——是一首诗哦。我给你发过来。"

我整个人都蒙圈了。两秒钟后，手机提示音"嘀"地响了，我打开短信，看见这么几行：

零点的鬼

走路非常小心
他害怕
摔跟头
变成了人

  我失魂落魄地离开墓园。老实说,我想不通,如果高鸣就是"零点",岂不是他杀死了自己?事实上,我能理解的是,自九年前下山那一刻起他就死了。重生的只是他的躯壳。我记起他曾给我朗诵过一段句子:她不在了,记忆就损失了一半;如果我也不在了,那么所有的记忆也将不在;在悲伤和虚无之间我选择虚无。

  ——等等,此刻回想起来,缜密如他,其实早就为自己刻画好了离开的时间和路径。在此之前,他特地邀我见了一面,然后给我讲述了这段诡异但又似是而非的故事。为什么?还刻意说,"我欣赏你的好奇心"。那么,他要将我的好奇心引向何方呢?

  只是我完全不想再思考了。拐上公路前,天色忽然暗了下来,眼前的世界犹如一张灰黑的铺盖,黯淡,静止,但充满了无形的压迫。我快步走在路上,衬衣被汗水完全濡湿,紧紧吸附在身上。这时一颗雨点在我眼前掉落下来——这是历经数十天的酷热之后我见到的第一颗雨滴。随后,更多雨滴追赶而来。透过湿淋淋的眼睑,我看到它们在这尘世自由地倾泻。

  这场暴雨一落,就是秋天了。

(原载《十月》第4期)

见信如晤

阿 舍

1

从养老中心到丽子园只要五站路。出了养老中心大门，向右五十米便是公交车站，下了公交车，车站正对面，就是进出小区的西门，进门不到二百米，家就到了。但是，无论离得多近，对于七十五岁的崔梦珠来讲，家是家，养老院是养老院，两个地方是绝然不同的两种意味。前者是说她还在普通人的生活里，还走在出入自便的人流里，后者呢，则意味着，从今往后，她得退出，得退到人群之外，在生死之间的人生边上，体会时间带来并带走的一切。

崔梦珠住进养老中心是自己决定的。老伴钟铁兵去世已经两年，如今，但凡想到老伴去世前的种种情景，崔梦珠仍然感到阵阵心悸。这心悸倒非来自痛苦，而是因为恐惧与担心，仿佛老伴的病会传染一样，她老是疑心自己也会得上那种可怕的病。那几年，钟铁兵的高血压与冠心病并没有扰乱他们按部就班的晚年生活，真正可怕的是阿兹海默症的到来，他们正常的生活秩序从此必须在一个大脑皮质层发生病变者的控制下前后拉锯、上下翻转，真跟被扔进了搅拌机差不多。钟铁兵是在一个秋天的上午突然去世的，那天早晨醒来，钟铁兵脱得一丝不挂，然后抱着胳膊，嘴里一边发出唏里唏里表示他很冷的声音，一边赤身裸体地在家里走来走去。他似乎想起了什么事情，却又根本想不起任何事情，因此越走越着急，越走越愤怒，接着他开始喊叫，开始咆哮，崔梦珠和保姆都抓不住他。那一刻，瘦成一副骨架的钟铁兵，抱着胳膊在家里横冲直撞的样子，就像一只受惊而哀鸣不已的猴子，既令人发疯，又叫人悲伤。崔梦珠担心的事情发生了，钟铁兵在自己无法控制的速度中被一只桌腿绊倒在地，从此再未醒来。应该说，钟铁兵最终死于心梗，而非阿兹海默症。没有被老伴的阿兹海默症一起拖走应该是万幸，这样说也许不近人情，但事实确实如此。照顾患有阿兹海默症的钟铁兵将近四年，痛苦只在崔梦珠这一边，钟铁兵对此一无所知。自从被确诊，记忆、亲人、语言、情感、理性、身体的羞耻以及疼痛，仿佛十二月里被寒风卷走的落叶，一夜之间，全都离开了钟铁兵。钟铁兵猝然而去的那一刻，崔梦珠望着老伴儿的遗容，心中升起深深的愧疚，那一刻，她突然确信钟铁兵其实是知道自己正在经历的一切，因此下意识选择了猝死，以免再拖累她。

　　养老中心已经建起十年了，当初，听说这里规格高服务好，崔梦珠便与钟铁兵商量，到动弹不了的时候还是去养老院比较安心，花钱买服务，总比拖累孩子好。可是钟铁兵吓唬她，哼，你不怕他们下药害死你？钟铁兵去世以后，没有人再吓唬她，崔梦珠倒不去想养老中心的事了。一个与自己生活了五十二年的人突然离开了自己，悲戚之余，还有一种莫名的恐慌。崔梦珠感到时间正在打劫她，要夺走她曾经和眼下拥有的一切。并且，随着钟铁兵的离去，时间出手的速度与频率都越来越快了。真的是这样啊，崔梦珠一点儿都没有夸张。上个星期还能够穿过马路下一周就战战兢兢地怎么都迈不开脚；前一天记得的一位故人第二天就想不起名字了；还有她夹在家庭影集里的那只牛皮纸空信封，那是钟铁兵走后她整理旧物时专门从一堆旧信件里挑出来放在影集里的。空信封是用过的，盖着"北京西城区"的邮戳，明显被水泡过，已经又皱巴又僵硬，上面横着一条条褐黄色的水渍印。崔梦珠留下这只空信封是因为信皮上有个地址，被水泡淡的字迹被她重新描过。二十年来，她总是觉得，只要有这个地址，她就能找到地址上的那个人。但是有一天她打开影集，空信封没了，她吓了一跳，因为她连信封什么时候没有了都不知道。把影集翻了几遍，之后，她像是给噩梦吓醒似的，在床边呆坐了近半小时，再后来，又给大儿子打了一个电话，小心翼翼地问他有没有见到。答复当然是没有。崔梦珠就想，一定是因为信封太重要了，她总是想把它藏在一个万无一失的地方，现在好了，这万无一失的地方彻底让她想不起来是什么地方了。就是这些日常小事让崔梦珠一天比一天担心起来。独自一人的日子像极了白癜风病人的皮肤，白秃斑越来越多，面积越来越大，而余下的那些还未病变的皮肤，也一天天散发着腐朽的气息。比如说，早晨六点她去小区广场摆弄健身器材，每天见到的都是一个穿着花睡裤的老头儿。不管天气冷暖，老头儿始终戴着一双洗不出颜色的白手套，而且每天只问她同样的两句话，你多大哩？你住哪栋楼啊？刚开始，她还认认真真地回答他，后来，一见老头儿远远走来，她就背过身去，装聋作哑地转动起"太极云手"的两个大圆盘。这是一件事。另一件让她烦心的事情是，她的胃口越来越不好，早上喝碗稀饭吃个煮鸡蛋，到晚上都不知道饿。这当然是极其不好的征兆——吃都吃不下，不就是离死不远了吗？所以，崔梦珠就想办法让自己饿起来。但是怎么吃才能让自己感到饿呢？崔梦珠想不出来，就去查食谱，学做一些新花样儿，比如说回锅冬瓜啊，海鲜锅仔面啊，可是每样东西经她的手做出来，又成了老味道，也就仍旧没什么胃口。生活中没有新鲜的事情加入，过去的一切又在慢慢消失，崔梦珠的恐慌日甚一日。有时候，她往房间里一站，哎呀，怎么像站在月球上一样，整栋楼都没有半丝儿声音，人都死哪儿去啦？她越是想把一些往事留在脑海里，越是想把身体里原有的精神头儿保持住，那些东西——不管好的坏的，平常的，重要的——就离开得越迅速、越蹊跷。直到有一天，她突然在电视上看到那家养老中心。新闻不是专门讲养老中心的，主要说的是一位新上任的省领导到各个单位调研视察工作，其中一个镜头扫过"养老中心"四个红色大字，她便记起了之前她跟老伴说过的话，然后听见主持人又说出了一句让她心动的话——健康养老，快乐养老。

　　崔梦珠这就要去养老中心看看。她不想给在银川国税局当个什么处长的大儿子打电话，也不想给在北京的女儿和小儿子打电话，他们肯定不会阻拦她的。老伴去世后，她的髋关节又做了第二次手术，常年服用治疗关节炎的激素类药物让她的骨头充满了气泡，早晚有一天会像沙子一样彻底松散一地。到了这把年纪，又得了这种病，手术即便再成功，也无法改变她扭曲变形的骨头。瞧瞧她，走路两条腿要比别人叉开一些，要比别人慢一些，双手呢，还要微微抬起以保持平衡，真的很像一只又笨又老的企鹅。崔梦珠素来要强，但是再要强的人在身体面前也得认输。这两年，自己这把老骨头没少给她添堵，也没少给孩子们添麻烦，原本期望请个保姆少拖累孩子，但是用保姆比不用保姆更烦心，那些保姆——不管高的矮的老的小的——全都跟合谋好似的，绝不跟她这个孤老婆子想到一起去。折腾了两年，孩子们，尤其在身边的大儿子都疲倦了，说不定心里也盼着她去养老院。这不是孝顺或者不孝顺的问题。她明白自己这把老骨头，不仅仅是走到了人生的边上，也走到了世界的边上，她得给孩子们让路，少去挡他们的道儿。崔梦珠想得明白，她是已经没有未来的人，所以她得给还有未来的孩子们让让路。这跟孩子们有没有良心没有太多关系，这是自然规律，自然规律从不看人的脸色行事。既然如此，她就自己操办，省得儿女们掺和进来，反而平添几分人生的凄凉。崔梦珠灵机一动，跑到小区物业去问那些叽叽喳喳的半大媳妇。

你们谁知道养老中心怎么走啊？

奶奶，咱们小区西门就有公交站，坐五站路就到了，近得很。

养老中心的接待大厅高级得就跟豪华宾馆的大堂一样。杏白色的地砖洁净明亮，墙壁上，电子大屏正在播放养老中心的宣传片，里面全是阳光明媚的老人，全是贴心周到的服务笑脸；粗壮滚圆的大理石立柱下，插着假花的大花瓶有一人多高；服务台旁边的等候区里，摆着沙发与休闲藤椅；从大厅南面的落地大窗望出去，院落里绿树成荫，径道幽静，再向远看，下午四点的阳光披照在平旷的湖面上，一汪碧水就像镜子一般闪闪发亮……

奶奶，房间里什么都有，您只需要把随身穿的衣服和常用药带上。

奶奶，您的护理等级一会儿还要经过专业测试。

奶奶，您住三号楼416房间，今天起您就算入住了。

奶奶，出入养老中心必须请假才行的，哪怕两个小时都得请假。

大儿子钟子晨去收费室交押金的时候，崔梦珠耳朵里全是接待员小丫头尖细礼貌的声音。

2

还是不错的。入住养老中心一月有余，崔梦珠有了新朋友，隔壁418房间的王孟英和三楼305房间的关间芬。王孟英中风歪着嘴，每天都有一肚子的话与她唠叨，哇哇哇的，一边流口水一边说，一多半的话她都听不清。关间芬呢，与她一样，喜欢看书读小说，就把杂志一本本地借给她看，还告诉她，别理那些没有文化的人，那些人嘴贱心小素质低，要交朋友，还是得找水平差不多的人；丢弃多年的唱歌爱好也重新捡起，每周三五上午九点，一头白发身穿旗袍的音乐学院的张一华教授在一号楼教唱歌，主要是纠正大家发声的方法，老人们大多走路都喘，唱歌时如果不会换气，憋出个脑梗心梗怎么办呢。这样，许多忘记的歌词又重新回到崔梦珠的脑海中；饭食也吃得惯，咸淡适宜，荤素有别，早上吃得饱饱的，中午十一点半就得往食堂跑，为什么？去晚了就打不上便宜又好吃的菜了；下午呢，就坐在落地窗边，就着亮堂堂的光线，写上两页"芳草湖记忆"。不过，一想起在芳草湖插队劳动的时光，那封凭空不见的空信封又会让她的心脏咯噔咯噔猛跳几下，二十多年都收得好好的，怎么就突然不见了呢？

这些日子，唯一让崔梦珠不舒服的，是同屋的朱厅珍。朱厅珍的老伴半年前去世，睡的就是崔梦珠现在这张床。这倒没什么，养老院里，说话、走路、打饭的当儿，说死就死了的事情常有，大家已经见惯不怪，加之床位紧张，没法计较这些的。朱厅珍哪里让崔梦珠不舒服了？三十平方米的公寓，一里一外两张单人床，住着她们两个人。朱厅珍每次从外面回来，都会大喊一声，老伴儿，我回来了！崔梦珠初次听到，难免吓一跳，这老婆子难道发了疯，喊我做她的老伴儿？回神一想，不对，那是跟她老伴儿说的，于是往朱厅珍的床头柜上看，朱厅珍老伴那三十寸大小的遗像正对着她神秘地微笑呢！崔梦珠这就更吓了一跳，哟，原来这屋子里住的是三个人呐！那以后，崔梦珠开始失眠，因为夜里关灯后她总是觉得两张床的中间站着一个人影。这怎么能行？！

五月下旬的一个下午，午休起来，崔梦珠悄悄去找护士长，说，给我调个屋吧，朱厅珍脑子有毛病，整天和他死掉的老头子说话，再住下去，我的脑子也有毛病了。她还不讲卫生，快一个月了，也不换身衣服，头发和身上都臭烘烘的。还到处乱扔东西，桌子上床上堆得乱七八糟，吃过饭碗也不洗，扔在池子里，还有两次拉过屎连厕所都不冲，我说过她好几回了。

护士长说，阿姨，好的，等到有空下来的床位，我就给您换。

崔梦珠就问，那什么时候能有空下来的床位啊？

护士长说，阿姨，这可说不好，您看，这些都是提出换房请求的老人，得一个一个地来。快了一两个月，慢了一年半载。您不知道啊，我们这里床位紧张到什么程度，那些住不进来的，在外面排了好几百人呢！

崔梦珠伸头一看，果不其然，护士长手里那个登记册，前两页都写得满满的，这还只是些要求换房的。崔梦珠失望地瞅了一眼护士长，护士长穿着淡绿色的工作服，头上戴着淡绿色的护士帽，头发蓬松油黑，脸盘儿笑盈盈的，看不见半点对她的感同身受。

崔梦珠落寞地往回走，进了电梯，兀自想着心事，电梯是外挂式的，阳光白花花照着玻璃，电梯间又闷又热，她也没察觉，只是盯着楼层按键，一遍又一遍地想，难受是自己的事，死也是自己的事，除了自己担待，还能指望谁呢？上到四楼，崔梦珠不想回房间，她怕一进门朱厅珍又冲她喊——老伴儿，你回来了，便在空寂的楼道里踱起步来。

踱到头，再回来的时候，418房间与王孟英住在一起的徐爱玲甩着手出来闲逛，眼看就要碰面，徐爱玲轻巧地快走两步，喷着满嘴口臭，凑到她的鼻子尖儿，说，你要小心422那个老东西！那是个老流氓，那天我在这里走步，他猛然就伸开两个臂膀挡住我，不说话，只是没皮没脸地笑。你要小心，甭给他好脸色。崔梦珠赶快翻找记忆，想想422住的是谁。老秦头儿啊！人高马大，嗓门儿也大，不过是个爱热闹喜欢开玩笑的人，怎么就成老流氓了？给徐爱玲这么一闹腾，崔梦珠的心事跟着就散淡了，又怕她扯着自己说个没完，赶快回了房间。

推门进屋，朱厅珍正忙着跟老伴儿说话，没空搭理她。

朱厅珍坐在床头，平素很少摘下来的那顶灰色圆边短檐帽扔在床边，一头白发稀得就像见不到米粒的米汤，已经遮不住虾粉色的头皮。朱厅珍的脸又窄又平，眼对眼望着老伴儿的遗像，左手举着一枚小圆镜，一边打量镜子里的自己，一边嘴里絮絮叨叨。看见崔梦珠进来，视若无睹地瞄了一眼，继续说道，老伴儿啊，你看我怎么办啊？你就走了半年，我已经丑得见不成人了。我天天上火，里里外外像着了火，你瞅瞅，我的嘴巴，全是钻心疼的水疱子，又是脓又是血，烂糊糊的，半年来就没有好过。还有我的鼻子，又胀又痛，毛孔里全是火疖子，怎么洗都不管用，抹什么也不管用。哎哟，老伴儿啊，你说我怎么办啊？我要是能痛痛快快地去找你多好啊！可是，我怎么死不了啊！

朱厅珍退休前是小学老师，这阵子虽然越说越心酸，吐字却越来越清晰，音调也越来越有节奏，有声有色得简直让人发笑。

崔梦珠也是老师出身，满耳朵听过去，感觉朱厅珍像是在讲什么公开示范课，心里的那份儿同情，眼见着被朱厅珍不着调儿的口吻给霍霍掉。又一想，如果朱厅珍不是脑子有毛病，就是成心要把我往外赶。好么，你要赶我，我偏不走，我一个大活人，难道斗不过一个死人？但随即崔梦珠又担心起来，人家是二合一，一个人一个鬼，我势单力薄，能斗得过吗？

崔梦珠走到窗边，在圈椅里默默坐下。窗外不到一百米，是个大工地，灰蓝色的天空下，脚手架越搭越高，吊车伸着长臂缓缓移动，地面的钢筋加工工棚里，电锯声撕心裂肺，吵得让人心烦。这是养老中心的一个新工程，据说是专门为离退休军人建的一座老年公寓。哦，将来会有越来越多的人在养老院走完余下的人生，看来自己的选择是正确的，时代就是这样发展的，什么事都得跟上时代的步伐，连死这件事也得跟上。崔梦珠这就转过头，发愁地瞧着朱厅珍，心想，等死的人都应该想开些，像朱厅珍这样，人死了还不松手，不是害己又害人吗？

朱厅珍跟老伴儿说完话，开始擤鼻子，噗呜噗呜，没干净，再擤，噗——呜——噗——呜，干得没有一丝水分，闭上眼，继续擤，噗——呜——噗——呜。

崔梦珠听不下去，感到自己的鼻子也要被朱厅珍擤掉了。

老朱，你不能再那么折腾你的鼻子，又抓又擤的，已经红得发炎了。

朱厅珍睁开眼睛，眼里泪汪汪的，整个鼻子包括下巴都红得发紫，嘴巴烂糊糊肿着。

你说我咋办呢？你瞧瞧，我的屁股瘪的，连裤子都要挂不住了，你说我怎么不死呢！说着朱厅珍站起身来，一把撩起衬衣，一只手提着松垮垮的裤腰，边晃荡边说。

不知道朱厅珍一个人的时候会不会也这么来劲儿，像是要把自己的苦都表演给谁看似的。崔梦珠心想，谁在死之前不是一副惨相呢？谁能比谁更惨呢？刹那间，崔梦珠想到许多人的死，父亲母亲的，姐姐的，老伴儿的……他们都走得那么不甘心，越不甘心，死得就越惨啊！但是，崔梦珠又无法对朱厅珍这副苦相视若不见。朱厅珍比她小两岁，身高一米五二，体重三十八公斤。崔梦珠搬进来第二周，朱厅珍给她看过他们夫妇的合影照。照片是一年前拍的，那时的朱厅珍与眼前这个，丝毫看不出是一个人，现在的她，瘦成一副骷髅了。当时，崔梦珠边看边倒吸凉气，心想等死的人原来是这副模样啊！

老朱，我这里有种药你抹一抹，儿子从台湾给我买的，腰疼喉咙痛我都抹，也有解毒清火的作用，你往鼻子上抹抹试试，说不定就好了。

同情心升上来，崔梦珠把要和一人一鬼的朱厅珍夫妇进行斗争的事情暂时推到一边。她从床头柜将药瓶拿出来，正要递给朱厅珍，又怕她用多了，就绕过床尾，亲手给朱厅珍抹了一层。抹完鼻子，崔梦珠看着朱厅珍烂糊糊的嘴，又生出不忍，便把治疗带状疱疹的药膏拿出来，往朱厅珍的嘴上涂去。

　　老朱，我都来一个多月了，还没见过你的女儿，你得让她带你去医院看看病，老这么下去，你的身体要垮掉的。

　　朱厅珍垂下目光，仿佛突然给人点了穴似的塌下身子，方才面向老伴儿说话的精神头儿已经荡然无存。

<h2 style="text-align:center">3</h2>

　　五月的最后一个星期四，午休后，王孟英来找崔梦珠。隔壁418住着王孟英与徐爱玲，都是邻居，崔梦珠和王孟英更要谈得来。为什么？王孟英半边身子中风，但是唱歌的劲头比谁都大。除了每周两次集体唱歌，王孟英每天还要拉着崔梦珠与她一起唱。王孟英有个歌本，一九八〇年代的老歌本，封皮破得满是用塑料宽胶带粘的补丁，书角也磨得像男人的秃顶，里面的书页又黄又软，说吹弹即破一点儿都不夸张。每天午休之后，王孟英便夹起歌本挪着脚步，颤颤巍巍推门而入。崔梦珠记不住词，歌本主要是她看。老崔，来，老姊妹，咱们唱歌子啦，还是咱们那会儿的歌子好，唱起来有劲，心里有劲。王孟英歪着嘴巴，每天进屋就是这一句，即便一次都没有说清楚过。一般都是各唱一段。崔梦珠唱了《走上这高高的兴安岭》的第一段，王孟英就唱《边疆处处赛江南》的第一段。王孟英怎么唱呢，她要站着唱，右手紧紧撑着四个轮子的拐杖，左手拿着手绢，唱两句，擦一把流出嘴角的口水，唱三句，人便晃得像是要摔倒，便赶快移动半步好让身体保

持平衡。停下来喘气的时候，王孟英向外翻出的右下眼睑开始充血，腮帮子上的肌肉突突突地跳，比歌子的节拍还要紧密。崔梦珠愿意跟王孟英交朋友，就是因为她这股精神头儿。黄土都埋掉半个身子了，还这么拼命地唱，还要唱什么心里有劲的歌。就因为这个，崔梦珠觉得王孟英是个有素质的人，不像徐爱玲，没文化倒没关系，关键是整个人只剩下两件最当紧的事情——吃饭和戳是非。真是贱啊！活到这个份儿上。崔梦珠不是骂徐爱玲，她是指人，但凡无聊到这种地步，活着还有什么意思呢？

今天，王孟英走到房间中央，将歌本放在崔梦珠床角，自己背靠大衣柜，站稳之后，开了口。

老崔，来，老姊妹，咱们唱歌子啦，还是咱们那会儿的歌子好，唱起来有劲，心里有劲。

老王，先等等，我先问你件事情。朱厅珍脑子不会真有问题吧？你看，我们的老伴儿都不在了，哪个也不像她啊！你瞧，遗像搁在床头，整天冲着相片唠叨，什么都说，饭吃得舒不舒服，做了什么梦，去哪里转了一趟，连屎拉不出来也要讲。我这个大活人坐在旁边她几乎没什么话，整天只对着一个死人叨叨。我被她吵吵得心烦，已经连续几个晚上都失眠了。养老中心管不了，她的儿女也不管吗？

王孟英颤巍巍在床尾坐下，摆着手说，她是心里不舒服，折腾出一些事情来，好让别人关心她。王孟英边说边把抖个不停的右手搁在手杖上，然后掏出手绢，抹了一把嘴角的口水，继续呜呜哝哝地说。她太懒了，啥都不做，以前都是她老头子照顾她，做饭，洗衣服，喊她洗澡，给她打饭，她啥也不做，整天东逛西逛，回来就吃，躺下就睡，什么都不操心，还常常骂人，嫌她老头子嘴头子笨人太老实，不是说人家饭菜打得不够分量，就是怪人家买水果乱花钱。

王孟英说得多了，没来得及擦嘴，一串晶亮的口水掉在了衣襟上。

慢慢说。崔梦珠伸手扯了张面巾纸，帮王孟英擦了擦掉在衣襟上的口水。

停了片刻，王孟英继续说。朱厅珍性格不好，除了她老头子，跟人不说话的，你别看她整天东逛西逛的，可是交不上朋友。打饭的时候，谁要是不小心碰她一下，她转过脸就训人。她篮球投得好，十个球能投中九个，上回比赛，每层楼出一个人，我们让她代表大家参加比赛，她说什么都不肯，也不说理由。她比我住进来早，但是她没有朋友，只对她老头子霸道。这不是，人突然走了，她这才知道别人的好。

都一个多月了，没有人来看过她。

她的儿子在西安，女儿在身边，她老头子没死之前，女儿倒是常来。

我给护士长说过她的情况，也没见有人来管管。

不管用，之前都说过的。她老头子刚死那阵子，楼里好多人都来劝她，劝她想开点。我也劝过，当面劝好了，答应先把相片收起来，一回头，又放上了。时间一长，谁都懒得理她。要说脑子，也看不出别的什么毛病。

她要这么吵吵下去，我可没法儿在这里住了。

在你之前，有个叫马玉珍的，也是忍受不了她，走了。

去哪儿了？

没有房间调换，只能回家。

今天唱的歌子是《洪湖水浪打浪》，崔梦珠心绪不宁，勉强唱完第一段，轮到王孟英，她却连续两次都没能唱到第三句。

天热了，我的气不够。王孟英用手绢擦擦嘴，挪着步子在崔梦珠的床边缓慢坐下，呜哝哝地解释道，最近几天总是觉得气紧身子乏。崔梦珠这就从抽屉里拿出一包"黄芪颗粒"冲剂，推荐她去买这种药。王孟英伸伸僵直的脖子，说，有，我也有。

歇了一阵儿，唱歌还是没能继续下去，王孟英离开的时候嘴巴哆嗦得更加厉害，右下眼睑也似乎又向外张开了许多。

下午这个时间，是房间一天里最闷热也最安静的时间，朱厅珍知道崔梦珠她们要唱歌，所以每天午休起来便自动消失，像是躲避，也像是内心尚存一些人情世故。崔梦珠从没问过她去哪里，难得的清静，她求之不得。楼道寂静而凉爽，灰蓝色的地板一尘不染，穿堂风踩着滑轮，大摇大摆地驰来飞去。崔梦珠打开屋门，好让房间降降温。

身上凉快下来，窗下工地的嘈杂声似乎也远了许多，崔梦珠伏在写字台边，拿出日记本，翻到一周前的"芳草湖记忆"，打算继续往下写。但是刚把笔帽儿拧开，崔梦珠又想起了那只消失的空信封。那个牛皮纸信封为什么是空的呢？因为遭了水灾，里面的宣纸信笺成了一层烂絮，揭都揭不起来。当时——也就是二十年前，她从二十多封泡在水中的来信中只抢救出了这只信封。空信封是放在影集里没有的，崔梦珠盼着有一天她打开影集，信封又自个儿回来了。这样一想，崔梦珠心下一阵冲动，这就给大儿子钟子晨打了一个电话，嘱咐他下次来看她的时候，将影集完完整整地带来，而且千万别动里面的任何东西。

打完电话，崔梦珠的心思回到她要做的事情上。一周前，"芳草湖记忆"写到1966年的夏收，那是她到芳草湖的第二年。芳草湖是她当年插队的农场，她是北京知青。以前老伴儿钟铁兵在的时候她不能写，芳草湖成了她与老伴儿之间的肿瘤，一触即痛，老伴儿说她把魂儿永远扔在了那里。老伴儿走后，她仍然无法下笔，一是因为一个人在空荡荡的家里回忆过去，不易控制情绪，搞不好就会成为朱厅珍现在这副神经兮兮的样子；再一个，老伴儿一走她就写这些他忌讳的东西，仿佛在盼着这一天，这对一个共同生活了五十二年的人来讲，怎样解释都会显得无情和不敬。来到养老院之后，餐厅、楼道、操场……每天从早到晚，见到的都是一些年龄与她相仿的人，这些颤颤巍巍、摇摇晃晃、皱皱巴巴、啰啰唆唆、小气抠门、贪生怕死的人，有的让人亲近，有的令人避之不及，在渐渐熟悉了这里的环境之后，在掌握了与这些同龄人相处的方式之后，崔梦珠的心态发生了许多变化。她觉得自己不再是一个人，那些与芳草湖有关的记忆不再只是与她有关，同样也和这些苍老衰弱的面孔有关，她与他们，是一齐从那个时代走过来的人。为此她想起了更多的人更多的事，她的记忆开阔了许多，而她比之从前更想记住这一切，没有别的目的，只是希望记住，因为她一直认为遗忘是比死亡更可怕的一件事。

但是朱厅珍这些日子的表现扰乱了崔梦珠的心绪，她怀疑自己这样写下去，会不会有一天也像朱厅珍一样，成了一把揪住过去不放的老骨头，又顽固又自私，关键是招人讨厌。但她的写与朱厅珍不一样，崔梦珠为自己辩解。一方面，她是真的怀念那段岁月，那时候的年轻人都充满理想与热情，就像王孟英说的那样，心里有劲，有力量，他们为国家，为集体，为他人，唯独不为自己，不像现在的人，只为自己。当然，那个时代后来变了，变得乱七八糟，变得吓人，变得说的与做的完全相反，但是那些内心曾经充满力量的年轻人是多么叫人感动，多么让她难忘啊！另一方面，有些话，有个人，一直深藏在她的心里，如果不记下来，这个人就像从未有过一样，她的那段感情也像从未有过一样，那将是多么令人遗憾的事，因为那个人，那份情感，实实在在跟了她一辈子啊！崔梦珠这就想起那段岁月，想起那个戴着眼镜，眼睛总是冲着她说话的男人。事实上，现在的她，能够记住的，只有他的一双眼睛了，他离开这个城市已经二十多年了。但其实，在那之前，他的面容也是模糊的。

4

崔梦珠想起的那个男人叫常庆洲，他就是那只空信封的主人。

常庆洲与崔梦珠都是北京知青。一九六五年秋天，他们和二十多名初高中毕业的北京学生一起来到芳草湖农场。之前，他们两个不认识，暗生情愫都是之后一起劳动时才有的。常庆洲出身不好，母亲是"资本家"，父亲是"右派"，崔梦珠则是"旧军阀"。常庆洲认为他们这两个"黑五类后代"如果在一起，别说未来，即使眼前的日子也会雪上加霜，所以一直不肯表露心迹。就在崔梦珠为常庆洲的拖延与回避而苦恼之时，崔梦珠因为劳动积极，从连队调到场部，负责筹办农场的新华书店。书店开业了，是干打垒垒起来的一间黑乎乎的小土屋。最初的那些日子，人想象不到的多，识字的不识字的，年少的年老的，买书或者不买书的，都喜欢跑进来看一圈。逢到书店进新书，小土房则是一副要给挤塌掉的样子。书店当时只有崔梦珠一个人，购书、摆书、卖书、算账、打扫都是她一个人，天天忙得连吃饭的时间都没有，有时，即使饿得胃疼，也还得耐着性子回答那些问这问那的顾客。钟铁兵是本地人，高中毕业之后去东北糖厂学习制糖工艺，培训结束便成为芳草湖糖厂的一名技术人员，加之三代贫农的家庭背景，人也长得端正，那副少年老成又志得意满的骄傲劲儿，搞得大家都以为他真正的眼睛长在脑袋顶上，一定是要从天上娶一个高不可攀的女人回来。场部的新华书店开业后，钟铁兵经常去书店找制糖方面的专业书籍，去多了，便从找书变成了找人。钟铁兵哪里真的那么骄傲，三代贫农，不过是被时代形势硬推到浪尖上的浮光，私下里的家教与家风、品位与格调，他自己最清楚是怎么一回事，因此想方设法要去改变。崔梦珠是整天与书打交道的女知青，钟铁兵去了两次就认定，这个明媚大方的北京姑娘，就是帮自己去除身上土腥味的最佳人选。钟铁兵十分沉着，与崔梦珠熟悉后，又反复观察斟酌了一段时间，见她与自己说话的神情礼貌又温和，断定她并不讨厌他，甚至还有一些微微的好感，便瞅准机会，在一个秋天的傍晚守在书店外。那天，崔梦珠下班锁好门，钟铁兵也不顾忌旁边站着一位大姐，走上去直接开口，小崔，我等你下班，是因为喜欢你，我来书店其实不是为了买书，而是为了看你。崔梦珠的脸比西天的晚霞还要红，心想这人怎么这样，求爱这种事情还要当着别人的面，像是生怕别人都不知道似的。崔梦珠第一次拉下脸对钟铁兵说，钟技术员，请你不要开这种玩笑，随即大步跑开。钟铁兵受挫后，回去反思一周，下一次找到崔梦珠，口吻再也没有那么自信与坚定。小崔，我没有开玩笑，我是真心的，那天吓着你了，我道歉。崔梦珠眼睛看着钟铁兵方方正正的脸，心里想的却是常庆洲。她的脸没有上一次那么红了，说出的话却更让钟铁兵失望。我已经有朋友了。第二次被拒绝，钟铁兵仍然没有放弃，那层因为出身好罩在他身上的时代浮光在他失望至极时反而助长了他的狂妄。屁大的芳草湖，谁敢跟我抢女人！钟铁兵于是托人打听，崔梦珠的男朋友是谁。好事者与长舌妇果然不负所望，尽管崔梦珠与常庆洲并未道明心迹，却已被这些人看出了名堂。不仅如此，钟铁兵在知道常庆洲的名字之后，也让好事者与长舌妇帮他散发了一条消息，钟铁兵在追求北京知青崔梦珠。常庆洲本来就对两个人的关系没有自信，得知钟铁兵这么一个根正苗红的无产阶级接班人在接近崔梦珠，内心终于真正体会到了什么是雪上加霜。给钟铁兵这么一闹，常庆洲自然跟崔梦珠疏远了。但崔梦珠依旧心存幻想。那时书店里除了"红宝书"与年画，还有少量鲁迅、夏衍、巴金、高尔基、雨果的文学书籍，崔梦珠知道常庆洲喜欢读书，就自己花钱买下一些紧俏的好书，托人带给常庆洲，并随口捎去一两条信息，下个月中旬会进新书。那意思再明白不过，是希望常庆洲抽空上来看看她。然而常庆洲仿佛有意回避她，即使来场部办事，也是来去匆匆，令崔梦珠一次又一次地失望。刚开始，崔梦珠委屈地掉过眼泪，后来工作一忙，局势一乱，儿女情长的事情就淡下去。而钟铁兵始终锲而不舍，身边越来越多的人也在相劝。钟技术员又有出身又有本事，家又在本地，你跟了他，就当钻进了保险柜，没人敢打你的主意，如果你非要等到造反派找上你，那时候啊，就是玉皇大帝也救不了你。崔梦珠哪里禁得住这样的吓唬，又一想，钟铁兵并非不识字的大老粗，人老成，有心机也是时局所迫，毕竟，他望着她的目光总是诚恳的。崔梦珠的心思这么一滑动，钟铁兵在她心里的位置就越来越大，以后的事，便可想而知了。至于常庆洲，后来与某位北京女知青一起回了趟北京，返回芳草湖之后，两人就宣布了恋爱关系，那女知青的出身比崔梦珠好，也比常庆洲好。崔梦珠听说后，对常庆洲的愧疚，就被抵销了。

然而情思哪能就此抹去，后来二人先后离开芳草湖农场，一个在学校当了老师，一个由机关进了报社，同在一个城市，又同是北京知青，不期然就在一些场合见到了。那时虽然都有了家室，但不经意地相顾一望，反而更加能够从对方的眼中看到那缕完好如初的爱意。他们试着约会了两次，比如去中山公园看猴子，比如一起去爬北塔，游北塔那次，他们的手终于在多年的渴望中互相握了一阵儿，但随即又分开了。两次约会纵然弥补了一些当年的遗憾，二人却也都明白了今生尘世的情缘，只能止步于此。这样一想，他们倒都释然了。崔梦珠在心里对自己说，这样也好，永远做精神上的恋人与亲人。

大概五十岁那年，常庆洲举家迁回北京。无法再相见，写信就成了崔梦珠的寄托，似乎空间的距离同时加剧了她的思念和倾诉的热情，当然也感染和带动了常庆洲。这样的通信持续了三五年，有一天，常庆洲来信说，办了提前退休的手续，要去南方孩子的家生活一段时间，暂时先不要往原来的地址寄信了，等到方便后，他会主动联系她的。这以后，二人不再通信，只是每到春节，崔梦珠会收到一张寄自南方一个沿海城市的贺卡，而模糊的地址让她无法回信问候。再后来，连贺卡都没有了。崔梦珠能够理解，人在岁月里有许多无能为力的事情，她与常庆洲的感情,不会是写信就有不写信就没有的那种轻浅,他们彼此之间惦念了整整一生,两个人都已经在对方的血液里存活着。

常庆洲在崔梦珠与钟铁兵之间存在了一辈子,夫妻二人为此生出的龃龉足够他们分道扬镳无数次,但钟铁兵始终如战士一般捍卫着他与崔梦珠的婚姻,正是这一点,让崔梦珠从未后悔嫁给他并与他共度此生。钟铁兵没得阿兹海默症之前,曾经说了一句很重的话,常庆洲既不能与你同甘共苦,又不能保护你,他是个缩头乌龟,你到底惦记他什么呢?这句话深深地伤害了崔梦珠。她坚信了一生的事情,不仅被别人说成毫无价值,到头来连自己都开始怀疑了。那么真正的爱到底是什么呢?是义无反顾的拥有,还是撕心扯肺的放弃?那义无反顾里,全部都是真情吗?而被迫的放弃里,又有多少怯懦与逃避呢?崔梦珠想要看清和理解纠缠她一生的这份感情,以及生命中的两个男人,最终发现这是一件徒劳无益的事情,因为答案像一条游动在是与非之间的鱼,行动灵敏浑身滑腻,更多时候,她只能看到它隐隐约约的半条影子,或者是,它甩动身躯时掀起的一道水波。更何况,一日日衰朽的身体带来的不仅仅是病痛,还有各项身体功能的衰退,这其中就包括她的大脑。她的大脑已经无力并且拒绝处理——感情——这件最为复杂的事情。原来什么样儿以后就什么样儿,顺其自然吧,于是,在崔梦珠这里,钟铁兵是与她生活了一辈子的男人,常庆洲是她惦念了一辈子的男人,她不再去想怎样、如何以及为什么这类伤脑筋的事,她就让他们铁证如山地摆在她生命的天平上。

钟铁兵去世之后,孩子们都说过让崔梦珠与他们一起生活的话,至少不要一个人待在家里。崔梦珠拒绝了。就像一个人突然失去一条腿,再行走时,她得学会如何平衡身体。最初那段时间,比如和面做晚饭时,她会冷不丁喊一句,老钟,今天吃汤面还是捞面。或者,打算洗衣服的时候,她会冲着钟铁兵的卧室嚷嚷一句,老钟,把睡衣脱下来。但张口喊完她就会被自己的无意识惊醒，而每次从这种无意识的错觉中清醒过来，崔梦珠都要呆坐上好一阵儿。连同这种张口呼喊的无意识错觉一起发生的，是崔梦珠频繁地能够看到钟铁兵的幻影，不只是在家里。有一次她去小区菜店买菜回来，远远望见钟铁兵骑着一辆自行车拐进另一栋楼的巷道里。她急得又招手又喊叫，老钟，老钟，回来，咱们家是这栋楼。奇怪的是，她虽然知道那不是钟铁兵，但她还是忍着腿疼，急匆匆追过去，结果呢，当然是半条人影也没有看到。另一次，大儿子钟子晨来看她，开门进来之后，崔梦珠愣在餐桌旁，心脏随之卡在喉咙，良久，说出一句，老钟，你怎么回来了？大儿子钟子晨吓了一跳，但尽力平静地提醒了她，妈，是我。那是一段艰难时期，一个人的半边身子没了，还得拼命学会走路。时间每天都会来抢走一些东西，记忆、腿的灵敏度、视力、语言、力气、亲人……直至生命。

从那个艰难时期走出来差不多花了一年时间，在那之后，崔梦珠明白自己每天要做的事情，尽量把那些迟早要被时间夺走的一切多保存在自己这里一会儿。后来，在北京生活的一双儿女接崔梦珠去北京住了不到两个月。看到孩子们已经完全融入那个城市的节奏与秩序，她放心又迫不及待地回来了。那个城市，已经不是她的故乡，而是孩子们的北京了。在京期间，她打听过常庆洲的消息，得到的答复不是很确切，说是常庆洲肺部有病，一直跟一个孩子生活在南方。消息虽然模糊而滞后，崔梦珠还是松了口气，这么说，人还在，在就好。

5

星期六下午，晚饭后崔梦珠去楼下散步。之前下过一场雷阵雨，此时雨过天晴，和风清新而凉爽，玫瑰虽开至尾声，花香仍然阵阵飞来。崔梦珠走出楼门,望见凉亭下坐在长椅上的关间芬,关间芬的身旁,一位银发苍苍的老者微笑着坐在轮椅上,两个人正认真地说着什么。

老关,吃过饭了? 崔梦珠主动招呼。

吃过了,过来,来认识一下白教授。关间芬从前是位小有名气的话剧演员,就是去餐厅买个饼子,也要给脸上施层淡妆。白教授是社会科学研究所的教授,今年八十七了,顶级的专家学者,学问深得很。关间芬的朋友确如她自己所说的,全是有水平的人。

听说你也爱看书,我那里有不少书,你有空来翻翻。白教授看着崔梦珠,诚恳的眼睛里不知道为什么含着泪水。

白教授的房间大,家里的书差不多都搬来了。关间芬说。

我那里宽敞,又一个人住,你们有空多来,我们可以说说话。

白教授的夫人在上海,由女儿照顾,这里没有别的亲人了。关间芬在一旁解释。

崔梦珠想问问原因,又觉得这是别人的家事会多有不便,只能换一个角度问。

您只有一个女儿啊?

只有一个,老伴儿"文革"时脑袋受了刺激,精神不好,没法多要孩子。

两个人分开,很不方便的。崔梦珠说。

我在这里,女儿会少一点拖累。白教授泪光闪动的眼睛里渗出苦涩的笑。

三个人聊着白教授的工作、成就与荣誉,相互间认识的一些熟人,以及某次周年大庆时各自参加了一项什么活动。到了崔梦珠想问问白教授为什么能有那么大的房间,并且可以一个人住的时候,一辆信号闪动的救护车静悄悄地停在大楼的侧出口。这种时刻总是令人内心抽动,三个人立刻收了声,只是木然地看着救护车,谁都说不出一个字,仿佛害怕嘴里发出的任何一丝声音,都会引得死神拐头冲向他们。而稍远处,本来有几位老人要向这边走来,也因为望见救护车车顶闪动的信号灯而呆立于半道。

救护车在老人们寂静的注视中紧急离开,有意关闭的信号音丝毫没有消除每个人心中的不安。三个人连猜测这次是谁的心情都没有,车子开动后,他们望了望消失在树蓠丛中的车影,心领神会地点点头,各自回了房间。

上到四楼,每个房间的人大概都出来站在了走廊里,拄着拐杖的,推着走步车的,背着手的,垂着手的,扶着窗台的,个个丢了魂似的定在原地。

出了什么事?崔梦珠问第一个迎面碰上的人。救护车刚才把王孟英抬走了,人不行了,你没有看到?

一直到天完全黑透,崔梦珠仍然哈着腰坐在床头发呆,窗外亮起来的万家灯火,像是节日的焰火无尽地蔓延与绽放。崔梦珠几次想站起来去隔壁看看,问问徐爱玲,王孟英是不是真的"不行"了,但是她没有力气,整个人就好像一堆散了架的机器零件。不仅如此,她的耳边,不时传来王孟英的声音,老姊妹,来,咱们唱歌子啦,还是咱们那会儿的歌子好,唱起来有劲,心里有劲。

崔梦珠坐在黑暗里一动不动,窗外蔓延的灯光在她眼里,变成一粒粒发光的蝌蚪惊慌失措地窜上窜下。

老伴,我回来了!你没着急吧,我去湖边散步,蚊子咬了我一脸的包!

朱厅珍一边用钥匙捅开房门,一边冲着屋里嚷嚷。崔梦珠身子一颤,脑门惊出一层凉汗。

朱厅珍按亮灯光的一瞬,崔梦珠坐直身体,跟着恼火地瞪了一眼朱厅珍。

老伴啊，我在湖边坐了有两个小时，又围着湖走了一圈，边走我就边想从前咱们一起在湖边散步的情景。这个湖没有咱家跟前的北塔湖好，北塔湖热闹，娃娃大人都有，什么样儿的人都有，风景看熟了，就看人，什么出洋相的人都有。这儿的湖绕一圈都看不见人，看见了，不是坐轮椅的，就是半痴半呆的。可是我还要去，因为你喜欢在湖边散步，我是在替你走，替你看啊……

屁股刚挨到床头，朱厅珍就对着老伴儿的遗像开始叨叨，仿佛崔梦珠根本不存在。就要六月份了，她仍然穿着那件脏兮兮的羽绒背心，里面是件紫红色毛衫，包括下身那条牛仔布休闲裤，上上下下，一个月都没有换洗过。一头给帽子压得乱糟糟的白发顶在她又窄又小的脸盘上，皮肤暗黄松弛，因为上火，整个鼻翼周围的三角区都是红的，两片嘴唇呢，不均匀地分布着水疱，下唇比较严重，干皮、脓血、烂疤连在一起一直蔓延到右嘴角下。

别吵吵了！你疯疯癫癫的，还有完没完！崔梦珠脱口而出，瞪着像个叫花子的朱厅珍，心里说不出的厌烦，甚至连她带着陕西腔的普通话都厌恶起来。

谁没死过老伴儿，谁心里不难受，你想说出去说，别在这儿嘚嘚。屋子里又不是你一个人，你爱说我还不爱听呢。还有啊，你把你老头儿的像拿远点儿，别搁在柜子上，我瞧着瘆得慌。

朱厅珍半张着嘴，羽绒背心的扣子解到一半，好半天都没有反应过来。

你怎么了，你怎么能这么说，我跟我老伴儿说说话不行吗？

别装傻了，也别演戏了，你老头子死了，你在跟鬼说话。以前我是可怜你，想把你劝过来，可你倒好，说上瘾了。整天嘚啵嘚啵，跟个疯子一样。就你有男人，就你死了老头儿，就你可怜，就你心烧得疼？

这养老院里，比你可怜的人多着呢！没见有人像你这样没完没了的。

就是个鬼我也要跟我老伴儿说话，你要是不想听，你就走，上别的屋里住去。

你一直在打这个主意吧，你们一人一鬼，合着伙要把我赶出去！崔梦珠气得迸出了泪花，她出了一身的汗，手在抖，牙齿也在打战，心脏咚咚咚地捶打着胸腔。

为了把我赶出去，你装出一副可怜相，真想不到，你的心眼儿这么歹毒。我白关心你了，我的好心不如扔给狗吃掉。要不是没有房间，你以为我愿意跟你住在一起吗？吃饭不洗碗，上厕所不冲水，不洗澡不换衣服，我一直在忍耐你，像你这样又懒又不讲卫生的人，没有人会愿意跟你住一起的，除了你那死老头儿。

悲伤与愤怒混合在一起，泪水流下来，烫得崔梦珠的脸颊都疼。她走到床前，用力摁响床头的呼叫器，她要把值班的护理人员叫过来，让护理人员来看看朱厅珍扔在水槽里的脏筷子脏碗，看看朱厅珍死去的老伴儿的遗像是怎么在晚上冲着屋子里的每一个人微笑的。

朱厅珍完全不知所措，捏着羽绒背心的两个前襟角，嘴巴张开，却又说不出一个字。门开了，护理员小王冲进来。

奶奶，出啥事了？

你来看看，小王，这窗台上，摆的都是她的东西，她老伴儿的旧鞋子旧衣服都占着地方。还有水池子，天天扔着她的脏碗筷。还有这像，天天冲着我笑，不想看都不行。又不是我老伴儿，我看他做什么。放着这张像也就算了，天天又冲着像说话，还故意当着我的面儿说，什么可怜说什么，什么闹心说什么，天天演戏给我看，明摆着是要和死人一起把我往出撵。小王，这里我住不成了，再住下去，说不定哪天命就没了。你赶快给我想办法，这里我一天都不住了。

不过是吵架，护理员小王舒口长气。住在一间屋子里的老人们闹意见，就跟小孩儿们打架一样，天天都有发生。小王这就劝说起来，什么两个人住一起要互相理解互相宽容啦，什么朱奶奶家里没人来看她情况比较特殊啦，什么养老中心会想办法解决的啦，什么您别激动当心身体啦……总之说了一堆崔梦珠早就知道的事情。

护理员小王在屋里安慰崔梦珠的时候，另一位护理员在楼道里劝朱厅珍。

屋门敞着，晚风推开深蓝色的门帘一角，朱厅珍站在楼道里，哑着嗓子，呜呜呜地边哭边说。老伴儿啊，你看我现在和你说说话都不行了，人人都嫌弃我，说我脏，说我臭，死丫头把我扔这儿连个人影都不见。老伴儿啊，如果连跟你说话都不行，那我还有什么活头啊，每天跟你说说话我才能活下去啊！

你们听听，听听，她天天这么叨叨，谁能受得了？

崔梦珠喘着气跌坐在圈椅里，抖动的手指紧紧抠住扶手。

6

只睡了一个小时。崔梦珠觉得整个晚上自己都躺在一条摇摇晃晃的船上，但是身下空空的，她一直在担心自己会飘起来。凌晨五点，天空懒洋洋地睁开眼睛，淡青色的眼白贴在窗户的纱帘上，崔梦珠开始后悔，不管怎样，吵架不是一件光彩的事情，她是有文化的人，怎么能随便跟人吵架呢？更何况，吵架解决不了任何问题。

晨曦在窗外打着呵欠，窗下的工地响起断断续续的铁器的碰撞声，叮叮当当，细碎又凌乱，像是一个还未睡醒的人极不情愿地摔打着什么。隔着两张床之间的布帘，崔梦珠听了听朱厅珍一如既往的鼾声，面朝墙壁翻了一个身。片刻之后，她终于被昏沉的倦意拖入梦中。

再醒来时快到七点，崔梦珠小心地往卫生间走，风湿已经在开始改变她的膝关节的形状，还有她的双手，每天早晨醒来，它们都像是万幸地从搅拌机中拔出来的变形的骨头与肌肉。

朱厅珍的床是空的，床头柜上，朱厅珍老伴的遗像也没了。

崔梦珠脸也没顾上洗，迈着摇晃而焦急的步伐，来到四楼服务台。

小王，朱厅珍不在屋里。

崔奶奶，朱奶奶在湖边坐着呢。

她老伴的像也不见了。

小王打量着崔梦珠的脸色，挤出半个微笑，说，朱奶奶背在身上呢。

崔梦珠回到房间，望着朱厅珍的床头发呆。床头柜上，朱厅珍老伴的遗像虽然不在了，但是她仍然能够看到，那个遗像上的男人仍在朝她微笑。

连着四天，朱厅珍天一亮就离开了房间。起床前，她们两人之间拉着一道垂自天花板的布帘，崔梦珠也就看不到朱厅珍窸窸窣窣在捯饬着些什么，反正听起来鬼鬼祟祟的，一会儿开抽屉，一会儿揉纸团，一会儿又仿佛拿起剪刀嚓嚓剪开了一件东西。动作总是极轻极快的，连走路都仿佛翘着脚尖，末了，是往身上背那只斜挎布包的声音，因为那件脏兮兮的羽绒背心发出的尼龙布料的摩擦声像风中的野草一样哗哗作响。

几天里，崔梦珠与朱厅珍谁也没理谁。崔梦珠坐在茶几边缝扣子的时候，朱厅珍就拉起帘子躲在床上。朱厅珍便秘钻进卫生间的时候，崔梦珠就去楼下散步找人聊天。原本两个人打饭回来会面对面坐在茶几跟前吃饭，现在背对背各自坐开，吃饭的表情都跟吃毒药没啥两样。最气人的是，朱厅珍没再冲着老伴儿的遗像说话，但是她把老伴儿的遗像装在一只斜挎的布包里，走到哪儿，背到哪儿，仿佛崔梦珠会对这张相片干出什么谋财害命的举动。睡觉时，遗像放在哪里朱厅珍都不放心，便干脆将遗像压在枕头下面，这下好了，夜里她的梦话一直不断，嘟嘟哝哝，长吁短叹，真跟有人在她耳边说话一样，还都是呛人的陕西调儿，崔梦珠半个字都听不清。然而朱厅珍懒散和拖沓惯了，哪里能做到那么周密。有天中午，朱厅珍从餐厅打回一份炒削面，满满一大碗，趴在写字台上一口气吃完，这就胀得要上厕所。进去脱了裤子刚坐下，突然想起遗像没有拿，当下半提着裤子又跑了出来，崔梦珠正拿着碗往门边的水槽走，两人猛地撞上，崔梦珠吓得怔在原地，以为发生了地震，朱厅珍却只是惊慌地看她一眼，然后两步扑到床头，一只手提住裤腰，一只手抓着布袋，接着吸溜着红通通的鼻子，又闪进了卫生间。事情过去好一阵子，崔梦珠还愣在原地，气人啊，这叫什么事，真跟撞见了鬼一样。

　　朱厅珍还有一个变化，除了将老伴儿的遗像装在布袋里与自己寸步不离，她在房间待的时候越来越少了。早晨天一亮就出了门，早饭也不吃，要到中午十一点半打饭时间才会回来，午餐后休息两小时，之后又走了，一直到下午五点半，才口干舌燥神情痴呆地从外面回来，然后去食堂打饭。朱厅珍去了哪里？不止一个人告诉过崔梦珠，在湖上的凉亭里坐着呢！就那么一声不吭地坐着，真是个死脑筋啊！有天上午，崔梦珠也走到湖边，远远地朝湖心亭的方向望了几眼。倒真是那样，朱厅珍像根木桩子似的坐在亭子里，灰色的圆边短檐帽盖住了她的脸，好半天，身体都没有动一下。

　　这样一来，崔梦珠倒是真的清静了，除了午饭和午休时间，朱厅珍白天几乎不在房间。崔梦珠当然不能再为此挑剔什么，或者指责谁。现在的情形倒像是，她战胜了一人一鬼的朱厅珍夫妇，他们把房间让给了她。可是她却没有丝毫赢得胜利的喜悦。说来奇怪，朱厅珍的这种躲避与退让，跟王孟英被救护车抬走而后再未回来一样，都让崔梦珠感到，时间又从她这里夺走了两样东西，如果人生能够称重的话，她的重量一定又轻了许多。

六月的第一个星期二，上午十点，小王来查第二次房，将查房的时间登记好，小王开始打扫卫生。拖把拖到崔梦珠的脚下，崔梦珠问，小王，朱厅珍天天在湖心亭坐着，她不会想不通跳湖吧？

小王直起身子，惊讶中带着微笑，不会的，崔奶奶。

为什么不会呢？

朱奶奶不是那样的人。

那她这样是为什么呢？

她想去坐着就让她坐着吧。

小王接着打扫隔壁418房间，门开着，崔梦珠听见徐爱玲对小王嘱咐，老王走了，这屋里空下了，你们赶紧再安排个人来住下。

知道了，徐奶奶，这屋里空不下，想住进来的人多着呢。您先清静两天。

清静！你听我说，老年人不要清静，老年人就像王孟英一样，说没有就没有了，没有以后就永远地清静了，清静的时间长着呢！人才活几十年，清静的时间，那是没有尽头的。

时间像往常一样，装出一副从未来过或者安分守己的样子，从人们身边悄然走过，再顺手带走什么。每一天都在改变着，但是老人们是轻易觉察不到的。依然有老人打饭时说倒就倒在了地上，依然有同屋的两位老人因为一个要开窗一个不让开窗而吵到了护士长那里，依然有七十五岁的老人要求将党员组织关系从原单位转至养老中心来，关间芬依然每天淡施薄妆提着小坤包走在黄昏的林荫道上，音乐学院的张一华教授依然一头白发身穿旗袍目不斜视，徐爱玲依然看见崔梦珠就要凑到她鼻子跟前说几句是非……这就到了端午，端午那天，除了每人多发一个粽子，与往日没有区别。

端午过后第二天，午休起来，崔梦珠伏在写字台上，继续写她的

"芳草湖记忆"。记忆回到1967年的夏天,她写到,"才凌晨三点多钟,一声尖厉的哨子划破梦乡",这时有人敲门,崔梦珠应声,进来的是大儿子钟子晨。

妈,怎么您一个人?

老朱上外面转悠去了。

周末了,回家住两天吧。

不回,周末你们安排点儿自己的事情。

您要是想去哪里看看,给我打电话。我给您买了酸奶、鸡蛋,还有块酱牛肉,家里自己酱的。您要的影集,也带来了。

这影集可得好好保管,你们小时候的照片都在里面。

崔梦珠拿起影集摊开在小茶几上。

家里的信箱里,报纸都塞满了,还有一封信,挺厚的,北京寄来的。

信?谁会给我寄信呢?是子文的吗,还是你妹妹的?

崔梦珠接过大儿子递过来的信件,牛皮信封,是挺厚的。信封上的字迹既不是女儿钟子珊的,也不是小儿子钟子文的。寄信人的地址写得十分含糊:北京西城区。

都不是。妈,有可能是骗子,骗子的招数您想都想不到。要是不认识的陌生人写的,说什么您都不能相信。要不,您这就打开,我帮您一起看看。

崔梦珠盯着信封上的字迹,心里猛地感到不安,下意识将信压在影集底下。

不用了,我现在想看看照片。再说,我还没有糊涂到你说的那种程度。

房门自打钟子晨进来就一直开着,穿堂风进进出出,吹得十分凉快,走廊很寂静,似乎屏住呼吸要听崔梦珠母子说什么。崔梦珠满腹感慨地翻着影集,尽力回想每张照片的时间与地点,一些想不起来的,就从透明塑封取出照片，看看照片的背面有没有写下什么。有几张是什么都没写的，崔梦珠就惋惜地嘟哝，你说说我，当时怎么就忘了写上时间呢。钟子晨就帮她一起想，想来想去，也只能想个大概。再往下翻，凡是看到相片上有钟子晨的，崔梦珠会停下来多看几眼，再瞅瞅此刻坐在一旁的真实的脸，一寸寸地打量，像是不认识似的，直到钟子晨忍不住笑起来。妈，您怎么像几百年没见我似的？可不是，崔梦珠说，时间过得太快了，你现在的这张脸简直是你爸刻出来的模子，你们兄妹三个，就数你最像你爸。又翻过去两页，崔梦珠满意地舒口长气，拿起茶杯，呷了口茶。这本影集一直压在家里大衣柜抽屉的最底下，老伴儿钟铁兵离开之后，崔梦珠极少打开它，仍然是那个理由，一个人在空荡荡的家里沉湎于往事，会令悲伤徒然倍增，那缕时光尽逝、一切终将离你而去的钟声会寒凛凛地响彻骨髓，想都不用想，一定会击倒她的。孩子们都认为崔梦珠是家里最坚强的一个人，平常惯于忍让，到了当机立断的时候，又总是她最坚决。但是孩子们没有看到她脆弱胆怯的一面，更不晓得她也有一生未能斩断的情思。然而，看清和理解一个人是多么困难的一件事，谁都一样，她也就并不为此有所期待或者失望。这一刻，有儿子陪着她，她才在钟铁兵走后的两年里第一次翻开这本影集，再次见到她思念的这些亲人和故友的面孔。都是些年轻又美好的脸，未经时间摧残，梦的光泽还在脸上闪烁。影集翻过三分之一，崔梦珠已是悲欣交集。

你回去吧，我挺好的，崔梦珠对儿子说，什么时候我们回芳草湖农场看看。

已经不叫芳草湖了，去年就与旁边的烟湖农场合并后改成西湖小镇，当作一个特色旅游项目开发起来。

不管改成什么，有空你带我回去看看。

崔梦珠停在门口，目送儿子穿过寂静的走廊，突然发现钟子晨一向挺阔的脊背驼下去许多,满头乌发也有了谢顶的迹象。

7

崔梦珠已经顾不上那只消失的空信封,一向润红的脸颊此时因为不安变得有些苍白,她深深地吸了口气,拿起那封厚实的来信仔细端详。信封上的字迹潦草又漂亮,一望而知有着扎实的硬笔书法功底,笔画之间既有男人的刚硬,也有女性的秀美。崔梦珠直觉这封信非同一般,似乎是另一个世界的一扇门冲她打开了。她并没有着急打开,而是起身先关上了屋门。回来拿起信件,刚要用手去撕,猛然又停下,回过身坐到床边,从抽屉里取出剪刀,剪开封口之后,又在放下剪刀的一刻莫名其妙地听了听身后屋门的动静。

一厚沓信纸,紧紧卡在信封内,崔梦珠探手去取,一张彩色单人照掉在腿边。崔梦珠的心绷紧了,相片上的女人是二十年前的她。她记得这张艺术照,是她在五十五周岁那天专门跑去照相馆照的。她新剪了头发,特地穿上那件新买的藕荷色针织毛衫,戴了一根当年时兴的金项链,拍照前,又重新在嘴上涂了一层肉色唇膏。除了当时下嘴唇上火留下一个还未痊愈的淡红色疤痕,一切看起来都不错。虽然眼角与眼袋的细纹透露出岁月无情容颜已老的信息,然而与同龄人相比,她在照片上的微笑体现了她那一代人少有的自信与优越感。

当年,她是为了常庆洲去照的这张相片,相片洗出来之后,她也只寄给了他。

一沓信纸里,只有最上面的一张是真正的信笺——柔软的洒金宣纸,印着极浅的竖排网格线,书写由右至左,称谓、行文、落款皆谙熟古法之美。这张信笺之外,则是八九张直接从活页笔记本上取下来的作业纸,正反两面都写得满满的,字迹越过行线,仿佛那些意味着束缚的淡绿色横线就是要这样被压在字迹之下才能够使写字的人畅快地直抒胸臆，页码是手写在页眉当中的，页眉页角写的都是字，满满当当没有一处空白。

崔梦珠感到一阵眩晕，她做了一个深呼吸，拿起那张柔软的洒金宣纸读起来。

崔梦珠女士淑览：

　　晚辈常笑，乃慈父常庆洲之女。丙申年孟冬，吾父因病永逝。后，晚辈敛拾父亲遗物，得书信若干，其中尊前三封。展读琅函，获悉一是。今冒昧致书，一为告禀父音，以免弥添怀思，二为奉还旧书，但求人物两安。谨此奉闻，勿烦惠答。节哀顺变，顺颂慈安。

晚辈常笑谨禀
丁酉年五月初六

崔梦珠的眼睛模糊了，刹那间，那挤得密密麻麻的八九页纸上的字迹互相都冲撞起来摇荡起来。崔梦珠揉揉眼睛，揉出一摊又冰又滑的泪水。她的手开始颤抖，手臂上的汗毛孔如同渗进什么化学药水，刺得她又麻又疼。这是她遇到令她恐惧的事情时一贯的生理反应，年轻时就这样。她记得曾有过一双手，在她感到恐惧的时候放在她又麻又疼的手臂上。那是很多年前的事情，大概是她刚到芳草湖农场插队的那年冬天，农场组织返修干渠，那天她与伙伴一起在冻土坑下清理渣土，上面的冻土块突然塌方，几百公斤重的土块掉下来，砸断了伙伴的腿，她因为被压在伙伴身下，幸运地躲过灾难。被大家拖上地面后，她吓得跌坐在地上站不起来，那双手就紧紧按着她的手臂和肩膀，直到战栗退去。

崔梦珠将溢出眼眶的泪水擦干净，目光再次落在"丙申年孟冬"之上，她算了算时间，去年十月到现在，噢，走了有半年了。崔梦珠感到前额沉甸甸的抬不起来，脑后根下，又似顶着一截硬邦邦的木棍儿，硌得她脖子酸痛。她咬牙控制自己，尽快服下一粒降压药，又在舌下压了一粒丹参滴丸。遇此危急时刻，能够支撑她的，唯有药物而已。

那挤得密密麻麻的八九页纸，崔梦珠再熟悉不过。那是她当年最常用的一款备课笔记本，软壳黑塑料封面，200张活页，三块钱一本，每学期平均要用掉八本。那几年她成绩最大，也最为疲惫，除了带高中年级重点班的班主任，还参加了一个全国性质的科学实验班的教学计划，因此在教学任务之外，还要额外做一些收集、整理和分析工作。她如此地忙碌，也就没有时间去买专门的信纸，没有时间字斟句酌，没有时间让她的书写格式更富有一些诗情画意的格调。但这些不妨碍她的思念，不妨碍她的真情。

庆洲哥：

你好！你一定要把我恨得咬牙切齿了吧？

如果你真恨，那我倒反觉得心里舒服，如你不恨，我倒觉得我们的感情也就太平常了。也许我太自不量力了。

你想我吗？如真的想念，为什么不让我收到很多的信呢？还是老不对着心说话？不过，我虽知道你信中写的都是"假话"，还是很高兴。看着你的信，我的心里仿佛流着蜜糖水一般。这可见我的感情是真的。

你去年10月22日的来信及年前的贺卡都收到了。下边，就说说我为什么没有回信吧，看后你定会原谅我的。

这几个月里，我一点儿没有塞上儿女应有的粗犷，反而因为过度的劳累，差点儿送了命。十一过后，学校派我去参加自治区举办的一个教学研讨会,这是一个全区性的大会,主要讨论学习上的规律和方法,不可掉以轻心。这个学期一开学,我就参加了一个教师的继续教育班,每周五一天脱产学习。要学习就得有考核,这一学期到现在已经考了三次试。既然去了,就不能马马虎虎,好多人都得不到这个机会!再说,这么大岁数了,当然就比从前懂事和认真,而相对付出的代价也就大多了。

去年底,天一冷就开始咳嗽,之后加重,住了十天医院,是病毒性肺炎,差点儿送了命。现在想,如果有一天死亡真的先带走了我,你会悲痛不已吗?我当然希望你不要为此而伤身,但是,你如果不够悲痛,我又是万分失落的。我倒是希望自己在情感与生死问题上能够豁达通容,然而我又是个平常的人,哪里就可以那么豁达呢?你是怎样想这个问题的?你想过这个问题吗?你总是对我说得不够多,是你觉得不必说呢,还是你不愿意说?

出院后回到学校,教学工作又到了学期最关键和紧张的阶段。一个月下来,大家都说我瘦了、老了。哪能不老呢?上周我满五十五周岁了,生日我没有过,跑到照相馆照了张相,就是你收到的这一张。希望在你眼里,现在的我,还像当年的我一样。

说到这里有些难过。在一起时,我们不珍惜那纯洁的感情,分开了,此生不知何时再能见到。北京的亲人这几年越来越疏远,住房是他们的大问题,家家都那么拥挤,所以我也不愿意回去。四年前回京,仍然不敢见你,到底怕什么,自己也不知道,连打个电话都要鼓起天大的劲来,电话里也说不了几句话,挂上电话,人就像虚脱了一样。记得你回北京之前那几年,我在去二医院的路上多少次碰见你,感觉你假装看不见我,一种强烈的自尊心迫使我也只有过去。你临离银川前,我先后三次去你报社的门前,试图见你一次,想在你走之前再遇你一面,但也没有实现。最后,只好在你单位对面的小饭铺吃了一碗牛肉拉面然后回家。现在，每当路过任何一家牛肉拉面馆，我都会认为是在与你进行告别。我为什么会这样？难道走进你的单位，坐在你的办公室，与你说几句话就那么难吗？我不知道，我很后悔，同时也责怪自己，来到宁夏三十年了，为什么还是没有感染一点儿塞上儿女的粗犷风格。但除了怪我，你难道没有责任吗？

今天的信只能先写到这里了，我是抽空在办公室给你写的。写得很乱，只为你快点儿收到信，也盼尽快收到你的信。来信告诉我你的近况，及北京的事，这个季节，北京街头的玉兰花、连翘，还有海棠花，都开了吧？

梦珠
2.26

崔梦珠强忍悲痛，继续往下看。因为手抖得厉害，晃得字都花了，她不得不抬起头，闭上眼再次深呼吸，这才能够看下去。

庆洲，你好：

4月1日的来信已经收到。盼我的回信吗？我很希望你盼，我要是知道有人在盼我想我，我的生活会充满希望的。我不敢奢望自己带给你一片春光灿烂，只渴望我的信带给你欢乐。你的每封来信都有"见信如晤"这四个字，你知道，我是怎么想这几个字的吗？我觉得你在想念我，想见到我。我想得对吗？

你在九寨沟拍摄的照片我看了许多遍，真是打心眼儿里羡慕与你一起出游的同事，同时也思潮翻滚。往事历历仿佛就在眼前。你还记得那年五一，我们几个北京知青同游小口子的情景吗？还有，我们俩同游北塔和中山公园的情景，以及神秘兮兮的心态，虽然景色一般，然而心中多么温馨惬意啊。醉翁之意不在酒，在乎你我二人心相通。你回去北京后，再想过这些我们在一起的时光吗？

……

梦珠

6月23日

庆洲哥：

你好！每次收到你的来信，都是我的节日，真正的大节日，高兴得不知道饥渴，连平日里酸痛的腿脚也变得利索，走起路来又轻又快。到了给你写信的时候，心里的甜蜜与兴奋越升越高，让我觉得自己像一只热水袋，有时候，真担心里面的热气与热水会把自己胀破。你呢？你收到我的信或者给我写信的时候，心里是什么样子的呢？你总是不肯把全部的心里话讲给我听。但是我不怪你，你的信已经给我带来了无限的快乐，忙碌与疲惫的生活也因此突然间亮堂起来。这样已经够好了，我不敢奢望更多。

前些时候，我带学生们去了沙坡头，再一次感受"大漠孤烟直，长河落日圆"的壮观景色。虽然玩得很开心，但是因为想到我们曾同游此地，曾经也一起对着大漠孤烟和长河落日，而那些美好的场景已经全然不复存在，心里就有了些感伤。于是就一个人坐在沙堆上，想你想了好长时间。你是知道的，年轻时，我本不是一个儿女情长的人，但岁月改变了我，现在的我，动不动就会回想起从前，重温那些我们在一起的时光。

……

其实我很爱生活的，就是这一生无法让你体会我的生活才华。你不知道吧，我在阳台上种了葫芦、三七和猴脸瓜，你简直想象不出来它们长得有多好。那一阳台的绿,就是我生活的功绩,真想让你看看它们。

工作上,我仍是很努力地干,带班、教课,参加新教材研究班,组织学生演节目,进行体育锻炼……样样事情都没给咱们北京知青丢脸。也许不久就会有机会去北京出差,但愿到那时候我能够不再害怕,大大方方地去看你,再不会像你离开银川之前,徘徊在你单位的大门之外,扔掉了我们相见的机会。如果你能来银川多好,我会陪你好好转一转,不用再神秘兮兮的,坦然地,放松地,四处走走。最好,一起去一趟六盘山,让你重温心中的诗情画意。我又胡想了。

你可千万别再埋头于"围城之战"了,打麻将不是一种解脱。不知为什么,我最不喜欢这种游戏,对沉迷于此的人也不大看得起。记住了吗?你实在无聊可以写东西啊!你以前发在报纸上的文章写得多好啊!你可以继续施展你的才华,写点儿知青的事。我相信,你会写出更纯洁高雅的东西来的。

……

有件事要告诉你,上个月办公室楼上水管崩裂,水漏到楼下,刚好对着我的办公桌,早上来上班,桌面上和抽屉里全是水,书本、资料、备课本几乎都给毁了,最让我难受的,是你的信,我用皮筋捆成两扎,锁在抽屉里,给水泡了整整一夜,几乎都烂了,又无法拿出来晾,最后只抢救出了最上面的一只空信封,其他的全都扔掉了。你不知道我有多么痛心,估计家产丢了都不会这么痛心。自你回到北京,我们才开始写信,你也才断断续续对我说了当年想说而没能说出来的一些话。那些信对我来说有多么珍贵,你是无法想象的,而现在都给一场水祸冲没了。人生的意外总是防不胜防,被毁掉的总是那些最最美好的东西。这件事让我难受了好长一段时间。就写到这里,我不能再多说了,因为我又开始伤心了。

随信寄去贺卡一张,祝你一切顺利。

梦珠

8.13

时间伸出它的铁爪,一把掏空了崔梦珠的心。信在手中,崔梦珠将"谨此奉闻,勿烦惠答"这几个字反反复复看了许多遍。信里说,当年崔梦珠给常庆洲的信只有这三封,那么其他的二十多封信,都在哪里呢?常庆洲为什么只留着这三封信?不过这都是无关紧要的事情,连同那封丢失的空信封也都不再那么必要了,现在,此刻,以及往后,重要的事情是——这个她惦记了一生的人,已经不会再盼她、再想她了。那么,没有人想、没有人盼的日子,还剩下什么呢?

8

往事像退潮的沙滩,平坦,冷清,那些被海水留下来的海草、浮木以及碎贝壳……都成了大地上的一粒尘埃。崔梦珠坐在床边,眼望着窗外发呆,她左手撑着床沿,右手紧紧地攥住信纸,感到信中所言的自己、那个男人,以及发生过的那么多事情,刹那间模糊得她几乎认不出看不清了。但她还是这么笨头笨脑地坐着,像只快冻僵或者快睡着的笨企鹅,直到坐得两只肿胀的踝关节开始隐隐作痛,才抬头看了看墙上的时钟。崔梦珠有些惊讶,时间过得可真快,她就那么发了会儿怔,这就到五点了,这就到了打晚饭的时间了,打完晚饭,这一天就和过去的每一天一样,就都成了大地上的一粒尘埃了。想到这里,她赶快把信收起来,折好,按照启封时的顺序、折痕塞进信囊。没有一个抽屉是有锁的,大衣柜也没有锁,但是转念又想,锁什么呢,这个深藏了一生的秘密已经不再是秘密了。她这就将信放在床头柜里,想了想,又用儿子从台湾给她买来的那瓶风湿药压在上面,就好像用石头压住风中的纸张一样。接着她走进卫生间,用凉水洗了脸,梳整齐本来就不凌乱的半花头发,然后出了门。

楼道像条隧道,崔梦珠朝两头的出口望望,突然担心有一天自己走下去后再也走不回来。她这就有了一个想法。她住的这边楼道都是双数,从402到424,一共十二间房,都是双人间,有的是夫妻合住,大多数是丧偶的两个人住。她想,她得看看这些人都叫什么。她先是往左边走,从418走到424。每间房门上除了房门号,还有房间老人的姓名。

每间房门都挂着半截门帘,崔梦珠伸手撩开门帘,一间一间地看过去。姓名,性别,年龄,为了记忆深刻,她用当年记班级学生名字的方法,将每个人的名字重复三遍。边念她边想,这些人的名字真够奇怪的,她记得这些屋子里的人的脸,却怎么也不能将这些名字和那些脸对应在一起。秦八五,瞧瞧,这就是老秦头儿的名字,就是隔壁徐爱玲说的那个老流氓。下一间,哟,李毛小,这人是谁呢?如果不是这样去看,去记,她永远也不会想到会有这样的名字。这个名字也就像不存在一样。她心中一颤,如果她不被人认识,不被人惦记,不也就是不存在吗?她看着这些名字,一遍遍地重复,努力去记住它们,就好像自己也在被人呼唤,被人记住。

看完左边四间的名字,她往右走,也是先撩起门帘,然后重复念三遍。她知道自己如今记忆不好,即使念三遍也不能如她希望的全部记住,所以决定每天都这么看一遍,直到自己能把四楼的每一张脸对应到每一个名字上去。她有些惊讶,自己为什么有了这种想法,但是她很满意自己能这样想,并且能这样去做。她莫名地相信,她的这种行为，会像石头一样，将她一天天轻飘起来的人生紧紧地压住，拖住。

熟悉了四楼每间房门上的名字，崔梦珠坐电梯下楼。到了二楼，电梯门打开，门口站着两位老人，一个说，我要上五楼，另一个说，没有五楼。那个继续说，我要上五楼，另一个说，没有五楼，只有四层高，上哪儿找五楼去？我是数学老师，还弄不清个四和五？两个人站在电梯门口，仿佛说服不了对方，谁都不进电梯。崔梦珠想想，便对那个要上五楼的人说，你先下到一楼，再坐到四楼，就到五层了。那个人一听，这就得意地跨进电梯，站稳之后，伸着白花花的头，指着门外的另一个说，看，我说有五层就有五层，你还说没有，你老了，你脑子糊涂了。

电梯往下走，要去五楼的老人显得很高兴，挤眉弄眼地绽开笑容，然后冲着崔梦珠说，我在五楼住了那么多年，他说没有五楼。

崔梦珠问，您住五楼哪一间？

我啊，住502，都住十年了，那可是好位置，房价翻了好几倍。

您叫什么名字？

柴才良，你一说老柴，楼上都知道。

走出大楼，崔梦珠站在楼前空地上，回头望了一眼正在上行的电梯，她想自己说得没错，下一层，再上四层，就是五层了。尽管这栋楼从来没有五楼，但是这不算她欺骗了那个叫柴才良的老人。当记忆错乱，人只能靠他心中相信的那件事情来证明自己的存在。

快到晚饭时间，林荫道上，腿脚不好的老人已经在往餐厅挪步。二号楼楼侧的花圃里种着几株刺玫和一片费菜，刺玫花瓣尽落，费菜黄绿色的花朵刚刚绽开。崔梦珠一眼看见花圃旁的白教授，他双手交握，双臂架在扶手上，只身静坐在他的轮椅里。阵风掀起白教授雪白的头发，良久，他的眼睛望着前方，像是凝视着每一个走过眼前的人影，也像是什么都没有看到。崔梦珠没有上前打招呼，她想起自己答应过白教授,要去参观他一个人住的大房间,要去翻翻他的书,再和他说说话,但是她一直没有去。她想她得抓紧时间兑现自己的承诺,因为说不定哪一天,他们会真的像一张风干的纸片,连石头都压不住了。

再有三百来米就到湖心亭,崔梦珠停下喘口气,她的双脚脚踝这两天肿成两只白亮的大馒头,但这一刻脚上的不适感远远没有心中的虚飘感强烈,风从她的身后吹来,她始终隐隐担心,自己不要给风一把吹到湖里去。湖距离她住的三号楼有些远,她的腿不好,所以很少上这儿来。养老中心的面积真够大的,朱厅珍一天两趟,来回四次,怪不得吃那么多仍然那么瘦。下午五点的太阳还是挺厉害的,看一眼铺在湖面上的金黄就能够知道,被风一吹,滚动的湖面就起了火,再一阵风,火苗就跑起来,一层紧赶着另一层。崔梦珠手搭凉棚,不敢多看刺眼的湖面,但是视线一直没有离开朱厅珍灰色的圆边短檐帽。

廊桥和湖心亭都是赭红色,崔梦珠还是第一次走在廊桥上。风景真是不错,荷花含苞欲放,蜻蜓在水面上飞来飞去,垂柳倒映在碧绿的湖水中,四周一片静谧,比她与朱厅珍的窗外安静不知多少倍。

老朱,开饭了,回去吃饭吧。

经过十几天的沉默,再开口,崔梦珠不知该说什么好。她在朱厅珍斜对面坐下来,将拐杖放在长凳上,拿出手绢,擦了把汗。朱厅珍将装着老伴儿遗像的布袋抱在胸前,湖上的风似乎又将她的脸吹小了一圈,她平静又漠然地看着崔梦珠,仿佛她知道她会来,会说这句话。

你应该戴个帽子,湖上风大,吹多了,头会疼。朱厅珍嘴上的疱结了疤,右鼻孔上还有一粒红豆大小的火疖子,风迎面吹来,她半睬着眼说。

天天这样坐着,你受得了吗?崔梦珠环顾视线以内的湖面。

我么,还能上哪儿去?

以后，你说你的，还像从前一样，相片就搁房间里，别背来背去了。崔梦珠感到难堪，眼泪差点儿掉下来。

停了一阵，朱厅珍说，我这个人，失败得很，一辈子说的话都没有人爱听，除了能和老伴儿说几句。

以后，想说你就说吧，别再整天躲在这里了。

崔梦珠不能确定这是不是她的真心话，随之又意识到，她挨着房门重复三遍要记下那些门上的名字，也很难说就是她的真心所愿，也许这只是她没有办法的办法，如果她不抓住什么，如果她不往她的日子里塞进些什么，她那被时间一把把掏空的心与岁月，将怎么挨过余下的时光呢？

天黑之后，崔梦珠与朱厅珍各自按开了床头灯。朱厅珍将老伴儿的遗像重新摆在床头柜上。相片上的人，像任何远行回家的男人一样，冲着房间里他所熟悉的一切微笑着。崔梦珠静静地等待，等待朱厅珍像从前一样，对着相片上的人开始讲话。但是，她的希望落空了。

十点半，朱厅珍关灯睡去，窗外传来淅淅沥沥的雨声。雨落下来，有的挂在玻璃上，有的打在窗外的铁栏杆上，崔梦珠一边听着雨声，一边拉开抽屉。压在药膏瓶下的牛皮纸信封安静地躺在那里，崔梦珠猛地惊出一头冷汗，感到这一刻她才真正领会到这封信的含义，三封她自己写出的情书又回到了她的手里，一个让她没有料到的句号。这时雨突然大了，风也大了，崔梦珠紧握双手，强迫自己不去听那猛烈的雨声，仿佛那是一件极其危险的事情。

（原载《钟山》第 4 期）

骨 肉

马小淘

一

我十二岁那年,我妈妈和我亲生父亲私奔了。我知道这听起来好像一个颇具喜感的病句,好像二人转里那句——我只知道生我那天我妈没在家。这要是句玩笑倒好了,可是我妈真就那么潇洒地跑了。十二岁,被她和命运一起归纳成我人生的分水岭。从此,我从一个动辄唱着"请把我的歌带回你的家,请把你的微笑留下"的无知少女,变得满脸不苟言笑的早熟。后来我读大学时,一个室友一边谈起私奔的浪漫色彩一边做少女怀春状,我特想给她一嘴巴。私奔有什么浪漫的,私奔就是自私自利,自己酒池肉林,把别人扒光了扔到雪地里。

我记得那是个平凡的傍晚,爸爸骑着自行车接我放学,我们一路有一搭无一搭地聊着,没有电视剧里的诡异配乐提醒接下来会有节外生枝的情节发生。

妈妈不在家,屋里灯黑着。餐桌上早饭的碗筷没有收拾,小碟子里一块吃了一半的酱豆腐几近风干，委屈巴巴地暗红着。碟子下边压了一张撕得参差不齐的牛皮纸，上边七扭八歪地写着：

  张老师，我走了，先不带走张函，对不起。

  没有落款，但显然是妈妈留下的。她走得太仓促，乍一看，那一行潦草的字迹简直如同涂鸦，而压根不像一张离别的便签。最精彩的是，她可能是太着急了，写了一个错别字。我叫张涵，她写错了我的名字。
  如果是侦探剧，大抵会有人依据这错误的名字嗅到蛛丝马迹，推测出这是妈妈刻意留下的线索，她是被胁迫的，故意写错女儿的名字，便于展开推理。然而，她没有这么缜密的心思，她只是跑路心切。
  那一刻我觉得挺好笑，感觉逮住了妈妈的把柄，她随随便便写错了我的名字，下次她再批评我做题马虎，我要拿这个作为有力的还击。我没有清楚地意识到发生的到底是什么。这事是有点不寻常，但是好像也没什么大不了的。我妈本来就是嚣张任性天马行空的角色。所谓离别，是在一次次对那个傍晚的回忆中逐渐清晰的。
  爸爸颓然坐在餐桌旁。忽然很有点蔑视地盯着我。
  "你不是我亲生的。"他有几分恶狠狠地说。
  我不知道该接点什么，他一语道破的不是天机，对我来说却比天机更骇人。
  "你妈，和你亲生爸爸跑了，我被甩了。"他接着说。
  "那我呢？"
  "看不出来吗？你也被甩了。还他妈甩给我了。"
  "我会为你养老的，请别杀掉我。"我一时不知道该说点什么，还无师自通地学会了为生存担忧。

"你以为我缺人送终啊？你这种苟且劲儿真像你妈！"他朝我大喊。

"什么叫苟且？这个词我好像没学过。"

"苟且就是，为了活，过一天算一天，什么事都干得出来。"

"嗯，懂了。但是我妈她跑了，她没过一天算一天。我才是真苟且，我不跑。你对我动点恻隐之心吧。恻隐之心，我新学的。"

"我在你说这些废话之前已经动了，我是成年人，不跟没用的人清算。我现在没什么心情吃饭，也不想给你做饭。"他犹豫了一下，接着说，"其实，我现在不太想面对你，你回屋睡觉吧。明天还要上学。"

时间也就是五六点，这个人竟然让我回屋睡觉，但是我不敢反驳。我知道我妈疯了，他说的应该都是真的。

"晚安。那个，我以后还叫你爸爸吗？"

"你觉得呢？"

"晚安，爸爸。"

然后我就真洗漱上床假装睡觉了。事情发生得太突然了，我根本还没理清头绪，就被裹挟进了肃杀的氛围里。在此之前，爸爸说话的方式并不如此刻薄。他绝对是个慈父，在每一个该讲原则的瞬间都会板不住脸。妈妈说他一直以来的做派叫作惯子如杀子。当然，那时候我以为他是我亲爹，对我多好都是应该应分的。所以当我被通知，他不是亲爹的时候，我忽然意识到自己遭遇了什么。之前和美幸福的家，原来一直是个危机四伏的肥皂泡，两个大人彼此心知肚明，只有我一直活在假象里。我妈和我亲生父亲跑了，而我叫了十二年爸爸的人，和我没有血缘关系。我竟然是个非婚生子，身份不仅尴尬，简直还有点肮脏。现在他们不管不顾跑了，还没带我。

爸爸让我上床睡觉，我根本不敢提出其他意见。我还是有些惶惶然，生怕他还没考虑清楚。对他来说，我就是个狼崽子，也可以算作仇人之女，留着我干吗？当人质？慢慢折磨？越想越觉得凶多吉少。或者他万一图痛快，明天一睁眼，我已然被他扔到垃圾箱里，或者被送到孤儿院了。反正送回姥姥家姥姥也不会要我的，我感觉她连我妈也不怎么喜欢，她心思都在我舅舅身上。平心而论，这些年最喜欢我的还真就是我爸爸，但他现在已经成了我养父，还是被我妈戴了顶硕大绿帽子的养父。我以后的日子能好过吗？就算他不会追究我，我也不好意思再像以前那样在家里又作又闹，要漂亮衣服、要高级钢笔了。我得像《鹤的报恩》那样，把自己的羽毛拔下来织到布里，报答养父的大恩大德。

我真是无家可归，被亲生母亲抛弃，又忽然多了个素未谋面的生父。这种凄楚的身世在武侠小说里大概还要更夸张，我可能还会被生父的仇人打下山崖，但是又会大难不死，很快在山崖下获得秘籍，最后还会有可能不止一个侠客英雄无缘无故地爱我，非要为我肝脑涂地。然而生活不是主角开挂的武侠小说，就算是，我也未必是生活的主角。我可能就是那种命不好，一直不好，到最后也没什么转机的配角。

我只是短暂地哭了哭。后续的眼泪要涌来时，我竟然劝住了自己。以前我只要一哭就停不下来，非要别人好言相劝或者赔礼道歉。这回我陡然明白了什么叫欲哭无泪，所谓一夜长大，真不用提前练习。真他妈时势造英雄。

第二天我起来做了早餐，其实也不能算做，我就是把冰箱里的面包、果酱拿出来摆了摆，又冲了两碗芝麻糊。我收起了桌上那张边角参差的牛皮纸，我要永远记得那个错字。从前我根本起不来床，从来没用过闹表，都是妈妈叫我，第一次只能叫醒两根手指。我会从被里伸出两根手指，哀求：再睡两分钟，就两分钟。

那一天我学会了用录音机定闹钟，以便早早出现在客厅。

爸爸起来看了一眼餐桌，又看了一眼我。

"少来这一套,除非坚持一辈子。"他说。

我放下手里的面包就回被窝了。我已经很难准确描述出当时的心情了,愤怒、羞耻,还有点放心。我大概一直知道他其实是个君子,越表现得委曲求全只会显得自己更滑稽,不如就死猪不怕开水烫吧,应该不会被撵到大街上的。

二

我上学,他上班,我们像一对普通的单亲家庭的相依为命的父女。郁郁寡欢一点也是正常的,至少外人看来,我们这种有变故的家庭,总要有点垂头丧气才符合剧本,我妈抛夫弃女和野男人跑了,我和我爸都是受害者,我们一时半会儿还没法从打击中走出来。

爸爸以前也不是个话多的人,现在变得格外少了些。他表达苦闷的方式也真没什么新鲜的 —— 少说话,多喝酒。他的举止做派都和电视剧里那些被绿了的好人差不多,让我怀疑他到底是真想喝,还是在模仿那些人。

他依然每天接我放学,虽然那时候我大多数同学都自己回家,不用家长接了。他没有提出不接了,我也不敢说,每天放学,他扶着自行车和一群低年级学生家长挤在一起,等我出来。有一天我甚至看到他在吃冰淇淋,是那时刚刚流行起来的美登高,比小时候的冰棍卖得贵一些。车筐里放着一根,大概是留给我的,我走过去,他递给我。我们之间形成了某种别别扭扭的默契,可以不说话的时候就尽量不说。谁也没有通知谁,但是就这样仿佛一蹴而就地形成了,十二年的欢声笑语顷刻间灰飞烟灭。

他会在离家最近的仓买买两瓶啤酒,也不多喝,但是和从前的不喝比起来,还是有借酒消愁的意思。有时候他做饭,我就跟着吃。有时候他懒得做,就给我两块钱,能买一个面包一根火腿肠。

我绝对没有遭到任何虐待,也不是冷暴力。只是我们心情都不太好,或者说是非常不好,谁也不知道说点什么合适。好像彼此的伤口都还没有结痂,如果非要拥抱在一起,可能粘连,重新流出鲜血。淡漠、冷硬的气氛正搭配我们的心情,如实呈现痛苦比假装开心容易多了,毕竟我们在学校、单位多少都要做戏,表现出一切尽在掌握的勇气。

奶奶作为外围的当事者,表现得异常暴躁。她只要一看我俩就克制不住大骂我妈,一骂就停不下来,很多时候以哭声收场。她总是用重复的词语声讨妈妈,数落爸爸无能,说不知廉耻的儿媳妇和窝囊废儿子让她抬不起头来。一想到儿媳妇和人跑了,她就吃不下睡不着,好像最为这件事困扰、可能一生也走不出阴影的是她。我们因为不想反复面对她的愤怒,降低了去奶奶家的频率。

"奶奶知道我的真实身份吗?"一次从奶奶家回来,我问。

"你有什么身份不身份的?"

"你明白我的意思。"

"不知道。"

"一直不知道?"

"原来只有我和你妈知道,现在加上你,应该就三个人知道。不对,也许你亲爸也知道。"

"你就是我亲爸。"

"忠心不要表得太早,显得很虚伪。"

"你不告诉奶奶吗?"

"算了。让她多骂几句窝囊废也没什么不好意思的。她挺喜欢你的,这个让她知道了,比你妈跑了打击大多了。她本来也不喜欢你妈。告诉她对咱俩都没什么好处,不仅你,我也会更艰难。咱俩就忍辱负重吧,别给你奶奶添堵了。"

后来我每次见到奶奶都觉得特别鬼鬼祟祟。尤其是她刀子嘴豆腐心，比以往更勤地给我买新衣服穿。我知道她觉得我没妈可怜，比以往更怜惜我。可这一切的前提是，我是她亲孙女，我是她儿子的亲女儿。她不是没事瞎关心全世界，给没妈的孩子送温暖。她只关心她的一亩三分地，关心她孙女。而我其实是个冒牌货，哪怕我妈没跑，我也不是她亲孙女。揣着明白装糊涂，骗吃骗喝，我的心里并不舒服。

我们家的情形就是《红灯记》：爹不是你的亲爹，奶奶也不是你的亲奶奶。你姓陈，我姓李，你爹他姓张！

据爸爸说，我爹他姓刘，叫刘雨刚，和我妈青梅竹马，两家住得不远，是小学同学、初中同学。我妈高中毕业时，他已经进了工厂，顺道因为游手好闲而小有名气。据说我姥姥顶看不上他，说他三岁看到老的没出息，一脸倒霉相。所以妈妈和他谈恋爱也是偷偷摸摸的，俩人不到二十就眉来眼去，二十二岁出双入对，在工厂是一对引领潮流的流氓。这是爸爸原话——一对引领潮流的流氓。搁在别人嘴里，可能是一对璧人，在他这儿归类为一对流氓，也算合情合理。后来的岁月里，我发现了他对"流氓"这个词的偏好，几乎稍有点出格之举的，他都会以流氓两字相赠。说回我亲生父母，据说两人山盟海誓认定了彼此，我姥姥纵使一百个看不上刘雨刚，也架不住自己姑娘铁了心，也就睁一只眼闭一只眼了。可这时候我爸爸，也就是我养父杀出来了。我爸爸作为群众艺术馆的新职工，被派去我妈他们工厂体验生活。他从师大美术系毕业，彻底结束了画家梦，浑浑噩噩被分配到群众艺术馆，彼时正沉浸在无法实现理想的苦闷中。不过说实话，即使我对他充满敬仰，我也必须承认，他的画乏善可陈，无非一些中规中矩的临摹，和所谓艺术毫不沾边。体验生活中唯一的亮点就是我妈了，爸爸说妈妈那时喜欢穿粉红、明黄、宝蓝、葡萄紫等等饱和度很高、存在感很强的颜色，在当时的女工中并不多见。因为色彩的关系，她站在人群里永远是出挑的，当然，肯定更因为长得好看。一个美人如此张扬，才叫耀眼。

"我那时候刚看了个外国电影，叫《叶塞尼亚》，女主角是个美艳奔放的吉卜赛女郎。那气质和你妈妈太像了，热情、大胆、野路子，还有种娇憨，和周围其他的人不一样，尤其和学校里的女孩不一样。"爸爸如是说。

可能是受了这番言论的影响，后来我看到妈妈年轻时的照片，觉得她一眼望去就是个浪迹天涯的人。这种人不该被娶回家，她不是安居乐业的命。

"然后，你就频频示好，从刘雨刚那儿抢了我妈？"

"默默示了示。你妈肯定能感觉，她一看就是心思不往正地方使，对男女的事却非常敏感。我心里清楚她肯定看不上我，而且人家已经有了男朋友，我还硬往上冲就不太道德了。"

也不能算是卧薪尝胆，反正在工厂体验生活半年，本就要天天去上班。然后就不知道是劫还是缘地赶上刘雨刚出事了，他偷了车间的配件拿去卖，尝到几次甜头变得越发大胆，多次铤而走险，终于被逮了个正着，直接就被开除了。那时候正赶上"严打"，刘雨刚怕开除还不算完，再被抓进去蹲个十年八年，越想越害怕，就跑路了。在那个街口看公用电话的王大妈帮喊一下，没有手机、BP机，没有网络的年代，好像没来得及和我妈告别也是合理的。于是，骑着自行车下班的我爸，碰到了在长椅上哭的我妈。他劝了一会儿，把我妈送回了家。这一送不要紧，立马就被我姥姥盯上了，一个一看便知是知识分子的纯良小伙子，还在群众艺术馆搞绘画，不知道比偷东西被开除的刘雨刚强了多少倍。我姥姥对我爸异常殷勤，再加上刘雨刚的消失，我爸备受鼓舞，仿佛看到了某种希望。

而真正促成我爸妈结合的，其实是我。这时候我已经悄悄来到了人世，静静藏在我妈的肚子里。很荒诞的是，恰恰是我的到来，把我妈推向了不是我亲爸的男人。

"刘雨刚跑的时候知道我妈怀孕了吗？"

"这很重要吗？"

"当然重要了。知道不知道能决定他是臭不要脸还是不要脸。"

"他好像知道，你妈告诉他了。"

"真他妈不是个东西。"

"不要轻易说脏话。你是个女孩。"

这是几年后我通过断断续续的谈话梳理出的他们三小无猜的故事。时间的流逝终于使我们可以越来越平静地谈论那个离开的女人，我也终于解开了好奇，我怎么可能另有生父。他们结婚十二年，我十二岁，而我却是其他人的孩子。原来，用现在的话说，我爸就是备胎、接盘侠、喜当爹。由于我的迅速壮大，他俩闪婚了。在这桩看似郎才女貌、速战速决的婚姻中，我爸飞快地成了一个神不知鬼不觉的后爹。我想起电视剧里夫妇不和时，总有那么句台词——孩子是无辜的。我太讨厌这句台词了——废话，我当然是无辜的。可是我好像又不太无辜，因为我来了，我妈才火速嫁给了我爸。

"你从一开始就知道，我是刘雨刚的？"

"知道。你妈这点倒是磊落的，我追她，她就告诉我她怀了刘雨刚的孩子。我怀疑她和我结婚主要就是为了合理合法生下你。她掌握着全部的主动权，利用了我对她的迷恋。你妈妈就是那个工厂的巨星，她在那儿虽然是个工人，却比厂长得到的爱还多。我相信不是我，还会有别人愿意。所以即使在那个时候，她的姿态也没低过。"

"你难受吗？"

"说实话，我有点记不得年轻的自己是怎么想的了，好像也痛苦过，但更多是一种幸福，我为了得到你妈而感到由衷的幸福。更重要的不是婚姻，而是美。劳特累克说过：美丽女人的曼妙身姿并非为爱而生，它太精致了。"

"谁？"

"我喜欢的法国画家。你别打断我，我要说的是，我被你妈妈的美折服。她爱不爱我不那么重要，我为自己可以合法地、近距离地欣赏她的美而满足。尤其是你出生的瞬间，我觉得你就是我的孩子，我甚至觉得你长得像我。人要是渴望活在假象里，有一丝一毫的可能，他也不想戳破。我一度觉得，你妈妈可能已经爱上我了，你抱着娃娃跑来跑去，她边嗑瓜子边看电视，周末带着你去公园转转，没什么太新鲜的，平顺、踏实，我觉得这就是我想要的全部。直到你亲生父亲回来了，我察觉到你妈神不守舍，电视照样看，饭照样做，但是我能感觉到她微妙的紧张。她甚至开始像刚认识时那样，不由自主地管我叫张老师，我知道一定发生了什么。"

"你知道？"

"我没料到是刘雨刚阴魂不散，我以为是你妈外边有了别的什么人。结果我一问，她就说了，是刘雨刚。我真是五雷轰顶，你们完完整整一家人都凑齐了，我这位置不是一般的尴尬啊！因为你也是他的，我好像连打他都不合适。你妈也不是完全不痛苦，她两边跑，但是她对咱俩都还可以，请原谅我按驻地划分，把你归为我这伙。我都知道的，事情就是这么棘手，我得装君子啊！我也是太自信了，觉得十几年过去了，我们过得不能算恩爱，也至少是和谐，这么安逸，这是谁也舍不下的。我还鼓励她，说忠于自己的心，人是可以爱两个人的。可是她自己坚持不下去，她说她太难受，决定舍一个。没想到她那么果断，舍的是我，还没怎么犹豫。出局的是我！我细想这还真有点不对，虽然道德是可以超越的，但法律还是顾忌顾忌得好。我是合法夫妻啊，我是受保护的那个，她按先来后到，那可是街道大妈的逻辑啊！"

三

  我学习成绩特别好，因为心里装着低人一等的秘密，我知道我必须要成为学业上的佼佼者。唯有所谓优秀，才能掩盖某些先天不足，我的身世已经是一个巨大的失败，我只能在能掌控的部分赢回一分。至少我希望，开家长会的时候，爸爸可以感到一丝骄傲。这个原本和他毫不相干的乱七八糟的孩子，吃他的，喝他的，哪怕让他有一刻觉得值得。

  小学毕业后，我和爸爸搬离了那个邻里邻居鸡犬相闻的家属区，住进了商品房。爸爸虽然无缘成为大画家，但是画点油画把家境搞到殷实的地步还是可以的。我是非常雀跃地搬家的，毕竟作为那条街的重点保护对象，我始终无法以昂首挺胸的姿态出现。连号称格外古怪乖张的自行车棚看车大爷都对我格外关照，别人存车他正眼都不看，我和我爸一去，他总是关切地问，晚上吃点什么啊？两个人的晚饭不好弄啊。干吗老强调两个人，您这儿还一个人呢！商品房的好处就是永远不需要和邻居社交，再也没有人以过度关切的目光看我了，我知道大家都是好意，但是那些悲悯的目光好像一种提醒——你妈和别人跑了。而这提醒每次又会触动更不为人知的部分，不仅是跑了，她还是和我亲爸跑的呢。有时候我觉得，邻居们的好意也带着某种站着说话不腰疼的成分，政治正确地看别人家的笑话，只要掩饰好猎奇，假装悲悯就好了。

  随着远离旧环境，伤口也在慢慢愈合。我与爸爸除了那些简明扼要的对话，也会有许多其实没什么特别，却意趣盎然的瞬间，我们越来越像一对真正的、毫无可疑之处的父女。我初中的班主任姓熊，报到第一天我看到长得怒气冲冲的熊老师，第一次觉得有人能和自己的姓氏神来之笔地匹配。回家我与爸爸提起，他兴致勃勃和我说起很多可以做姓氏的动物名，比如马、牛、虎、鹿、燕、龙、骆，甚至我们翻起了字典，查了猫、驴、鸭、猪等等，竟然发现鸡和狐也是可以做姓氏的。从来没遇到过姓这俩姓的人，鸡小姐、狐先生，哈哈，听着好像有什么别的意思似的。他也经常带我去公园、游乐场，我被指挥着在各种景点到此一游、笑对镜头。那时候相机还是胶卷的，一卷二十多块钱，才三十几张，拍完还要拿去冲洗，挺金贵的。洗出来要是哪张闭了眼睛，他还要怪我浪费钱。

"下次别照了，我不怎么喜欢照相。"

"你这是像谁啊？你妈最喜欢照相了。下次你好好配合配合，省得有人说我苛待你，有照片为证。"

"我当然是像你了。"

这中间我妈回来过一次，大概是我十四岁时，她回来和我爸办了离婚手续。据说民政局周六周日不办公，所以她是工作日回来的，只停了一天。而那天我正上学，回家后发现床上放了两件新外套，一件新马甲。非常明艳的粉色和黄色，它们无一例外都小了。我偷偷试了试，腋下非常紧迫，不及时脱下来可能会撑变形。看来，我真是比她想得顽强，在没有母爱的地方，我成长的速度已经超出了她的预测。爸爸问三件衣服是送给姑姑家的妹妹还是要留着做个纪念。我反问有什么可纪念的呢？他还是默默留下了一件，收在了我衣柜最下边。

那时候我已经开始来例假了。我还记得初潮的情景。有天早晨我正在刷牙，爸爸欲言又止地出现在门口，他咬了咬下嘴唇说："你看看你内裤上有没有血？"说完转身退到了客厅。

我狐疑地脱下内裤，真有血。我意识到自己是来了生理健康课本上所讲的月经。

"怎么办？"

"我去买。"

我回到卧室，发现床单上有血，爸爸一定是看到了床单，推测出了我的情况。

彼时女孩都很回避这个话题，生理健康课上老师讲到月经，大家都讳莫如深，有的还做出夸张的懵懂，都急着和月经划清界限，一副谁也没发育那么早的奇怪模样。

"这个东西要多长时间一换？"我指着卫生巾问爸爸。

"具体我也不知道，可能几个小时吧。"

"能坚持一天吗？我不想在学校换被同学看见。"

"又不是在操场换，你在厕所弄谁能看见？"

"我们学校厕所是开放式的，没有门。"

"你等会儿，我打电话问你姑姑。"爸爸犹豫了一下，"你自己打电话问你姑姑呗……算了，还是我打吧。"

那是个没有网络的时代，现在不成问题的事，都要颇费一番脑筋。和姑姑通完话，他说中午去学校接我吃饭。

"我上午先去学校周围几个公共厕所转转，当然只能以男厕所的情况为参考。我接你出来吃午饭，顺道带你去上厕所。"

"那卫生巾你带着行吗？"

他冲我翻一个白眼，答应了。

中午他站在学校门口等我。

"你走路的姿势太吓人了。是想告诉全世界你用了卫生巾吗？"他撇着嘴说。

"有那么明显吗？"

"是的。两条腿劈着，非常不自然。"

初中余下的两年，每个月都有几天爸爸会到学校接我吃午饭。虽然很多时候是翻着白眼来的。

接下去的周日,姑姑带着她女儿和我逛了街。给我挑了好几件内衣,还嘱咐要轻轻用手洗。我其实不太情愿,和背心比起来,胸罩真是十分不舒服,有一种强烈的束缚感。姑姑说,现在不穿,以后胸会下垂,而下垂就不像年轻姑娘,会非常显老。

我能感觉到爸爸面对我发育时的束手无策和慌乱。他没有经验,甚至也没有立场,一个没有血缘的父亲,面对一个来月经的别人的亲姑娘,进退两难。他吞吞吐吐地告诉我,血不能用热水洗,不然容易洗不掉;特殊时期不要吃凉的东西,不要剧烈运动,不然容易肚子疼。我不知道这是姑姑告诉他的,还是他自己偷着查的资料,只是永远忘不掉他极力掩饰难为情的神色。有一次,我坐在沙发上看了两集电视剧,起身离开时,他很有些讽刺地瞧着我说:"自己有什么病,自己不知道吗?"我回头看到沙发上隐隐约约的血渍,赶紧冲进卫生间换裤子。

时间久了,好像这个家从一开始就只有我们俩,一切自然而平衡,仿佛不曾缺少什么。我的文具和衣服都是最高档的,都是百货大楼里最新的款式,好像某种较劲,别人家孩子有的,爸爸都会买给我。甚至初中三年级,我们家买了当时非常尖端的电脑——奔腾486;我成了同学里第一批玩上《大富翁》的;周六,他还送我去学计算机,我至今记得几个WPS的命令,可惜好像一直也没派上过用场。有些时候,我觉得他简直有些过分小心翼翼,比如同学们常常会说起家长下班回来气不顺,和他们发一顿无名火,我却从来没有遇到过。他表达苦闷的方式就是默默喝酒,喝多了就睡了,没发过酒疯,那种隐忍克制仿佛某种程序,不会被轻易破解。而我,感到一种并未被当成自己人的失落。至亲之间,总要有胡搅蛮缠的瞬间,因为骨血相连,不会被拆散,所以不必顾忌什么。

有时候我觉得他对我有些过度保护，比如他坚持接送我上学，即使偶尔出差把我送到姑姑家，也叮嘱姑姑接送我。比如他不喜欢我参加集体活动，总觉一个老师管好几十个学生会有照顾不周的危险。有一年学校组织去市郊的飞机制造厂参观，他不想让我去，觉得来回两个多小时大巴不安全。

"破飞机零件有什么好看的啊？在家看电视不行吗？"

"你不是不愿意我看电视？"

"我现在愿意了。"

"大家都去，我想去，我要参加集体活动。"

"不去的话，我给你买一套新衣服，不低于三百块钱。"

三百块在那时绝不是一个小数目，对于一个中学生诱惑算得上巨大。

"你知道我是班干部吧？"

"两套，不低于三百。"

"你当年是这么跟我妈谈条件的吗？"

"她不值这么多。"

四

我十六岁那年，姥姥死了。她硬硬朗朗了六十多年，突然就脑溢血去世了。邻居们都说她是不敢缠绵病榻，一双儿女都不在近旁，真得了卧床不起的病，怕是也无人照顾。她年近四十就开始守寡，也可以说是忍辱负重，也可以说是独断专行地拉扯一双儿女。话说我妈那时候也快上高中了，正是叛逆期，姥姥却重男轻女，把节衣缩食的钱都投资在舅舅身上，所以母女俩多年来心有嫌隙。再加上她当初不同意我妈和刘雨刚，十几年后我妈又和刘雨刚跑了，她始终不肯原谅我妈。这也只是姥姥的一面之词，好像我妈一直十分忏悔，一心求得她原谅一样。在我看来，我妈根本不在乎她妈原不原谅她。她才不需要上有老下有小恶心她呢，她没妈也没女儿，她只有刘雨刚。

　　小时候我觉得姥姥挺看不上我的。我成绩一直好，她却总说女孩都是早慧，过几年就会被男孩追上。也不知道她说的男孩是指全部男孩，还是特指我舅舅家那个后进生。我和表弟每次起争执她都要拉偏架，义正词严搞出一些姐姐要让着弟弟，男孩小时候会格外好胜的歪理邪说。最精彩的是有一次我们动起手来，她竟然一把推开了我，怕我伤到表弟。那时候爸爸妈妈舅舅舅妈都在，气氛让除了我姥姥的其他人都有些窘，四位家长都不知道该说点什么好，我记得舅妈冲我妈笑了笑，我妈也回以微笑，没一会儿大家就都各自抱起孩子起身告辞了。

　　我虽然年龄尚小，却对长辈的不友善的瞬间记忆犹新，一提起姥姥，就想起她推开我的画面。其实我妈跑了之后她对我特别好，但我对那种充满歉疚的好都充满了警觉，仿佛那种好与我的自尊相抵触，让我感到非常不舒服。她会经常买几本不着四六的书送我，还会不自然地夸我聪明、漂亮。有时候她会推心置腹地给我讲一些人生哲理，可是听起来都没什么切实的意义。姥姥不仅对我心怀愧疚，对我爸更是时刻准备着道歉。以至于她谨小慎微的态度让我爸感到非常难堪，总是把我送去就找理由告辞。而我爸越是要走，我姥姥就越感到抱歉，两人的互动陷入恶性循环，我都能感到两人的狼狈。

　　我不知道姥姥知不知道我到底是谁的孩子。她肯定不知道我知道真相。这么惊悚的问题，我必然不敢问她。

　　"其实你姥姥是个好人。虽然重男轻女，没什么文化，没什么分寸，有点势利，但是大理儿上是个好人。"我爸曾经这么评价她。

　　"重男轻女，没什么文化，没什么分寸，有点势利，这听起来简直已经一无是处了！"我觉得这几个归纳倒是挺到位的。

"大是大非上有数。就比如她看我那眼神,全是对不住。"

"看你也接不住啊,你根本不敢看她。"

"我一看到那些所谓知情者对我的抱歉,就感到屈辱。"

"我姥姥倒是一直对你挺好的。我觉得她不怎么喜欢我妈,也不太看得上我,就对你这个女婿还挺满意。"

"可惜还是个假的。我就是说双簧前边抹着白鼻子的家伙,发声的还是你爸,我只是在前边假装跟着动。"

"我说过一百次了,不要把那个人叫作我爸。"

那是秋天,北方的秋天特别短。那些高大的树,叶子却格外不结实,一阵风过,就稀里哗啦全掉下来了。树一秃,冬天就名正言顺地来了。姥姥好像瞅准了时辰,死在了那个转瞬即逝的秋天。踩在满地落叶上,咯吱咯吱的响声,好像姥姥平素那些没什么道理的絮叨。我发现自己非常想念她,想起她经常擦的花牌手油,我之前一直觉得那个气味太香了,却忽然很想再闻闻它。爸爸帮着舅舅操办了姥姥的葬礼,我觉得他完全有理由不参与,但是他被推进了一个逆来顺受大好人的轨道,不由自主去掺和那些让自己不痛快的事。姑姑说,毕竟妈妈和舅舅都在外地,他如果不帮着张罗张罗,自己心里过不去。

我妈赶回来的时候,已经是葬礼过后的一个深夜。据说她去了香港旅游,联系不上。这个人就是这么神奇,把女儿扔给别的男人,妈妈去世时正在香港潇洒。

她好像也没特别伤感,至少第二天她出现在我面前时看起来。她对我露出一个谄媚而热烈的笑容,继而向我扑来。

四年来我第一次见她,说平静是假的,但也绝不是激动。我偷偷打量了她,如果再高个几厘米,再瘦个十几斤,才更像我记忆里的她。她好像变矮变胖了,也许是爸爸的讲述里不断强调她年轻时的动人美貌，让我的记忆也出现了偏差。

我下意识地躲了躲，她也警惕地在扑空前收了手，那个拥抱在即将成形时不了了之了。

"涵涵，想妈妈吗？"

我都不知道她怎么好意思问出口的。

"这位女士，你是出差了三天吗？问出这么撒娇的问题。"

"我也是没办法，我们那时候条件太差了，什么都没有规划，根本没法带你走的。带你走就是让你吃苦遭罪。"

"所以呢？你是因为心疼我才抛弃我的？你就宁可吃苦遭罪也要追求自己的爱情，把我扔给没有血缘的人，留下一张草稿一样的便条，就人间蒸发了？"

"你知道了？谁告诉你的？这个王八蛋为什么要告诉你！"

"你有病吧！你骂谁王八蛋，我爸爸吗？阿姨，我警告你不要骂我爸爸，他是我唯一的亲人了。"

"你那么小，怎么可以告诉你这些！我以为他是个好人，他那么喜欢你，不会忍心伤害你的，我没想到他会和你说这些。都是妈妈不好，是妈妈做错了，妈妈应该带你一起走的，让妈妈弥补你吧，涵涵。妈妈现在就去和他说，妈妈带你走……"

她像电视剧里歇斯底里的被侮辱与被损害的妇女一样，边说边哭，语无伦次。如果不是从第一集开始看她这出大戏，还真以为她是受害者呢。

"我亲生妈妈都抛弃我，我有什么权利要求一个养父珍惜我！还要求他不会忍心伤害我，你伤害我们的时候怎么不问问你自己啊？"我挣脱了她的手，不想继续这埋怨她、她埋怨我爸的对话，"我不走，我和我爸爸相依为命。你回你的苟且之地吧，阿姨。"我已经学会了"苟且"另外的用法，并且活学活用在了合适的语境。

我本来应该到此为止,但是我忍不住号啕大哭。我与她一脉相承,用哭号回应着她的哭号。被命运吞噬的人,却一副要吞噬什么的姿势。我们两个都张着血盆大口,看起来一定非常丑陋。

五

据说我妈还真去找我爸兴师问罪了,她觉得我爸揭破真相是对她的报复。她不擅长反思自己,却敢于第一时间追究别人。仿佛把小女孩遗弃荒野,却回过头来责难收留孩子的人为何没早点赶到。我爸还轻描淡写地对我道了歉,他说他那天告诉我就后悔了,也确实是失去了理智、确实是心怀报复才口不择言的。

"我永远不会忘记那天的情景,也会永远记得自己说过的话,我不会离开你的,爸爸。"我在心里对他说。

很多年以后我还是没想清楚,他没有直接把我送回姥姥家是出于习惯还是同情,还是他自己也没想清楚。

他其实无儿无女,离了婚可以轻手利脚地再找一个,可是却好像全无这方面的心思,一副除了含辛茹苦把我抚养大别无所求的架势,一心一意演着现实版《搭错车》。苦情程度简直超越了《搭错车》,毕竟我其实还是情敌的女儿。

我学业所迫,每天忙得睡眠不足,他一天天上班、下班、买菜、做饭、画点画赚点外快,日子好像复制粘贴一般日复一日,根本没什么乐趣可言。他绝对有大块空白的时间谈个女朋友,但是却丝毫没有这方面的迹象。他当然也不会像电视剧里的慈父,说出什么"看着你慢慢长大就是我最大的乐趣"之类的感人宣言。他就是默默地活着,好像没什么不开心,但是隐约透着一股黯然。

"你真是为了我不找女朋友吗?"我忍不住问。

"没有合适的。"

"有人喜欢你吗？"

"不多。"

"那就还是有呗。你为什么看不上人家？"

"不好看。"

"你还真是好色啊！都一把年纪了，二婚还要找好看的！"

很多时候我觉得我们的对话更像一种较劲，好像简单粗暴，又好像离真实无比遥远。爸爸真的依然执着于美人吗？遇到我妈那样一个不管不顾的蛇蝎美人，几乎直接摧毁他的一生，他却还觉得美色是第一要义？那他还真是吃一百个豆不嫌腥。

我转念又想，我是真诚地希望他开始下一段感情生活吗？如果他谈了恋爱，顺利，要结婚，一个女的搬进我家，然后这屋檐下，我切实意义的后爸给我领来一个后妈，后妈还以为后爸是我亲爸，也许他们还会再生个孩子，他们才是骨血相连的一家，姥姥也不在了，好像最后的后路也被堵死了，真有那一天我该何去何从啊！

结果，有一天，他真领回来一个女的。我放学回家，看见桌上已经炒了三盘菜，一个女的扎着围裙从厨房走出来，对我笑。那真是恍如隔世，那女的不是我奶奶，不是我姑姑，虽然全然不像，却让我想起了我妈妈。那是平凡家庭每天都发生的事，一个扎着围裙在厨房的妈妈，我十二岁之后却只在梦里见过。

不只是全然不像，简直是截然相反：那女人矮而白胖，一头直发；妈妈高而黑瘦，最喜烫头。上帝造人的时候一定用妈妈和那女人互相参照了，不然怎么可以背道而驰得如此极端。再加上她糟糕的化妆技巧，那张白脸真是和美搭不上什么关系。

"涵涵，这是牟阿姨。"爸爸一脸假笑看着我。

我笑容可掬地叫了牟阿姨就看向餐桌。一个烧茄子、一个酱鸡翅、一条鱼,都是家常菜,但摆盘颇有讲究,尤其是那条鱼,还像饭店里一样在盘里放了一朵白萝卜雕出来的花。好像是鱼的追悼会,尸体旁边配白花。

"你们艺术馆搞雕刻的?"我小声说。

"闭嘴。"爸爸也小声说。

牟阿姨又做了一道拔丝红薯,说是专门为我做的,女孩都爱吃。这道菜还是有点难度的,连我姥姥都不是百分百成功,搞出过吃起来一样,就是拔不出丝的版本。牟阿姨不知是出色发挥还是原就是零失误的高手,一盘拔丝红薯,块块能拔出老长的细丝,供我假装天真,掩饰不自在。

"你和爸爸长得真像。"牟阿姨微笑地对我说。

我和爸爸相视一笑,好像认同着牟阿姨对我们父女外貌的归纳。爸爸迅速地朝我眨了一下眼,只有我们知道这笑容里藏着我们共同的秘密。

"不仅仅是长得像,说话的神态、举手投足简直一模一样。"牟阿姨作为房间里话最多掌握情报最少的人,滔滔不绝。

"他们都说我们长得像。"我像是捣乱地配合着,心里却真感到一阵温暖。我希望真可以像他,希望朝夕相伴可以替代遗传,让我们变成一对一眼望去便是亲生骨肉的父女。

一顿饭,她轻声细语对我嘘寒问暖,还弄了一双公筷礼貌地为我夹菜,一种并不仅仅是出于认生的别扭弥漫全身。她好像面面俱到,真诚友善,但那张若有所思的脸和过于准确的动作又透着一种隔阂。一个非常不恰当的感觉——她像个太监,再温驯和阴柔,也有一种毫无女性魅力的男性气质。我很多年没有猛烈地想起妈妈了,那一晚,很多和她有关的画面涌入脑海——她教奶奶跳迪斯科,把录音机调到最大声,不顾奶奶的羞怯和厌烦一顿狂扭;她急三火四地冲进我房间,大喊着：快换衣服，街角新开了一家锅烙店，咱们背着你爸去尝尝；她买西瓜人家多找给她五块钱，她捏着意外横财走了两条街，左思右想又给人送了回去；她看《渴望》边哭边骂刘慧芳，这女人有病，谁也救不了她，她自己有病……我必须承认，这个丧心病狂抛弃我的女人有超出常人的感染力，她不管不顾，欢快，幽默，有一种与生俱来的热情。只要她在家，各处都回荡着她制造出的各种响动，那时的家庭氛围与现在完全不同。

"你觉得牟阿姨怎么样？"晚上，爸爸问。

"萝卜花雕得不错，祖上是御膳房的吗？"

"我觉得她很纯洁。"

"你是一朝被蛇咬十年怕井绳吗？二婚不是要找大美人，就是要找完全不一样，以纯洁为第一标准。"

我忽然意识到我爸好像还没走出我妈的阴影。他对女人的判断，我妈依然是一条隐隐的线，像她那么好看，或者干脆迥然不同。他还没有忽略她、忘掉她，他心里总有个隐隐的她。也包括我，那个牟阿姨真没什么不好的，她有可能贤惠、顾家、温文尔雅，而我对这个家女主人的认识是被妈妈定型的，所以我觉得正常的牟阿姨那么奇怪。

"说真的，你接受我和她交往吗？"爸爸继续问。

"哪找来的，简直如同定制一般，从头到脚和我妈南辕北辙！我无所谓。没给我留下什么确凿的印象，和大马路上任何一个稍微有点体面的人一样，嗯，她像一个工作人员，对，就是这个词，不知道干什么的，但肯定有工作，工作人员。你想和她好就和她好吧，好像不是多讨厌。我有什么权利反对啊，我一个寄人篱下的。你就是找个叔叔回来，我也会祝你幸福的。"

牟阿姨没有再出现过，我后来回想她做的鱼还挺好吃的，虽然煞有介事了点。奶奶说他俩肯定根本没谈过恋爱，是我爸随便领回家试探我的。可我觉得牟阿姨好像挺卖力表现的,不像一个随便搭戏的群众演员。

六

一晃我十九了,这中间我妈妈问过几次我要不要去南方和他们一起生活。我爸也问过几次,我确定他不是为了甩掉我这个包袱之后,就彻底拒绝了。我们俩过得挺好,虽然磕磕绊绊,也有些莫名其妙的冲突,但是感觉最大的挑战已经过去了,灾难也已经是虎头蛇尾的尾巴阶段。

听他自己说,他也和女人喝过咖啡,看过电影,只是最后都不了了之,他对异性能使出的全部勇气都用在追我妈顺道接纳我上了,现在只剩下把天聊散的能力,坐在一个女人对面,说着说着就无话可说了。喝完咖啡,无言以对;看完电影,面面相觑。

"你可以不说话,直接抓她手。"

"你以为我是你那个流氓亲爸呢!"

连我也哑口无言了,他果然具有让人不想再说话的能力。

这中间我倒是谈了一次比较走心的恋爱,高中同学,学习不好,长得帅。一起逃课,看过电影,放过风筝,也畅想过未来。当然,像我这样长大的孩子,肯定不是一头栽进去的懵懂少女,我知道我们成不了,我还小。但我也是真诚的,虽然带着扫兴的理智。

老师知道后按照惯例找了家长,见到是个负责的爸爸便更加苦口婆心。说是对我寄予了厚望,没想到高考前夕我会犯这么致命的错误。我心说我成绩也没有下降,不过就是正常的异性相吸,怎么就错误了?更谈不上致命!

我爸回到家竟然怒不可遏。

"只注意了你拿回来的成绩单，没想到你已经学坏！"

"我怎么学坏了？我卖淫了？不就是和男同学看个电影吗！"

"你听听，你高中都没毕业，就和男同学看电影，一副情理之中的样子。你的嘴脸非常丑陋，现在。你分得清你是干什么的吗？你是学生，不是流氓。你就应该好好学习，电影院就不是你该去的地方。"

"我给你考上好大学不就得了。"

"不行。你考上好大学是正常，你还得规规矩矩的。你不学好，考上哪也是没用！你可以收敛一点吗？我对你要求不十分严格，那是相信你自觉。我养你，是为你妈行个方便，不是要把你放任成女流氓报复她。麻烦你替我考虑考虑，没人知道你是遗传的堕落，都以为是我教唆你学坏呢！你还真来了上梁不正下梁歪的那一套！我不同意你谈恋爱，坚决不同意！"

"从我妈身上你看不出吗？家长喜欢的不一定行。家长不同意的，可能还过得不错！"

"你住口！"

"你又不是我亲爸爸。"我小声嘀咕。

"我是王八蛋！"他竟然听到了，暴怒地摔门而去。

"你他妈现在知道我不是你爸爸了，早干吗去了？"大概二十分钟之后，他在隔壁大喊。

我没敢接茬。我知道我说错话了，但是我也不太想道歉。

除了我小声嘀咕的那句之后，这样表面上看起来通情达理，其实非常上纲上线的暴君训话，后来还发生了很多次。他总是能火眼金睛挑出我历任男朋友的缺点，毋庸置疑地指出，那个人配不上我。在他的认识里，我每段恋爱都是幼稚，是头脑一热，是自取其辱。

我记得有一次看台湾综艺，一个男艺人说自己剪了难看的发型，着急让头发快点长，就会把避孕药磨成粉加在洗发水里，屡试不爽。

当时我正急于留长发，就到药店买了避孕药加进了洗发水。本来没当个事，可是被爸爸发现垃圾桶里的避孕药包装，又是一顿大闹。他先是以为我吃了那药，近乎歇斯底里地呵斥我。我说我只是希望头发长得快点，在尝试偏方。他将信将疑，以自以为严峻的目光注视了我半天，试图通过对视检验我是否慌乱。发现我非常淡定之后，他如释重负，一丝好奇飞快地从他脸上掠过，又迅速变为严肃与恨铁不成钢。但是发现我没吃，只是洗头，声调明显变低了，估计训诫强度也比之前准备的有所下降。他批评我愚昧又大胆，说避孕药有各种副作用，虽然不吃，随着洗发水和头皮接触，谁知道对身体有没有伤害。训诫之余，他还雷厉风行到卫生间把洗发水扔了。我其实还挺心疼的，毕竟避孕药也不便宜，还没怎么用，就被他给处理了。

他还偷听我和同学的电话，生怕我和男生搞出什么把持不住自己的亲密接触，重蹈我妈的覆辙。他没有明说，但他那紧张兮兮的样子，让我一眼看穿无谓的担忧。

我的高考志愿也和他冲突、拉锯了一阵。我想学英语，他认为英语只是工具，学别的专业也不耽误我好好学英语，我应该学法律、建筑，或者其他什么更像一个专业的专业；我想留在本地，他坚决认为我应该到北京、上海去读书，说大学不仅仅是学习，还有氛围，说我一定要去看看世界的磅礴和复杂，才能摆脱人生的局限。最后，我的第一志愿四个学校清一色报了北京，中文系。这是我们不断商量、彼此妥协的结果。

毫无意外，我被第一志愿录取了。仿佛人生某种平衡，在学业上我不曾遭受什么挫折，带着"穷人的孩子早当家"的努力，我总在分数上得到丰厚的回报。学习也确实让我快乐，好像因为觉得这世界太复杂，我竟然真的有很旺盛的求知欲和好奇心。每每弄懂了一些稀奇古怪的难题，都让我异常兴奋。我那个被爸爸棒打鸳鸯的男朋友，勉强考上了本地的三本。成绩出来后，我们对彼此的未来都有了大方向的估量，便心有灵犀地疏远了。

七

去北京报到前的暑假，我妈盛情邀请我去她家住几天。之前的寒暑假，她也发出过类似的邀请，我都以冲刺高考学业为重为由拒绝了。也不是全然没动过心思，只是拒绝她给我带来一种快感。多年前她抛弃我，如今我冷淡她。我不会可怜地等她回头，她一转身便哭着扑向她的怀抱。我已经牙打掉咽进了肚子里，我要用我的拒绝和桀骜来惩戒她，提醒她：她是个道德有污点的人。

"我觉得你应该过去住几天。她毕竟是你妈妈。"我爸很有些深明大义地说。

"她抛弃我的时候，就应该预料到有这一天。我又不是卖火柴的小女孩，怎么会饥寒交迫等在原地！"

"她抛弃的主要是我。你只是暂时被留下，人家没说不接你。革命必然会有牺牲，委屈你一个，成全你亲爹亲妈，这点觉悟都没有吗？"

"凭什么？她走的时候连我名字都写错了！我恨她。"我竟然哭了。

"你都这么大了，不能用书本上简单的感情来面对世界。不是只有爱和恨这么简单，人人都有难处。你妈妈不是故意的，她做事就那样心不在焉，当时又那么匆忙，你又不是判卷老师，写个错字没必要揪住不放。她后来一直给我单位汇款，尤其是每年你生日前后，我都能收到钱。你想想他们在外边生活也不容易，她在尽自己所能，在经济上弥补你。"

"你要了吗，那些钱？不是都退回去了嘛！咱们缺钱吗？"

"我没要,是因为早几年我也有气,而且确实咱们也不缺钱。如果,我是说如果,我下岗了,我们处在经济上的困境,她的钱可是救命的。"

"没有如果。如果我们那么惨的话,我只会更恨她。"

"你马上要变成一个大人了,不能总用受害者的身份想问题。你小时候确实过早经历了一些人生的不公平,包括你妈,包括我,都给了你一些伤害。但是我希望这些不要影响到你对世界的判断。不管是和我,还是和任何人,都不要成为互相舔舐伤口的人。而且你不能要求你遇到的人和事都是标准的、正确的,谁也没有做错,所有人对你轻拿轻放。我不希望你把自己当成一个弱者,别人做错了,你也要有能力去宽恕和原谅。我培养出来的孩子,要襟怀广阔。"

"对别人太过仁慈,那就是对自己残忍。"

"她永远不能算是别人,她是你妈妈。"

爸爸似乎说完了,我们沉默了一会儿,他忽然摸了一下我的头。

"你缺什么吗?你妈妈虽然不在,但我觉得我做得可以,所以你应该是个健康的孩子。要上大学了,要有精神上的成长,别没事老想着惩罚别人,那样还有工夫想自己吗?去吧。回来我们去海边玩。"

于是第二天,我襟怀广阔地,以一个强者的姿态上了飞机。一眨眼,行李都被收拾好了。我确实受了那番话的触动,也觉得人活得这么高洁活该吃亏。

飞机上隔壁坐着一个严重鼻炎患者,好像呼吸十分不通畅,几秒钟抽一次鼻子。一路被哧哧啦啦的抽鼻子声搅乱着思绪,好像什么都没有想,又觉得非常疲惫。

一出机场,就看到我妈在出口奋力朝我挥舞手臂,她依然动作夸张,看起来充满活力。我走近,见她身形没有多大变化,但当年的美艳已被生活撕扯得七零八落,原本肤色就黑,还不润,竟有了几分黑瘦老太的前兆。只有那生动劲儿一成不变,她大笑起来,眼角挤压出几条细碎的纹路，嘴里一颗虎牙也露了出来，一瞬间我觉得记忆里有过和这一模一样的画面，那种真实感让我不禁恍惚。

"你男人呢？不急于看看自己早年的作品吗？"我不知道为什么冷如冰霜的语调从嗓子里冒出来，人有时候不能完全操控自己，本能无处不在。

"爸爸在家等你，他犹豫了很长时间，还是觉得在家里等合适。"

"我有爸爸。我不会叫那个人爸爸的。正常人都只有一个爸爸，请别为难我。"

"涵涵，你不叫也可以的。但是对他别太刻薄好吗？"

"你记得我是哪个'涵'吗？"

妈妈有些糊涂地看着我。算了，她根本不知道我在说什么。我要是斤斤计较，早活不下去了。

去她家的一路上，她嘴都没有停过，如同一个导游，尽力介绍着这个城市的景点和地标。这和我有什么关系，我又不是来旅游的。她那副自顾自说话的样子，让我觉得非常熟悉。纵使七年空白，我依然可以自如地想起当年她还在的情景。

到门口的时候，我突然间却步，之前努力营造出的平静一扫而光。我将迈进的房子，原本是我理所当然的、亲子鉴定的家吧，爸爸妈妈都是医学上的如假包换。而我十九岁了，从未踏入过这个家门。

门陡然打开，一个六七岁的男孩向我扑来。一看就经过了动员、演习，训练有素的架势，让人想起领导来学校检查时门口那些挥动塑料花，喊着"欢迎欢迎，热烈欢迎"的孩子。他是我弟弟，来之前已经被做过了心理建设，要有姐姐的样子，大人的心结，不能拿弟弟出气。对了，我忘了说，他们私奔的第二年春天，又生了一个孩子。也就是说，我妈抛弃我的时候已经怀孕了。多么完美，新的孩子已经来了，旧的还有什么可留恋。她每一次都是怀着同一个男人的孩子奔向新生活的。

刘雨刚优秀的繁殖能力也是让人佩服，不管在多么不合时宜的当口，他都能精准地入侵她，恶毒地发送一枚精子，变成我，变成弟弟，让他的女人以生育的方式和他建立紧密的羁绊。不被祝福的恋情，勾引有夫之妇，两次狗血的相遇，都以怀孕达到不得不有个转折的高潮。

"你叫什么名字？"我故作亲切地问。

"刘凯新。"

真难听。刘雨刚、刘凯新、张涵，听起来八竿子打不着，一点关系没有。我想起高中开学的第一天，老师点名，一个女孩叫刘涵。听到那个名字我心一惊，如果不是阴差阳错，我也应该是刘涵吧。

客厅不大，有一股贫贱夫妻百事哀的衰朽的味道，廉价的空气净化液把那味道吞噬了，但是还残存了一点点，被我捕捉到了。

沙发上坐着一个没有必要描述外貌的男的。仔细想想他当时也就四十多岁，却有一种非常苍老的姿态。我不得不承认，我曾经无数次在想象中描画他的样子，这个 DNA 上的父亲，我对他没有正向的情感，却充满了好奇。我以为他一定非常健硕，或者习惯性带着吸引低级女性的邪魅狂狷的笑容；或者喷着廉价发胶，把头发弄得硬邦邦的自以为很帅；或者就算长得不济，也应该目露凶光，有个亡命徒的样子，可是他竟然就是个头发稀疏的中年人，看起来毫无兴风作浪拐跑别人老婆的能力。他强作慈祥状，却没有一张与之配套的平静的面目，一脸被生活苛待的生硬线条，可以想见平时骂骂咧咧的模样。也没有形体可言，发发糟糟，像一块学徒做出来的不成形的面包。我忽略了时光，我的想象里他一直是二三十岁和我妈反复纠缠的样子。而他现在，已经是个发福的隔壁老刘，一点不像流氓，简直有一种"樯橹灰飞烟灭"的幻灭感。

他站起来，犹豫了一下，竟然向我伸出了右手。然后我那个弟弟也冲过来对我伸出了手，我妈不知是热衷展示一家人的团队意识还是短路了，也过来和我握了握手。难道有记者吗？难道本次会晤要上新闻？竟然会出现一一握手的诡异画面。寻亲电视节目到了这个段落都会哭天抢地，而我们竟然像领导人会面般握起了手。撒手之后，又都有些不知所措，表现得近乎冷场。毕竟我们的主题不是失散和重逢那么简单。

他们的手都不热，也都有点湿，生命气息微弱，散发着一家人的统一质感。我觉得我是个闯入者，摸了三条奄奄一息的搁浅的鱼。

"涵涵，别拘束，就像到自己家一样。"刘雨刚没有看我，声音不大地说。

听到他叫我涵涵，我一个激灵，涌起一股被陌生人无事献殷勤的不适。他的声音像是从鼻毛丛生的鼻孔里飘出来的，可怜巴巴，听着难受，让我想起初中时那个腿脚不太利索的生物老师。他的样貌、声音都让我反感，抛开前情，也不想相信这是我血缘上的父亲。

"就像到自己家一样"，这句待客的套话，用在这儿太准确太精彩了，简直是小说家也想不出的场景，可以分析出一百个微妙的意思。

相顾无言了一阵，还是我妈一惊一乍地带我参观了整间房子。两居室，比起我和爸爸现在的家，寒酸了太多。他们看起来像三个受害者，带着我参观他们并不宽裕的生活，我好像是代表我爸来访贫问苦的。所有关于奸夫淫妇的刻板印象轰然倒塌，一对私奔的男女，难道不该过得放纵糜烂、腐化堕落吗？可是他们竟然活成了一对可怜虫，像一对老实巴交、安分守己的中年夫妻。这就是妈妈背井离乡飞蛾扑火重新选择的生活吗？她应该早就追悔莫及了吧！这日子简直像一块嚼了一天的口香糖，无味到令人想吐。人有时候会产生非常上不了台面的小心思，某个瞬间，我脑中竟划过一丝庆幸：没有带着我一起跑，没把我拉进这拮据的生活，留我和我爸吃香的喝辣的算掏着了。

餐桌上，妈妈对我异常热情，几乎指着每一道菜都说是特意为我做的。还有据说我最爱吃的爆炒鱿鱼,我有点模糊了,最近这些年都是爸爸做什么,我吃什么,我最爱吃的已经变成了番茄牛腩。按说,我重新吃到妈妈做的菜,应该瞬间被拉回童年的记忆。然而好像我的味蕾都失忆了,嘴里的味道那么陌生,像是正处在一个新开张的餐厅,迎面而来的都是新的刺激。对面坐着一个六岁的男孩,上下唇迅速的碰撞表达出他的津津有味。这是属于他妈妈的味道,属于这个三口之家的味道,这间房子不大,却装满了他成长的印记,这里从未留下过我这个不速之客的蛛丝马迹。我,一个素未谋面的陌生姐姐,一个遥远而难缠的客人,一个他们复苏良心的安慰剂,他们一定早和他说好了,要对我好,对我笑,让我乘兴而归。

可能是房间的采光不太好,每个人的脸都很黯淡,他们都是满面尘灰烟火色;也可能是错觉,我觉得他们都很累,连小小年纪的刘凯新脸上也有疲于应付生活的沧桑。他长得像妈妈,眉眼浓重,鼻梁高挺。按照这个逻辑,我应该像刘雨刚,但是我不敢仔细看他,我希望他在我心里模糊着。

我们一家人整齐地坐在一起——不幸的是——已经太晚了。我与他们仿佛一个整体,却横亘着一道看不见的结界。尴尬的儿女双全,我比任何时刻更感到自己孤苦伶仃,我其实非常多余,我不应该被生下来,当初如果我妈把我做掉,老老实实等着刘雨刚回来,正常地结婚,生下刘凯新。而我爸也可以不出现在他们的故事里,他年轻时喜欢过她,然后她嫁给了一个流氓,他也许会难过一阵子,但是很快会过去,然后他会遇到一个真心喜欢他的女孩,有一个属于自己的孩子。这样两家人毫不相干,各过各的日子。只是这貌似完美的方案里,我消失了。我虽然很努力,也挺聪明,可我到底是个有点多余、给所有人埋下不幸悬念的孩子。好可惜!

晚上,妈妈底气不足地询问是否可以跟我一起睡。我拒绝了,不是多么恨，或者故意冷淡她。而是可以预见的窘迫让我没有和她亲热的勇气。况且，他们只有两间房，我和她一起睡，难道要睡在他们夫妇的大床上吗？我无法允许自己踏足那个男人的私人领地，不能坦然躺在他睡过的床上，我们之间必须有清晰的界限。

妈妈讪讪地走了，我理解她急于与我亲近的心，却也替她感到狼狈。如果我同意了，我们难道要互相搂着一秒睡去吗？如果不能马上入睡，要说些什么呢？只有些不咸不淡的话可说吧，如果真敞开心扉，哭一夜可能都是不够的。

我自然失眠了，躺在弟弟的单人床上，感到一种意念中的浑身瘙痒。妈妈说床单都是特意新换的，但我还是忍着抓狂钻进被窝的。睡在别人家的那种不适应席卷着我，即使我努力做到刘雨刚说的那样——像在自己家一样。他们一家三口挤在隔壁，以显而易见的低姿态表达着对我的歉意。我在这儿像个钦差大臣一样被敬着，却时刻体会着如芒刺在背。我知道，此刻自己是不由分说的VIP，即使现在起身到他们房间去砸东西，那所谓的父母也并不敢呵斥我。可这可悲的VIP，是拿举目无亲换来的，我曾经被弃之如敝屣，曾经像一只旧拖鞋被轻易抛弃。不管是他们，还是我，都不知道如何拿捏那种假装亲昵的分寸，以显示我们可以忘了过去。

第二天傍晚，刘凯新坐在写字台前做数学题，据说为了迎接即将到来的小学生活，学前班都开始有作业了。我看见他的屁股在椅子上挪来蹭去，一会挠头一会吃手，压根无法沉下心五分钟。我竟有些优越地想起"蓬生麻中，不扶而直。白沙在涅，与之俱黑"。他大概不会太爱学习吧。

一礼拜终于度日如年地结束了。临走时，妈妈把我拽进卫生间，塞给我一万块钱。那沓钱是连着号的新票，显示是特意准备的。她说那是她和刘雨刚的一点心意，让我上了大学买点可心的东西。我和她推搡了半天,彼此的手都有些红了。我觉得她好像要哭了,于是我的手软下来,把钱捏住了。

收下钱,她和刘雨刚战战兢兢把我送到机场,不知是否为这救赎团圆之旅的圆满结束长出一口气。我想象着他们回到家瘫倒在床上、终于不必再强打精神的松弛模样。不仅他们,其实我也是小心翼翼的,那个家好像很普通,却让我觉得每一个细节都不对劲。我们根本就不是一家人,都在克制自己容忍对方的奇怪,所谓对方,是指我和他们仨。十二岁时,我以为我会终生恨他们。直到一周前,我还非常鄙视他们。但是那一刻,我没办法统计出心里有多少个情绪,这对琐碎、邋遢、不敢招惹我的夫妻,我的价值观告诉我,他们是一对烂人,可是我竟产生了巨大的怜悯之情。但是我的愤怒还在,我感到胸口有一个冷风嗖嗖的窟窿,挤压着年深日久的寒气。

飞机慢慢滑行至跑道,我忽然发现自己在哼歌 —— 终于可以走了,我是一个幸存者,逃离了他们家。我打开前座靠背里塞着的杂志,我需要读一些字,不管内容是什么,我不想思考。

八

"你们家人怎么样?"爸爸问得平静,我却觉得听出了一丝幸灾乐祸。

"他们家就那样。"

"你觉得你长得像刘雨刚吗?"

"他真的特别丑。"

我好像在爸爸脸上看到一抹得意之色,但也可能是我想多了。谈起那家人时,我的心态变得十分复杂,有一种家丑不可外扬的羞于启齿。

"人家一家人和和美美的，你会有些不是滋味吧。毕竟这些年没有共同生活，你可能会觉得有点别扭。你上飞机她给我来了电话，说感觉你有些拘谨，说你真像是我的骨肉，和我一样又聪明又刻薄，说话不那么招人喜欢。"

"我觉得他们特别可怜，房子那么小，俩大人看起来孱弱、无能，孩子也就那样。"

"你这都是什么逻辑？听来听去都是物质生活不好、人长得不好看，你怎么这么势利？难道他们住大别墅，你就觉得自己吃亏了，应该早点去投奔？你所谓的优越感竟然是人家物质条件不如咱们？他们要是真过得那么不好，你妈怎么不回来啊？至少她真没你这么嫌贫爱富！"

"我嫌贫爱富也是你教育出来的。她也得有脸回来啊！我的优越感难道不是因为他们是一对地地道道的小人吗？"

"不要这么说你妈！我挺佩服她的。至少人家追求真爱的时候是真果断，敢顶着坏女人的名声。道德不是法律，并不是完全不能超越的，比如为了爱情。爱情让人一往无前。我后来仔细想了，我们可能一直挺貌合神离的，只是我当时不敢往深了想，不敢面对，一直在伪装某种其乐融融。你妈叽叽嘎嘎和我说的事，我都觉得没什么意思；我感兴趣的事，我也不会跟她说。别人送我两张画展的门票，她说我得请她吃顿好的，才肯陪我一起去。我一直回避我们精神世界的不匹配。我对她，既奉若神明又居高临下，我没有真正在乎她在想什么，觉得她只要美就足够了。你想想，那是十二年啊！她和我过了十二年，还是不计得失地和刘雨刚跑了。说明她舍得，她知道哪个更好！可能她和刘雨刚确实更合适，他们之间才有交流，才有真正的吸引和理解。"

"灵魂伴侣，是吧？他们哪有灵魂，他们就是被肉体左右的人。

别反省了,都是受害者太爱自我反省,坏人才越来越猖獗的。"

"我说过,咱们别把自己放在受害者的角度想问题。你失去的永远不可能是全部。你妈很单纯,单纯的人有时候能更坦然地面对自己的内心,包括不好的企图。我当然也翻来覆去地恨过,但是我后来明白了,她吸引我的就是那份天真,她就不具备瞻前顾后、患得患失的能力。一个成年人,别人为了责任和你继续在一起是一种羞辱,我又不是不能自理,没理由不让她走啊。虽然听起来不太周全,但她有权利追求自己的爱情。你是以一个标准形象要求她的,含辛茹苦克己复礼,但是这本来就是一个虚幻的、过于严格的标准。谁也不会得到教科书式的母爱。谁规定的妈妈一定要陪在身边?妈妈也有自己的选择,不能陪在你身边的妈妈也是妈妈。"

"我不是成年人!我不能自理!而且她追求的什么爱情,日子过得稀巴烂,还生个孩子叫凯新,是有多不开心,才要这么心理暗示!"

"你怎么知道人家不开心?没有很多钱,并不意味着不开心。人家守着自己的爱人,也许非常满足。其实我并不想听到她过得不好的消息。她可以走,但是刘雨刚毕竟我也认识,好像是差了点意思。"

"你刚不是说他们才有交流?"

"能交流的大有人在啊!不是我,也不该轮到刘雨刚,在能交流的人里,也能找到更好的。行了,咱俩别在这儿马后炮了,你妈自己不后悔就行吧。一个没什么能耐的大美人,她根本不了解这个世界;或者说,没能耐的大美人都是人到中年不那么美了,才知道世界的本来面目的。不过你看,她看人也不是一直不准,至少她看准了我是一个好人 —— 她坚定地相信我会善待她的心肝宝贝。"

"她哪有心肝?她这是不负责任。"

"她真没有心肝就好了。每一个你觉得草率的决定背后,都可能有撕心裂肺的煎熬。她快刀斩乱麻舍的是我,你始终是她的心病。你妈真不是坏人。你忘了,你小时候咱们家二楼老头养的猫把麻雀咬死了,你妈还带着你去安葬小麻雀,她挺善良的。"

"你意思她对我还没对那麻雀好呢呗?"

九

几天后我们就去海边玩了。我好像对水边并没有特别的感受,爸爸似乎对江河湖海情有独钟。十五岁时的十一和爸爸一起去杭州,长假的西湖边人山人海,游湖的船上黑压压全是人头。爸爸试探地问我是去排队还是再等等。我说你给我买个冰淇淋,吃完咱俩回宾馆吧。

当然,我还是在作文里把西湖美景大书特书了一番,对着苏堤、白堤、雷峰塔一顿抒情。我一直挺擅长写作文的,有一套勇敢的修辞技巧。我记得唯一写得有点艰难的一次,是赶上作文题目是《我的妈妈》。

夏天的北戴河竟然不热,吃海鲜、玩水也算是惬意的。我不会游泳,学了两次都以鬼哭狼嚎的喊叫告终。我坐在岸边看着水里的爸爸。他穿着我选的大花泳裤,看起来还是有些老了,肩膀和手臂都有点松弛,即使是背影,即使他不胖,依然和年轻人的紧致差异明显。

说好了第二天早晨去看日出,我们却默契地睡过了,他来敲我房门时已经八点多了,既然已经错过,就索性继续睡吧。如此恶性循环晚睡晚起了四天,吹吹海风吃吃海鲜,好像看不看日出也不那么重要。

书面语一般说海水是蔚蓝的,但是我觉得我看过的每一片海颜色都不太一样,一滴滴近似透明的水汇在一起,组成了各种微妙的颜色。按照那种很肤浅的联想,爸爸喜欢海大概是他有大海般宽广博大的胸襟吧。爸爸的确比我更享受这次旅行,他说这也许是我们最后一次一起旅行了,我长大了,会有自己的朋友和世界。我觉得他有点煽情了,我们的日子还长着呢。

海滩上拿着立拍得相机的商贩吆喝着生意，十块钱一张。

"给你们爷俩来一张吧？"

于是我们来了一张。

"都不爱露牙，爷俩一模一样。"照相的一手交钱一手交货，不忘对我们拍照的表情即兴点评。

我看着照片，也觉得我和爸爸一模一样，并且想起了一个风马牛不相及的例子——《葫芦娃》。七娃被蛇精、蝎子精养大，所以不认爷爷和六个哥哥，被蛇精的三观操控了对世界的第一反应。这样比我就成了七娃，我爸就成了妖怪。

临走最后一天，我挣扎着起来看了日出。爸爸以不容置疑的口吻要求我务必完成这项任务，说是要以一个温暖的日出结束我的毕业旅行。

睡眼惺忪地来到公园，比当年杭州的情形还吓人。天空没有几颗星，黑暗中，四处是只有轮廓、看不清面孔的人影，看来不辞劳苦也要逮住太阳上班的人还真是不少。我望向远处的大海，其实是一片隐约的深蓝。如果四下无人，可能还会有种寂静的美，可在百十来号人并不安静的注视下，我感到的只有焦躁和困倦。

当太阳像一个金色的气球蹿出海面时，我和爸爸异口同声地说，好圆啊！ 在周围激动的喊叫声中，我们竟然同时奇葩地先注意到了形状。

太阳桀骜、自带节奏地离开了大海，橘红色的光一层层铺洒在海面上，那的确是不可思议的景象。仿佛的确是一种强大的明亮和希望，君临天下般战胜这残夜，是严格意义的光芒万丈。

很快天就亮了起来，几乎算得上不由分说。好像瞬间的痊愈，黑夜荡然无存。周围原本模糊的面孔清晰起来，在短暂的激动过后，大部分脸上浮现出倦怠,甚至有怅然若失的神色。我和爸爸静静朝海边走去,轻微的浪打湿了小腿,我们有一搭无一搭地闲聊着。无外乎嘱咐我到了大学别和同宿舍的人太计较,花钱也不必太节省,学习可以适当放松但是要心里有数之类的。一只喜鹊飞过来,停在离我们大概五六米远的地方,它叽叽喳喳,两条细腿小范围来回溜达着,仿佛念念有词,把爸爸的良苦用心用鸟的语言重复了一遍。我们不敢贸然移动,怕喜鹊飞走。

爸爸忽然说:"我想吃咸鸭蛋。"

"你看日出时候想的吧,我也想到了鸭蛋黄。"

十

我大学四年,谈了俩男朋友。爸爸支持我恋爱,一改高中时的严防死守,变成了青春岁月不花前月下着实可惜的开明嘴脸。然而他对我选的那俩人都嗤之以鼻,他说一看就是没什么根基的东西,不值得托付。有一天他指着电视里播着的矿泉水广告问我,那个小伙子长得怎么样。我一看是王力宏。

"当然好看了。"

"要是他追你,你能甩了现在那小子吗?"

"能啊!王力宏当然行啊。"

"那我想想办法,看能不能联系到他。他叫什么?"

"王力宏!"

一度,他和他们艺术馆一个收集少数民族民歌的女的出双入对了一阵。那女人比我爸小九岁,也是离异。我爸屁颠屁颠陪她田野调查,也是相当投入。不过最后,女的着急结婚,软硬兼施,我爸忽然就嫌烦了。据说一个人独惯了,很难和另一个人再组装成一个统一思想统一行动的整体。

　　大学毕业，我被保研了，只是把行李打包好，寄存到学姐的宿舍，等到开学再搬到研究生宿舍。原本大三时也想过毕业要留在北京还是回家，如今继续上学的机会送到眼前，好像抉择就可以再拖三年。每每面对未来，我都思前想后，全然没有我妈的果敢。

　　本以为可以轻轻松松玩一个假期，还计划了和本科的同学去旅行，可是又被我妈给搅和了。我上大学时有了手机，还是当年颇为流行的诺基亚蓝屏8250，我妈隔三岔五会给我发一些不痛不痒的短信，有些就是那种转来转去的段子，有些是只要敷衍便可回答的"注意身体""要穿外套"一类的叮咛。在我常常莫名想哭的青春期，她一直缺席，我第一次来例假她不在，我的第一套内衣是姑姑给买的，我从一米三五长到一米六五，她不曾看见。我一米六五三年了，一夜不睡依然红光满面，二十出头，刚刚变成了一个大人，身体好到了人生的巅峰，她让我注意身体。雪中送炭的时候不见人，这锦上添花的关怀对我又能有什么意义？

　　她得了乳腺癌的消息是爸爸告诉我的。大概她缺乏通知我真正消息的勇气，奇怪的是她好意思告诉我爸爸。人有时候很神奇，吃柿子拣软的捏，一捏就敢捏一辈子。她觉得她对我无比亏欠，对爸爸却定性为不过是有点突兀的好合好散。

　　爸爸勒令我立马回家，坐第二天的飞机去看妈妈。不知是出于什么心理，他订了两张机票，和我一起去。

　　"你是去看笑话吗？"

　　"住口。"

　　我站在病房门口，不想进去。几乎已经确诊了，还有个小检查要做。爸爸拉了拉我的衣角，我还是没动。他把我叫到楼梯间，没有说话，给了我一巴掌。我十二岁之后他第一次打我，也没有多疼。

然后我默默跟着他进了病房。

妈妈已经垮掉了，她的眼角、法令纹、整个人都耷拉着，据说从来没感到过有什么不适，一发现却已经是晚期了。

刘雨刚和刘凯新都在，再加上我和爸爸，好像迅速勾勒了妈妈的一生。由于场合特殊，没有人表现出尴尬。妈妈吃力地朝我们笑了一下，我以前一直觉得她最让男人无法免疫的就是她的笑，特别完整，特别灿烂。而这个笑容很是勉强，几乎是哭的另一种表达方式。她还是不擅长掩饰情绪，绝望爬了满脸，有一种不会好了的气息。她的两任丈夫和两个孩子平和、友善地站在她旁边，仿佛她全部的爱和任性都已被接纳和原谅。可是她拿人之将死换来的，这看似和解的时刻，她只能靠在医院灰扑扑的枕头上，谁也无法真正体会她的疼痛、疲惫和孤独。

我当晚查了资料，网上说即使是晚期的乳腺癌，也有人又活了十几二十年。化疗、放疗虽然要遭罪，却不是没有存活的希望。

然而一直咋咋呼呼的妈妈迅速地死掉了。我开学不到一个月，就请假奔赴她的城市，去参加了她的葬礼。医生说发现得太晚了，治疗方案刚定下来，就又发现了脑转移。她有时表现得很积极，说相信自己会战胜癌症，有时候又说太煎熬，想直接跳楼。呕吐、头晕，后来不断晕倒，神志不清，越来越嗜睡。据说在弥留之际，她不让刘雨刚给我打电话，说不想我看到她不成人形的惨样，希望我记忆里一直是她年轻时的模样。

可是我还是看了她的遗体。在太平间冰冷的铁柜子里，她整个人变得干瘪而黄，好像头发也不似原先的黑亮，我不知这是人断气后的相同症状，还是癌症夺走了她发丝的光亮。在那个小格子里，她的脸如同戴了个失真的面具，是真正意义的死气沉沉。她好像一个陌生的大婶，筋疲力尽，僵硬又冰冷，不是我记忆里盛放的妈妈。那个被爸爸比作叶塞尼亚的女人,那个狠心抛弃我们去追求真爱的人,那个最炙热的人,就这么冷了,没有活过五十岁。

刘雨刚说,她的最后时刻曾经反反复复断断续续地说,要把连衣裙留给涵涵。他不知道说的是哪条连衣裙,也不确定这是她清醒时最后的托付,还是已经是意识模糊的胡话。他有些怯懦地看着我,说这段时间太忙了,等整理出来,如果有连衣裙,一定会给我。即使是这样悲伤的时刻,我们也忘不掉彼此的生疏。他在我心里始终是个扁平、混沌的形象,永远也无法立体、真切起来。

我也不知道什么连衣裙,是我十四岁同桌穿的那条?还是十八岁忽然流行的那条? 我都曾默默希冀,却没有对任何人提起。面对这个世界,我早已有了深深的自知之明。我张嘴爸爸会买给我,但是我知道我不该享受得那么仗义。

难道她知道欠了我多少条连衣裙吗? 她已经死了,说这些又有什么意思。

她的葬礼非常热闹,我、我舅舅舅妈,我们像外地的亲友团,被观摩和议论着。除了刘雨刚和刘凯新,我谁也不认识。那些可能是妈妈生前有着亲密关系的朋友、同事,与我毫不相干。我们是一对早已没有共同世界的、名义上的母女。我听见他们小声称呼我为"和前夫生的",他们都搞错了,不是同母异父,我妈这辈子可忠贞了,她只为一个男人生过孩子! 我觉得有点好笑,那个安详躺在棺材里,并不富裕又并不长寿的女人,看起来好像一事无成,却有着这么搞笑的秘密。她其实是个特工! 一个打入我爸家内部,又全身而退的特工。

刘凯新眼睛像两个烂桃子,作为更名正言顺的孩子,他也并未被命运优待。他只有十一岁,就彻底成了丧母的孩子。比我当年还要小一岁。

爸爸也来了,他没有去葬礼。他说其实该送最后一程,但万一是添乱就没劲了。

我回到酒店的时候,他已经喝了不少。桌上一瓶古井贡,只剩三分之一了。

"我买了店里最贵的酒。清醒太难受。"

"你觉得她是不是特别负疚,所以积郁成疾了?"我也喝了一口。

"我听过你和你男朋友打电话,你骗人的技巧和哄人的手腕都是一流的,和你妈一样。你还读了那么多书,不是自以为是,你是真行。你妈没什么文化,自负都建立在幼稚上,我挺喜欢她那种无知而富有主见的劲儿。她以为她弹无虚发,她其实都脱靶了。你是升级版,你更厉害。但是你们最大的短板就是,你们其实挺有良心的,你们绝对受折磨。你妈没得选,她真爱刘雨刚,你看刘雨刚看她的眼神,你必须承认,他们之间有爱情。她是为爱情跑的,她跑的时候肯定血脉偾张,可能还笑出了声。但是跑只是一个时刻,跑了之后,她会不断地想,不断地检讨自己对不起你,对不起我。她绝对受良心谴责。"

"我也是啊,我没有一天不在谴责她!我小时候好像诅咒过她得癌,可她真癌了,我又特别后悔。"我哭了。

"不管她是不是骗了我,根本没喜欢过我,但是她是你妈妈,你小时候不睡觉整夜哭,她就整夜抱着你,腰都累坏了……她没有陪伴你整个童年,但是她始终爱你。"

"别人家妈妈不都这样嘛!你什么时候这么艺术人生范儿了?"

"我后悔没把你早点还给她,我觉得她过不去的主要是没陪着你。这事可能最折磨她。"

"你是懒得再恋爱,再生孩子吧,万一再被骗呢!我听说外国人好像喜欢这样,他们不介意孩子不是自己的,说不用自己忙活完还得等十个月了,来了个现成的,前人种树后人乘凉。"

"哎哟,你怎么这么愚昧啊,跟那《大清炮队》里的清朝老百姓似的，觉得外国人腿不会打弯！他们是懒啊还是傻啊？孩子都麻烦别人生？人都差不多，外国人也不是神经病，还是想要亲生的。"

"《大清炮队》？干吗的？"

"一电影，刘晓庆演的，你小时候看过。"

"那你干吗不要个亲生的？"

"计划生育啊！再说不是装作你就是亲生的嘛！"

"那不计划生育，你要吗？"

"当然了。"

"那你对我和对他会一样好吗？"

"至少表面上一样。我也是有城府的。"

第二天我俩眼睛全肿了，我不知道我们聊到了几点，哭了多长时间，我爸又喝了多少。我失去了妈妈，他失去了唯一和他领过结婚证的女人。

十一

我博士二年级时，我爸得了癌症。

我周围的同学基本都是父母双全，我们好像根本没到要面对父母离世这件事的年纪。接连遭遇两个癌症，我真觉得自己是天选之人，二十几岁就一次次和命运短兵相接。

好在是早期胃癌，只要切除彻底，五年之后不复发，就算基本脱险了。

然而我爸和我妈表现出的绝望不同，他非常崩溃，以近乎亢奋的方式表达着自己的不甘心，用前所未有的反常释放出巨大的能量。

"别人女儿听说家长得了癌症都会号啕大哭，你竟然如此冷漠！因为我不是你亲爸爸对吧？你这个孽障！"他手握病历对着我大喊。

"你很快会康复,你只要把手术做了,好好吃饭就会好的。"

"放屁!好好吃饭就会好的?癌症,你知道什么叫癌症吗?我得了癌症!"

"别人女儿知道,别人女儿号啕大哭,觉得得了癌症就肯定活不了了,对吗?我是博士,我比她们有文化。我可以负责地告诉,你八成死不了!"

"我怎么早没看出来你是个白眼狼!"

"你现在到底需要什么?希望受到怜悯吗?因为我没有哭哭啼啼地同情你,让你感到不悦了吗?"

"没一个好东西。"他瞥了我一眼,健步如飞地走了。

这样的咆哮一直持续到他手术前一周。仿佛破罐破摔,他一改之前的彬彬有礼,以各种歇斯底里博取我的关注。他甚至无来由地对我大喊:"你为什么越长越像刘雨刚?"妈的,我要是真越长越像他,我也没有办法啊!比如他让我倒杯水,如果我十秒钟没有起身,他就会厉声指责,对我军事化要求,令行禁止。我都怀疑他是不是得了躁郁症,过几天胃癌割掉了,这个躁郁症可不是那么容易治好的。但是我也理解他,自小没和他分开过,奶奶说我性格像他。我们都是孤僻的人,用教养掩饰内心深处的喜怒无常。看起来很好相处,其实非常挑剔。如今,他怀疑大限将至,再不放飞自我,大概来不及了。

直到手术即将来临,他好像才认清形势地平静下来。他把存折和银行卡都找了出来,一一写下密码。

"万一我下不了手术台,你就都取出来存到自己名下,不要告诉男朋友。你奶奶需要钱的时候,你自己衡量着给,觉得超出承受力也可以拒绝。我要是下来了,你主动还给我,我还要挥霍!"

"哎呀,别一副金山银山的架势好吗?就这么点遗产也好意思交代吗?还是再多赚些一并给我比较拿得出手!"

手术预料之中的成功，我想起我高中的教导主任就得了胃癌，切了三分之一，休息了俩月就回来上班了，体罚逃课的男生时依然孔武有力。冥冥之中，我预感爸爸不会什么事都不顺，既然是早期被发现的，就该顺利被切除。

　　之后的寒假，我陪他去了法国和荷兰。他说他画了一辈子油画，却只是早年被组织去过一次意大利。欧洲那么多博物馆、美术馆都没有亲眼见过。他说，在画画上他没什么天赋，少年时有过狂热，工作以后就变成了讨生活的营生，如今都快以所谓画家的身份熬到退休了，还是要去看看真正的艺术。

　　然而整个旅行对我如同噩梦，如果说有什么比我妈不告而别对我刺激更大的，那就是这次旅行了。他一路或是抱怨我订的酒店贵，或者嫌便宜的酒店小，每天吃早餐都要拿走一袋糖——理由是怕自己低血糖晕倒，以备不时之需，虽然他根本没有这个病。在卢浮宫、奥赛、橘园、蓬皮杜，他瞻仰大师之余不忘以眼神维持秩序——对大声喧哗的国人挨个投以不忿的目光。我订了红磨坊最前排的票，可以边吃晚餐边欣赏无上装的康康舞，这个号称喜欢劳特累克的家伙却在抱怨芦笋煎得难吃。在阿姆斯特丹，我问他要不要来点大麻，在荷兰咖啡馆里吸大麻合法。他暴跳如雷，怒目金刚地瞪着我："你太让我失望了！我辛辛苦苦培养你这么多年，到头来你还是个流氓，竟然说出这么无耻的话！"他的脸因愤怒而变形，像是已经偷偷吸完了。在海牙莫瑞泰斯皇家美术馆，他觉得一个外国老头插队了，企图用中文和人家理论理论。整个旅程，他身兼纪检委和纠风办，对我以及全世界的不文明现象展开了激烈的批判。我非常怀疑，医生把他长了肿瘤的胃切掉了一部分，是不是还顺道加了点什么。这个总是嘟嘟囔囔的人，真的是我爸爸吗？

　　矛盾在回程的飞机上到达巅峰。空姐来发水，他要了香槟，我不渴，就什么也没要。

"你怎么什么都没要？"

"我不渴。"

"你要一杯。"

"我不想要。"

"你要一杯，备在这儿，万一我要喝呢！"

这时候发水的车已经走到后一排了。

"人家问我要不要，我说我不要，现在要我追着去要吗？你渴了我再给你要呗，水随时都有。"

"你怎么这么做作？我不就是不懂外语嘛，让你要杯水，就这么费劲！我可真是不配给你当爸，也不能给你当爸了……"保守地说，我省略了三四百字吧。

我没接话，只是在心里说：不当拉倒。那时候我觉得自己没错，即使我应该对你感恩戴德，你让我不爽我也有权不配合。坦白说，我挺想要一杯水泼到他脸上的，就当养育之恩涌泉相报吧。

十二

并没有什么涌泉相报的机会。四年后，胃癌没有复发，爸爸死于酗酒过度引发的心脏病。

毫无预兆，没有留下只言片语。他去世的那晚，我正在看话剧《恋爱的犀牛》。已经是换过多少轮演员的老戏了，起初我迷恋那文艺而美的台词，后来我忽然觉得马路像爸爸。我坐在剧场里哭了。我不知道具体在哪个瞬间他不在了。

整理他的遗物。他的衣柜里一切按颜色分类，整整齐齐，像他自律、克制、单调的人生般一目了然，没有冗余。这个家已经二十几年没有个女主人了,我始终是个四体不勤的小崽子,里里外外都是他一个人操持。

我想起我们唯一的一次出国旅行。在蒙马特高地的小丘广场,他看着一群热闹的肖像画师在做游客的生意,不无自嘲地说:"我要是在这儿摆个摊,不知道能不能开张。"还有他执意要去的拉雪兹神父公墓,要去看埋葬着肖邦、王尔德、巴尔扎克的地方。由于看不懂园区地图,我们原计划两小时的公墓拜谒之旅变成了一个上午。在顺利找到了莫里哀之后,我彻底迷路。这里虽然有众多的名人墓地,却埋葬着更多普通人。细想有点滑稽,为了寻找名人,我们在普通人的墓园焦急地穿梭,好像即使死也有明显的区别。终于找到了王尔德。我曾在电影里见过他的墓碑,斯芬克斯的雕塑,被密密麻麻的唇印包裹。据说有一位女士情不自禁亲吻了他的墓碑,然后全世界的人都受了启发,要把香吻献给王尔德。过剩的爱总会变成一种负担,饱含深情的口红腐蚀了他的墓碑,花了九千欧元清洗、修复后,墓园决定用玻璃挡板隔离了墓碑。贫病交加、寂寥地死在巴黎拉丁区一个小酒店里,死后迎接着四面八方的一往情深,好不荒诞。面对着已被修整干净的墓碑,我想起他说过,"人生是一件蠢事接着另一件蠢事,爱情则是两个蠢东西追来追去。"这话简直是特意对我爸说的。他还说,"二十年的浪漫使一个女人看起来像一座废墟,二十年的婚姻使她像一座公共建筑之类的东西。"这句好像为我妈准备的,和刘雨刚二十多年的孽缘,两段加起来二十多年的婚姻,她既像一座废墟,又好像是一座公共建筑的废墟,那场浪漫的私奔最后也不过是一桩柴米油盐的婚姻。

告别王尔德,继续抓狂地面对地图寻找肖邦。沿路我看到一个中年女人手扶墓碑默默流泪,对于我们这可能是个庄严的景点,对于她却是长眠着亲人、生死两隔的地方。那段时间热爱气急败坏的爸爸却平静地走着。他默默地看着一座座墓碑,感慨着这个墓碑好美,那个逝者太过年轻。我一边不信邪地研究着公墓的地图，一边等他，却见他在一座墓碑下驼着背，一动不动。看名字，那墓属于一个女孩，生卒年份相减的数字仅仅是七。墓碑上的雕刻是一双手，展开的手像一双翅膀，轻轻托着一颗蓝色的珠子。难道法文里也有掌上明珠这个词？我看了一眼爸爸，他已经泪如雨下。

　　我意识到自己是个无赖，一直有多么自私和放肆，在他那么脆弱无助的时刻，我却全无体恤之心，要求他永远温和得体。而我，这个来路诡异、假冒伪劣的私生子，却一直心安理得地做着他的掌上明珠。我一直记得我妈欠我的，却选择性地忘了我欠我爸的。我竟然从没有认真想过，作为负心人留下的野孩子，他是以怎样的胸怀对我呵护备至，我哪来的底气对得了癌症的他挑三拣四。他默默消化了爱恨情仇，我却要求他时时刻刻保持优雅，即使和死神擦肩，也不能有一丝松懈。许多年前，我说"我会为你养老的"，结果我有恃无恐啃老读到博士，不曾有过经济上的担忧；我大学离家后，只在寒暑假短暂地回去。十几年他孤零零一个人，告诉我要襟怀广阔，而我心里只有自己，近之则不逊，远之则怨。他先是被我妈扔在半路，又被我渐渐忽略。我们真是一对背信弃义、赶尽杀绝的母女，我曾经轻蔑她的利己，却终于发觉我们如此相像。我好像看到了遗传的力量，我到底是我妈和刘雨刚亲生的，别人对我的好照单全收，别人稍微自我一点，我立马翻脸，我的基因里带着遗传的缺陷——自私、冷酷。我一直以为，父女一场，我给予爸爸的是克制里的深情，而其实我只是一只白眼狼。爸爸的整个人生被我、我妈，还有这不讲道理的生活彻底围剿。他原本可以丰富辽阔地生活，却被我们紧紧禁锢，变得可以轻易概括——一个沉默的好人。多少次泣不成声也遮掩不了我的无耻。但愿有来生，我们能做一对名副其实、血脉相连的真正的父女。愿他那时可以长寿，给我机会报以搀扶和陪伴。

虽然那个提供精子、血浓于水的刘雨刚还依然安康，可是我心里空茫一片，切实地感到双亲死去溃不成军的悲恸。从此，我是一个彻头彻尾的孤儿了。

（原载《收获》第6期）